Gaby Hauptmann
Ein Liebhaber zuviel ist noch zuwenig
Nur ein toter Mann ist ein guter Mann

SERIE PIPER

Zu diesem Buch

Anna liebt Lars, immer montags im Nobelhotel »Ramses«. Verheiratet ist sie mit Rainer, dem scheinbar so braven Rechtsanwalt. Aber natürlich weiß Anna auch nichts von Gudrun, Rainers bezahltem Dauerverhältnis. Eigentlich könnte alles so bleiben – würde nicht der Tote im »Ramses« einen Strich durch ihre Rechnung machen. Unversehens wird Anna in einen Fall hineingezogen, in dem bereits ganz andere Mächte am Werk sind … Dagegen ist Ursula Winkler soeben glückliche Witwe geworden. Mit Power, List und Tücke hebelt sie von nun an Mann um Mann aus angestammten Positionen – und so manchen aus dem Leben. Denn seltsame Unglücksfälle pflastern den Weg ihrer neuen Freiheit. Frech und amüsant sind Gaby Hauptmanns schwarze Komödien über die Fallgruben des zeitgemäßen Seitensprungs und über Witwen, die morden.

Gaby Hauptmann, geboren 1957 in Trossingen, lebt als freie Journalistin und Autorin in Allensbach am Bodensee. Ihre Romane »Suche impotenten Mann fürs Leben«, »Nur ein toter Mann ist ein guter Mann«, »Die Lüge im Bett«, »Eine Handvoll Männlichkeit«, »Die Meute der Erben«, »Ein Liebhaber zuviel ist noch zuwenig«, »Fünf-Sterne-Kerle inklusive« und »Hengstparade« sind Bestseller, wurden in zahlreiche Sprachen übersetzt und erfolgreich verfilmt. Außerdem erschienen der Erzählungsband »Frauenhand auf Männerpo«, ihr ganz persönliches Buch »Mehr davon. Vom Leben und der Lust am Leben« und ihr Kinderbuch »Rocky der Racker«.

Gaby Hauptmann

Ein Liebhaber zuviel ist noch zuwenig

Nur ein toter Mann ist ein guter Mann

Zwei Bestseller in einem Band

Piper München Zürich

Von Gaby Hauptmann liegen in der Serie Piper vor:
Suche impotenten Mann fürs Leben (2152, 6055, 6101)
Nur ein toter Mann ist ein guter Mann (2246, 6056, 6102)
Die Lüge im Bett (2539, 6057, 6103)
Eine Handvoll Männlichkeit (2707, 6104)
Die Meute der Erben (2933)
Ein Liebhaber zuviel ist noch zuwenig (3200, 3829, 6100)
Fünf-Sterne-Kerle inklusive (3442, 6099)
Frauenhand auf Männerpo (3635)
Hengstparade (4126)
Ein Liebhaber zuviel ist noch zuwenig / Nur ein toter Mann ist ein guter Mann (Doppelband; 4246)
Mehr davon (4272)

Für meine Leserinnen,
die meinen Büchern seit zehn Jahren treu sind, die mir schreiben und zu meinen Lesungen kommen, die sich wie Ursula nicht unterkriegen lassen, die wie Anna übers Leben lachen können und sich selbst gern etwas gönnen. Kurz: Für Sie –
mit Dank
– auch an die wachsende Zahl meiner Leser …

Taschenbuchsonderausgabe
Oktober 2004

Umschlag / Bildredaktion: Büro Hamburg
Isabel Bünermann, Heike Dehning,
Charlotte Wippermann, Katharina Oesten
Foto Umschlagvorderseite: Stock Image / Mauritius
Foto Umschlagrückseite: Anne Eickenberg / Peter von Felbert
Satz: Uwe Steffen, München
Druck und Bindung: Clausen & Bosse, Leck
Printed in Germany ISBN 3-492-24246-4

www.piper.de

SERIE PIPER

Ein Liebhaber zuviel ist noch zuwenig

Das Hämmern war rhythmisch. Und brach dann ab. Anna horchte nach oben und warf Lars schließlich einen bedeutungsvollen Blick zu.

Er grinste. »Die treiben's!«

»Scheint so!«

Es blieb still.

»Schon vorbei?« Anna griff nach ihrem Sektglas und zog die Decke etwas höher.

»Nun ja«, Lars zuckte die Schulter, und es war ihm anzusehen, was er dachte: »Es ist eben nicht jeder so gut wie ich!«

Aber dann ließ sich das Quietschen durch die Zimmerdecke wieder hören.

»Rhythmuswechsel«, stellte Lars fest.

Anna stellte ihr Glas ab.

»Welche Zimmernummer haben wir eigentlich?«

»416 ... Wieso?«

Anna grinste. »Dann haben die da oben 516. Und treiben's am hellichten Nachmittag ...«

»... wir doch schließlich auch«, warf Lars ein und schaute sie schräg an. »Was hast du vor?«

Anna hatte nach dem Telefon gegriffen und wählte bereits. Augenblicklich war es über ihnen still. In dem Moment, als abgehoben wurde, legte Anna schnell auf. »Nicht zu fassen«, sagte sie zu Lars, »hebt mitten im Liebesspiel den Hörer ab. Den würde ich aus dem Bett werfen!«

»Du bist abscheulich. Wahrscheinlich hast du ihm das Liebesspiel seines Lebens geliefert!«

»Na, hör mal! Einer, der mittendrin zum Telefon greift, das kann's doch auch nicht sein!«

Sie schwiegen eine Weile und lauschten.

»Geht nichts mehr«, sagte Lars lapidar und langte nach der Flasche.

»Ehrlich?« Anna grinste ihn an und hielt ihm das Glas hin. Als er nicht sofort reagierte, hakte sie nach: »Bist du sicher?« Schließlich griff sie unter die Decke.

Bevor er sich breit auf das Kopfkissen sinken ließ, sagte er noch: »Sicherlich hat er geglaubt, seine Frau sei ihm auf die Schliche gekommen!«

»Oder sie dachte, ihr Mann!«

Sie schwieg kurz und schaute ihm direkt in die Augen. »Solange uns das nicht passiert«, sagte sie und setzte sich mit einer schnellen Drehung auf ihn.

Die Zeitung schwebte wie jeden Morgen vor ihr. Rainer hatte sich dahinter verschanzt und langte regelmäßig nach seiner Tasse Kaffee oder nach dem mit Honig bestrichenen Brötchen.

»Warst du nicht gestern in Hamburg?« fragte er.

»Ja, warum?« antwortete Anna und hob ungesehen eine Augenbraue.

»Schon wieder ein Mord passiert. In einem Hotel haben sie heute morgen eine Leiche gefunden.«

Anna schaute die Zeitung an. »So?« fragte sie.

»Ja, im *Ramses*. Nicht mal in den Nobelhäusern kann man mehr übernachten. Schlimm genug!«

»Gib mal her!« Anna streckte die Hand nach der Zeitung aus.

Rainer ließ sie sinken und schaute darüber hinweg. »Typisch! Bei Mord wachen Frauen auf. Blutrünstige Wesen, die ihr seid!«

»Red nicht! Gib her!«

Er protestierte noch kurz, ließ sich die Zeitung aber abnehmen. Anna suchte nach ihrer Lesebrille. In Zimmer 516 war heute morgen vom Personal eine Männerleiche entdeckt worden. Etwa Mitte Vierzig, völlig nackt, ohne Papiere. Erstochen. Vermutet wird ein Verbrechen in der Homosexuellenszene, möglicherweise durch einen Stricher.

Anna starrte auf die Zeitung und überlegte. Sie mußte sofort Lars anrufen. Das war ungeheuerlich. Sie hatte mit dem Typen noch telefoniert, und jetzt war er tot? Oder hatte sie mit dem Mörder telefoniert?

Und hörten sich die Bettgeräusche zweier Männer so an?

Anna wartete ungeduldig, bis Rainer aus dem Haus war. Das dauerte, denn sein Leben war eine einzige Zelebrierung. Sie versuchte, sich solange in der Küche abzulenken, aber sie sah jeden seiner Handgriffe bildlich vor sich. Es nervte sie mal mehr, mal weniger, jetzt hielt sie es kaum aus. Sie hörte die Mundddusche, sah ihn vor dem Schrank stehen und nach einer Krawatte greifen, sah, wie er sie langsam vor dem kleinen Spiegel band, geduldig hin und her rückte, bis sie akkurat saß, wie er in seinem kleinen Büro seine Aktentasche durchging, obwohl er sie bereits gestern abend geordnet hatte, wie er dann endlich herunterkam, ihr mit den Worten: »Mach mir keinen Unsinn« einen Kuß auf die Nasenspitze drückte, nach seinem Trenchcoat griff, den er tagein, tagaus trug, und schließlich das Haus verließ. Anna atmete auf, beobachtete durch das Fenster, wie er aus der Garage fuhr, während sie bereits wählte.

Lars meldete sich mit »hallo« und hielt sich bedeckt. Es war klar, daß Bettina noch in der Nähe war. »Ich habe im Moment keinerlei Unterlagen vor mir«, sagte er kühl, »ich rufe Sie später zurück!«

Anna schaute auf die Uhr, während sie die Spülmaschine in Gang setzte. Sie platzte fast vor Ungeduld. Sie war dreiunddreißig Jahre alt, hatte geheiratet, weil sie vor zehn Jahren geglaubt hatte, Rainer sei ihre große Liebe, und weil ihre Mutter gesagt hatte, ein Anwalt sei eine gute Partie, etwas fürs Leben. Rechtschaffen, angesehen, treu. Möglicherweise war er das auch. Aber er war noch etwas anderes: entsetzlich langweilig. Das hatte ihre Mutter zu erwähnen vergessen.

Und Anna hatte einen Ausweg gesucht und auf der Silvesterparty vor einem Jahr im Freundeskreis Lars gefunden. Den Mann fürs Abenteuer. Ständig unterwegs als Vertreter der Pharmaindustrie, mit dem Gesicht und dem Körper eines amerikanischen Baseballspielers. Herbe, kantige Züge mit stechend blauen Augen und sichtbar muskelbepackt. Sie versuchte sich in ihn zu verlieben, denn ihn nur fürs Bett zu wollen erschien ihr, das war eine Mitgift ihrer Erziehung, anstößig. Es gab bei der Geschichte jedoch zwei Schönheitsfehler: Rainer fand Lars auch gut und versuchte ihn ständig für eine Männerfreundschaft zu gewinnen, so kamen die beiden in den Freundeskreis, und – Lars war verheiratet. Das war eigentlich nicht weiter schlimm, denn so blieb das Gleichgewicht erhalten, bloß Bettina war ein fürchterliches Pflänzchen. Alleine kaum lebensfähig. Bis heute war es Anna ein Rätsel, wie sich Lars in sie hatte verlieben können.

Bereits halb zehn, gleich müßte sie auch aus dem Haus, und Lars hatte sich noch immer nicht gemeldet. Bettina sollte längst in ihrem Kulturamt sitzen. Endlich klingelte Annas Handy, und das Display verriet Lars' Nummer. »Na, endlich!« sagte sie, kaum daß sie seine Stimme hörte.

»Ging nicht eher!« Es klang abwehrend, der typische Ton in seiner Stimme, sobald er sich angegriffen fühlte. Anna beschloß, nicht weiter zu bohren, sondern lieber gleich zum Wesentlichen zu kommen.

»Hast du heute schon die Zeitung gelesen? Der Typ, den wir gestern im *Ramses* gehört …«

»… gestört«, unterbrach er sie.

Anna achtete nicht darauf. »… gehört haben«, fuhr sie fort, »ist tot! Erstochen!«

»Und zwar ist er erstochen worden, nachdem er bereits tot war!« Lars' Stimme klang gleichgültig.

Anna hielt kurz inne. »Was ist denn das für ein Blödsinn?«

»Du solltest, wenn du schon liest, die Zeitung richtig lesen. Mutmaßlicher Todeszeitpunkt war gegen die Mittagszeit. Er wird aber noch obduziert.«

Anna schwieg. Er hatte recht. Demnach hätten sie einen Toten beim Beischlaf gestört.

»Aber das kann nicht sein«, sagte sie schließlich nachdenklich, um sich dann, heftiger werdend, zu wiederholen. »Das kann nicht sein! So ein Quatsch! Wir haben ihn doch noch gehört. Das war, wart mal, gegen vier Uhr!«

»Stimmt!«

»Das müssen wir melden!« Anna kratzte sich ihren Pickel am Nacken auf. Das tat sie immer, wenn sie aufgeregt oder nervös war. Ein Pickel ohne Chance auf Heilung.

Lars dachte nicht an eine Anzeige. »Und wie willst du erklären, was du in der Zeit in Zimmer 416 zu tun hattest, hm? Betten aufschütteln?«

Anna ließ von ihrem Pickel ab und betrachtete das Blut unter ihrem Fingernagel. Da hatte er natürlich recht. Es gab keinen Vorwand, unter dem sie ihre Neuigkeit hätte loswerden können. »Aber ist man nicht gesetzlich zu einer Aussage verpflichtet, wenn man dazu beitragen kann, einen solchen Fall aufzuklären?«

»Kannst ja Rainer fragen!«

»Sei nicht so sarkastisch!«

»Sei nicht so naiv!«

Anna verstummte. Es hatte keinen Sinn, sich mit Lars darüber zu unterhalten. Aber mit wem sonst?

Lars legte auf. Es fehlte noch, daß Anna aus purer Sensationslust ihre kleine Romanze auffliegen ließ. Das war das Ganze wahrlich nicht wert. Der Kerl war tot, was gab es da noch zu retten? Lars steckte sein Handy ein und griff nach seiner Reisetasche. Bettina ließ es sich nicht nehmen, sie vor seinen Reisen für ihn zu packen. Doch was er anfänglich als kleinen Liebesdienst einer fürsorglichen Ehefrau verstanden hatte, wurde ihm zusehends lästig. Es hatte den Nachteil, daß sie über alles informiert war, was er auf seinen Reisen so bei sich trug. Noch nicht einmal einen neuen Slip konnte er einstecken, ohne daß entsprechende Nachfragen kamen.

Er verschloß die Haustür des im englischen Landhausstil gehaltenen Einfamilienhauses hinter sich und öffnete lustlos die Garage. Irgendwie war es nicht mehr sein Leben, nicht sein Beruf, er war dreiundvierzig Jahre alt und hatte das unbehagliche Gefühl, daß alle Möglichkeiten an ihm vorbeizogen. Was nützte ihm das Haus, was das Auto, wenn er schon heute absehen konnte, daß sich in den nächsten zwanzig Jahren nichts mehr ändern würde? Einen anderen Wagen, irgendwann eine andere Anna, Bettina würde ihn weiterhin auf Vernissagen schleppen, die ihn langweilten, er würde schlau über moderne Kunst reden, obwohl er die blauen und grünen Kleckse bescheuert fand, er würde sich weiterhin seine Fußballabende verkneifen, weil Bettina Fußballer dem Proletariat zuordnete. Er würde sein Pils im Stehen trinken und Bettina am Freitag lieben. Und das große Abenteuer seines Daseins würde sich auf den Lottoschein am Samstag beschränken.

Er stieg in seinen Audi A8 und knallte die Tür hinter sich zu. Wie gern würde er einmal in einem Ferrari sitzen. Knallrot, auffallend, Blicke heischend. Keiner der Gynäkologen würde ihm noch ein Präparat abkaufen. Grau und unscheinbar, wie sie sich gaben, um nur nicht aufzufallen. Und man paßte sich an. Nur nicht auffallen. Auto brav in Anthrazit, Anzug in Grau, Schuhe schwarz wie die Aktentasche, edles Leder, aber nicht zu fein, verhaltenes Lächeln, zustimmende Mimik. Überzeugung durch Ausstrahlung. Graue Mäuse durch graue Ausstrahlung überzeugen. Er fuhr auf die Straße hinaus. Neubauviertel, Leben im Viereck, zwischen acht und achtzehn Uhr, Geborgenheit in der Illusion. Er gab Gas und sehnte sich nach Malibu. Strand, Sonne, Meer, einfach nur raus. Manchmal war er nicht weit davon entfernt, alles zu verkaufen, Bettina zu fragen und mit ihr oder ohne sie ein neues Leben zu beginnen. Schließlich hatte er nur eines, es gab kein Leben auf Probe.

Er schaltete das Radio ein. In den Nachrichten wurde der Tote im *Ramses* kurz erwähnt. Gleich darauf piepste sein Handy zweimal. Es war ihm klar, daß Anna nicht lokkerlassen würde. Er griff danach und las die Zeilen, die sie ihm als Kurznachricht geschickt hatte: »Die liegen mit ihren Ermittlungen doch völlig falsch. Zu blöd, daß wir das nicht richtigstellen können.« Lars fand das gar nicht blöd. Er hatte sich mit Anna, wie schon so oft, einen vergnügten Nachmittag gemacht, und damit hatte es sich. Nicht mehr und nicht weniger und sicherlich kein Grund, die Nase aus der Deckung zu strecken.

In den nächsten Tagen beobachtete Anna alles, was ihr mehr über den ominösen Todesfall hätte verraten können. Sie verfolgte die Nachrichten der Lokalsender und durchforstete die Tageszeitung nach kleinen Meldungen. Es lenkte sie ab, denn Lars war auf Geschäftsreise, und Rainer fragte sie jeden Abend so gründlich über ihren Tagesverlauf aus, daß sie den versteckten Vorwurf der Untätigkeit genau spürte. Mochte auch stimmen. Sie hatte im Verkauf einer Computerfirma gearbeitet und war aus Rationalisierungsgründen entlassen worden, obwohl sie kurz zuvor noch wegen besonders guter Eignung und Fähigkeiten von ein und derselben Firma zu Fortbildungslehrgängen geschickt worden war. Sie sollte eine Stufe höher klettern, hieß es damals, Verkaufsleiterin werden. Doch die neuen Herren, über Nacht inthronisiert, sahen nur die Zahlen, und demnach waren von dreihundertfünfzig Angestellten mindestens siebzig überflüssig. Sie, Anna Leicht, war von einer Sekunde auf die andere überflüssig. Und so fühlte sie sich dann auch. Dreiunddreißig, brünett, grauäugig mit durchschnittlicher Figur, üppigem Busen, kinderlos und überflüssig.

Für Lars war sie nicht überflüssig, das stand fest. Er gierte förmlich nach ihr. Rainer suchte derweil nach einer

Lösung für ihr Problem, das mit der Zeit anfing, gar keines mehr zu sein. Sie füllte ihre Stunden mit Aerobic und Shopping, besuchte ihre Freundinnen und dachte über Selbständigkeit nach. In welcher Form, wußte sie noch nicht, aber bislang bezog sie noch Arbeitslosengeld, und die Abfindung war nicht schlecht gewesen. Vielleicht mußte man das Ganze als Chance betrachten. Nur Rainers Sendungsbewußtsein störte sie bisweilen – die allabendlichen Schnipsel, die er ihr hinlegte. Keine Stellenanzeige, die nicht millimeterexakt ausgeschnitten auf ihrem Tischset neben dem Abendessen gelandet wäre. Anna las sie durch, versprach ihrem Mann, sich darum zu kümmern, und warf sie anschließend zerknüllt mit den Essensresten fort. Sie fühlte keine Schuld. Rainer verdiente nicht schlecht, und sie war schließlich nicht die einzige Arbeitslose in Deutschland, also kein ungewöhnlicher Schandfleck im Wirtschaftswunderland.

Sie vertrieb sich die Zeit mit Mutmaßungen und schrieb Lars eine SMS nach der anderen. Zwischendurch ermahnte sie ihn, alles zu löschen, weil sie Bettina nicht traute. Wer seinem Mann den Koffer packte, würde auch im Anzug nach Zetteln suchen oder in seiner elektronischen Datenbank herumschnüffeln. Lars lachte darüber. Bettina wisse noch nicht einmal, wie man ein Handy einschalte. Zudem könne sich Anna mit ihren SMS auch etwas zurückhalten und statt dessen lieber ein nächstes Treffen ersinnen. Das war natürlich auch eine Aufgabe, und Anna buchte umgehend im *Ramses*. Sie fragte sofort nach dem Zimmer 416 und bekam es auch wieder. Pure Neugierde, gestand sie sich dabei ein, und der heimliche Wunsch, am Tatort etwas zu erfahren.

Rainer war Anwalt geworden, weil er schon als Schüler den Beruf spannend fand. Sein Onkel hatte eine gutgehende Kanzlei und erzählte immer Geschichten, die jeden Krimi in den Schatten stellten. Rainer bewunderte ihn, mehr sogar als seinen eigenen Vater, der es nur bis zum Bankangestellten gebracht hatte und dessen Erlebnisse in der kleinen Filiale eher lau waren. Während des Studiums fand er die Materie nicht mehr ganz so spannend. Jura war trockener, als er gedacht hatte, er zog sich aber an der Aussicht hoch, später einmal bedeutende Fälle bearbeiten zu können und damit berühmt zu werden. Eine Art Bossi schwebte ihm vor, und er spezialisierte sich auf Strafrecht. Mit seinem Berufseintritt als vierter in einer Sozietät mußte er feststellen, daß mehr Ehescheidungen als Verbrechen anfielen. Familienrecht war nie sein Favorit gewesen, aber es brachte Geld. Also hörte er sich zigfach die gleichen Geschichten an. Sexuelle Untreue, Betrug, Lieblosigkeit, Gleichgültigkeit, Brutalität, und er wertete aus. Überlegte, welche Strategie für seinen Mandanten und gleichzeitig auch für seinen Geldbeutel die beste sei, und gab sein Bestes.

Aber wenn er, so wie heute, seinen Nachmittagskaffee trank und den Berg seiner Akten anschaute, dann überfiel ihn doch manchmal ein frustrierendes Gefühl. Es war nichts darunter, was ihn wirklich gefesselt hätte. Nichts, mit dem er einen kleinen Neffen hätte beeindrucken können, wenn er einen gehabt hätte. Es kam den Geschichten seines Onkels nicht einmal im entferntesten nah. Seine Berufsträume hatten sich nicht erfüllt, die Realität war völlig anders, langweilig und dröge. Ein Beruf zum Geldverdienen, mehr nicht. Manchmal beneidete er seine Frau, wie sie so selbstzufrieden ihren selbst auferlegten Terminen nachging, als ob sie von irgendeiner Bedeutung wären. Und im selben Augenblick ärgerte er sich darüber, denn sie verkörperte in ihrer Arbeitslosenwelt genau das, was ihm an manchen Mandanten so aufstieß: achselzukkende Gleichgültigkeit. Irgendeiner wird's schon richten. Bei Anna war's zweifellos er, bei anderen gegebenenfalls der Staat.

Rainer wollte eben nach der zuoberst liegenden Akte und dem Diktiergerät greifen, als aus der Gegensprechanlage eine »Frau Engesser« angekündigt wurde. Rainer stand schnell auf. Gudrun in der Kanzlei, das war außergewöhnlich. Er öffnete rasch die Tür, um sie möglichst schnell der Neugier der Sekretärinnen zu entziehen. Gudrun schwebte an ihm vorbei, einen Hauch von warmem Körperduft verströmend. Die Tür klappte hinter ihr ins Schloß. Sie sah gut aus, wie sie sich jetzt nach ihm umdrehte, das kurze schwarze Haar lässig nach hinten gestrichen, der knappe Lederrock schmiegte sich eng um ihren Hintern und ließ viel von ihren langen, schlanken Beinen sehen, die kurze Jeansjacke mit hochgestelltem Kragen stand offen.

»Ich wollte dich sehen«, sagte sie und zog ihn mit einer schnellen Bewegung an sich.

Rainer küßte sie hastig auf den Mund, während ihm tausend Dinge durch den Kopf schossen. »Meinst du, das ist passend hier?« fragte er sie und fuhr sich schnell mit dem Handrücken über den Mund in der Befürchtung, er könnte Lippenstiftspuren davontragen.

»So passend wie sonstwo«, antwortete sie und lächelte spöttisch.

»Ich hol dir schnell einen Kaffee!« Er benutzte die Tür als Fluchtweg aus der Situation.

Das war neu. Gudrun war noch nie in sein Refugium

eingedrungen. Er war sich nicht sicher, was er davon halten sollte.

Als er mit einer Tasse Kaffee zurückkam, saß sie bereits in seinem Ledersessel.

Er räusperte sich, aber sie reagierte nicht auf seine Sprachlosigkeit.

Statt dessen sagte sie fordernd: »Komm her!«, und er leistete ihr Folge, mit einer Mischung aus Unterwürfigkeit und Trotz. »Du bist gestern nicht gekommen!« warf sie ihm vor und senkte die Stimme. »Ich mag das nicht!«

»Tut mir leid«, Rainer fühlte das Kribbeln, das er immer spürte, wenn Gudrun in seiner Nähe war. »Ich kam hier nicht raus!«

»Wenn du hier nicht rauskommst, komme ich zu dir!« Es klang wie eine Drohung.

Rainer kniete vor ihr nieder und umfaßte ihren Schoß. Ihr Lederrock war etwas hochgerutscht, und er legte sein Gesicht zwischen ihre Beine. Er roch sie, ihr eigener Duft vermischt mit dem Leder ihres Rockes und dem des Sessels. Es verwirrte und erregte ihn zugleich.

In diesem Moment ging hinter ihm die Tür auf. Seine Sekretärin kam eiligen Schrittes herein, erfaßte die Situation, blieb unentschlossen stehen.

»Herr Leicht hat seine Kontaktlinsen verloren«, sagte Gudrun ohne Zögern. »Kein Grund, nicht wieder zu gehen!«

Rainer war blutrot angelaufen. Schlagartig war er ernüchtert. Er richtete sich auf, sah aber nur noch, wie seine langjährige Mitarbeiterin wortlos den Raum verließ. Das war vernichtend! Ausgerechnet sie, die ihm jahrelang die Treue gehalten hatte.

Zunächst sagte er nichts, stand auf und klopfte sich die Hosen ab.

»Besser hätte es nicht laufen können«, knurrte er und war selbst erstaunt über den aggressiven Unterton in seiner Stimme.

»Es scheint normal zu sein, daß man hier ein und aus geht, wie man will«, Gudrun erhob sich ohne größere Eile aus dem Sessel und strich sich den Lederrock glatt. Ein amüsierter Ausdruck lag auf ihrem Gesicht, und wenn Rainer sie nicht für völlig emotionslos gehalten hätte, hätte er auf den leichten Anflug einer Schadenfreude getippt.

Er warf Gudrun einen mißbilligenden Blick zu. »Mein Gott, ich habe einen Ruf zu verlieren!«

Sie lachte kurz auf. Ein kurzes, heiseres Bellen tief aus ihrer Kehle. »Das hättest du dir vorher überlegen müssen. Ein seriöser Anwalt braucht keine Domina.« Sie ging an ihm vorbei zur Tür, blieb dort stehen und drehte sich nach ihm um. »Oder doch? Vielleicht gerade?« Sie griff zur Türklinke. »Wir sehen uns«, sagte sie und war draußen.

Rainer ließ sich auf die Kante seines Schreibtisches sinken. Das zu erklären war unmöglich. Er konnte es ja selbst kaum verstehen.

Es war reiner Zufall gewesen, daß er an Gudrun geraten war und an ihrer dominanten Art Gefallen fand. Warum das so war, wußte er nicht. Er hätte diese Neigung auch niemals Anna beichten können. Beim Gedanken an sie wurde es ihm fast schlecht. Wie würde sie reagieren, wenn es aus irgendeinem Grund herauskäme? Wenn seine Sekretärin in Annas Gegenwart eine entsprechende Bemerkung fallen lassen würde?

Er drückte die Gegensprechanlage. »Frau Schenk, kommen Sie doch bitte mal herein!«

Sie kam, war blaß und blieb gleich an der Tür stehen. Eine Frau, wie man sie sich als Sekretärin nur wünschen konnte. Fähig, aufgeschlossen, anpackend. Aber davon war jetzt nichts zu spüren, sie wirkte nicht nur reserviert, sondern geradezu eisig.

»Es tut mir leid, daß ich so hereingeplatzt bin. Ich habe die Dame«, dieses Wort ging ihr spürbar schwer über die Lippen, »nicht kommen sehen, und im Terminkalender war sie nicht eingetragen.«

»Es ist nicht Ihre Schuld«, Rainer fuhr sich kurz durchs Haar. »Ich hätte mich nicht so gehenlassen dürfen. Sie ist eine alte Freundin, und heute ist der Todestag meines Vaters. Sie war damals dabei …« Er machte eine Pause und ein schmerzbewegtes Gesicht.

Ingrid Schenk betrachtete ihn kurz, dann nickte sie andeutungsweise. »Das tut mir leid für Sie!«

»Danke!« Rainer drehte sich um. Länger hätte er ihr nicht in die Augen schauen können. Er blickte zu Boden und hörte, wie sie leise hinausging.

Lars genoß das Frühstück. Samstag war immer sein Tag. Da hatte er alles hinter sich und bereits wieder aufgetankt: Die Heimkehr am Freitag, wenn er auf einer längeren Route unterwegs gewesen war, das ausgiebige Abendessen, das Bettina meistens festlich gestaltete, und anschließend die Nacht mit ihr, nicht so heiß wie mit Anna, aber doch befriedigend. Samstag war der Tag, an dem es ihm gutging und er es sich gutgehen lassen konnte. Er lächelte Bettina zu, die ein Frühstücksei neben seinen Teller stellte, und griff zur Zeitung.

In diesem Moment hörte er das zweimalige Piepsen seines Handys, das Zeichen für eine eingegangene Kurznachricht. Und irgendwie wußte er noch, bevor er die Zeitung aufgeschlagen hatte, was er gleich lesen würde. Tatsächlich, sie hatten den mutmaßlichen Mörder des Hotelgastes gefaßt. Ein junger Stricher soll es gewesen sein. Und die Todeszeit war mit zwei Uhr nachmittags angegeben. Das stimmte nicht, und es gab wohl nur zwei Menschen, die das wußten. Das heißt, drei. Der Mörder wußte es auch.

Lars hätte jetzt lieber nach seinem Handy als nach dem Frühstücksei gegriffen, aber er traute sich das nicht. Bettina hatte sich ihm gegenüber hingesetzt, sie trug ein leicht durchsichtiges T-Shirt, hatte ihr mittellanges Haar offen und fühlte sich ganz offensichtlich gut. Sie strahlte förmlich.

»Hübsch siehst du aus«, Lars nickte ihr anerkennend zu.

»Danke!« Sie streckte ihren kleinen Busen etwas hervor, so daß sich die Brustwarzen unter dem leichten Stoff abzeichneten. »Es ist neu, und ich dachte, ich trage es mal Probe. Eigentlich habe ich vor, es bei dem nächsten Jazzabend – du ahnst ja nicht, wer kommt … – der Mann ist einfach eine Sensation!«

Lars verschluckte sich an seinem Eigelb.

»Was???« fragte er und griff nach der Serviette. *Er* war der Probelauf für einen *Jazzer*?

»Gefällt's dir wirklich?« fragte sie statt dessen und drehte sich ein wenig. Das Ding schmiegte sich wie eine zweite Haut an ihren Körper. Ganz ohne wäre weniger erotisch gewesen.

»Du willst doch nicht allen Ernstes diesen Fetzen in der Öffentlichkeit tragen, bist du noch zu retten? Das Ding bleibt schön zu Hause!«

»Was heißt hier Fetzen!« Bettina schaute ihn ungläubig an. »Das ist ein Designerteil! Runtergesetzt. Ein Schnäppchen, wenn du es genau wissen willst!«

»Will ich überhaupt nicht. So gehst du mir jedenfalls

nicht aus dem Haus! Jazzer! Ich hör wohl nicht recht! Was ist das überhaupt für ein Kerl?!«

Bettina hatte sich aufgerichtet. Drohhaltung hatte er das immer im stillen genannt.

»Nur weil du so ein Kunstbanause bist, hast du noch lange kein Recht, dich so aufzuspielen!« fuhr sie ihn an. »Dieser Jazzer ist kein *Kerl*, sondern ein international bekannter Musiker. Der Lothar Matthäus des Third Stream. Aber da du nicht weißt, was das ist, hat es auch keinen Sinn, mit dir darüber zu diskutieren!«

Lars schob sein geköpftes Ei von sich. Eben war doch noch alles so schön in Ordnung gewesen. »Und wenn er der wiederauferstandene Elvis Presley wäre oder James Dean. Mir egal. Du ziehst …«, er spürte, wie seine Ader an der Stirn anschwoll. Gleich würde er übers Ziel hinausschießen. Er stockte kurz und sagte dann begütigend: »Du ziehst doch eine Jacke darüber, nicht wahr?«

Sie warf ihm einen Blick zu, als säße sie mit einem Orang-Utan am Tisch, der gerade noch des Kopfkratzens mächtig ist.

»Ein Dolce&Gabbana-Teil und dann eine Jacke darüber ziehen! Du … hast sie wohl nicht mehr alle. Wozu sollte man sich dann so etwas überhaupt kaufen?«

»Hat mich vielleicht jemand gefragt?« Er stand ruckartig auf und warf die Serviette neben den Teller. »Toll! Da kommt man nach einer anstrengenden Woche nach Hause, freut sich auf ein geruhsames Wochenende und hat nur Streß!«

»Hatte ich etwa keine anstrengende Woche?« Sie blieb sitzen. Er warf ihr einen Blick zu, ihre Brustwarzen hatten sich deutlich zusammengezogen. Das machte ihn noch verrückter.

»Wenn du diesen Kerl anmachen willst, dann geh doch gleich nackt hin. Dann geht's schneller!«

»Du bist geschmacklos!« Sie sagte es langsam und prononciert, strich sich die Haare hinter die Ohren und griff seelenruhig nach der Tageszeitung.

Anna saß zur selben Zeit in ihrem Wohnzimmer am ungedeckten Frühstückstisch, hatte die Zeitung und das Handy vor sich liegen und fieberte vor Aufregung. Da hatten sie doch tatsächlich so einen kleinen Junkie geschnappt, der wahrscheinlich überhaupt nichts mit der Sache zu tun hatte.

Wirklich klar schien bisher nur die Identität der Leiche zu sein. Ein Geschäftsmann aus Frankfurt, siebenundvierzig Jahre alt, verheiratet, kein auffallender Lebenswandel, nichts, wodurch er schon einmal bei der Polizei aktenkundig geworden wäre. Anna versuchte sich diesen Mann vorzustellen, und sie rief sich immer wieder die Situation im Ramses vor Augen. Die rhythmischen, quietschenden Geräusche, ganz offensichtlich Sex, ihr Griff zum Telefon und die abrupt einsetzende Stille. Es brachte sie fast um, daß sie mit niemandem darüber reden konnte. Lars hatte bis jetzt noch nicht auf ihre SMS reagiert, und ihre Freundin kam auch nicht in Frage – sie war frisch verheiratet und hätte Annas Verhältnis sicherlich nicht gutgeheißen. Zumal sie oft bei ihnen zu Gast war und es sicherlich als Problem empfunden hätte, weiterhin zwanglos mit Rainer umzugehen.

Anna stand auf und ging in die Küche, um eine Kanne Kaffee aufzusetzen. Kaum hatte sie den gehäuften Kaffeelöffel in der Hand, piepste das Handy zweimal. Es war wie eine Erlösung. Sie lief schnell hin.

»Wird wohl so gewesen sein«, stand da. Und: »Nur ein bißchen früher. Irrtum der Pathologie.« Anna starrte darauf. Irrtum der Pathologie! Typisch. Er wollte schlicht seine Ruhe haben. Von wegen Pathologie! Da waren ganz andere Mächte am Werk, dessen war sie sich sicher. Sie begann eben, Lars einen entsprechenden Satz zu schreiben, als sie die Tür hinter sich klappen hörte. Dafür hatte Rainer einen Riecher, das mußte man ihm lassen. Kaum hatte sie das Handy in der Hand, stand er auch schon hinter ihr.

»Mit wem hast du es heute morgen denn schon wieder so wichtig?« wollte er wissen und nestelte an seinem Bademantel herum.

»Patricia wollte mit mir in die Stadt, ein Geschenk aussuchen.« Sie drehte sich nach ihm um und drückte gleichzeitig das Display weg. Nicht auszudenken, wenn er das Ding jemals in die Finger bekäme.

»Ich glaube, heute sind eher wir dran!« Er nahm ihr das Telefon aus der Hand, legte es auf den Tisch und suchte ihren Mund. »Was hältst du von ein bißchen Liebe und einem anschließenden Mittagessen beim Italiener?« Das bedeutete, daß sie heute aufs Frühstück verzichten mußte. Aber ihrem Kalorienhaushalt konnte das ja nur guttun.

Lars war schnell an der Rezeption des *Ramses* vorbeigegangen und drückte jetzt im Lift den Knopf für die vierte Etage. Er freute sich auf Anna. Nicht zuletzt deshalb, weil er noch immer eine Wut auf Bettina hatte. Es war ihm einfach unverständlich, wozu sie sich für einen fremden Kerl so anziehen mußte. Oder besser gesagt ausziehen. Aber je mehr er ihr nahegelegt hatte, etwas anderes anzuziehen, ihr zum Schluß sogar gedroht hatte, um so mehr versteifte sie sich darauf, in exakt diesem Pullover zu diesem Jazzabend zu gehen. Schlußendlich hatte sie ihn mit der Bemerkung, er solle sein blödes Machogehabe an einer anderen ausprobieren, einfach stehenlassen. »Da kannst du Gift drauf nehmen«, hatte er ihr nachgebrüllt und sofort Anna angerufen. Ihre höchst erfreuliche Nachricht war, daß das Zimmer für Montag nachmittag klar sei, und Lars hatte aufgeatmet. Es gab also doch auch noch unkomplizierte Frauen. Und er würde seinen Spaß haben. Durch den einen oder anderen Rachegedanken sogar noch angeheizt.

Den Rest des Wochenendes hatte er Bettina seinen Unwillen zu verstehen gegeben, worauf sie aber nicht reagierte. Eine Verhaltensweise, die ihn noch mehr anstachelte. So ging er jetzt, wie fast jeden Montag, den Gang entlang auf Zimmer 416 zu. Unter seinem Mantel drückte er eine Flasche Champagner an den Körper, die Kälte der Flasche spürte er durch das dünne Hemd hindurch. Es behagte ihm nicht ganz, daß Anna ausgerechnet dieses Zimmer ausgesucht hatte, aber vielleicht konnte er noch froh sein, daß es nicht das darüberliegende Zimmer war. Er klopfte kurz und trat ein.

Anna hatte schon im Bett gelegen, jetzt schälte sie sich unter ihrer Decke hervor und kam ihm entgegen. Sie war nackt, und es erregte ihn, wie sich ihre Brüste beim Gehen bewegten. Er liebte auch Bettinas kleinen Busen, aber das hier war einfach etwas anderes. Das fuhr ihm sofort in die Lenden. Sie öffnete seinen Mantel und schmiegte sich an ihn. Er hielt ihr die kalte Flasche an den Rücken.

»Oh!« Sie machte einen Satz zurück. »Mistkerl!« Lachend nahm sie ihm die Flasche ab und ging damit zum Bett.

Lars sah ihr nach und begann sich auszuziehen.

Anna stellte Gläser bereit und beobachtete ihn dabei. Der Samstagmorgen mit Rainer war auch schön gewesen.

Aber irgendwie etwas leidenschaftslos – wie ein Paar eben, das sich schon zehn Jahre lang kennt, eingespielt ist und jedes Detail im voraus kennt. Das hatte zwar etwas Beruhigendes, aber gleichzeitig war es auch reizlos.

Sie beobachtete, wie Lars sein Hemd auszog. Das war das beste Vorspiel für sie. Sein Körper war einfach makellos. Muskulös, aber nicht aufgepumpt. Einige Haare kringelten sich über seiner Brust und wuchsen von dort als schmaler Strich den Bauch hinunter. Sie mochte diese Stelle, seinen großen, runden Nabel, die weiche, warme Haut und die Gewißheit, gleich, wenn man dieser Spur folgte, auf sein Spielzeug zu stoßen. Sie grinste in sich hinein, denn genau das war er für sie. Ein großes, lustvolles Spielzeug. Der ganze Kerl. Er warf das Hemd über den nächsten Stuhl und öffnete den Gürtel seiner Hose. Anna entkorkte die Flasche. Es war der genußreichste Wochenbeginn, den sie sich vorstellen konnte. Schon aus diesem Grund war es eigentlich unmöglich, wieder einer geregelten Arbeit nachzugehen. Oder ob sie es einem Arbeitgeber gegenüber als regelmäßige Therapiestunde rechtfertigen konnte? Über die Krankenkasse abzurechnen?

Er hatte Schuhe und Socken ausgezogen, die Hose nebst Slip fallen lassen und kam auf sie zu. »Gefällt mir«, sagte sie und hielt ihm die Flasche hin. Er schenkte die Gläser halbvoll und küßte ihren Nacken. Es verursachte ihr eine Gänsehaut, alles an ihr stellte sich auf, sie lachte und hob das Glas.

»Weißt du noch? Letzte Woche?«

»Ähm«, er betrachtete sie und beschloß nicht weiter darauf einzugehen.

»Zu der Zeit lebte er noch, obwohl alle behaupten, er sei schon tot gewesen!«

Er stieß mit ihr an, nahm ihr das Glas aus den Händen und begann, an ihrem Busen zu knabbern.

»Ist doch 'ne irre Geschichte. Findest du nicht?«

Lars tat, als höre er nichts. Die Brustwarze reckte sich seiner Zunge entgegen, er spielte mit ihr und fand das weitaus interessanter als tote Liebhaber.

»Hab ich dir schon gesagt, daß ich mir überlege, eine Privatdetektei zu gründen? Das wäre doch ein toller Fall für den Anfang!«

»Was?« Lars ließ von ihr ab und blickte auf.

»Findest du nicht?«

»Ich ...«, er musterte sie kurz. Ihr Blick war träumerisch. Sie war überhaupt nicht bei der Sache. Es lag ihm auf der Zunge, etwas Entsprechendes zu sagen, denn schließlich hätten sie sich für Fragen einer Existenzgründung auch im Café treffen können. Aber eines glaubte er in den vergangenen Jahren über Frauen gelernt zu haben: Verständnis war gefragt, in welcher Situation auch immer – andernfalls konnte der Schuß nach hinten losgehen. »Ich weiß nicht«, beendete er seinen Satz in der Hoffnung, daß damit auch das Thema beendet sei. Sie griff nach ihrem Glas statt nach ihm und fuhr ihm mit der anderen Hand kurz durch die Haare.

»Meinst du nicht, es könnte eine Chance für mich sein? Schließlich weiß ich mehr als jeder andere!«

Lars seufzte und spürte, wie seine Erregung abklang. Das war ja heiter. Zu Hause Bettina, die herumzickte, und jetzt auch noch Anna, die Privatdetektivin spielte. Er ließ sich neben sie auf den Rücken sinken. »Du weißt nicht mehr als jeder andere. Nur das, was aus der Zeitung zu erfahren war. Und? Was bringt dir das?«

»Zumindest wissen wir, daß er hier oben«, sie deutete

zur Decke, »zwei Stunden später, als die Polizei glaubt, lebhaftesten Sex hatte.«

Richtig, zurück zum Thema, dachte Lars, warf ihr einen schnellen Seitenblick zu und brummelte etwas Unverständliches.

Anna schwieg eine Zeitlang. Dann richtete sie sich auf und deutete mit ihrem Zeigefinger auf seinen Penis, der sich zwischen den Haaren ein Schlafplätzchen gesucht hatte. »Was ist denn das?«

»Ja, entschuldige, es waren eben nicht gerade die erregendsten Themen ...«

Anna schüttelte den Kopf und glitt auf Augenkontakt herunter. »He, du!« Sie musterte ihn ausführlich und stippte ihn kurz mit ihrem Zeigefinger an. »Steh gefälligst auf, wenn ich mit dir rede!«

Der Appell zeigte keine Wirkung, und Lars stützte sich auf die Ellenbogen. »Passiert dir das öfter?« wollte er mit gerunzelter Stirn wissen.

»Ohh!« Anna warf sich mit ihrem ganzen Körper auf ihn und packte ihn bei den Handgelenken. »Das wollen wir doch mal sehen!«

»Ich bitte darum!«

Rainer saß zu dieser Zeit in seinem Büro und wußte nicht, wie er das Ganze bewerten sollte. Er hatte die Pflichtverteidigung dieses jungen Junkies übertragen bekommen, der angeblich genau vor einer Woche den Frankfurter Geschäftsmann im *Ramses* umgebracht haben sollte. Jetzt war er unsicher. Auf der einen Seite freute er sich, endlich mal wieder eine Strafsache auf dem Tisch zu haben, auf der anderen Seite hatte er ein ungutes Gefühl. Es handelte sich um einen reinen Indizienprozeß, denn der Junge beteuerte natürlich seine Unschuld. Zudem belastete ihn die Sache mit der Homosexuellen- und Stricherszene. Und um das Ganze noch zu toppen, auch noch eine Pflichtverteidigung. Das zahlte sich nicht einmal finanziell aus. Der Ärger schien vorprogrammiert.

Sowieso war es heute nicht sein Tag. Warum, wußte er eigentlich auch nicht. Es gelang ihm nichts, die Dinge entwickelten irgendwie eine Eigendynamik. Rainer schob es auf den Montag, aber gleichzeitig vermutete er, daß ihm auch die unvermutete Begegnung mit Gudrun noch in den Knochen steckte. Irgendwie hatte die Szene einen bedrohlichen Eindruck hinterlassen. Er sah seine sichere Basis gefährdet, und das war das letzte, was er wollte. Am späten Nachmittag beschloß er, ausnahmsweise früher zu gehen.

Rainer und Anna trafen gleichzeitig zu Hause ein. Anna stieg beschwingt aus ihrem Wagen, ein Lächeln auf den Lippen. Sie sah Rainer, wie er aus der Garage kam, und eine ungute Vorahnung beschlich sie. Irgendwas war nicht in Ordnung, das war schon aus der Ferne zu sehen. Ob er was wußte? Und weshalb kam er so früh aus dem Büro?

Sie lief ihm entgegen. »Na, mein Schatz – heute so früh? Ist was passiert?«

Er gab ihr einen flüchtigen Kuß. »Nein, nichts!« Seine Stimme klang abweisend, und er sah ihr dabei nicht in die Augen, sondern ging in Richtung Haustür.

Bei Anna schrillten alle Alarmsysteme. »Kann doch nicht nichts sein«, sagte sie, in ihrer großen Handtasche nach dem Haustürschlüssel kramend. »Irgendwas ist doch!«

»Es ist nichts!« Er schaute ihr bei ihren Bemühungen kurz zu und zog dann seinen eigenen Schlüssel aus der Manteltasche. »Nichts nervender, als Frauen bei ihrer Schlüsselsuche zuschauen zu müssen!«

»Es ist *doch* was!«

»Nein. Wenn ich's doch sage!« Er schloß auf, ging hinein, hängte seinen Trenchcoat ordentlich in der Garderobe auf einen Bügel.

Anna blieb unentschlossen hinter ihm stehen. Er wirkte anders als sonst. Verschlossen wie eine Auster.

»Soll ich uns einen Tee machen?«

»Nein. Ich geh in mein Zimmer, ich brauch nichts!«

Anna zog langsam ihre Jacke aus und hängte sie an einen freien Haken.

»Red doch darüber«, sagte sie dabei. »Wenn was ist, muß man darüber reden. Ich kann dir nicht helfen, wenn ich nicht weiß, was los ist. Also sag's!«

»Du brauchst mir nicht zu helfen. Laß mich einfach in Ruhe!«

Damit nahm er seine Aktentasche und ging die Treppe hinauf zu seinem Zimmer.

Anna schaute ihm nach. »Es hilft dir auch nichts, wenn du dich in deine Höhle verziehst!« rief sie ihm nach, bevor die Tür hinter ihm zufiel.

»Woher willst denn du das wissen«, hörte sie ihn noch sagen.

Völlig ratlos griff Anna zu ihrem Handy und ging damit in die Küche. Während sie mit der linken Hand nach dem Wasserkocher griff, um sich einen Tee aufzubrühen, schrieb sie mit der rechten eine Kurznachricht an Lars: »Bin völlig fertig. Glaube, Rainer ist uns auf die Spur gekommen. Küsse dich trotzdem – na, du weißt schon wo …« Inzwischen kochte das Wasser, sie fingerte einen Teebeutel heraus, stellte sich einen Becher parat und drückte auf

»Senden«. Im selben Moment schoß ihr ein, daß es der falsche Name war. Sie hatte die Message in ihrer Zerstreutheit an Patricia geschickt und nicht an Lars, wie beabsichtigt. Anna legte das Handy aus der Hand. Da war jetzt nichts mehr zu retten. Verdammt! Das kam daher, daß Patricia in ihrem Namensregister direkt hinter Lars stand. Sie war zu schnell gewesen. Patricia würde aus allen Wolken fallen.

Anna überlegte, aber sie war zu aufgeregt, um einen klaren Gedanken fassen zu können. Ob sie Patricia sonstwas erzählen konnte, es als Witz deklarierte? Schließlich stand zumindest der Name von Lars nicht dabei. Aber konnte sie ihre beste Freundin anlügen? Eine studierte Psychologin zu allem Überfluß?

Das Handy piepste zweimal. Anna warf nur einen Blick darauf und goß sich jetzt erst einmal ihren Tee auf. Nur mit der Ruhe. Nichts überstürzen. Sie konnte sich schon denken, wer da so schnell reagiert hatte. Das Display gab ihr recht: Patricia. Sie drückte auf »Zeigen« und schielte mit einem Auge hin. »Anna!!?!!« stand da. Sonst nichts. Aber eigentlich reichte es schon. Anna!!?!! Bedeutete soviel wie: Du wirst doch nicht?! Bist du bescheuert?! Erzähl, was los ist!

Gleich darauf klingelte es. Anna seufzte und griff nach dem Handy. »Ja, ja, ja«, kam sie ihrer Freundin zuvor. »Ich weiß schon, was du sagen willst. Laß es!«

»Und was sagt Rainer?« fragte Patricia völlig gelassen.

»Er sitzt in seiner Höhle!«

»Denk ich mir!«

»Aber nicht deswegen!«

»Weswegen dann?«

»Keine Ahnung. Er spricht ja nicht mit mir! Erzählt nichts, der alte Sauertopf!«

»Laß ihn. Männer brauchen das zuweilen!«

»Und ich? Brauch ich nichts?«

»Hast du nicht schon was?«

Es blieb kurz still.

»Und mir hast du nichts davon erzählt, du Rabenfreundin! Per Zufall muß ich's rauskriegen ...«

Anna begann, in ihrem Becher herumzurühren.

»Hmmm«, sagte sie nach einer kurzen Denkpause, »besser *du* kriegst es per Zufall heraus als *er*. Das heißt ... wenn er nicht schon. Er verhält sich so seltsam!«

»Wer ist es denn?« Jetzt begann sich Patricias Stimme zu verändern, bekam einen höheren Klang. Sie war neugierig, das war Anna klar. Aber Lars als Liebhaber anzugeben war so einfallslos. Der Junge von nebenan, weil sich nichts Besseres bot. Ausgerechnet einen aus dem Freundeskreis, es war zu peinlich.

»Können wir das nicht demnächst mal ...?«

»Kommst du zu mir in den Kreis?«

Klar, ihre Selbsterfahrungsstunden. Immer am Montagnachmittag, wo sie seit Wochen regelmäßig teilnahm – wie Rainer glaubte. Es wäre sowieso nur eine Frage der Zeit gewesen, bis er Patricia mal nach ihren Fortschritten gefragt hätte.

»Du weißt doch ...«

»Klar, du bist unverbesserlich und weiß Gott schon selbsterfahren genug ...«

»Ich will das ja nicht abtun, Patricia, ich bin halt nicht der Typ ..., du kennst mich doch. Treffen wir uns lieber so.«

Derweil saß Rainer in seinem Zimmer an seinem Schreibtisch, hatte die Beine hochgelegt, hielt die Augen geschlossen und versuchte, sich über manches klarzuwerden. Er haßte es, wenn er sich selbst nicht kannte. Normalerweise war er klar durchstrukturiert, das Leben lief in geordneten Bahnen, nicht immer, aber doch zumindest fast. Es irritierte ihn, wenn sich Dinge veränderten. Zumal wenn er nur ein unbestimmtes Gefühl hatte und es keinen konkreten Anlaß gab, daß es tatsächlich so war. Er versuchte, herauszufinden, was in ihm bohrte. Gudruns Auftritt ärgerte ihn, die Pflichtverteidigung lag ihm auch im Magen – aber das waren die Dinge an der Oberfläche. Jetzt müßte er vielleicht ein bißchen kratzen, aber er war nicht der Typ, der tief in sich hineinhorchen konnte. Vielleicht wollte er sich selbst auch überhaupt nicht so gründlich kennenlernen.

Auf der anderen Seite ärgerte ihn dieser Zustand. Seine Psyche spielte ihm einen Streich, und er kam nicht damit zurecht. So blieb er sitzen und hoffte auf eine Eingebung.

Anna wartete auf Rainers Erscheinen und begann, nachdem er nach über einer Stunde noch immer nicht aufgetaucht war, sein Lieblingsessen vorzubereiten: selbstgemachte Rouladen mit Grünkohl. Das kostete Zeit und lenkte sie von ihrem schlechten Gewissen ab. Wenn er tatsächlich etwas wußte, warum verkroch er sich dann in seinem Zimmer, anstatt sie mit seinem Wissen zu konfrontieren? Sie haßte solche Spielchen, überhaupt jede Form von Ungewißheit. Es erinnerte sie an ihre Kindheit mit der immer wiederkehrenden blöden Drohung ihrer Mutter: »Warte nur, bis Papa nach Hause kommt!« Das hörte sich stets an, als käme die Inquisition ins Haus geschritten. Lieber hätte sie sich mit ihrer Mutter auf der Stelle gefetzt, anstatt auf einen Mann zu warten, der ihre Entwicklung sowieso nur am Rande mitbekommen hatte. Was wußte ihr

Vater schon von ihr. Er war kaum zu Hause, und wenn doch, dann wurde sie, als sie noch klein war, ins Bett geschickt. Später war es umgekehrt. Da war er schon im Bett, wenn sie nachts aus ihrer Lieblingsdiskothek den Weg ins Bett zurückfand.

Sie kämpfte mit den widerspenstigen Salatblättern, die sich einfach nicht bändigen ließen, und dachte nach. Genaugenommen hatten sie und ihr Vater nie wirklich miteinander gesprochen. Er hat sie nie nach ihrem Leben gefragt, nach ihren Wünschen, ihren Sehnsüchten, Gedanken, und sie wußte von ihm auch nichts. Dinge wurden ausgehandelt. Wann man zu Hause zu sein hatte, welcher Umgang gebilligt wurde, was man sich zum Geburtstag wünschte. Sie kannten Hobbys und Lieblingsspeisen des anderen.

Zumindest sie die von ihrem Vater.

Sie hackte sich durch den Salat und hätte im Moment jeden darunterlegen können. Sie fühlte sich von der Welt unverstanden. Vor allem von Rainer. Und Patricia. Welche Ahnung konnte eine Psychologin von der wirklichen Welt haben, zumal wenn sie frisch verliebt war? Und Lars war sowieso jenseits von Gut und Böse. Er betrog Bettina, ohne mit der Wimper zu zucken! Männer!

»Autsch!« Anna hatte sich in den Finger gehackt. Knapp unterhalb des Mittelknochens vom linken Zeigefinger klaffte eine Wunde. Es tat scheußlich weh, noch scheußlicher allerdings war der Anblick. Anna hielt den Finger unter fließendes Wasser und beobachtete, wie sich die Wunde von Fischfleischweiß in Rindfleischrot verfärbte. Dann rannte sie hoch zu Rainer und stieß seine Tür auf.

Er saß noch immer am Schreibtisch, die Füße auf der Tischplatte, und ließ sich treiben.

»Schau, was mir passiert ist!« Anna hielt ihm den Finger unter die Nase.

Rainer mußte sich erst sammeln, bevor er reagieren konnte. »Ich mag's nicht, wenn du so hereinstürzt!«

»Ich hätte mir fast den Finger abgehackt. Da, schau her! Nur wegen deinem Grünkohl!«

»Grünkohl? Wer will denn Grünkohl!«

»Was soll das denn heißen? Ich hab eine Wunde! Also tu gefälligst was und sitz hier nicht so rum!«

Rainer nahm die Beine vom Tisch und suchte nach seiner Brille, die er irgendwo abgelegt hatte.

Anna preßte ihren Finger auf die Wunde, denn jetzt begann das Blut wieder zu tropfen.

»Du blutest ja«, sagte Rainer und schaute erstaunt zu ihr auf.

»Nicht möglich!!!« Anna verzog den Mund. Rainer schien nicht unglücklich über die Situation. Das gab ihm Auftrieb, hier konnte er etwas tun.

»Geh ins Bad, halt den Finger unters Wasser, ich hol Verbandszeug. Wir müssen zum Arzt!«

Eine Stunde später waren sie bereits wieder auf der Rückfahrt vom Krankenhaus. Anna saß erleichtert auf dem Beifahrersitz. Sie hatte eine Tetanusspritze bekommen, der Hautlappen war mit wenigen Stichen angenäht worden. Es sehe wilder aus, als es sei, hatte der Arzt in der Notaufnahme gemeint. Sein fast abschätziger Tonfall bestärkte Anna in dem Eindruck, der Schnitt sei eine zu lächerliche Lappalie für einen wie ihn. Er sah nicht schlecht aus, ein junger Aufsteiger, aber seiner Karriere zuliebe würde sie sich ihren Finger auch beim nächsten Mal nicht ganz abhacken. Sie war versucht gewesen, ihm das zu sagen, biß sich aber im letzten Moment auf die Lippe. Möglicherweise hätte er diese Art von Humor nicht verstanden. Zu feinsinnig für einen Mann.

Jetzt fühlte sie sich in ihrem Beifahrersitz wohlig schläfrig, hatte ihre Hand mit dem verbundenen Finger in den Schoß gelegt und betrachtete Rainer von der Seite. Es war erstaunlich, daß sie zwei so unterschiedliche Männer zur gleichen Zeit lieben konnte. Rainer war feingliedrig, sein Gesicht oval, schmal, seine Hände langfingrig wie die eines Künstlers oder was man dafür hielt. Er war mit seinen 182 Zentimetern fast so groß wie Lars, wenn er auch nicht so wirkte. Er hatte dünnes, braunes Haar, das er durch regelmäßige Friseurbesuche auf Länge hielt und sorgsam scheitelte.

Eigentlich war er ja ein Spießer, dachte Anna, aber er hatte auch etwas sehr Verführerisches auf seine Art. Zumindest hatte sie das damals so empfunden, und auch heute blitzte es manchmal noch durch. Seinen braunen Augen war sie verfallen, bevor ihre Mutter ihr erklärt hatte, daß dies der Mann fürs Leben sei. Eigentlich war diese mütterliche Aussage nur lästig und provozierte Widerstand. Um ein Haar hätte sie ihn nur aus diesem Grund nicht genommen. Schließlich hatte sie es sich jedoch anders überlegt und zehn Kinder anvisiert, die sie alle bei Omi abzugeben gedachte.

Sie lächelte vor sich hin, während die Straßenlaternen Rainers Gesichtszüge abwechselnd in Licht und Schatten tauchten. Ihr Finger pochte ein bißchen, aber Anna fühlte sich wohl. Rainer hatte noch kein einziges Wort darüber verloren, was ihn so beschäftigte. Also hatte sich das Ganze erübrigt. Sie legte ihre Hand auf sein Bein, und er lächelte ihr zu.

»Kannst du dich an das Hotel *Ramses* erinnern?« fragte er plötzlich.

O mein Gott! Sie spürte, wie sie erstarrte.

»*Ramses*?« fragte sie gedämpft.

»Da ist ein Geschäftsmann umgebracht worden. Vor exakt einer Woche. Es stand in der Zeitung. Erinnerst du dich?«

Anna deutete ein Nicken an.

»Beschuldigt wird ein Junkie. Er soll den Geschäftsmann umgebracht haben, und mir wurde heute die Pflichtverteidigung übertragen.«

»O mein Gott!«

Ihr Ton hatte so erschrocken geklungen, daß Rainer impulsiv nach ihrer Hand griff, was einen Schmerzensschrei zur Folge hatte.

»Tut mir leid, tut mir leid, das wollte ich nicht!«

Anna hielt ihre Hand hoch und überlegte. Tausend Gedanken schossen ihr gleichzeitig durch den Kopf.

»War er's denn?«

»Keine Ahnung. Ich habe die Akte noch nicht. Kommt wahrscheinlich morgen.«

Anna warf ihm einen Blick zu. Da saß er nun, ihr Held. Verdammt dazu, im dunkeln zu stochern, wo sie ihm doch so leicht auf die Sprünge helfen könnte.

»Hast du den Kerl schon gesehen?«

»Natürlich nicht! Er sitzt in Untersuchungshaft und spaziert nicht so einfach bei mir herein. Ich werde ihn mir anschauen, sobald die Akte da ist.«

»Kann ich mit?«

Sie saß mittlerweile kerzengerade in ihrem Sitz. Das war ja ein Ding. Das mußte sie sofort Lars erzählen. Der Fall würde vor ihrer Nase verhandelt werden. Sie wußte zwar noch nicht so richtig, was sie mit dieser Situation anfangen konnte, aber spannend war es allemal. Und sie war fürchterlich neugierig. Und sie war sich sicher, daß an dieser Geschichte etwas faul war. Was Rainer nicht einmal ahnte. Aber wie konnte ein Rechtsanwalt so einem kleinen Kerl auch helfen, wenn er von nichts wußte?

»Was ist los? Hast du starke Schmerzen? Wir sind gleich daheim!«

Anna nickte ihm zu und ließ sich wieder etwas zurücksinken. Sie bogen in das Viertel ein, in dem sie wohnten, seitdem sie verheiratet waren: ein Haus, ein Baum, ein Sohn. Der Bausparvertrag hatte geholfen, das Bäumchen war dreimal eingegangen, und der Sohn dachte nicht daran zu erscheinen. Leider hatte das Geld damals nur für eine Garage gereicht und nicht für zwei. Oder Rainer hatte noch im stillen geglaubt, er könne mit dem Bau einer einzelnen Garage ein Zeichen setzen. Es hatte nur zur Folge, daß ihr eigener Wagen ständig auf der Straße parken mußte und fast immer beschädigt war. Mal tobte sich einer mit seinem Schlüssel am Lack aus, dann fehlten wieder Radkappen, zweimal war das Fenster eingeschlagen und das Radio geklaut worden.

Es war ein kleiner Sieg, als Anna irgendwann die gesammelten Rechnungen für Autoreparaturen auf seiner Serviette addierte und darunter schrieb: Der Preis einer Garage. Trotzdem war es weiterhin ihr Auto, das draußen stand.

Rainer drückte die Fernbedienung, und das Garagentor hob sich. »Ein schöner Wochenanfang war das heute«, sagte er ironisch.

»Wie man's nimmt«, erwiderte Anna, dachte an Lars, den Grünkohl und den Junkie. »Zumindest war's nicht langweilig!«

Rainer warf ihr den typischen Blick der arbeitenden Bevölkerung zu, leichtes Stirnrunzeln mit zusammengezogenen Lippen. Dann holte er laut Luft und sagte aus tiefster Seele: »Deine Sorgen möchte ich haben!«

Lieber nicht, dachte Anna. »Ich hab keine«, meinte sie statt dessen.

»Eben!«

Es klang selbstgefällig.

Lars hatte keine gute Woche hinter sich. Vor allem fand er es völlig überflüssig, daß dieser Tote von Zimmer 516 jetzt auch noch in sein Leben eingriff. Nicht nur, daß Rainer die Verteidigung übernommen hatte und Anna ihre Idee von einem Detektivbüro spann, nein, jetzt fing auch noch Bettina damit an. Und Patricia, diese Psychotante, setzte Rainer den Floh ins Ohr, ihn in diesem Fall beraten zu dürfen. Und dieses Weichei nahm auch noch an.

Lars war einigermaßen genervt, als sie sich alle am Freitag, wie sie es manchmal taten, beim Griechen trafen. Die vergangenen Tage waren nicht die erfolgreichsten gewesen, er hatte mehr Parkplätze gesucht als Ärzte getroffen und mehr Strafzettel kassiert als Aufträge geschrieben. Das drückte seine Stimmung, und er fand es auch nicht gerade toll, bei Zaziki und Gyros zwischen seiner Frau und seiner Geliebten zu sitzen, beobachtet von zwei wachsamen Frauenaugen und freundschaftlich auf die Schultern gehauen von dem Hintergangenen. Lars beschloß, nach dem Essen nicht mehr allzulange zu bleiben, aber Bettina hatte ganz offensichtlich andere Pläne.

»Es kann doch nicht sein, daß in diesem Staat jedes Unrecht an den Schwachen ausgemacht wird«, steigerte sie sich gerade in die letzte Runde. »Ist doch wieder typisch! Glaubt ihr etwa, daß es ein Junkie war?«

»Der Junge ist ja auch noch nicht schuldig gesprochen«, gab Patricia zu bedenken. »Warten wir's doch erst mal ab. Am Montag geht Rainer hin. Nicht wahr, Rainer?«

Lars warf ihr einen Blick zu. Er wußte von Anna, daß Patricia ihnen auf der Spur war und daß es demnächst ein »Frauengespräch« geben sollte. Er haßte solche Gespräche, die für einen Mann nichts Positives bringen konnten, und zudem hatte er das bohrende Gefühl, daß dieses Aufklärungsgespräch überhaupt nicht mehr nötig war, weil Patricia längst ahnte, wer sich hinter dem großen Unbekannten verbarg. Diese Situation behagte Lars ganz und gar nicht, und er fühlte sich einigermaßen unwohl in seiner Haut.

Ein Blick auf die Uhr zeigte, daß er den ersten Vorstoß in Richtung Heimat wagen konnte, aber während er noch überlegte, wie er Bettina diplomatisch überzeugen könnte, ging die Tür auf, und Patricias verspäteter Ehemann trat herein. Jetzt war alles zu spät, das war ihm klar. Bettina hätte es ihm als Absicht ausgelegt, wenn er jetzt gegangen wäre. Und das nur, weil er diesen Kerl vor längst vergessenen Zeiten etwas heftig auf den Tresen gesetzt hatte. Mit einem blauen Auge, zugegebenermaßen. Und die Theke war auch noch nicht abgeräumt gewesen. Es war ein sogenanntes Mißverständnis, das sie später auch unter Männern bereinigten – mit einem Saufabend auf Lars' Kosten. Trotzdem, ein schaler Nachgeschmack war geblieben, und es war ihm klar, daß sich Frank nichts Tolleres hätte wünschen können, als Rainer die Nachricht von seiner fremdgehenden Ehefrau zu hinterbringen.

Er blieb sitzen und rang sich ein Lächeln ab, während er Franks Händedruck erwiderte. »Du bist spät dran, Alter«, sagte er dazu. Bettina warf ihm einen mißbilligenden Blick zu, diese Art von Sprache war ihr zuwider.

»Ich war noch schnell bei meiner Geliebten, ha, ha«, sagte Frank scherzhaft, und alle lachten ausgiebig, während ihm Patricia mit dem Messer drohte. »Schon gut, ich bin ja schließlich glücklich verheiratet!« Er setzte sich neben sie, und sie küßten sich zur Begrüßung.

Lars beobachtete sie. Sie waren ein völlig harmonisches Paar. Irgendwie wirkten sie äußerlich sogar wie Geschwister. Ähnlich langgezogene Nasen, ähnliche Gesichtsform, sogar der tiefe Haaransatz schien auf die gleichen Gene hinzuweisen. Beide sahen auf ihre Weise gut aus, aber seine plötzliche Erkenntnis war schon verblüffend. Klarer Fall von Inzest, dachte er und mußte lachen.

Rainer schaute auf. »Wenn du zu lachen anfängst, wird's Zeit für 'ne Runde. Sechs Aquavit?«

»O nein, hör auf«, wehrte Frank ab. »Ich bin doch eben erst gekommen, hab noch überhaupt nichts im Magen!«

»Da mußt du durch, mein Lieber!« Rainer winkte der Bedienung. Und Lars gefiel die Vorstellung, daß Frank damit ein Problem haben könnte. Er hatte sich zwar damals bei Frank entschuldigt, aber bis heute war er sich nicht sicher, ob nicht doch etwas dran war. Bettina schwieg darüber und tat es als lächerlich ab, aber immerhin waren die beiden ehemalige Klassenkameraden und nach dem damaligen Fünfzehn-Jahre-Klassentreffen, kurz nach ihrer Hochzeit, bis zum Morgengrauen nicht mehr aufgetaucht. Das waren ihm der Zufälle zuviel, er hatte zwei und zwei zusammengezählt, und kurz danach saß Frank unsanft, aber effektvoll auf dem Tresen.

Lars konzentrierte sich wieder auf die Geschehnisse am Tisch. Bettina warb gerade für den kommenden Jazzabend, was ihm nicht behagte, denn er war sich sicher, daß sie in ihrem durchsichtigen Fummel hingehen würde. Um nicht wieder die Nerven zu verlieren, fragte er Patricia kurzerhand nach ihrem Bruder. Das war stets aufs neue ein wunderbarer Gesprächsstoff, denn so selbstbewußt und zielgerichtet Patricia war, so suchend und planlos war ihr kleiner Bruder. Lars' Lieblingsfrage war, ob sie wegen ihres Bruders Psychologin geworden sei oder ob er den Filou gäbe, weil er mit so einer großen Schwester geschlagen sei.

Aber heute hatte er damit keinen Erfolg. Patricia hatte eine Erfolgsmeldung: Ihr Bruder begann eine Lehre bei einem Friseur. Zumindest machte er gerade ein Praktikum.

»Sag mir bitte, wo, damit ich mich nie in diesen Laden verirre«, sagte Lars spontan, sah aber, daß der Einwurf allgemein nicht so gut ankam.

»Laß ihm doch eine Chance!« sagte Anna. Ausgerechnet Anna wies ihn zurecht. Es war wirklich nicht sein Tag.

»Ich möchte nur nicht mit grün- und pinkgestreiften Haaren herauskommen, das ist alles«, rechtfertigte er sich mit einem Achselzucken.

»Max läßt sich anscheinend ganz gut an«, erzählte Patricia unbeeindruckt. »Möglicherweise findet er ja jetzt seinen Weg.«

Seinen Weg finden, ein Satz, den Lars schon als Jugendlicher widerlich fand. Aber es war weder die richtige Zeit noch der passende Ort, um sich mit Patricia anzulegen.

»Und von den Drogen ist er ab?« konnte er sich dann doch nicht verkneifen zu sagen.

»Scheint so.« Bettina sah ihn von der Seite an.

Er spürte, daß sie kurz vor einer für ihn unvorteilhaften Bemerkung war. »Na, ist doch prima für Max«, lenkte er schnell ein. Und legte gleich darauf seine Hand auf Bettinas Knie. »Wollen wir nach Hause?«

Sie klemmte sich eine Haarsträhne hinters Ohr. »Ich nicht.«

Das war Kampfansage pur. Lars setzte ein Lächeln auf. Er war Skorpion, er würde sich später rächen. Keine Schlacht in der Öffentlichkeit. »Wie du meinst«, sagte er und bestellte sich noch ein Pils. Dann würde er sie hier eben alle unter den Tisch trinken.

Rainer hatte sich für vierzehn Uhr mit Patricia vor dem Gefängnis verabredet. Er hatte so nah wie möglich geparkt, denn es war wieder bitter kalt geworden. Der Winter zog nochmals um die Ecken und brachte eisigen Wind und aufwirbelnde Schneeflocken mit. Rainer klemmte sich den Aktenkoffer unter den Arm und schlug den Mantelkragen hoch. Er würde keine einzige Sekunde warten, sollte Patricia nicht pünktlich sein. Es war sowieso nicht die glücklichste Entscheidung gewesen, auf ihren Vorschlag einzugehen. Er benötigte keine Schützenhilfe, und Patricia war ihm schon immer etwas unheimlich gewesen. Wer wußte schon, was so eine Psychologin alles zu erkennen vermochte. Selbst wenn man sich bedeckt hielt. Oder möglicherweise gerade deshalb!

Er hoffte fast, daß sie sich verspäten würde, aber als er näher kam, sah er sie warten. Völlig entspannt stand sie da, in Jeans und einer kurzen schwarzen Lederjacke, als sei nicht Februar, sondern August.

»Na, da bist du ja«, sagte sie zur Begrüßung, was Rainer nicht nur einen schnellen Blick auf seine Armbanduhr werfen ließ, sondern ihn auch ärgerte. Schließlich war es immer noch *sein* Termin.

»Fünf vor zwei.« Er reichte ihr die Hand. »Just in time!«

Sie drückte ihm seine eine Spur zu fest und lachte offen. »Na, denn los. Bin schon gespannt auf den Burschen!«

Sie hatten sich gerade einen zusätzlichen Stuhl an den dunkelbraun furnierten Tisch gestellt, als die Tür geöffnet wurde und Steffen Schneider hereinkam. Er sah hager aus, fast ausgemergelt, und seine Gesichtszüge hatten etwas Asiatisches, was zu seinen superkurzen hellblonden Haaren höchst widersprüchlich wirkte.

»Tag«, sagte er und gleich darauf: »Ich war's nicht!« Damit blieb er an der Tür stehen.

Rainer ging auf ihn zu und stellte sich und Patricia vor.

Steffens ohnehin schmale Augen verengten sich zu einem Strich. »Mir egal, wen ihr hier alles auffahrt, es wird nichts daran ändern, daß ich's nicht war!«

»Es liegt ja ganz in unserer Absicht, das zu beweisen.« Rainer deutete zum Tisch. »Wollen wir uns nicht setzen?«

»Das ändert auch nichts!« Steffen blieb breitbeinig stehen.

»Es ist nur bequemer. Und wenn es Ihnen bisher noch niemand gesagt hat: Wir sind da, um Ihnen zu helfen, und nicht, um Sie anzuklagen. Setzt allerdings voraus, daß Sie uns helfen. Indem Sie uns beispielsweise sagen, woher Sie Herrn Eichmann kannten.«

»Eichmann?« fragte er erstaunt, und es klang echt.

»Der Geschäftsmann, der tot aufgefunden wurde.«

»Den kannte ich überhaupt nicht!«

»Aber seinen Namen werden Sie doch kennen.«

»Wurde mir gesagt. Hab ich wieder vergessen.«

Rainer ging zum Tisch, nahm die aufgeschlagene Akte und setzte sich auf die Tischkante. »Hier steht, daß Sie Harald Eichmann an der Rezeption des Hotels *Ramses* eine

Nachricht hinterlassen haben. Nur so ist die Polizei ja überhaupt auf Sie gekommen!«

Steffen verschränkte die Arme über seinem verwaschenen Sweatshirt und lehnte sich direkt neben der Tür gegen die Wand. »Mag sein.«

»*Mag sein* bringt uns aber nicht weiter …« Rainer runzelte die Stirn. »Es muß doch einen Grund dafür gegeben haben, überhaupt eine Nachricht zu hinterlassen.«

»Das habe ich der Polizei schon gesagt!«

»Ich war nicht dabei. Vielleicht sagen Sie's einfach noch mal?«

Steffen winkelte sein linkes Bein an und stützte sich mit seinem Fuß an der weißgestrichenen Wand ab. »Ich kannte den Typ nicht. Ein Freund gab mir seinen Namen und die Adresse und sagte, ich sollte mich da melden. Das habe ich getan. Mehr nicht!«

»Und warum sollten Sie sich melden?«

Er zuckte die Achseln. »Was weiß ich. Irgendwas wird er schon gewollt haben!«

»Auf dem Zettel stand«, Rainer rückte sich die Brille zurecht und las vor: »Komme später noch mal vorbei. Falls es nicht paßt: 01 70 5 43 10 21. Steffen.« Er blickte auf. Steffen stand bewegungslos. »Den Zettel haben Sie kurz vor zwölf Uhr abgegeben, um vierzehn Uhr war Herr Eichmann bereits tot. Sie müssen doch zugeben, daß die Schlußfolgerung, Sie seien der Täter, für die Polizei nahelag.«

»Es hat ihm aber nicht gepaßt. Er hat mich angerufen.«

»Von seinem Hoteltelefon aus wurde nicht telefoniert.«

Steffen zuckte die Achseln. »Von wo aus er mich angerufen hat, weiß ich nicht. Aber er hat!«

Rainer legte die Akte wieder neben sich. »Und was hat er gesagt?«

»Daß es ihm nicht paßt. Ich soll mich später wieder melden.«

»Und er sagte nicht, wann? Und wozu?«

Steffen schwieg. Rainer überlegte. Ihm fiel nichts mehr ein, und er spürte Patricias Gegenwart in seinem Rücken. Was sie wohl darüber dachte? Er drehte sich nach ihr um. Sie hing relaxed in ihrem Stuhl, die Beine weit nach vorn geschoben, den Hintern auf der Stuhlkante. »Frag ihn doch mal, ob er überhaupt glaubt, daß der Täter aus seiner eigenen Szene stammt«, sagte sie leise.

»Wollte ich eben tun.«

Steffen hatte das Bein von der Wand genommen und ein Andenken in Form eines groben Sohlenmusters auf der hellen Fläche hinterlassen. Er schaute an Rainer vorbei zu Patricia.

»Keiner von den Jungs jedenfalls. Ich hab gehört, daß er nicht nur erstochen wurde, sondern auch ein bißchen an den Eiern gekratzt. So was tut nur 'ne Frau!«

Bis Rainer und Patricia aus der Vollzugsanstalt kamen, hatte Anna ihren zweiten Orgasmus hinter sich. Sie saß im Bett, hatte die Arme um die Beine geschlungen und schaute durch die geöffnete Tür Lars zu, der sich nach dem Duschen sorgfältig abtrocknete.

»Ich habe immer den Eindruck, ich rieche tagelang nach dir.«

»So?« Anna schnüffelte an ihrem Arm. »Das könnte meine Körperlotion sein.«

»Es wird mir noch mal den Hals brechen!« Er nahm das Badetuch an den äußersten Ecken und zog es sich in schneller Folge von links nach rechts und von rechts nach links über den Rücken.

»Du siehst aus wie ein Bär, der sich am Baum kratzt!« Anna legte ihr Kinn auf ihr Knie. »Und genauso schaust du auch!«

Lars warf sein Badetuch über den Badewannenrand und kam zu ihr. »Es macht mir halt Spaß. So wie mit dir. Höllischen Spaß eben!« Er stippte mit seinem Zeigefinger an ihre Nase. »Dafür ist einmal in der Woche fast zuwenig!«

Anna fuhr ihm durch die Haare. »Und zweimal ist zu teuer! Oder willst du im Wald …?«

Lars fischte nach seinem Slip, der neben seinen anderen Kleidungsstücken auf dem Boden neben dem Bett lag. »Im Sommer? Warum nicht?«

Anna spitzte die Lippen. »Dann liegst du aber unten, damit du's gleich weißt!«

»Schon klar!« Er lachte, drehte sich nochmals nach ihr um und fuhr mit den Fingerkuppen langsam ihr Schienbein hinauf. »Wenn du deiner lieben Freundin nicht alles ausplauderst, lege ich mich für dich hin, wo du willst. Selbst auf Reisig. Anderenfalls befürchte ich, daß uns«, er verharrte mit den Fingern auf ihrer Kniescheibe, »der Sommer verwehrt wird. Und daß es eine Katastrophe gibt!«

Anna legte ihre Hand auf seine. »Du willst doch nicht sagen, daß du denkst, Patricia würde alles ausplaudern? Das ist doch keine Tratschsuse!«

»Sie ist 'ne Frau!«

»Depp!« Sie wischte seine Hand von ihrem Knie. »Blödes Männergeschwätz! Auf Patricia kann ich mich verlassen! Sie hat noch nie was ausgeplaudert!«

Er krabbelte mit seinen Fingern wieder an ihr hoch. »Ach? Was gab's denn da Interessantes, was sie hätte ausplaudern können?«

Sie wischte ihn wieder weg. »Das würde dir so passen!

Männerstammtische sind nicht Frauensache! *Wir* tratschen *nicht*!«

Er beugte sich über ihre Kniescheibe und küßte sie. »Wir werden sehen, mein Schnuckelchen!«

Gudrun legte den Telefonhörer zurück. Sie war weiß im Gesicht und hatte das Gefühl einer Blutleere im ganzen Körper. Dieser Mensch war mehr, als sie ertragen konnte, bloß gab es kein Mittel gegen ihn. Alle Mittel, alle Asse hielt er in der Hand, preßte sie aus wie eine Zitrone.

Sie saß auf der weißen Ledercouch in ihrem gepflegten Appartement. Ein großes Wohnzimmer mit integrierter Küche und großen Fenstern, ein Schlafzimmer ganz aus Bambusmöbeln, ein Badezimmer, pflegeleicht in Weiß, und ihre Folterkammer, die eigentlich, im Vergleich zu anderen, keine richtige war. So wie Gudrun keine echte Domina war, zumindest nicht mehr.

Sie arbeitete als Sekretärin in der Stadtverwaltung, bezog ein ordentliches Gehalt zu ordentlichen Konditionen. Ein Job mit Weihnachts- und Urlaubsgeld und, wenn sie ein Kind gehabt hätte, mit Anrecht auf Mutterschutz, Kündigungsschutz und auf einen betriebsinternen Kindergartenplatz. Und irgendwann würde auch ganz automatisch die Rente kommen.

Der Haken waren ihre Vergangenheit und der Kerl, der seinerzeit eine goldene Nase mit ihr verdient hatte. Als er nach einem Totschlag in den Knast gewandert war, verließ sie blitzartig den Kiez, wechselte den Namen, schuf sich eine neue Identität und fand gleich darauf ihre neue Arbeitsstelle. Zuerst hatte sie Angst, dann fühlte sie sich allmählich sicher, und als er nach Jahren abends vor ihrer Tür stand und sie ohne weiteres geöffnet hatte, erkannte sie ihn nicht einmal mehr auf den ersten Blick. Er schloß sich mit ihr ein, zwang sie, sich bei ihrem Chef krank zu melden, und ließ sie erst nach einer Woche wieder gehen. Da zog sie mitten im Sommer langärmlige Rollkragenpullover und lange Hosen an, denn ins Gesicht hatte er sie wohlweislich nicht geschlagen. Und er wartete jeden Abend in ihrer Wohnung auf ihre pünktliche Rückkehr. Und dann schleppte er ihr wieder die ersten Freier an, denn er wollte Geld. Und er wußte, daß sie gut war. Immer, wenn sie aufzumucken drohte, legte er ihr die Fotos aus ihrem früheren Leben auf den Tisch und drohte, sie an die Stadtverwaltung zu schicken. Oder an jeden weiteren Arbeitsplatz, an dem sie sich bewerben würde. Sozusagen zusammen mit ihren Bewerbungsunterlagen.

Gudrun stand auf und ging in ihre freistehende Küche. Sie hatte, als sie vor vier Jahren ihr neues Leben begann, einen Kredit dafür aufgenommen und war stolz auf ihre Wohnung. Jetzt war das alles nur noch Ballast. Sie überlegte, einfach abzuhauen und in einem anderen Land noch mal neu anzufangen. Aber solange ihr Charly im Genick saß, wußte sie nicht, wie sie es anstellen sollte. Gudrun schenkte sich einen Whisky ein. Den brauchte sie immer, wenn er angerufen hatte. Er wollte Geld, und sie hatte keins. Rainer war nicht gekommen, die Kohle fehlte ihr ganz einfach. Sie hatte sich auf fünf Freier beschränkt, mehr brachte sie neben ihrer regulären Arbeit zeitlich nicht unter. Und mehr wollte sie auch nicht. Wobei dieser Typ noch einer von der anständigen Sorte war. Und Rechtsanwalt dazu. Vielleicht konnte sie ihn mal brauchen.

Charly saß in seinem Auto, einem durchgesessenen alten Chevy. Er war nicht mehr der Macker vom Kiez. Als er vor Ablauf seiner sieben Jahre wegen guter Führung entlassen worden war und hoch erhobenen Hauptes in sein altes Revier einspaziert war, wurde es ihm schmerzlich bewußt gemacht, daß seine Zeit abgelaufen war. Das tat vor allem deshalb weh, weil er sich nicht wehren konnte. Andere saßen jetzt am Drücker, Kerle ohne Skrupel. Das bedeutete, er mußte sich entweder mit den neuen Platzhirschen anlegen, wenn er selbst wieder etwas auf die Beine stellen wollte, oder er mußte alte Quellen auftun.

Charly dachte über sein Telefonat nach, das er eben mit Gudrun geführt hatte. Er war in der Szene abgeschrieben, und Gudrun hätte draufkommen müssen, wenn sie nur nachgedacht oder noch Verbindung zu ihren alten Spezis gehabt hätte. Aber anscheinend war sie wirklich auf einem anderen Trip. Auf der Suche nach Bräutigam und Einfamilienhaus. Er grinste, obwohl ihm nicht danach war. Er schuldete einem dieser Kerle noch über hunderttausend Mark. Und wenn Gudrun nicht mehr zog und die drei anderen, die er noch aus vergangenen Tagen aufgestöbert hatte, dann sah es ganz lau aus. Charly zog sich eine Zigarette heraus. Er würde Gudrun Beine machen. Wenn nötig mit Gewalt.

Anna wartete gespannt auf Rainers Rückkehr. Sie hatte schon versucht, ihn telefonisch über seinen und Patricias Besuch im Untersuchungsgefängnis auszufragen, aber er hatte abgeblockt. Das machte sie nur kribbeliger, zumal sie auch über ihrer Idee mit dem Detektivbüro brütete. Der Gedanke gefiel ihr zunehmend, und irgendwie könnte sie ihr Tätigkeitsfeld vielleicht sogar ausweiten. In Richtung Sicherheit und Personenschutz. Und durch ihren früheren Job hätte sie zumindest schon mal computertechnisch alles im Griff. Sie beschloß, mit Rainer darüber zu reden.

Sie bügelte, als sie ihn in die Garage fahren hörte. Das war ein echter Grund, mit der ungeliebten Arbeit aufzuhören. Beim Bügeln konnte man zwar wunderbar nachdenken, aber genaugenommen konnte man das an einem Kneipentisch bei einem Glas Wein auch.

Sie lief ihm entgegen. »Ich habe einen Auflauf im Ofen«, rief sie. »Bei dem Wetter, dachte ich mir, ist das genau das Richtige!«

Er nahm sie zur Begrüßung in die Arme. »Mmmhhh, du verwöhnst mich ja«, brummelte er in ihr Haar. »Willst du was?«

Sie lachte. Unbestritten tat ihr der Montag gut. Sie fühlte sich nach dem Nachmittag mit Lars immer zu allen Schandtaten bereit.

»Ja, dich!« sagte sie keck, obwohl sie gar nicht die Absicht hatte. Aber sie kannte Rainer gut genug: Überraschungsnummern waren nicht sein Ding. Er liebte es konservativ und gemütlich im Ehebett. Anna dachte, daß er für sich wahrscheinlich längst einen Plan zurechtgezimmert hatte, wie die Liebe abzulaufen habe. Und er hielt sich bereits seit zehn Jahren an seine eigene Vorgabe, warum sollte es heute abend anders sein. Die kleinen Ausnahmen, die er sich zwischendurch gestattete, hinterließen bei ihr anschließend immer den Eindruck, als schäme er sich dafür, etwas Abartiges verlangt zu haben.

Anna hatte sich damit abgefunden. Rainer hatte dafür andere Qualitäten, was sollte es also. Sie hatte ja Lars. Das Leben war perfekt.

Rainer stand neben ihr in der Küche, während sie den Auflauf aus dem Ofen nahm.

»Du siehst gut aus!« sagte er plötzlich.

»Ja, danke, ich glaube, er ist mir gelungen!«

»Ich spreche von dir! *Du* siehst gut aus!«

»Ja, danke. Der Auflauf nicht?«

Rainer schüttelte den Kopf, griff nach zwei dicken Topflappen, nahm ihr den Auflauf ab und trug ihn hinaus zum Eßtisch. »Heute scheint mich irgendwie keiner verstehen zu wollen.«

Anna kam ihm nach. »Erzähl von deinem Termin im Gefängnis, dann erzähle ich dir, daß ich vorhabe, ein Privatdetektivbüro zu gründen!«

»Was?« Ihm wäre fast die Auflaufform aus den Händen gerutscht. Das fehlte ihm noch. Eine Privatdetektivin im eigenen Haus. Da konnte er ihr gleich Gudruns Adresse nennen. Und den Preis dazu.

»Ist das nicht eine tolle Idee?« forschte sie nach seiner Bestätigung. »Ein Anwalt und eine Privatdetektivin, das ist doch ein unglaubliches Gespann!«

»Ja, unglaublich!« Er stellte die heiße Form auf den Untersetzer und ließ sich auf seinen Stuhl sinken. »Wie wär's denn mit einem branchentypischen Job? Irgendwas mit Computer oder so? Softwareberatung, Installation, Vernetzung, was weiß ich?«

Anna setzte sich ihm gegenüber hin. Ihre Augen funkelten vor Begeisterung. »Das ist ja das Gigantische! Ich kann meine Erfahrungen im Computerbereich einbringen. Den Innenbereich schmeiß ich mit links, wenn's soweit ist. Ab morgen informiere ich mich über den Rest!«

»Braucht man dazu keine Ausbildung?«

»Glaub nicht. Werde ich aber morgen in Erfahrung bringen!«

»Laß es besser. Das ist viel zu aufwendig und außerdem

viel zu gefährlich. Stell dir mal vor, irgend so ein fremdgehender Ehemann fühlt sich beschattet – der bringt dich womöglich noch um!«

»Ist doch amüsant. Aber keine Angst. Ich übe erst mal an dir. Das Beschatten, mein ich! Aber jetzt erzähl mir von deinem Termin im Gefängnis!«

Patricia erzählte Frank ebenfalls gerade von dem Besuch bei Steffen. Sie lagen miteinander auf der Couch, hatten eine Flasche Wein geöffnet und sich beim Italiener um die Ecke zwei Pizzen bestellt.

»Der Junge ist dreiundzwanzig«, erzählte sie. »Nur ein Jahr älter als mein Bruder. Aber er sieht so verbraucht, so kaputt aus. Du müßtest dir mal seine Augen anschauen! Ich würde mich zu gern allein mit ihm unterhalten!«

»Glaubst du, er hat was damit zu tun?«

»Ich weiß ja noch nicht mal, was dieser Eichmann für einer war. Hat er sich tatsächlich solche Jungs wie Steffen bestellt? Steffen ist nun wahrlich nicht der Knackarsch, den man sich für so einen Zweck vorstellt!«

»He!« Frank bohrte ihr den Zeigefinger in den Bauch. »Fremde Knackärsche hast du noch nicht einmal anzuschauen – ist das klar?«

»Es war ja keiner! Sag ich doch!« Sie lachte und wand sich, weil er den Druck in ihrem Bauchnabel verstärkte. »Komm, laß! Schenk lieber was ein und leg Geld parat. Gleich klingelt Pizzaman!«

»Jeden Abend Pizzaman wird auch langsam mühsam!«

»Dann schau zu, daß wir endlich mit der Küche zu Potte kommen. Eine ordentliche Küche gehört nun mal zu einem Haushalt!«

Frank setzte sich auf. »Wenn ich nicht die Befürchtung

hätte, daß ich dann immer darin stehen muß, hätte ich mich schon längst darum gekümmert!«

»Psychologie und Kochen«, Patricia hielt ihm ihr leeres Weinglas hin, »du weißt, das eine schließt das andere aus!«

»Sag ich doch! Mir kommt keine Küche ins Haus!«

»Na, dann«, Patricia wies auf die Umzugskartons, die sich noch überall stapelten, »dann such doch bitte mal das spezielle Pizzamesser, das ich aus *meinem* Haushalt mitgebracht habe. Dürfte etwa in dieser Richtung zu finden sein.«

Anna tüftelte an ihrer Idee herum, als das Telefon läutete. Rainer war eben aus dem Haus gegangen, und sie hatte sich daran gemacht, die Betten frisch zu beziehen. Das überkam sie immer am Dienstag, vielleicht die unbewußte Nestreinigung nach dem montäglichen Seitensprung. Anna ging zum Apparat und schaute auf das Display: eine Handynummer, aber sie kam ihr nicht bekannt vor. Sie schaute auf die Uhr, während sie abnahm. Kurz nach neun, für eine Plauderstunde unter Freundinnen noch zu früh.

Lautes Motorengeräusch und eine Stimme, die sie im Moment nicht zuordnen konnte. »Hey, Anna, was tust du gerade?«

»Sag ich dir, wenn ich weiß, wer dran ist!«

»Max!«

»Max? Und was tust du?«

»Ich wollte mit dir Kaffee trinken fahren.«

»Was? Ich verstehe dich kaum. Sitzt du auf einem Traktor oder was? Es ist so laut!«

Sie hörte ihn lachen, dann erstarb das Geräusch im Hintergrund, und gleich darauf klingelte es an ihrer Haustür.

»Bist du das jetzt?« fragte sie, das Handy immer noch am Ohr haltend.

»Ja, klar. Ich hol dich ab.«

Wieso und wohin, war ihr noch nicht plausibel. Sie kannte Max von Kindesbeinen an, schließlich war er Patricias kleiner Bruder und war ihnen von Patricias Eltern immer aufs Auge gedrückt worden, wenn sie sich mit Jungs treffen wollten. Er hatte vereitelt, was fünfjährige kleine Gören auch nur vereiteln können. Aber irgendwie war er inzwischen wie ein eigener Bruder, zumal sie keinen hatte. Patricia und sie hatten sich in der ersten Klasse des Gymnasiums kennengelernt, als Max als Nachkömmling geboren wurde. So wurde Anna unfreiwillig in die Kunst des Wickelns und Fütterns eingeweiht, und schließlich übte sie sich auch in der Fähigkeit, ungebetene Kleinkinder loszuwerden. Und zum Verdruß seiner Mutter und zur Freude seiner Schwester fand Max, kaum daß er die Schultüte im Arm hatte, wie all seine Geschlechtsgenossen Mädchen doof und somit als Begleitung indiskutabel. Patricia und Anna rieben sich die Hände und förderten seine genetisch verankerte Antipathie.

Anna öffnete die Tür. Zwischenzeitlich war ihr Max buchstäblich über den Kopf gewachsen. Er sah gut aus, dunkelhaarig mit markanten Gesichtszügen.

»Um diese Zeit? Bist du aus dem Bett gefallen, oder hat die Disko geschlossen?«

»Quatsch, ich hab 'nen Auftrag! Und wollte dich mitnehmen, das ist alles. Einen schönen Morgen mit meiner Halbschwester genießen, obwohl«, er grinste frech, »wir dazu ja eigentlich nicht aus dem Haus müßten ...«

»Du willst wohl ein paar hinter die Ohren! Komm rein!« Sie trat zur Seite, und jetzt erst fiel ihr das Auto auf, das vor dem Gartentor stand. »Was ist denn das?« fragte sie und schaute ihn ungläubig an.

»Der Grund, weshalb ich dich abhole. Ich hab doch jetzt eine Praktikantenstelle bei einem Friseur, und von einer Kundin habe ich den Auftrag, ihren Wagen durch die Waschstraße zu fahren, während sie erneuert wird. Und ich dachte, ich verbinde das mit einem kleinen Ausflug zu dir.«

»*Den* hat dir jemand mitgegeben?« Sie verrenkte sich fast ihre Augen, aber es bestand kein Zweifel: Es war ein Porsche.

»Warum nicht? Ich hab ja schließlich einen Führerschein!« Max klang beleidigt.

»Den hast du geklaut!«

»Jetzt ist aber gut!« Er zeigte ihr den Schlüssel. Tatsächlich, es war ein Porscheschlüssel. Das Wappen bewies es eindeutig. »Alles völlig legal! Also, was ist?«

Anna überlegte. Es zog kalt herein, und sie hatte nur ein T-Shirt an. »Hast du zwei Minuten Zeit? Ich muß mir nur schnell was anziehen!« Sie konnte nicht widerstehen. Es war einfach ihr Traumauto. Und wenn Max den Schlüssel hatte, war die Sache ja wohl in Ordnung.

Innerhalb kürzester Zeit war sie wieder unten im Wohnzimmer. Max hatte inzwischen ihren Geldbeutel geplündert. »Kannst du mir den Fuffi vielleicht borgen? Mir ist blöderweise gerade die Kohle ausgegangen!«

Anna nahm ihm ihren Geldbeutel ab und steckte ihn ein. »Porsche fahren und keine Kohle im Sack!«

»Es ist ein Turbo!«

»Noch schlimmer! Beherrscht du den überhaupt? Und ist es nicht glatt auf der Straße?«

»Der fährt sich wie jeder andere Turbo auch. Was hast du mit deinem Finger angestellt?«

»Bösen Jungs gedroht!«

Sie reckte ihren Finger hoch, aber bis auf eine rote Linie war kaum noch etwas zu sehen.

»Na, denn«, Max grinste und legte seinen Arm um ihre Schultern. »Komm!«

Der Wagen sah schon beeindruckend aus, wie er so silberglänzend und breitarschig auf ihrem Trottoir stand. Max öffnete ihr die Beifahrertür, und sie ließ sich in den Sitz gleiten.

»Wieviel kostet so was?« fragte sie Max, als er hinter dem Steuer Platz nahm.

»Ne Viertelmillion?« stellte er in den Raum. »Schau!« Er drückte das Handschuhfach in der Mittelkonsole auf. »Selbst die Fahrzeugpapiere sind da. Glaubst du mir jetzt?«

Anna gurtete sich an. »Es ist nur seltsam, daß er überhaupt nicht schmutzig ist. Wozu sollst du ihn also waschen lassen?«

»Porschefahrer sind halt Neurotiker. Weiß man doch!« Er steckte den Schlüssel ins Schloß und startete den Motor. »Hörst du das? Ist wie ein Orgasmus!«

»So ein Schwachsinn kann nur ein Mann sagen!«

Er legte den Gang ein. »Wie würdest du das bezeichnen, Fräulein Superschlau?«

»Als Sound. Im Notfall als Geräuschkulisse oder bösartig als Lärm. Aber Orgasmus? Du hast wahrscheinlich noch nie einen gehabt ...«

Er warf ihr einen schrägen Blick zu, während er losfuhr. »Karajan hat in seinem 911er niemals Musik gehört, weil, behauptete er, der Motor seine Musik sei!«

»Du willst mir jetzt aber nicht erklären, daß du plötzlich gebildet bist?«

»Ich wußte schon immer, daß Mädchen blöd sind!«

»Fahr und schau auf die Straße!« Anna lehnte sich zurück. Das fühlte sich gut an. Und das Armaturenbrett mit den runden, silbern hinterlegten Instrumenten und dem Navigationssystem war was fürs Auge. Sie konnte sich gar nicht sattsehen. Und satthören. Irgendwie hatte Max schon recht, das war was.

Er fuhr in Richtung Innenstadt. Durch Hamburg in einem silberfarbenen Turbo. Hoffentlich sah sie jemand. Rainer würde ihr das nicht glauben wollen.

»Zu welcher Waschstraße fahren wir denn?« fragte sie nach einer Weile.

Max zuckte die Schultern. »Mal sehen, was am Wege liegt!«

»Die wird dich doch nicht einfach ohne konkreten Auftrag losgeschickt haben. Sicherlich gibt's für so ein Auto auch eine bestimmte Waschstraße.«

»Möglich. Weiß ich nicht.« Er schaltete einen Gang herunter. »Außerdem hast du recht. Er ist überhaupt nicht schmutzig. Eigentlich Quatsch, ihn waschen zu lassen!«

Anna schaute zu ihm hinüber. Er grinste und gab Gas, um noch vor der auf Rot umspringenden Ampel über die Kreuzung zu kommen. Der Wagen schoß unvermittelt vorwärts, Anna weitete erschrocken die Augen.

»Das Ding hat Power. Weißt du was? Wir nehmen die Autobahn nach Lübeck. Da können wir ihn mal richtig laufen lassen. Wobei es eigentlich gescheiter wäre, gleich nach Italien zu fahren. Das wäre allerdings die entgegengesetzte Richtung, und wir hätten ewige Geschwindigkeitsbeschränkungen.«

Anna betrachtete ihn jetzt aufmerksamer. »Sag mal, ist mit dem Wagen tatsächlich alles in Ordnung? Es wird dir doch keiner einen Wagen für eine Viertelmillion anvertrauen, um mal eben eine Spritztour nach Lübeck oder Italien zu machen.«

Sie fuhren über den Jungfernstieg, bogen nach links ab, an der Binnenalster entlang und schließlich am Hotel *Atlantic* vorbei.

»Das wäre der richtige Rahmen für so ein Auto. Wollen wir da Kaffee trinken? Natürlich nur kurz, weil die Zeit zu schade ist, und auch nur, wenn du genug Kleingeld dabei hast, um den Genuß zu bezahlen.« Max tätschelte ihr Knie. »He, Anna! Was sagst du?«

Sie blieb kurz still. »Ich sage, daß da was nicht stimmt, und du sagst mir jetzt auch auf der Stelle, was es ist. Also, was ist es?«

»Ich weiß nicht, was du hast!«

In diesem Moment klingelte das Autotelefon, und auf dem kleinen Bildschirm, auf dem sie sich bisher als kleinen Pfeil im Straßengewühl sehen konnte, erschien im unteren Teil eine Nummer. Anna betrachtete die Knöpfe rund um den Bildschirm und fand einen mit einem Telefonzeichen. Sie drückte darauf.

»Hallo«, hörte sie aus dem Lautsprecher. »Hallo, Friederike, hörst du mich? Hallooo? Wo steckst du? Ich dachte, du seist beim Friseur. Warte, ich ruf noch mal an, die Verbindung ist zu schlecht.« Es knackte, und gleich darauf klingelte es wieder.

Anna ging nicht mehr dran, dafür warf sie einen Blick auf ihre Uhr. »Wir fahren jetzt bereits über eine halbe Stunde durch die Gegend. Max, du schuldest mir eine Erklärung!«

»So lange schon? Anna, weißt du was, ich fahre wirklich nach Italien. Und du gibst mir deine EC-Karte und die Geheimnummer, ich werde nicht mehr als fünfhundert Mark ziehen, das verspreche ich dir. Und in ein paar Tagen hast du die Kohle zurück. Meine Hand drauf!«

»Warst du deswegen vorhin an meinem Geldbeutel? Und der Fünfziger war nur Alibi? Meine Karten hab ich woanders, mein Freund. Und jetzt spuck's aus. Was spielst du für ein Spiel?«

Er hatte jetzt tatsächlich die südliche Route aus der Stadt hinaus eingeschlagen. »Sei nicht zickig. Es ist meine Chance. Du gibst mir die Karte, und ich laß dich am nächsten Taxistand raus! Das ist doch ein Wort!«

Anna setzte sich jetzt seitlich, mit dem Rücken zu ihrer Tür, um ihn besser beobachten zu können.

»Also wurde dir der Wagen nicht freiwillig gegeben. Bist du wahnsinnig? Wenn uns einer anhält, bin ich mit dran!«

»Ich sag ja, ich laß dich raus. Du gibst mir freiwillig deine ...«

»Freiwillig! Max! Das ist nicht nur eine Erpressung, das ist auch gleich noch eine Entführung!«

Sie dachte daran, einfach den Zündschlüssel umzudrehen, aber das Zündschloß saß links vom Lenkrad. Da kam sie nicht hin. Die Handbremse ziehen würde wahrscheinlich ebenfalls wenig bringen. Womöglich würde Max dann auch noch die Kontrolle über das Fahrzeug verlieren. Sie hatte keine Lust, an einer Hauswand zu kleben.

Max beschleunigte. Er war schon gut bei Hundert.

»Max, mach dich nicht unglücklich. Noch kannst du es vielleicht zurechtbiegen. Aber einen solchen Wagen zu klauen – damit kommst du doch nicht durch!«

»Solche Autos werden täglich geklaut. Nur wenn du mir deine Karte nicht gibst, muß ich mir was anderes einfallen lassen.«

Er warf ihr einen Blick zu, und seine Augen gefielen

ihr nicht. Sein Gesichtsausdruck hatte sich verdüstert. Der Sunnyboy, der er vor zwanzig Minuten noch gewesen war, hatte sich verwandelt.

»Selbst wenn ich sie dabeihätte, würde ich sie dir nicht geben. Ich mache mich doch nicht strafbar!«

»Du bist dabei! Das ist strafbar genug!«

Damit hatte er wahrscheinlich recht. Jetzt waren sie gleich auf der Autobahn. Irgend etwas mußte ihr einfallen, wollte sie nicht unfreiwillig in Italien oder hinter Gittern landen. Ein toller Berufsstart für eine Privatdetektivin.

»Sag mir wenigstens, wie du's angestellt hast. Schlüssel und Papiere, das ist ein Meisterstück, das muß man dir zugestehen!«

Der Anflug eines Lächelns huschte über sein Gesicht. Eitel war er schon immer gewesen, das wußte Anna. Möglicherweise konnte sie ihn so packen.

»Die Besitzerin hat mir den Schlüssel gegeben, damit ich einen Parkschein für sie ziehen und hinter die Windschutzscheibe legen sollte. Die Papiere lagen tatsächlich im Handschuhfach, und sie wird etwa drei Stunden in Arbeit sein. Totale Runderneuerung auf dem Kopf. Das dauert. Zeit genug für mich, um weit weg zu sein. Du mußt doch zugeben, es ist ein Wink des Schicksals!«

Gott! Anna lehnte sich zurück. Sie saß in einem geklauten Turbo. Vielleicht waren sie schon hinter ihnen her. An jeder Straßenkreuzung konnte ein Blaulicht auftauchen. Sie hielt die Luft an. Den Moment wollte sie nicht erleben. Grauenhafte Vorstellung: Frau eines Rechtsanwalts mit jungem Liebhaber in geklautem Porsche gefaßt. Rainer wäre hoch erfreut.

»Max, wer ist diese Frau? Friederike wer?«

Er zuckte die Achseln und hupte. »Hört sich doch gut an!«

»Laß das! Wenn uns jemand hört!« Die Straßen wurden breiter, jetzt hatten sie gleich freie Fahrt.

»Sie werden von uns hören, dessen kannst du dir sicher sein!« Er nickte ihr zu und beschleunigte erneut.

»Max, du bist viel zu schnell. Und die Straßen könnten glatt sein, vergiß das nicht. Italien! Weißt du, daß du da über die Alpen mußt? Hat der Wagen überhaupt Winterreifen drauf?«

Sie erkannte die kleine Unsicherheit in seiner Reaktion. Er schien nachzudenken. Vielleicht konnte sie ihn ja noch umstimmen.

»Ohne Winterreifen und ohne Sprit!« begann sie. »Was glaubst du, wie weit du kommst? Dazu noch gesucht! Am hellichten Tag! Jetzt hast du noch die Chance, den Wagen wieder hinzustellen. Vielleicht hat's noch keiner bemerkt!«

»Ich hab einen erheblichen Zeitvorsprung. Und du hast genug Geld für Sprit. Die großen Pässe sind meistens frei. Außerdem ist der Wagen schwer, der bleibt nicht so schnell hängen. Und ich habe Schlüssel und Papiere. Ich werde die erste große Chance meines Lebens nutzen, Anna, darauf kannst du wetten!«

Patricia saß zur selben Zeit in ihrem Arbeitszimmer und hörte einem Patienten zu. Die Geschichte kannte sie schon, der Mann erzählte jetzt schon zum drittenmal aufs Wort genau die gleiche Story, und ihre Gedanken schweiften ab. Es war interessant, was Steffen gesagt hatte. Er hielt es für unwahrscheinlich, daß Harald Eichmann von einem Mann getötet worden war. An den Eiern gekitzelt, hatte er gesagt, die Abrechnung einer Frau. War es wirklich so zu verstehen?

Sicherlich hatte Rainer den Obduktionsbericht in seinen Akten. Sie würde ihn darum bitten. Außerdem mußte doch irgend jemanden die Frage bewegt haben, welches Motiv der Junge gehabt hätte. Und wenn sie tatsächlich miteinander geschlafen haben sollten, müßte dies mit den heutigen Mitteln doch nachweisbar sein. Zudem stellte sich die Frage, was dieser Harald Eichmann eigentlich für einer war. Geschäftsmann und verheiratet. Das sagte überhaupt nichts. Was für ein Geschäftsmann? Welche Branche? Was tat er nebenher? War er beispielsweise politisch engagiert? Und seine Ehe. War er glücklich verheiratet? Getrennt? Hatte er Neigungen?

Patricia begann, sich Notizen zu machen. Ihr Patient saß ihr gegenüber in einem blauen Ohrensessel und redete wie ein Uhrwerk. Sie schaute ihm kurz zu, dann schrieb sie weiter. Eigentlich ging sie die ganze Geschichte ja nichts an, aber sie hatte das Gefühl, Rainer könne etwas Unterstützung gebrauchen. Er tat immer so selbstsicher, aber insgeheim war sie sich nicht sicher, ob er tatsächlich ein guter Anwalt war.

Sie blickte auf, weil ihr Patient plötzlich schwieg. Er war einer der Menschen, die zumachten, sich wie ein Fingerhandschuh nach innen stülpten, sich verkrochen wie eine Schnecke in ihr Haus. Er betrachtete sie aufmerksam.

»Was sagen Sie dazu?« wollte er von ihr wissen.

Patricia überlegte, an welcher Stelle seiner Geschichte er abgebrochen hatte.

»Ich laß es mir eben durch den Kopf gehen«, wich sie aus.

»Aber Sie haben sich doch Notizen gemacht!«

»Ja, eben.« Patricia nickte. »Ich denke mir, daß wir alles Schritt für Schritt aufarbeiten müssen.«

»Dann erzähle ich es Ihnen noch einmal!«

Rainer machte sich ebenfalls Gedanken über Steffen Schneider. Er hätte mehr aus ihm herausholen sollen, so blieb letztlich vieles ungeklärt. Rainer machte Patricias Gegenwart dafür verantwortlich. Unbewußt hatte er sich sicherlich gestört gefühlt. Es war kein großer Auftritt gewesen, das mußte er sich eingestehen. Und das gefiel ihm überhaupt nicht, zumal Patricia auch noch Annas Freundin war. Frauen erzählten sich alles gegenseitig. Wo Männer prahlten und an der Oberfläche blieben, gingen sie ins Detail, selbst wenn diese Betrachtung nicht besonders angenehm ausfiel. Der Gedanke, daß Anna eventuell ihre erotischen Geheimnisse vor Patricia ausbreiten könnte, behagte ihm keineswegs. Nicht, weil er sich da etwas vorzuwerfen hätte; was das anbelangte, gab es nichts Aufregendes. Aber vielleicht war es auch gerade das, was sie nicht zu wissen brauchte.

Er zog sich Steffen Schneiders Akte heran. Strenggenommen konnte dem Kerl nicht viel passieren. Sie hatten einen Mord, sie brauchten einen Verdächtigen, da kam Steffen wie gerufen. Für die Öffentlichkeit war der Fall schnell geklärt – und längst vergessen, wenn Steffen als unschuldig entlassen werden würde. Auf der anderen Seite konnte das Pendel auch in die andere Richtung ausschlagen. Ein Stricher war nun eben mal gesellschaftlich anrüchig. So einer hatte die Sympathien nicht gerade auf seiner Seite, wobei die Gesellschaft selten danach fragte, von wem diese Jungs eigentlich lebten. Nämlich doch genau von den feinen Herren ebendieser Gesellschaft. Und wer weiß, welchen Biedermann dieser Harald Eichmann nach außen hin abgegeben hatte.

Rainer dachte an Gudrun. Er war auch verletzlich geworden. Sie würde ihn bei ihren Spielchen nicht gerade umbringen, aber seitdem er sie kannte, war er Sklave seines Triebes geworden. Eines Triebes, den er vor dieser Begegnung noch nicht einmal gekannt, vielleicht geahnt, aber nicht ausgelebt hatte.

Er schlug die Akte Schneider auf, blätterte einige Seiten um und griff nach dem Telefonhörer. Er fühlte sich schuldig, und wie immer, wenn er deswegen Gewissensbisse hatte, rief er Anna an. Es war für ihn wie eine Absolution, wenn sie ihm etwas Nettes sagte.

Er ließ es durchklingeln, aber es meldete sich niemand. Er schaute auf die Uhr. Fast halb elf. Hatte sie einen Termin? Erkundigte sie sich womöglich nach den Voraussetzungen, um Privatdetektivin zu werden? Er hätte ihr schon gestern sagen können, daß Detektiv keine geschützte Berufsbezeichnung ist und sie sich sofort ein entsprechendes Schild an die Tür nageln könnte. Aber er hoffte noch immer, sie davon abzubringen. Vielleicht sollte er entsprechende Verordnungen und nachzuweisende Lizenzen erfinden, schnell drucken lassen und ihr heute abend präsentieren. Zusätzlich mit den voraussichtlichen Kosten einer entsprechenden Ausbildung. Er überlegte. 20 000 Mark dürften sie vielleicht abschrecken. Oder vielleicht eher 25 000. Die Lizenz mußte auch etwas kosten. Und die Räume, also Miete und Nebenkosten, und Büroeinrichtung einschließlich aller technischen Geräte. Das würde eine runde Summe werden.

Er schaute auf seinen Terminkalender und schob die Akte beiseite. Er hatte eine Stunde Ruhe vor dem nächsten Mandanten, das sollte für einen Entwurf reichen.

Anna fühlte sich in dem Wagen völlig hilflos und war vor lauter Zorn den Tränen nahe.

Max ließ sich keine Sekunde lang beirren. »Ich hatte gehofft, du würdest cooler sein. Ich hätte dich schon vor dem *Atlantic* raussetzen können, dann hätte ich viel Zeit gespart und du Ärger. Aber du wolltest ja nicht!«

»Ich hatte keine Ahnung, worauf das hinausläuft! Wie denn auch? Kann ich Gedanken lesen?«

»Stimmt. Ich verwechsle dich immer mit Patricia. Die hätte es nach fünf Minuten gewußt!«

Sie waren längst auf der Autobahn. Anna hatte versucht, Max die Folgen aufzuzeigen. Vor allem strafrechtlich. Aber auch persönlich. Ein erneuter Schlag für seine Familie.

»Recht so!« hatte er geantwortet. Sein Vater war Chefarzt an einer kleinen Privatklinik für Schönheitschirurgie und rechnete sich zur Hamburger Society. Und Max fand alles, was mit dieser selbsternannten Elite zu tun hatte, widerlich. »Zwanghaftes Getue«, stempelte er ab, was sein Vater als »gesellschaftliche Pflicht« bezeichnete.

So kam sie nicht weiter, das erkannte Anna. Außerdem war ihr eigentlich schon vorher klar gewesen, daß Max alles Freude macht, was seinen Vater vor den Kopf stößt. Womöglich hoffte er sogar, gefaßt zu werden und als raffinierter Porscheklauer in die Zeitung zu kommen. Aber das brachte sie natürlich in eine schwierige Lage. Ob freiwillig oder nicht, sie saß neben ihm. Etwas anderes zu beweisen dürfte schwerfallen, schließlich hatte er sie nicht mit Gewalt in den Wagen gezerrt. Ihre Lage war idiotisch.

Sie überlegte. Es gab keinen einzigen Grund zur Rücksicht. Sollte er doch in sein Unglück rennen, sie mußte irgendwie ihren Kopf retten.

»Ich mach dir 'nen Vorschlag«, sagte sie nach einer Weile.

»Na endlich!« Er schenkte ihr ein strahlendes Lächeln und tätschelte das dunkelblaue Lederlenkrad. »Ich wußte, du würdest ein Einsehen mit uns haben!«

»Hab ich nicht. Ich hab ein Einsehen mit mir!« Sie waren nicht mehr allzu weit von Hannover entfernt. Es war recht schnell gegangen, obwohl sich Max jetzt ziemlich genau an das Tempolimit hielt.

»Schieß los!«

Anna öffnete einen kleinen Reißverschluß an ihrem Geldbeutel und zog ihre EC-Karte heraus. »Da ist sie«, sagte sie dazu bedeutungsvoll.

»Sehr schön. Ich wußte doch, auf dich ist Verlaß!«

Anna überging die Bemerkung, sie schaute ihn an. »Du läßt mich am Bahnhof in Hannover heraus. Ich hole am nächsten Geldautomaten Geld. Wenn sich der Automat stur stellt, gehen nur vierhundert, wenn du Glück hast, kann ich mehr ziehen. Aber immerhin. Wenn du nicht wie ein Irrer fährst, dürften vierhundert reichen. Und ich kaufe mir von meinem Restgeld eine Fahrkarte und fahre nach Hamburg zurück. Und du vergißt, daß du mich heute gesehen hast!«

»Nach Hannover reinzufahren ist ein riesiger Zeitverlust. Und zudem auch noch gefährlich. Wer weiß, was die in Hamburg bereits angezettelt haben. Und was tust du, sobald ich um die Ecke bin?«

»Du traust mir nicht? Das ist ja noch schöner! Von mir aus kannst du mit der Karre bis nach Honolulu fahren. Und die Kohle gebe ich dir als zinsfreies Darlehen. Kannst wenigstens danke sagen!«

»Danke!«

Sie verkniff sich einen weiteren Kommentar, lehnte sich in ihren Sitz zurück und sah hinaus. Max überholte gerade einen anderen Wagen, und Anna sah direkt in die Augen einer Frau, die am Steuer saß und sehnsüchtig zu ihnen hinüberblickte. Wenn du wüßtest, dachte sie. Was die von außen sah, waren ein superteurer Sportwagen, ein toller Kerl am Steuer und auf dem Beifahrersitz eine Frau, die scheinbar auf Rosen gebettet war und alles hatte, was Spaß machte.

»Wenn's nach deinem Vater ginge, würdest du selbst so ein Ding fahren und müßtest keines klauen!« sagte sie und schaute wieder nach vorn auf die Fahrbahn.

»Wenn's nach meinem Vater ginge, wäre ich ein spießiger Medizinstudent, hätte eine Freundin aus sogenanntem guten Haus, blond, langbeinig und am besten noch adelig, wäre versichert bis ins Jahr 2087 und stünde vor einer gähnend langweiligen Zukunft im Einfamilienhaus mit zwei Kindern und einem Golden Retriever. Angepaßt und phantasielos. Reicht doch, wenn er meine Schwester beeinflußt. Die kann sich jetzt an ihrem Frank austoben.«

»Tut sie. Aber vergiß trotzdem nicht, die Ausfahrt zu nehmen. Und weißt du überhaupt, was du mit dem Auto tanken mußt?«

»Was wohl. Diesel!«

Patricia wollte eben in die Mittagspause gehen, als der Anruf kam. Anna klärte sie schnell darüber auf, was vorgefallen war. Sie hatte Max vierhundert Mark gegeben, und er war mit aufheulendem Motor davongeschossen. Ihr erster Griff danach ging zu ihrem Handy.

»Das darf doch wohl nicht wahr sein!« Patricia wanderte durch ihr Therapiezimmer. »Ich glaub's einfach nicht. So ein Idiot, das gibt doch nur Ärger!«

Anna lief derweil zur Fahrplantafel und suchte die nächstbeste Abfahrtszeit. »Ich habe auf ihn eingeredet wie auf einen sturen Esel. Er will das durchziehen, komme, was da wolle!«

»Und sich in Italien auf den nächsten Marktplatz stellen und ›Ich habe einen Porsche zu verkaufen‹ schreien? Wie stellt er sich das denn vor? Hat er da Kontakte? Hat er was gesagt? Und hast du 'ne Ahnung, wer der Besitzer ist?«

Anna registrierte, daß der nächste Zug in zwanzig Minuten fahren würde, und machte sich auf den Weg zum Fahrkartenschalter. »Eine Friederike. Es kam ein Anruf auf dem Autotelefon, und die nannte diesen Namen.«

Patricia ließ sich in den Ohrensessel fallen, in dem vor kurzem noch ihr Patient gesessen hatte. Sie schwieg.

»Patricia?« fragte Anna endlich. »Bist du noch dran?«

»Friederike? Im silbernen Porsche Turbo?« Sie war wieder still.

»Jetzt sag schon«, drängte Anna ungeduldig. »Weißt du, wer das ist?«

»Wenn meine Vermutung zutrifft, ist Max geliefert!« Sie war wieder kurz still. »Du lieber Himmel!«

»Patricia!«

»Friederike Leuthental ist die Frau von Siegmund Leuthental. Und der ist Oberstaatsanwalt!«

Anna verschlug es die Sprache.

»Und kann meinen Vater nicht leiden, weil er an seiner Frau angeblich mal was verbockt hat, oder so. Das ist das Schlimmste an der ganzen Geschichte. Diesmal also keine gütliche Übereinkunft im kleinen Kreis! Damit bringt er Vater wirklich um!«

Es war wieder still.

Patricia saß wie erschlagen in ihrem Sessel. »Dieser dämliche Idiot!« Dann sprang sie mit einem Satz auf. »Kriegt man ihn noch? Ich meine, wenn du dir jetzt einen Leihwagen nimmst, Anna, und ihm hinterherbretterst?«

Anna stellte sich an der Schlange vor dem Schalter an. »Aussichtslos. Wie soll ich denn einem Turbo nachkommen? Selbst wenn es hier einen Autoverleih gäbe und sie einen schnellen Wagen zur Verfügung hätten, bis ich endlich drin säße, wäre Max doch schon Gott weiß wo!«

Patricia lief wieder kreuz und quer durch ihr Zimmer.

»Wir brauchen die Autotelefonnummer dieses Wagens. Ich ruf ihn an, das ist die einzige Möglichkeit. Ich muß ihn zum Umkehren bringen. Dann läßt sich vielleicht noch was retten!«

»Er kehrt nicht um. Er sieht es als seine große Chance. Und im übrigen kannst du ihm das auch über sein eigenes Handy sagen!«

Friederike Leuthental hatte sich nichts gedacht, als ihr Max den Schlüssel nicht gleich zurückbrachte. Es war hier immer so, daß die Wagen betreut wurden, bis die Kunden wieder gingen. Erst als sie an der Kasse stand und die Chefin die Schublade aufzog, in der die Autoschlüssel verwahrt wurden, stutzte sie. Der Schlüssel fehlte. Und erst jetzt fiel auch auf, daß der Praktikant fehlte.

»Er wird den Schlüssel doch nicht aus Versehen mitgenommen haben«, mutmaßte die Friseurin und sah sich um. Der Laden war zu groß, um jeden einzelnen im Blickfeld zu haben. »Ist er heute in unserer Filiale?« Sie drehte sich zur Wand und studierte den Plan. »Nein, er müßte hier sein.«

Ratlos schaute sie Friederike an, die an ihr vorbei den Sitz ihrer Haare im Spiegel kontrollierte.

Der neue Schnitt, ein etwas kürzerer Pagenschnitt, gefiel ihr sehr, die helleren Strähnchen waren gelungen, die goldene Tönung kam gut. Sie war kein bißchen beunruhigt.

»Kannte er denn die Schublade? Vielleicht hat er ihn woanders hingelegt.«

Die Chefin rief Verstärkung, und gemeinsam wurde nach dem Schlüssel gefahndet – der Tresen abgesucht, sämtliche Schubladen durchwühlt, selbst auf dem Boden hinter den Schränken nachgesehen. Hätte ja auch runterfallen können. Aber nirgends ein Schlüssel, und es hatte in der letzten Zeit auch keiner den Praktikanten gesehen. Schließlich riefen sie in der Filiale an. Aber auch dort war er nicht aufgetaucht.

»Zwar unangenehm, aber kein wirkliches Problem«, sagte Friederike schließlich und griff in ihre Handtasche. »Ich habe einen Ersatzschlüssel dabei. Ärgerlich ist nur, daß auch mein Hausschlüssel an dem anderen hängt. Nun gut, wenn ich mich beeile, treffe ich meine Haushaltshilfe noch an. Das heißt, ich werde sie aus dem Auto anrufen. Und Sie geben mir bitte umgehend Bescheid, wenn der Junge mit dem Schlüssel wieder auftaucht!«

Die Friseurin und ihre Angestellten atmeten auf. Das war ja noch einmal glimpflich abgegangen. Na, der würde etwas erleben, so ein Schussel!

Minuten später war Friederike Leuthental wieder da. »Sie können die Polizei rufen. Der Wagen ist weg!«

Anna saß im Zug und telefonierte mit Lars. Er war der erste, der ihr einfiel, noch vor Rainer.

»Hättest du bloß früher angerufen«, sagte er sofort, »ich bin auch gerade in Hannover! Und habe zwei Ausfälle. Wir hätten uns einen schönen Nachmittag machen können. Ich hab doch sowieso ein Hotel für die Nacht gebucht.«

»Denkst du auch mal an was anderes?«

»Sollte ich?«

»Dringend!«

Sie erzählte ihm kurz, was vorgefallen war, sorgsam darauf bedacht, daß es sonst keiner im Wagen mitbekam.

»Das ist ja ein Ding.« Lars mußte lachen. Vor allem gefiel ihm, daß Patricia jetzt garantiert nicht darüber nachdenken könnte, mit wem es ihre beste Freundin trieb.

»Wie kannst du da bloß lachen! Das ist hochdramatisch! Wenn sie ihn schnappen, sitzt er!«

»Ich könnte ihm einen Rechtsanwalt empfehlen!« Er lachte noch immer.

»Du bist idiotisch!« Anna war beleidigt. Sie fand ihn völlig daneben.

»Sorry, aber der Kerl ist noch so grün hinter den Ohren, dem tun zwei Jahre Bau überhaupt nichts!«

»Du redest wie«, sie senkte ihre Stimme, »ein Nazi. Irgend so ein Rechtsaußendummschwätzer. Er ist immerhin Patricias Bruder!«

»Weiß ich. Und seines Vaters Sohn. Weiß ich auch. Den kenne ich übrigens bestens, ein arrogantes Arschloch, behandelt die ganze Welt von oben herab, als sei er der liebe Gott, vor allem Vertreter. Flog aber immer schön mit, wenn unsere Produkte auf Kreta, in Berlin oder in Rio vorgestellt wurden. Mit Gattin, versteht sich.«

»Okay, okay!« Anna hatte keine Lust, sich länger mit Lars darüber zu unterhalten. Sie brach das Gespräch kurzerhand ab und rief Rainer an. Endlich ein Abenteuer, das sie ihrem Mann auch erzählen konnte.

Max fühlte sich toll. 420 PS unter dem Hintern und einen riesigen Spaß vor sich. Er würde den Wagen in Italien mühelos verscherbeln, daran bestand kein Zweifel. Sollte die Polizei ihn früher schnappen, würde sich sein Alter schon etwas einfallen lassen. Die Schlagzeile wäre ihm zu deftig, wobei es auch nicht unkomisch wäre, als Porschedieb in der Zeitung zu stehen. Bei nächster Gelegenheit mußte er sich den beiliegenden Fahrzeugschein einmal genauer anschauen. Name und Anschrift hatte er bisher nur flüchtig überlesen. Möglicherweise ließ sich auch noch etwas aus dem Haustürschlüssel machen, der am Anhänger hing. Wer ein solches Auto fuhr, hatte sicherlich auch Bares oder Schmuck zu Hause herumliegen. Max grinste, gab Gas und drehte die Musik lauter. Als sein Handy klingelte, warf er einen schnellen Blick auf das Display. Seine Schwester Patricia. Also hatte Anna sie bereits informiert. Er dachte nicht daran, sich schwesterlich maßregeln zu lassen. Er würde das hier ganz für sich selbst genießen, ohne jede weitere Diskussion.

Dann mußte er an seinen Freund denken. Steffen hätte er jetzt gern dabei gehabt. Blöde Sache mit diesem Mordfall. Steffen war's jedenfalls nicht, da war er sich sicher. Bei dieser Nummer ging es um Kokain und nicht um Sex, und den Auftrag dazu hatte Steffen auch noch von ihm. Aber konnte er das aussagen, ohne sich selbst reinzureiten? Es würde sich auch ohne sein Zutun als harmlos aufklären, dessen war er sich sicher.

Rainer fand es etwas heavy, was sich in letzter Zeit so um ihn herum abspielte. Er hatte sich für den frühen Nachmittag bei Gudrun angemeldet, aber jetzt kam ihm Anna mit ihrer Entführungsgeschichte dazwischen und hielt ihn mit ihrem ewigen Telefonat in der Kanzlei fest. Sie schilderte ihm ihr Erlebnis in jeder Einzelheit. Zunächst hörte er geduldig zu, dann fiel ihm irgendwann ihre Mobilfunkrechnung ein, die derzeit er zu bezahlen hatte, und er unterbrach sie mit der Behauptung, ein Mandant stünde in der Tür. Anna verabschiedete sich sofort, und Rainer rief Gudrun an, um abzusagen. Es war ihm nicht mehr danach. Außerdem wollte er in Ruhe nachdenken. Was Max anging, war ihm diese ganze Geschichte egal. Er war und blieb ein Tunichtgut, hatte immer nur Blödsinn im Kopf und schien nie erwachsen zu werden. Und das auch noch auf Kosten anderer Leute. Was ihm aber nicht gefiel, war die Tatsache, daß ausgerechnet Friederike Leuthental die Eigentümerin des Porsches war. Und daß der Fall durch die Freundschaft mit Patricia fast automatisch auf seinen Tisch wandern würde, sobald die Polizei diesen Idioten von Max schnappen würde.

Rainer war klar, daß sich Siegmund Leuthental da sicher genüßlich hineinknien würde, und zwar mit seiner ganzen Macht als Oberstaatsanwalt – schon, um Max' Vater eins auszuwischen.

Das war keine Schlacht, die ihm Spaß machte. Rainer konnte es sich jetzt schon ausmalen: hinter sich Anna und Patricia, die ihn antrieben, Erfolge sehen wollten und die Verhandlung nach Hause verlagern würden, und vor sich einen das Messer wetzenden Oberstaatsanwalt. Na, fein. Hoffentlich schnappten sie Max nicht, dann war er diese Sorge schon mal los.

Rainer schaute zur Uhr. Fünf. Er rief Anna an. »Anna, mir ist noch ein Termin dazwischengekommen, es wird jetzt doch später. Wenn sie ihn erwischen, werden wir es früh genug erfahren. Machen können wir so lange sowieso nichts!« Dann widerrief er bei Gudrun seine Absage. Wenn ihm jetzt etwas guttun konnte, dann war es Gudrun!

Gudrun war erleichtert. Sie hatte sich abgehetzt, um aus dem Büro rechtzeitig nach Hause zu kommen, schnell den alltäglichen Kleinkram erledigt, und sie stand gerade unter der Dusche, als seine Absage kam. Das war eine Katastrophe. Charly hatte ihr gedroht und ihr gestern abend zum erstenmal ein kleines weißes Kuvert auf den Tisch gelegt.

»Wenn du es schaffst, daß er damit anfängt, kannst du dir ein wunderbares kleines Taschengeld nebenher verdienen. Befiehl ihm einfach, seinen Rüssel da reinzuhängen!«

Er lachte, und Gudrun schaute ihn an. »Du hast auch schon bessere Tage gesehen, Karl Lönitz. Deine Haare sind zu lang, dein Gesicht schwammig, deine Allüren unausstehlich!« Sie zeigte auf das Kuvert. »Was ist das?«

»Kokain!«

Gudrun schüttelte entschieden den Kopf. »Ich will dieses Zeug nicht im Haus haben! Nimm's wieder mit! Und zwar schnell!«

Er griff nach ihrem Gesicht, spannte es in seine rechte Pranke. Seine unmittelbare Nähe war ihr widerlich. Sie schaute ihm direkt in die Augen. Er drückte zu. Es tat höllisch weh. Sie griff mit beiden Händen nach seinem Unterarm und versuchte seine Hand wegzureißen. Er drückte fester, schließlich traten ihr Tränen in die Augen. Jetzt ließ er los.

»Paß auf, was du sagst«, drohte er. »Es gibt keinen Grund für dich, sich so aufzuspielen. Aber es gibt Gründe genug, zu tun, was ich dir sage.« Er bohrte seinen Zeigefinger zwischen ihre Brüste.

Gudrun trat einen Schritt zurück. »Schon gut, Charly,

beruhige dich.« Aus Erfahrung wußte sie, daß aggressive Männer wie wütende Hunde zu behandeln waren. Keine schnellen Bewegungen, beruhigend, leise Stimme, keinen direkten Blickkontakt.

Charly nickte. »Dann ist ja gut! Wenn der Kerl morgen kommt, nimm ihm nicht unter fünfhundert ab, und bring ihn auf den Trichter.«

Sie hatte dann das Kuvert liegen lassen und nicht angerührt, auch als Charly bereits weg war. Es hatte die ganze Nacht auf dem Tisch gelegen und lag jetzt noch da. Gudrun stand davor und starrte es an. Rainers Absage beschäftigte sie. Wenn er unzuverlässig wurde, mußte sie sich einen anderen suchen. Der Gedanke gefiel ihr nicht, denn mit Rainer hatte sie einen äußerst einfachen Kunden. Er brauchte die Streckbank und Schläge, sie kanzelte ihn ab, spielte die Herrin in langen Lederstiefeln und mit Peitsche, und wenn er schließlich gekommen war, wollte er davon nichts mehr wissen. Er bezahlte, sah sie kaum noch an und war wieder draußen. Einfacher ging's kaum.

Sie trocknete sich ab und überlegte, was sie tun sollte, als das Telefon erneut klingelte und er wieder zusagte. Gudrun nickte zufrieden und begann sich umzuziehen. Während sie ihr schwarzes Lederbustier schnürte und den Busen so hochdrückte , daß er übermächtig wirkte, überlegte sie, in welcher Situation sie ihm Kokain anbieten könnte. Da er nicht der Typ war, der nachher noch ein Glas Whisky oder sonst etwas trinken wollte, gab es kaum eine Gelegenheit. Angeschnallt auf der Bank? Völliger Blödsinn. Sie konnte Charly höchstens sagen, daß sie es versucht, er aber abgelehnt hätte. Damit hätte sie dann auch für alle Zukunft das Zeug vom Hals. So hoffte sie wenigstens.

Lars war, nachdem sein Tag in Hannover so unbefriedigend gelaufen war, auf dem Weg nach Hause. Sein Job nervte ihn zunehmend. Schade, daß es mit Anna nicht geklappt hatte. Die Treffen taten ihm gut, gaben ihm so etwas wie ein Erfolgserlebnis, obwohl er natürlich genau wußte, daß Anna sich so oder so einen Typen gekrallt hätte. Letztlich war er noch nicht einmal ihr richtiger Liebhaber, eher ihre Ersatzbefriedigung. Aber solche Gedanken mochte er nicht ausweiten, schon gar nicht, wenn der Beruf ihm im Nacken saß.

Er bog in sein Wohnviertel ein und schaute gleichzeitig auf die Uhr. Es war kurz nach fünf, Bettina mußte aus dem Amt schon zurück sein. Er hatte sie nicht informiert, eigentlich wollte er heute in Hannover schlafen und morgen nach Bremen weiterfahren. Aber es war ihm nicht nach einem einsamen Hotelzimmer, und eine kleine Überraschung konnte der Liebe nur guttun.

Lars stellte seinen Wagen in die Garage und schloß die Haustür auf. Bettina kam ihm bereits im Flur entgegen.

»Na, das ist ja ein Ding«, sagte sie zur Begrüßung und sah ihn von unten bis oben an. »Ist was schiefgelaufen?«

»Muß immer gleich was schieflaufen, wenn man mal früher von der Arbeit kommt?« Er hätte sich eine leidenschaftlichere, freudigere Begrüßung gewünscht.

»Ich mein ja nur!« Sie reckte sich etwas, um ihm einen Kuß zu geben. Lars schloß sie in die Arme. So fühlte sich das schon besser an. Sie sah überhaupt gut aus in ihrer Jeans und dem schmal geschnittenen, leichten Pullover. Ihr Gesicht war erhitzt, ganz ohne Make-up, die Haare wild. Das gefiel ihm, sie sah aus wie nach ihrem Freitagnachtsex. Er begann ihre Wirbelsäule zu streicheln, da fiel sein Blick geradeaus ins Wohnzimmer.

»Mistest du gerade aus?« Der ganze Eßtisch, immerhin fast drei Meter lang, war mit Papier und Büchern bedeckt.

»Nein, ich betreibe eine Studie. Ich arbeite. Oder studiere. Wie du willst!«

»Was?« Er schob sie rückwärts in Richtung Wohnzimmer. »Studie? Für das Kulturamt?«

»Nein, ich arbeite an einem Projekt für die Uni.« Sie schaute ihn schräg an und versuchte sich in holländischem Tonfall: »Überraschung!«

Lars versuchte sich zu sammeln. »Überraschung?« wiederholte er. »Ein Projekt? Davon weiß ich ja gar nichts!«

Sie winkte ab. »Interessiert dich Soziologie? Nein, eben. Wozu sollte ich dich also damit langweilen?«

Lars war perplex. Da tat seine Frau Dinge, von denen er keine Ahnung hatte. »Aber erzählen könntest du es doch«, er griff wahllos nach einem Buch. »Bei dem Ausmaß«, er wies mit dem Buch in einer knappen Handbewegung über die anderen hinweg, »scheint es ja doch über ein einfaches Projekt hinauszugehen. Sieht eher nach Nebenbeschäftigung aus!«

Sie nahm ihm das Buch ab und begann, den Tisch aufzuräumen. Er schaute ihr zu. »Worum geht's denn in deinen Studien? Oder in deinen Forschungen? Oder sonstwas.«

Sie drehte sich zu ihm um. »Über menschliches Verhalten. Warum du dich zum Beispiel aufregst, wenn ich einen etwas durchsichtigen Pullover zu einem Konzert tragen will!«

»Oh!« Er stöhnte. »Geht das schon wieder los!« Bettina trug den Stapel Unterlagen nach oben in ihr kleines Arbeitszimmer. Lars ließ sich am leergeräumten Tisch in einen Stuhl fallen. Er schaute auf die großen, dunklen Fenster, in denen sich das Wohnzimmer spiegelte, erfaßte aber nichts. Soziologie. Menschen in der Gesellschaft. Was gab es da zu forschen. Sie lebten, sie veränderten sich, sie verhielten sich auf irgendeine Weise. Die einen so, die anderen so. Konnte so etwas wichtig sein?

Er hörte sie wieder herunterkommen. »Vertust du damit nicht deine Zeit? Wäre Sport nicht gesünder?« Er sah sie im Spiegelbild des Fensters.

Sie blieb wie angewurzelt auf der letzten Treppenstufe stehen. »Was soll denn das schon wieder heißen? Gefällt dir meine Figur nicht mehr, oder was?«

»Quatsch! Das habe ich doch überhaupt nicht gesagt. Und auch nicht gemeint!«

Sie durchquerte den Raum und setzte sich ihm gegenüber hin. »Die Sprache zwischen Männern und Frauen ist übrigens auch etwas, über das geforscht wird. Wir verstehen uns nicht!«

Lars rollte die Augen. »Ich verstehe dich sehr gut. Du willst einen durchsichtigen Fetzen tragen, weil du einen fremden Jazzmusiker aufgeilen willst, bitte schön. Habe ich sehr wohl verstanden, war von dir klar ausgedrückt. Und ich hätte jetzt gern ein Bier. Ich denke, du verstehst mich auch!«

Sie stand mit einem Ruck auf. »Du bist geschmacklos! Hol dir dein Bier gefälligst selber!«

Rainer fühlte sich, wenn er bei Gudrun war, immer seltsam erleichtert. Irgend etwas fiel von ihm ab, er konnte es nicht ergründen, und eigentlich wollte er sich auch nicht zu genau damit beschäftigen. Aber Gudrun war eine attraktive Frau, das stand außer Frage. Nicht nur, wenn sie über ihm stand, sondern auch außerhalb ihres Arbeitsbereichs, wie er in seiner Kanzlei sehen konnte. Trotzdem, er hoffte, sie niemals mehr außerhalb ihrer eigenen vier Wände anzutreffen. Geschäft war Geschäft, so betrachtete er das und kein Stück anders. Sie bekam Geld, und er wurde etwas los, sowohl körperlich als auch psychisch. Das war ein fairer Deal, nicht mehr und nicht weniger.

Als er jetzt zu Hause die Tür aufschloß, hatte er Gudrun bereits vergessen. Er freute sich auf einen gemütlichen Abend mit Anna. Rainer hängte seinen Trenchcoat ordentlich auf und hörte Anna in der Küche hantieren. Das bedeutete Gutes. Er lächelte vor sich hin und wickelte den Blumenstrauß aus, den er ihr auf dem Heimweg noch gekauft hatte. Ein erster Frühlingsbote Ende Februar, zwanzig gelbe Tulpen.

Anna fiel ihm um den Hals, und es freute ihn, daß sie sich freute.

»Na, was Neues?« wollte er wissen und hoffte, daß nicht. Vielleicht war Max ja sonstwo mit dem Wagen gelandet. Gern auch unter dem Wasserspiegel.

»Patricia hat angerufen, er reagiert nicht auf ihre Anrufe mit dem Handy. Auch auf keine SMS. Nichts! Sie hat sogar über die Vermittlung die Autotelefonnummer von Friederike Leuthental erfragt, aber da geht nur noch die Mailbox ran …«

Alles in allem gute Nachrichten. Rainer nickte und holte eine Vase. Anna schnitt die Blumen an und nahm ein beigefügtes Tütchen, um Blumenfrisch zuzugeben. Rainer schaute ihr erst gedankenlos zu, dann registrierte er, was er da sah. Ein ähnliches Tütchen, nur ganz in Weiß, hatte er vorhin auf Gudruns Tisch liegen sehen. Es war ihm aufgefallen, weil Gudrun nie irgend etwas herumliegen hatte. Die ganze Wohnung wirkte immer eher wie ein Ausstellungsraum. Aber jetzt hatte er die Situation wieder ganz deutlich vor Augen. Sie wischte dieses Tütchen mit der Handkante etwas zur Seite, während er ihr seine Geldscheine auf den Tisch blätterte.

»Hast du jemals Kokain genommen?« hatte sie ihn dabei eher beiläufig gefragt.

»Nein«, hatte er geantwortet, ohne sich etwas dabei zu denken.

»Möchtest du probieren?«

»Nein, wirklich nicht!« Und damit war er gegangen.

Hatte sie tatsächlich auf ihrem Wohnzimmertisch Kokain liegen? Wenn ja, dann war das eine brandheiße Sache. Sie konnte auffliegen und somit auch er. Rainer wurde es mulmig. Wenn das so war, mußte er seine Besuche bei Gudrun unterbinden. Welch entsetzlicher Gedanke!

»Schatz, ist dir nicht wohl? Du machst ja ein ganz entgeistertes Gesicht! Du schwitzt ja!«

Tatsächlich, ihm war der Schweiß ausgebrochen. Er nahm etwas Küchenpapier, rieb sich die Stirn und versuchte wieder ein normales Gesicht zu machen. »Übrigens«, sagte er und versuchte, die Gedanken an Gudrun abzuschütteln, »ich habe dir ein paar Formulare mitgebracht. So ganz einfach ist es nicht mit deiner Detektivarbeit. Die Ausbildung kostet ganz schön viel Zeit und Geld, und noch mehr Geld brauchst du anschließend, um dir ein Büro mit allem technischen Schnickschnack einzurichten.«

Anna öffnete ungerührt einen der Töpfe und rührte darin herum.

»Was gibt's denn?« Rainer schnupperte.

»Etwas für meine Linie«, sie grinste ihn an. »Gulasch und Spätzle! Nicht handgeschabt wie bei Mama, aber immerhin!«

Sie fischte mit dem Kochlöffel Spätzle aus dem heißen Wasser und schwenkte sie zum Abkühlen hin und her.

Er tätschelte ihr leicht den Hintern. »Du kannst es dir leisten, im Gegensatz zu mir!«

»Woran liegt es eigentlich, daß Frauen es nicht leiden können, wenn man ihnen den Hintern tätschelt?« wollte Anna von ihm wissen und testete die Temperatur der Teigröllchen mit ihrem Finger.

Rainer strich sich überlegend durch die Haare. »Könnte sexuelle Gründe haben.«

»Aha, und welche?«

»Sie interpretieren es vielleicht als plumpe Anmache«, er schaute sie achselzuckend an.

»War's das?«

»Was?«

»Eine plumpe Anmache?« Sie pickte sich die Spätzle vom Holzlöffel und steckte sie sich in den Mund.

»Jetzt? Vor dem Essen?« Es klang erschrocken.

Anna grinste und hielt ihm die übrigen Spätzle in Augenhöhe hin. »Dann laß das!«

»Was?« Er schnappte mit dem Mund danach.

»Die Tätschelei!«

Friederike Leuthental hatte zunächst die Polizei und dann, nach einer Stunde Hoffnung, der Wagen könnte um die nächste Kurve wieder auftauchen, auch ihren Mann verständigt. »Auch recht«, sagte er. »War sowieso eine Zitrone. Was der für teures Geld in der Werkstatt stand. Der Dieb kann sich freuen, weit kommt er nicht!«

»Das ist doch glatt gelogen!« Friederike kannte die Abneigung ihres Mannes gegen ihr Auto. Er hätte sie lieber in einem Mercedes gesehen. Ein Porsche erschien ihm zu machohaft, zumal ein Turbo. Das ließ seiner Meinung nach Rückschlüsse auf ihre Beziehung zu, und diese Vorstellung paßte ihm nicht.

»Er ist gut versichert«, sagte er, und Friederike konnte durch das Telefon hören, daß ihm der Gedanke gefiel, »und von dem Geld kaufst du dir einen anständigen SLK!«

»Vielleicht kommt er ja wieder!« Sie mochte ihr Auto und sah nicht ein, dem Schicksal schon jetzt Folge zu leisten. Als er mit »träum weiter« reagierte, zog sie ihr As aus dem Ärmel und konnte sich dabei ein Lächeln nicht verkneifen. »Immerhin weiß die Polizei ja schon, wer dieser Praktikant war.«

»Na?« Es war eine Aufforderung, der Friederike nur zu gern nachkam.

»Der Sohn vom Wilkens. Ist das nicht zum Schreien komisch?«

Es war kurz still.

»Zum Schreien ja. Aber komisch?«

Seine Stimme hatte sich, ganz wie sie es erwartet hatte, verändert. Jetzt klang sie gepreßt. Friederike stand in ihrem großen Schlafzimmer am Fenster und schaute auf die Elbe hinab. Dabei sah sie das Gesicht ihres Mannes genau vor sich. Seine Denkerstirn, schon recht hoch angesetzt, würde sich jetzt in Falten legen, seine grauen Augen wurden stechend, gleich würde er eine Entscheidung fällen.

»Der Wagen muß wieder her!« sagte er barsch. »Jetzt werde ich dem Herrn mal zeigen, wer von uns beiden der Meister ist!«

»Das ist doch völlig übertrieben, Siegmund! Ein kleiner Kunstfehler. Kaum der Rede wert!«

»Darum geht's nicht! Das ist eine reine Sache zwischen ihm und mir, eine Männersache! Das verstehst du nicht!«

Friederike drehte sich zu seinem Foto um, das gerahmt auf ihrem Nachttisch stand. »Ich glaube, ich will's auch gar nicht verstehen«, sagte sie dabei in die Muschel und legte gleich darauf auf.

»Aber ich krieg meinen Wagen wieder!« Sie grinste, während sie seiner Fotografie zunickte. »Was seid ihr nur für Kindsköpfe!«

Patricia hatte Anna am Mittwoch morgen schon früh angerufen und um ein Treffen um die Mittagszeit gebeten. Das war Anna recht, sie wollte sich dringend mit ihr über ihren Besuch bei Steffen Schneider unterhalten. Sie hatten sich für ein Café entschieden, das nicht weit von Patricias Arbeitsplatz entfernt lag. Als Anna kam, war Patricia schon da. Sie wirkte angespannt und übernächtigt.

»Tut mir leid«, begann Anna, sie habe keinen Parkplatz gefunden, aber Patricia winkte ab. »Schon gut, wir haben Zeit genug! Ich habe dir auch einen Cappuccino bestellt, ist's recht?«

Anna nickte und hängte ihre Jacke über die Stuhllehne. »Dann schieß mal los«, sagte sie, während sie sich setzte.

Patricia seufzte. »Nichts, dieser verdammte Kerl ist mit diesem Wagen tatsächlich wie vom Erdboden verschwunden. Man soll's kaum glauben.« Sie holte tief Luft und verzog ihr Gesicht. »Mein Vater ist jedenfalls total aus dem Häuschen. Und er gibt, wie immer in solchen Situationen, meiner Mutter die Schuld. Sie hätte keinen richtigen Mann aus ihm gemacht, was für ein Blödsinn! Und sie verteidigt sich auch noch!«

»Was soll sie auch tun?«

»Jedenfalls nicht klein beigeben. Es macht mich wahnsinnig!«

Sie gestikulierte aufgebracht und hätte dabei der Kellnerin fast das Tablett aus der Hand geschlagen. »Oh, Entschuldigung!« Patricia machte für ihre Tasse Platz, dann stützte sie daneben ihren Kopf auf.

»Mein Vater ist ein Tyrann der schlimmsten Sorte«, wetterte sie los. »Aber nur, weil man ihn läßt, verstehst du? Und das Schlimme ist, daß er damit durchkommt. Alle um ihn herum ducken sich, geben ihm recht, schauen zu ihm auf! Der müßte mal so richtig eins auf den Deez bekommen!«

»Worauf?« Anna blickte hoch.

»Deez. Sagte meine Omi immer, ist, glaube ich, schwäbisch. Heißt Kopf.« Patricia fing an, die geschlagene Milch unter ihren Kaffee zu rühren.

Anna lachte. »Max bräuchte wohl als allererstes eines auf den Deez, findest du nicht?«

»Max?« Patricia schüttelte den Kopf. »Der steckt doch noch in den Kinderschuhen!«

»Dafür wirkte er auf seinem Fahrersitz allerdings recht kaltblütig«, sagte Anna.

»Das täuscht«, winkte Patricia mit müdem Blick ab. »Er ist ein kleiner Junge auf der Suche nach dem großen Glück!« Sie seufzte. »Auf diese Art wird er es leider nur nicht finden!«

Anna ließ es sich durch den Kopf gehen. Sie bezweifelte, daß er sich als kleiner Junge fühlte. Sie glaubte vielmehr, daß er um jeden Preis im großen Kreis mitspielen wollte. Er war auf dem besten Weg, ein echter Verbrecher zu werden. Aber sie wollte das Thema nicht vertiefen. »Erzähl mir doch mal was über euer Treffen mit Steffen Schneider«, lenkte sie ab. Das war auch eigentlich das, was sie wirklich interessierte.

»Steffen Schneider?« Patricia horchte auf. Dann warf sie ihr einen schelmischen Seitenblick zu. »Wolltest du mir nicht etwas über deinen aktuellen Liebhaber erzählen?«

»Wie?« fragte Anna.

»Nun, ich zitiere: Bin völlig fertig. Glaube, Rainer ist uns auf die Spur gekommen. Küsse dich trotzdem – na, du weißt schon, wo …«

»Ach, das!« Anna überlegte. Stimmt, sie hatten ja ein Frauengespräch ausgemacht, das hatte sie im Trubel der Ereignisse schon wieder vergessen, und jetzt war ihr das Ganze eher unangenehm. »Hast du das auswendig gelernt?« versuchte sie abzulenken. »Es klang wortgetreu …«

Patricia grinste. »Manche Dinge prägen sich sogar mir ein. Vor allem: ›Na, du weißt schon, wo.‹ Wo denn?«

»Hmmm!« Anna nahm einen Schluck aus ihrer Tasse. Offensichtlich würde sie nicht darum herumkommen.

»Und wenn dort, wie's klingt, dann stellt sich die Frage, bei wem? Wer kommt denn in den Genuß solcher Streicheleinheiten?«

Anna schaute sie über den Rand ihrer Tasse an und sagte noch immer kein Wort.

»Lars?«

Die Tasse landete scheppernd auf dem Unterteller. Patricia grinste noch immer.

»Wie kommst du drauf?« Anna holte tief Luft. Wenn Patricia es so ohne weiteres erriet, konnten es andere womöglich auch. Wie hatten sie sich verraten? Gestik? Mimik?

»Stimmt also!« Patricia sah zufrieden aus. »Dacht ich's mir. Die meisten Seitensprünge finden im Freundeskreis statt, ist einfacher, läßt sich besser handeln. Frank kam nicht in Frage, das würde ich spannen, blieben also im näheren Umfeld ein paar wenige, und der beste von allen ist

Lars.« Sie zog die Augenbrauen hoch. »So einfach ist das! Und – stimmt's?«

Anna nickte. »Und wie!« Sie lehnte sich etwas vor. »Eigentlich ist es gut, daß du es weißt, denn jetzt kann ich dir was über Harald Eichmann, die Leiche und Steffen Schneider, den mutmaßlichen Mörder, erzählen. Und somit was für Rainer, das ich ihm selbst nicht erzählen kann, wie du gleich feststellen wirst. Und dann erzähl du mir bitte was über euer Treffen mit Steffen!«

Patricia schaute sie schräg an. »Und du meinst, wir werden damit heute noch fertig?«

Charly hatte sich am Abend im *Culineo* verkrochen, einem Szenerestaurant mitten in St. Pauli mit guter Küche und bisweilen illustren Gästen. Er saß an einem kleinen Tisch in der Ecke, hatte sich eine gebratene Atlantikseezunge mit Petersilienkartoffeln bestellt und starrte durch die noch leeren Reihen zum Eingang. Es war eines jener Restaurants, die erst nach Mitternacht lebendig werden, neun Uhr war somit noch zu früh. Aber Charly fand, daß es Zeit für ein neues Konzept sei, und dazu gönnte er sich ein gutes Essen und ein Bier. Vielleicht fiel ihm dabei ja irgend etwas Schlagkräftiges ein. Möglicherweise käme er auch mit einem der Schreiberlinge ins Gespräch, die hier immer verkehrten. Vielleicht konnte er ihnen eine geile Geschichte verkaufen, mit sich als Hauptperson, und damit wieder ins Geschäft kommen.

Seine Seezunge kam und zudem ein kühles Pils. Der Fisch sah gut aus, groß genug für einen anständigen Magen, leicht angebräunt und saftig durch die zerlassene Butter, dazu die in Petersilie gewendeten kleinen Kartoffeln. Er legte sich die weiße Stoffserviette sorgsam auf den Schoß und griff bedächtig nach seinem Besteck. Genaugenommen hätte es ihm jetzt gutgehen können, trotzdem fühlte er sich nicht so richtig wohl. Ohne Menschen wirkte das Lokal mit den braunen Tischen und alten Stühlen schäbig. Eigentlich hätte er sich lieber an die Bar gestellt, dort standen einige Männer, tranken Bier und fanden sich gut. Er hätte etwas darum gegeben, sich auch wieder einmal so richtig gut zu finden. Früher war ihm das leichtergefallen. Da fühlte er sich durchgehend gut. Und wichtig. Und anerkannt.

Er löste das Fischfleisch von den Gräten, trank sein Bier und wartete auf einen Gedankenblitz. Da ging die Tür auf, und einer dieser Albaner kam herein, die früher keine Chance gehabt hätten und jetzt den Markt beherrschten. In seinem Gefolge vier Typen, denen er noch nicht einmal im Film begegnen wollte. Sie wurden mit großem Hallo begrüßt und vom Chef persönlich an einen Tisch geleitet. Charly musterte sie, und er vermerkte mit wachsendem Ärger, daß er ihnen anscheinend überhaupt nicht auffiel. Er fand keine Beachtung, so, als sei er nicht existent. Er aß verdrossen weiter und nahm jeden einzelnen von ihnen aufs Korn. Ihre Seidenhemden sahen aus wie gestylte Tischdecken, und die Jacketts hatten zuviel Silber am Revers, an den Manschetten und der Knopfleiste, dazu trugen sie dicke Golduhren und Goldketten. Es war auf einen Blick zu sehen: Die Jungs hatten zuviel Geld. Das verdarb Charly vollends den Appetit.

Sein Handy klingelte. Es war Lizzy, sein zweites Pferdchen neben Gudrun. Ihr Freier war nicht gekommen, hatte aber auch nicht abgesagt. Verdammt, das sah nach Wechsel aus! Hatte wohl etwas anderes aufgetrieben. Fragte sich nur, ob billiger oder besser. Oder beides.

Er wollte eben barsch werden, als ihm auffiel, daß sich die Augen vom großen Tisch auf ihn gerichtet hatten. »Ist gut, Baby«, sagte er laut, »nimm die fünf Riesen und besorg's ihm. In der Preisklasse fragt man nicht lang!«

Fünf Riesen, das würde den Typen da drüben zu denken geben. Das bedeutete entweder eine sensationell gute Alte oder ein leicht auszunehmender Idiot.

»Kennen wir den nicht?« hörte er den einen provokant sagen, während er der erstaunten Lizzy telefonisch zwei weitere unsinnige Anweisungen gab. Er schaute auf. Einer von ihnen, mit nach hinten gebürsteten, zum Schwänzchen gebundenen, eingegelten Haaren, hatte seinen Oberkörper in seine Richtung gedreht.

»Schuldet er Sahit nicht hundert Riesen?«

Charly nahm einen Schluck aus seinem Glas. Ganz soviel Aufmerksamkeit mußte dann doch nicht sein.

»Scheint gut zu verdienen. Wo bleiben denn die Mäuse?«

Die Situation wurde unangenehm. Charly blickte sich nach dem Chef um, der war damit beschäftigt, Champagner und Vorspeisen an den albanischen Tisch zu schaufeln, und schien an den weiteren Vorgängen nicht im mindesten interessiert.

»He, du!« Es war der Breiteste von ihnen, der bisher mit dem Rücken zu ihm gesessen hatte. Der Stuhl faßte seinen Körper kaum, und Charly war sich nicht sicher, ob er übergewichtig oder muskelbepackt war. Jetzt hatte er seinen Stiernacken umgedreht, und der kleine, fast kahlgeschorene Kopf mit den Knopfaugen, die sich jetzt an ihm festfraßen, erinnerte ihn an einen beißfreudigen kleinen Bullterrier. Trotzdem beschloß Charly, nicht zu reagieren.

»Hey! Ich sprech mit dir!« dröhnte der Riese. »Fünf Riesen für 'nen Fick, und unser Freund wartet auf seine Kohle, weil du behauptest, du hättest nichts? Pack mal deine Taschen aus!«

Charly räusperte sich. Es war vielleicht doch keine so gute Idee gewesen, ausgerechnet im *Culineo* auf einen Geistesblitz zu warten. Er pickte etwas Fisch auf, aber das Fleisch fiel ihm von der Gabel. Er spürte, wie die Atmosphäre sich verdichtete. Gleich würde sein Kopf rollen, den Kerlen war langweilig, und er war eine leichte Beute.

»Ich hab das Geld nicht«, sagte er schließlich in die bleierne Stille. »Keine Mark zuviel. Morgen vielleicht, wenn mich das Luder nicht beschissen hat. Fünf Riesen – wer glaubt denn so was!«

»Wir!« antwortete der Dicke und stellte seinen Fuß unter dem Tisch heraus in seine Richtung.

Was war seine Ehre wert? Sein Leben? Einen Krankenhausaufenthalt auf unbestimmte Zeit? Oder war eine Geste der Unterwerfung angebracht?

Er legte seine Gabel auf den Tellerrand. »Kein Grund zur Aufregung«, begann er, während sich sein Magen zusammenzog.

»Finden wir schon«, unterbrach ihn der fünfte am Tisch, ein hagerer Wicht mit einer seltsam hohen Stimme. Er bewegte sich kaum, und hätte Charly es nicht bereits gewußt, so hätte er instinktiv gespürt, daß dies der gefährlichste von allen war. Körperlich unterlegen macht doppelt unberechenbar.

Verdammt, warum war auch die Bude nur so leer. Und der Chef so beflissen bei der Arbeit!

»Macht halblang«, begann Charly nochmals und wußte sofort, daß dies der falsche Ansatz war. Sie sahen sich an, ihre Mundwinkel gingen nach unten. Der Kleine gab einen Augenwink, der Dicke stellte seinen zweiten Fuß neben den ersten. Gleich würde er den einseitigen Ringelpiez eröffnen. Charly schluckte. Er hatte keine Waffe dabei. Ein Fischmesser und eine Gabel, damit ließ sich kein Fight gewinnen. Aber er würde auch nicht kampflos untergehen. Als er seinen Stuhl nach hinten schob, flog die Tür auf. Ein dunkelhaariger Kerl in einer Bomberjacke stürmte herein, lief zu dem Tisch der Fünf, raunte etwas und gestikulierte aufgeregt. Heftiges Stimmengewirr setzte ein, schließlich stand der Kleine auf, die anderen vier folgten seinem Beispiel. »Bleib sitzen, wir sprechen uns noch«, bedeutete er Charly in seinem nasalen Singsang und zeigte mit dem Finger auf seinen Platz, gleich darauf waren sie weg.

Charly winkte dem Kellner. Er hatte mitnichten vor, sitzen zu bleiben. Nach dem Gegenteil stand ihm der Sinn, und zwar möglichst schnell. Der Chef war nicht mehr zu sehen, der Kellner hatte verstanden, er kam direkt mit der Rechnung. Offensichtlich hielt er auch nichts von unnötigem Kleinholz und den sich anschließenden Aufräumarbeiten. Charly atmete durch. Welchen Schutzengel er dabei hatte, wußte er nicht, aber er war dankbar und gab unverhältnismäßig viel Trinkgeld. Das machte wiederum den Kellner gesprächig. »Der Kleine hat einen Hausfrauenring«, sagte er leise, während er tat, als würde er das Geschirr zusammenräumen. »Nimm dich vor denen in acht!«

»Hausfrauenring?« staunte Charly und legte noch einen Zwanziger neben seinen Teller.

»Das bringt mindestens soviel wie ihre Spielhallen und mehr als das andere Gerümpel, das sie hier unterhalten. Aber es gibt seit neuestem Konkurrenz, da sind sie hinterher.« Er drehte sich um, ob ihn auch keiner beobachtete.

»Hausfrauen?« wiederholte Charly nochmals. »Hausfrauen?«

»Mann, lebst du hinterm Mond? Klar, kleine, niedliche Hausfrauen, die stinklangweilige Ehemänner haben und ein Abenteuer suchen, das auch was einbringt. Das beste Geschäft. Sauber und anonym. Niemand hat Interesse an Publicity.«

Charly atmete tief ein. Hausfrauen. Der Abend hatte sich gelohnt.

Anna hatte Rainer zwischenzeitlich dargelegt, daß es auch ohne Lizenz ging. Sie sei jetzt auf dem Weg, Privatdetektivin zu werden. Dieses Gespräch fand Rainer zum Abendessen besonders deshalb erbaulich, weil ihn schon am Nachmittag Patricia mit Beschlag belegt hatte. Sie kam auf einen freundschaftlichen Besuch vorbei, wie sie seiner Sekretärin aufgeräumt erklärte, wollte dann aber partout in seine Akten sehen. Ob denn nicht geklärt worden sei, welche Form von Geschlechtsverkehr dieser Harald Eichmann gehabt hätte, wollte sie von ihm wissen. Als ob er geneigt wäre, solche intimen Fragen mit der Freundin seiner Frau zu erörtern. Zumal er sich von ihr schon wieder ertappt fühlte, weil dazu tatsächlich nichts in seinen Akten stand. Die Obduktion bezog sich auf die Art des Todes, nicht jedoch auf den vorangegangenen Akt. Patricia ließ nicht lokker. Sie bezweifelte auch die Todeszeit, drängte darauf, im Hotel zu recherchieren. Irgend jemand hatte doch sicherlich etwas gesehen oder gehört, meinte sie. Man müßte eben mal richtig nachfragen. Zimmermädchen, Etagenkellner, Gäste. Ob in dieser Richtung schon etwas unternommen worden sei. Rainer war froh, als sich der verspätete, jedoch angemeldete Mandant doch noch einstellte. Endlich hatte er einen Grund, Patricia zum Gehen aufzufordern. Sie tat das mit einem Satz, der ihn bis unter die Haarwurzeln zum Glühen brachte. »Und ach übrigens, hab ich dir schon gesagt, daß ich«, sie blieb mit der Klinke in der Hand stehen und schaute sich nach ihm um, »Anna in ihren Aktivitäten unterstützen werde? Eine Detektivin und eine Psychologin, ich meine, da wird was draus.« Sie öffnete die Tür einen Spaltbreit. »Und daß du Anna mit deinen Lizenzvorschriften Unsinn erzählt hast, ist dir doch hoffentlich klar, Herr Anwalt ...«, sie hatte ihm noch einen spöttischen Handkuß zugeworfen und war verschwunden.

»Dafür, daß sie einen so mißratenen Bruder hat, riskiert sie eine ganz schön kesse Lippe«, sagte er jetzt zu Anna, während Anna ihm Salat in seinen tiefen Teller häufte.

»Findest du?« Sie warf ihm einen übertrieben unschuldigen Blick zu und füllte sich ebenfalls den Teller. Anna hatte nur schnell in der Küche gedeckt, denn sie war erst kurz vor Rainer nach Hause gekommen. Während Patricia nach ihrer gemeinsamen Mittagszeit zunächst in ihre Praxis zurück und von dort aus zu Rainer gegangen war, informierte sich Anna, wie sie Kontakt zu Steffen Schneider aufnehmen konnte. Sie wollte ihn mit Patricia zusammen im Untersuchungsgefängnis besuchen, allerdings ohne Rainer. Rainer war nur hinderlich. Er konnte zwar nichts für seine Wissenslücke um die Vorkommnisse an jenem Nachmittag, aber er konnte auch nicht aufgeklärt werden, deshalb mußte er ausscheiden. Anna befürchtete, daß eventuell ein Schreiben vom Anwalt vorliegen mußte, das dem Gericht ein Gespräch des Untersuchungshäftlings mit einer Psychologin empfahl. Das hätte bedeutet, daß Patricia oder sie in Rainers Kanzlei einige leere Briefbögen hätten klauen und den Antrag in seinem Namen hätten schreiben müssen. Schon wegen der Antwort ein völlig kompliziertes, wenig aussichtsreiches Unterfangen. Aber es ließ sich viel einfacher an. Sie brauchte nur eine ganz normale Anfrage auf eine Besuchserlaubnis zu stellen. Es bestand keine Verdunklungsgefahr, also gab es auch kein Problem. Jeder Untersuchungsgefangene durfte Besuch empfangen.

Anna hatte deshalb strahlend gute Laune. Sie erzählte Rainer alles mögliche und fing noch einmal von ihrer Detektei an.

»Die Geschichte mit dem Detektivbüro finde ich jedenfalls nicht schlecht. Mit einem Anwalt und einer Psychologin an der Seite?«

Rainers Gabel verharrte vor seinem Mund. »Und was fasziniert dich jetzt so dermaßen an diesem Steffen Schneider?«

»Mein Unrechtsbewußtsein!« Anna überlegte. »Ich spüre, daß da was nicht stimmt!«

»Aha!«

»Und außerdem fällt mir der Fall doch quasi vor die Füße. Durch dich habe ich doch Zugang!«

»Du hast keinen Auftrag und eigentlich auch keinen Grund. Es ist vertane Zeit!«

»Dann sieh's einfach als Übungsaufgabe für zukünftige Fälle!« Sie lächelte ihm zu. »Einen Mordfall bekommst du ja nun auch nicht alle Tage auf den Tisch.«

»Und wenn wir schon dabei sind – ein ordentliches Stück Fleisch hätte ich am Abend um einiges lieber auf dem Tisch als dieses Kaninchenfutter!«

Charly war von einer gewissen Euphorie gepackt worden. Die halbe Nacht lang hatte er hin und her überlegt, wie er an Hausfrauen geraten könnte, wie der Kellner sie beschrieben hatte. Daß er da extreme Vorsicht walten lassen mußte, war ihm klar. Es galt tatsächlich diejenigen herauszupicken, die zu solchen Spielchen bereit waren, das Gros der Frauen würde ihn wahrscheinlich zerfleischen, sollte er mit einem solch gewagten Ansinnen kommen. Eine Anzeige aufzugeben war gefährlich, die würde wahrscheinlich auch von diesem Albaner gelesen werden, und dessen Bekanntschaft wollte er nicht vertiefen. Das heißt, überlegte er, wahrscheinlich lasen solche Typen überhaupt keine Tageszeitung. Und über Chiffre konnte ihm eigentlich nichts passieren. Zumindest nicht direkt.

Charly saß in seinem Stammcafé und schlürfte seinen morgendlichen Milchkaffee. Versuchsweise sollte er vielleicht mal in ein paar Zeitungen schauen, möglicherweise hatten ein paar willige Frauen schon selbst Inserate aufgegeben, dann konnte er sich die Anzeige sparen. Er stand auf und nahm sich die *Morgenpost*, die von einem Holzbügel gehalten neben anderen Zeitungen hing. Bevor er zu den Inseraten blätterte, blieb sein Blick an einer anderen Seite hängen. »Zuhälterkrieg erneut ausgebrochen« stand da in dicken Lettern. Und daneben ein Foto, das einen Mann zeigte, wie er auf eine Trage gelegt wurde. Dahinter wartete ein Unfallwagen. Charly hielt das Bild etwas von sich weg. Wenn ihn nicht alles täuschte, war es einer der Typen von gestern. Er war sich fast sicher. Die nach hinten gelegten Haare, der Anzug, die Figur. Alles paßte. Charly las die Bildunterschrift: *Nach einer heftigen Schießerei verletzt: Polizei und Krankenwagen mußten gestern anrücken, nachdem zwei rivalisierende Banden aufeinander losgegangen waren.*

Charly überflog den Text, es schien tatsächlich unmittelbar nach seinem Zusammenstoß mit diesen Kerlen geknallt zu haben. Deshalb auch der überhastete Aufbruch am Tisch und der Bombenjackenträger, der es so ungeheuer eilig hatte. Charly lehnte sich zurück. Das konnte Gutes bedeuten. Wenn sich diese Kerle gegenseitig abknallten, gab es an der Spitze wieder Platz. Es konnte aber auch heißen, daß eine noch stärkere Gegenpartei in das Revier eingedrungen war und er, sollten sich die Neuen durchsetzen, überhaupt keinen Fuß mehr auf den Boden bringen konnte.

Es blieb ihm anscheinend wirklich nur die Chance, versteckt zu agieren. Er blätterte weiter bis zur Anzeigenseite und studierte sie. Nichts, was in die von ihm gesuchte Richtung lief. Er bat die Bedienung um Kuli und Zettel und kritzelte einige Entwürfe. Am Samstag, rechnete er sich aus, würde eine solche Anzeige die beste Wirkung erzielen.

Unterdessen saß Max in Neapel am Hafen und musterte die Schiffe. Er suchte nach einem alten abgewrackten Ding, das unter exotischer Flagge nach Nordafrika fuhr und teure Autos verlud. Bisher hatte er mit seiner Aktion wenig Erfolg gehabt. Sein erster Gedanke, sich an einen Marktplatz in Sichtweite zu dem Turbo zu setzen und abzuwarten, was auf ihn zukäme, war fehlgeschlagen. Es war kalt und stürmisch, kein Mensch setzte sich freiwillig auf einen öffentlichen Platz. Dann fuhr er herum und suchte versteckte Werkstätten, die keinen bestimmten Automarken zuzuordnen waren. Aber er verbrauchte nur unendlich viel Sprit und gab es schließlich auf. Schon auf der Herfahrt hatte er viermal tanken müssen, sein Geld ging ihm aus. Es war zum Verrücktwerden: 250 000 Mark unter dem Hintern und nichts zum Beißen und eiskalte Ledersitze zum Schlafen. Er hatte noch nicht einmal mehr Geld für einen heißen Kaffee. Der Wagen begann ihm auf die Nerven zu gehen. Wenn sich nicht bald etwas tat, mußte er auf Raubzug gehen. Aber eigentlich war er nicht der Typ, der älteren Damen die Handtasche entriß. Wie aber kam man sonst schnell zu Geld? An der Straßenecke die Hand aufhalten? Tankstellen überfallen? Ladenkasse knacken, in Privathäuser einbrechen? Er hatte sich die Aktion wesentlich leichter vorgestellt.

So fuhr er, zum wiederholten Male, immer ein Auge auf der Tankuhr, deren stetig sinkender Zeiger ihn das Fürchten lehrte, langsam den Hafen ab. Ein rostiger Kahn ließ ihn anhalten. Allerdings versperrten hohe Container die Sicht auf die Ladevorgänge, aber ein Kran, der sich hin und her bewegte, verriet, daß da irgendwas im Gange war. Max zog seine dicke Jacke vom Rücksitz und stieg aus. Möglicherweise fand er ja hier einen Anhaltspunkt, der ihn weiterbrachte. Er schloß den Wagen ab und lief zu den Containern. Es war stürmisch, und die naßkalte Luft kroch ihm die Hosenbeine hoch. Max schloß den Reißverschluß seiner Jacke und hielt sich den hochgeschlagenen Kragen eng zu. Italien – *dolce vita*, phh, dachte er dabei. Er hatte fürs erste die Nase voll vom sonnigen Süden.

Die Container standen so dicht, daß kein Durchkommen war. Max lief weiter, zum Kai hin. Irgendwo würde er schon ein Schlupfloch finden, zumal er jetzt davon überzeugt war, auf der richtigen Spur zu sein. Seine Laune besserte sich. Mit etwas Glück würde er den Wagen gleich los sein. Er überlegte sich bereits, welchen Preis er ansetzen sollte. Die Summe mußte noch verhandelbar sein. Der Wagen war nach den Daten im Fahrzeugschein noch kein Jahr alt, hatte jetzt mit diesen Überführungskilometern gerade mal 10 000 Kilometer auf dem Tacho. Max hatte keine

Erfahrung mit gestohlenen Fahrzeugen, aber 200 000 Mark war er sicherlich noch wert. Er spürte, wie sein Pulsschlag sich beschleunigte, zwischen Kaimauer und dem letzten Container war Platz genug – er hatte die erhoffte Lücke entdeckt. Max tastetet sich langsam zwischen den Containern vorwärts. Er drückte sich seitlich an ihnen entlang, bis er freie Sicht auf das Schiff hatte. Es war tatsächlich ein übler Pott, und Max zweifelte keine Sekunde daran, daß er ähnlich verrottet war wie die Container.

Sie waren wirklich beim Verladen. Er sah eine Menge Männer in Arbeitskleidung, die verschiedene kleinere Container für den Kran fertig machten. Aber er sah keine Autos – es sei denn, die Wagen steckten in diesen rostigen Verpackungen. Außerdem nahm ihm eine Lagerhalle die weitere Sicht. Von dort wurden die Container herausgefahren. Max musterte die Leute genauer. Es waren durchweg fremdländisch aussehende Typen, soweit er es auf die Entfernung beurteilen konnte. Er tippte auf Südamerika und spähte nach der Flagge. Tatsächlich, Panama. Bingo. Wenn er jetzt noch jemanden fand, mit dem zu verhandeln war, konnte er sich mit dem nächsten Ticket nach Brasilien absetzen. Oder was *last minute* sonst so möglich war.

Er ging aus seiner Deckung heraus und trat auf den freien Platz zwischen den großen Containern hinter ihm und dem Schiff. Da hörte er einen Motor aufheulen. Er lauschte. Klang recht stark, röhrig. Wie ein Turbo. Es bestätigte ihn in der Annahme, daß er in den Hallen finden würde, was er suchte. Mit einem Lächeln auf den Lippen machte er sich auf den Weg.

Steffen Schneider war nicht erbaut, es war ihm anzusehen. »Was soll ich mit einer Psychologin?« fragte er abschätzig.

»Sehe ich aus, als bräuchte ich eine Seelenklempnerin? Ich brauche ein Alibi, das ist alles!«

In dem Besuchsraum der Vollzugsanstalt hatte er Patricia und Anna gegenüber Platz genommen und schaute sie gelangweilt an. Sein hellblondes Haar begann schwarz herauszuwachsen, und die Mischung machte seine asiatischen Gesichtszüge noch interessanter.

»Wir versuchen gerade einen Weg zu finden, wie wir Ihnen helfen können«, klärte ihn Patricia auf.

»Sie waren das letztemal doch schon dabei«, warf er ein. »Und? Hat's was gebracht?«

Die Besuchserlaubnis war überhaupt kein Problem gewesen. Anna hatte sie am Morgen beantragt und bekam sie schon für denselben Tag ausgestellt. »Private Gründe« führte sie an, und weiter wollte keiner etwas wissen.

»Wir arbeiten daran!« Patricia schlug die Beine übereinander. Sie trug hohe Stiefel zu einem kurzen, schwarzen Rock und einem weitmaschigen Pullover. Steffens Blick fiel ihr auf, so zog sie ihren Rock etwas hinunter.

»Stört mich nicht«, sagte er und verzog seinen Mund zu einem flüchtigen Lächeln, »von mir aus könnten Sie auch nackt auf dem Tisch tanzen.«

»Habe nicht die Absicht!«

Ihre Blicke trafen sich, er nickte leicht und fixierte dann Anna. »Und jetzt? Was soll das Aufgebot?«

»Sagen Sie uns doch mal, was Harald Eichmann wirklich von Ihnen wollte.«

Er zuckte die Schultern. »Aus welchem Grund sollte ich Ihnen das sagen? Sind Sie seine Witwe? Seine Exfreundin? Seine Tochter?«

Anna holte tief Atem. »Ich war zum Zeitpunkt seines angeblichen Todes im Hotelzimmer unter ihm und habe ihn zwei Stunden später noch recht lebendig durch die Decke gehört!«

»Ach!« Steffen beugte sich vor. »Is' ja 'n Ding! Haben Sie das der Polizei erzählt?«

Anna zog ihre Augenbrauen hoch. »Kann ich nicht. Genausowenig, wie Sie offenbar sagen können, was Sie tatsächlich dort wollten. Aber da wir wissen, was wir wissen, suchen wir einen Weg, um Ihnen zu helfen. Dazu müssen Sie uns aber helfen.«

»Tja.« Er schien zu überlegen. »Ist für zwei Ladys aus der Vorstadt vielleicht ein bißchen kompliziert.«

Anna rutschte auf ihrem Stuhl in eine bequemere Position. Sie trug Jeans und einen dicken dunkelblauen Rollkragenpullover und sah mit ihren zum Knoten hochgesteckten Haaren und dem ungeschminkten Gesicht wie eine Studentin aus.

»Wir sind keine Vorstadtladys«, sagte sie, und es war ihr ohne weiteres abzunehmen.

Steffen betrachtete sie eine Weile, dann beugte er sich etwas vor und senkte die Stimme. »Ich bekam den Tip von einem Freund, der ein bißchen nebenher dealt. Es ging um Koks und nicht um Sex. Aber das eine ist so gut wie das andere, was soll's also.« Er holte Luft und richtete sich auf. »Ich kenne diesen Eichmann überhaupt nicht, bin ja auch nicht an ihn rangekommen. Mein Pech ist ja nur, daß mein Zettel mit der angeblichen Todeszeit fast übereinstimmt. Und das ist schließlich auch, was sie mir unterstellen. Daß der Kerl mich gleich zurückgerufen und ich ihn umgelegt hätte. Schwachsinn!«

Anna nickte. »Kann der Kerl, von dem du die Adresse gekriegt hast, nicht helfen? Ein Alibi verschaffen oder so?« wollte sie wissen.

»Der wird sich hüten. Sein Vater ist ein ganz berühmter Chefarzt oder so, der wird einen Teufel tun, das groß an die Glocke zu hängen. Außerdem ist er mein Freund.«

Patricia und Anna schauten sich an.

»Es gibt ja viele Chefärzte in Hamburg«, Patricias Stimme vibrierte kaum wahrnehmbar. »Verraten Sie uns seinen Vornamen?«

Steffen schüttelte den Kopf. »Nein! Wozu?«

»Heißt er Max?«

Er sagte nichts mehr, sein Gesichtsausdruck erstarrte, dann schaute er sich um, als säße er beim KGB. Die Stille lastete drückend in dem karg möblierten, schmucklosen Raum.

»Es *ist* Max!« Patricia sagte es mit Nachdruck.

Steffen schwieg noch immer. Sein Blick hatte sich verdüstert.

Schließlich befürchtete Anna, daß er gleich gehen würde. »Max ist Patricias Bruder«, klärte sie ihn schnell auf.

Steffen blickte auf, reagierte aber nicht.

»Max hat gerade einen Porsche geklaut und sich damit abgesetzt. Vermutlich nach Italien.« Patricia sprach bewußt emotionslos, so behielt sie ihre Gefühle am besten unter Kontrolle. »Ich schätze, er wird Ihnen hier bald Gesellschaft leisten ...«

»Wird er nicht. Max ist schlau. Und Max hat Glück. Hat er immer gehabt!«

»Max hat einen Vater, der sich selbst aus jedem Skandal heraushalten will. Das ist das ganze Geheimnis.« Patricia schnaubte verächtlich. »Aber es wird nicht immer gelingen!«

Steffen kratzte sich in seinen borstigen zweifarbigen Haaren. »Wie auch immer. Zumindest hat er jemanden.«

»Sie sind auch nicht alleine«, Anna stand auf. »Sie haben uns. Und uns wird schon was einfallen!«

»Und die Gegenleistung?« Er stand ebenfalls auf.

Anna mußte lachen. »Schaun mer mal!«

Die schwere Tür hatte sich schon vor zehn Minuten hinter ihnen geschlossen, aber Patricia und Anna standen noch immer beieinander auf der Straße. Patricia zitterte trotz der dicken Daunenjacke und eher frühlingshaften Temperaturen. Sie hatte die Hände tief in den Taschen vergraben und die Beine überkreuzt.

»Max sitzt wahrscheinlich tiefer drin, als er selbst denkt«, sie zog die Stirn kraus. »Wenn er bloß mal erwachsen würde!«

»Männer werden nie erwachsen.«

»Ja, ja, ja!« Patricia schnitt Anna das Wort ab. »Ich weiß schon! Sie werden nie erwachsen, und sie brauchen zeitlebens ein Spielzeug!« Sie verzog das Gesicht. »So wie Lars dich!«

»Na, hör mal!«

Patricia winkte ab. »Schon recht. Ist auch nicht der Zeitpunkt, darüber zu sprechen.«

»Trotzdem, damit du's weißt. Er ist genauso *mein* Spielzeug! Er macht mir ganz einfach Spaß! Und wenn ich genau darüber nachdenke, könnte ich mir sogar noch einen zweiten halten! So was wie diesen Steffen. Jung, frisch, wild!«

Patricias Gesicht heiterte sich auf. »Hört, hört! Wäre das nicht einer zuviel?«

»Quatsch! Ein Liebhaber zuviel ist immer noch zuwenig!«

»Hmmm«, Patricia wechselte das Standbein. »Ich werde mal drüber nachdenken, wenn ich den Kopf dafür wieder frei habe. Trotzdem – wegen Bettina machst du dir keine Gedanken?«

»Bettina?« Anna schüttelte den Kopf. »Die hat ihre Kultur. Und außerdem kann sie mir doch dankbar sein, ich bringe völlig frischen Wind in ihre Beziehung. Möchte mal sehen, wie sich Lars am Freitag abend hochmotiviert auf sie stürzt!« Sie lachte.

»Möchtest du das wirklich?« Patricia zog ihren Autoschlüssel aus der Tasche.

Rainer glaubte, nicht richtig zu hören, als ihn Patricia anrief und ihm den Vorschlag machte, sie als Alibi für Steffen Schneider zu benennen.

»Was soll denn das?« wollte er wissen.

»Steffen Schneider ist der Freund von Max. Die beiden waren zu dem Zeitpunkt zusammen, und ich war mit dabei!«

Es war Freitag vormittag, und Rainer hatte einen Mandanten in seinem Büro sitzen. Er räusperte sich und versuchte zu begreifen, was Patricia ihm da verkaufen wollte. »Aber das ist doch eine glatte Lüge!«

»Wer sagt das?« hörte er Patricia herausfordernd antworten.

»Augenblick mal«, Rainer griff nach einigen Schriftsätzen, die vor ihm auf dem Schreibtisch lagen, und schob sie seinem Gegenüber hin. »Könnten Sie sich dies bitte im Vorzimmer anschauen? Ein vertraulicher, eiliger Fall. Ich komme gleich auf Sie zurück!«

Er wartete, bis er alleine war, dann stand er mit dem Telefon auf und ging ans Fenster. »Das ist doch Quatsch, Patricia. Warum willst du das tun? Und wer sagt dir, daß es nicht doch Steffen war?«

»Zu dem Zeitpunkt, als Harald Eichmann angeblich schon tot war, lebte er noch. Um sechzehn Uhr jedenfalls bumste er im Zimmer 516 mit irgend jemandem. Und zwar so laut, daß es im Zimmer unter ihm zu hören war. Aus irgendwelchen Gründen wurde hier ganz schnell ein Täter gesucht. Bloß – Steffen hatte Koks für ihn dabei und dachte nicht an Sex. Und kam auch gar nicht bis ins Hotelzimmer!«

Rainer schob die Gardinen auseinander, schaute auf die Straße und versuchte zu verstehen, was Patricia ihm da gesagt hatte.

»Mal langsam! Wer lag im Hotelzimmer unter ihm, der uns das, was du eben gesagt hast, bezeugen könnte? Und woher weißt du das?«

Es war kurz still.

»Patricia? Bist du noch dran?«

»Es ist etwas delikat und war reiner Zufall. Eine verheiratete Frau, die einen Geliebten hat, aber nicht genannt werden will.«

Rainer lachte ungläubig auf. »Das geht nicht. Eine Zeugin, die nicht genannt werden will? Blödsinn. Das hat keine Beweiskraft, das kannst du vergessen.«

»Ich bin's!«

»Du???«

Patricia mit einem Geliebten? Es war außerhalb seiner Vorstellungskraft.

»Das glaube ich nicht!« sagte er kurz entschlossen. »Und Frank?«

»Das hat nichts mit ihm zu tun!«

»Einen Geliebten zu haben soll nichts mit dem Ehemann zu tun haben? Was erzählst du mir da für einen Mist!«

»Ich mag jetzt nicht mit dir darüber diskutieren, Rainer. Nimm's, wie's ist, und mach was draus. Steffen war's nicht, um sechzehn Uhr lebte der Kerl noch. Wir haben ihn gehört, durch die Zimmerdecke hindurch. Dies nur zu deiner Information!«

Rainer drehte sich um und lehnte sich mit dem Rücken gegen das Fenster. Nur zu seiner Information. Sie sagte ihm so einfach, daß sie ihren Mann betrog. Als ob das nichts wäre. »Bei Frauen spielen immer Gefühle mit. Erzähl mir nicht, daß es dabei *nur* um Sex geht!« Er fand es einfach ungeheuerlich.

»Es geht nur um Sex, Rainer! Tu nicht so, als wärst du vom Mond!«

Die Art, wie sie das sagte, ließ ihn aufhorchen. Wußte sie etwas von seinem eigenen Nebenverhältnis? Patricia war ihm nach wie vor unheimlich, und dieses Geständnis verbesserte seine Einstellung zu ihr nicht gerade.

»Ich werde darüber nachdenken.«

»Tu das!«

»Weiß Anna davon?«

»Natürlich!«

»Natürlich!« Er hatte vergessen. Freundinnen hatten ja keine Geheimnisse voreinander. Welch Schreckgespenst für einen Mann.

»Ich melde mich«, verabschiedete er sich.

»In Ordnung!« In seinen Ohren klang es wie ein Befehl, er legte schnell auf.

Anna hatte Lars noch auf dem Rückweg von der Vollzugsanstalt nach Hause aus dem Auto heraus eine SMS geschickt. Sie wollte ihn diese Woche noch sehen. Gleichzeitig versuchte sie, sich selbst zu verstehen. Sie hatte Patricia gesagt, daß sie Lust auf den kleinen Steffen hätte, und gleich darauf ein starkes Verlangen gespürt. Allerdings nach Lars. Welche Rolle kam eigentlich noch ihrem Ehemann zu? »Muß dich diese Woche noch sehen«, hatte sie vor der einen roten Ampel in ihr Handy getippt und an der nächsten »very urgent« mit drei Ausrufezeichen und alles zusammen während der Fahrt an Lars abgesandt. Er meldete sich sofort. »Brennt's?« Mit einem Auge schielte sie auf ihren Vordermann, während sie: »Jaaaa!!!!« schrieb. Er schlug den Nachmittag vor, sechzehn Uhr. In einem kleinen Hotel am Stadtrand. Vertreterhotel, nichts Besonderes. Günstig, aber sauber. Anna war's recht.

Während Rainer seine Aktentasche schloß und über Patricia nachdachte, suchte Anna vor dem kleinen Hotel einen Parkplatz. Es war wirklich nicht ihr Geschmack, es sah eher wie ein Dorfgasthof aus, aber Lars' Wagen stand schon da, und sie beschloß, es zu nehmen, wie es kam. An der düsteren, mit dunklen Billigmöbeln ausgestatteten Rezeption war niemand zu sehen. Es lag aber ein Zettel dort: »Bin in Zimmer 12, Lars!« Eine milchige Glastür führte zu dem Gastraum, aus dem ein vielschichtiges Stimmengewirr drang, und eine schmale, mit dunklem Teppichboden ausgelegte Treppe führte nach oben. Es roch nach kaltem Fett, aber Anna ließ sich nicht beirren. Sie hatte Jeans und eine Daunenjacke an, sie paßte überall hin, selbst in eine Dorfbeize.

Fast mußte sie lachen. Das war tatsächlich ein anderer Rahmen als im *Ramses*, in dem keines ihrer Nachmittagstreffen unter zweihundertfünfzig Mark Zimmerpreis abging. Sie stand vor der Nummer 12, die goldene Zahl schief auf dem unechten Nußbaumdekor der Tür. Sie klopfte und kam sich vor wie die Hexe in *Hänsel und Gretel*. Gleich würde sie ihn auffressen.

»Die Tür ist offen!«

Anna trat ein, Lars lag bereits im Bett, bis zur Hüfte zugedeckt. Die Arme hatte er hinter dem Kopf verschränkt und beobachtete sie. Anna ging langsam auf das Bett zu und öffnete ihre Jacke. »Was willst du von mir?« fragte sie und streifte sich die Jacke langsam ab. »Meinen Geist?«

»Geist? Ganz sicher!« nickte er und grinste.

Sie öffnete den Reißverschluß ihrer Hose. »Oder nur meinen Körper?«

»Bestimmt nicht!«

»Ach nein? Dann kann ich ja wieder gehen!« Sie zog den Reißverschluß wieder hoch.

Mit einem Hechtsprung war er bei ihr und zog sie mit einem Ruck aufs Bett, sie fiel auf den Rücken, und er warf sich auf sie. »So??? Dann geh doch!«

»Ich krieg keine Luft mehr«, japste sie unter ihm. »Und außerdem kratzt dein Wollpullover!«

»Ich hab doch gar nichts an!« Er blickte an sich hinunter, Anna lag mit ihrer Nase zwischen seinen Brusthaaren. »Na, dann ...«, er lachte und begann, ihr die Jeans auszuziehen. »Dabei wasche ich meine Wollpullis doch immer mit extra weichem Haarshampoo!«

»Ach was!« Es klang nasal. »Du wäschst deine Pullis selbst?«

»Klar, unter der Dusche!«

»Klar, die hier!« Sie biß in seine Brusthaare hinein.

»Autsch! Hörst du wohl damit auf?!« Lars griff nach ihrem Kopf und zog Anna auf Augenhöhe herauf. »Kleines Biest! Und das nächste Mal ziehst du die Schuhe aus, bevor du zu mir ins Bett kommst, ist das klar?« Ihre Schnürstiefel waren jetzt ein unüberwindbares Hindernis für die engen Hosenbeine.

»Wenn du mir verrätst, wie du deine Wollpullis wäschst, ziehe ich die Stiefel selbst aus. Ist das ein Deal?«

»Ich steh unter der Dusche! Sag ich doch!«

»Mit einem Wollpulli unter der Dusche?«

»Sei doch nicht so schwerfällig! Hast du je einen Wollpullover im Handwaschbecken gewaschen? Na also. Wird naß, wird schwer, das Waschmittel geht nicht mehr raus. Ich stelle mich unter die Dusche, wasche mir die Haare, mit dem Rest wasche ich den Pullover, und anschließend dusche ich mich ab, fertig. Innerhalb von zehn Minuten ist der Wollpulli sauber. Kann man allerdings nur im Sommer machen! Hast du die Stiefel jetzt endlich aus?«

Anna lag neben ihm und krümmte sich vor Lachen. »Das habe ich ja noch nie gehört!«

Er drehte sie um und schnürte ihre Stiefel auf. »Muß man denn alles selber machen!«

Zu dieser Zeit saß Max in einem LKW. Er hatte die schrecklichste Nacht seines Lebens hinter sich, alles, was er nie erleben wollte. Zunächst hatte er sich den Lagerhallen möglichst unauffällig genähert. Er war noch nicht ganz bis zum Halleneingang vorgedrungen, aus dem eben wieder einige Container herausgerollt wurden, als er von einem Mann in einem langen, dunkelbraunen Ledermantel angesprochen wurde.

Er sprach italienisch, das hatte Max nicht bedacht. Er antwortete auf englisch. Der andere, er hatte dichtes schwarzes Haar und eine scharfgeschnittene römische Nase, musterte ihn. »What are you looking for?« wiederholte er auf englisch.

»Cars«, antwortete Max. Es gefiel ihm nicht, daß sich der Italiener ihm so ganz offensichtlich in den Weg gestellt hatte. Es hatte etwas Bedrohliches. Auch die Art, wie andere Männer in der Nähe stehengeblieben waren und sie beide beobachteten. »I'm looking for cars!« präzisierte er.

»Wir haben keine Autos«, antwortete der Mann auf deutsch.

Max atmete auf, so fiel die Verständigung schon leichter. »Ich habe einen Porsche, den ich verkaufen will«, sagte er hoffnungsvoll.

»Solche Geschäfte machen wir nicht«, der Mann verzog angewidert das Gesicht. »Wir verkaufen Baumaschinen!« Max versuchte, an ihm vorbei in eine der Lagerhallen zu schauen, es gelang ihm aber nicht. Und da dieser Mensch vor ihm dies auch so offensichtlich verhindern wollte, glaubte er ihm nicht.

»Wo kann ich einen Porsche verkaufen?« Vielleicht bekam er ja wenigstens einen Tip.

Der Italiener zuckte mit den Schultern. »Im Autohaus?« sagte er, und ein böses Lächeln umspielte seine dünnen Lippen. »Oder bei den Carabinieri?«

Max sagte nichts mehr. Er war hier unerwünscht, das war mehr als deutlich. Und er würde auch keinen Rat bekommen. Er drehte sich um. »Danke für die Auskunft«, sagte er im Weggehen. »War überaus freundlich«, setzte er hinzu.

Daß hier etwas nicht stimmte, war ihm klar, es war förmlich zu riechen. Möglicherweise hatte es etwas mit Autos zu tun. Möglicherweise aber auch nicht. Baumaschinen. Torpedos waren wahrscheinlicher, wenn schon. An den Containern drehte er sich noch mal um. Der Italiener, mit dem er gesprochen hatte, war nicht mehr zu sehen, an seiner Stelle stand jetzt ein dunkler, breitschultriger Typ in einer gepolsterten Lederjacke und schaute ihm nach. Max hob lässig die Hand zum Gruß, das mußte einfach sein, und ging an dem Container entlang, um zu dem freien Platz dahinter zu gelangen. Als er um die Ecke bog, blieb er stehen, dann sackte ihm sein Magen in die Kniekehle, der Platz war leer. Nichts, was daran erinnert hätte, daß hier vor zehn Minuten noch ein Porsche Turbo gestanden hatte. Max faßte sich instinktiv ans Herz, dann drehte er sich um die eigene Achse. War er auf dem falschen Platz gelandet? Stand der Wagen woanders? Nein, es gab keine andere Möglichkeit. Hier war er ausgestiegen! Er spürte einen heiligen Zorn aufsteigen, das war einfach die Höhe! Man hatte ihm seinen Porsche geklaut! Was für eine Frechheit! Scheiß Itaker!

Er lief zu der Stelle, an der er geparkt hatte, so als ob ihn das in irgendeiner Weise weiterbringen könnte. Erst als er etwas wie einen Reifenabrieb auf dem Asphalt erspäht hatte, gab er sich zufrieden – und geschlagen. Er hätte heulen mögen, die Enttäuschung schüttelte ihn durch und durch.

Max schaute auf seine Uhr. Es war später Donnerstagnachmittag. Es würde bald dunkel werden und noch eisiger, als es ohnehin schon war. Welch grauenhafte Vorstellung, ohne einen Pfennig und ohne Dach über dem Kopf die Nacht verbringen zu müssen. Am liebsten hätte er sich in Luft aufgelöst. Er ging langsam zu den Containern zurück und lehnte sich mit dem Rücken gegen sie. Hier war es zumindest windgeschützt. Jetzt mußte ihm etwas einfallen.

Er dachte nach. Trick siebzehn wäre natürlich, ihm hier auf dem Platz den Turbo zu stehlen und ihn hinter den Containern, gewissermaßen vor seinen Augen, in dieses Gammelschiff zu verladen. Da konnte sich dieser Wichser locker einen abgrinsen. Zu den Carabinieri, genau. Die sollte er gleich mal auf diese Schmalzlocken hetzen. Baumaschinen. Etwas Unglaubwürdigeres gab es ja wohl kaum. Ob solche Jungs überhaupt nicht kontrolliert wurden? Nach Behörde sah es hier jedenfalls nirgends aus.

Max vergrub seine Hände tief in den Taschen. Zumindest der Geldbeutel war noch da, wenn auch nichts mehr drin war außer seinem Ausweis und dem Führerschein, und der Autoschlüssel. Der Autoschlüssel war immerhin ein Trumpf.

Max überlegte. Es gab zwei Möglichkeiten! Entweder er spürte den Wagen wieder irgendwo auf und nahm ihn einfach mit, das würde ihm vielleicht in der Nähe dieser Lagerhallen gelingen, oder er setzte sich nach Deutschland ab und machte von dem Haustürschlüssel Gebrauch, der noch am Autoschlüssel hing. Den Namen und die Adresse hatte er sich eingeprägt. Der Name kam ihm bekannt vor, aber er konnte ihn nicht einordnen: Leuthental. Sicherlich hatte das etwas mit seinem Vater zu tun. Friederike Leuthental. Oder aus dem Showbiz? Im Endeffekt war es egal, sie hatte ihren Wagen nicht mehr, und er hatte ihn auch nicht mehr. Jetzt war er für immer weg. Bloß, sie war garantiert gut versichert, und er ging leer aus. Das Leben war ungerecht.

Max nahm sich vor, die Dämmerung abzuwarten und sich im Schutz der Dunkelheit von der Straßenseite her an die Hallen heranzumachen. Und sollte das nichts bringen, würde er sich eben um Friederike Leuthentals Wohnung kümmern. Das Schicksal hatte ihm diesen Schlüssel in die Finger gespielt, es mußte sich schließlich etwas dabei gedacht haben.

Aber alles lief gegen ihn. Und am Ende hatte Uwe ihn aufgelesen – ein bärenstarker, aber friedlicher Typ –, nachdem Max jämmerlich und halb erfroren in einer Hafenkneipe gelandet war. Vor der Halle hatte er ein blaues Auge verpaßt bekommen. Und dieses blaue Auge überzeugte ihn davon, daß sie hinter dem Eingang auf ihn gewartet hatten, weil der Turbo hinter ihnen in der Halle stand. Und wenn sie ihn nicht verscherbeln wollten, dann fuhr ihn der Ledermantelmacker ab heute wahrscheinlich selbst. Um sich weiter auf die Lauer zu legen, fehlte Max der Mut. Und das Geld. Und nicht zuletzt die passenden Temperaturen, denn jetzt sehnte er sich überhaupt nur noch nach einem: nach Wärme. Er zitterte am ganzen Körper, seine Finger drohten zu erfrieren, seine Füße waren Eisklumpen, die Ohren schmerzten, und die Augen brannten.

Max saß wohlig neben Uwe in dessen Truck, schaute durch die Windschutzscheibe nach vorn auf die Straße und freute sich wie ein Kind, daß Uwe ihn für lau nach Hause fahren würde. »Unterhaltung ist Bezahlung genug«, hatte er bloß gesagt.

»Hast du eigentlich ein schlechtes Gewissen?«

Lars griff über Anna hinweg zu seinen Zigaretten. Die beiden lagen gemeinsam auf der Seite, Anna hatte die Beine um ihn geschlungen.

»Wieso denn?« fragte Lars verständnislos.

»Nun, wegen Bettina vielleicht? Schließlich gehst du doch fremd!«

»Du etwa nicht?« Er steckte sich ein etwas zerknautschtes Exemplar seiner Camels in den Mund, zündete es an und nahm einen tiefen Zug.

»Nein, nicht wirklich!« Anna nahm ihm die Zigarette ab und zog ebenfalls daran.

»Was? Du nicht?« Er sah sie ungläubig an und fing

gleich darauf an zu lachen. »Toller Witz. Was machst du dann?«

»Nichts Wesentliches!« Sie gab ihm die Zigarette zurück.

»So? Du nennst mich ›nichts Wesentliches‹?«

»He!!« protestierte sie.

»Da soll man nicht herausrutschen, wenn man als ›nichts Wesentliches‹ bezeichnet wird. Du kannst ihn doch nicht so erniedrigen!«

Anna streckte sich aus. »Daß Männer von ihren Penissen immer reden müssen, als ob's die kleinen Brüder seien. Ich rede doch auch nicht von Susi und Lilly, wenn ich meine Brüste meine!«

Lars drehte sich ein wenig und begann, an ihrer Brustwarze zu knabbern. »Sind aber süß, die beiden. Und Susi und Lilly paßt, finde ich!«

Anna stöhnte auf und ließ sich zurückfallen. »Es ist wohl schon so. Männer sind Kindsköpfe!«

»Immer wieder gern!« Lars nickte und biß etwas herzhafter zu.

»Autsch!« Sie fuhr hoch und griff ihm ins Haar.

»Was soll das denn heißen? Wieso gehst du bei mir nicht fremd?« Er schaute zu ihr hoch. »Ich meine, hier, mit mir! Würde mich doch interessieren!«

»Rainer fehlt deswegen ja nichts. Es ist einfach eine andere Ebene. Und weil es ihn nicht betrifft, gehe ich auch nicht fremd!«

»Ah!« Lars ließ von ihrer Brustwarze ab. »Das nennt man weibliche Logik!«

»So!« Anna griff etwas stärker in sein Haar. »Dann erklär doch du mir mal, warum du Bettina gegenüber kein schlechtes Gewissen hast?«

»Ich hab's Rainer gegenüber. Männersolidarität. Schon mal was davon gehört?«

»Ja, im Geschichtsbuch vielleicht. Bei allen Kriegen haben sich die Männer vor lauter Solidarität immer totgeschossen!«

»Nein«, erklärte er, »du verstehst das nur nicht. Das ist wie bei einem Duell im Morgengrauen – es ist nicht persönlich gemeint, es ist eine Frage der Ehre!«

»Ehre? Das ist schlicht bescheuert!«

»Sei nicht so respektlos, das steht dir nicht!«

»Dir auch nicht!« Sie schaute an ihm runter. »Respektlos, wie er so vor mir daniederkniet. Hab ich's dir nicht schon einmal gesagt? Steh gefälligst auf, wenn ich mit dir rede!«

Rainer konnte sich über Patricias Geständnis kaum beruhigen. Mit welcher Selbstverständlichkeit sie das gesagt hatte, so als wäre überhaupt nichts dabei. Als er nach Hause kam, war Anna noch nicht da. Es war ihm ganz recht, so hatte er noch etwas Zeit für sich zum Nachdenken. Er ging in die Küche und öffnete den Kühlschrank. Auf den ersten Blick machte ihn nichts an, alles war in Frischhaltefolien verpackt, es sah nicht gerade appetitanregend aus, so griff er nach einer Flasche Bier und klappte den Kühlschrank wieder zu. Er setzte sich damit in den breiten Ledersessel vor den Fernseher, schaltete ihn ein und beschloß, diesen Abend so zu verbringen wie hunderttausend andere Männer auch. Beine hoch, Pantoffeln an, Bier in der Hand. Es war ein Kreuz mit den Frauen!

Was da vor ihm auf dem Bildschirm flimmerte, hatte er noch nie gesehen. Es kam ihm hoffnungslos überzeichnet vor, Beziehungskram par excellence. Trotzdem schaute er hin, während seine Gedanken abschweiften.

Gut, er hatte auch sein kleines Geheimnis. Aber das war ganz etwas anderes als einen Geliebten oder eine Geliebte zu haben, wie Patricia so offen zugab. Es wollte ihm einfach nicht in den Kopf. Da war Patricia frisch verheiratet, offensichtlich verliebt in ihren Frank und lag mit einem anderen Mann am hellichten Nachmittag in einem Hotelzimmer. Was fehlte den Frauen? Was brauchten sie?

Er dachte über Anna nach. Er war sich sicher, daß sie nicht fremdging. Wozu auch, sie schliefen regelmäßig miteinander, und es war eindeutig, daß es ihr letztendlich mehr gefiel als ihm. Da er seine Neigungen nicht ins Spiel bringen konnte, konzentrierte er sich dabei jedesmal voll auf sie und war darauf bedacht, all das zu machen, was er sich angelesen oder von anderen Frauen gehört hatte. Langes Vorspiel mit Zärtlichkeiten, zurückhaltendes Liebesspiel, nichts, was ihn zum Macho stempeln und die Frau demütigen könnte. Dazu gehörten auch einige Stellungen, die man besser bleiben ließ. Sie hatten angenehmen, sauberen Sex, und Anna kam jedesmal, da war er sich sicher. Er schenkte sich ein weiteres Glas ein. Zumindest hatte sie ihm noch nichts anderes gesagt. Vor seinen Augen flimmerte der Abspann des Films vorbei. »Verbotene Liebe«, na, das paßte ja zum Thema. Er schaute auf die Uhr. Achtzehn Uhr fünfundzwanzig. Ob das die richtige Anleitung für Jugendliche war?

Er hörte die Tür gehen. Aha, jetzt mußte er sich entscheiden, ob er mit ihr über Patricia reden würde oder nicht. Anna kam auf ihn zu, in Jeans und einem weiten Pullover, und sah aus wie ein junges Mädchen.

»Du strahlst ja förmlich«, sagte er, und sie bückte sich zu einem Kuß zu ihm hinunter.

»Mir geht's ja auch verdammt gut!« Sie lachte und setzte

sich auf seine Armlehne. »Ich werde geliebt, was will ich mehr!«

»Tja!« Rainer überlegte kurz und warf ihr einen Seitenblick zu. Ihre Augen funkelten, ihr Teint sah jugendlich frisch aus, sie war kaum geschminkt, sie wirkte tatsächlich wie eine rundherum glückliche Frau. Er legte seine Hand auf ihre. »Es macht mich glücklich, dich glücklich zu sehen«, sagte er, und sie schaute ihn versonnen an. »Ich verstehe nur nicht, warum manche Frauen anscheinend zwei Männer brauchen. Vielleicht kannst du mir da helfen?«

Ihr Gesichtsausdruck veränderte sich. »Wie meinst du das?« wollte sie wissen.

Er drehte sich etwas in seinem Sessel, um sie besser sehen zu können. »Deine Freundin Patricia, meine ich.«

»Patricia?« Sie verstand nicht, worauf er hinauswollte. »Was ist mit Patricia?«

»Nun, daß sie einen Freund hat, einen sogenannten Lover, schreckliches Wort, ist doch erschütternd.«

»Was hat sie???« Es war Anna herausgefahren, so überrascht war sie. Ihre Reaktion irritierte Rainer, sie spürte es deutlich, aber es war nicht mehr rückgängig zu machen.

»Ich dachte, du wüßtest es!« Er schaute sie an, und in seinem Blick las sie, daß sie jetzt irgendeine schlaue Erklärung abgeben mußte. Sie hatte nur keine griffbereit, sie wußte noch nicht einmal, in welche Richtung das Ganze lief.

»Wie kommst du darauf?« fragte sie vage.

»Sie hat es mir gesagt! Sie hat mir gesagt, daß sie einen Liebhaber hat, und sie hat mir gesagt, daß du es wüßtest.«

Anna zog es vor, nichts mehr zu sagen. Das war unsicheres Terrain. Was hatte Patricia da um Gottes willen erzählt, und weshalb hatte sie sie darüber nicht rechtzeitig informiert? Überhaupt – hatte Patricia möglicherweise über sie, Anna, gesprochen, und Rainer hatte es nur nicht kapiert? Stand ihr jetzt unversehens eine große Aussprache ins Haus?

Sie spürte, wie Rainer sie beobachtete.

»Ich rede nicht gern über Freundinnen«, versuchte sie sich aus der Affäre zu ziehen. »Ich denke, das ist deren Angelegenheit!«

»Schon!« Er nickte bestätigend. »Nur wenn deine Freundin mit ihrer Aussage in ein laufendes Verfahren eingreift, ist das eben mehr als nur ihre Angelegenheit. Dann wird es öffentlich.«

Anna dachte nach. Verdammt, was meinte er bloß?!

Eine Weile sagten beide nichts, schauten geistesabwesend in den Fernseher.

»Wozu braucht eine Frau einen zweiten Mann?« wollte Rainer noch mal von ihr wissen.

»Ich weiß es nicht, ich habe keinen zweiten«, beeilte sich Anna zu sagen.

»Aber irgendwas muß da doch sein. Ein Reiz? Oder hat so etwas andere Gründe? Körperlich?«

»Es muß passen! Eine Frau spürt, ob's paßt oder nicht. Und wenn's nicht paßt, kann sich ein Mann noch so sehr in allen Stellungen verrenken, es wird nicht klappen!«

Er schwieg. »Und wie merkt ein Mann, ob es für die Frau paßt oder nicht?« fragte er schließlich.

»Sie sollte es ihm sagen!« O Gott, dachte sie dabei, welch falsches Spiel!

»Hängt das von der Länge ab, wie immer behauptet wird? Größe?«

Sie ging von der Armlehne herunter, setzte sich ihm rittlings auf den Schoß und umschloß seinen Nacken mit ihren Armen. »Klar versuchen Frauen Männer zu trösten, daß es gar nicht schlimm sei, auf die Länge käme es nicht an. Stimmt natürlich nicht, ist wie das Trostpflästerchen fürs aufgeschlagene Knie. Natürlich muß er eine bestimmte Größe haben. Aber es muß auch kein Elefantenpenis sein, das finden nur Männer untereinander toll. Aber du brauchst dir keine Gedanken zu machen. Du bist gerade richtig!«

»Für dich? Ja?«

»Natürlich für mich! Oder meinst du, wir sprechen hier von einer anderen?« Sie zog ihn strafend am Ohr. »Letztendlich ist doch jede Frau anders gebaut und jeder Mann auch, und wenn man Glück hat, paßt es zusammen, so einfach ist das!«

»Hört sich einfach an, ja!«

»Und wenn die Chemie dann noch stimmt, man sich riechen kann, ist es doch perfekt!« Oh, Anna, Anna, sagte sie sich. Manches war eben doch nicht ganz so einfach. Rainer schaute ihr direkt in die Augen.

»Wozu braucht Patricia dann einen anderen Mann?«

Mit dieser Frage war sie schlichtweg überfragt.

Gott sei Dank klingelte ihr Handy, Anna war für die Unterbrechung dankbar. Rainer stöhnte kurz unwillig auf. »Muß das sein?«

»Sorry!« Anna löste sich von ihm und ging zu ihrer Handtasche, die sie neben der Tür hatte liegen lassen. Sie griff hinein und zog ihr Handy heraus, das aufgeregt blinkte. Die Nummer ihrer Mailbox wurde angezeigt, sie nahm das Gespräch an. Ein Anruf war verzeichnet worden, es war Patricia. »Anna, ich erreiche dich nicht, verdammt noch mal, und es ist wichtig. Ich hoffe, du hörst das Ding ab, bevor du nach Hause kommst. Ich habe Rainer zur Entlastung von Steffen deine Geschichte erzählt, den Liebhaber im *Ramses* allerdings auf meine Kappe genommen. Wundere dich also nicht. Irgendwie mußte ich Rainer ja davon überzeugen, daß die Polizeiakten nicht stimmen. Also, melde dich gleich mal, damit wir uns noch abstimmen können!«

Lars war bestens gelaunt nach Hause gekommen. Bettina hatte, wie immer am Freitag, den Tisch festlich gedeckt, es standen zwei Champagnergläser bereit und Weingläser, zudem die silbernen Platzteller. Also hatte sie sich besonders viel Mühe in der Küche gegeben, das Besteck wies auf mehrere Gänge hin. Im Hintergrund lief Jazzmusik, aber sie war so leise, daß sie ihn nicht weiter störte. Er nahm sein Feuerzeug und zündete die Kerzen an, die Bettina um einen Strauß champagnerfarbener langstieliger Rosen drapiert hatte. Er blieb stehen und betrachtete den Tisch. Es war schön, nach Hause zu kommen. Man konnte die Haustür hinter sich zumachen und alles vergessen, die Arbeit, die Ärzte, den Ärger – selbst Anna blieb draußen, es war eine andere Welt.

In der Küche hörte er Bettina werkeln. »Na, mein Engel«, sagte er und nahm sie in den Arm.

Sie spreizte ihre Hände, die in zwei dick wattierten Topfhandschuhen steckten, mit denen sie eben die Auflaufform aus dem Backofen ziehen wollte, und küßte ihn lachend. »Du duftest nach *Roma*«, sagte sie dabei leichthin.

Lars fuhr es heiß in die Glieder. Er hatte sich danach nicht gründlich genug geduscht, die Zeit war knapp, auch Anna hatte es eilig gehabt, nach Hause zu kommen.

»Hab ich's doch befürchtet, daß mir diese Parfümverkäuferin das Frauenparfüm aufgesprüht hat statt das für Männer!« Er schnupperte übertrieben an seinem Handgelenk. »Gut, daß es nur dir aufgefallen ist und keinem meiner Ärzte. Mit so was könnte man ja glatt als schwul abgestempelt werden!«

»*Du* warst in einer Parfümerie?« Sie hatte sich von ihm gelöst und den Backofen geöffnet. »Kaum zu glauben! Und das auch noch freiwillig?«

Sie bedachte ihn mit einem ironischen Grinsen. Ihre dunklen Haare fielen ihr dabei ins Gesicht, sie schüttelte sie mit einer energischen Bewegung weg. Er betrachtete sie, wie sie sich in ihrer verwaschenen Jeans und der edlen ärmellosen Bluse aus heller Rohseide bewegte. Schnell und präzise, jeder Handgriff saß. Er liebte diese Frau, ja, sie hatte etwas Geheimnisvolles an sich, etwas, das er nie verstehen würde. Und er wußte, daß sie bisweilen mit ihm spielte, ohne daß er das sofort bemerkte. Es dämmerte ihm immer später, wenn er wieder Dinge tat, die er eigentlich nicht wollte. Vielleicht hatte sie irgendeine Suggestivkraft, irgend etwas Übersinnliches an sich.

»Was also hast du, der Supermann, der auf Kernseife schwört, in einer Parfümerie zu suchen? Schon allein das Wort müßte dich umbringen!« Sie nahm die Fischsuppe von der Herdplatte und füllte sie in eine angewärmte Schüssel um.

Lars überlegte. »Ich habe heute morgen im ekelhaften Licht eines scheußlichen Spiegels einige erschreckende Hautveränderungen in meinem Gesicht feststellen müssen. Falten nennt ihr Frauen das ja wohl. Da dachte ich, ich laß mich mal beraten. Männer nehmen jetzt ja auch entsprechende Pflegeartikel, hört man!«

»Ei, ei, ei!« Sie schaute ihn an. »Männer gehen auch zum Schönheitschirurgen, stell dir vor!«

»Ich nicht!«

»Wart's ab!«

Das erschreckte ihn jetzt doch.

»Findest du etwa, daß ich es nötig hätte?«

Sie musterte ihn so sachlich, daß er instinktiv seine Wangen berührte.

»Noch nicht«, sagte sie und drückte ihm die Suppenschüssel in die Hände. »Sind die Flaschen schon offen?«

»Nein!« Lars machte zwei Schritte zur Tür hin, blieb aber nochmals stehen. »Das ist doch nicht dein Ernst, das mit dem Schönheitschirurgen?«

»Viele Männer, die feststellen, daß sie auf dem freien Markt nicht mehr so erfolgreich sind, lassen sich ihr Doppelkinn oder die Hamsterbacken absaugen, die Augenlider schneiden, Falten wegspritzen. Das sieht dynamischer aus, und Dynamik ist gefragt!«

»Willst du mir durch die Blume sagen, daß ich auf dem Markt nicht mehr gefragt bin? Ich bin gerade mal dreiundvierzig!«

»Ja, eben«, sagte die Stimme hinter ihm unerbittlich. »Du bist schon dreiundvierzig!«

Er trug die Schüssel ins Wohnzimmer, zündete die kleinen Teelichter unter dem Rechaud an und stellte die Schüssel darauf. Mmh, Fischsuppe, seine Lieblingssuppe. Es konnte ihn aber nicht beruhigen. Er ging in die Küche zurück, Bettina schnitt eben das Baguette auf.

»Geh ruhig«, sagte sie sofort, »ich komme gleich. Und kümmere dich bitte um die Flaschen!«

»Eines noch«, er nahm eine Flasche Champagner aus dem Kühlschrank. »Woher hast du deine ganzen Weisheiten?«

»Kam heute im Büro mit einem Chefarzt ins Gespräch. Er ist Schönheitschirurg und hat mir so manches erzählt!«

»Scheint mir auch so!« Er warf ihr einen schrägen Blick zu und entkorkte die Flasche mit einem leichten »Plop«.

»Was macht so ein Typ bei euch im Büro? Nennt ihr euch nicht Kulturamt?«

Sie legte das aufgeschnittene Baguette in einen Brotkorb, der aus silbernem Draht bestand, und ging an ihm vorbei. »Er macht eine Fotoausstellung. Menschen. Recht spannend!«

»Mhhh«, Lars ging hinter ihr her zum Tisch und schenkte die Gläser voll. »Menschen, aha!«

»Apropos«, Bettina setzte sich und griff nach dem Suppenschöpflöffel. »Ganz hoch im Kurs sind Penisverlängerungen. Er sagt, kaum eine Woche, ohne daß einer seinen Penis verlängert haben will. Selbst auf die Gefahr hin, später Schmerzen beim Sex zu haben. Da geht es vor allem um den Schein und meistens um die Kameraden, die einfach einen längeren haben. In Vereinen sehr ausgeprägt durchs gemeinsame Duschen …«

Lars ließ sich fassungslos auf seinen Stuhl sinken. »Du willst mir jetzt aber nicht auch noch sagen, daß ich …«

»Schätzchen …« Bettina griff nach seinem Teller.

»Was hat er denn da überhaupt fotografiert, der Herr Chefarzt, an all diesen Menschen? Die Gesichter? Porträts? Oder was?«

»Gesichter?« Bettina schaute ihn an, als säße ihr Ötzi gegenüber. »Nein, Akte natürlich!«

»Aha, Akte natürlich! Da gehst du mir nicht hin!«

Am Montag lief Charly als erstes zu seinem Postfach. Er hielt es zwar für unwahrscheinlich, aber er war einfach zu neugierig. Seine Anzeige hatte er am Samstag in der Zeitung mehrfach mit Stolz gelesen. Die Formulierung war gut, zurückhaltend und doch verlockend. »Langeweile in der Ehe?« hatte er getitelt und darunter: »Nebenjob für attraktive Hausfrauen. Hundertprozentig diskret, gutsituierte Kunden, überdurchschnittliche Bezahlung. Chiffre.«

Drei Briefe lagen für ihn da. Das war gewaltig, die beste Idee seines Lebens. Er nahm sie, steckte sie in seine Manteltaschen und ging in sein Stammcafé. Ab morgen würde sich sein Leben ändern, dessen war er sich sicher. Er bestellte, ganz gegen seine Gewohnheit, nicht nur ein Croissant und einen Milchkaffee, sondern Frühstück Nr. 8, das beinhaltete ein reichhaltiges Eieromelett, frischen Orangensaft und ein Glas Sekt. Charly hatte sich gut angezogen, ein dunkelblaues Kaschmirsakko aus besseren Zeiten zu seiner neuesten Jeans und zu seinen besten Lederschuhen. Es war seine eigene kleine private Feier. Er würde die Ära Gudrun und ihre Kolleginnen ad acta legen können und endlich wieder richtig Kohle machen.

Charly aß ein belegtes Brötchen und das Omelett, trank den Saft und nahm ganz zum Schluß, einem geheimen Ritual gleich, den ersten Schluck Sekt. Er prostete sich und seiner Zukunft zu, dann erst zog er einen der Briefe heran, fuhr mit dem Zeigefinger in den Falz und riß ihn auf. Niedlich, das gefiel ihm. Das erste, was ihm in die Finger fiel, war das Foto einer üppigen Blondine. Sie hatte gleich gewußt, was gefragt war, und stellte sich entsprechend posierend nackt vor die Kamera. Möglicherweise hatte sogar ihr Mann das Bild geschossen, weil er auch auf mehr Kohle scharf war, aber das konnte ihm egal sein. Sie war Mitte Zwanzig, hatte blondierte Dauerwellen und einen großen Busen. Mehr brauchte er nicht, die Sache war gebongt. Charly grinste und nahm noch einen Schluck. Das Foto des zweiten Briefes war weniger attraktiv, aber auch hier wußte er, daß es genug Kunden gab. Sie war zu dick, die Brüste schwer und fast auf dem gewölbten Bauch aufliegend. Sie war ebenfalls noch keine Dreißig, wenn man ihren Angaben glauben konnte. Ihr Mann Gelegenheitsarbeiter und die ganze Familie offenbar von finanziellen Sorgen gebeutelt. Dem konnte er abhelfen. Charly grinste. Seine kleine Armee wuchs. Selbst wenn der dritte Brief überhaupt nichts mehr hergeben sollte, war es für den Anfang schon mal gut.

Er nahm noch einen Schluck und riß den dritten auf. Ein zusammengefaltetes Zeitungsblatt fiel ihm entgegen. Auch nicht schlecht, wahrscheinlich eine, die bereits ihre ersten Meriten gesammelt hatte, er nahm schnell noch einen Schluck und faltete das Blatt auseinander. Er drehte und wendete es, aber das verstand er nicht. Vorne war das Foto abgebildet, das er selbst schon gesehen hatte, der Zuhälterkrieg mit dem angeschossenen Albaner. Das kannte er schon, also drehte er den Ausschnitt um. Hinten war die ganze Sache aber völlig zusammenhanglos, es fand sich auch kein Sinn machendes Brustbild. Charly überlegte, dann fuhr er mit dem Zeigefinger durch die Innenseite des Kuverts. Ein dünner Zettel fiel heraus, den hatte er übersehen. Er faltete ihn auf. »Halt dich da raus, wenn du nicht enden willst wie der da. Hausfrauensex ist eine Nummer zu groß für dich!« Es war von Hand geschrieben worden, große, ausdrucksstarke Buchstaben. Sah nicht nach einem verklemmten Paranoiker aus, eher nach jemandem, der wußte, was er wollte. Ihn offensichtlich nicht.

Darunter war seine eigene Anzeige geklebt worden, mit einem schwarzen Trauerrahmen geschmückt und die beiden Wörter »attraktive« und »Hausfrauen« mit leuchtend gelbem Marker herausgehoben.

Das sah nicht nach einem Scherz aus. Aber konnten die Absender wissen, wer er war, oder war es von den Typen ein einfacher Schuß ins Blaue? Zwischen die Fronten eines Zuhälterkriegs wollte er nicht geraten, das war klar. Aber konnte er nicht am Rande ein bißchen mitmischen?

Er trank sein Glas in einem Zug aus und hob die Hand, um sich ein zweites zu bestellen. Die Entscheidung, die vor ihm lag, war zu schwerwiegend, als daß er auf einem Bein hätte stehen können. Er trank dieses Glas, im Anschluß ein Pils und schließlich noch zwei Whiskys, dann war er betrunken und blank. Charly fuhr in seine elende Zweizimmerwohnung am Rande von St. Pauli zurück, die überbezahlte Bude mit ihrem düsteren, nach Abfluß riechenden Bad, den verschimmelten Außenwänden und abfallenden Tapeten. Er ließ sich mit Sakko und Hose auf sein penibel sauber gemachtes Bett fallen, dessen alte Stahlfedern unter seinem Gewicht ächzten, und schlief auf der Stelle ein.

Max hatte sich in Frankfurt von Uwe verabschiedet. Uwe glaubte an seine Geschichte vom verlorenen Glück, weil er an jede Geschichte glaubte, in der Frauen schlecht wegkamen. Er hatte sein Angetraute vor zwei Jahren in flagranti mit seinem besten Freund erwischt, seitdem war sein Verhältnis zu Frauen von einer Mischung aus Feindseligkeit, Mißtrauen und unterdrückter Gier geprägt. Die Rückwand seiner Schlafkoje in seinem Truck hatte er mit Frauenfotos aus der *Praline* und dem *Playboy* dekoriert, aber sie dienten ihm ausschließlich als Wichsvorlage, wie er Max gleich erklärte. Ästhetik war ihm wurscht, geil mußten sie sein. Max hatte nicht die Absicht, ihn zu bekehren, aber er fragte ihn doch, was er mit seinem besten Freund, dem Verräter, nach diesem Intermezzo angestellt habe? Uwes Gesichtsausdruck zeigte ihm, daß dies nie eine Frage für ihn gewesen war. »Wenn sie ihn nicht gelassen hätte, hätte er nicht gekonnt«, war seine Meinung, und dabei blieb es. Mit seinem Freund war er noch heute zusammen.

Uwe ließ Max am Hauptbahnhof in Frankfurt aussteigen, und sein Mitgefühl mit seiner erbärmlichen Situation ging so weit, daß er ihm ungefragt hundert Mark und seine Adresse in die Hand drückte. »Ich weiß, du gibst es mir zurück«, sagte er dazu. Max hatte nicht die Absicht, steckte sich jedoch beides ein. Er überlegte, ob er überhaupt Geld für eine Zugfahrkarte ausgeben sollte. Es erschien ihm idiotisch, einen Verein wie die Bundesbahn zu subventionieren. Er beschloß, schwarzzufahren, allerdings nicht ganz bis Hamburg. Die Gefahr, irgendeinem unbedarften Polizisten in die Arme zu laufen, der dann die dicke Nummer mit ihm abzog, erschien ihm zu groß. Immerhin hatte er keine Ahnung, ob er zur Fahndung ausgeschrieben war oder nicht. Und er war auch nicht scharf darauf, das genauer herauszufinden. Was er wollte, war, sich unbehelligt in der Wohnung dieser Friederike Leuthental umzusehen. Das erschien ihm, nach der Pleite mit ihrem Wagen, nur gerecht.

So schaffte er es, mit Zug und Bus noch am selben Tag bis nach Hamburg zu kommen. Dort verkroch er sich in der Wohnung seines Freundes Steffen. Auf diese Idee würde niemand kommen, und er wußte, wo der Zweitschlüssel lag. Im Kühlschrank fand er verdorbene Wurst und alten Käse, aber im Küchenschrank stand eine Dose Ravioli. Uwe hatte ihn auf der Herfahrt zwar mitverköstigt, aber Max hatte sich zurückgehalten und zudem seit Frankfurt nichts mehr in den Magen bekommen. Der Hunger ließ ihn die Ravioli direkt kalt aus der Dose löffeln, dann machte er sich erneut auf die Suche. Hinter einem Vorhang im Flur, bei ungeputzten Schuhen und Schuhcreme, fand er, was er suchte, eine Flasche Rotwein. Steffen trank keinen Wein, deswegen war klar, daß er ihn ausquartiert hatte. Max ging in die kleine Küche zurück und zog alle Schubladen auf, bis er einen Korkenzieher fand, dann machte er sich erneut auf die Suche nach etwas Eßbarem. Eine weitere Dose Ravioli tauchte auf. Diesmal goß er den Inhalt in einen Topf, schenkte sich ein Glas Wein ein und ging in den kombinierten Wohn-Schlaf-Raum. Die Wohnung lag ganz oben in einem alten Haus, die Besitzer hatten ihren Dachstuhl ausgebaut und vermietet. So gab es in diesem großen Raum hauptsächlich Schrägen, und dicke Balken zogen sich bis in den Dachfirst. Es sah gemütlich aus, hatte nur den Nachteil, daß sich die Wohnung im Winter kaum heizen ließ. Die Wärme ging nach oben und von dort durch die schlecht isolierten Wände nach draußen, die wenigen Heizkörper waren so gut wie wirkungslos. Max stellte sein Essen auf den Tisch, stellte den Fernseher an und setzte sich in der Lederjacke auf einen der Stühle. Steffen hatte sich mit der Einrichtung nicht gerade viel Mühe gegeben. Was zum Leben nötig war, hatte er gekauft, auf Dekoration, wie Bilder oder Lampen, verzichtet. Das einzige, worauf er Wert gelegt hatte, war sein Bett. Es stand an der hohen Seitenwand unter einem großen Fenster, war wuchtig und ausladend und, darauf war Steffen besonders stolz, ein Wasserbett. Kuschelig warm hatte es Steffen immer gepriesen, zu jeder Jahreszeit die richtige Temperatur. Max aß seine Ravioli aus dem Topf und betrachtete es. Es sah zwar nicht gerade frisch bezogen aus, wirkte aber ungemein verlokkend. Er würde jetzt noch duschen und sich anschließend die Decke über die Ohren ziehen. Den Seinen gibt's der Herr im Schlaf, dachte er und grinste. Morgen würde er sich mal Friederike Leuthentals Adresse näher anschauen. Er hatte ein Dach über dem Kopf, ein warmes Bett vor sich, Eß- und Trinkbares in Reichweite, zudem stand im Carport Steffens alter Peugeot, die Schlüssel hingen neben der Tür. Wenn in der Kiste jetzt auch noch Sprit war, war die Sache geritzt.

Friederike Leuthental hatte ihren Wagen abgeschrieben. Es ärgerte sie, denn sie hatte bisher zu jedem ihrer Autos eine Beziehung aufgebaut. Sie mochte sie ganz einfach und suchte, wie bei einem Haustier, nach einem guten Platz, sobald sie sie verkaufen mußte. Daß dieser Wagen, ausgerechnet der silberne, den sie noch kaum gefahren hatte, ins Ungewisse verschwunden war, tat ihr weh. Entsprechend schlechtgelaunt machte sie sich mit dem Gedanken vertraut, demnächst einen neuen aussuchen zu müssen. Ihr Mann ritt darauf herum, daß sie sich zu einer anderen Marke bekennen sollte, aber sie tat es nicht. Schon deshalb nicht, weil er es so unbedingt wollte. Hier konnte sie sich durchsetzen, denn sie war finanziell nicht von ihm abhängig, Gott sei Dank. Ihr Großvater hatte als Kaufmann den Grundstock zu einem Vermögen gelegt, das ihr Vater gemehrt und ihr Mann nicht hätte durchbringen können, selbst wenn er gewollt hätte. Er wäre auch nicht der Typ dazu gewesen, das mußte sie sich eingestehen. Sie hatte geheiratet, wen ihr Vater für gut und richtig hielt, einen ehrbaren Mann aus ehrbarer Familie. Adel wäre nicht schlecht gewesen, denn Geld hatten sie selbst genug. Es ließ sich im heiratsfähigen Alter, ihr Vater setzte dies bei vierundzwanzig Jahren an, allerdings so schnell kein heiratswilliger Adliger aus altem Geschlecht für sie finden, so bekam Siegmund den Zuschlag. Das war jetzt über zwanzig Jahre her, und Friederike hatte keinen Grund, sich zu beklagen. Er war ein aufrichtiger Mann, ganz wie sein Beruf. Er ging unbescholten durchs Leben, hatte genug Humor, um lachen zu können, und genug beruflichen Erfolg, um angesehen zu sein. Alles in allem war die Wahl ihres Vaters nicht schlecht ausgefallen. Nüchtern betrachtet.

Aber Friederike haßte die gemeinsamen Urlaube mit ihm wie die Pest. Er spielte leidenschaftlich gern Golf, und so reisten sie die ganze Welt nach neuen Golfplätzen ab. Sie spielte auch, doch während sie des Spaßes und der Bewegung wegen golfte, nahm er es ernst. Geradezu verbissen ernst. Er konnte tagelang schlecht gelaunt sein, wenn er den Ball nicht traf. Oder nicht mehr fand. Oder wenn er sich im Sandbunker verbohrte oder im Teich unterging. Siegmund unterstellte diesem runden weißen Ding sofort eine höhnische Natur, und da dies aberwitzig klang, übertrug er die vermeintliche Schadenfreude des winzigen Widerlings auf Friederike. Am Anfang ihrer Ehe war sie darüber bestürzt gewesen und hatte alles versucht, um ihn wieder fröhlich zu stimmen. Sie vollführte wahre Affenreigen bis hin zum nächtlichen Bauchtanz, bis sie es eines Tages einfach ließ. Es fiel ihm nicht einmal auf, so sehr hatte er sich in die Materie verbissen.

Der nächste Streitpunkt war das Segeln. Für sie war Segeln wie Spazierengehen. Sie segelte, solange sie zurückdenken konnte, hatte wie all die anderen Vierjährigen in einem Opti angefangen und war über die Jahre hinweg durchaus regattatauglich geworden. Es war nichts Besonderes für sie, sie mußte weder über Wind noch über Segel oder die Konstellation zwischen beiden nachdenken. Sie wußte ganz einfach automatisch, was zu tun war. Das verübelte ihr Mann ihr, denn Segeln war seiner Meinung nach ein erklärter Männersport, und wann immer sie gemeinsam segelten, endete es damit, daß sie zum Schluß zu »Leinen« »Schnüre« oder zu »backbord« »links« sagte, nur damit er keinen Grund hatte, sie überheblich zu finden.

Es war mühsam, ihn über die Jahre hinweg immer den Größten sein zu lassen.

Und jetzt zeigte es sich wieder im Kampf um den Wagen. Ein Turbo war der Angriff auf seine Vormachtstellung innerhalb der Familie, was Quatsch war, denn die Familie bestand aus zwei Eheleuten, nicht mehr und nicht weniger. Kinder waren keine gekommen, und der wahre Streit zwischen Dr. Wilkens und ihrem Mann war nicht ihre schielende Brustwarze nach einer von Siegmund gewünschten Brustvergrößerung, sondern die Tatsache, daß Wilkens wußte, bei wem von beiden der wahre Grund für ihre traurige Kinderlosigkeit lag: Siegmunds Spermien waren zu lahm. Sie verharrten in Untätigkeit, kaum daß sie verschossen worden waren, und erschlafften ganz, sobald das Ziel, Friederikes Ei, in Sicht kam. Es waren zu wenige, und die wenigen waren auch noch zu faul. Alles, was nie ein Mensch hätte erfahren dürfen über den Oberstaatsanwalt Leuthental, hatte Dr. Wilkens in seinen Akten stehen.

Eigentlich war Siegmund vor ein paar Jahren zu ihm gekommen, weil er seine Frau sexuell attraktiver haben wollte. Er beharrte darauf, daß sich der Kindersegen mit der Zunahme des Geschlechtsverkehrs einstellen würde, und hatte Wilkens, der daran nicht glaubte, während einer Brustvoruntersuchung eher beiläufig, aber siegessicher einen Schuß seines weißen Goldes, wie er es zu dem Zeitpunkt noch nannte, zur Untersuchung überlassen. Wilkens gab die Probe an eine befreundete Spermatologin weiter, und das Urteil, noch vernichtender, da durch einen weiblichen Arzt ausgesprochen, wollte Siegmund nicht wahrhaben und wies es entrüstet von sich. Das war ganz eindeutig ein Irrtum, seine Frau war schuld, und das ließ er sich auch nicht nehmen. Sie war zu verspannt und wollte in Wahrheit gar keinen Sex. So hatte Friederike nach dieser Geschichte zwar einen großen, wenn auch asymmetrischen Busen, aber keinen Sexualpartner mehr. Siegmund verweigerte sich. Es war unter seiner Würde, mit einer Frau zu schlafen, die an lahmarschige Spermien glaubte. Noch dazu aus seinen ureigenen Hoden, welch eine Unterstellung!

Am Dienstag morgen fuhr Max ausgeruht, satt und voller Ideen mit Steffens Peugeot los. Er wußte in etwa, wo er Friederike Leuthentals Bleibe finden würde, die Adresse lag mit Blick auf die Elbe in der Nähe der Elbchaussee. Reiche Leute, keine Frage, er würde das soziale Unrecht etwas begradigen helfen. Er rasselte frohgelaunt mit dem Porscheschlüssel in seiner Tasche, da fiel ihm der Zettel mit Uwes Adresse wieder in die Hände. Gut, er gelobte, sollte sein Beutezug erfolgreich sein, Uwe ein kleines Dankeschön zukommen zu lassen. Vielleicht ein *Playboy*-Abo für ein Jahr oder einen Sechs-Volt-Minifernseher für seinen Truck. Sollte er kleinere, aber immer noch zufriedenstellende Beute machen, würde er ihm zumindest die hundert Mark zurückzahlen. Bei nix gab's nix.

Er war an der Hausnummer vorbeigefahren und mußte umkehren. Au, das war komplizierter als befürchtet. Eine Hauseinfahrt, das Grundstück von einer Mauer umgeben und durch Kameras geschützt. Sicherlich mit Sicherheitsanlage in und um das ganze Haus. Anzunehmen, daß sofort die Polizei da war, wenn er sich auch nur gegenüber dem Grundstück mit seinem rostigen Peugeot länger als fünf Minuten aufhielt. Das war überhaupt nicht witzig, ein einfacher Einbruch ließ sich so nicht realisieren. Was waren das überhaupt für Leute? So einen Aufwand sah man doch sonst nur bei Politikern. Irgendwie war ihm der Name von Anfang an bekannt vorgekommen. Er versuchte sich zu erinnern, aber er fand keinen Bezug. Aber er sah Friederike Leuthental noch vor sich, als sie ihm ihren Porscheschlüssel in die Hand drückte. Er hatte sie als äußerst attraktiv in Erinnerung, sie war eine nordische, hochgewachsene Schönheit, die allein durch ihre Erscheinung Aufmerksamkeit erregte. Sie hatte, trotz der hellen Haut und der blonden Haare, nichts Puppenhaftes an sich, sondern ihr Gesicht wirkte sportlich, mit hohen Wangenknochen, auffallend blauen Augen und einem energischen, eher kantigen Kinn. Ihre leichten Sommersprossen auf der Stirn und um die Nase herum waren ihm aufgefallen, sie gaben ihr etwas Keckes, Schulmädchenhaftes.

Er dachte über sie nach, während er die Straße herunterfuhr, und kam zu dem Schluß, daß sie irgendein Star sein mußte. Ganz so, wie er sich das von Anfang an gedacht hatte. Fernsehen, Kino oder Bühne, Schauspiel oder Gesang, er hatte keine Ahnung, aber etwas in dieser Art erschien ihm wahrscheinlich. Das bedeutete, daß sie viel Publicity genoß und wahrscheinlich im Rampenlicht stand. Nicht die besten Voraussetzungen, um sich an ihr in aller Stille zu bereichern, aber um so reizvoller. Er beschloß, nach Einbruch der Dunkelheit noch mal herzufahren und sich einen Platz zu suchen, von wo aus er am nächsten Tag das Haus ungesehen beobachten konnte.

Rainer saß in seinem Büro und versuchte, mit Patricias Informationen weiterzukommen. Es stimmt, die Obduktion war seltsamerweise nur im Hinblick auf die Todesursache durchgeführt worden, nicht aber auf das, was der Tote vorher noch getan hatte. Anhand eines Gentests hätte sich fraglos analysieren lassen, ob Steffen Schneider sein Sexualpartner gewesen war oder nicht. Auf der anderen Seite hätte er ihn auch aus anderen Gründen umbringen können, und zwar, nachdem Harald Eichmann Sex mit einer anderen Person gehabt hatte. Auch das war möglich, und in diesem Fall würde ein Gentest überhaupt nichts beweisen. Trotzdem, einiges war an diesem Fall seltsam. Daß die Todeszeit der Aussage von Patricia nach um zwei Stunden vorverlegt wurde. Und die Verletzung an den Hoden, mit einem scharfen Messer herbeigeführt. Kratzer, stand da. Was hatte es mit diesen sogenannten Kratzern auf sich? In seiner Akte fand sich dazu weder eine genauere Beschreibung noch ein Foto. Und irgendwie wurde er das Gefühl nicht los, daß die Untersuchung verschleppt wurde. Anfragen, die er stellte, wurden nicht nur zögerlich beantwortet, sondern unzureichend. Bisweilen hatte ihn schon der Verdacht beschlichen, daß er als Pflichtanwalt ausgewählt worden war, weil er durch die jahrelange Praxis inzwischen eher auf Familienrecht denn auf Strafrecht spezialisiert war, also unter »artfremd« einzuordnen. Die ermittelnde Staatsanwaltschaft schien jedenfalls nicht gerade bemüht, schnell Licht in die Sache zu bringen. So blieb ihm nur übrig, einen Beweisantrag an den zuständigen Untersuchungsrichter zu stellen. Vor allem erschien ihm eine erneute Obduktion nötig, und zwar im Hinblick auf die noch offenen Fragen.

Trotzdem war er vor Unruhe ganz kribbelig, denn er fand einfach keinen Weg, Patricias Aussage zu verwenden, wenn sie nicht namentlich genannt werden wollte. Er konnte höchstens die Todeszeit allgemein anzweifeln. Oder tatsächlich seine Frau, die zukünftige Privatdetektivin, losschicken, um das Hotelpersonal zu befragen. Der Gedanke heiterte ihn zunächst auf, doch im ganzen trat er auf der Stelle, und das machte ihn nervös. Schließlich stand er auf und ging hinaus, um sich einen Kaffee zu holen; damit setzte er sich hinter seinen Schreibtisch und hoffte in bezug auf Patricia und ihre Zeugenaussage auf eine Eingebung. Nach weiteren fünf Minuten griff er zum Telefon und rief Gudrun an, der Anrufbeantworter sprang an, das war ihm zu riskant. Er probierte es über ihre Handynummer. Auch hier die Mailbox, aber die löschte sich nach einer gewissen Zeit von selbst, das wußte er, deshalb bat er kurz um einen Rückruf.

Charly hatte beschlossen, sich zunächst einmal in der Szene besser umzuhören. Er hatte nicht die Absicht, blauäugig in den Tod zu laufen, das war die Sache nicht wert. Dann konnte er noch immer die Stadt wechseln. Frankfurt war auch nicht schlecht. Oder die Provinz. Es gab keinen Grund, sich auf eine einzige Stadt, auf einen einzigen Markt zu versteifen, wenn es einfacher ging.

Dieser Kellner im *Culineo* erschien ihm äußerst gut informiert. Irgendwie mußte er an diesen Kerl herankommen. Um die Mittagszeit ging er hin. Er hatte zwar keinen einzigen Geldschein mehr, aber für ein Bier am Tresen würde sein Kleingeld noch reichen. Und für eine hochtrabende Versprechung, falls sich der Kerl als lohnenswerte Quelle erweisen sollte.

Er hatte Glück, zwei Tische waren besetzt, der Tresen völlig leer, und er sah den Kellner, wie er eben an einem der Tische eine Bestellung aufnahm. Charly setzte sich auf einen der Barhocker und schaute geradeaus in sein eigenes Gesicht. Der Wandspiegel wurde zwar von vielen Flaschen verdeckt, aber er konnte trotzdem noch, ohne sich umdrehen zu müssen, erkennen, was hinter ihm vor sich ging. Charly beobachtete den Kellner und musterte zwischendurch sich selbst. »Schwammig« hatte Gudrun ihn genannt. Das hatte ihn getroffen, auch wenn er es nie zugeben würde. »Schwammig und zu lange Haare.« Er hatte sie nach hinten gekämmt, aber es stimmte schon. Entweder mußte er sie bald zu einem Zopf zusammenbinden, oder es war tatsächlich ein Friseurbesuch angesagt. Seine Koteletten wuchsen buschig und tendierten bereits von seiner rötlichblonden Haarfarbe ins Schmutziggraue, genau wie seine Schläfenhaare. Und sein Gesicht hatte wirklich an Konturen verloren, die Wangen zu weich, und das Kinn endete übergangslos am Kehlkopf. Ein Doppelkinn, Charly strich darüber. Da war nichts mehr zu machen, das würde auch eine radikale Abmagerungskur nicht mehr beheben. Alles in allem machte er nicht den aggressiven Eindruck eines Gangleaders, das mußte er sich eingestehen. Das Beste an ihm waren seine stechend blauen Augen, sie konnten tödlich kalt wirken, vor allem, wenn er die Augen noch etwas zusammenkniff. Er versuchte, ein grimmiges Gesicht zu machen. Aber seine gelebten Jahre waren nicht wegzureden, und die Augenlider begannen auch bereits zu hängen. Er hätte nie mit dem Boxen aufhören dürfen, damals wurde er noch respektiert, hatte nicht nur einen durchtrainierten Körper, sondern auch eine knallharte Rechte. Es war grausam, wenn der, der er jetzt war, über den, der er gewesen war, nachdachte. Es waren zwei verschiedene Leben, irgendwo hatte sich eine Weiche verstellt, und er war ins Nichts hinausgerast. Im Spiegel sah er den Kellner kommen.

Er schien ihn zu erkennen, denn er schenkte ihm ein kurzes Lächeln.

»Na, alles klar?« fragte er, und: »Ein Pils?«

Charly nickte.

»Ich habe am nächsten Tag in der Zeitung gesehen, was hier passiert ist«, begann er, während er dem Kerl beim Bierzapfen zuschaute. »Es ist tatsächlich ein Hausfrauenkrieg?«

Der Kellner schwieg und sah ihn durchdringend an. Dann sagte er nur: »Zumindest solltest du Sahit seine Schulden zurückbezahlen, das scheint mir sicher!« Er schloß den Zapfhahn und wartete, bis sich der Schaum gesetzt hatte.

»Ist dieser kleine Kerl von neulich tatsächlich der Anführer der Jungs?«

Der Kellner schaute sich kurz um. »Rifat? Ist nicht so ganz klar«, sagte er dann leise. »Anscheinend ist es ein ganzer Ring, mehrere Städte. Er hat wohl hier das Sagen, ist aber sicherlich nicht der Kopf der Organisation. Entschieden wird woanders.« Er senkte nochmals die Stimme. »Ich kenne dich, Charly, von früher. Auch wenn du mich nicht mehr kennst, ich war damals sechzehn. Meine Schwester hat bei dir angeschafft, und sie hat immer gesagt, du seist in Ordnung. Aber paß auf, die Zeiten haben sich geändert. Du warst lange weg. Es gibt hier zwei Organisationen. Die eine, in der Rifat und Sahit mitspielen, und eine neue, von der keiner so richtig weiß, wie sie funktioniert. Die Kerle sind nicht greifbar, schlagen aus dem Hinterhalt zu, arbeiten mit völlig anderen Mitteln. Die Dinge werden von oben gesteuert, einer sitzt in irgendeiner Schaltzentrale am Rechner und zieht die Fäden, aber bestimmt keiner, der sich hier blicken lassen würde. Das hier sind alles Strohmänner. Entschieden wird am Computer, nicht von Mann zu Mann, das kannst du mir glauben!« Er gab dem Pils noch einen Schuß Schaum. »Oder sieh's mal so. Was ihr damals gemacht habt, waren Cowboy-und-Indianer-Spiele im Vergleich zu *Star Wars*!«

»*Star Wars!*« Charly nickte langsam. Vielleicht war seine Gudrun doch nicht so schlecht.

Gudrun hatte noch vor Büroschluß ihre Mailbox abgehört. Rainer meldete sich unverhofft, das war gut. Mit etwas Glück blieb es ihr Geheimnis, dann konnte sie fünfhundert Mark für sich einstecken. Überhaupt fragte sie sich, ob sie Charly nicht kaltstellen konnte. Was hatte er eigentlich noch in ihrem Leben verloren? Sie war jetzt dreißig und kein junges Ding mehr, das sich so einfach einschüchtern ließ, zumindest nicht auf Dauer. Er hatte sie überrumpelt und durch Gewalt zum erneuten Anschaffen gezwungen, aber inzwischen hatte sie Zeit zum Überlegen gehabt, und sie fragte sich, warum sie nicht seinen Drohungen offensiv begegnen sollte. Wenn er Fotos ihres früheren Lebens an die Stadtverwaltung schicken wollte, zog das nur, wenn die von nichts wußten. Wenn sie aber dem Personalchef reinen Wein einschenkte, flog sie entweder gleich oder war akzeptiert. Sie hatte bisher gute Arbeit geleistet, war schnell und gründlich und, soweit sie es beurteilen konnte, auch beliebt. Es stand fünfzig zu fünfzig. Und im Notfall war ein Personalchef als Kunde noch immer besser, als einen Charly als Bulldoge vor der Wohnungstür zu haben.

Sie räumte ihren Schreibtisch auf und schaute auf die Uhr. Vier Uhr, das kam gerade hin. Rainer Leicht hatte sich für fünf angemeldet, es blieb genügend Zeit, sich vorzubereiten. Gudrun verabschiedete sich von ihrer Kollegin, die sich noch mit einem Brief duellierte, holte sich ihren Mantel aus der Garderobe und ging durch die langen Gänge hinaus ins Freie.

Es war frostig, aber die kalte Luft tat ihr gut. Sie atmete tief ein und spürte, daß sich etwas verändern würde. Irgend etwas kam auf sie zu, von dem sie noch nicht genau wußte, was es war. Aber sie war sich sicher, daß es in diesem Trott nicht weitergehen würde.

Rainer war kurz vor fünf gestartet, dabei hatte er immer das seltsame Gefühl, als wisse seine Sekretärin, Frau Schenk, genau, was er vorhatte. Er fragte sich schon, ob er, je nach Ziel, vielleicht einen anderen Gesichtsausdruck annahm. Sah er normal aus, wenn er nach Hause ging, und erwartungsvoll, wenn er zu Gudrun fuhr? Oder bewegte er sich anders, hastiger, wie jemand mit schlechtem Gewissen? Er wußte es nicht, es war ihm nur unangenehm, an solchen Tagen Frau Schenk zu begegnen.

Die meisten Dinge gründen in der Kindheit, diese Auffassung hatte er schon oft im Gerichtssaal gehört, immer dann, wenn der Täter für sich und seine Tat eine Entschuldigung brauchte. Es war leicht, alles, was ein erwachsener Mensch selbst beeinflussen konnte, auf die Eltern oder die Umstände zu schieben. Er wollte seine Neigung weder auf seine Mutter noch auf das soziale Umfeld seiner Kindheit und seiner Jugend schieben, trotzdem dachte er jetzt über die Vergangenheit nach, während er seinen Wagen öffnete und losfuhr. Seine Mutter war keine Domina, nein, weiß Gott nicht. Sie war zärtlich und mütterlich gewesen und ihrem Mann hoffnungslos unterlegen. War das der Grund? Möglicherweise konnte ein Psychotherapeut es herausfinden.

Rainer schüttelte den Kopf über sich selbst. Er brauchte keine Therapie, weder von Patricia noch von irgendeinem anderen. Wozu auch, es lief doch wunderbar. Er mußte Gudrun nur nochmals unmißverständlich klarmachen, daß ein weiterer Überfall in seiner Kanzlei alles aufs Spiel setzen würde.

Zwanzig Minuten später war er angekommen. Er suchte einen Parkplatz, zog seinen Mantel an, fühlte nach seiner Geldbörse und drückte mit einem erwartungsfrohen Lächeln auf den Lippen Gudruns Klingel.

Charly hatte sich den Nachmittag über in seiner Behausung verkrochen. Das Gespräch mit dem Kellner war zwar aufschlußreich gewesen, hatte ihn aber nicht weitergebracht. Im Gegenteil, es hatte ihn irgendwie verängstigt. Obwohl er nicht daran glaubte, daß sich eine solche Organisation ernsthaft mit einer so kleinen Konkurrenz wie ihm befassen würde. Auf der anderen Seite hatte er die erste Warnung ja bereits erhalten. Aber agierte eine so professionelle Bande tatsächlich mit so profanen Mitteln? Zeitungsausschnitt und handgeschriebenem Zettel? Hatte dieser Wicht, der Kellner, möglicherweise eigene Interessen? Überhaupt: der kleine Bruder eines seiner Mädchen. Er hatte blöderweise vergessen zu fragen, welche von den vielen es denn gewesen war. Er hatte ihm vieles erzählt, das ihn hätte abschrecken können. Oder sollen? Steckte mehr dahinter, als auf den ersten Blick zu erkennen war?

Charly wälzte sich auf seinem Bett hin und her. Aber es war nicht die Atmosphäre, um auf gerade Gedanken zu kommen. Schließlich setzte er sich auf und angelte nach seinen Schuhen. Draußen wurde es bereits wieder dunkel, grüne und rote Lichtbahnen fielen über seinen verschlissenen Teppichboden bis an die Wand. Er haßte die Lichtorgeln in seinen eigenen vier Wänden. Charly trat ans Fenster, um die Rolläden herunterzulassen.

Er schaute auf die zwei Spielhöllen auf der anderen Straßenseite. In seinem Gesicht spiegelten sich die bunten, sich rasend schnell ablösenden Farbfetzen wider. Er seufzte. Es war überhaupt alles ziemlich beschissen. Er hatte den Absprung verpaßt.

Die abgefahrenen Pflastersteine glänzten naß, einige Autos standen am Straßenrand. Charly beobachtete sie. Früher war das überlebenswichtig. Eine glimmende Zigarette im Wageninneren, und es war Vorsicht angesagt. Aber heute konnte er schauen, solange er wollte, es interessierte sich offensichtlich keiner mehr für ihn.

Charly schaute eine Weile, dann spürte er plötzlich seinen Magen. Er knurrte höllisch. Kein Wunder, außer diesem einen Pils hatte er heute noch nichts gesehen. Bloß, er hatte kein Geld mehr. Wenn er Glück hatte, war noch genug Sprit im Tank, sonst wurde die Situation völlig unerträglich. Er schaute auf seine Armbanduhr. Ihr Gold schimmerte falsch im rot-grünen Außenlicht. Er hatte sie für sechzig Mark einem Straßenhändler abgekauft, nachdem er seine echte Rolex versetzt hatte. Aber es war ohne Bedeutung, die eine wie die andere zeigte die Zeit, darauf kam's an. Mit etwas Mühe konnte er jetzt sechs Uhr entziffern. Er überlegte. Was war für ein Tag? Dienstag! Soweit er wußte, hatte Gudrun heute keinen Freier. Zumindest war ihm nichts bekannt. Er konnte ihr einen Überraschungsbesuch abstatten und dabei einen Blick in ihren Kühlschrank werfen. Er ging ins Badezimmer, um seine Haare in Form zu bringen. Er könnte auch zu einer der anderen, aber Gudrun hatte einfach den besten Geschmack. Zudem konnte sie sogar kochen. Er spürte, wie ihm das Wasser im Mund zusammenlief. Und vielleicht, wenn er es sich genau überlegte, konnte er sie auch zu einer Nummer überreden. Lang genug war's her.

Rainer zog sich gerade die Krawatte fest, als die Tür aufging und Charly im Türrahmen stand.

»Ach, wen haben wir denn da?« sagte er und warf Gudrun, die Rainers Jackett hielt, einen drohenden Blick zu.

Rainer sagte zunächst nichts, obwohl ihm die Situation mehr als mißfiel. Er hatte eben die ausgemachten fünfhundert Mark auf Gudruns Wohnzimmertisch geblättert und wäre in fünf Sekunden aus dem Haus gewesen.

Charly schmetterte die Tür hinter sich ins Schloß und stellte sich breitbeinig davor.

Rainer warf ihm einen kurzen Blick zu, griff nach seinem Jackett, zog es an und knöpfte es zu.

»Wer sind Sie überhaupt?« fragte er dann.

»Ha!« Charly verzog sein Gesicht. »Kleine Schwarzgeschäfte, was?«

Gudrun stellte sich neben Rainer. »Charly, du störst!«

»Charly, du störst?!?« Sein Gesicht lief rot an. »Dir ist wohl 'ne Sicherung durchgebrannt, was?!«

»Ich finde auch, daß Sie stören!« Rainers Gehirn arbeitete blitzschnell. Wie ließ sich so etwas friedlich regeln? Ihm fielen aber nur etliche Mandate wegen ausgeschlagener Zähne und gebrochener Rippen ein.

»Ach, das findet er auch, der Herr!« Charlys Ader auf der Stirn schwoll an. »War's wenigstens geil? Hat sie's gebracht?« Er senkte den Kopf wie ein Stier, während er Gudrun aus zusammengezogenen, stechenden Augen in ihrem Lederaufzug musterte.

»Das ist mir zu primitiv. Ich verabschiede mich jetzt und wäre Ihnen dankbar, wenn Sie die Tür freimachten!« Rainer hatte so bestimmt gesprochen, daß er es sich selbst nicht glaubte, und trat, ohne es eigentlich zu wollen, einen

Schritt vor. Er hörte Gudrun »Charly!« rufen, da dröhnte ihm auch schon der Kopf von einem ansatzlosen Faustschlag, und Rainer knallte auf den Boden. Während er noch mit sich selbst beschäftigt war, flog der Tisch neben ihm um. Gudrun war mit voller Wucht darauf gelandet und hatte ihn durch den Aufprall zum Kippen gebracht. Sie landete neben ihm auf dem Boden. Rainer versuchte, wieder auf die Beine zu kommen. Ein Schlag in die Nieren warf ihn erneut um. »Was soll denn das?« keuchte er, aber ein Fußtritt in den Magen raubte ihm den Atem. Er krümmte sich und sah neben sich Gudrun, die an ihren Haaren hochgerissen wurde und gleich darauf niedersackte.

Charly beugte sich über sie und schlug sie erneut. »Dir werde ich es zeigen, hinter meinem Rücken Geschäfte zu machen!« schrie er mit sich überschlagender Stimme. Rainer mußte ihn irgendwie stoppen, doch bevor er einen klaren Gedanken zur Gegenwehr entwickeln konnte, hatte er sich zu ihm umgedreht. »Kleines Komplott, was? Mich gibt's auch noch, du Arschloch, und ich habe hier was zu sagen!«

Er donnerte ihm die Faust ins Gesicht, daß Rainer das Gefühl hatte, die Nase sei ihm direkt ins Gehirn geschossen. Es schmerzte abartig, seine Augen tränten sofort, und was er, mit dem Gesicht auf dem Boden liegend, völlig verschwommen und verzerrt sah, war Blut auf dem hellen Teppich. Dahinter bewegte sich etwas. Rainer erkannte es zunächst nicht, aber es war etwas Schwarzes. Er starrte darauf, es veränderte die Form, bewegte sich, zerfloß in tausend Zacken und fand wieder zu seiner Form zurück. Er hatte so etwas schon einmal gesehen, aber es war ihm zu übel, als daß er überhaupt noch einen klaren Gedanken fassen konnte. Ein Kaleidoskop, fiel ihm ein, aus seiner Kindheit. Dann hörte er eine scharfe Stimme.

»Mach, daß du hier rauskommst, Karl Lönitz, oder, bei Gott, ich drücke ab!«

Er bemühte sich, den Kopf zu heben, aber es gelang ihm nicht. Die schwarzen Dinger neben ihm standen aufrecht, es dämmerte ihm, daß es Gudruns Lederstiefel waren, aber er begriff es nicht mehr. Da war noch etwas anderes, er versuchte es zu erfassen, kam aber gegen diese schwammigen, rauchgrauen Wände, die auf ihn zukamen, zurückwichen und doch immer näher kamen, nicht an. Rainer verlor das Bewußtsein.

Gudrun hatte sich im Badezimmer übergeben, sie sah schlimm aus. Weitaus größere Sorgen machte sie sich aber um Rainer. Sie hatte, kaum daß sie Charly mit der kleinen Pistole, die sie für solche und andere Fälle im Schaft ihres rechten Lederstiefels trug, vor die Tür getrieben hatte, den Notarzt mit Krankenwagen gerufen. Sie bettete Rainer in Seitenlage, klaubte die fünfhundert Mark vom Boden auf, die vom umstürzenden Tisch gefallen waren – Charly war wirklich alt geworden, früher wäre ihm das nicht passiert –, schloß die Folterkammer ab und zog sich schnell um. Dabei dachte sie sich eine passende Geschichte aus. Er war Anwalt, sie seine Mandantin, sie wurde verfolgt von ihrem gewalttätigen Exfreund, den sie sich rechtlich vom Halse halten wollte, weil es ihr anders nicht gelang. Beratungstermin und Hausbesuch des Anwalts, weil sie sich wegen des lauernden Exfreunds nicht mehr aus dem Haus traute, überschäumende Eifersucht bei ihm in völliger Verkennung der Situation. Das klang gut, sie mußte nur die Zeit bekommen, die Story auch Rainer zu verklickern, sobald er wieder zu Bewußtsein kam. *Wenn* er zu Bewußtsein kam. Sie musterte ihn, während sie auf das Martinshorn des Rettungswagens wartete. Er war eigentlich ein ganz netter Kerl, es wäre schade um ihn.

Anna saß zu Hause und wollte es nicht glauben, als der Anruf kam. *Ihr* Rainer nach einer Schlägerei bewußtlos im Krankenhaus? Mit einer schweren Gehirnerschütterung? Das war einfach unfaßbar! Wie kam ihr Rainer dazu, zusammengeschlagen zu werden? Er war doch der friedlichste Mensch weit und breit? Sie startete sofort. Fuhr vor lauter Aufregung an der Einfahrt des Krankenhauses vorbei und mußte umkehren. Sie hatte eine panische Angst vor Krankenhäusern. Dort roch es immer nach Unheilbarem, nach Schmerzen, Angst und Tod.

Das Aufnahmeformular, das ihr gleich nach ihrer Ankunft in die Hand gedrückt wurde, brachte sie fast um. Es fiel ihr überhaupt nichts mehr über Rainer ein. Noch nicht einmal sein Geburtsjahr. »Kann ich das nicht nachher machen?« fragte sie, bekam aber die Auskunft, daß sie im Moment sowieso nicht helfen könne. In ihren Ohren hörte sich das an, als sei bereits alles zu spät, vor allem sei sie selbst zu spät dran. »Können Sie mir sagen, wie schlimm es ist und was überhaupt passiert ist?« Die Schwester zuckte freundlich mit den Achseln. »Der behandelnde Arzt ist darüber informiert, daß Sie angekommen sind. Er wird Sie gleich darüber aufklären!«

Anna wanderte den Gang ruhelos auf und ab, beim siebzehnten Mal fiel ihr Patricia ein. Wenn überhaupt eine, dann konnte sie helfen. Sie suchte nach ihrem Handy. Gott sei Dank, diese Automatismen funktionierten augenscheinlich trotz Panik. Sie hatte es in ihre Tasche gesteckt.

Patricia war gerade auf dem Weg ins Fitneßstudio, drehte aber sofort um, als sie Annas Hilferuf vernahm. »Rühr dich nicht von der Stelle«, sagte sie, »ich bin gleich bei dir!«

Anna brachen vor Erleichterung die Tränen aus, obwohl damit noch überhaupt nichts gerettet war.

Charly tigerte in seiner Bude von der Küche zum Fenster und zurück und schlug sich immer wieder vors Hirn. Wie hatte ihm das nur passieren können, er war ja völlig ausgeflippt. Alles hatte er sich verdorben mit dieser idiotischen Gewaltaktion. Eigentlich mußte er Gudrun dankbar sein, daß sie ihn mit dieser lächerlichen Waffe gestoppt hatte. Womöglich hätte er beide totgeschlagen, dabei hatte sein Frust am wenigsten mit ihnen zu tun.

Er blieb am Fenster stehen und knallte seine Stirn gegen das Glas. Körperverletzung, verdammt, möglicherweise sogar schwere. Der Kerl am Boden hatte sich nicht mehr bewegt. Vielleicht hatte er markiert, um weiteren Schlägen zu entgehen, aber er war sich nicht sicher.

Charly verstand sich selbst nicht. Das Geld lag doch auf dem Tisch, er hätte es nur nehmen müssen. Nehmen und wieder gehen. Alles andere hätte er später mit Gudrun allein ausmachen können. Klar und deutlich, aber nicht mit Todesfolge. Verdammt! Er lief wieder los. Zudem hätte er wissen müssen, daß Gudrun eine Waffe trug. Alle Nutten hatten sie im Stiefel. Er war nicht nur unzurechnungsfähig geworden, sondern auch völlig verblödet.

Wenn dem Typ tatsächlich etwas passiert war, stand morgen die Polizei vor der Tür, dessen war er sich sicher. Wenn es ganz dumm lief, sogar heute schon. Er schaute auf seine Uhr. Kurz nach neun. Beim Fenster blieb er wieder stehen und schaute auf die Straße. Hier war ihm vor drei Stunden der Gedanke gekommen, daß er unbedingt an Gudruns Kühlschrank müsse. Er preßte seine erhitzte Stirn gegen das kühle Fensterglas. Diese Eingebung hatte sich tatsächlich gelohnt! Er hatte noch immer nichts im Magen, keine Mark in der Kralle und spätestens morgen eine Anzeige am Hals. Er war tatsächlich ein Sieger auf der ganzen Linie.

Der Arzt beruhigte Anna, er sähe zwar rein äußerlich etwas mitgenommen aus, aber die Computertomographie, die sie gleich nach seiner Einlieferung gemacht hätten, ließe keine Gehirnquetschung erkennen. Auch sei das Gehirn nicht so angeschwollen, daß man spätere Folgeschäden befürchten müsse. Er sei bewußtlos, und im Moment sorge man auf der Intensivstation dafür, daß seine Vitalfunktionen aufrechterhalten blieben. Das hieße, Atmung, Blutdruck, Kreislauf und Körpertemperatur würden ständig kontrolliert. Alles weitere könne man erst bei einer sich anschließenden neurologischen Untersuchung feststellen, das bedinge aber zunächst einmal, daß Rainer wieder aufwache. Das könne noch etwas dauern. Stunden, aber auch Tage.

An dieser Stelle schaute Anna hoch und unterbrach ihn. »Dann ist ja trotzdem noch alles offen«, sagte sie, fand aber kein Gehör.

Die Schläge in Nieren und Magen seien zwar schmerzhaft, fuhr der Arzt fort, und außerdem seien zwei Rippen gebrochen, aber keine davon hatte sich in die Lunge gebohrt, also Glück im Unglück. Die Nase ließe sich reparieren, aber wenn ihr Mann kein ausgesprochener Perfektionist war, würde er mit der kleinen Delle im Nasenbein leben können.

»Und was können wir jetzt tun?« fragte sie.

»Sie können nachher zu Ihrem Mann, aber zunächst sollten Sie mit der Polizei sprechen.« Er wies auf zwei Beamte, die eben den menschenleeren Gang entlang auf sie zukamen.

»Polizei?« Anna schaute ihn groß an.

»Nun, schließlich hat er sich ja nicht selbst verprügelt, nehme ich mal an. Die Frau an seiner Seite mußte immerhin auch verarztet werden, wie ich hörte, wenn auch nicht im Krankenhaus.«

»Die Frau an seiner Seite?« Annas Augen wurden noch größer.

»Na, das wird ja immer spannender«, Patricia runzelte die Stirn. »Das wirft dann doch einige Fragen auf!«

»Allerdings!« Anna nickte energisch. »Hoffentlich kann uns die Polizei die beantworten!«

Max hatte eine Stelle gefunden, die ihm geeignet schien, um ungesehen alles, was sich um Friederike Leuthentals Haus herum abspielte, im Blickfeld zu haben. Etwas seitlich versetzt zur Einfahrt, auf der anderen Straßenseite, stand eine kleine Baumgruppe mit einer Parkbank. Ein ausgefahrener kleiner Weg führte durch die Wiese dahinter. Vielleicht nutzten ihn der städtische Gärtner oder die Kids der etablierten Spießer für ihre Spielchen. Jedenfalls war er ideal, denn von Friederikes Ausfahrt aus war sein Wagen kaum zu sehen.

Er hatte sich eine Decke mitgenommen, eine Tafel Schokolade und eine Flasche Cola. Mehr gaben Steffens Vorräte nicht mehr her. Es wurde schnell kalt im Wagen, aber es war erträglich. Kein Vergleich zu den Nächten in Italien. Er zog sich die Decke über die Beine und suchte im Radio einen hörbaren Sender. Während er von einer Frequenz zur anderen weiterschaltete, überlegte er, was er eigentlich wollte. Häuser wie dieses hatten einen Tresor. Da kam er nicht ran. Frauen wie Friederike aber waren leichtsinnig. Sie hatten zuviel, um darauf aufpassen zu müssen. War ein Stück weg, gab es einen Grund, sich etwas Neues zu kaufen, mehr nicht. Für seine Auffassung sprach auch, daß sie ihm so ohne weiteres ihren Wagenschlüssel in die Hand gedrückt hatte. Selbst wenn das bei diesem Friseur stets so gehandhabt wurde, barg es doch ein Risiko. Eigentlich mußte er also nur abwarten, bis sie das Haus verließ. Tagsüber war möglicherweise eine Putzhilfe oder Haushaltshilfe da, abends kam vielleicht ihr Mann. Anzunehmen, daß sie einen hatte.

Das galt es eben auszukundschaften. Früher wäre es unkomplizierter gewesen, da hätte er einfach seine Schwester gefragt. Die kannte jeden, und von vielen hatte sie auch eine Karteikarte. Oder die Beziehungen, an Internes zu kommen. Jetzt war sein eigener Einsatz gefragt.

Er brach sich einen Riegel Schokolade ab und knabberte daran. Ärgerlich war, daß er sich überhaupt nicht um Steffen kümmern konnte. Er wußte nicht, wie die Sache weitergegangen war, was überhaupt lief. Er könnte Anna fragen, einfach anrufen. Er konnte ja so tun, als sei er noch in Italien oder schon sonnenverwöhnt in Brasilien oder auf den Malediven. Obwohl, funktionierte dort sein Netz überhaupt? Das war zu gefährlich, Italien mußte reichen. Bevor er es sich wieder anders überlegen konnte, nahm er sein Handy heraus und suchte nach der gespeicherten Anna, das war leicht, sie war dank ihres Anfangsbuchstabens an erster Stelle. So, jetzt! Er drückte und beobachtete den Wahlvorgang. Das Autoradio störte im Rhythmus der gewählten Nummern, dann hörte er ein Freizeichen. Etwas aufgeregt war er schon und fast erleichtert, als sich die Mailbox einschaltete. Er überlegte kurz, ob er auflegen sollte, aber da Anna in ihrer Anrufliste ihres Displays sowieso würde sehen können, daß er angerufen hatte, konnte er ebensogut sein Verschen gleich ablassen.

»Hey, Anna«, sagte er mit betont fröhlicher Stimme, »bin noch in dolce Italia, genieße, was es zu genießen gibt, und komme als reicher Mann wieder. Allerdings vielleicht erst in zwei Jahren, hahaha! Deine Kohle bekommst du, sobald ich einen Briefumschlag aufgetrieben habe, oder vielleicht doch besser später in Deutschland, denn wer weiß schon, ob Briefträger ehrlich sind.« Gleichzeitig fiel ihm ein, daß es eine gute Gelegenheit wäre, später behaupten zu können, die Post sei am Verschwinden des Briefumschlags schuld. »Oder vielleicht schicke ich es ja doch«, fügte er schnell hinzu. »Ich melde mich wieder, mach's gut, meine Süße, und grüße mein Schwesterlein!« Sie wird nicht gut auf ihn zu sprechen sein, nachdem er ihre Anrufe kein einziges Mal angenommen hatte. Aber Schwestern hatten so etwas Belehrendes, zumal ältere. Darauf konnte er in seiner Situation leicht verzichten.

Er steckte das Handy wieder in seine Jackentasche zurück und öffnete die Flasche Cola. Lahme Aktion hier. Wenn er Pech hatte, saß er nun die nächsten Abende so herum, bis ihn dann doch vielleicht ein abendlicher Jogger oder ein Gassi gehender Hund mit seinem Herrchen an der Leine aufstöberte.

Keiner der Sender im Radio behagte ihm. Er schaltete aus und suchte im Handschuhfach nach einer Kassette. Es war gähnend langweilig, er hätte sich etwas mitnehmen sollen. Ein Buch, eine Illustrierte, ein Kreuzworträtsel, irgendwas. Ein Gameboy wäre vielleicht noch in Frage gekommen, aber irgendwie fand er sich aus diesem Alter herausgewachsen. Als Playboy noch mit Gameboys zu spielen war kindisch. Er hatte keine Kassette gefunden, schaltete das Radio wieder ein und machte sich von neuem auf die Suche nach einem Sender.

In dem Moment sah er, wie sich das große Stahltor auf der anderen Seite bewegte. Es glitt zur Seite, ein dunkler BMW kam zum Vorschein. Konnte ein Leihwagen sein, Münchner Nummer. Er bog in seine Richtung ein, tatsächlich, die Fahrerin war blond und allein im Wagen. Es mußte sie sein. Das Tor glitt hinter ihr wieder zu. Verdammt, die Anlage ging über Funk. Es dürfte schwierig werden, da hineinzukommen. Er wartete, bis der BMW außer Sichtweite war, setzte seine kurze, schwarze Wollmütze auf, stellte den Kragen seiner Lederjacke hoch und stieg aus. Eine einzelne Straßenlaterne erhellte den Platz, aber es war trotzdem eher düster. Der Himmel drückte nach unten, es war unangenehm feuchtkalt, dafür war kein einziger Stern am Himmel. Jetzt mußte er nur noch herausfinden, ob jemand zu Hause war. Oder ob sie vielleicht einen großen Hund hatte, was ganz ungeschickt gewesen wäre.

Er drückte sich an die Hausmauer, außer Reichweite des kleinen Kameraauges, das bösartig schimmernd neben dem Eingang wachte, und schaute sich die Sache genauer an. In die hohe, weiße Mauer, die das Anwesen gegen die Straße abschirmte, war neben dem großen Tor auch eine Tür eingelassen. Die Kamera hing so hoch über der Haustürklingel, daß sie beide Eingänge überwachen konnte. Max blieb in Deckung, griff um die Ecke, klingelte und zog sofort die Hand zurück. Von der Seite aus konnte er das Rotlicht der Kamera sehen, das kurz aufleuchtete, aber es wurde vom Haus aus nicht nachgefragt, und Gebell war auch nicht zu hören. Perfekt. Er nahm Friederikes Haustürschlüssel und testete ihn. Wenn er Pech hatte, hatte sie sofort nach dem Verschwinden ihres Schlüssels sämtliche Schlösser auswechseln lassen. Aber er ging samtig weich hinein und ließ sich leicht drehen. Max grinste, öffnete und schlüpfte durch die Tür. Wenn es so weiterging, war es wirklich spielend leicht. Das Haus lag kastig vor ihm. Typische Hamburger Kaufmannsvilla aus dem letzten Jahrhundert mit einer Freitreppe, wuchtigen Säulen und großzügigen Fenstern. Max schaute sich um. Die Auffahrt führte bis zur Treppe, weiter hinten erkannte er Garagen, die im Stil des Hauses nachgebaut worden waren. Im Haus brannte noch hier und da Licht, als ob jemand für kurze Zeit das Haus verlassen hätte. Jetzt kam die große Frage, ob sie dafür die Alarmanlage eingeschaltet hatte oder nicht.

Er schlich die Treppen hoch zum Eingang. Die Tür war aus massivem Holz, weiß gestrichen, in der Mitte ein aus Reisig geflochtener, mit Winterobst dekorierter kleiner Kranz.

Niedlich, dachte Max und schloß langsam die Tür auf. Nichts. Kein Lärm, keine Sirene, kein Hund. Er verharrte trotzdem kurz, bevor er leise hineinschlüpfte und die Tür sofort wieder hinter sich zuzog. Er schaute sich um. Keine Kamera, möglicherweise ein Bewegungsmelder, aber auch der funktionierte nur, wenn er scharf gemacht war. Das hier war wirklich ein Spaziergang. Die Diele, ausladend groß, war mit einem riesigen echten Perserteppich bedeckt, die Wände in lachsfarbener Lackfarbe gestrichen, überall hingen Gemälde und standen moderne Skulpuren, sonst nichts. Einige Türen zu angrenzenden Zimmern standen offen, und eine breite Treppe nahm den hinteren Raum ein. Max schaute nach oben. Ein gigantischer Lüster hing von der Decke, die zahlreichen Glaskristalle funkelten und verbreiteten gedämpftes Licht. Es roch nicht nur, für Max stank es förmlich nach Geld.

Es mußte oben sein. Er würde es finden. Sicherlich bewohnte die Dame des Hauses einen eigenen Schlafzimmertrakt. Er konnte sich kaum vorstellen, daß sie sich in der steifen Atmosphäre dieses Hauses allabendlich lüstern auf ihren Gatten warf.

Er lief leise hoch. Der Horror wäre, wenn jetzt aus einem der oberen Räume ein Kind kommen würde. Er hätte zur Vorsicht doch vielleicht anrufen sollen, aber er befürchtete, daß seine Handynummer dann auf dem Display des Haustelefons stehen würde. Es war einfach zu riskant. Das Zeitalter der Elektronik hatte auch Nachteile, ohne Frage.

Die Türen oben waren alle geschlossen. Die Farbe der Wände hatte von Lachsfarben zu Zartgelb gewechselt, und jetzt hingen eindeutig Familienmitglieder an den Wänden. Vor Friederikes Bild blieb er kurz stehen. Sie war wirklich eine ausdrucksstarke Persönlichkeit. Eigentlich schade, daß sie sein Opfer war. Fast tat sie ihm leid, dann fiel ihm wieder ein, daß sie in ihrem ganzen Leben nie ein Opfer sein würde, es sei denn körperlich. Er tippte vor ihrem Bild zum Gruß kurz gegen seine Wollmütze und drückte die Tür daneben auf. Es schien ihm wahrscheinlich, daß sie ihr Bild neben den Eingang zu ihrem Reich gehängt hatte. Tatsächlich, ein großer, in hellem Grau gehaltener Raum empfing ihn. Die Farben empfand er als eher männlich, aber es war zweifellos ihr Zimmer. Er trat ein, drückte die Tür leise hinter sich ins Schloß und schaute sich um. Grau, Weiß und Blau herrschte vor. Die Einrichtung war eher spartanisch, der Raum lebte von den Farben, die sich im Bettüberwurf, in den Vorhängen und in den Gemälden an der Wand wiederholten. Die Frau mußte unverschämt viel Zeit für solche Spielereien besitzen. Normal war das nicht. Er ging durch den Raum hindurch. Den größten Platz in dem Zimmer nahm das Bett ein, und dem Bett gegenüber ließ ein zugezogener Vorhang auf ein großes Fenster schließen. Max blieb stehen, und sein Blick fiel auf ein Männerbild auf dem Nachttisch. Frauen, die ihre Männer im Rahmen neben sich stellten, war von vornherein zu mißtrauen. Entweder liebten sie ihre Partner, dann hatten sie sie im Bett, oder sie schufen sich ein Alibi, dann landete er hinter Glas auf dem Tischchen.

Max schaute in ein selbstgefälliges Männergesicht mittleren Alters. Die Haare waren eitel auf die Seite gekämmt, um die beginnende Stirnglatze zu vertuschen, der Kopf um eine Spur zu sehr nach oben gereckt, die Lippen zu schmal. Kein Wunder, daß er neben dem Bett stand, dort gehörte er auch hin. Max ging weiter. Die angrenzende Tür führte ins Badezimmer. Er hatte es sich gedacht. Eigenes Bett, eigenes Badezimmer, ob sie überhaupt noch wußte, wie ihr Gemahl aussah?

Das Bad war ebenfalls in Grau gehalten, nur eine Spur lichter. Hellgrauer Marmor, mit Blau durchsetzt. In der Ecke eine ausladende Badewanne, ein silberner Champagnerkühler auf einem Ständer, durch üppigen Farn zu purer Dekoration verkommen. Aber auf der anderen Seite fand er, was er suchte, ein offenes Regal, bestückt mit unendlich vielen dekorativen kleineren und größeren Schalen und Dosen. Eine Perlenkette quoll unter dem einen Deckel hervor, so voll schien die Dose zu sein, und auf einer blauen, ovalen Glasschale daneben lagen Geldscheine. Es waren fremdländische Währungen, Dollars, Lire, Francs, alles durcheinander. Er steckte sich alles in die Jackentaschen.

Auf dem Regal darüber lagen weitere Schmuckstücke, achtlos neben- und übereinander abgelegt. Es lag tatsächlich alles offen da. Mist, dachte er, er hatte noch nicht einmal eine Tüte dabei. Mit so vielen Ketten, Ringen und Uhren hatte er überhaupt nicht gerechnet. Das erste, was ihm ins Auge stach, war eine Cartier, die erkannte er wieder, weil seine Mutter sie auch trug. Allerdings nicht mit Diamanten besetzt wie diese hier. Er schätzte sie auf 30 000 Mark. Beim Rest schaute er nicht mehr so genau, er steckte alles in die ohnehin schon volle Dose und klemmte sie sich unter den Arm. Weihnachten käme dann zu Hause, falsch machen konnte er hier nichts, jetzt hieß es nur noch, schnell wegzukommen.

Max spürte es mehr, als daß er es hörte. Er wollte eben zügigen Schrittes am Bett vorbei, als er unsicher verharrte. Von irgendwoher kam eine Bugwelle auf ihn zu. Schleunigst schaute er sich um und flüchtete sich sicherheitshalber hinter den schweren graublauen Vorhang. Er dachte noch an seine Schuhspitzen, aber sie waren bedeckt. Als er hörte, wie die Tür aufging, hielt er den Atem an. Wenn jetzt der Vorhang noch zitterte, war alles vorbei.

Leichte Schritte kamen herein, und der Geruch eines Parfüms, das er vorher schon leicht wahrgenommen hatte, erfüllte den Raum. Er hörte sein eigenes Blut rauschen, und er kämpfte gegen den unerhörten Zwang an, dringend husten zu müssen, obwohl er sonst nie husten mußte. Es brachte ihn fast um, lange würde er das nicht aushalten. Er lauschte ihren Schritten, die hin und her gingen, und hörte ein leichtes Ziehen, das sich wie eine Schiebetür anhörte. Es mußte die Schranktür sein. Himmel, sie zog sich aus. Vor seinen Augen, und er konnte nichts sehen. Es wurde ihm heiß in seinem Lederblouson, heißer, als es ohnehin schon war, denn er stand mit seinem Hintern genau an dem Heizkörper. Die Haut unter der Jeans brannte bereits, aber er wagte es nicht, sich auch nur einen Millimeter nach vorn zu bewegen.

Max stand bereits mehrere Minuten unbeweglich, und der Schweiß perlte ihm über die Stirn. So mußte sich Folter anfühlen. Er büßte für alles in seinem Leben in simplen fünf Minuten. Sollte er jetzt sterben, kam er garantiert in den Himmel. In diesem Moment klingelte sein Handy los. Er stand und befürchtete, tatsächlich sterben zu müssen, sein Herz setzte aus.

Im Zimmer war es ruhig, dann hörte er eine dunkle Frauenstimme. »Nehmen Sie das Gespräch ruhig an.« Er hörte das Klappen einer Schublade und ein metallenes Geräusch. »Und dann kommen Sie da heraus.«

Max überlegte. Konnte er durch das Fenster in den Garten springen? Das Fenster war zu und er im ersten Stock. Keine Ahnung, wie es dort unten aussah. Sollte er hinter dem Vorhang hervor direkt angreifen, wie ein Panther gewissermaßen, ansatzlos?

»Ihr Handy klingelt«, hörte er die Stimme wieder. Tatsächlich, es klingelte noch immer. Er wand sich hinter dem Vorhang hervor.

Sie stand breitbeinig, aber mit nötigem Sicherheitsabstand vor ihm, in engen schwarzen Lederhosen und in einem cremefarbenen Unterhemd aus reiner Seide, wenn er sich nicht täuschte. Emma Peel, schoß es ihm durch den Kopf. In ihren auf ihn gerichteten ausgestreckten Händen lag eine Waffe, die unzweifelhaft auf ihn zielte. Ihr Gesicht wirkte konzentriert, aber nicht im mindesten erschrocken.

»Ach, wen haben wir denn da?« fragte sie und zog die eine Augenbraue hoch.

»Gaspistole?« frage er.

»Wenn Sie meine Schmuckdose abstellen, können Sie

endlich an Ihr Handy ran«, sagte sie und winkte kurz mit der Waffe.

Er stellte die Dose neben seine Füße. Aus der Position erwägte er kurz einen Angriff, aber sie schien es gespürt zu haben.

»Ganz ruhig. Es ist keine Gaspistole, ich habe einen Waffenschein. Und habe in meinem früheren Leben Bären geschossen. Das hilft mir bis heute!«

Daran zweifelte er keine Sekunde. Er richtete sich auf. In diesem Moment hörte es auf zu klingeln. Er warf ihr einen entschuldigenden Blick zu, aber sie reagierte nicht. Ihr Gesichtsausdruck gefiel ihm nicht, und er überlegte gerade, wie er die Situation in den Griff bekommen könnte, da begann diese elende Melodie von neuem zu spielen.

»Na?« Sie gab einen erneuten Wink mit ihrer Waffe, und Max zog schnell das Handy aus der Tasche, dabei flogen die eben noch hastig eingesteckten Geldscheine mit heraus und verstreuten sich auf dem hellgrauen Parkettboden. Ihre Miene blieb ungerührt. Max nahm ab.

»Max, endlich!« Anna war es. »Wo steckst du?«

»Ich bin in Italien, hab ich dir doch gesagt!«

Ein leichtes Stirnrunzeln bei Emma Peel.

»Lüg nicht, dein Provider sprach eben deutsch und nicht italienisch. Also, wo steckst du? In Hamburg?«

Er warf Friederike einen Blick zu. »Ja, in Hamburg!«

»Wo in Hamburg?«

»Bei … bei …«

»Na??« Sie winkte mit der Waffe.

»Bei Friederike Leuthental!«

Es war kurz still auf der andern Seite. »Leuthental? Bist du bescheuert?«

Er beantwortete die Frage nicht.

»Die, deren Auto du geklaut hast?«

»Genau!«

»Und? Wo ist sie?«

»Steht mir genau gegenüber.«

Friederike nickte.

»Mit einer Waffe in der Hand!«

»Pfff.« Es hörte sich an wie ein Ballon, dem eben die Luft ausging. »Und wieso?«

»Weil sie mich beim Einbruch in ihrem Schlafzimmer erwischt hat!«

Friederike nickte energisch.

Anna zögerte, dann sagte sie hektisch: »Ich bin im Krankenhaus, weil Rainer zusammengeschlagen wurde. Er ist seitdem bewußtlos. Kannst du kommen?«

»Rainer wurde zusammengeschlagen?« wiederholte er ungläubig.

»Feine Familie«, sagte Friederike.

»Das ist ihr Mann«, erklärte Max. »Schlimm?« fragte er Anna.

»Schlimm genug!«

»Bewußtlos«, sagte er zu Friederike. »Ein Anwalt, völlig unbescholten!«

»Ist es nicht entsetzlich, was heutzutage alles passiert?« Friederike schüttelte den Kopf. Sie senkte langsam die Waffe. »Ich fahr bei Ihnen mit. Ist schließlich mein Wagen!«

Er schluckte. »Ich habe ihn nicht mehr. Er wurde mir in Italien geklaut!«

»Das ist doch wohl nicht zu fassen!« Sie richtete die Waffe wieder in Augenhöhe auf ihn. »Ich liebe mein Auto!«

»Es tut mir leid!«

»Und mir erst!« Sie kniff die Augen zusammen. »Was bekommt man wohl, wenn man einen Einbrecher und Autodieb in flagranti in seinem Schlafzimmer erwischt und aus Notwehr erschießt?«

»Ärger!« Er sagte es so zerknirscht, daß Friederike unwillkürlich lachen mußte.

»Sagen Sie Ihrer Freundin da«, sie winkte mit der Waffe zum Handy, das er noch immer am Kopf hielt, »daß ich Sie fahren werde. Ich weiß zwar noch nicht, ob direkt zur Polizei, auf den Elbgrund oder ins Krankenhaus, aber losfahren können wir schon mal.«

»Meinen Sie das ehrlich?« Er kam einen weiteren Schritt aus dem Vorhang hervor.

»Mir ist nicht nach Scherzen zumute!«

»Ähm«, gab Max zustimmend von sich, »das kann ich verstehen. Hast du gehört, Anna? Ich komme!« Damit steckte er sein Handy ein.

»Ich sollte mir vorher vielleicht noch etwas anziehen«, sagte sie, entsicherte ihre Waffe, legte sie auf das Bett und griff nach ihrem Pullover, der ebenfalls dort lag.

Max schaute ihr regungslos zu und wartete ab. Aber sie schien weiter nichts gegen ihn im Schilde zu führen, und als sie ihn mit »na, denn los!« zum gemeinsamen Gehen aufforderte, war er fast versucht, sich zu bücken, um die Schmuckdose mitzunehmen.

Als sie eine halbe Stunde später im Krankenhaus eintrafen, konnte er gerade noch zur Seite springen. Zwei Polizisten kamen auf ihn zu, vor Schreck wurden ihm die Knie weich. Friederike hatte ihn tatsächlich vor dem Krankenhaus abgesetzt. Als er aussteigen wollte, hielt sie ihm die offene Hand hin. Max glaubte zuerst, sie wollte die Fahrt von ihm bezahlt haben, aber sie zog nur die Augenbrauen hoch. »Meine Schlüssel, bitte!«

»Ach, ja«, er kramte in seiner Jacke und gab sie ihr. »Entschuldigung«, sagte er dazu.

»Sie haben sich noch nicht vorgestellt, obwohl ich natürlich weiß, wer Sie sind, Max Wilkens. Lassen Sie sich nicht von meinem Mann erwischen, er bringt Sie um.«

»Danke, daß *Sie* es nicht getan haben!«

»Es ist mir nicht leichtgefallen!«

Er schaute sie an, ihr Gesicht schimmerte im Licht der Außenbeleuchtung. »Kann ich es irgendwie gutmachen?« fragte er. »Mich für alles revanchieren?«

Ein spöttischer Zug legte sich um ihre Mundwinkel. »Wollen Sie meinen Rasen mähen oder den Kater füttern?«

Er hielt ihr die Hand hin. »Lieber«, er stockte, »die Katze füttern!«

»Die Katze ist ein Kater«, sagte sie und schaute ihm direkt in die Augen, ergriff aber seine Hand nicht.

Er zog sie zurück und suchte in seiner Jacke nach einem Stift. »Ich lasse Ihnen meine Handynummer da«, sagte er. »Irgendwas fällt Ihnen vielleicht wirklich ein, wozu Sie mich brauchen könnten.« Er fand einen Kuli und schrieb die Nummer auf eine Zigarettenschachtel, die im Wagen lag.

»Meinen Sie?« sagte sie und sah ihm dabei zu.

»Ich würde mich freuen. Und ich klau auch nichts, Ehrenwort!«

»Das Ehrenwort eines Diebes«, sie schüttelte leicht den Kopf, nahm sich die Zigarettenschachtel, betrachtete die aufgekritzelte Nummer und zog sich eine Zigarette heraus. »Was würden Sie denn lieber fahren, einen silbergrauen oder einen dunkelblauen Porsche?«

»Ich?« Er schaute sie an. »Schwarz!«

»Na, dann halt schwarz. Machen Sie's gut, schalten Sie beim nächsten Einbruch Ihr Handy aus, lassen Sie sich geklaute Autos nicht wieder klauen – man glaubt ja, man hätte es mit einem Vollidioten zu tun –, und wünschen Sie dem Mann Ihrer Freundin gute Besserung!«

Er öffnete die Tür.

»Ist es Ihre richtige Freundin?«

»Wie?«

»Na, ist die Frau, deren Mann zusammengeschlagen wurde, Ihre richtige Freundin? Partnerin, wie immer Sie das nennen wollen?«

»Nein. Sie ist die Freundin meiner Schwester.«

»Ach so, na ja«, sagte sie. »Es hätte mich auch nicht gewundert, wenn es anders gewesen wäre.«

Max war den beiden Polizisten ausgewichen und hatte eine der Nachtschwestern gefragt. Schließlich landete er im Überwachungsraum. Rainer lag allein darin, die anderen Betten waren unbelegt. Anna hielt seine Hand fest und blickte auf, als Max eintrat. Er küßte sie zur Begrüßung auf die Stirn und betrachtete Rainer. Er erschrak, aber er versuchte, Anna das nicht zu zeigen. Rainer schlief, das eine Augenlid fest geschlossen, bei dem anderen hatte Max den Eindruck, es sei einen winzigen Spalt breit geöffnet. Vielleicht lag es aber auch an der unglaublichen Schwellung, die von der Nase ausging. Sein ganzes Gesicht wirkte entstellt.

»Er sieht nicht gerade gut aus«, sagte er vorsichtig zu Anna, die auf ihn selbst einen ziemlich mitgenommenen Eindruck machte.

»Der Arzt sagt, das wird wieder«, erwiderte sie und zog mit ihren Fingern feine Linien über Rainers Handrücken.

»Wie ist es denn passiert?« wollte Max wissen und sah

sich nach einem Stuhl um. Er fand einen Dreibeinhocker, den er heranzog.

»Zuerst bist du dran!« Anna ging vom Streicheln zum Tätscheln über. »Mir was von Italien und reicher Beute und Geld im Briefkuvert zu erzählen!« Jetzt sah sie bereits aus, als wäre sie kurz davor, Max an die Gurgel zu springen. »Garantiert hättest du nachher der Post den Diebstahl einer Geldsendung untergejubelt! Stimmt's?«

Es war heute nicht sein Tag. Er hielt sich bedeckt und zog es vor, gar nichts zu sagen.

»Und die Frau des Oberstaatsanwalts hat den Dieb ihres Porsches höchstpersönlich hierhergefahren, nachdem sie ihn beim Einbruch in ihrem Schlafzimmer erwischt hatte. Was Blöderes ist dir auch nicht eingefallen!«

»Oberstaatsanwalt?« Er merkte auf.

»Ja, natürlich. Oder meinst du, er sei der Friedhofsgärtner? Siegmund Leuthental ist der erklärte Feind eures Vaters, falls du das vergessen haben solltest!«

»Ach, deshalb sagte sie, ihr Mann würde mich umbringen!«

»Hat sie das? Recht hat sie. Nein, *er*! Recht hätte er! Wie kann man nur so … so«, sie quetschte Rainers Hand, merkte es und legte sie beiseite auf das glattgezogene Betttuch, »unglaublich bescheuert sein!«

»Na, erlaube mal! Beschimpfe ich dich unentwegt?« begann sich Max zu wehren. »Schließlich habe ich auch Gefühle!«

»Ja, bitte! Und welche?«

»Es war so, wie ich es sage! Die Frau ist eben … einfach anders!«

»Na, das scheint mir auch so!«

Sie legte sich Rainers Hand wieder in ihre Hände.

»Erzähl diesen Quatsch deiner Schwester, die kommt gleich vom Kaffeeautomaten zurück, da hast du vielleicht mehr Erfolg!«

Patricia stand auf dem Gang, einen Plastikbecher mit heißem Kaffee in den Händen, und war mit dem behandelnden Arzt ins Gespräch gekommen, der ursprünglich eigentlich nur den Gang überqueren wollte.

Sie unterhielten sich über Rainers Verletzungen, bis Patricia sagte: »Ich verstehe bloß nicht, wo das Ganze passiert ist. Auf der Straße, na ja. Aber in der Wohnung einer Frau, die keine von uns kennt? Ist das nicht seltsam?«

Er zog leicht die Stirn hoch, was seinem Blick etwas Abschätziges gab. »Nun, es ist nicht meine Aufgabe, mir darüber Gedanken zu machen«, begann er.

»Nein, ist es nicht«, bestätigte Patricia schnell.

»Aber«, fuhr er fort, »die Frau, bei der er war, wurde auch verletzt. Warum sollte jemand Mann und Frau verletzen, wenn nicht aus Eifersucht? Mal in der letzten Zeit Nachrichten gehört? Wie viele Ehemänner nicht nur ihre Frauen, sondern auch gleich noch ihre Kinder umbringen? Aus völlig unerheblichen Motiven? Gewalt ist Männern nun mal angeboren!«

»Ach!« Patricia schaute ihn an. Welche Abgründe wohl in ihm schlummern mochten?

»Er ist nicht der einzige verprügelte Mann, der hier liegt, das können Sie mir glauben«, sagte er und verschränkte die Arme. »Und Frauen gibt's auch jede Menge. Und seitdem am Kiez dieser Zuhälterkrieg ausgebrochen ist, mit steigender Tendenz!«

»Ich habe darüber gelesen«, Patricia nickte zustimmend und wechselte den Becher von einer Hand in die andere, weil der heiße Kaffee durch den dünnen Plastikmantel mörderisch an den Fingern brannte. »Wurde nicht gerade einer von ihnen angeschossen?«

Ihr Gegenüber nickte. »Der liegt auch hier. Es wird nicht der einzige bleiben, wenn es so weitergeht ...« Sein Piepser meldete sich. »Ich muß leider!« Er warf ihr einen bedauernden Blick zu, und Patricia nickte.

»Dann wünsche ich Ihnen eine ruhige Nacht«, sagte sie und sah ihm nach, wie er den Gang hinuntereilte.

Das wäre auch nicht ihr Beruf, dachte sie, während sie in Richtung des Überwachungszimmers ging.

Als sie eintrat, schauten ihr vier Augen gebannt entgegen. »Ach, Brüderlein«, sagte sie, während sie die Tür leise hinter sich schloß. »Welch angenehme Überraschung. Hat dich Frau Oberstaatsanwalt nicht direkt zur Polizei gefahren?«

Er stand auf, um Patricia einen Begrüßungskuß zu geben. »Sei nicht so sarkastisch«, sagte er dazu und nahm ihr den Kaffeebecher aus der Hand. »Dinge entwickeln halt mal eine Eigendynamik.« Er nahm einen tiefen Schluck und blinzelte ihr zu.

»Tja, in letzter Zeit wohl verstärkt!« Sie nahm ihm den Becher wieder ab. »Du hast die Laufbahn eines Diebes eingeschlagen, Rainer wird zusammengeschlagen, und dein Freund Steffen sitzt wegen Mordverdacht hinter Gittern. Wenn das keine Eigendyn...«

»Woher weißt du das?« unterbrach er sie.

»Anna und ich versuchen, deinem Freund zu helfen, während du auf großer Fahrt bist. Das ist alles!«

Max ließ sich auf seinen Dreibeinhocker sinken und schaute Anna an. »Glaub ich ja überhaupt nicht. Wie kommt *ihr* denn an Steffen?«

Anna sah sich in der Zwickmühle. Sollte sie jetzt Patricias Version von ihrem Liebhaber aufrechterhalten oder Max von ihrem eigenen Verhältnis mit Lars erzählen? Einem unzurechnungsfähigen Kerl, der nur Flausen im Kopf hat?

»Rainer hat Steffens Verteidigung als Pflichtverteidigung übertragen bekommen«, faßte sie zusammen, »und im Zuge der Ermittlungen haben wir eben festgestellt, daß der Fall schleppend bis gar nicht behandelt wird, wenn du verstehst, was ich meine. Anscheinend hat niemand Interesse daran, die Sache richtig anzugehen. Noch nicht einmal«, sie schaute Patricia an, »die Ehefrau hat sich bisher gemeldet, fällt mir gerade ein.«

Patricia hatte sich auf ihren Stuhl gesetzt und trank langsam ihren Kaffee. »Keine Ahnung, ob es üblich ist, daß sich Ehefrauen ermordeter Fremdgänger beim Rechtsanwalt des mutmaßlichen Täters melden!«

»Eher nicht?« Anna hob fragend die Schultern.

»Eher nicht, schätz ich mal!«

»Beim Testamentsvollstrecker?« fragte Max unschuldig und erntete von zwei Seiten Boxhiebe. »Autsch«, sagte er und strich sich vorwurfsvoll die Oberarme. »Ich mein ja nur!«

»Brauchst du vielleicht die Adresse der Dame?« Anna schaute ihn finster an, während sie wieder anfing, Rainers Hand zu streicheln.

»Meinst du?« fragte er, rückte aber vorsichtshalber mit seinem Stuhl außer Reichweite.

Gudrun hatte sich, nachdem sie vom Notarzt behandelt worden war, einen Tee aufgebrüht und sich direkt ins Bett gelegt. Dort versuchte sie jetzt, sich über alles klar zu werden. Sollte sie bei ihrer Aussage morgen auf der Polizeiwache Charly in die Pfanne hauen? Dann mußte sie als Zeugin vor Gericht auftreten und ihr Kunde auch. Charly hätte sie dann erst mal los, das war der positive Aspekt bei der Geschichte. Aber mußte es dieser Weg sein? Er ginge in den Knast, wäre bald darauf wieder draußen und stünde wieder vor ihrer Tür. Und dann hätte er wirklich eine Rechnung offen. Wenn sie seine Identität nicht preisgab, stimmte aber auch die Geschichte mit dem eifersüchtigen Exfreund nicht mehr. Oder sollte sie ganz einfach einen anderen Namen angeben? Aber Rainer würde ihn so exakt beschreiben können, daß Charly möglicherweise identifiziert werden würde, zumal als mehrfach Aktenkundiger. Und damit stünde dann wiederum sie im Regen.

Sie konnte über die Geschichte nachdenken, solange sie wollte, sie wurde nicht besser. Sie drehte sich und stöhnte auf. Er hatte ordentlich zugeschlagen. Eigentlich hatte er tatsächlich eine Strafe verdient. Sie würde ihn für einige Zeit kaltstellen und in der Zwischenzeit ihren Personalchef über ihre Situation aufklären. Bis Charly wieder aus dem Knast herauskam, hatte sie entweder einen Job in einer anderen Stadt, oder sie war bei der Stadtverwaltung trotz ihrer Vergangenheit fest verankert.

Sie versuchte einzuschlafen, aber es gelang ihr nicht. Ihr ganzer Körper schmerzte, und die Haut um ihr Auge herum spannte. Sie tastete es ab, es war fürchterlich zugeschwollen. Schließlich stand sie auf, holte sich ein Schlafmittel und nahm auch gleich das Telefon mit zum Bett.

Gudrun rief im Krankenhaus an, um sich nach Rainer zu erkundigen. Sie wurde zweimal verbunden, und bevor sie sich's versah, hatte sie seine Ehefrau am Apparat. Das wollte sie überhaupt nicht, aber jetzt war es schon zu spät.

Anna war genauso überrascht wie sie. Die Nachtschwester hatte sie geholt, sie schräg gegenüber in das Schwesternzimmer geführt und ihr das Telefon in die Hand gedrückt. Zunächst dachte Anna noch, es sei wieder die Polizei, aber als sie »Engesser« hörte, wußte sie zunächst nicht, was sie mit diesem Namen anfangen sollte.

»Ich bin die Frau, die heute abend gemeinsam mit Ihrem Mann zusammengeschlagen wurde. Ich wollte mich nur nach ihm erkundigen und mich für das Vorgefallene entschuldigen!«

Tausend Fragen stürzten gleichzeitig auf Anna ein, aber sie beherrschte sich. Sie stand vor einem Schreibtisch mit kleinen und großen Zetteln und allen möglichen medizinischen Anweisungen, schaute darauf und versuchte, sich zu sammeln. »Dafür können Sie ja wohl nichts«, sagte sie schließlich. »Sie hat es ja wohl auch ziemlich böse erwischt, wie mir die Polizei sagte. Ich verstehe nur nicht, was mein Mann bei Ihnen tat!«

»Beantworten Sie mir kurz die Frage, wie es ihm geht? Ich fühle mich irgendwie verantwortlich.«

Das war klar. Frauen fühlten sich immer verantwortlich, egal was geschah, das Gefühl kannte Anna.

»Er sieht nicht gerade gut aus, und Sorge macht, daß er noch immer bewußtlos ist. Schädel-Hirn-Trauma, sagt der Arzt, und wir hoffen alle, daß er bald wieder zu sich kommt. Mehr können wir derzeit nicht für ihn tun. Und jetzt sind Sie dran!«

Gudrun erzählte ihr die Geschichte, die sie sich auch für die Polizei zurechtgelegt hatte. Anna hörte zu und fragte sich dabei, ob es, wie beim Hausarzt, auch die Berufsbezeichnung Hausanwalt gäbe.

»Wissen Sie«, sagte Anna zum Abschluß, »mein Mann

kann keiner Fliege was zuleide tun, er haßt jede Form von Gewalt. Vielleicht kann er Ihnen ja weiterhelfen, wenn er wieder gesund ist. Dieser Übeltäter wird ja sicherlich zur Rechenschaft gezogen werden, damit könnte mein Mann Sie ja gleich gegen ihn vertreten. Ich nehme an, er meldet sich wieder bei Ihnen!«

Anna legte rasch auf, um zu Rainer zurückzukommen, Gudrun schaute ihren Telefonhörer noch an. Frau Leicht wird ihrem Mann also sagen, daß er sich wieder bei ihr melden soll. Das Leben war irre.

Friederike Leuthental war eben zu Hause eingetroffen und wollte gerade in ihr Schlafzimmer gehen, um sich die Szene mit Max nochmals zu vergegenwärtigen, als sie das Einfahrtstor hörte. Sie blieb auf der Treppe stehen und ging in den Eingangsbereich zurück. Kurz danach schloß ihr Mann die Tür auf. Er sah sie und äußerte ein verwundertes: »Nanu?«

»Nanu, was?« fragte Friederike und ging auf ihn zu, um ihm den Mantel abzunehmen.

»Daß du da bist.« Er zog seinen dunkelblauen langen Mantel aus und gab ihn ihr. »Ist heute nicht dein«, er überlegte, »Irgendwasabend?«

»Der Donnerstag ist mein Italienischkursabend, mein Schatz. Heute ist Dienstag!«

»Dienstag!« Er nickte und reichte ihr auch noch seinen Schal. »Auch recht!«

Er warf einen kurzen Blick auf die Uhr. »Dann können wir ja noch einen Schlummertrunk miteinander nehmen, und du erzählst mir, was du dienstags immer so anstellst!«

»Gute Idee!« Friederike lächelte ihm zu und dachte, während sie mit Mantel und Schal zur Garderobe ging:

Einen Teufel werde ich tun. Klein-Max bleibt mein Geheimnis!

Charly hatte in der Nacht schlecht geschlafen, und als er am Mittwoch, viel zu früh am Morgen, aufwachte, war er sich sicher, daß er nicht auf die Polizei warten würde. Es war klar, daß Gudrun seinen Namen angegeben hatte, und so war es nur noch eine Frage der Zeit, bis sie ihn hier ausfindig machen würden. Er stand auf und packte seinen Koffer. Wohin er wollte, wußte er noch nicht so richtig, aber wenn der Koffer schon mal im Wagen lag, war er zumindest flexibel.

Er holte sich den größten Koffer, den er besaß, vom Schrank. Er war staubig und schäbig, aber es paßte fast alles hinein, was noch wert war, mitgenommen zu werden. Charly hatte die Tür schon hinter sich zugezogen, da fiel ihm noch das vierblättrige Kleeblatt ein, das ihm Lizzy vor einiger Zeit geschenkt hatte. Es würde verdursten, also schloß er wieder auf und nahm den kleinen Topf mit der winzigen Pflanze ebenfalls mit.

Während er unten auf der Straße seinen Wagen belud, machte er sich einen Plan zurecht. Er würde, bis auf Gudrun natürlich, bei seinen Mädchen vorbeifahren und hoffen, daß sie etwas auf der Kante hatten. Bei der Gelegenheit würde er sich kräftig aufplustern, damit sie nicht denken konnten, sie bräuchten nichts mehr zu tun. Anschließend konnte er zunächst einmal sein Fluchtauto volltanken und sich selbst ein Frühstück gönnen.

Anna hatte die Nacht im Krankenhaus verbracht und kam jetzt, kurz nach neun Uhr morgens, ziemlich gerädert nach Hause. Sie hatte sich auf der Fahrt beim Bäcker noch frische

Brötchen gekauft, aber als sie die Tüte nun vor sich auf dem Tisch liegen sah, fehlte ihr der Appetit. Statt dessen griff sie zum Handy und schilderte Lars, was passiert war. Lars wartete gerade ungeduldig in einer Arztpraxis darauf, daß der Arzt nach der nächsten Patientin einige Minuten Zeit für ihn hätte, und mochte kaum glauben, was er hörte.

»Ausgerechnet Rainer«, sagte er und schüttelte den Kopf. »Mir passiert so was nie! Dabei würde mir eine ordentliche Schlägerei mal wieder richtig Spaß machen. So Kerl gegen Kerl!« Er erntete einen mißbilligenden Blick der Arzthelferin, scherte sich aber nicht darum. »Gibt's eine Gefahrenzulage für Anwälte bei Hausbesuchen?« fragte er noch und war kurz davor, laut über seinen eigenen Witz zu lachen.

Annas Stimme bremste ihn jedoch. »Hast du auch Gefühle im Leib, du Kerl?« fragte sie abweisend.

»Sogar 'ne ganze Menge! Ich liebe meine Frau, ich mag dich, ich sorge mich um Rainer!« In diesem Moment ging die Tür auf, die Patientin kam heraus, und der Arzt gab ihm ein Zeichen. »Ich melde mich gleich wieder, die Arbeit winkt!«

Patricia hatte Max für die Nacht mit zu sich nach Hause genommen. Frank war auf einem Fortbildungslehrgang, so wies sie ihrem Bruder die Couch zum Schlafen zu und bat ihn, am Morgen das Haus nicht zu verlassen. »Schließlich läuft eine Diebstahlsanzeige gegen dich, alter Freund. Es scheint mir für den Moment besser, wenn du verschollen bleibst. Außer Mutter – sollen wir ihr sagen, daß du wieder heil und munter aufgetaucht bist? Sie macht sich Sorgen!«

Er zog sich bis auf T-Shirt und Slip aus und schlüpfte unter die bereitgelegte Decke. »Nur, wenn sie es für sich behalten kann«, sagte er und drehte Patricia den Rücken zu. »Übrigens«, er schaute sich nach ihr um, »wer richtet mir morgen früh das Frühstück?«

»Schätzungsweise du selbst!«

»In diesem Chaotenhaufen?« Er wies auf die Umzugskisten. »Wie soll ich denn da was finden?«

»Bist doch sonst so ein findiges Bürschchen, streng dich halt mal an!«

Als Max jetzt gegen zehn Uhr aufwachte, machte er sich gleich einmal auf die Suche. Patricia war schon weg, sie hatte ihm einen Zettel hinterlassen. »Kaffee ist noch in der Kanne und ansonsten: Fühl Dich wie zu Hause.« Das war ein stark hinkender Vergleich. Seine Mutter wäre in Ohnmacht gefallen, hätte sie diese Wohnungseinrichtung gesehen – wie lange waren die beiden jetzt schon verheiratet und lebten zusammen? –, und auch er fand es nicht gerade gemütlich. Dagegen war ja Steffens Wohnung noch lauschig. Er ging los, öffnete den einen oder anderen Umzugskarton, fand aber nur etliche Teller, Töpfe, Bücher und anderen Kram, womit er nichts anfangen konnte. Nicht, daß er seine Schwester hätte bestehlen wollen, aber rein informationshalber hätte er schon gern das eine oder andere Wertvolle entdeckt.

Schließlich ging er in die Küche oder zumindest in den Raum, der einmal eine Küche werden sollte. Hier stand ein provisorischer Küchentisch, darauf eine Kaffeemaschine, ein Toaster und ein weiterer Zettel. »Wenn Du jetzt genug herumgestöbert hast, kannst Du ja einen Kaffee trinken und anschließend duschen gehen. Übrigens: Es wird sich auch bei genauerer Durchsicht nichts Wertvolles finden lassen!«

Er legte den Zettel schnell wieder zurück. Was für eine Frechheit! Seine eigene Schwester!

Max nahm sich Kaffee, steckte einen Toast in den Apparat, schaute sich nach Milch und Butter um und fand sogar einen Teelöffel. Dann setzte er sich auf die Couch zurück und dachte nach. Patricia hatte natürlich recht, gegen ihn lief eine Anzeige. Völlig frei konnte er sich in Hamburg nicht bewegen. Noch nicht einmal Steffen besuchen. War es nicht ein Kreuz mit dem deutschen Rechtsstaat? Aber er brauchte Geld. Also mußte er zumindest ein bißchen dealen. Das bedeutete aber, daß er seine Verbindungsleute anrufen und sich auf den Straßen sehen lassen mußte. Ein heißes Eisen, so oder so.

Auf der anderen Seite, er war eine so kleine Nummer im deutschen Verbrecherwesen, es wäre purer Zufall, wenn ausgerechnet er einem Polizisten auffallen würde. Er hatte sich schon dazu entschlossen, sich anzuziehen und gegen Patricias Dekret die Wohnung zu verlassen, als sein Handy klingelte. Daß es überhaupt noch klingelte, grenzte an ein Wunder, er hatte schon ewig keine Rechnung mehr bezahlt. Wahrscheinlich steckte seine Mutter dahinter. Max schaute auf das Display. Keine Nummer war angegeben, auch kein Name, nur »Anruf«. Das konnte nun alles bedeuten. Ratsam wäre, das Gespräch nicht anzunehmen und anschließend die Mailbox abzuhören, aber Max war zu neugierig. Er drückte auf die grüne Taste.

»Ja?« meldete er sich vorsichtshalber namenlos.

»Max? Hier ist Friederike Leuthental. Erinnern Sie sich?«

Max mußte schlucken. Jetzt kam irgendein Bumerang.

»Ich erinnere mich sehr gut, guten Morgen, Frau Leuthental.«

»Guten Morgen, Herr Wilkens. Haben Sie heute schon was vor?«

Max überlegte. War es geschickt, gleich »nein« zu sagen? Klang irgendwie arbeitslos. »Darf ich zuerst noch in meinen Psion schauen?« fragte er.

Ihre Stimme klang amüsiert. »Tun Sie das. Sollte es allerdings länger dauern, bis Sie durch Ihre Termine durch sind, würde ich doch um einen Rückruf bitten.«

»Oh, nein, nein«, er tat, als hätte er einen Psion vor sich und sagte schließlich, nach mehrmaligen aussagekräftigen »mmhs« und »ahas«: »So, jetzt hab ich's! Ich bin jetzt bereits unterwegs zu zwei Terminen, aber ab sechzehn Uhr könnte ich es einrichten.« Er stutzte. »Worum geht's denn?«

»Befriedigung am Objekt!«

»Wie?« Jetzt verschluckte er sich tatsächlich.

»Sie sind das Objekt«, präzisierte sie.

»Ich bin doch kein Callboy!«

»Ach, nein?«

»Nein!« Das war ja unerhört!

»Schade. Aber sonst ist alles bei Ihnen in Ordnung?«

»Wie?!? Natürlich ist alles bei mir in Ordnung. Und nicht nur sonst. Auch dort!« Das wurde ja immer besser. Er setzte sich auf.

»Wo liegt dann das Problem? Wenn nicht physisch, dann vielleicht mental?«

Die Stimme klang süffisant, aber es fiel Max nicht auf.

»Ich habe überhaupt kein Problem, weder psychisch noch physisch oder wie auch immer geartet. Ich laß mich nur nicht kaufen!« In diesem Moment schaute er auf seine Kleidungsstücke, die er schon seit Tagen nicht mehr gewechselt hatte. Er mußte dringend in seine Wohnung. Zu verrückt. Gestern hätte er sich am liebsten hinter dem Vorhang heraus auf Friederike gestürzt, und jetzt, da sie es ihm freiwillig anbot, zierte er sich wie eine alte Jungfrau.

»Fünfhundert«, sagte sie. »Das reicht für eine neue Jeans, ein Hemd und Unterwäsche, wenn Sie sich nicht gerade designermäßig eindecken wollen.«

Max fühlte sich ertappt. Wahrscheinlich würde sie ihn vorher unter die Dusche stellen.

»Und wie?« fragte er und fühlte, wie ihm das Blut absackte. Du lieber Himmel, er wurde gekauft wie ein Stück Hammelbraten.

»Nehmen Sie sich ein Taxi, ich bezahle es, und seien Sie gegen halb fünf bei mir.«

Max nickte in den Hörer.

»Geht das klar?« hörte er ihre Stimme nochmals.

»Völlig!« sagte er. Sie hatte aufgelegt, und er ließ sein Handy langsam in den Schoß sinken. Ach du mein Schreck. Die Frau könnte seine Mutter sein. Sie sah zwar sehr attraktiv aus, aber mit einer um zwanzig Jahre älteren Frau war er noch nie zusammen gewesen. Wie sich das wohl anfühlte? Und was so eine erwartete? Vielleicht war sie doch nicht so ganz aus der Übung, wie er unterstellte, sondern hielt sich einen ganzen Harem voller Jungs wie ihn?

Geldsorgen jedenfalls hatte er für heute nicht mehr. Er konnte sich wieder getrost hinlegen und bis um drei Uhr schlafen, den Rest würde das Schicksal schon richten. Oder im Zweifel auch seine Natur. Max zog sich die Decke wieder über die Ohren und schlief prompt ein.

Für Charly war die Sonne an diesem Mittwochmorgen doch noch einmal aufgegangen. Seine Damen hatten ihm genug Geld zugesteckt, um die nächsten Tage über die Runden zu kommen, und bei Lizzy hatte er auf dem Wohnzimmertisch zufälligerweise noch etwas besonders Nettes gefunden, ein Abwerbungsschreiben dieses ominösen neuen Rings für Hausfrauensex. Das fand er klasse, denn zum erstenmal hatte er etwas in der Hand, an das er anknüpfen konnte: eine E-Mail-Adresse. Über »hausfrauen@t-online.de« sollte Lizzy sich melden, falls sie »Interesse an seriöser Kundschaft und frauenfreundlicher Abrechnung mit ordentlicher Bezahlung« hätte. Charly hatte sich in seinem Leben noch nie mit solchen Dingen beschäftigt, weder mit »frauenfreundlicher Abrechnung« noch mit »E-Mail« oder gar »Internet«, aber er hatte Lizzy das Schreiben siegessicher aus der Hand genommen und ihr gesagt, daß er sich darum kümmern werde. Dabei war er sich insgeheim noch nicht einmal sicher, ob sie das überhaupt wollte. Wahrscheinlich hatte sie die Adresse bereits eingegeben und konnte mit dem Computer weitaus besser umgehen als er. Was ja auch nicht weiter schwierig war.

Aber jetzt saß er erneut in seinem Lieblingscafé und gönnte sich ein Frühstück. Er würde mit diesen Typen Kontakt aufnehmen und seine Dienste anbieten. War doch ganz klar, wer Puppen laufen hatte, brauchte rechte Kerle im Hintergrund. Er war groß genug, um auf Freier im Notfall abschreckend zu wirken, und klein genug, um nicht in die Schußlinie zweier Gangs zu geraten. Geradezu perfekt. Aufgeräumt aß er Frühstück Nr. 8 und fragte beim Begleichen der Rechnung die Bedienung, wer in der Nähe wohl einen E-Mail-Anschluß haben könnte?

»Jeder«, sagte das Mädchen erstaunt und zuckte die Achseln.

»Das nützt mir nichts. Ich brauche jemanden, der für mich etwas schreiben und auch empfangen kann. Ich habe keinen Computer zu Hause – und auch keinen … solchen Anschluß!« Er schob ihr einen Zehnmarkschein hin. Gestern hätte er sich selbst noch gierig darauf gestürzt, heute schaute die kleine Rotznase den Schein an, als sei es Mäusefutter.

»Geh doch zu einem Internetcafé«, sagte sie mit einer Schnoddrigkeit, die ihn als absoluten Kretin auswies. Es nervte ihn tödlich, aber er beherrschte sich, denn erstens hatte er keine Ahnung, was ein Internetcafé sein sollte, und zweitens erschien es ihm viel zu kompliziert.

»Geht das nicht einfacher?« fragte er. Jetzt beiß schon an, beschwor er sie dabei, sonst muß ich es woanders versuchen.

Sie schaute mit einer hochgezogenen Augenbraue auf den Zehnmarkschein. »Schon. Aber mit der Kohle kommst du nicht weit!«

»Was muß man da denn so anlegen?«

»Für einen Fünfziger kann ich dir eine Nachricht übermitteln und wieder empfangen. Kriegst sie dann ausgedruckt.« Sie warf ihm einen weiteren überheblichen Blick zu, der sein Blut zum Kochen brachte. »Kann man lesen«, sagte sie noch.

»Du kommst wohl aus Berlin?« fragte er sie, mühsam beherrscht.

»Richtig!« Sie grinste. Mit ihren unregelmäßig kurzgeschnittenen Haaren hatte sie für Charly etwas von einem Staubwedel. Aber er sagte nichts, sondern zog fünfzig Mark aus dem Geldbeutel. »Okay, ich kriege ausgedruckt, was ich abschicke, und ausgedruckt, was zurückkommt. Das ist der Deal. Bescheiß mich nicht. Ich komm zwar nicht aus Berlin, aber aus dem Ring. Will heißen, ich kann zuschlagen!«

Sie grinste breiter, und jetzt war zu sehen, daß ihr ein Eckzahn fehlte. »Ist aber schon lang her, was?«

Ihr Kollege hinter dem Tresen rief nach ihr, und sie drehte sich um, bevor Charly eine Antwort parat hatte.

Gleich darauf kam sie mit einem weiteren Frühstück an seinem Tisch vorbei. Auf dem Rückweg blieb sie stehen und warf ihm erneut ein schiefes Lächeln zu. »Gib mir deinen Brief mit der Kohle, ich erledige das«, meinte sie. »Kannst dich auf mich verlassen. Mein Berliner Wort darauf!« Sie strich sich ihre lange weiße Schürze glatt und nickte ihm zu. »Brauchst du Papier und Stift?«

Kurz danach hatte Charly ein weißes DIN-A4-Papier und einen Stift vor sich liegen, außerdem einen Cappuccino. Jetzt mußte er denken.

Aber bereits bei der Anrede versagten ihm die Ideen. »Sehr geehrte ...« ja, wer? Oder »Liebe ...«, noch größerer Quatsch. Schließlich entschied er sich dafür, alle höflichen Floskeln beiseite zu lassen und gleich zur Sache zu kommen. Schließlich war er Charly. Und so schrieb er denn auch: »Hey, ich bin Charly. Lange genug am Kiez, um alle und alles zu kennen. Suche jetzt aber neues Betätigungsfeld und habe deshalb mit Interesse so einiges über Euch gehört. Gibt es eine Chance, da auf irgendeine Weise mitzuwirken? Bin stark genug, um den Damen beispielsweise den Rücken gegen unverschämte Freier zu stärken. Bitte Rückantwort an folgende E-Mail-Adresse ...« Diesen Part konnte das Mädel einfügen. Er las es nochmals durch und war stolz auf sich. Vor allem der letzte Satz war gelungen. Wenn sie darauf nicht ansprangen, wußte er auch nicht. Er winkte die Kellnerin heran.

Sie las es kurz durch und warf ihm einen schrägen Blick zu. »Bei einer E-Mail ist die Adresse automatisch angegeben. Kannst dir das unten sparen! Morgen kannst du dir deinen Ausdruck abholen und vielleicht auch schon eine Antwort. Ich jage es nach Geschäftsschluß durch, das muß reichen!«

»Dein Ton paßt mir überhaupt nicht, Kleine, aber du hast Glück, daß ich dich brauche!«

»Auf gute Geschäfte, Alter, und reg dich ab. Ich heiße übrigens Susan!«

Anne hatte sich in ihrem Wohnzimmer auf die Liege gelegt, aber es hat ihr nichts gebracht, sie konnte nicht einschlafen. Sie machte sich Sorgen um Rainer, vor allem deshalb, weil sie sich fürchterlich unwissend vorkam. Lars hätte ihr vielleicht helfen können, sicherlich wußte er als Pharmavertreter über grundlegende medizinische Dinge Bescheid, aber entweder hatte er bei ihrem vorangegangenen Gespräch tatsächlich nicht verstanden, daß es ernst um Rainer stand, oder er war für solche Dinge nicht zu gebrauchen. Auch eine Erfahrung.

Schließlich stand sie auf und stöberte in Rainers Bibliothek herum, bis sie ein medizinisches Handbuch fand. Es fuhr ihr durch Mark und Bein. Eine schwere Gehirnerschütterung mit Hirnquetschung und Schwellung konnte zu allem möglichen führen, bis hin zu schweren psychischen Veränderungen. Und wenn er nicht mehr allein lebensfähig wäre? Waren sie für so einen Unglücksfall überhaupt versichert? Wovon sollten sie in Zukunft leben? Sie machte sich einen Tee und spürte, wie sie innerlich zitterte. Wenn er tatsächlich zum Pflegefall würde, wie ginge ihr Leben dann weiter? Zu Hause pflegen? Wie? Mit welchen finanziellen Mitteln? Oder in ein Heim? Wer würde das bezahlen? Sie würde wieder arbeiten müssen, das war klar. Aber als was? Sicherlich nicht als Privatdetektivin, das war nur Jux und Dollerei. Wo aber auf die Schnelle einen gut bezahlten Job herbekommen?

Was sollte sie jetzt am sinnvollsten tun? Ihren Versicherungsagenten anrufen. Wo fand sie seine Nummer? In Rainers Telefonbuch, und das lag wahrscheinlich in seinem Arbeitszimmer.

Sie lief die Treppen zu seinem Reich hinauf. Es lag ihr nicht, in seinen Dingen herumzustöbern, das erschien ihr auch nach zehn Jahren Ehe noch wie ein unberechtigtes Eindringen in seine Privatsphäre. Aber jetzt hatte sie keine andere Wahl. Sein Zimmer war akkurat aufgeräumt, sein Schreibtisch wohlgeordnet. Es erinnerte sie irgendwie an seinen perfekten Scheitel, den sie noch nie sonderlich an ihm gemocht hatte, auf den er aber auch nicht verzichten wollte. Jetzt hätte sie ihm gleich drei parallel nebeneinander gezogen, wenn er dafür nur wieder gesund aufwachen würde. Sie öffnete die Schublade seines Schreibtischs. Vielleicht half Beten, dachte sie dabei. Aber es war lausig, nur in Notlagen zu beten ... ihr Blick fiel auf ein Magazin, das obenauf lag. Das Titelbild schmückte eine Frau, in einer schwarzen, enganliegenden Hülle, schwarzen Stiefeln und Gesichtsmaske. Sie stand breitbeinig da, der Ausschnitt des hautengen Anzugs bis zum gepiercten Bauchnabel offen. Mit so etwas hatte Anna nicht gerechnet. Sie vergaß kurz, wonach sie eigentlich suchte, nahm das Magazin heraus und blätterte es kurz durch. Keine Frage, hier ging es ganz eindeutig um Sado-Maso. Lackleder und Latex, Peitschen und Nieten, Fesseln und Folterbänke. Kaum zu glauben, daß Rainer so etwas in seiner Schublade hatte. Sie würde ihn bei Gelegenheit danach fragen. Wenn er noch antworten konnte. Es schüttelte sie wieder, dann sah sie in der hinteren Ecke der Schublade sein ledergebundenes kleines Adreßbuch liegen. Das war ja wunderbar, sie war erleichtert, legte das Magazin zurück und nahm das abgegriffene Büchlein mit. Während sie die Treppe nach unten ging, blätterte sie es rasch durch und fand tatsächlich unter dem Buchstaben V, sortiert, wie Rainer war, ihre Versicherungen eingetragen. So, jetzt war sie schon mal einen Schritt weiter. Wie blöd, daß sie mit Rainer nie über solche Dinge gesprochen hatte. Aber wer kümmert sich schon gern um Versicherungen. Lebensversicherung, stand da. Brauchte er die schon? Versorgungswerk der Rechtsanwälte, schon der Begriff war grauenhaft. Versorgungswerk hörte sich direkt nach Rollstuhl an. Krankenversicherung, Autoversicherung, Hausratversicherung, verdammt! Einige Telefonnummern und darunter ein einziger Name: Ulla Resin. Eine Frau für alle Fälle? Na, dann. Sie wollte eben den Telefonhörer abnehmen, als es klingelte. Patricia war dran und erkundigte sich nach Rainer. Sie hatte das Krankenhaus gestern mit Max gegen zwei Uhr morgens verlassen, nachdem sie Patricia als letzten Liebesdienst noch einen Kaffee gebracht hatte.

»Ich habe hier einen Patienten nach dem anderen und kann mich überhaupt nicht konzentrieren, ständig geht mir Rainer im Kopf herum«, sagte sie. »Und weißt du was?«

»Nein«, antwortete Anna.

»Ich habe mich nach den Folgen einer solchen Gehirnerschütterung erkundigt.«

»Oh, nein!«

»Psychische Veränderungen können die Folge sein!«

»Ich weiß!«

»Weißt du auch, was mir eben ein Kollege erzählte? Daß er einen Patienten hat, der nach so einer Geschichte ...«, sie stockte. »Wie soll ich 's dir sagen?«

»Sag's einfach!«

»Ich sag's, wie er's mir gesagt hat«, Patricia räusperte

sich. »Daß der Typ vom normalen Ehemann zum tollsten Rammler wurde. Er sagte, der Kerl hat keinerlei Skrupel mehr.«

Anna fiel das Magazin mit der Lederfrau wieder ein. »Na, toll!«

»Hmmm!«

»Du willst sagen, dann kann ich Lars den Laufpaß geben? Darum geht's ja gar nicht!« Anna überlegte. »Aber einen rammelnden Ehemann will ich eigentlich auch nicht. Obwohl er ein bißchen mehr aus sich herausgehen könnte, das stimmt!«

»Hast du schon mal mit ihm darüber geredet?«

»Mit Rainer kannst du über so was nicht reden. Der würde überhaupt nicht verstehen, was du meinst, sondern sich nur noch überlegen, was er falsch macht. Am Schluß kann er überhaupt nicht mehr, ist auch nicht Sinn der Sache.«

»Aber vielleicht würde er sich ein bißchen mehr wünschen? Manche Ehepaare gehen auch fremd, weil sie sich gegenseitig nichts eingestehen und nachher genau das, was sie eigentlich beide wollen, in einer anderen Beziehung suchen. Was paradox ist. Würden sie darüber reden, würden sie es auch zu Hause finden.«

»Ja, ja, Frau Psychologin!«

»Ist ja schon gut. War nur so ein Gedanke. Hat das Krankenhaus schon angerufen?«

»Wie denn, du blockierst doch die Leitung!« Anna schaute auf die Uhr. »Ich glaube auch, daß ich gleich wieder hinfahre. Ich bin viel zu unruhig, um hier herumzusitzen!«

»Kann ich gut verstehen. Gib mir Bescheid, wenn sich was tut!«

»Wenn er sich heißhungrig aus dem Bett heraus auf mich stürzt?«

»Zwetschge!«

»Selber!«

Gudrun hatte zu dieser Morgenstunde ihre Zeugenaussage bei der Polizei bereits zu Protokoll gegeben, Charly als Verursacher genannt, aber selbst auf eine Anzeige wegen Körperverletzung verzichtet. Anschließend rief sie im Personalbüro der Stadtverwaltung an und ließ sich einen Termin geben. Es sei sehr dringend. Sie bekam ihn für zehn Uhr. Jetzt saß sie im Vorzimmer des Personalchefs und wartete. Sie hatte ihr zugeschwollenes und blaugrün verfärbtes Auge bewußt nicht mit deckendem Make-up überschminkt und die große Sonnenbrille, die sie auf der Straße getragen hatte, nach oben geschoben. Sollte er nur gleich sehen, was war, dann bekam er auch einen Eindruck, wovon sie redete.

Als sie hereingerufen wurde, war er tatsächlich sichtbar erschrocken. Ulrich Wechsler war ein hochgewachsener, schlanker Mann Anfang Fünfzig, im dezenten grauen Anzug mit roter Krawatte und rotem Einstecktuch. Seine dichten Haare waren kurzgeschnitten, verrieten aber dennoch einen Naturwellenansatz, den er offensichtlich zu unterbinden suchte. Er schaute sie fragend an.

»Es ist nicht so, daß unsere Arbeitnehmer den Grund ihrer Krankschreibung beweisen müssen«, sagte er, während er vorsichtig ihre Hand drückte.

Gudrun mußte lachen, obwohl ihre Rippen dabei barbarisch schmerzten.

»Es ist auch nicht so, daß ich Ihnen die anderen blauen Stellen zeigen will. Es ist nur so, daß ich mit Ihnen darüber sprechen möchte.«

Es war ihm anzusehen, daß ihm die Angelegenheit unangenehm war, aber er wies auf den Besucherstuhl und sagte: »Nehmen Sie doch bitte Platz«, während er sich hinter seinen Schreibtisch zurückzog.

»Ich bin keine Rolltreppe hinuntergefallen und auch nicht vom Fahrrad gestürzt«, begann sie mit einem leichten Lächeln auf den Lippen, »diese Flecken stammen von einer Faust. Einer männlichen Faust.«

Ulrich Wechsler saß angespannt auf seinem breiten Bürosessel und musterte sie. »Ganz schön brutal«, sagte er, und Gudrun wußte, daß er keine Domina, sondern ein breites Frauenherz brauchte.

»Es war Absicht, denn der Mann möchte mich erpressen. Da ich mich aber nicht erpressen lasse, bin ich jetzt hier.«

»Ja!« Der Mann ihr gegenüber nickte ergeben und wartete ab.

»Er drohte mir damit, Ihnen meine Vergangenheit auf den Tisch zu legen, falls er kein Geld mehr von mir bekommt. Ich denke, Männer, die von Frauen Geld haben wollen, sind keine Männer!«

»Völlig richtig!« Er nickte energisch.

Sie wußte, daß sie den richtigen Ton getroffen hatte. Wenn sie mit ihm fertig war, würde er Charly als Schmeißfliege betrachten. Er glaubte an Männerehre und Ritterlichkeit.

»Deswegen dachte ich, ich komme ihm zuvor und erzähle es Ihnen lieber selbst!«

Seine Haltung hatte sich geändert, jetzt lehnte er sich interessiert vor. »Das ist eine gute Einstellung.« Plötzlich hatte er einen gewinnenden Ausdruck in seinen Gesichtszügen. »Egal, was Sie mir erzählen, es wird unter uns bleiben«, sagte er mit beteuernder Gestik, »dessen können Sie versichert sein!«

Anna fuhr, nachdem sie ihrer Versicherungsvertreterin die Sachlage geschildert hatte, wieder los zum Krankenhaus. Die Aussicht, daß Rainer vielleicht erst in Tagen aufwachen könnte, erschreckte sie zutiefst. Obwohl sie nicht wirklich helfen konnte, hatte sie trotzdem das dringende Bedürfnis, bei ihm zu sein. Das Handy klingelte, als sie noch nicht allzuweit von zu Hause weg war. Eine Hamburger Nummer wurde angezeigt, sie hatte keine Ahnung, wer es sein könnte, und nahm das Gespräch an. Bettina war am Apparat.

»Lars hat mir eben erzählt, was passiert ist«, begann sie. »Das ist ja entsetzlich, kann ich irgendwie helfen?«

Lars ist ein Volltrottel, dachte Anna. Wie war Bettina zu verkaufen, daß sie zuerst Lars und nicht sie angerufen hatte?

»Er ist noch nicht bei Bewußtsein«, antwortete Anna automatisch und wartete auf die Frage einer mißtrauisch werdenden Ehefrau. Aber Bettina schien das nicht weiter aufgefallen zu sein, sie war halt doch ein Kulturpflänzchen, dachte Anna, atmete auf und erzählte Bettina die Geschichte, soweit sie sie selbst kannte.

»Kann man ihn besuchen?« wollte Bettina zum Schluß noch wissen, und Anna versprach, sich danach zu erkundigen.

»Soviel ich weiß, dürfen nur Angehörige auf die Intensivstation«, sagte sie, dann fiel ihr ein, daß Patricia und Max auch schon da waren. »Ich frage nach und ruf dich an«, versprach sie. Eigentlich hatte sie keine Lust, mit Bettina an Rainers Bett zu sitzen. Einen Moment lang stellte sie sich vor, Lars läge an Rainers Stelle, aber sie verscheuchte den Gedanken wieder. Obwohl es ihr, wenn sie ehrlich war, lieber gewesen wäre.

Gudrun verließ Ulrich Wechslers Büro mit einem recht guten Gefühl. Er hatte ihr völlige Rückendeckung garantiert und erklärt, daß er sich vor ihrem Erscheinen natürlich in ihrer Abteilung nach ihr erkundigt hätte und daß ihre Kollegen und ihr Abteilungsleiter nur Bestes über sie zu berichten wüßten.

Sie ging zu ihrem Wagen und überlegte, ob sie Rainer im Krankenhaus besuchen sollte. Durch ihren kleinen Sieg über Charly war sie so gut gelaunt, daß sie am liebsten eine Flasche Champagner gekauft und Rainer ans Bett gestellt hätte. Eigentlich war er schuld daran, daß plötzlich alles so gut lief. Charly würde, sobald er gefaßt war, wieder in den Knast wandern und konnte ihr nichts mehr anhaben. Seine Drohungen waren wirkungslos geworden, und körperliche Gewalt würde er sich nach diesem aktenkundigen Ausraster nicht mehr leisten können – vor allem brauchte sie sich keine mehr von ihm gefallen zu lassen. Sie hatte mit einemmal alle Trümpfe in der Hand. Und sollte sie überhaupt noch in ihrem Nebenjob weiterarbeiten, dann auf eigene Rechnung. »Prost, Charly«, sagte sie, während sie den Wagen startete. »Mein Leben beginnt, schau, wo du bleibst!«

Sie fuhr eine Weile in Richtung des Krankenhauses, dann überlegte sie es sich aber doch anders. Sicherlich saß seine Frau bei ihm, und es wäre unklug gewesen, sich aus der Deckung zu wagen, wenn es nicht erforderlich war. Statt dessen steuerte sie das nächste Feinkostgeschäft an. Sie würde heute abend eine Party ausrichten, ganz für sich allein, und dabei ungestört über die Zukunft nachdenken.

Max wurde Punkt drei wach. Er richtete sich auf, schaute sich um und brauchte eine Weile, bis er sich in Patricias Wohnzimmer zurechtgefunden hatte. Er hatte recht lebhaft von Italien geträumt und wähnte sich im Turbo sitzend, allerdings in einem engen Container, per Kran in den Bauch des rostigen Schiffes verladen. Mit dem Gefühl, keine Luft mehr zu bekommen, und der Panik, demnächst verdursten und verhungern zu müssen, war er aufgewacht. Irgendwie hatte er es im Schlaf fertiggebracht, das lose Rückenteil der Couch auf sich zu packen, das erklärte seine Angstzustände, aber er konnte diese dumpfe Furcht auch nicht abschütteln, nachdem er sich die Ursache bewußt gemacht hatte. Er hatte sich aufgesetzt, versuchte sich zu beruhigen und schaute an sich hinunter. Und da sollte er in einer Stunde einen hochbekommen und den fröhlichen Begatter spielen? Hatte er eigentlich noch alle Tassen im Schrank? Er klopfte das Rückenteil des Sofas an seinen Platz zurück und legte sich wieder hin, verschränkte die Arme unter seinem Kopf und starrte zur Decke. Er hatte es wahrlich nicht leicht. Vor wenigen Tagen, als er von Hamburg hinaus in Richtung Italien fuhr, hatte er Anna noch doziert, daß das seine große Chance sei und er sie nutzen werde. Komme, was da wolle. Und jetzt saß er, weil es anders gekommen war, auf dem Sprung zu einer Frau. Und auch noch zu der Frau des Oberstaatsanwalts, seines ärgsten Feindes. Rein beruflich gesehen.

Auf der anderen Seite, und der Gedanke brachte ihn schon wieder zum Grinsen, war Leuthental auch der ärgste Feind seines Vaters. Patricia hatte ihn an die Geschichte von damals erinnert. Es war geradezu unglaublich: Bald würde er sich live anschauen können, was sein Vater da eigentlich so Unentschuldbares verpfuscht hatte. Lappalie, hatte er immer dazu gesagt, aber sein Vater war ein Sprücheklopfer vor dem Herrn, wenn es um Kunstfehler ging. Immerhin könnte er ihm ein Brustbild von sich und Friederike schikken, vielleicht zum Geburtstag im April, ob ihn das wohl freuen würde?

Max fühlte sich schon wieder besser. Er stellte sich einen frischen Kaffee auf, beschloß, noch einen Toast zu essen, schließlich brauchte er Kraft, und stellte sich unter die Dusche.

Eine halbe Stunde später war er im Taxi quer durch Hamburg unterwegs an die Elbchaussee. Er war gespannt, was auf ihn zukommen würde. »Befriedigung am Objekt«, hatte sie gesagt. Das befremdete ihn nur deshalb, weil sie ihn als Objekt einstufte. Gemeinhin war es andersherum. Die Statuen in ihrer Eingangshalle fielen ihm ein. So ähnlich kam er sich auch vor. Vielleicht hätte er aber auch einfach mal am Gips kratzen sollen, womöglich steckten seine Vorgänger darunter? Wer wußte schon, was in solch hochherrschaftlichen Villen alles geschah? Er schaute auf das Taxameter. Schon über fünfzig Mark. Hätte er gestern seinen Wagen nicht stehen lassen, wäre so ein Aufwand nicht nötig gewesen. Auf der anderen Seite hatte er der Verlockung, von Friederike Leuthental höchstpersönlich zum Krankenhaus kutschiert zu werden, einfach nicht widerstehen können. Hoffentlich sprang die Kiste noch an, und hoffentlich war sie nicht abgeschleppt worden. Das fehlte noch. Steffen im Knast und dann auch noch sein Wagen weg. Er konnte ihn ja schlecht bei der Polizei abholen.

Max betrachtete die Häuser, die an ihm vorbeizogen, und dachte über Steffen nach. Der Junge hatte wirklich Pech. Nicht nur, daß er ihm nicht helfen konnte und womöglich seinen Wagen auf dem Gewissen hatte, nein, jetzt war auch noch sein Anwalt außer Gefecht. Bis sich diese Mühlen weiterdrehen würden, konnte er noch etliche Tage absitzen.

»Ein scheußlicher Tag heute«, begann der Taxifahrer, dem es offensichtlich langweilig war.

»Aber es ist nicht mehr so kalt«, antwortete Max aus Höflichkeit.

»Aber der Regen müßte auch nicht sein«, kam es zurück.

»Wie halt immer in Hamburg!«

»Jup!« Damit war sein Drang nach Unterhaltung gestillt, und er versank wieder in Schweigen, während Max die Zahlen auf dem Taxameter betrachtete. So, dafür bekäme er jetzt schon eine Tankfüllung, sie waren bei sechzig Mark.

Der Taxifahrer unterbrach Max' Gedanken. »Da wären wir!«

»Gut«, Max warf einen letzten Blick auf den Taxameter, »ich muß nur schnell klingeln, die Dame des Hauses bezahlt Ihre Rechnung.«

Beim Aussteigen drehte er sich nach dem schräg gegenüberliegenden kleinen Wäldchen um. Gott sei Dank, Steffens Wagen war noch da. Er klingelte, und gleich darauf öffnete Friederike selbst. Sie trug eine Jeans und einen lockeren lachsfarbenen Pullover darüber und wirkte in ihrer Schlichtheit ungemein attraktiv. Sie lächelte ihm kurz zu, wobei ihre blauen Augen aufblitzten, und zog einen Hunderter aus ihrer Hosentasche. Während sie sich zum offenen Fenster des Taxifahrers hinunterbeugte, spürte Max eine unbestimmte Hemmung aufsteigen. Ihre Ausstrahlung faszinierte ihn, und er konnte sich nicht vorstellen, daß sie ihn tatsächlich fürs Bett gekauft hatte. Jeder Mann würde es ihr freiwillig anbieten, eher noch etwas drauflegen. Oder wollte sie ihn demütigen? Eine Art Bestrafung für seine Missetaten? Sie hatte sich zu ihm umgedreht und zog ihn leicht am Revers seiner Lederjacke.

»So, Max Wilkens, dann wollen wir mal!«

Sie ging ihm voraus, und er betrachtete sie von hinten. Sie hatte den Apfelhintern eines jungen Mädchens, zumal in dieser Jeans. Es war wirklich unglaublich, daß sie ungefähr doppelt so alt wie er selber war.

»Sind Sie bereit?« fragte sie über die Schulter, während sie über die Steintreppe zur Haustür hochging.

»Ich denke schon«, antwortete Max, fühlte sich aber zunehmend sonderbar. Einen kurzen Gedanken lang hoffte er, sie offenbare sich ihm jetzt als Hobbybildhauerin und habe ihn als Modell für eine neue Büste ausgesucht, aber sie schritt zielstrebig die Halle hindurch und die breite Treppe in den ersten Stock hinauf. Er beschloß aufzuholen, um nicht ganz so wie ein Lämmchen hinter ihr her zu traben, und nahm zwei Treppen auf einmal.

Sie warf ihm einen Blick zu. »Das mit meinem Wagen tut mir schon weh, das dürfen Sie mir glauben!«

»Mir auch!« sagte er wahrheitsgetreu. Es ärgerte ihn noch jetzt unsäglich, daß er zu blöd gewesen war, den Porsche zu Geld zu machen.

»Warum sagt mir mein Gefühl, daß wir nicht von derselben Sache reden?« Sie waren oben auf der Galerie, von der die Zimmer abgingen, und sie war stehengeblieben. Sie war nicht viel kleiner als er selbst, obwohl sie flache Schuhe trug. Er schätzte sie auf gut einen Meter achtzig.

»Hmm«, er konnte sich ein Grinsen nicht verkneifen. »Wenn's anders gelaufen wäre, könnte ich Sie wenigstens heute abend zum Essen einladen!«

»Ach? Verdient man als Praktikant in einem Friseurladen so gut?«

Max wußte genau, daß sie verstanden hatte, was er sagen wollte. Ihre Arroganz war bewußt, das war ihm klar.

»Kommt drauf an ...«, antwortete er und zuckte vage mit den Achseln.

»Auf die Kundschaft«, sagte sie, und er las einen spöttischen Ausdruck in ihren Augen. »Und auf die Gelegenheit«, fügte sie hinzu.

»Richtig!« Er nickte. Sie standen sich gegenüber, jetzt wäre vielleicht der Zeitpunkt für eine Annäherung gekommen, dachte Max, aber sie schien keinen Wert darauf zu legen, sie nickte, wandte sich ab und ging zielstrebig auf ihre Tür zu. Es blieb ihm nichts anderes übrig, als schon wieder hinterherzulaufen.

Sie öffnete die Tür und ging vor ihm her in ihr Schlafzimmer. Er folgte ihr. Was immer er erwartet hatte, das nicht. In dem Zimmer war rein gar nichts passiert, keine zugezogenen Vorhänge, kein romantisches Kerzenlicht, kein Champagnerkühler, noch nicht einmal das Bett war aufgeschlagen. Wollte sie zum Schluß überhaupt nicht? Jetzt war er tatsächlich verunsichert. Worum ging's hier eigentlich?

Friederike ging vor ihm her, blieb im offenen Türrahmen zum Badezimmer stehen und wies hinein. »Dort steht die Ihnen schon wohlbekannte Schmuckdose, Finger weg, des weiteren ein frisches Badetuch und ein neuer Slip, beides für Sie gedacht. Ich habe schon geduscht.« Sie wartete, bis er an ihr vorbei hineingegangen war, und schloß die Tür hinter ihm.

Jetzt kam er sich doch ziemlich seltsam vor. Automatisch begann er sich auszuziehen, dann nahm er den dunkelgrauen Slip hoch. Größe 5, las er und fragte sich, woher sie das wußte. Aber wenigstens stand vorne »Boss« drauf. War nur zu hoffen, daß sie das auch nicht vergaß.

Er stellte sich unter die Dusche und seifte sich ein. Nie im Leben würde das funktionieren, das wußte er schon jetzt. Das war einfach nicht seine Atmosphäre. Hier, ausziehen und mach mal, wo kam man da denn hin!

Max duschte sich gründlich ab und hüllte sich in das Badetuch. Während er sich trockenrubbelte, dachte er über seine Situation nach. Es war bizarr! Und wozu überhaupt eine Unterhose? Wenn sie ihn haben wollte, dann doch sicherlich nackt. Er schaute an sich hinunter, ganz so imposant sah er aber noch nicht aus. Sicherlich war das Wasser zu kalt gewesen, Max griff nach dem Slip.

Na dann, in Gottes Namen, er öffnete die Tür.

Sie stand nackt am Fenster. Das haute ihn fast um. Einfach so, ohne vorheriges Anfassen, Schaulaufen oder sonst etwas. Sie war gertenschlank, leicht und nahtlos gebräunt und hatte, für ihre sportliche Statur, einen ungewöhnlich großen Busen.

Er räusperte sich. »Sie sehen toll aus«, sagte er und war sich gleichzeitig der Blödsinnigkeit der förmlichen Anrede bewußt.

»Du auch!« Ihr Blick glitt an ihm hinunter und blieb an dem Slip hängen. »Der war für nachher gedacht«, sagte sie sachlich. Er fühlte sich als Spießer ertappt und fragte sich, ob er ihn gleich herunterziehen sollte oder später. Aber so vor ihren Augen genierte er sich und ließ es bleiben.

Sie löste sich vom Fenster und kam auf ihn zu. »Du bist gut gebaut«, bewertete sie. Fehlte nur noch, daß sie »und deine fünfhundert Mark wert« hinzufügte, dachte er. Sie stand dicht vor ihm, und er spürte ihre Brustwarzen auf seiner Haut, nur ihre Brustwarzen, sonst nichts. Und als Friederike jetzt langsam an seinem Körper hinunterglitt, glitten sie in zwei Bahnen über seine Brust und seinen Bauch. Es verursachte ein kribbelndes, erregendes Gefühl. Er sah zu, wie Friederike seinen Slip nach unten wegzog und sein Glied in den Mund nahm. Er schloß die Augen und stand, breitbeinig, soweit es der behindernde Slip zuließ, vor ihr. Friederike reizte ihn, bis er Angst bekam, sich nicht mehr beherrschen zu können, dann nahm sie ihn an der Hand und führte ihn zum Fenster. Er hatte seinen »Boss« abgestreift und war ihr gefolgt. Auf der breiten Fensterbank ließ sie sich nieder und umfing ihn mit ihren Beinen. Während er langsam in sie eintauchte, spürte er den heißen Heizkörper an seinen Oberschenkeln. Gleicher Ort, nur anderes Spiel, er konnte es selbst nicht glauben. Aber sie dirigierte ihn mit ihren Händen an seinen Pobacken, und er ergab sich ihren Bewegungen, wurde schneller und schneller, flachte ab, ging weiter heraus und spielte, und als sie ihn schlußendlich förmlich in sich hineinstieß, kamen sie gleichzeitig. Sie krallte sich an ihm fest, und er glaubte bis in den Kopf hinein zu explodieren. Dann öffneten sie beide die Augen und schauten sich an. Keiner von beiden löste sich.

»Nicht schlecht für den Anfang«, sagte sie schließlich.

»Wie?«

Sie zupfte ihn leicht am Ohr, sortierte ihre Beine und ging an ihm vorbei ins Badezimmer. Er drehte sich um und schaute ihr nach. Das konnte er keinem erzählen, das würde ihm einfach keiner glauben! Er betrachtete das Bett. Kein Wunder, daß es nicht abgedeckt war. Sie hatte gar nicht vor, es zu benutzen. Noch nicht einmal das Foto ihres Ehegespons hatte sie umgedreht. Es stieß ihm auf, daß der Kerl aus seinem Bilderrahmen heraus zugeschaut hatte. Er hörte sie duschen, kurz danach stand sie, ein Badetuch um die Hüften geschlungen, vor ihm. »Das Badezimmer ist frei.« Max nickte und ging an ihr vorbei.

Als er sich anzog, spürte er in seiner Jeans eine leichte Veränderung. Er tastete nach, sie hatte ihm einen Fünfhundertmarkschein in die vordere Tasche gesteckt. Sein erster Impuls war, den Schein demonstrativ auf den Toilettendeckel zu legen, aber je länger er darüber nachdachte, um so mehr kam er zu dem Schluß, daß es Schlimmeres gab, als seinen Körper zu verkaufen. Zumal, wenn es auch noch Spaß machte. Er steckte sich seinen gebrauchten Slip ein und ging hinaus. Sie hatte, ebenfalls bereits angezogen, offensichtlich schon auf ihn gewartet.

»Na, dann«, sagte sie und ging ihm voraus zur Tür. Er wollte ihr schon hinterherkommen, als sie sich plötzlich umdrehte und »hinter den Vorhang, schnell« zischte. Er folgte instinktiv. Kaum war er versteckt, hörte er ein kurzes Klopfen und das Geräusch einer sich öffnenden Tür.

»Siegmund, welche Überraschung«, hörte er sie sagen. »Was machst du denn so früh zu Hause? Ist was passiert?«

»Nein, ich hatte irgendwie das Gefühl, ich müßte mal nach dir schauen!«

»Ach nein!«

Max hielt den Atem an. Ging das schon wieder los? Kam er von diesem Vorhang und vor allem von dieser vermaledeiten Heizung überhaupt nie mehr weg?

»Was hast du denn heute nachmittag gemacht?«

Hatte der Kerl Sensoren?

»Was reiche Ehefrauen für gewöhnlich so tun«, sagte sie, und ihrer Stimme war eine starke Süffisanz anzuhören. »Nichts!«

Max konnte sich ihr Gesicht förmlich vorstellen.

»Na, das beruhigt mich ja«, hörte er ihren Mann sagen. »Machst du uns einen Tee?«

»Aber immer doch, Schätzchen. Komm, aber ohne Zutaten, du weißt, dein Cholesterinspiegel …« Max hörte, wie sich die Stimmen entfernten und die Tür zufiel.

Er befreite sich aus dem Vorhang und blieb unentschlossen am Fenster stehen. Das war auch klasse. Jetzt saß Siegmund Leuthental dort unten und ging womöglich die ganze Nacht nicht mehr aus dem Haus, und er saß hier oben und würde im Notfall die Nacht mit seiner Frau verbringen müssen. Max schaute hinaus. Es war nur gut, daß er gestern nicht gesprungen war. Er hätte sich in einem gläsernen Gewächshaus wiedergefunden. Jetzt blieb ihm tatsächlich nichts anderes übrig, als zu warten. Er legte sich aufs Bett und hoffte, daß er wach blieb. Er konnte sich Schöneres vorstellen, als von Siegmund Leuthental schlafend im Zimmer seiner Frau überrascht zu werden.

Anna saß am Bett ihres Mannes, hielt seine Hand und schaute ihm ins Gesicht. Sie studierte jedes Detail an ihm. Seine Augen waren noch immer geschlossen, aber sein Gesichtsausdruck war friedlich, so als träume er gerade etwas Schönes. Um die Augen hatten sich leichte Fältchen gebildet, und von seiner Nase, die allerdings noch kräftig geschwollen und verfärbt war, liefen zwei Riefen zu seinen Mundwinkeln. Er schien leicht zu lächeln, seine Lippen waren schön geschwungen, weich und ausgeprägt, aber nicht zu voll. Der Mund eines musischen Menschen. Sie zeichnete ihn mit der Fingerkuppe nach. Rainer war in der Zwischenzeit von der Schwester rasiert worden, nur gekämmt hatte sie ihn nicht. Sein akkurater Scheitel hatte sich in Wohlgefallen aufgelöst, die Haare standen wild durcheinander, und Anna fuhr mit ihrer Hand hindurch. Die Haare richteten sich auf, das veränderte seinen Typ sofort. Er sah nicht mehr bieder gekämmt, sondern frech aus, ganz so wie nach dem Duschen, wenn er sich den Kopf mit einem Handtuch trockenrieb. Es stand ihm viel besser, und Anna zupfte die Haare so in Form, wie sie es sich immer vorgestellt hatte und wie sich Rainer seit jeher geweigert hatte, sie zu tragen. Irgendwie war es nicht unangenehm, einmal bei allem, was man tat, auf keinerlei Widerstand zu stoßen und sich in Ruhe mit seinem Partner beschäftigen zu können. Sie dachte daran, was ihr der Arzt eben bei der Begrüßung erzählt hatte. Er schilderte den Fall eines Patienten, der nach siebzehn Jahren wieder aufgewacht war und völlig normal an sein vorangegangenes Leben anknüpfte, als hätte es die siebzehnjährige Dunkelphase nie gegeben. Anna war sich nur nicht sicher, ob dies tatsächlich ein Trost für sie war. Eher nicht.

Sie saß noch an Rainers Bett, als sich spätabends Max zu ihr gesellte. Friederike hatte ihn nach drei Stunden herauslassen können, weil ihr Mann noch ein Treffen mit seinen Golffreunden hatte. Max bedankte sich für die fünfhundert Mark, indem er ihr sagte, daß er sie mit diesen drei Stunden wahrlich verdient habe. Der Rest sei ihm allerdings eine Freude gewesen. Ganz meinerseits, hatte sie geantwortet und daß sie ihn wieder anrufen werde. Während er Steffens Wagen startete, überlegte er, ob er die Treffen mit Friederike unter »festes, regelmäßiges Einkommen« würde buchen können. Jedenfalls wollte er Anna schon mal einen Teil ihres unfreiwilligen Darlehens zurückzahlen. Er rief sie auf ihrem Handy an, erreichte aber nur die Mailbox; das ließ ihn vermuten, daß sie neben Rainer saß, wo Handys wegen der elektronischen Geräte verboten waren. Also beschloß er, direkt in die Klinik zu fahren.

Anna freute sich über seine Gesellschaft, aber als er ihr zweihundert Mark hinstreckte, reagierte sie abwehrend. »Wo hast du das denn so plötzlich her?« wollte sie wissen.

»Wadde hadde du de da?« äffte Max sie nach. »Es ist völlig sauberes Geld, ehrlich verdient! Kannst du unbesehen nehmen!«

»Behalt's mal«, sagte sie und drehte sich wieder Rainer zu. »Noch brauchen wir es nicht!«

»Was sagt denn der Arzt?« Max zog sich den Dreibeinhocker heran.

»Abwarten«, antwortete Anna. »Es gibt Hoffnung machende Beispiele von Patienten, die nach siebzehnjährigem Dämmerschlaf aufwachten und völlig normal waren!«

Max warf ihr einen ungläubigen Blick zu. »Das ist aber nicht dein Ernst!«

»Doch!«

»Und das soll Hoffnung machen?«

Sie zuckte die Schultern. »Keine Ahnung, wie Ärzte so was sehen ...«

»Kann ich dir sagen. Als ein Kollege meines Vaters zum Martinigansessen bei uns war, vor grauer Vorzeit, fragte er meine Mutter, ob das Leichenwasser aus der Gans denn schon abgeflossen sei ...«

Anna mußte lachen. »Das glaubst du doch selber nicht«, sagte sie und schüttelte den Kopf.

»Doch!«

Sie lachten beide herzhaft, doch dann hielt Anna plötzlich inne. »Rainer hat meine Hand gedrückt!« Sie schauten ihm beide ins Gesicht, aber es tat sich nichts.

»Bist du sicher?« wollte Max wissen.

Anna nahm seine Hand hoch, die sie die ganze Zeit über fest umschlossen hatte. »Ja, ganz sicher!«

Max stand auf. »Ich rufe den Arzt«, sagte er und verließ das Zimmer.

Anna streichelte Rainers Hand weiter. »Komm, Rainer, wach auf. Ich brauch dich, und ich liebe dich doch. Ohne dich will ich nicht sein, also laß mich nicht allein!« Während sie es sagte, kam sie sich vor wie beim Kinderreimdichten, aber sie fand, daß es einmal gesagt werden mußte. Sie liebte ihn wirklich.

Gleich darauf war der Arzt da.

»Na, dann wollen wir mal sehen«, sagte er, und Anna machte ihm Platz.

Lars saß allein an der Bar seines Hotels und trank ein Bier. Eine Frau neben ihm versuchte mit ihm ins Gespräch zu kommen, aber er hatte keine Lust. Die Geschichte mit Rainer bremste ihn schwer. Seitdem er wußte, daß seine Bewußtlosigkeit nicht auf die leichte Schulter zu nehmen war, sondern ernsthafte Folgen haben konnte, dachte er über sich und Anna nach. Würde sie ihn noch treffen wollen, wenn Rainer ernsthaft krank war? Er fragte sich, was er für Anna überhaupt empfand. Er wußte es selbst nicht, aber er wußte, daß er die Nachmittage mit ihr nicht aufgeben wollte. Das war purer Sex, ja, aber es war trotzdem nicht austauschbar. Anna war eben schon irgendwie besonders, und er konnte es sich nicht vorstellen, plötzlich ohne sie zu sein.

Dabei liebte er seine Frau. Er dachte an Bettina. Ja, er war sich sicher, daß er sie liebte. Oder war es nur die Gewohnheit einer Ehe, die Bequemlichkeit, die Dinge alle geregelt zu wissen, die er liebte? Er war sich unschlüssig und bestellte sich noch ein Pils.

Irgendwie mußte es doch möglich sein, seinen eigenen Gefühlen auf die Spur zu kommen. Er trank sein Glas leer und schob es dem Barkeeper hin. Zwei Frauen und ein Kerl, der sich selbst nicht kannte.

Er mußte es andersherum probieren. Wenn er nun mit Anna verheiratet wäre und Bettina zur Geliebten hätte? Das war absurd. So herum funktionierte die Geschichte nicht. Bettina war keine Geliebte, absolut nicht. Sie würde jeden Mann mit einem solchen Ansinnen aus dem Zimmer werfen, davon war er überzeugt. Zudem war sie auch nicht körperlich genug gepolt. Sie war ein Kopfmensch, kein Bauchmensch. Sie käme nie auf die Idee, sich Sex einfach so zu holen, nebenher, aus Heißhunger wie einen Big Mac.

Und Anna als Ehefrau? Er versuchte, sich in Rainers Lage zu versetzen. Nach Hause zu kommen und anstatt Bettina Anna vorzufinden. Irgendwie konnte er es sich nicht richtig vorstellen. Würde sie ihn gleich aufs Bärenfell ziehen? Oder bekäme er eine warme Mahlzeit wie bei Bettina? Aber wenn sie als Ehefrau so sexlüstern agieren würde, bräuchte sie schließlich keinen Liebhaber. Wer aber wäre ihr Liebhaber, wenn er mit ihr verheiratet wäre? Schlicht – brauchte eine Frau wie Anna ganz einfach einen zweiten Mann? Würde er ihr, als ständiger Partner, auch nicht genügen?

Er konnte die Dinge drehen und wenden, wie er wollte, er kam zu keinem sinnvollen Schluß. Nach dem dritten Pils beschloß er, in sein Zimmer zu gehen und sich einen Film anzuschauen. Im Notfall Pay-TV, denn von irgend etwas mußte er sich schließlich ablenken lassen.

Die Untersuchung hatte keine weiteren Erkenntnisse gebracht.

»Alle Vitalfunktionen sind normal«, diagnostizierte der Arzt anschließend, »ich kann keinerlei Veränderungen erkennen. Sollte er aufwachen, tut er das ohnehin ohne unser Zutun!« Damit ging er wieder.

»Viel schlauer sind wir jetzt nicht«, meinte Anna und schaute Max fragend an.

»Korrekt.« Er zuckte die Achseln. »Weißt du was? Ich hole uns einen Kaffee, das tut uns gut!«

Anna nickte und griff nach ihrer Tasche.

»Was tust du?«

»Du brauchst doch sicherlich Geld!«

»Untersteh dich! Für zwei Kaffee! Jetzt hör aber auf!«

Anna blinzelte ihm zu. »Okay, kleiner Bruder. Aber dann komme ich mit, etwas Bewegung kann nicht schaden!«

Sie gingen den langen Gang entlang bis zum Kaffeeautomaten.

»Und wenn er jetzt aufwacht?« fragte Max.

»Er wird damit warten, bis wir zurück sind«, antwortete Anna betont fröhlich, obwohl ihr anders zumute war.

»Wird er nicht. Männer machen solche Dinge immer gern allein mit sich aus!«

»Männer!« Anna sah ihn von der Seite mit hochgezogener Stirn an. »Wenn ich so was schon höre!«

»Ja, und? Sind wir etwa keine Männer?«

Sie standen vor den vielen Tasten des Kaffeeautomaten, und Anna suchte die richtige Kombination.

»Ich weiß nicht recht«, sagte sie dabei. »Ich weiß auch nicht so recht, was ihr unter dem Begriff überhaupt versteht. Wenn ein Mann so was sagt, hört sich das immer irgendwie selbstherrlich nach Freiheit, Kampf und Brüderlichkeit an. Dabei seid ihr doch eigentlich nur kleine Buben, die vom Wilden Westen träumen!«

»Was???«

»Winnetou und Konsorten – von mir aus auch Old Shatterhand!«

»Das ist ja eine bodenlose Frechheit!« warf sich Max neben ihr in die Brust. »Bezahl dir deinen Kaffee gefälligst selbst!«

»Hab ich's nicht gesagt?« Sie warf eine Münze in den Geldschlitz und drückte für sich einen Cappuccino. »Und du wählst jetzt sicherlich schwarz, ohne Zucker und dafür doppelt stark ...«, sagte sie, während sie zuschaute, wie der Plastikbecher durch eine Röhre unter die Kaffeedüse fiel und gleich darauf von einem gezielten hellbraunen Strahl gefüllt wurde.

»Wie aus dem Blechbecher am Lagerfeuer?« fragte Max lauernd.

»Woher du das so gut weißt?« Anna nahm ihren Becher und grinste ihn an.

»Mädchen sind doof!« sagte er und warf nun ebenfalls eine Münze ein.

»Was du nicht sagst!« Sie schaute ihm zu, wie er auf *Kaffee schwarz* drückte.

»Hast du das nicht früher schon immer gesagt?«

»Stimmt! Ich hatte nur zwischenzeitlich vergessen, wie recht ich damals hatte!«

Anna lachte. »Und das alles nur, weil du meinst, Rainer warte mit dem Aufwachen, bis er es männlich allein tun kann!«

»Du wirst schon sehen!«

»So blöd ist Rainer nicht, daß er sich an irgendeinen verschrobenen Männerkodex hält!«

Sie öffneten die Tür, und Rainer saß aufrecht im Bett und schaute sie an.

»Das gibt's doch nicht«, sagte Anna und hätte fast ihren Becher fallen lassen.

»Sag ich's nicht?« triumphierte Max.

»Was macht ihr denn hier?« fragte Rainer.

Rainer blieb noch einige Tage im Krankenhaus, allerdings nur noch zum Auskurieren seiner Prellungen. Es war, wie der Arzt vorausgesagt hatte, er war aufgewacht und wieder voll da. Ob er nach seiner Kopfverletzung zum rammelnden Ehemann mutiert war, konnte Anna so schnell nicht herausfinden, und fragen wollte sie ihn auch nicht. Sie gedachte, es auszuprobieren, sobald er wieder zu Hause sein würde, traf sich aber vorsichtshalber am Montag nochmals mit Lars. Max wartete in der Zeit vergeblich auf einen weiteren Anruf von Friederike Leuthental. Er fühlte etwas wie Sehnsucht, wollte es aber nicht zugeben. Er schob es auf seinen hormonellen Haushalt, der durcheinandergeraten war, in Wirklichkeit hatten sich aber die Szenen am Fenster in sein Gehirn eingebrannt, und er ertappte sich dabei, wie er davon träumte. Sein Geld ging schon fast wieder zur Neige, obwohl er sich entgegen Friederikes Vorschlag keine neuen Kleider angeschafft hatte. Er hatte sich ganz einfach wieder zurück in seine Wohnung gewagt, dort hing der Kleiderschrank schließlich voll. Dagegen war der Briefkasten unerwarteterweise leer, was ihn vermuten ließ, daß seine Mutter nach »dem Rechten gesehen« und seine Post mitgenommen hatte. So ging er davon aus, daß sie seine Rechnungen auch gleich bezahlen würde.

Am Mittwoch, eine Woche nachdem Rainer aus seiner Bewußtlosigkeit erwacht war, ging er erstmals wieder in die Kanzlei. Der Empfang war überaus herzlich, sie hatten einen fröhlichen Willkommensvers auf ein Spruchband gemalt und Blumen auf seinen Schreibtisch gestellt. Rainer war glücklich, wieder seinem gewohnten Leben nachgehen zu können. Seine Nase war zwar noch etwas geschwollen und in ihrer Form verändert, aber er konnte sich zumindest wieder im Spiegel betrachten, ohne in Angstschweiß auszubrechen. Sein Schreibtisch war übersät mit Genesungswünschen, er fragte sich, woher die Leute von seinem Unfall, wie er es nannte, überhaupt wissen konnten, und darunter befand sich auch eine kurze Notiz von Gudrun. »Wenn Sie wieder soweit hergestellt sind, melden Sie sich doch bitte mal.« Er fühlte sich noch längst nicht soweit hergestellt, als daß er sich mit Gudrun hätte treffen wollen, aber zumindest wollte er sich erkundigen, ob bei ihr alles in Ordnung war. Er schaute, assistiert von Frau Schenk, seine Post schnell durch und besprach das eine oder andere mit ihr, deutete ihr dann aber an, daß er gern noch einige Minuten allein sein würde.

Kaum war sie draußen, rief er Gudruns Privatnummer an, und als sie wider Erwarten abnahm, war er völlig erstaunt.

»Das hätte ich wirklich nicht erwartet«, begann er, »eigentlich bin ich davon ausgegangen, daß Sie um diese Zeit in der Firma sind. Aber um so besser, hier ist Rainer Leicht, und ich wollte nur wissen, wie es Ihnen geht.«

Gudrun fühlte sich wohl, sie hatte seit ihrem Geständnis im Personalbüro einen neuen Freund: Ulrich Wechsler. Er hatte sich noch am Abend, nachdem sie ihn in seinem Büro aufgesucht hatte, bei ihr gemeldet, um sich nach ihrem Befinden zu erkundigen. Gudrun hatte ihn spontan zu ihrer kleinen Party eingeladen, und nach dieser Nacht ging er nicht mehr. Gudrun konnte es selbst nicht verstehen, aber er war ganz offensichtlich der Mann, auf den sie gewartet hatte. Sie wußte es, während sie miteinander schliefen, und sie wußte es noch am nächsten Morgen, und das Gefühl hatte bisher nicht ab-, sondern zugenommen. Es war halt so. Und jetzt war sie dabei, ihre Folterkammer auszuräumen und ein weiteres Zimmer, Büro und Schrankzimmer, einzuräumen.

Sie erzählte Rainer von ihrem neuen Leben, auch davon, daß sie von Charly noch nichts gehört habe. Der Polizei sei er jedenfalls noch nicht in die Arme gelaufen. Und dann gab sie ihm noch die Adresse von Lizzy, einer Kollegin, die auch sehr gut sei und eben ihre Gerätschaften um Gudruns erweitert habe.

Als Rainer auflegte, war er sich nicht sicher, was er fühlte. Eine Spur von Erleichterung, aber auch Bedauern. Gudrun hatte ihm gutgetan, und er wußte nicht, ob Lizzy dem entsprechen könnte. Vielleicht war es aber auch ein Wink des Schicksals, seine masochistische Neigung ganz zu unterbinden. Er beschloß, die Dinge zunächst mal auf sich wirken zu lassen und eine Entscheidung später zu treffen. Und im Zweifel mußte er sich diese Lizzy sowieso erst einmal anschauen.

Charly hatte sich in dieser Woche wieder beruhigt. Anscheinend beschränkte sich die »Großfahndung« nach ihm auf eine Anzeige, die neben Tausenden anderer unterging. Kein einziger Polizist hatte sich bisher nach ihm umgedreht, noch nicht einmal die von der Davidswache. Allerdings mied er seine Wohnung, das war ihm dann doch zu gefährlich, dort konnte ihn jeder aufspüren. Er hatte sich in einer kleinen Pension eingemietet, sie war zwar noch etwas heruntergekommener als sein eigenes Reich, dafür gerade noch zu bezahlen. Bei Gudrun hatte er sich nicht mehr gemeldet, aber von Lizzy wußte er, daß Gudrun ihr Studio auflöste. Daß er an Gudrun nicht mehr herankam, mit diesem Gedanken hatte er sich abgefunden, und letztlich war es ihm auch egal, denn er fühlte sich stark im Aufwind.

Seine Verbindung mit dieser Computermaus aus seinem Stammcafé klappte. Das war die tollste Idee seines Lebens gewesen, fand er. Bereits am nächsten Morgen präsentierte die Bedienung ihm zum morgendlichen Milchkaffee eine ausgedruckte E-Mail.

»Im Prinzip habe ich etwas gegen alte, ausgediente Loddel vom Kiez«, stand da. Es schüttelte Charly, und er mußte es nochmals lesen, bevor er weiterlas. »Aber einer, der den Mädels dann und wann den Rücken freihält, ist brauchbar. Allerdings nur dann, wenn er seine Machoallüren ablegt. Bedeutet: die Mädels sind selbständig, du bekommst bei Bedarf zwanzig Prozent von ihnen, hast keine weiteren Ansprüche. Das sind im Normalfall hundert Mark pro Auftrag, einschließlich Fahrtkosten. Wirst vorher von ihnen angerufen, hältst dich im Hintergrund und gehst unaufgefordert wieder, wenn alles glatt verlaufen ist. Du bist unser Angestellter, um Klartext zu reden. Und auch nur, wenn du unserer Prüfungskommission zeigen konntest, daß du für den Fall der Fälle überhaupt was drauf hast! Ein Okay als Antwort reicht, dann kommen wir wieder auf dich zu.«

Charly hatte den Brief dreimal gelesen. Er war frech und eigentlich unter aller Sau. Wie konnten die Kerle ihr eigenes Geschlecht so verraten. Aber offenbar war diese Hausfrauengeschichte auf diese Art tatsächlich eine Goldgrube. Er hätte gern gewußt, welchen Prozentsatz die Organisation einbehielt. Trotzdem, er rechnete. Drei Aufträge am Tag, dazu noch seine eigenen Pferdchen, damit könnte er endlich wieder würdig leben. Er ließ Susan sofort ein »Okay« zurückschreiben und bestellte Frühstück Nr. 8. Die Dinge liefen an. Vor allem hatte er nicht vor, ewig den Mann hinter dem Vorhang zu geben. Er würde genau aufpassen, sich ihr Prinzip bis ins letzte Detail abschauen und bei Gelegenheit selbst in den Ring steigen. Seine Zeit würde wieder kommen, das spürte sein altes Boxerherz.

Es dauerte nicht lang, und er wurde für den kommenden Mittwochnachmittag auf einen alten Hinterhof bestellt. Zur Vorsicht steckte er sich seine Pistole ein, dazu ein Springmesser, und knetete seine Hände ausgiebig durch. Dabei war das sicherlich zuviel des Guten, denn schließlich wollten sie ja etwas von ihm, sagte er sich. Er war ihnen nicht gefährlich, er konnte ihnen höchstens nützlich sein. Trotzdem fuhr er mit gemischten Gefühlen los. Er kannte diesen Hof, er gehörte zu einer ehemaligen Fabrik, die jetzt langsam in sich zusammenfiel. Die Nutten fuhren mit ihren Freiern oft dorthin, es war ruhig, aber trotzdem um die Ecke.

Als er am Mittwoch Punkt vier Uhr eintraf, war außer ihm niemand zu sehen. Der Platz war übersät mit gebrauchten Gummis und Unkraut, das zwischen den geborstenen Betonplatten dem Tageslicht entgegenwucherte. Er blieb in seinem Wagen sitzen und schaute sich um. Das rote Backsteingebäude auf seiner linken Seite war teilweise in sich zusammengesackt, statt Fenstern gab es nur noch Höhlen. Der türlose Eingang war mit rot-weiß gestreiften Plastikbändern kreuz und quer verklebt worden, und überall standen große Schilder mit der Aufschrift »Betreten wegen Einsturzgefahr verboten«. Als ob das nicht jeder selbst sehen könnte, dachte Charly und schaute in den Rückspiegel. Aber auch hinter ihm tat sich nichts, das ganze Gebäude war wie ausgestorben. Er entspannte sich allmählich. Vielleicht kam auch überhaupt keiner. Möglicherweise beobachteten sie ihn aus der Ferne und testeten seine Nervenstärke. Also, bleib mal ruhig sitzen und schalte auf cool, dachte er sich und lehnte sich, für jedermann sichtbar, völlig relaxed in den Rücksitz.

Als plötzlich scharf auf ihn geschossen wurde, fuhr er hoch und warf sich quer über die beiden Vordersitze. Das Mündungsfeuer war aus der offenen Tür gekommen, die Kugeln pfiffen über sein Autodach hinweg, und Charly griff nach seiner Waffe. Raus aus dem Wagen oder starten und davonrasen?

Bevor er sich entscheiden konnte, hörte er eine durch einen Lautsprecher verzerrte Stimme. »Na, wo bist du denn, du Beschützer schwacher Mädchen?«

Es irritierte ihn, denn es war unverkennbar eine Frauenstimme. Langsam richtete er sich wieder auf und starrte zur Tür, ohne zuviel von seinem Kopf preiszugeben. Die bunten Absperrungsbänder zitterten, aber es war nichts zu erkennen.

»Du kannst aussteigen«, hörte er die Stimme wieder. Einen Teufel würde er tun, er war doch nicht lebensmüde.

»Karl Lönitz, komm raus!«

Scheiße! War er etwa der Polizei in die Fänge geraten? Woher sollten sie sonst wissen, wie er hieß? Er war ein gottverdammter Idiot gewesen. Ein blöder Trick der Bullen, und er, Charly, die Faust, tappte hinein. Einfach nicht zu fassen!

»Wird's bald? Wir warten!«

Wer »wir« war, war nicht zu sehen, Charly war auch nicht mehr scharf darauf, er überlegte nur noch, wie er hier weg kam. Er startete seinen Wagen und raste los. Eigentlich war er auf eine polizeiliche Straßensperre vor der Firmeneinfahrt gefaßt gewesen, aber so einen Aufwand war er ihnen augenscheinlich nicht wert. Als er über das beschädigte Kopfsteinpflaster der Einfahrt auf die öffentliche Straße hinausholperte und dort ordentlich Gas gab, sah er hinter sich einen schwarzen BMW auftauchen. Im Rückspiegel erkannte er die spiegelverkehrten Initialen: HH-R1111. Verdammt, das war die Gegenpartei. Das waren Rifats Leute. Hatten sie ihn ins offene Messer laufen lassen wollen? Er kannte sich überhaupt nicht mehr aus, sondern raste direkt zur Davidswache. Lieber von denen in eine Zelle gesteckt als von Rifats Gorillas durchsiebt.

Erst als er mit kreischenden Reifen zur Polizeiwache abbog, sah er, daß der schwarze BMW, ohne sich auch überhaupt nur im entferntesten um ihn zu kümmern, geradeaus weiterfuhr. Dafür schauten einige Polizisten auf, die eben in einen der Polizeiwagen steigen wollten. Wenn es jetzt ganz blöd kam, hatte er sich selbst geliefert, ohne daß es nötig gewesen wäre. Er ließ den Wagen ausrollen und tat, als ob er nach einem Parkplatz schaute. Sollten sie ruhig glauben, er hätte etwas Eiliges zu melden. Drohende Arbeit würde sie sicherlich davon abhalten, Genaueres erfahren zu wollen. Tatsächlich, sie riefen sich einige Kommentare zu, nahmen die Mützen ab und stiegen in ihre Wagen. Charly atmete auf. Er wartete, bis sie an ihm vorbeigefahren waren, dann schlich er sich davon, so gut es in seiner alten Mühle ging.

Er überlegte gerade, was er jetzt sinnvollerweise tun sollte, als sein Handy klingelte. Keine Nummer auf dem Display, nur »Anruf«. Das hörte er auch so und ging ran.

»Was sollte denn der überstürzte Aufbruch, Karl Lönitz? Ein paar Kugeln sind doch wirklich kein Grund, die Nerven zu verlieren. Und schon gar keiner, um sich derartig in die Flucht schlagen zu lassen. Kein gutes Omen für einen sogenannten Beschützer.«

Charly schluckte. Er fühlte sich durchleuchtet und überwacht.

»Woher kennen Sie meinen Namen?« fragte er.

»Tut das etwas zur Sache?«

Am liebsten hätte er mit »ja« geantwortet, aber er beherrschte sich. Diese Dinge würde er auch noch später herausfinden können. »Eigentlich nicht!«

»Dann kommen Sie zurück. Sie haben noch eine Chance. Wir warten noch zwanzig Minuten auf Sie, dann räumen wir das Feld und vergessen Ihre Anfrage.«

Charly überlegte. Er hatte falsch reagiert. Es war weder die Polizei noch die Gegenseite unter Rifat, sondern der blanke Zufall. Er hatte sich durch seine Phantasie ins Bockshorn jagen lassen, das wäre ihm vor ein paar Jahren nicht passiert.

»Ich komme!« sagte er bestimmt.

»Wir warten«, sagte die Stimme mit einem süffisanten Unterton. Eine Frauenstimme, die *ihm* etwas sagen wollte. Es war unsäglich! Sein Kiez verkam!

Charly fuhr direkt zum Firmengelände zurück, fünf Minuten später stand er an haargenau derselben Stelle wie zuvor, hatte den Wagen diesmal allerdings in Richtung Ausfahrt geparkt. Trotz allem: man lernte schließlich dazu.

Er wartete kurz, dann stieg er aus. Sie wollten ihm nicht ernsthaft ans Leder, das hätten sie vorhin schon gekonnt, sie wollten ihn testen, das konnten sie haben. Er ging direkt auf das Tor zu, hinter dem er die vorherigen Angreifer vermutete. Vor den Plastikbändern, die ihm den Eingang verwehrten, blieb er stehen, lauschte und versuchte, etwas im dahinterliegenden dunklen Innenraum zu erspähen. Es war jedoch weder etwas zu sehen noch zu hören, so drückte er schließlich die Plastikbänder hinunter und stieg darüber. Angespannt und auf alles gefaßt, blieb er wieder stehen, aber es geschah nichts. Er versuchte, sich an die Lichtverhältnisse zu gewöhnen, was schwierig war, weil die eine Seite durch das herabgestürzte Dach hell, die andere dafür stockdunkel war. Vor ihm lag jede Menge Geröll, alte verrostete Maschinen und ein Haufen Müll.

Er fragte sich, ob er sich nicht getäuscht hatte und sich mit dieser Aktion noch mehr zum Affen machte, als eine Stimme hinter ihm sagte: »Na, da ist unser Held ja!«

Er fuhr herum, die Fäuste zum Angriff geballt, es stand aber niemand hinter ihm. Nur die Bänder bewegten sich im Wind. Und ein Hauch von Parfüm lag in der Luft. Er stand wie angewurzelt. Das konnte schlechthin nicht sein, trogen ihn seine Sinne?

Er spürte von hinten etwas auf sich zukommen, drehte sich schnell wieder um und erschrak. Keine zwei Meter von ihm entfernt stand ein Bär von einem Mann, schwarz, schwarz gekleidet und dazu noch mit einer schwarzen Augenmaske. Er nahm die Fäuste hoch, und an der Art, wie er sich bewegte, war Charly klar, daß er einen durchtrainierten Boxer vor sich hatte. Allerdings einen, der noch voll im Training war und nicht wie er durchs Leben und sein Phlegma zugefettet.

»Laß uns mal kurz sehen, was du drauf hast, Charly ...«, wieder diese Frauenstimme hinter ihm, aber diesmal schaute er sich nicht nach ihr um.

Der Kerl vor ihm tänzelte heran, Charly schwor, ab morgen wieder zu trainieren, aber ob ihm der gute Vorsatz in der aktuellen Situation helfen würde?

Charly hob ebenfalls die Fäuste, allerdings zunächst mal eher zur Abwehr. Mehrere Links-Rechts-Kombinationen prasselten auf ihn herunter, bis ihn ein Haken zum Aufwachen brachte. Jetzt schlug er zurück und registrierte zwei eigene Treffer, einen am Kopf seines Gegners und einen auf der Leber. Beim dritten nahm der Kerl die Fäuste hoch, verbeugte sich leicht und trat zurück. Charly dröhnte der Kopf, und er fühlte jeden einzelnen Schlag auf seinem Körper, aber die Stimme hinter ihm sagte: »Das reicht. Ist okay, Karl Lönitz. Du kannst für uns arbeiten, wie und wann, erfährst du über die dir bekannte Methode.« Er stand noch, ohne sich zu rühren, und beobachtete, wie sich sein Gegner in der Dunkelheit praktisch im Nichts auflöste. »Aber vergiß nicht, du arbeitest für die Mädchen und für uns. Nicht die Mädchen für dich!«

Du kannst mich mal, dachte Charly und wandte sich zum Gehen. Beim Hinausklettern entdeckte er, wo die Stimme herkam: aus einem kleinen schwarzen Lautsprecher, der innen am Türrahmen befestigt war. Nichts als Tricks, dachte er grimmig, und er roch wieder diesen Hauch von Parfüm.

Max haderte mit sich und seinem Schicksal. Irgendwie bekam er derzeit sein Leben nicht auf die Reihe. Steffen, seine Antriebsmaschine, fehlte ihm. Er hätte sich schon längst wieder Stoff besorgen können, aber es widerstrebte ihm. Steffen und er waren bisher ein tolles Team gewesen. Max organisierte, was gebraucht wurde, und Steffen bot es an. Manchmal auf Bestellung, wie bei Harald Eichmann, manchmal auch auf Verdacht und eigene Faust. Egal wie, es paßte meist, und sie teilten sich die Kohle. Es ließ sich leichtfüßig und gut leben, solange keiner von ihnen selbst richtig süchtig wurde, das war ihnen klar. Bloß jetzt hatte Max keinen Drive mehr. Bei den Großdealern hatte er sich seit seinem Ausflug nach Italien nicht mehr sehen lassen, und derzeit hätte er noch nicht einmal für einen Kleineinkauf Geld. Und wenn, so war er einfach nicht der Typ, der das Zeug unter die Leute brachte. Er war der Kopf, Steffen die Hand. Dafür lebte Steffen auch öfter mal von der Hand in den Mund, was Max zwischendurch mit Sorge betrachtete. Für seinen Geschmack warf Steffen zuviel Ecstasy ein. Trotzdem, ohne Steffen fühlte sich Max geschäftlich nur als halbe Portion.

Er saß in seiner Wohnung und konnte sich zu nichts aufraffen. Die Wohnung verkam, seine Klamotten sollten endlich einmal gewaschen werden, und er mußte sich dringend über einiges klar werden. Wurde er aber nicht. Er fühlte eine betäubende Apathie, die stärker und stärker Besitz von ihm ergriff. Er mußte sich sogar schon regelrecht aufraffen, um überhaupt noch das Nötigste für sein Leben einzukaufen. Die meiste Zeit lag er regungslos auf dem Sofa, starrte abwechselnd zur Decke oder zum Fernseher und tat sich unendlich leid.

Friederike hatte das kleine Abenteuer Spaß gemacht. Sie ahnte, daß ihr Mann etwas Ähnliches tat, aber er hatte natürlich durch seine Termine sehr viel mehr Möglichkeiten, kleine Seitensprünge, größere Affären oder ein tatsächliches Verhältnis zu vertuschen. Sie selbst hatte seit ihrer Brustvergrößerung und der daraufhin folgenden Abkehr von Siegmund kein Bedürfnis nach Sex gehabt. Es war einfach so, ihr Körper signalisierte ihr, daß ihr die platonische Beziehung, die sie mit Siegmund unterhielt, völlig ausreichte. Und nicht nur das, es war ihr sogar lieber so. Denn

Siegmund hatte seine Sexualität oft als Machtinstrument mißbraucht. Nach Auseinandersetzungen fand er stets, daß ein gemeinsamer Akt jede Spannung beseitige. In Friederike braute sich aber nach solchen Nächten eine Wut zusammen, die sie mit der Zeit nur noch mühsam unterdrücken konnte. Zuweilen erschien ihr ihr eigener Mann wie ein Monster, und sie ekelte sich vor seinen schwer atmenden, schweißbedeckten Sexualattacken.

Jetzt entdeckte sie plötzlich, daß ihr Körper sich wieder meldete. Plötzlich kamen da Dinge in Gang, die sie längst für begraben gehalten und mit denen sie nicht mehr gerechnet hatte. Und nicht nur das, sie fand verstärkt Gefallen an ihrer wiedererwachten Körperlichkeit. Sie fragte sich, ob es ebenfalls Machtmißbrauch gewesen sei, Max so demütigend zu behandeln, im gleichen Atemzug fragte sie sich aber auch, ob er es überhaupt so empfunden hatte oder ob er nicht, wie viele Männer, zur Wirklichkeitsverbesserung durch Realitätsferne und Selbstüberschätzung neigte.

Friederike hatte sich eine Woche lang Abstinenz verordnet. Sie wollte sich über sich selbst, ihre Gefühle und Absichten klar werden. Die Woche war um, sie war sich selbst noch immer nicht auf die Schliche gekommen. Kurz entschlossen rief sie im Porsche-Zentrum an und ließ sich einen 911er bereitstellen. Einen Vorführwagen, bitte, sagte sie, Schwarz in Schwarz.

Eine Stunde später wählte sie die Telefonnummer von Max.

Max hatte seit schieren Ewigkeiten seine Position auf dem Sofa nicht verändert. Er brütete vor sich hin, als das Handy klingelte. In dem Augenblick, da er Friederikes Nummer erkannte, richtete er sich sofort auf. »Ja?« fragte er atemlos.

»Falls es dir gerade langweilig sein sollte, lade ich dich zu einer Spazierfahrt ein.«

»Ich ...«, er fuhr sich über seine Bartstoppeln, »habe gerade noch zu tun, aber in einer Stunde? Wo soll's denn hingehen?« Er senkte seine Stimme verschwörerisch. »Italien?«

Sie lachte. »Dein Glück ist wirklich, daß die Versicherung die Regulierung des Schadens zugesagt hat!«

»Und was machen wir mit dem vielen Geld?« wollte er wissen, während er sich erhob, zum Kleiderschrank ging und mit der freien Hand nach einem frischen Hemd suchte.

»Buchen uns einen Flug nach Venedig. Und kaufen einen neuen Wagen!«

»Hört sich irgendwie klasse an!«

Sie lachte. Der Junge tat ihr gut. Und einen kleinen Liebesausflug in die Lagunenstadt konnte sie sich wirklich reizvoll vorstellen.

»Wo soll ich dich nachher abholen?« wollte sie wissen.

»Bei mir zu Hause!«

»Das traust du dich? Gegen dich läuft noch eine Anzeige wegen Autodiebstahls, vergiß das nicht!«

»Weiß ich, ich kann mich ja auch nicht frei bewegen. Kannst du diese dußlige Anzeige nicht zurücknehmen?« Er hatte ein Hemd herausgezogen, nur Unterwäsche fand er kein einziges Stück mehr.

»Wie sollte ich das der Versicherung und vor allem meinem Mann erklären? Das kannst du vergessen!«

»Und wenn man mich durch einen blöden Zufall bei einer Polizeikontrolle aus deinem Wagen zieht?« Er hielt einen Slip hoch, um ihn zu kontrollieren.

»Dann behaupte ich, du hättest mich zu dieser Fahrt gezwungen!«

»Schöne Aussichten!« Er ließ den Slip mit zwei Fingern auf den Wäscheberg zu seinen Füßen fallen.

»Mehr kann ich dir nicht bieten!« Ihre Stimme klang amüsiert. »Zumindest wäre es eine Schlagzeile für dich!«

»Stark! Und der direkte Weg in den Knast!«

Anna hatte Rainer an seinem ersten Tag in die Kanzlei fahren und später wieder abholen wollen, aber Rainer war dagegen. Er wünsche nicht wie ein Kleinkind bemuttert zu werden, hatte er ihr erklärt. Wenn sie ihm schon eine Freude machen wolle, dann mit einem schönen Abendessen.

So hatte sich Anna den Kopf zerbrochen und Kochbücher gewälzt. Am liebsten hätte sie ihm ein Fünf-Gänge-Haute-Cuisine-Menü hingezaubert, aber da sie sich schon beim Durchlesen überfordert fühlte, besann sie sich auf das, was sie konnte und von dem sie sicher wußte, daß er es liebte: Tafelspitz mit Bratkartoffeln. Vorweg einen gemischten Salat mit Kürbiskernen. Und als Dessert Vanilleeis mit heißen Himbeeren. Da konnte nichts schiefgehen, und das war in einer solchen Situation ja auch tröstlich.

Als Rainer kam, war sie gerade fertig, hatte den Tisch festlich gedeckt und sich umgezogen. »Na, wie war's im Büro?« fragte sie ihn im Flur, als ob es sich um einen völlig normalen Arbeitstag gehandelt hätte.

»Ich habe nur mal so durchgeschaut«, Rainer warf einen Blick auf seine Armbanduhr, »bin ja auch viel früher dran als sonst!« Er knöpfte seinen Trenchcoat auf und hängte ihn auf den Bügel. »Sie haben sich viel Mühe gegeben, mit Blumen, Karten und so!« Er lächelte ihr zu. »Du siehst toll aus! Kenn ich das Kleid schon?«

»Hab ich zu unserem Polterabend getragen. Erst zehn

Jahre her!« Sie wollte es nicht, aber solche Fragen brachten sie jedesmal zur Weißglut.

»Sieht wirklich noch gut aus«, sagte er, und sie hätte ihm dafür eine scheuern mögen.

»Ich hab's extra für unseren heutigen ersten Abend gekauft. Es ist nigelnagelneu!«

»Dachte ich es mir doch«, sagte er und ging an ihr vorbei ins Wohnzimmer. Lars hätte es ihr bereits im Flur vom Leib gerissen, denn sie fand, daß sie darin wirklich unverschämt sexy aussah. Es war ein schwarzes, sehr eng anliegend geschnittenes, knöchellanges Kleid. Der Ausschnitt und die Seite ließen sich aufhaken, was sie reichlich getan hatte, und gab so ein überaus großzügiges Dekolleté preis. Anscheinend war er nicht zum sexbesessenen Ehemann geworden, eher war das Gegenteil der Fall. So völlig ohne Beachtung hatte sie es sich nicht vorgestellt. Sicherlich würde zumindest der Preis Beachtung finden, wenn er ihn auf seinem Kreditkartenauszug entdeckte.

Sei froh, daß du ihn wieder hast, sagte sie sich und ging hinter ihm her ins Wohnzimmer.

»Schön hast du das gemacht!« Rainer war vor dem von Kerzenlicht erhellten Tisch stehengeblieben, und Anna spürte, wie sie sich schon wieder beherrschen mußte. In ihren Ohren hörte es sich so an, als ob sie so etwas sonst nie tun würde. Als ob sie das Abendessen normalerweise auf dem Fußboden kredenzte.

»Ja, danke«, sagte sie schnell. Anna, du bist gereizt, dachte sie, halt ein, es ist euer erster Abend.

»Setz dich doch schon mal«, bot sie ihm an. »Magst du ein Glas Prosecco vorweg?«

»Alkohol?« Er überlegte. »Darf ich das überhaupt?«

Was hatte sie nur für einen zahnlosen Tiger geheiratet!

»Wenn du es willst, wirst du schon dürfen«, sagte sie. »Oder hat der Arzt etwas anderes gesagt?«

Er setzte sich. »Kann mich nicht erinnern!«

»Na dann!« Sie ging in die Küche, um die Flasche zu holen, aber während sie ging, hörte sie plötzlich alle ihre inneren Alarmanlagen schrillen. »Kann mich nicht erinnern«, hatte er gesagt. Konnte er sich etwa auch nicht mehr an ihr Polterabendkleid erinnern und auch nicht mehr an den normalen Abendbrottisch?

Sie ging mit der Flasche zurück und beäugte ihn unauffällig. Sie stießen an, und Anna begann, den Salat zu servieren. Womit konnte sie sich Gewißheit verschaffen, ohne seinen Verdacht zu wecken?

»Was hat sich denn deine Sekretärin, deine Lieblingssekretärin, wie heißt sie doch schnell, heute im Büro für dich ausgedacht?« fragte sie.

»Ich habe keine Lieblingssekretärin. Sie sind alle gleich!« Er kaute, wischte sich den Mund ab und hob sein Glas. »Es ist schön, wieder zu Hause zu sein, meine liebe Anna!«

Meine liebe Anna, dachte sie. Wie sich das schon anhört. Sie stieß mit ihm an. »Ja, doch. Klar hast du eine, sagst du doch immer. Sie sei besonders gut, freundlich und diskret!«

Sag Frau Schenk, dachte sie dabei, dann ist alles in Butter. Sie nahmen beide einen großen Schluck, Anna gleich noch einen zweiten hinterher.

Er stellte sein Glas ab und schaute ihr in die Augen. »Nein, heute waren sie alle besonders nett«, beteuerte er arglos. »Wirklich, ohne Ausnahme!«

Anna kaute auf ihren Salatblättern, und irgendwie hatte sie das sichere Gefühl, daß sie keinen Tafelspitz mehr essen konnte. Ihr war so schon halb schlecht. Wenn er tatsächlich Teile seines Gedächtnisses verloren hatte, wie sollte er noch in seinem Beruf weiterarbeiten? Zumindest an seine Fälle mußte ein Anwalt sich doch erinnern können. Sie war den Tränen nahe. Trotzdem, sie mußte es noch einmal probieren.

»Patricia und Frank haben angerufen, sie wünschen uns einen schönen Abend!«

»Aha!« Er nickte erfreut. »Danke, das ist nett!«

Anna beobachtete seine Mimik. Sie war freundlich, aber unbeteiligt. Und seine Aussage machte noch längst nicht klar, ob er wußte, wer Patricia und Frank überhaupt waren. Sie mußte sich sammeln und ging in die Küche, um den Tafelspitz zu holen. Dabei fiel ihr Blick auf ihr Handy, das noch auf dem Küchentisch lag. Eine Kurznachricht war eingegangen. Sie schaute schnell von der Küchentür nach Rainer und drückte gleich darauf die Taste für eingegangene Meldungen.

»Montag klar?« stand da. Lars natürlich, so ein Idiot. Etwas anderes hatte er wohl nicht im Sinn, jetzt, da Rainer das Gedächtnis verloren hatte! Sie löschte die SMS, sie würde ihm später ausführlich antworten!

Anna richtete die Platte und ging damit zurück ins Wohnzimmer.

»Wow! Das sieht ja lecker aus!«

Anna empfand es direkt als Gefühlsausbruch im Vergleich zu seinen vorhergegangenen Reaktionen. »Soll ja auch ein Festessen sein!«

Sie brachte ihm eine Flasche Rotwein zum Entkorken und deckte die passenden Teller auf. Rainer drehte den Korkenzieher in den Flaschenhals und sah ihr zu. »Morgen koche ich mal«, sagte er schließlich.

Himmel, jetzt war er wirklich verrückt geworden. Nichts

hatte sie sich über all die Jahre sehnlicher gewünscht. Was hatte sie auf ihn eingeredet, sich mal am Haushalt aktiv zu beteiligen, von gemeinsamen Kochorgien und gemeinsamem Frühjahrsputz, Straßenkehrdienst und Bügelfreuden hatte sie ihm vorgeschwärmt, doch er wollte nie etwas davon wissen. Und jetzt das? Er wollte kochen?

»Wie kommt denn das?« wollte sie wissen und setzte sich vor ihren Teller.

»Ich möchte dich auch einmal verwöhnen!« sagte er und blinzelte ihr zu.

Da wäre ihr zum ersten etwas anderes eingefallen, und zum zweiten fragte sie sich ernsthaft, ob es unter den Verwöhnfaktor fallen konnte, wenn er zum allerersten Mal den Kochlöffel schwang. Wahrscheinlich war sie anschließend stundenlang mit Putzen beschäftigt.

»Ich räume anschließend auch wieder auf!«

»Bist du auf den Kopf gefallen?« rutschte ihr unüberlegt heraus, aber er lachte nur.

»Ich dachte mir, daß ich auch etwas tun könnte, wenn du dich beruflich wieder engagierst!« Sie schaute ihn schräg an. Was dachte er wohl, in welcher Sparte sie arbeitete? Als Kosmetikerin? Altenpflegerin? Betriebswirtin?

»Was macht denn deine Karriere als Privatdetektivin?« wollte er wissen und steckte sich einen Happen Fleisch in den Mund. »Im Fall Steffen Schneider tappen doch sicherlich noch alle im dunkeln!«

Max saß neben Friederike und sah ihr von der Seite aus zu, wie sie den Porsche durch Hamburg steuerte. Sie trug eine enggeschnittene cremefarbene Lederhose und einen passenden Pullover dazu, der sich um ihren Busen schmiegte. Er hatte ein gutes Gefühl neben ihr und fragte sich, ob er sie etwa vermißt habe und ob diese unbestimmte Sehnsucht für seine mehrtägige Lethargie verantwortlich war. War er jetzt etwa manisch-depressiv wegen einer Frau, die ihn einmal verführt hatte? Und überhaupt, verführt. Gekauft hatte sie ihn. Er betrachtete den Ring an ihrer rechten Hand. Ein schwerer Stein, er traute sich kaum, den Wert zu schätzen. Trotzdem, ihm hätte er sicherlich für mehrere Monate zum Leben gereicht.

»Wohin fahren wir eigentlich?« fragte er nach einer Weile.

»Nach Italien ist es mir zu weit und außerdem zu gefährlich. Dort klauen sie Autos!« sagte sie und warf ihm aus blauen Augen einen verschmitzten Blick zu. »Ich dachte eher an den Timmendorfer Strand!«

»Baden?« Er schaute hinaus. Es war sonnig, aber die Menschen auf den Straßen trugen dicke Wintersachen.

»Der Eispickel liegt hinten im Kofferraum!«

»Das, was man so röhren hört?« fragte er betont nach. Sollte sie bloß nicht glauben, daß er nicht wüßte, wo ein Carrera seinen Kofferraum hat.

»Richtig, denn vorn hat er keinen Platz. Da liegt die Leiche drin«, sagte sie.

»Au, spannend. Wer?«

»Mein Mann!« Es kam so bestimmt, daß er kurz schlukken mußte. War es das, wozu sie ihn brauchte? Wollte sie etwa ihren Mann abservieren, den alten Oberstaatsanwalt?

»Ein bißchen wenig Platz für ein solches Kaliber von Mann«, sagte er leichthin. Es sollte wie ein Scherz klingen.

»In Teilchen paßt er hinein!« Sie zuckte mit den Achseln. »Mit dem Kopf hatte ich etwas Mühe, aber er war schon immer extrem dickköpfig!« Sie lachte.

»Sollte ich nicht besser aussteigen?« fragte er, denn allmählich traute er ihr alles zu.

»Dort vorne überlasse ich dir den Porsche. Ich steige aus, und drei Minuten später ist die Polizei da. Sie findet dich mit einem weiteren geklauten Porsche und dazu noch mit einer Leiche. Und dann auch noch ausgerechnet mit *dieser* Leiche!«

Max rutschte etwas von ihr weg. »Bist du auch sicher, daß es dir gutgeht?«

»Mir schon! Dir gleich nicht mehr!« Sie schaute ihn an, und er entdeckte in ihren Augen eine Kälte, die ihm bisher nie aufgefallen war.

»Würdest du mich freundlicherweise rauslassen?« fragte er, denn jetzt wurde es ihm wirklich unheimlich.

»Ja, gleich! Sag ich doch!«

»Friederike, ich finde das nicht witzig!«

Sie bog in die nächste Straße ein und bog noch zweimal ab, schließlich endete die geteerte Straße vor einem großen Rundbogen, der Einfahrt zu einem kleinen Hotel. *Zur Moorleiche* stand auf einem schrägen Schild, und Friederike fuhr durch das enge Tor. »Sag ich's nicht?« grinste sie. »Ein Leichentreffen!«

»Du liebst es wohl makaber!« Der Wagen holperte unwillig über die mit Pflastersteinen ausgelegte enge Straße auf einen kreisförmigen Hof zu. Eine alte Pferdekutsche und einige ausgestochene Torfballen standen als düsterer Schmuck da. Max deutete darauf. »Sind da die Moorleichen drin?«

»Noch nicht«, Friederike blinzelte ihm zu.

»Eben war's noch dein Mann, jetzt bin's wohl ich?« Er war versucht, sie am Ohrläppchen zu ziehen, traute sich aber nicht. Die Geste erschien ihm zu vertraulich.

»Abwarten«, sagte sie und machte den Motor aus. »So, darf ich dich zu einer Moorleichenvesper einladen? Dazu gibt es Pils und Katenschnaps. Lust darauf?«

Eigentlich hatte er eher Lust auf sie, aber wer wußte schon, was sie weiter ausgeheckt hatte? Schließlich war dies hier ein Hotel, auch wenn es eher wie ein heruntergekommener Gutshof aussah.

Sie gingen durch eine verwitterte Eingangstür in einen düsteren Flur und von dort weiter in die ausgewiesene »Schenke«. Der Raum war groß und wirkte wie die früheren Rittersäle. Die eine Seitenwand wurde von einem mannshohen offenen Kamin fast ganz eingenommen, an der anderen stand eine Theke, dazwischen zwei lange Eßtafeln aus massivem Holz, umgeben von zahlreichen Stühlen unterschiedlichen Alters und unterschiedlicher Herkunft. Die Sprossenfenster waren zwar groß, aber trotzdem fiel kaum Licht herein, und an der Wand waren allerlei seltsame Gerätschaften aufgereiht. Dazwischen waren noch einige kleine Tische aufgestellt worden, die seltsam verloren wirkten. Das Kaminfeuer brannte, obwohl kein einziger Mensch zu sehen war.

»Seltsam!« Max stand neben Friederike und schaute sich um.

Sie lachte. »Ich war auch noch nie hier! Eine Freundin hat mir den Tip gegeben!« Sie sprühte vor guter Laune. »Sie hat sich hier so eine Art Liebesnest eingerichtet, aber ich glaube, so ganz mein Fall ist es nicht!«

Max war beruhigt. Wer wußte, wie die Betten dort oben aussahen, womöglich lag ein Skelett darunter.

»Zumindest hat sie einen originellen Geschmack«, sagte er und drehte sich nach Friederike um. »Bleiben oder gehen?«

Sie wies zu dem Kamin, in dessen Nähe ein kleiner Tisch stand. Er war gedeckt, und ein Reserviertkärtchen aus Messing stand darauf.

»Ich habe vorsichtshalber reserviert«, sagte Friederike und zuckte die Schulter. »Man kann ja nie wissen ...«

Max mußte lachen, ging voraus und rückte ihr den Stuhl zurecht. »Bitte sehr, Madame!« Sie setzten sich beide. Die Holzscheite knisterten und sprühten Funken, ansonsten war es still.

»Ich hab nicht gerade das Gefühl, als ob sich einer für uns interessiert«, bemerkte Max schließlich.

Friederike stand auf und ging zu ihm hinüber. Sie massierte seine Schultern, und er legte den Kopf zwischen ihre Brüste. Ihre Hände lösten sich, glitten tiefer zur Taille und tasteten sich schließlich zu seinem Schritt vor. Er spürte, wie er auf sie reagierte. Schließlich hielt er es nicht mehr aus und stand auf. Sie schaute ihm mit einem herausfordernden Blick in die Augen und zog ihren Pullover vor ihm aus. Sie trug keinen Büstenhalter, und er spürte, wie es ihm heiß wurde.

»Hier?!« fragte er leise.

Sie gab ihm keine Antwort, sondern öffnete seinen Gürtel. Hektisch begannen sich jetzt beide auszuziehen, Friederike warf ihre hellen Kleidungsstücke achtlos zu Boden, Max ebenfalls, und kurz danach landeten sie auf dem Wäscheberg. Friederike dirigierte ihn nach unten und nahm ihn sich so, wie sie es wollte und brauchte. Max war sich darüber klar, daß er zum erstenmal in seinem Leben ein purer Spielball war, und diese Gewißheit erregte ihn noch mehr als ihre fordernden Bewegungen, die ihn ohnehin schon bis zum äußersten reizten. Er öffnete die Augen und sah ihre Brüste vor sich schweben, griff danach und beobachtete dabei kurz ihr Gesicht. Darin spiegelten sich ihre Empfindungen und eine Leidenschaft, die verriet, daß sie absolut nichts für ihn tat. Alles, was sie tat, tat sie für sich selbst. Der offensichtliche Egoismus dieser Frau brachte ihn fast um den Verstand, und als sie ihrem Orgasmus entgegensteuerte, war er froh, sich auch endlich gehenlassen zu können. Sie streckte sich auf ihm aus, und sie blieben eine Weile eng umklammert liegen.

Schließlich hob sie ihren Kopf und schaute ihm ins Gesicht. »Mit dir macht es tatsächlich richtig Spaß!«

»Das hört sich an, als sei das neu für dich!«

Ein leichtes Lächeln huschte über ihr Gesicht, als sie nickte. »Du wirst lachen«, sagte sie, »das ist es. Es ist anders als ...«, sie überlegte kurz, »früher.«

»Hattest du bisher keinen anderen Mann als deinen«, Max stockte, »Gatten?«

Jetzt grinste sie wirklich und schüttelte dabei den Kopf.

»Ich sag's ja«, seufzte er, »so was ist ein gravierender Fehler. Wie soll eine Frau vergleichen können, wenn sie lebenslang nur einen einzigen Lover hatte? Du wärst auch nie darauf gekommen, wie gut ich bin, wenn du immer nur mich und meine herausragende Qualität gehabt hättest!«

Sie boxte ihn und sang ihm »You're so vain ...« ins Ohr.

»Na, hör mal«, protestierte er, »ich bin überhaupt nicht eingebildet!«

»... und außerdem fliegst du gerade raus!«

»Stimmt!«

Sie lachte und erhob sich langsam.

»Und zudem ist das hier eine seltsame Kneipe!«

Friederike stolzierte nackt zum Tresen und kam mit einer Flasche Rotwein und zwei Gläsern zurück. »Eine mit

Selbstbedienung eben!« Sie blinzelte ihm zu, und erst jetzt ging ihm ein Licht auf. Sie hatte das gesamte Lokal gemietet, für ein kleines Treffen am Nachmittag.

Während der nächsten Tage beobachtete Anna ihren Mann genau. Sie fand, daß er extreme Schwankungen hatte, manchmal kam er ihr unglaublich klar vor, aufmerksamer sogar als früher, und dann hatte sie wieder den Eindruck, daß er kaum wußte, wer sie war. Sie rief deswegen seinen Arzt an, und er beruhigte sie. Konzentrationsschwächen seien nach einem solchen Trauma normal. Das gebe sich, sie bräuchte eben Geduld und solle ihn unterstützen, so gut es ginge. Das machte sie, aber im Bett spielte sich auch mit der größtmöglichen Unterstützung überhaupt nichts ab. Sie hatte versucht, ihn am Samstag abend zu verführen, aber all ihre Künste versagten. »Ist nicht schlimm«, tröstete sie ihn, während sie sich zum Einschlafen in seinen Arm schmiegte, aber es schien ihn auch ohne ihren Trost nicht weiter zu belasten.

Am Sonntag morgen schrieb Anna in einer SMS an Lars, daß sie im *Ramses* das altbewährte Zimmer gebucht habe. Schließlich war es ihr gutes Recht, wenn nicht sogar ihre Pflicht, für ihren kranken Ehemann bei Laune zu bleiben. Für den Nachmittag hatte sie aus dem gleichen Grund zu einem kleinen Genesungsfest geladen. Da sie nicht gern kochte und für eine größere Meute schon zweimal nicht, gedachte sie Rainers Wiedergeburt mit Kaffee und Kuchen abzufeiern.

Patricia und Frank kamen als erste. Die beiden überreichten Rainer ein Präsent, über das er sich nach dem Auspacken jedoch nicht so recht freuen konnte. Es war ein Buch, das er unentschlossen in den Händen hin und her drehte, bis Anna es ihm abnahm. »Liebe, Laster, Leidenschaft«, las sie den Titel laut vor und wollte sich gemeinsam mit Patricia darüber totlachen, was bei Rainer noch weniger gut ankam.

»Seid ihr nicht zum Feiern gekommen?« fragte er, und die beiden Frauen verkrümelten sich lachend in die Küche.

»Und?« fragte Patricia, während sie Anna half, die verschiedenen Kuchen- und Tortenstücke auf eine Platte zu schaufeln.

Anna zuckte die Achseln. »Er wird jetzt ein Problem mit Frank haben, seitdem er weiß, daß du fremdgehst!«

Patricia half einer Sahnetorte mit dem Finger nach und schleckte sich anschließend genüßlich den Finger ab. »Das wäre nur dann problematisch, wenn er auf die Idee käme, Frank über meinen sogenannten Liebhaber aufzuklären!« Sie schauten sich an und mußten beide lachen.

»Was meinst du, was erst los wäre, wenn er wüßte, daß Lars dahintersteckt?«

»Dann hätte er gleich ein doppeltes Problem«, Anna hielt die Tortenschaufel unbeweglich in der Luft und lauschte. »Hat's nicht gerade geklingelt? Das werden Lars und Bettina sein!«

»Triffst du dich denn noch mit Lars?« wollte Patricia wissen.

»Morgen, ja!« Sie schob konzentriert einen Erdbeerkuchen auf die Platte und schaute gleich darauf Patricia in die Augen. »Oder wolltest du?«

Patricia grinste. »Danke für das Angebot, aber bislang bin ich noch überaus gut versorgt.« Sie blinzelte. »Ich greife bei Bedarf darauf zurück!«

Lars und Bettina standen bei Rainer und Frank, als die

beiden mit der Kuchenplatte und zwei Kaffeekannen ins Wohnzimmer zurückkamen.

»Kaffee und Kuchen«, sagte Bettina und küßte Anna zur Begrüßung auf die Wangen, »wie bei unseren Eltern. Hättest du uns nicht in eine Bar einladen können?«

Anna war erstaunt. »Dachte immer, du verabscheust so was!«

»Nein, im Gegenteil! Es wäre eine Gelegenheit gewesen, so was mal von innen kennenzulernen!« Bettina wandte sich von Anna ab und begrüßte Patricia.

Anna musterte sie dabei von hinten. Sie trug ein figurbetontes orangefarbenes Kleid und hatte sich ihre Haare hochgesteckt. »Bei dir ist wohl der Frühling ausgebrochen«, sagte Anna und tätschelte ihr dabei den Rücken. »Champagnerlaune, was?«

»Laß nur«, Lars drehte Anna an beiden Schultern zu sich herum und küßte sie links und rechts, »mir ist Kuchen sehr recht. Bin sowieso bargeschädigt!«

»Alter Hotelhocker!« Rainer nickte ihm zu und nahm das Geschenk vom Tisch, das Bettina für ihn dort abgelegt hat. Vitaminpillen, Energiepillen und ein Stärkungssaft kamen unter dem Geschenkpapier zum Vorschein. »Fehlt nur noch Viagra«, lachte Rainer und legte alles Anna in die Hände.

»Kein Bedarf«, sagte sie und ließ offen, ob sich das auf Rainer oder seine Potenz bezog.

»Denke ich auch«, bestätigte Lars und setzte sich an den Tisch. Er betrachtete die sieben Gedecke und wollte von Anna wissen, wer der geheimnisvolle Siebte sei.

»Ich habe noch Max eingeladen, bin aber nicht sicher, ob er kommt!«

»Apropos Max«, rührte sich jetzt Patricia, während sie

sich ebenfalls hinsetzte. »Was ist eigentlich mit Steffen Schneider?«

Rainer warf ihr einen Blick zu. »Ich habe einige Anfragen ans Gericht laufen, bezüglich Todesstunde und Sexualverkehr, die aber noch nicht beantwortet wurden!«

»Scheint doch jemand Interesse daran zu haben, ihm das Ganze in die Schuhe zu schieben«, warf Frank ein.

Bettina schaute hoch. »Steffen Schneider? Gibt's da was Neues?«

Anna schilderte ihr kurz Rainers jüngste Aktivitäten in dem Fall; sie hörte interessiert zu. »Du bist an diesem Krimi tatsächlich dran? Ich dachte immer, dein Fach seien Seitensprünge!«

Rainer räusperte sich, Bettina hob entschuldigend die Hände. »Du weißt schon, wie ich das meine. Ehekrach, Scheidung und über den Gartenzaun gewachsene Apfelbäume!«

Rainer blieb sachlich. »Es ist eine Pflichtverteidigung, ich habe mich nicht darum gerissen!«

»Und was ist das für ein Typ, dieser Steffen Schneider?« wollte Frank von Rainer wissen.

»Sicherlich hat er schon genug Dreck am Stecken, sonst käme er doch gar nicht in einen solchen Verdacht!« winkte Bettina ab.

»Was ist denn mit dir los?« Anna war ehrlich erstaunt. »Wo ist denn dein sozialer Touch?«

»Hier geht es doch um Mord, oder etwa nicht?«

»Ja, schon«, sagte Anna. »Aber es gibt da Zweifel!« Sie stockte. Der leichte Tritt unter dem Tisch gegen ihr Schienbein kam offensichtlich von Lars.

»Nun, erzähl doch mal, alter Junge«, wechselte er das Thema und drehte sich Rainer zu, »was da eigentlich mit dir und diesem Schläger los war. Was treibst du dich abends bei fremden Frauen herum? Konntest du das Anna ausreichend erklären?«

Rainer balancierte ein Stück Käsesahnetorte auf der Tortenschaufel. »Kein Problem«, sagte er und lud es sich sorgsam auf den Teller. »Anwälte lügen doch nicht!«

Max hatte keine Lust, sich bei Leichts über seine Abenteuer auszutauschen, schon gar nicht bei Kaffee und Kuchen. Zudem wußte er auch nicht, was er erzählen konnte und was nicht, und deshalb ließ er es lieber gleich bleiben. Er lag auf seinem Sofa und wartete auf einen Anruf. Friederike hatte ihm nach ihrem kurzen Ausflug ins Hotel *Zur Moorleiche* wiederum fünfhundert Mark in seine Jeanstasche gesteckt, und wieder hatte er mit sich gekämpft. Er wollte kein bezahlter Junge sein, das verbot ihm sein männlicher Stolz, auf der anderen Seite war es wunderbar leicht verdientes Geld, und da er zur Zeit keine anderen Einkünfte hatte, sah er es einfach als Freundschaftsdienst. Aber irgendwie konnte sein Leben so auch nicht weitergehen, das war ihm klar. Er sah nur keinen Weg, so blieb er auf dem Sofa liegen und fixierte sein Handy mit seinem Blick. Irgendwann mußte es ganz einfach klingeln und sie dran sein.

Charly hatte seine ersten Aufträge bekommen. Es war eine neue Erfahrung für ihn, denn die Frauen waren anders, als er sich das vorgestellt hatte. Sie wiesen ihn an, was er zu tun hatte, und erklärten ihm ohne Umschweife, wann er zu gehen hatte. Diese Frauen hatten mit dem Bild der beiden, die sich auf seine Anzeige gemeldet hatten, nichts zu tun. Sie schienen die Männer tatsächlich als Nebenjob zu betrachten, die einen, um ihr Bafög aufzubessern, die anderen, um als Ehefrau finanziell unabhängig zu bleiben. Abenteuerlust, wie er ursprünglich geglaubt hatte, schien bei diesen Frauen keine Rolle zu spielen, das Ganze war eine klare, nüchterne Abmachung. Gegen diesen Typus Frau kam er sich tatsächlich etwas antiquiert vor, und er beschloß, schnellstens zum Friseur zu gehen und sich anders einzukleiden. Anscheinend war er völlig hinterher.

Die Wohnungen, in die er bestellt wurde, waren modern, meist eher nüchtern, ganz anders als die mit Plüsch überladenen Zimmer, in denen er in diesem Milieu bisher verkehrt hatte. Die letzte in der Reihe seiner Auftraggeberinnen, mit der er am Sonntag abend zu tun hatte, gab ihm mit seinen verdienten hundert Mark auch den Rat, sich unauffälliger zu verhalten.

»Das hier ist ein Mietsblock«, sagte sie, »mit ganz normalen Mietern, und einer wie Sie fällt hier auf.« Er stand an den Türrahmen gelehnt und kam sich abgekanzelt vor wie ein kleiner Schuljunge, der mitten im Winter mit kurzen Hosen zum Unterricht erschienen war. »Warten Sie mal!« Sie ließ ihn stehen und ging an den Computer, der auf einem kleinen Glasschreibtisch vor dem Fenster stand. Er schaute ihr zu, wie sie ihn einschaltete und einige Male die Tastatur bediente. Schließlich begann der Drucker zu summen, und sie kam mit einem Blatt auf ihn zu. »Das sind meine Termine«, sagte sie. »Können Sie das einrichten?« Er warf einen Blick darauf. Fein säuberlich waren einige Daten aufgelistet, die entsprechenden Männernamen und kleine Bemerkungen dazu. »Ich schaue in meinen Planer«, sagte er, um nicht völlig blöd daneben zu stehen.

»Planer«, wiederholte sie und strich ihre kinnlangen braunen Haare zurück. »Ja, tun Sie das!« Sie drehte sich um, und damit war er entlassen. Er schaute sie noch mal an, bevor er die Tür hinter sich schloß. Eine Nutte in alten Jeans und weißem T-Shirt, dazu kaum geschminkt, irgendwie war das schon ein seltsamer Verein.

Punkt vier Uhr am Montag mittag schritt Lars durch die Hotelhalle des *Ramses*. Was die sich an der Rezeption wohl in der Zwischenzeit so über uns denken, überlegte er sich, während er auf den Lift wartete. Eigentlich sollten sie mal das Hotel wechseln, es war wirklich schon auffallend, daß sie es so regelmäßig als Stundenhotel mißbrauchten. Er beobachtete die Anzeigen der drei Lifte und versuchte herauszufinden, welcher wohl am ehesten in der Lobby sein würde, als sich eine blonde Frau neben ihn stellte. Er bemerkte sie eher aus den Augenwinkeln heraus. Sie war groß, schlank und blond. Beide gingen in dieselbe Liftkabine, und als Lars auf »4« drückte, lächelte sie ihm zu.

»Danke, da will ich auch hin!«

Sie trug Jeans und eine knielange braune Wildlederjacke, die offenstand. Sie hatte etwas an sich, das Lars gefiel, und er überlegte, wie er ein Gespräch anfangen könnte. »Da haben Sie sich nicht das beste Wetter für einen Besuch in Hamburg ausgesucht«, sagte er, während sie am zweiten Stockwerk vorbeifuhren.

»Ich wohne in Hamburg«, antwortete sie, und aus ihren blauen Augen las er so etwas wie Spott. »Ich schlafe nur manchmal im Hotel!«

»Ach!« Mehr fiel ihm dazu nicht ein. Die Tür öffnete sich, und von den vier Gängen, die von der Liftebene ausgingen, schlug sie zielsicher seinen eigenen ein. Sie gingen nebeneinander her.

»Und Sie?« fragte sie und lächelte ihn an.

»Ich wohne auch in Hamburg«, rutschte ihm heraus, obwohl er das überhaupt nicht verraten wollte.

»Wenn das kein Zufall ist!« Sie lachte und zog einen Zimmerschlüssel aus ihrer Tasche. »Zwei Hamburger in Hamburg!« Vor der Zimmernummer 414 blieb sie stehen. »Dann noch einen schönen Aufenthalt!«

Lars nickte ihr zu. »Ihnen auch«, und ging den Gang weiter hinunter. Nachdem er gehört hatte, daß sie im Zimmer verschwunden war, schlich er zu 416 zurück und klopfte leise.

»Komm doch«, hörte er, während er die Klinke nach unten drückte. Anna lag in der Badewanne, zwei Sektgläser auf dem Beckenrand. Sie schnippte ihm Wasser entgegen, als er hereinschaute. »Ich warte schon auf dich«, sagte sie und hob ein Glas. »Eine Woche kann brutal lang sein!«

»Finde ich auch«, sagte Lars und begann sich auszuziehen.

In der Badewanne hielten sie es nicht lange aus, dazu war es einfach zu eng. Schließlich wechselten sie ins Schlafzimmer hinüber und rollten sich übers Bett.

»Du bist ja noch ganz naß!« beschwerte sich Anna, richtete sich aber plötzlich auf. »Hör mal!« sagte sie und legte ihren Zeigefinger auf den Mund.

»Was ist?« Lars hob unwillig den Kopf.

»Das darf doch nicht ...«, Anna zog die Stirn kraus. »Hör doch! Genau das gleiche wie das letztemal!«

Tatsächlich, ein Bett quietschte im Rhythmus. Ganz offensichtlich war ein Pärchen tätig.

»Nicht schon wieder!« stöhnte Lars.

»Aber diesmal aus dem Nebenzimmer!« Anna deutete mit dem Zeigefinger auf die Wand und sprang aus dem Bett. »Hoffentlich gibt's wenigstens dieses Mal keine Leiche!«

»Jetzt mach aber halblang!« Lars beobachtete Anna, wie sie das Ohr an die Tapete preßte, dann mußte er lachen.

»Ha, das ist ja ein Ding!«

»Psst!!« Sie horchte weiter.

»Kommen Sie ins Bett zurück, Frau Detektivin. Die Dame von Zimmer 414 habe ich eben auf dem Flur getroffen, sah nicht gerade wie eine blutrünstige Mörderin aus!«

Anna rührte sich nicht. »Woher willst du wissen, wie eine Mörderin aussieht? Und überhaupt!« Sie drehte sich nach ihm um. »Hat nicht Steffen gesagt, nur eine Frau ritzt ihr Monogramm in die Eier ihres Opfers?«

Lars stand auf, ging zu Anna, nahm sie hoch und legte sie aufs Bett zurück. »Da kann es einem ja übel werden, wenn man dir zuhört!« Er legte sich auf sie und hielt ihre Handgelenke rechts und links neben ihrem Kopf fest. »Öffne doch mal deine Fäustchen, Schätzchen, nur so zur Vorsicht. Nicht daß du eine Rasierklinge spazierenträgst!«

Anna stöhnte unter seinem Gewicht und versuchte, ihn in die Brust zu beißen.

»Nicht doch!« Lars stützte ihren Kopf mit seiner Stirn ab. »Das könnte doch weh tun!«

Anna begann zu zappeln. »Laß mich sofort nach oben!«

Er lachte und ließ sie los. »Nichts lieber als das«, sagte er dazu und wälzte sich von ihr herunter.

Anna stürzte sich sofort auf ihn und hielt jetzt seine Handgelenke fest. »Sag mir, was das für eine Frau war!«

»Keine Ahnung«, meinte er und lauschte übertrieben. »Aber recht lebendig, wie's scheint!« Er riß seine Hand los und kniff sie leicht in ihren Hintern. »Zumindest sind sie da drüben schneller zur Sache gekommen als wir hier!«

»Ich zeig's dir gleich, du miserables Miststück«, fauchte

Anna. »Wahrscheinlich hat sie halt einen jüngeren Liebhaber, der noch was drauf hat!«

Charly hatte diese ausgedruckte E-Mail-Liste mit den Namen und Daten mit in seine Pension genommen und rätselte seitdem, was er damit anfangen könnte. Er mußte dringend einen Computerkurs machen, er war einfach völlig unerfahren in solchen Dingen. Sicherlich gab es doch einen Weg herauszufinden, wer hinter einer solchen E-Mail-Adresse steckte. Lizzy fiel ihm ein. Sie hatte einen Computer und war mit solchen Dingen ganz gut drauf. Er warf einen Blick auf die Uhr, es war halb fünf. Montag, da hatte sie, soviel er wußte, keinen Kunden. Und so oder so war es angebracht, sich mal wieder bei ihr und den anderen sehen zu lassen. Er fuhr gleich los mit dem erhebenden Gefühl, diesmal nicht total abgebrannt zu sein, sondern einige Hundertmarkscheine in der Tasche zu haben. Von unterwegs rief er sie an.

Sie war wenig begeistert. »Ich habe um fünf Uhr einen Kunden«, wehrte sie ab. »Das wird höllisch knapp.«

»Von dem weiß ich aber nichts«, Charly sah auf seine Uhr. »Wieso weiß ich nichts?« Sein Tonfall wurde lauernd.

»Weil ich es dir bisher nicht sagen konnte. Bist in deiner Wohnung ja nicht mehr erreichbar!«

»Das ist die blödeste Ausrede, die ich je gehört habe!« Charly spürte, wie sein Blut zu kochen anfing. »Schließlich hast du meine Handynummer!«

»Nützt mir nichts, wenn die mir ständig sagt, der Teilnehmer sei momentan nicht erreichbar.«

Charly wußte nichts darauf zu antworten. Und er wollte es sich mit Lizzy nicht verderben, sie war normalerweise easy im Umgang, ganz anders als Gudrun mit ihrem eigenen Kopf und Willen. »Ist schon okay, ich komm um sieben! Nicht daß du da auch was hast, von dem ich nichts weiß?«

»Weder Absicht noch Termine!«

Charly legte auf und fuhr über eine Seitenstraße zu Lizzys Wohnung. Sie hatte eine der Dachterrassenwohnungen in einem Komplex mit mehreren Hochhäusern. Er stellte seinen Wagen um die Ecke ab und ging langsam zum Eingang vor. Den Vogel wollte er sich anschauen, den Lizzy da außer der Reihe drannahm. Charly schaute auf seine Uhr, gleich fünf. Er fuhr mit dem Lift nach oben und stellte sich an die Tür zum Treppenhaus. Sobald der Kerl kam, würde er dahinter verschwinden und die Tür einen Spaltbreit offen lassen. Das war ein wunderbarer Beobachtungsplatz, er hatte es ganz am Anfang, als Lizzy nach seiner Entlassung aus dem Knast wieder für ihn anzuschaffen begonnen hatte, mehrfach ausprobiert.

Aber nach zwanzig Minuten glaubte er selbst nicht mehr daran. Er stand unentschlossen herum, schließlich ging er an ihre Tür und lauschte. Möglicherweise war der Kerl ja früher gekommen. Aber er hörte nichts durch das massive Holz. Nach weiteren zehn Minuten gab er es auf. Da war ganz offensichtlich etwas schiefgelaufen. Charly drückte auf den Liftknopf und wartete ab. Er würde um sieben Uhr wieder kommen und sich von Lizzy die Geschichte erzählen lassen. Er war jetzt schon gespannt.

Als der Lift hielt, riß er die Tür auf und stand Auge in Auge mit Rainer Leicht.

Rainer erkannte Charly sofort wieder. Er erschrak zu Tode, aber auch Charly war klar, wen er vor sich hatte.

»Ach nein, Sie schon wieder!« sagte er und hielt die Tür offen.

Rainer gab keine Antwort. Am Sonntag morgen, nach Annas erfolglosen Wiedererweckungsversuchen von Samstag nacht, hatte er Gudruns Tip befolgt, bei Lizzy angerufen und um einen Schnuppertermin gebeten. Er mußte wissen, ob diese Pleite an Anna oder ihm lag. Den Horror einer echten Impotenz bildlich vor sich, von seiner Phantasie zudem ständig ausgeschmückt, hatte er um einen möglichst schnellen Termin gebeten.

»Haben Sie noch nicht genug?« fragte Charly drohend.

Rainer versuchte, sich zu sammeln, aber die Angst lähmte ihn. Der Krankenhausaufenthalt steckte ihm noch zu sehr in den Knochen, und es hätte auch schlimmer ausgehen können, das wußte er.

»Was wollen Sie von mir?« Rainer versuchte, Charly abzulenken, während er gleichzeitig überlegte, wieso dieser Mensch ausgerechnet hier schon wieder auftauchte, während die Polizei behauptete, keine Ahnung zu haben, wo Karl Lönitz abgeblieben sei.

»Reiner Zufall«, sagte Charly, packte ihn am Kragen, zerrte ihn aus dem Lift und preßte ihn gegen die Rauhputzwand des Flurs. »Geben Sie mir Ihr Handy!«

Rainer starrte ihn an. »Ich hab keins!«

Charly hielt ihn mit einer Hand fest, während er ihn mit der anderen schnell abtastete. Er verpaßte ihm zur Warnung noch einen kleinen Fausthieb in den Magen und ging die zwei Schritte rückwärts zum Lift zurück. »Und Sie haben mich nicht gesehen, damit wir uns verstehen! Kommen Sie nicht auf die dumme Idee, der Polizei einen Wink zu geben. Selbst wenn sie mich schnappen würden, irgendwann wäre ich wieder draußen ...«

Er ließ den Satz in der Luft stehen, während er in den Aufzug trat und auf »Erdgeschoß« drückte. Als er sich in

Bewegung setzte, lehnte er sich an die Wand und atmete tief durch. Ausgerechnet diesem Kerl mußte er in die Arme laufen. Morgen mußte er wirklich sein Aussehen radikal verändern. Kurze Haare, schwarz gefärbt, und eine andere Aufmachung. Ganz sicher hatte dieser Affe nichts anderes im Sinn, als direkt die Polizei anzurufen und seine Begegnung mit ihm zu schildern.

Rainer stand neben der Tür zu Lizzys Apartment. Sein Magen schmerzte, und seine Knie schlotterten. Er überlegte, ob er überhaupt noch klingeln sollte. Aber Termin war Termin, und er war gewissenhaft, was solche Dinge anging, also drückte er schließlich auf die Klingel. Lizzy öffnete in ihrem Lederdreß, sie war stark geschminkt, und ihre langen schwarzen Haare fielen über ihren blanken Busen. Rainer stierte sie an, dann mußte er sich übergeben.

Es war halb sechs, als Lars und Anna aus ihrem Hotelzimmer kamen. Lars drängte ein wenig, weil Bettina heute pünktlich zu Hause sein würde, dagegen hatte Anna Zeit, weil ihr Rainer heute morgen von einem späteren Termin erzählt hatte. Aber Lars wurde stets sofort panisch, sobald er befürchten mußte, nach Bettina zu Hause einzutreffen und Erklärungen abgeben zu müssen. »Ich will und kann nicht lügen«, erklärte er Anna ein ums andere Mal. »Wenn ich gar nichts sagen muß, ist es mir am liebsten!«

»Wenn du es verschweigst, ist es auch nicht besser!« hielt Anna dagegen.

»Aber zumindest nicht gelogen!«

Anna hatte es aufgegeben, seine Logik verstehen zu wollen, und trat vor ihm auf den Hotelgang hinaus.

»Was machst denn du da?« hörte Lars sie sagen, aber da war es schon zu spät. Er war hinter ihr auf den Flur getreten und stand Max gegenüber, der ebenfalls gerade das Nachbarzimmer verließ. An der Seite dieser Unbekannten aus dem Lift.

Lars war zu überrascht, ihm fiel überhaupt nichts dazu ein. Blöder hätte es nicht laufen können. In flagranti erwischt, von Max Wilkens, dem nichtsnutzigen Bruder von Patricia, Sohn des hochgestochenen Chefarztes Dr. Wilkens. Klasse gelaufen.

Max hatte sich schneller gefaßt als er. »Da siehst du mal wieder ...«, sagte er und schüttelte den Kopf.

Friederike war neben ihm stehengeblieben und lächelte Lars und Anna zurückhaltend an. »Wir kennen uns schon«, sagte sie schließlich in Lars' Richtung.

»Tatsächlich?« staunte Max.

Lars sagte noch immer nichts.

Friederike verschränkte die Arme. »Anscheinend ist das hier eine etwas delikate Situation!«

»I wo«, beeilte sich Max zu sagen. »Das ist bloß die beste Freundin meiner Schwester, und das ist ein Freund aus ihrer Clique. Beide verheiratet, bloß nicht miteinander!«

Friederike zuckte nicht mit der Wimper. »Soll's geben!«

»Dann sind Sie Friederike Leuthental«, mutmaßte Anna und streckte ihr die Hand hin. »Ich mochte es nicht glauben, als Max mir kürzlich erzählte, Sie hätten ihn zu mir und meinem Mann ins Krankenhaus gefahren – aber jetzt ist es wohl offensichtlich!«

Friederike ergriff ihre Hand. »Ach, der zusammengeschlagene Gatte war *Ihr* Mann? Interessant!«

Anna nickte.

»Aber Sie waren nicht zufälligerweise der Täter?« Friederike warf Lars einen fragenden Blick zu.

Der kam langsam wieder zu sich. »Ich hätte keinen

Grund«, sagte er. »Die Dinge laufen gut, wie sie momentan laufen. Die Schläge hat er sich woanders eingefangen.«

Max küßte Anna zur Begrüßung und verpaßte Lars einen kameradschaftlichen Fausthieb auf den Oberarm. »Das nächstemal seid nicht so laut«, sagte er dazu. »Das grenzt ja schon an Ruhestörung!«

»Der Junge übertreibt mal wieder maßlos«, sagte Lars zu Friederike, streckte ihr nun ebenfalls die Hand hin und stellte sich ihr vor.

»Nun«, Friederike wies in Richtung Lift. »Wenn wir schon gemeinsam gekommen sind, können wir wohl auch gemeinsam gehen!«

Lars nickte ihr zustimmend zu. »Zumindest hat keiner Interesse daran, den anderen bloßzustellen!«

Wie auf Kommando schauten sie alle auf Max. Der hob abwehrend die Hände. »Ich nehme an, Patricia weiß es schon, und wem sollte ich es sonst erzählen?«

Lars runzelte die Stirn.

»Okay, okay! Keiner wird ein Sterbenswörtchen von mir erfahren!« Er warf Anna einen Blick zu und schüttelte den Kopf. »Aber irre ist es schon, das müßt ihr doch zugeben!«

Rainer saß bei Lizzy am Tisch und konnte es nicht fassen. Ihm war fürchterlich übel, eigentlich wollte er sterben. Irgendwie brach in letzter Zeit alles um ihn herum zusammen, und er fühlte sich wie in einem tiefen Loch, aus dem er sich nicht befreien konnte.

»Ist doch wirklich nicht so schlimm«, tröstete Lizzy ihn. Über ihr ausgeschnittenes Lederbustier hatte sie einen selbstgestrickten rosafarbenen Pullover gezogen.

»So etwas ist mir wirklich noch nie passiert!« Er hatte gleich darauf selbst nach Eimer und Putzlappen gegriffen, aber die Beseitigung des Schadens half ihm nicht über die Ursache hinweg.

»Dieser Kerl, Karl Lönitz«, Rainer massierte mit Zeige- und Mittelfinger seine Schläfen. »Das ist ja wie im Alptraum. Kennen Sie den?«

Lizzy schüttelte entschieden den Kopf. »Nie gehört! Wie sah er denn aus?«

Rainer gab eine perfekte Personenbeschreibung ab. Lizzy hörte ihm interessiert zu, zuckte aber mit den Schultern.

»So 'nem Kerl möchte ich überhaupt nicht begegnen. Schlimm genug, daß er hier herumstreicht!«

Rainer nickte und stand langsam auf. »Sie sollten die Polizei rufen!«

»Ganz sicher«, bestätigte Lizzy und zupfte an ihrem Pullover.

»Wegen unserer ...«, Rainer überlegte, »geschäftlichen Vereinbarung komme ich wieder auf Sie zu. Es war leider kein glücklicher Auftakt!«

Sie stand ebenfalls auf. »Ich seh's nicht als Omen!«

Er reichte ihr die Hand und wollte zur Tür, hielt aber nochmals inne. »Was bin ich Ihnen denn jetzt schuldig?« fragte er.

»Schauen Sie zu, daß Sie gut nach Hause kommen, und melden Sie sich wieder!« Sie brachte ihn bis zum Lift, und Rainer spürte, wie sein Magen von neuem zu revoltieren begann, als er in die Kabine stieg. Es war die pure Angst, am Ausgang von diesem Kerl erwartet zu werden.

Unten angekommen, öffnete er vorsichtig die Tür, gefaßt darauf, sie sofort wieder zuzuziehen und auf einen der Knöpfe zu drücken, aber er sah keinen einzigen Menschen. Vorsichtig ging er aus dem Lift, schlich sich aus dem Haus und flüchtete in sein Auto. Karl Lönitz hatte er zwar nirgends gesehen, aber er war sich sicher, daß er in der Nähe war und ihn beobachtete.

Rainers Herz raste, als er seinen Wagen startete. Er drückte sofort auf den Knopf für die Türverriegelung und schaute sogar hinter die Rücklehnen. Jeder Krimi fiel ihm ein, den er in den letzten Jahren gesehen hatte. Dann zwang er sich dazu, tief Luft zu holen, gleichmäßig ein- und auszuatmen und mit dem Wagen auf dem Parkstreifen stehenzubleiben, bis sein Puls sich langsam wieder beruhigt hatte.

Während er so in seinem Wagen saß und nachdachte, fielen ihm Parallelen auf. Und plötzlich wußte er auch, daß Lizzy ihn angelogen hatte. Klar wußte sie, wer Karl Lönitz war. Sicherlich war er ihr Zuhälter, wie er wohl auch der von Gudrun gewesen war. Hatte ihm nicht Gudrun den Tip gegeben, sich an Lizzy zu wenden? Klar, er war von der einen Lönitz-Braut zu der nächsten marschiert.

Jetzt wäre es einfach gewesen, ihn auflaufen zu lassen.

Rainer überlegte, ob es das wert war. Er wußte von Gudrun, was sie bei der Polizei über seinen Zusammenstoß mit Karl Lönitz ausgesagt hatte. Aber er wußte nicht, ob Gudrun in irgendeiner Form aktenkundig war. Bei einem Fall mochte das noch angehen. Die Geschichte, daß Gudrun einen Anwalt gegen ihren gewaltsamen Freund gebraucht und er sie deshalb in ihrer Wohnung besucht hatte, war plausibel. Doch was hatte er in Lizzys Apartmenthaus zu suchen, wenn nicht Lizzys Dienste? Es war ein heißes Eisen. Und er dachte an Lönitz' Drohung. Klar, Körperverletzung brachte einen mit einem Vorstrafenregister wie Karl Lönitz auf jeden Fall hinter Gitter – bloß, damit hatte der Kerl schon recht, wie lange? Und was geschah dann?

Er fuhr los und beschloß, Karl Lönitz und den ganzen

Kram zu vergessen. Aber als er dreißig Minuten später in seine Wohnstraße einbog, hatte er bereits einen neuen Plan. Er würde Gudrun anrufen und sie um eine Adresse bitten, bei der er von Karl Lönitz verschont bliebe. Einen Versuch war es wert, vor allem, weil Anna ganz offensichtlich noch nicht zu Hause war. Ihr Wagen parkte nicht wie sonst an der Straße, das traf sich gut. Er fuhr in die Garage, ging ins Haus, hängte seinen Trenchcoat in der Garderobe auf und holte sich sofort das Telefon.

Gudrun bedauerte, daß ihre gute Absicht so schiefgelaufen war, hatte aber auch Verständnis, daß Rainer von Karl ein für allemal die Nase voll hatte. »Kann ich Sie gleich zurückrufen?« fragte sie.

»Kein Problem«, erklärte Rainer. »Sie werden ja schließlich offiziell als Mandantin geführt.« Er lachte. »Zumindest in der Polizeiakte.«

Er legte auf und ging an den Kühlschrank, um sich ein Bier einzuschenken. Den Gedanken, mit seinen Spielereien aufzuhören, hatte er nach kurzen Überlegungen beiseite geschoben. Warum sollte er sich selbst Zwang antun, indem er sich etwas verkniff, das ihm guttat? Schließlich kam es allen zugute, wenn er zufrieden und ausgeglichen war.

Das Telefon klingelte, kaum daß sich der Schaum im Glas gesetzt hatte. Gudrun gab ihm eine Nummer, die er schnell mitschrieb.

»Aber das ist doch eine E-Mail-Adresse«, erstaunt setzte er den Kuli ab. »Was soll ich denn damit?«

»Das ist eine neue Organisation«, erklärte sie, »geht das meiste über Computer, mit solchen Typen wie mit Charly haben Sie dann nichts mehr zu tun!«

»Über Computer?« staunte Rainer. »Wie denn das?«

»Sie schreiben diese Adresse an, teilen Ihre Wünsche

mit und bekommen eine Auswahl mit Foto in der Anlage. Recht einfach eigentlich und fair.«

»Tja«, nickte Rainer. Ihm erschien das recht kompliziert. Er hatte in seinem Leben noch keine E-Mail geschrieben, und die Fachfrau an seiner Seite, Anna, konnte er schlecht darum bitten. Ebensowenig seine Frau Schenk in der Kanzlei. »Ich muß gestehen«, begann er zögerlich, »ich bin mit so was überfordert!«

»Soll ich es für Sie schreiben?«

»Das würden Sie für mich tun?«

»Ich denke fast, ich bin es Ihnen schuldig. Haben Sie einen Internet-Anschluß?«

Er schwieg.

»Eine E-Mail-Adresse?«

»Da bin ich sicher. Allerdings in der Kanzlei!«

»Gut!« Es war kurz still. »Können wir uns da gleich treffen?«

Rainer schaute auf seine Uhr. Es würde niemand mehr im Büro sein. »Ja, warum nicht!«

Lars hatte auf dem Nachhauseweg noch kurz einen großen Strauß Tulpen gekauft. Er mochte Abende wie diesen, wenn ihn auch der Gedanke an Max leicht beunruhigte. Dem Kerl war einfach nicht zu trauen, zudem brauchte er immer Geld, das machte ihn doppelt gefährlich. Er wunderte sich, daß sich eine Frau wie Friederike Leuthental einen solchen Jungspunt geholt und nicht nach etwas ordentlich Männlichem wie ihm umgeschaut hatte, aber Frauen waren eben unberechenbar.

Bettina war noch nicht da. So konnte er den Abend schon einmal gemütlich einläuten und sie mit einem: »Na, wo kommst du denn so spät her?« empfangen. Er stellte die

Blumen auf den Eßtisch, schaute in den Kühlschrank und beschloß, zwei Steaks zu braten. Fleisch war seine Spezialität, das hatte er von seinen Vorfahren, den Jägern, geerbt. Er grinste in sich hinein, denn Bettina wollte bei solchen Höhlenmenschen-Sprüchen, wie sie es nannte, jedesmal aus der Haut fahren. Es war schon seltsam, daß ausgerechnet sie beide, das Kulturpflänzchen, das der rüden Außenwelt gern entfloh, und der Sportsmann, der seinen Kerl am liebsten draußen stand, zusammengekommen waren. Aber vielleicht waren es gerade diese Gegensätze, die sie beide anzogen. Oder möglicherweise ergänzten sie sich auch einfach nur gut. Er zupfte und wusch den Salat, trocknete das Steak ab. Deckte nebenher den Tisch, entkorkte die Rotweinflasche, schenkte sich ein Glas ein und fühlte sich rundherum gut. Wenn er seinen idiotischen Job nicht hätte, wäre er der glücklichste Mann der Welt. Einmal im Lotto gewinnen oder von seiner Frau leben können. Aber beides war leider illusorisch. Er tippte nicht, und ihr Einkommen war mehr als überschaubar. Er legte sich eine CD nach seinem Geschmack auf und genoß seine Allmacht. Es war einfach göttlich, alle Sinfonien und Jazzsirenen beiseite wischen zu können und sich die Ohren mit »kulturlosem Zeug«, wie Bettina verächtlich sagen würde, volldröhnen zu können.

Aber als der Salat und die Steaks fertig waren und der CD die Musikstücke ausgingen, wurde er doch unruhig. Wo blieb sie eigentlich? Das war ja nun schon seltsam. Neun Uhr durch und keine Spur von seiner Frau. Sie wußte doch, daß er heute kommen würde, oder etwa nicht? Am Montag drehte er doch meist die kleine Runde – schon wegen seines Termins mit Anna. Zumindest benachrichtigen hätte sie ihn können.

Er setzte sich an den Tisch und schenkte sich noch mal ein. Wenn es so weiterging, trank er die Flasche noch allein aus. Die Hälfte hatte er schon. Er überlegte. Ob er in ihrem Amt anrufen sollte? Oder gab es heute eine Veranstaltung, von der er nichts wußte? Eine dieser unsäglichen Lesungen, nach denen sie mit den Autoren noch immer gute Miene zum schlechten Stück machen und einkehren mußte, oder eine dieser fürchterlichen Vernissagen?

Mit einem Schlag fiel ihm der Chefarzt ein. Diese Ausstellung mit den Akten. Oder war es dieser Jazzmensch? Für den sie dieses Nichts von Pullover anziehen wollte? Er glaubte sich aber dunkel zu erinnern, daß der Jazzabend wegen Krankheit verschoben worden war. Das ersparte ihm einen Ehekrach mit Machtbeweis.

Es war der Chefarzt! Natürlich! Zu blöd! Er lief zu ihrem Kleiderschrank ins Schlafzimmer. Sollte dieser unsägliche Pullover fehlen, würde er sofort losfahren. Seine Frau halbnackt in der Öffentlichkeit mit einem Kerl, der Menschen vom Kopf aus nach unten ablichtete – allein bei dem Gedanken wurde ihm schlecht. Ihr Kleiderschrank war knallvoll. Anscheinend setzte sie ihr gesamtes Einkommen in Klamotten um, er fand überhaupt nichts. Und alles herauszuziehen und auf das Bett zu werfen getraute er sich auch nicht. Egal, er würde es auch so herausbekommen. Lars stürmte ins Wohnzimmer zurück und holte sich die Tageszeitung.

Tatsächlich, er hatte recht. Unter »Veranstaltungen« fand er die Ausstellung »Akte – Gesichtslos im Wandel der Zeit«. Vernissage heute, neunzehn Uhr, in der Kulturhalle, begleitende Worte von bla bla bla, er schaute nicht mehr hin, sondern raste los. Das war ja der Gipfel. Ohne ihm ein einziges Wort zu sagen, hing sie bei einer so widerlichen

Vernissage mit einem Heini von Chefarzt herum. Er verfluchte, daß sie kein Handy hatte. So hätte er sie wenigstens zurückpfeifen können. Aber was Technik anging, war sie einfach ein hoffnungsloser Fall.

Rainer erkannte Gudrun kaum wieder. Sie war ungeschminkt, hatte ihre kurzen schwarzen Haare nach hinten gegelt und trug einen schwarzen Pullover zu schwarzen Jeans. »Sie sehen gut aus«, sagte er ehrlich, und sie lachte.

»Danke, mir geht es auch gut! In gewissem Sinne sind Sie daran schuld, deshalb werden wir jetzt auch gemeinsam eine tolle Nachfolgerin für Sie finden!«

Er schluckte. Die Situation war ja schon seltsam, aber er war ihr auch dankbar. Irgendwie hatte er bei ihr das vertrauensvolle Gefühl, daß sie wußte, was sie tat.

Sie schaltete den Computer ein und fragte Rainer nach seinen Wünschen.

»Wie?! Sind Sie denn schon drin?« fragte er erstaunt, was Gudrun zum Lachen brachte.

»Und ob! Jetzt werden wir ein Paßwort anlegen, damit nur Sie an Ihre Informationen heran können. Wäre wahrscheinlich weniger lustig, wenn die Dame vom letztenmal …«

»Ach Gott, Frau Schenk!«

»Eben! Schließlich geht's hier nicht um verlorene Kontaktlinsen, sondern richtig zur Sache! Wie soll Ihr Paßwort denn heißen?«

Rainer schaute ihr über die Schulter. »Mein Spitzname war immer Schnuffi, das wissen aber nur meine allerältesten Freunde!«

Gudrun lachte erneut. »Süß! Schnuffi! Also, lieber Schnuffi, wie hätten Sie's denn gern?«

»Eigentlich hätte ich gern Sie wieder!« Es rutschte ihm heraus, aber es entsprach der Wahrheit.

»Mich gibt's nicht mehr, sorry, bin raus aus dem Sortiment, aber so etwas wie mich gibt's auf jeden Fall. Ich schreib's mal so auf, ich weiß ja, wie die Dinge liegen!«

Rainer saß auf der Kante des Schreibtisches und sah ihr zu. Das war schon verrückt. Er hatte sich in seinen schlimmsten Vorstellungen schon ausgemalt, daß er jetzt nachts über den Kiez marschieren und eine entsprechende Lady finden mußte. Oder über Anzeigen oder Schmierenblättchen, wie er eines in seiner Schreibtischschublade zu Hause liegen hatte. Dort hatte er versuchsweise mal die Anzeigen studiert, aber es war ihm einfach zu anonym und zu ungewiß. Hier war's klar. Gudrun würde das schon für ihn regeln.

»So«, sagte sie nach einer Weile. »Die wissen jetzt, was Sie suchen, und ich erkläre Ihnen jetzt, wie Sie an die Informationen herankommen werden. Also, passen Sie mal auf«, sie rückte einen zweiten Stuhl neben ihren. »Das hier ist ein Computer. Und ich schalte ihn jetzt mal aus, damit ich Ihnen das Handling Schritt für Schritt beibringen kann!«

Rainer warf einen Blick auf die Uhr. »Wird das lange brauchen?« Er dachte an Anna, sicherlich war sie jetzt schon zu Hause und machte sich Sorgen um ihn. Er sollte vielleicht doch noch schnell anrufen und ihr sagen, daß der Termin länger dauert.

Gudrun zuckte mit den Achseln. »Das hängt ganz allein von Ihnen ab. Wie im wirklichen Leben!«

Lars war zielstrebig zur Kunsthalle gefahren. Eigentlich hatte er zuviel Alkohol, um sich noch ans Steuer zu setzen, das war ihm klar, aber besondere Ereignisse erforderten besondere Maßnahmen. Er fand, daß jeder Polizeibeamte einsehen mußte, daß diese Aktion ganz zweifelsfrei notwendig war. Der Parkplatz war voll, das war etwas, das er an solchen Veranstaltungen auch haßte. Kein Platz für nichts. Zunächst nicht fürs Auto und dann nicht für den Menschen. Es graute ihm schon jetzt vor dem kunstbeflissenen Gewühle, aber noch schlimmer war die Vorstellung, Bettina könne sich da drin als gesichtsloser Akt im Wandel der Zeit präsentieren.

Aber so weit kam er erst einmal gar nicht, denn am Eingang wurde er bereits aufgehalten.

»Dürften wir Ihre Einladung sehen?« fragte eine junge Frau mit einem silbernen Stecker durch die Unterlippe.

»Wer sind denn Sie?« fragte er und betrachtete sie unwillig.

»Die Assistentin von Frau Reinhard. Und Sie?«

»Ihr Mann.« Er hielt ihr ihren Ehering unter die Nase. »Reicht das als Eintrittskarte?«

Sie musterte ihn kurz. »Wenn Ihnen Ihr Aufzug nichts ausmacht …?«

»Mein Aufzug?« Er schaute an sich hinunter. Er trug noch die graue Hose vom Nachmittag, darüber zugegebenermaßen allerdings nur ein zum Unterhemd degradiertes weißes T-Shirt. »Mein Aufzug? Sind Sie bekloppt? Was ist denn mit Ihrem Aufzug?« Er deutete auf ihren Stecker. »Soll ich mal dran ziehen?«

»Dann ziehe ich Ihnen auch gleich wo!«

»Himmel!« Er schaute sie an, sie wies mit der einen Hand zum Saaleingang.

»Na, dann viel Spaß!«

»Werde ich brauchen können!« Er marschierte mit großen Schritten darauf zu und blieb unvermittelt stehen.

Nicht weit von ihm entfernt entdeckte er Bettina an einem der aufgestellten Bistrotische. Sie unterhielt sich angeregt mit jemandem, der ihm den Rücken zudrehte. Eine stattliche Figur mit graumelierten Haaren und einem Anzug der Marke »teuer«. Lars war er bereits von hinten zu geschniegelt, und er ging auf Bettina zu, die ihn mit einem erstaunten Ausdruck im Gesicht auch gleich darauf entdeckte.

»Na, so was!« sagte sie, und ihr Begleiter drehte sich zu Lars um.

Dr. Wilkens! Lars dachte, ihn träfe der Schlag. Chefarzt! Natürlich! Daß er da nicht von selbst darauf gekommen war. Ein Schönheitschirurg fotografierte Akte. Das war ja wie im Gruselmärchen.

»Lars, mein Lieber, das ist aber eine gelungene Überraschung!« Sie küßte ihn zur Begrüßung. »Darf ich dir den Initiator und Fotografen dieser Ausstellung vorstellen, Dr. Klaus Wilkens?«

Las nickte ihm zu. »Nicht nötig, wir kennen uns schon!«

Das war der Wilkens-Tag, dachte er dabei. Am Nachmittag sein Sohn und jetzt der Alte. Gratulation, er hätte sich heute auch besser in die Ferne gebeamt.

»Die Ausstellung wird ein großer Erfolg werden, das zeichnet sich schon jetzt ab«, erklärte Bettina mit fester Stimme, und nur an ihren Augen konnte er erkennen, daß sie gerade dabei war, einen rasenden Zorn gegen ihn aufzubauen.

»Ich führe Sie gern herum und erkläre Ihnen die Exponate!« Klaus Wilkens vertrat nach Lars' Auffassung all die Weißkittel, die sich für etwas Besseres hielten, neben ihren teuer gekleideten Frauen ihr Schwänzchen nach oben reckten und sich heimlich an ihre Krankenschwestern heranmachten, kurz, Klaus Wilkens war für ihn das personifizierte Brechmittel.

»Danke, sehr freundlich«, sagte Lars mühsam, denn sein Job verbot ihm, grob zu werden, »aber ich interessiere mich nicht für gesichtslose Akte. Auch nicht im Wandel der Zeit. Ich wollte nur nach meiner Frau sehen!«

»Das kann ich verstehen«, Klaus Wilkens deutete in Bettinas Richtung eine kleine Verbeugung an. »Sie ist auch wahrlich die Königin hier!«

Wenn du nicht gleich gehst, poliere ich dir die Fresse, dachte Lars, was Wilkens wohl instinktiv spürte. »Ich denke, ich sollte mich noch etwas um die Gäste kümmern!« Er lächelte Lars zu, bevor er ging, und Lars mußte zugeben, daß er unbestritten ein Beau war. Ein wirklich schöner Mann in den Jahren, eitel bis zum Platzen und vermutlich unverschämt reich.

»Du hast sie wohl nicht mehr alle!« zischte Bettina ihn von der Seite her an. »Willst du mich bloßstellen?«

Lars deutete auf ihr kurzes Kostüm, das sie trug. »Bist du doch schon!«

»Du scheinst tatsächlich Ärger zu wollen!« Ihre Augen funkelten.

»Nein, ich habe doch bloß gekocht und auf dich gewartet!«

»Und getrunken!«

»Hab ich nicht!«

»Und ob!«

»Ein bißchen Rotwein ...«

»Ich kill dich!« Sie holte tief Luft. »Die Leute schauen schon her. Entweder mache ich jetzt mit dir die Honneurs, dann schaust du dir die Bilder an und gibst jedem brav die Hand, einschließlich Dr. Wilkens – man muß sich ja für dich genieren –, oder du machst die Fliege und wartest, bis ich nach Hause komme!«

»Wie sprichst du denn mit mir?« Lars runzelte die Stirn.

»Genau so, wie du es verdient hast!«

Er schaute über sie hinweg in den Saal. An schwarzen Stellwänden hingen große Schwarzweißfotos, dazwischen waren Büsten aufgestellt worden und für die Vernissage viele Bistrotische, die alle gesteckt voll waren. Und es stimmte, was Bettina gesagt hatte, einige der Gäste schauten bereits her.

»Es ist mein Job, mich um die Leute zu kümmern«, sagte sie mit Nachdruck. »Auch wenn du das manchmal nicht verstehen magst!«

»Ich dachte, als *meine* Ehefrau sei es dein Job, dich um *mich* zu kümmern!« gab er trotzig zur Antwort.

Sie schnaubte und schüttelte wie ein Stier vor dem Angriff den Kopf. »Du bist nicht nur völlig ignorant, verzogen und größenwahnsinnig, sondern auch bald geschieden, wenn du so weitermachst!«

Er stockte. »Das war deutlich!«

»Ja!«

»Dann warte ich zu Hause auf dich!«

»Tu das!«

Anna kam gerade zur Haustür herein, als das Telefon klingelte. Sie erkannte am Display Rainers Büronummer und nahm ab. Rainer erklärte ihr, daß sein Termin länger dauere als angenommen, und sie war nicht unglücklich darüber, bedeutete es doch, daß sie noch in Ruhe baden und ein Abendessen herrichten konnte.

Als sie das Telefon zurücklegte, sah sie die angebrochene

Flasche Bier stehen, das Glas und einen Zettel, machte sich aber weiter keine Gedanken darüber, sondern ging nach oben, um sich ein duftendes Schaumbad zu gönnen. Sie dachte über den Zufall vom Nachmittag nach, es war wirklich zu bizarr. Ging diese Leuthental doch tatsächlich mit Max, dem Autodieb, fremd. Das war ein Knaller. Sie grinste vor sich hin, als sie in die Wanne steigen wollte, aber als Zutaten zur tatsächlichen Entspannung fehlten ihr noch ein Glas Sekt und das Telefon. Sie mußte dringend Patricia anrufen, die würde aus allen Wolken fallen! Anna lief schnell in die Küche, und während sie eine Flasche Sekt öffnete und sich ein Glas einschenkte, fiel ihr Blick abermals auf das Bier und den Zettel. Und da fiel ihr plötzlich auf, was ihr Unterbewußtsein schon vorher registriert, aber nicht gemeldet hatte: Rainer war schon zu Hause gewesen. Davon hatte er ihr überhaupt nichts gesagt. Anscheinend hatte er den Feierabend eben mit einem Glas Bier einleiten wollen und war mittendrin weggerufen worden. Sie studierte den Zettel. Eine E-Mail-Adresse. Das sah Rainer überhaupt nicht ähnlich, er hatte von solchen Dingen doch überhaupt keinen Schimmer. Sie las »hausfrauen@t-online.de« und wunderte sich. Hausfrauen? Was hatte Rainer mit Hausfrauen zu tun? Eine Organisation, die ihn zur Rechtsberatung brauchte? So eine Art »Hausfrauen e. V. zur Wahrung der Rechte«? Oder gar eine Gewerkschaft? Sie nahm den Zettel und beschloß, der Nummer aus Spaß mal nachzugehen. Schließlich war sie zwischenzeitlich auch Hausfrau, vielleicht konnte sie ja noch was lernen.

Anna legte das Telefon auf den Badewannenrand, stellte das Glas vorsichtig daneben und kletterte langsam in die Wanne. Das war schon eine besondere Wohltat, sie reckte und entspannte sich, pustete in den Schaum, der sich vor ihrem Gesicht aufwölbte, und streichelte über ihren Bauch. Das Leben konnte tatsächlich schön sein! Sie trocknete eine Hand ab, nahm einen Schluck Sekt und griff nach dem Telefon. Aus Versehen kam sie dabei auf die Wiederholungstaste. Das Display zeigte ihr eine Nummer, die sie nicht kannte. Neugierig drückte sie darauf. Ein Anrufbeantworter sprang an. Gudrun Engesser war nicht zu Hause. Gudrun Engesser? Sie überlegte, dann fiel es ihr ein. Ach, die Exfreundin dieses Gewalttäters. Normalerweise rückte Rainer seine Privatnummer an keine Mandanten heraus, aber das war wohl ein anderer Fall. Möglicherweise war Karl Lönitz ja wieder aufgetaucht und hatte sie bedroht, und vielleicht war diese Frau ja auch der Grund, weshalb er nun im Büro sein mußte. Die Dinge gerieten in Bewegung. Steffen Schneider fiel ihr ein. Ob Rainers Beweisantrag schon etwas gebracht hat? Sie würde ihn fragen, sobald er nach Hause kam. Nicht, daß diese Geschichte im Pulk seiner Akten, die sich in der vergangenen Woche sicherlich auf seinem Schreibtisch gestapelt hatten, unterging.

Anna wählte Patricias Nummer und hatte Glück, sie nahm nicht nur nach dem ersten Läuten ab, sondern war auch noch allein und einem Pläuschchen nicht abgeneigt.

»Du liegst in der Badewanne, du Glückliche? Ich hänge am Computer!«

»Im Internet?«

»Ja, geh aber gleich wieder raus. Habe nicht das gefunden, was ich suchte!«

»Kannst du für mich mal schnell was gucken?«

»Klar, wenn du mir die Adresse gibst?«

»Ich habe nur eine E-Mail-Adresse, aber vielleicht gibt es davon ja auch eine Website. Probierst du mal unter www.hausfrauen.de?«

»Was soll denn das sein? Putzanleitung? Wie kriege ich meine Badewanne sauber?«

Anna lachte und planschte etwas mit dem Wasser. »Nee, eine E-Mail-Adresse, die Rainer unten neben einer angebrochenen Flasche Bier und dem Telefon hat liegen lassen, bevor er sich ganz offensichtlich blitzartig aus dem Staub gemacht hat!«

»Denkst du etwa, er geht fremd? Rainer?« Patricia prustete los. »Lachhaft!«

»Komm!« Anna schlug einen beleidigten Ton an. »So unattraktiv ist er nun auch nicht, daß ihn keine haben will!«

Patricia räusperte sich und schwieg kurz, dann sagte sie: »Negativ. Findet nichts Vernünftiges unter Hausfrauen. Hausfrauensex gibt er an, aber das ist ja idiotisch. Was soll denn das sein?!«

»Nun gut. War ja auch nur ein Versuch.« Sie trank einen genüßlichen Schluck und lachte. »So, und jetzt paß auf, halt dich fest. Ich habe heute nachmittag dein Brüderchen getroffen, und jetzt rate mal, mit wem!«

Patricia wollte es erst nicht glauben, aber nach einer Weile sagte sie: »Eigentlich lag's ja auf der Hand. Er war eine leichte Beute für sie, schließlich ist er ihr wie eine Fliege ins Netz gegangen! Wo hätte sie so leicht einen so jungen, gutaussehenden und gutgebauten Kerl hergekriegt, der keinerlei gesellschaftliche Ambitionen hat?«

»Aber stell dir vor, zwei Hotelzimmer nebeneinander. Ist das nicht verrückt?«

»Nehmt doch in Zukunft ein Appartement mit zwei Doppelbetten, das wird auf die Dauer billiger!«

Anna lachte schallend. »Statt daß du dein Brüderchen aus den Krallen dieses Weibes befreist ... oder zumindest den Hauch einer Empörung zeigst ...«

»Kennst du die Spezies der Gottesanbeterinnen?« unterbrach sie Patricia.

»Was soll denn das sein? Eine Sekte?«

»Ein Raubinsekt, eine ziemlich große Heuschrecke! Ihre vorderen Gliedmaßen sind Greifwerkzeuge ...«

»Hört sich toll an ...«

»... und sie frißt nach der Begattung ihren Lover!«

»Wow!!!«

»Ja!!!«

Es war kurz still, Anna nahm einen tiefen Schluck aus ihrem Glas, sie überlegte.

»Du meinst, Friederike Leuthental wird Max irgendwann danach auffressen? Und das sagst du einfach so, du Rabenschwester?«

»Was glaubst du, was sie mit ihm vorhat? Adoptieren?«

Anna wollte antworten, da sah sie, wie sich die Türklinke bewegte. Sie erschrak und schwieg. »Rainer?« rief sie.

»Na, gut«, hörte sie Patricia sagen. »Wechseln wir das Thema. Erzähl mir was – übers Wetter ...!«

»Rainer, bist du's?« rief Anna erneut.

Die Tür ging auf, Rainer kam herein, ein Bierglas in der Hand. Anna atmete auf.

»Was ist denn?« fragte Patricia durch den Hörer.

»Ich glaube, ich schau zu viele Horrorfilme! Also tschüs, meine Süße, ich melde mich wieder!«

Rainer gab ihr zur Begrüßung einen Kuß und setzte sich auf den Toilettendeckel. »Das sieht ja gemütlich aus«, sagte er und wies auf ihr Sektglas.

»Stimmt«, nickte Anna, »bloß jetzt ist es leider leer!«

Während Rainer die Sektflasche holen ging, überlegte sie, wie sie reagieren würde, falls er jetzt Sex wollte. Sie wollte nicht, noch nicht mal als Test, ob's überhaupt noch ging. Sie war satt und zufrieden.

Rainer überlegte sich, als er mit der Sektflasche nach oben ging, ob Anna jetzt wohl einen Liebesakt erwartete. Ihm war nicht danach. Er hatte Angst, ihren Erwartungen nicht zu entsprechen, und außerdem war er viel zu neugierig, was Gudruns Bemühungen ihm bringen würden. Solange er das nicht getestet hatte, war er für den normalen Sex nicht ansprechbar. Die Frage war nur, wie er es verhindern konnte.

Er schenkte Annas Glas nach und betrachtete sie. »Du siehst toll aus, enorm sexy«, sagte er. »Nur blöd, daß ich so rasende Kopfschmerzen habe, ich würde jetzt gern zu dir in die Wanne steigen ...«

»Mach dir nichts draus«, beeilte sich Anna zu sagen. »Ich wäre zwar auch ganz scharf darauf, aber ich denke, es ist wichtiger, daß du erst mal gesund wirst!«

Rainer nickte und setzte sich wieder auf den Toilettendeckel.

Anna betrachtete ihn. Er war wirklich nicht der Typ Mann, den man danach auffressen wollte. Er hatte so gar nichts Animalisches an sich. Er war halt ein guter, treuer Ehemann, auch recht. Sie ließ heißes Wasser nachlaufen.

»Gibt's eigentlich was Neues in bezug auf Steffen Schneider?« wollte sie von ihm wissen.

»Ich werde mich morgen darum kümmern!«

»Sonst müßte man ihn vielleicht mal wieder besuchen, wo er doch so allein dort herumsitzt!«

»Ja, Florence!«

»Florence?«

»Nightingale ...«

»Sehr witzig!« Sie spritzte ihn mit Wasser an.

»Patricia hat ihn doch bestimmt schon besucht!«

»Warum ausgerechnet Patricia?«

»Aus schlechtem Gewissen. Und wenn nicht ihrem Mann gegenüber, dann ihm gegenüber, weil sie ihn nicht als Zeugin entlasten will, obwohl sie könnte!«

Anna beschloß, sich auf keine Diskussion einzulassen, dazu war ihr der Boden zu glatt.

»Hmmm«, sagte sie, um überhaupt etwas zu äußern. »Und diese Gudrun Engesser? Was ist mit der?« lenkte sie ab.

»Engesser?« fragte Rainer zögerlich.

»Nun, mit der du zusammengeschlagen wurdest und die …«, sie stockte. Und die du vorhin noch angerufen hast, wollte sie sagen. Oder: Und die du vorhin noch getroffen hast. Aber aus einem unbestimmten Gefühl heraus brach sie ab.

»Ach, die!« sagte Rainer und nahm einen Schluck aus seinem Glas und drehte es anschließend unentschlossen in seinen Händen.

Anna beobachtete ihn. Hatte er eventuell tatsächlich etwas zu verbergen? Rainer?!?

»Die hat die Schläge anscheinend besser verdaut als ich. Aber der Verursacher, Karl Lönitz, konnte bisher noch nicht gefaßt werden!«

Anna entspannte sich wieder. Es war ein reines Hirngespinst gewesen.

»Spurlos verschwunden, der Kerl?«

»Ja«, nickte Rainer. »Anscheinend total in Luft aufgelöst!«

Max war wieder zu Hause und überdachte den Nachmittag. Eigentlich verstand er die Welt nicht mehr, denn alles, was er je über Frauen gelernt zu haben glaubte, war mit Friederike hinfällig. Sie hatte ganz offensichtlich ihre eigenen Ansichten, was Sex betraf, und ging davon aus, daß er ihre Spielregeln akzeptierte. Das Treffen im *Ramses* war dafür geradezu typisch. Sie kamen zunächst nicht einmal bis zum Bett, weil sie die Dusche vorzog, und erst anschließend legten sie sich zur Entspannung hin, woran sie sich aber auch nicht lange hielt. Und wie selbstverständlich war sie während der ganzen Zeit davon ausgegangen, daß auch für ihn nichts anderes in Frage kam.

So schnell schien sie wirklich nichts zu erschüttern, das zeigte ihm der Zusammenstoß mit Anna und Lars ganz deutlich. Eigentlich hatte er erwartet, daß ihr diese Begegnung nicht recht sei, sie sich sogar darüber ärgere, aber sie zeigte sich amüsiert. »Da siehst du mal«, sagte sie im Wagen zu ihm, »nichts ist so, wie es scheint. Oder wußtest du das von den beiden?«

»Nicht den blassesten Schimmer«, entgegnete er. »Wären ja jetzt direkt erpreßbar!« fügte er noch hinzu.

»Für eine Erpressung wäre mir dieser Lars zu groß und zu kräftig!« Sie warf ihm einen schnellen Seitenblick zu. »Für so was würde ich mir an deiner Stelle einen schwächeren Gegner aussuchen. Kleiner, kraftloser, dicker, behäbiger, älter und – vor allem – immens reich!«

»Sprichst du etwa von deinem Mann?«

Sie lachte schallend. »Der würde sich freuen, dich in die Finger zu kriegen!«

»Ist das der Grund, weshalb du gerade mich ausgesucht hast?«

Sie standen vor einer Ampel. Friederike zuckte nicht mit der Wimper, wandte aber auch nicht den Blick von dem roten Licht ab. »Ich verstehe nicht, was du meinst.«

»Wirklich nicht?«

»Das ist Unsinn«, sagte sie schließlich, nachdem die Ampel auf Grün umgesprungen und sie wieder angefahren war. »Schlag dir das aus dem Kopf. Es gibt kein anderes Motiv, als daß du mir gefallen hast, wie du da so hinter meinem Vorhang lauertest.«

»Andere Frauen hätten Angst gehabt!«

»Ich bin nicht *andere Frauen* ...«

Er schwieg, weil sie kurz vor einer Baustelle einen anderen Wagen überholte und es durch die sich plötzlich verengende Fahrbahn bedrohlich knapp wurde. Sie gab Gas und scherte rechts ein, als sei nichts gewesen.

»Stimmt!« sagte Max und ließ die angehaltene Luft heraus.

Der Gedanke, sich mal wieder um Steffen kümmern zu müssen, ließ Anna auch am Dienstag nicht los. Sie rief Patricia deswegen schon frühmorgens an und stieß auf heftige Zustimmung.

»Das ist eine grandiose Idee, ich hatte heute morgen witzigerweise schon die gleiche und habe deshalb auch schon mit Max telefoniert. Er hat mir gleich mal euer gestriges Stelldichein im Hotelgang vom Ramses geschildert, und ich habe ihm bei der Gelegenheit von eurer Telefonaktion am Todestag von Harald Eichmann in Zimmer 416 erzählt.«

»Dem Max? Bist du wahnsinnig? Der schlachtet doch alles aus, was ihm in die Quere kommt. Wer weiß, was er mit so einer Information anfängt ...«

»Nicht mehr als Steffen, der es schließlich auch weiß. Er schreibt Steffen jetzt einen Brief, den wir für ihn mitnehmen werden!«

»Ich weiß nicht, das zieht mir allmählich zu große Kreise.

Es ist doch nur noch eine Frage der Zeit, bis es auch Rainer zu Ohren kommt ...«

»Quatsch! Für den bin ich der Sündenbock, nicht du!«

»Dein Wort in Gottes Ohr!« Sie seufzte. »Und wann hast du gedacht? Heute nachmittag?«

Patricia schaute in ihrem Terminkalender nach und stimmte zu. »Fragst du nochmals deinen Mann, ob wir Steffen irgend etwas Neues berichten können? Vielleicht ist dieser Beweisantrag ja jetzt durch ...«

»Stattgegeben, meinst du.«

»Beamtendeutsch. Ich meine, daß es bezüglich Todeszeit oder Sperma vielleicht eine Neuigkeit gibt!«

»Ja, Frau Psycho, ich frage natürlich nach!«

Patricia lachte. »Und ansonsten, wenn ihr sowieso immer in diesem Hotel herumgammelt – hast du mal mit deinen Recherchen begonnen? Wer sich damals um die betreffende Zeit noch so alles im Gang vor Zimmer 516 herumgetrieben hat?«

Anna hantierte nebenher, den Hörer zwischen Kopf und Schulter eingeklemmt, an ihrer Kaffeemaschine herum, um sich eine Tasse Cappuccino aufzuschäumen.

»Ehrlich gesagt ... ich dachte, ich warte, was dieser Beweisantrag bringt, vielleicht klärt sich damit auch so alles.«

»Für Steffen möglicherweise schon, aber den Mörder hast du damit noch lange nicht.«

Die Milch schäumte, und das Metallrohr zischte.

»Wo steckst du denn?« wollte Patricia wissen. »Hört sich ja gefährlich an!«

»Ist es auch mit dieser Höllenmaschine! Ich versuche, mir eben einen Cappuccino zu machen!«

»Aha!« Es war kurz still. »Du bist gar nicht mehr so scharf drauf, Detektivin zu spielen, stimmt's?«

Anna überlegte. »Mir geht's vor allem um Steffen. Ich weiß halt, daß er es nicht war. Und ansonsten habe ich mir überlegt, daß ich doch zum Journalismus umsatteln könnte. Die sind doch auch wie die Detektive. Schau dir bloß mal die Spendenaffäre um Kohl an …«

»Du darfst dann in Hasenzüchtervereinen herumschnüffeln.«

»Ich dachte eher an den *Spiegel* oder die *Zeit*!«

»Ich nehme an, du sprichst vom Chefredakteursposten.«

»Selbstredend …«

»Na dann, auch die brauchen zuweilen Psychotherapeuten, also bleiben wir in Kontakt?«

Anna lachte. »Zunächst gebe ich dir mal Bescheid wegen Steffen …«

Sie hatte kaum aufgelegt, als das Telefon klingelte.

Rainer beschwerte sich zunächst über ihre Dauertelefonitis und was das alles koste und ließ sie dann wissen, daß der Untersuchungsrichter keinerlei Veranlassung sehe, seinem Beweisantrag zu folgen. Kurz: abgelehnt.

»Gibt's doch nicht!« Anna war ehrlich erschüttert. »Wie kann er das so einfach?«

»Er kann!«

»Und jetzt?«

»Müssen wir auf die Verhandlung warten!«

»Das kann ja noch ewig dauern …«

»Möglicherweise!«

Steffen Schneiders Haare waren um einiges länger geworden, hellblond waren nur noch die Spitzen. Er saß Anna und Patricia im Besucherzimmer des Untersuchungsgefängnisses mit verschränkten Armen und übereinandergeschlagenen Beinen gegenüber. Er schien noch dünner geworden zu sein, seine Gesichtshaut spannte sich um die Kinn- und Wangenknochen, was seine asiatischen Züge noch verstärkte. Er wirkte durch und durch ablehnend, nicht nur durch seine Haltung, sondern auch durch das, was er sagte, nämlich nichts.

Anna hatte ihm auseinandergesetzt, was Rainer ihr mitgeteilt hatte, und ihm erklärt, daß Rainer morgen nachmittag selbst käme, um die Sachlage mit ihm zu besprechen. Steffens Backenmuskeln arbeiteten zwar sichtbar, aber er tat den Mund nicht auf. Erst als ihm Patricia den Brief von Max aushändigte, hellte sich sein düsterer Gesichtsausdruck etwas auf. Er las ihn und reichte ihn anschließend wortlos an Patricia zurück.

»Er gehört Ihnen«, wehrte Patricia ab. Steffen Schneider schüttelte den Kopf, nahm eine Hand hoch, ob ablehnend oder zum Gruß, war der Geste nicht zu entnehmen, und ging zur Tür.

Patricia und Anna standen ebenfalls auf.

»So hören Sie doch«, versuchte Anna ihn umzustimmen. »Wir sind doch auf Ihrer Seite!«

Er drehte sich nach Anna um. »Sie könnten mit einer Zeugenaussage alles ändern, aber Sie sind zu feige. Schein vor Sein. Danke!« Damit war er draußen.

Anna schaute Patricia an. »Er hat natürlich recht! Und dein Bekenntnis bei Rainer, du seist die Zeugin, hat uns auch nicht richtig weitergebracht, es sei denn, Frank würde behaupten, mit dir im *Ramses* abgestiegen zu sein. Das Zimmer lief aber auf meinen Namen, und dann müßtest du Frank über Lars und mich aufklären – und du kannst es drehen und wenden, wie du willst, die Sache kommt zu keinem Ergebnis!«

»Außer du …« Patricia ließ den Satz in der Luft hängen.

»Und Rainer? Und Lars? Und Bettina?« Anna ereiferte sich. »Ich habe doch gar kein Interesse, meine Ehe wegen so einer Geschichte wegzuwerfen!«

»Na ja, das ist es ja, was er dir vorwirft!«

Anna holte tief Luft. »Was würdest du an meiner Stelle denn tun? Vielleicht kommt er bei der Gerichtsverhandlung sowieso frei, dann hätte ich mein Leben für nichts und wieder nichts ruiniert!«

Patricia zuckte mit den Schultern. »Also abwarten?«

»Hast du einen besseren Vorschlag?«

Für Rainer war es wie ein Abenteuer, sich nach Büroschluß in der Kanzlei an den Computer zu setzen und sich über seinen Codenamen »Schnuffi« zu seinem E-Mail-Briefkasten vorzutasten. Unter »Abholen« war tatsächlich etwas eingegangen, und als er als Absender »hausfrauen@t-online.de« las, ging sein Adrenalinspiegel mit ihm durch. Er mußte erst mehrmals durch den Raum laufen, bevor er sich wieder einigermaßen im Griff hatte. So, sagte er sich, als er sich wieder vor den Bildschirm setzte, und wie geht es jetzt weiter? Er versuchte sich alles, was ihm Gudrun gestern erklärt hatte, in Erinnerung zu rufen. Das fiel ihm bei seinem Nervenkostüm jedoch nicht leicht. »Schritt für Schritt«, befahl er sich leise selbst. Erst »Abholen« und »Lesen« drücken und im Anschluß die Anlage öffnen, die zusätzlich angegeben war.

Rainer saß und staunte, es funktionierte. Jetzt konzentrierte er sich auf das, was er vor sich auf dem Bildschirm sah:

Willkommen.

Herzlichen Glückwunsch zu Ihrem Entschluß, bei uns das zu buchen, was Sie wirklich brauchen: Frauen, die mit Ihnen Spaß haben und mit denen Sie Spaß haben.

Testen Sie uns, solange Sie wollen, und wenn Sie sicher sind, werden Sie Mitglied. Ihren Mitgliedsbeitrag können wir, sollten Sie das wollen, unverfänglich als Spende ausweisen. Sie bekommen als Mitglied nicht nur Vergünstigungen, sondern auch regelmäßig die »Hausfrauen-News« per E-Mail ins Haus.

Für Sie, Schnuffi, haben wir gemäß Ihren Wünschen drei Damen ausgesucht, die sich Ihnen in der Anlage vorstellen. Viel Spaß. Sollte Ihnen keine der drei zusagen, können Sie uns das gerne mitteilen, und wir suchen weiter für Sie.

Wir wünschen schöne Stunden,

Ihr »Hausfrauen-Team«

Rainer lehnte sich zurück. Das hörte sich ja gut an. Zwar war ihm Gudrun auch nie unterdrückt vorgekommen, aber seitdem er wußte, daß da ein Zuhälter im Hintergrund war, schmeckte ihm die ganze Sache selbst nachträglich nicht mehr. Für so einen Typen war ihm sein Geld zu schade. Das schien hier anders zu sein, und zudem war die Möglichkeit, den Mitgliedsbeitrag als Spende von der Steuer abzusetzen, schon genial. Das gefiel ihm.

Er klickte »Anlagen« und »Öffnen«. Das war spannend wie an der Börse.

Ein Foto baute sich vor ihm auf. Sie trug wildes, kurzes Haar und grinste frech in die Kamera. Irgendwie erinnerte sie ihn an die sagenumwobenen Amazonen, bloß daß ihr der rechte Busen nicht fehlte, das konnte er sehen – sie trug ein breites Lederband von der Schulter diagonal bis zur Hüfte. Tiefer ließ der Bildschirm den Blick nicht zu. Er öffnete die nächste Anlage, diese war vom Typ her Lizzy sehr ähnlich. Schwarzes, dichtes Haar, Leder bis zum Hals, ein Blick aus grünen Augen, der ihn in der Magengegend zupfte. Das dritte und letzte Foto zeigte eine vollbusige Blonde mit Kriegsbemalung und wilder Lockenmähne, aber sie war ihm zu gestylt, zu unecht. Die Schwarze war's, das fühlte er. Er ging noch mal auf sie zurück und entdeckte jetzt auch, daß er das Bild bewegen konnte. Welche Errungenschaft der Technik, er konnte auch die Beine der Dame sehen. Sie wirkte von Kopf bis Fuß genau so, wie er das brauchte. Zufrieden ging er auf die Anfrage zurück und antwortete: »Ja, Annette ist es! Bitte um Kontakt, Schnuffi.«

Anna haderte mit sich und der Welt. Sollte sie zur Wahrheit stehen und Rainer über die Situation aufklären? Aber selbst wenn sie das tun würde, was brächte es? Er würde sicherlich nicht wollen, daß sie öffentlich über ihre Affäre aussagte, denn immerhin war er nicht nur ihr Mann, sondern auch Steffens Anwalt. Sie stand in ihrer Küche und richtete einen Teller mit Wurst und Käse. Zu mehr hatte sie keine Lust, das Gespräch vom Nachmittag war ihr gewaltig auf den Magen geschlagen. Es kostete Überwindung, überhaupt etwas zu tun. Am liebsten hätte sie sich ins Bett gelegt und die Decke über die Ohren gezogen, aber sie zwang sich dazu, einige tiefgekühlte Brötchen in den Backofen zu schieben und ein Bund Radieschen aus dem Gemüsefach des Kühlschrankes zu nehmen. Anna stellte alles auf den Küchentisch, öffnete eine Flasche Bier und setzte sich hin. Es war schon seltsam. Als ihr damals in ihrer Firma gekündigt worden war, hatte sie das Gefühl gehabt, daß die Welt über ihr zusammenbricht. Ihr! Gekündigt! Arbeitslos! Das war der Horror schlechthin. Irgendwie aber arrangierte sie sich mit den Umständen, mit Rainer, mit ihren Möglichkeiten, sponn ihre Träume, vergaß die Ängste. Und jetzt, wo eigentlich alles wunderbar und harmonisch lief, fühlte sie sich so mies wie nie. Es ging um Moral, aber eben nicht um die Moral einer Fremdgängerin, sondern einer Verschweigerin. Sie fühlte sich schrecklich. Hoffentlich kam Rainer bald, das würde sie ablenken. Sie könnte aber auch Lars berichten, was heute geschehen war. Doch was er sagen würde, war ihr jetzt schon klar. »Was geht's uns an« und: »Die Dinge werden sich schon richten«. Das war auch nicht das, was sie brauchte.

Sie brauchte jemanden, der ihr zuhörte, keinen Lösungsanbieter, zumal, wenn die Lösungen unbrauchbar waren. Sie saß am Tisch, hatte den Kopf aufgestützt und dachte nach. Wie konnte sie Steffen helfen, ohne sich selbst zu verraten? Sie hörte das Handy durch die Störgeräusche in ihrem kleinen Küchenradio, bevor es klingelte. Sie schaute auf das Display, es war Lars.

»Na?« sagte sie.

»Hat dich Max schon erpreßt?« fragte er.

Anna brauchte zwei Sekunden, um zu reagieren. »Wie?« fragte sie. Und dann: »Wieso?« Dann fiel ihr das gestrige Zusammentreffen im *Ramses* wieder ein. Das hatte sie bereits wieder vergessen. »Nein! Dich etwa?«

»Nee, war nur Spaß. Weniger spaßig ist Bettina. Sie zeigt eine neue Katzigkeit, und ich habe fast den Verdacht, daß es mit diesem Widerling Dr. Wilkens zusammenhängt, für den hat sie nämlich eine Fotoausstellung arrangiert, und jetzt fließt sie vor lauter Honneurs fast davon! Wolltest du nicht mal ein Detektivbüro aufmachen? Hier hast du deinen ersten Auftrag!«

Anna hing dem Gesagten noch kurz nach, dann mußte sie lachen. »Ist aber nicht dein Ernst, oder? Deine Geliebte soll deine Frau beschatten und herausfinden, ob sie einen Geliebten hat?«

»Ich finde es nicht so witzig!«

»Aber ich! Das ist der pure Witz!«

»Das ist ja interessant!« Die Stimme kam von der Tür, und Anna fuhr herum. Rainer stand im Türrahmen und hatte den Kopf schief gelegt. Anna spürte, wie sie die Farbe wechselte. Was hatte sie eben gesagt? War es eindeutig? Verfänglich?

»Oh, Rainer«, sagte sie schnell, »ich habe dich gar nicht kommen hören. Lars ist dran wegen des kommenden Freitags, er organisiert mal wieder einen Stammtisch, ich geb ihn dir!« Sie stand auf, drückte Rainer einen Kuß auf den Mund und ihr Handy in die Hand.

Rainer warf ihr einen Blick zu.

»Wer ist deine Geliebte?!« fragte er ins Telefon.

Du lieber Himmel, dachte Anna und holte hastig die Brötchen aus dem Backofen. Waren sowieso schon halb verbrannt.

Hoffentlich fiel Lars auf die Schnelle eine gescheite Ausrede ein. Sie legte die Brötchen in den Korb, stellte eine zweite Flasche Bier auf den Tisch und setzte sich wieder. Rainer hörte noch immer zu. War das ein schlechtes oder ein gutes Zeichen? Wenigstens fiel Lars etwas zu dem Thema ein, das war offensichtlich.

Rainer setzte sich, mit dem Handy am Ohr, ebenfalls, das wertete Anna als Zeichen der Entspannung und schenkte ihm ein Bier ein.

Kurz darauf fing er an zu lachen, und als er Anna zum Schluß fragte, ob sie Lars noch einmal sprechen wolle, war klar, daß Lars die Lage gerettet hatte. Anna schüttelte verneinend den Kopf und war gespannt, was Rainer erzählen würde.

Rainer legte auf und schaute Anna an. »In meinen Ohren hatte sich das eben so angehört, als ob Lars eine Geliebte hätte und Bettina auch. Ausgerechnet Bettina, das ist wirklich eine Schnapsidee!« Er wiegte den Kopf und lachte. »Aber als Thema für eine Kurzgeschichte ist die Idee vielleicht wirklich brauchbar. Ich verstehe nur nicht, warum du Lars und nicht mich fragst. Als ob ich keine Geschichten auf Lager hätte!« Rainer zog die Augenbraue hoch. »Und so oder so, bedenke, daß bei einem Kurzgeschichtenwettbewerb bestimmt Tausende mitmachen. Lohnt sich die Mühe da überhaupt?«

»Irgendwo muß man ja mal anfangen«, gab Anna zur Antwort und stand auf, um die Pfeffermühle zu holen. Sie befürchtete, schon wieder rot zu werden.

»Nach dem Freitag hat er mich jetzt übrigens nicht gefragt«, hörte sie Rainer aus dem Hintergrund sagen.

»Dann hat er es wahrscheinlich vergessen!«

»Der Kerl ist wahrhaftig ein Komiker!«

Friederike dachte zum erstenmal in ihrem Leben über Scheidung nach. Sie saß am späten Mittwochnachmittag in ihrem Wohnzimmer, hatte sich einen Tee gemacht und überlegte, wie sie ihre Zukunft weiter gestalten wollte. Nicht, daß sie sich ernsthaft in Max verliebt hätte und eine echte Bindung mit ihm anpeilte, dazu war sie zu realistisch. Sie hatte ihren Spaß mit ihm, er war gutgebaut, war jung und ein exklusives Spielzeug. Auf der anderen Seite zeigte er ihr aber, wie aufregend das Leben sein konnte, sie begriff endlich, was sie in ihrem Dornröschendämmerschlaf alles verpaßt hatte. Sie war Mitte Vierzig und sah plötzlich keinen Grund mehr, weitere zwanzig oder dreißig Jahre an der Seite eines Mannes auszuharren, den sie nicht mehr liebte und der sie höchstwahrscheinlich auch nicht mehr liebte. Ein Arrangement, eine Gütergemeinschaft, aber kein Lachen, keine Nähe, kein Sex. Freudlos. Friederike stand auf, ging in ihre Küche, um sich Rum zu holen. Das tat sie selten, aber jetzt war ihr nach einem etwas kräftigeren Tee zumute. Sie überdachte die Begegnung im *Ramses*. Ausgerechnet der Frau dieses zusammengeschlagenen Anwalts war sie begegnet. Eigentlich konnte das doch kein Zufall sein!

Sie rief kurzerhand Max an und ließ sich Name und Telefonnummer von Rainer geben. Max war zwar erstaunt, fragte aber nicht weiter. »Ich vermisse deine Katzenaugen«, sagte er statt dessen.

Friederike lächelte. So nannte er ihre Brüste, seitdem er auf dem Fußboden des Hotels *Zur Moorleiche* entdeckt hatte, daß ihre Brustwarzen schielten. »Ein Gruß deines Vaters, sozusagen, paßt zum schrägen Ambiente«, hatte Friederike gespöttelt und ihn auf der Heimfahrt über die Todfeindschaft zwischen ihrem Mann und Max' Vater aufgeklärt. »Ich denke, wir könnten uns morgen sehen«, stellte sie in Aussicht. »Oder hast du was vor?«

Sie lächelte in sich hinein, während sie darauf lauschte, wie er tat, als hätte er etwas zu überdenken.

»Dürfte gehen«, sagte er schließlich und gleich darauf in einem jungenhaften Vorfreudeton: »Für dich würde ich jeden Termin sausen lassen!«

»Ich melde mich«, sagte sie, legte auf und wollte eben

die Nummer von Rainers Kanzlei wählen, als ihr ein Anruf zuvorkam. Es war noch einmal Max.

»Du weißt, daß Rainer Leicht der Anwalt meines Freundes Steffen ist?« fragte er atemlos. »Der wegen dieser Geschichte im *Ramses* in Untersuchungshaft sitzt?«

Friederike überlegte kurz. »Nein, das hast du mir noch nicht erzählt!«

»Bislang war's ja auch unwichtig – aber wenn du mit Rainer ...«, er stockte. »Darf ich fragen, was du von Rainer willst?«

»Einen Termin. Ich möchte mich mal pro forma über eine Scheidung aufklären lassen.«

»Achduje!« Es war zu hören, daß es Max spontan herausgerutscht war.

»Achduje?« wiederholte Friederike fragend.

»Warum gerade Rainer?«

»Weil bei jedem anderen Anwalt in Hamburg mein Mann sofort informiert werden würde – Männerconnection, sozusagen!«

»Hmm, verstehe.« Max überlegte. »Aber Rainer gegen deinen Mann, den Oberstaatsanwalt. Das ist, entschuldige, bizarr! Der macht ihn doch kaputt!«

»Wer wen?«

»Dein Mann Rainer. Rainer ist ein Sensibelchen, da krieg ich ja jetzt schon Mitleid mit ihm!«

»Sensibelchen als Anwalt? Gibt's das? Und so einer soll einen angeblichen Mörder verteidigen? Wie soll das denn gehen?«

»Das fragen wir uns eben auch. Ein Pflichtmandat, das zudem nicht weitergeht, wie ich gestern von meiner Schwester erfahren habe. Alle Beweisanträge abgelehnt, selbst die, die Anna beweisen könnte, wenn sie reden könnte!«

»Kann es jetzt sein, daß ich nichts mehr verstehe?«
»Kann sein. Ich erklär's dir! Setz dich!«

Rainer war mehr als erstaunt, als sich ausgerechnet die Frau des Oberstaatsanwalts bei ihm meldete und um einen Beratungstermin bat. »Können Sie mir schon sagen, worum es geht?« wollte er wissen und kam sich dabei seltsam indiskret vor.

»Um Scheidung!«

Rainer wäre fast der Hörer aus der Hand gefallen. »Scheidung?« echote er, um einen sachlichen Ton bemüht.

»Eine formelle Beratung, ein Informationsgespräch, weiter nichts. Nichts Konkretes!« Sie stockte und fügte ein »Noch nicht« hinzu.

»Eilt es?« fragte Rainer, um Frau Schenk gleich einen Hinweis geben zu können.

»Dürfte noch in diesem Jahr sein!«

Rainer war sich nicht sicher, ob es zynisch oder witzig gemeint war. Als er auflegte, hatte er für Freitag einen Termin mit Frau Leuthental. So viel war ihm klar, es war die Frau, deren Auto von Max Wilkens geklaut worden war. Und es war auch klar, daß noch eine Anzeige gegen Max lief. Und ganz sicher wußte seine Frau, wo sich Max aufhielt. Mußten ausgerechnet hier in seinem Büro Fäden zusammenlaufen, die er überhaupt nicht haben wollte?

Das, was er wollte, wartete in seinem Computer auf ihn, aber er traute sich nicht, seinen E-Mail-Briefkasten vor Büroschluß zu leeren. Frau Schenk war einfach zu flink, sie tauchte immer dann auf, wenn man nicht mit ihr rechnete. Gudrun Engessers Auftritt war schon heiß gewesen, aber eine Domina auf dem Bildschirm hätte sie sicherlich vollends aus dem Gleichgewicht gebracht.

Er schlug sich die restliche Stunde noch mit Akten herum, die er längst hätte bearbeiten sollen, die ihm aber keinen Spaß machten und die er deshalb immer vor sich her geschoben hatte.

Als endlich alle gegangen waren, sprang er auf, ging zum Kühlschrank, entdeckte eine Flasche Prosecco, öffnete sie tollkühn, schenkte sich ein Glas ein und ging beschwingt zum Computer zurück.

Jetzt würde er mal sehen!

In seinem E-Mail-Briefkasten fand er tatsächlich Post, eine Nachricht war für ihn eingegangen. Rainer grinste vor sich hin, das fand er klasse. Ein Abenteuer im Büroalltag, wer hätte das gedacht. Seine Favoritin, Annette, hatte ihm direkt geschrieben. Keine Vermittlung mehr, nichts dazwischen, so funktionierte das also, es war unglaublich! Sie erklärte ihm, daß sie sich über sein Interesse freue und ihm hiermit einen Schnuppertermin vorschlage. Für beide. Sollten sie sich aus irgendwelchen Gründen gegenseitig nicht zusagen oder der eine dem anderen nicht, sollte das nicht zum Problem ausarten. Sagen und sein lassen. Der einmalige Schnupperpreis betrage dreihundert, jeder weitere Termin ab fünfhundert Mark. Sie schlug ihm ein sofortiges Kennenlernen vor und gab dazu ihre Handynummer an.

Rainer überlegte, die Bedingungen erschienen ihm fair. Er griff zum Telefon und wählte die angegebene Nummer.

Annette meldete sich sofort. Sie hatte eine angenehme Stimme und schlug Rainer ein sofortiges Treffen vor. »Wozu hinauszögern? Wir wollen es doch beide wissen«, sagte sie, und Rainer schluckte. Schon die Formulierung bewegte seine Sinne.

»Stimmt«, antwortete er und notierte ihre Adresse.

In einer Stunde, schlug sie vor.

Er stimmte zu und lehnte sich in seinem Stuhl zurück. Das Leben war schön. Er hatte zwar von einem Widerling eines auf den Kopf gekriegt, aber ansonsten war doch alles perfekt. Er hatte Anna und jetzt vielleicht noch Annette dazu – alle Nischen seiner Vorlieben und Sehnsüchte waren besetzt. Er trank sein Glas langsam leer und nahm sich vor, völlig gelassen und offen zu diesem Meeting zu gehen.

Anna war über Rainers Anruf etwas erstaunt. Diese Abendtermine schienen zuzunehmen. Das war überhaupt nicht Rainers Art. Früher hatte er großen Wert darauf gelegt, den Abend für sich und Anna zu haben. Kein Termin kann so wichtig sein, daß er mir das nehmen kann, war seine Devise gewesen. Und jetzt wurden Termine anscheinend immer wichtiger. Wichtiger als sie, Anna! Das konnte nicht angehen. Sie rief Patricia an, um sich zu beschweren. Patricia beschwerte sich gleich mit, denn Frank hetzte in letzter Zeit von einem Fortbildungsseminar zum nächsten und verbrachte kaum einen Abend in der Woche zu Hause.

»Es sieht bei uns aus …«, sagte Patricia und klang genervt. »Nichts passiert! Die Küche ist noch nicht fertig, die Kisten stehen kreuz und quer herum, das einzige, das schon aufgebaut wurde, ist das Bett. Bezeichnend! Ich glaube, ich muß bald selbst mal zu mir in Therapie, sonst raste ich noch aus! Von wegen junges Eheglück! Ich fühle mich wie frisch geschieden!«

»Na also! Da komme ich ja gerade recht! Zwei Männer auf Abwegen!«

»Drei!« korrigierte Patricia.

»Drei?«

»Lars doch auch, oder etwa nicht?«

»Hoffentlich auf anderen Abwegen …«

»Vier!«

»Vier?«

»Max hat auch einen eher außergewöhnlichen Weg eingeschlagen.«

Anna seufzte. »Gibt's überhaupt noch so etwas wie eine normale Beziehung?«

»Da geht's halt schon los. Was ist normal? Jeden Abend zu Hause vor dem Fernseher Händchen halten?

»Aber in den Mann, mit dem du zusammen bist, auch so richtig verliebt zu sein, und das über Jahre, das wäre doch himmlisch!«

»Ich bin's, und er ist nicht hier. Wenig himmlisch!«

»Ich bin's nicht, und er ist meistens hier!«

Sie mußten beide lachen, bis Anna fragte: »Und was machen wir jetzt mit dem angebrochenen Abend?«

Anna machte ein paar Vorschläge, bis Patricia plötzlich rief: »Halt! Ich hab was!«

»Und was?« fragte Anna neugierig.

»Das einzige, was bei uns hier funktioniert, ist der Internetanschluß. Magst du kommen, und wir gehen mal rein und schauen, was es so Neues gibt? Oder spüren nochmals ein bißchen dieser Hausfrauengeschichte nach, die du kürzlich angesprochen hast? Du bist doch so ein Hackerprofi. Ich richte dafür ein paar Häppchen zum Sekt!«

Anna fand es eine tolle Idee, in Patricias Chaotenhaushalt gemeinsam durchs Internet zu surfen. Sie kannte sich durch ihren früheren Beruf tatsächlich sehr gut damit aus, aber seit ihrer Kündigung hatte sie keinerlei Verlangen mehr nach Bildschirmkommunikation.

Dreißig Minuten später klingelte sie, mit einer Sektflasche in der Hand, an Patricias Wohnungstür. Die strahlte, als sie ihr aufmachte. »Das nenne ich mal eine klasse Eingebung«, sagte sie und nahm Anna die Flasche ab.

»Ich auch!« Anna folgte ihr, um gleich darauf mitten im Raum stehenzubleiben. »Wir können aber auch den Computer vergessen und Möbel rücken, Regale zusammenschrauben, Teppiche ausrollen, was du willst!«

Patricia zuckte die Achseln. »Darauf wartet Frank ja nur. Er hofft, daß irgendwann ein Doofer hier steht, der alles für ihn macht. Mitnichten. Dieser Mann wird jetzt domestiziert, sonst lernt er es nie mehr!«

»Hat auch was!« Anna ging in die Küche. Sie sah einen Gartentisch und wilde Konstruktionen, aber keinen herkömmlichen Schrank, geschweige denn eine Küchenzeile. »Wo sind Gläser?«

»In der Geschirrspülmaschine. Wenn du Glück hast, sind sie frisch, sonst müssen wir sie halt schnell selbst spülen!«

»Wie wär's, wenn man dich mal domestiziert?«

»Jetzt werd aber nicht frech! Der Computer steht im Schlafzimmer, dort habe ich auch schon die Häppchen hingestellt!«

Patricias Schlafzimmer war perfekt. Ein großer, heller Raum mit einem weißen Bett mit hoher, stoffüberzogener Rückenlehne und einem mit Rauchglastüren versehenen Schrank, der sich über die ganze Seitenlänge zog. Verrückte Lampen, die wie bunte gläserne Eiszapfen wirkten, schmückten den Raum, verborgene Lichtquellen an allen Ecken, dazu ein modernes Sideboard mit Fernseher, Stereoanlage und Computer.

»An eurer Stelle würde ich mich überhaupt nur hier aufhalten!«

»Was glaubst du, was wir tun?«

Patricia zog zwei Korbstühle an den Computer und schaltete ihn ein.

»Das ist nur ein Provisorium«, sagte sie erklärend.

»Ach!« antwortete Anna.

Patricia grinste. »Du kannst ja schon mal anfangen!« Sie zog einen niedrigen Beistelltisch heran, auf dem tatsächlich eine Platte mit belegten kleinen Baguettebrötchen wartete, und öffnete Annas Flasche.

»Hast du die auf dem Dach hergefahren? Die ist ja eisig!«

Anna warf ihr einen schrägen Blick zu, während sie ins Internet ging.

»Ich befürchtete, du könntest keinen Kühlschrank haben!«

»Kühlschrank, Waschmaschine und Geschirrspülmaschine sind nun eben mal unverzichtbar! Wie Mann und Staubsauger!«

Anna suchte sich ein Brötchen aus, bevor sie fragte: »Und was sagt ein Mann, der bis zu den Hüften im Wasser steht?«

»Keine Ahnung, sag's!«

»Das geht mir jetzt aber über den Verstand!«

Annette wohnte in einem der modernen Wohnkomplexe, die nicht mehr quadratisch wuchsen, sondern verschachtelt angelegt waren und aus verschiedensten Materialien und Farben bestanden. Das Ganze war nicht höher als vier Stockwerke. Es wirkte freundlich durch viele parzellierte kleine Gärten mit Büschen und Sträuchern und den ersten Frühjahrsblumen, aber auch reglementiert durch Schilder wie »Häufchen in den nächsten Abfalleimer« oder »Rasen betreten verboten«. Alles hatte seine Ordnung, dagegen kamen auch die italienischsten unter den deutschen Architekten nicht an.

Rainer brauchte eine Weile, bis er Annettes Haustür gefunden hatte. Sie wohnte in einem der hinteren Häuser, die schräg zur Seite blickten. So sah sie nicht auf die Grünflächen zwischen den einzelnen Häusern, sondern auf die etwas entfernt liegende vierspurige Zufahrtsstraße.

Rainer studierte die fünf Namensschilder, fand ihren Nachnamen im Parterre und klingelte. Es wurde gleich geöffnet, und als Rainer in den in hellem Marmor gestalteten Flur trat, ging vor ihm die Tür auf. Rainers Herz schlug laut.

Annette trat vor, und er hörte sein Blut rauschen. Sie war tatsächlich atemberaubend. Ihre grünen Augen, die schwarzen Haare und die Figur übertrafen das Computerbild bei weitem. »Hallo, Rainer«, sagte sie mit einer kehligen Stimme, die ihn sofort Whisky riechen und Peitsche sehen ließ.

Er ging wie hypnotisiert auf sie zu. »Guten Abend, Annette!«

Sie schenkte ihm einen eisigen Blick, schloß hinter ihm die Tür und ging voraus zu einer Treppe, die in den Keller führte. Unten öffnete sie das Schloß einer schweren schwarzen Eisentür und zog zusätzlich einen breiten Riegel zurück. »Dein Leben liegt in meiner Hand!« raunte sie, und Rainer fühlte eine wohlige Wärme aufsteigen. Das Tor schwang zurück, und Rainer blickte in ein dunkles Verlies mit Ketten, Streckbank, Käfigen und einer Eisernen Jungfrau. Die Wände waren mit unbehauenen Steinen verkleidet worden, darin steckten brennende Fackeln, die ein unruhiges Licht warfen. Rainer fand es schaurig-schön und drehte sich zu Annette hin. Sie trug jetzt eine schwarze Augenmaske aus

Leder und hielt ihm ein zusammengelegtes dunkles Tuch hin. »Umbinden«, sagte sie knapp und: »Auf die Knie!« Rainer gehorchte bebend und fühlte, daß er heute den Kick seines Lebens bekommen würde.

Anna hatte sich verbissen. Wie immer, wenn sie an einem Problem herummachte, wollte sie eher sterben, als es nicht zu lösen. »Ich komme diesem Hausfrauenkram noch auf die Spur«, sagte sie, und es war eher der blanke Ehrgeiz als persönliches Interesse.

Patricia saß neben ihr, konnte den Schritten, die Anna machte, aber nicht mehr folgen. Zwischendurch sagte sie: »Ich schenke uns noch was ein«, oder fragte: »Magst du noch was essen?«, aber sie bekam kaum Antwort.

»Das ist ja eine langweilige Party«, beschwerte sie sich schließlich, da hörte sie, wie Anna die Luft einsog und anhielt.

»Wow!« sagte sie und ließ sie langsam wieder heraus. »Ich bin in ihrem System drin. Ich hätte es ja nie geglaubt!« Sie schaute Patricia an, als hätte sie soeben den Nobelpreis gewonnen, und ließ sich langsam, mit hochgereckten Armen in den Sessel zurücksinken. »Ich hab's tatsächlich geschafft!«

»Toll!« Patricia reckte wenig begeistert den Kopf. »Und was haben wir jetzt da? Eine Hausfrauenorganisation, die Bohnerwachs und Silikonbusen anpreist?«

»Sei nicht so zynisch, meine Liebe, nur weil du keine Hausfrauenambitionen und auch keine Spur von Begabung dazu hast!«

»Aber du!«

Anna antwortete nicht darauf.

»Dieses Hausfrauenbrimborium ist eine Deckorganisation, meine Liebe. Im Moment bin ich nicht sicher, ob hier eine Detektivin oder eine Journalistin sitzt!«

»Probier's doch mal mit Ehefrau. Und Hausfrau!«

»Du bist nicht würdig …«, begann Anna, aber Patricia rückte ihren Stuhl neben sie.

»Dann laß doch mal hören. Klingt interessant!«

Anna zeigte ihr eine schier endlose Liste mit Namen, Adressen, Bankverbindungen, Vorlieben.

»Was ist denn das?!« Patricia tippte auf den Bildschirm. »Halt doch mal an. Was steht da? Bevorzugt schlanke, knabenhafte Typen, kurzhaarig, hellhäutig und kaum behaart.« Patricia schaute Anna an. »Spinn ich? Wo bist du denn da gelandet?«

Anna griff nach ihrem Glas. »Sieht irgendwie nicht mehr unbedingt nach Hausfrauen aus, wie?«

Sie spulte die Namen langsamer ab und nahm einen tiefen Schluck, da spie sie die Hälfte mit einem gegurgelten »Öfff« wieder aus. Sie hustete sich fast die Seele aus dem Leib, während Patricia ihr eifrig auf den Rücken klopfte.

»Schau da!« Aufgeregt wies sie zum Bildschirm. »Mein Gott, das ist ja brandheißes Material!«

Siegmund Leuthental stand da. *Oberstaatsanwalt, fünfundfünfzig Jahre alt, eines der ersten Mitglieder (bevorzugt zu behandeln) und einer der besten Kunden. Stufe eins! Vorlieben: eher drall, auf jeden Fall dickbusig. Typ naive, anhimmelnde Blondine, auf keinen Fall eine herbe, selbstbewußte Frau. Spielt vorher gern den großen Maxe, hat aber keinen. Steht auf Fellatio. Stammcrew: Luise, Gerlinde, Sabine.*

Anna war blaß geworden, während Patricia aufgeregt hin und her wippte. »Das ist ja nicht zu fassen! Was ist denn das???«

Anna zog die Augenbrauen hoch. »Sieht irgendwie gefährlich aus!«

»Aber immerhin«, Patricia wies mit dem Finger auf den Bildschirm. »Der feine Herr Oberstaatsanwalt«, sagte sie. »Da schau mal an! Und alles mit Machtstreben kompensieren. Typisch! Raketen bauen, wenn man selbst zu kurz gekommen ist, das erhärtet meine These.«

»Haben nicht auch die kleinsten Männer die größten bissigen Hunde?«

»Auch so ein Phänomen, völlig richtig. Ausgleichen, was man selbst nicht hat oder ist.« Sie stockte. »Anna, das ist ungeheuerlich!«

Anna saß steif vor dem Bildschirm. »Ich glaube nicht, daß die Polizei ein solches Register hat!«

»Sicherlich nicht«, bestätigte Patricia.

»Ich glaube auch, daß eine Organisation, die so etwas aufzieht, überhaupt kein Interesse daran hat, daß andere das mitbekommen.«

Patricia nickte. »Richtig!«

Anna bewegte sich noch immer nicht. »Ich glaube, daß wir in Lebensgefahr sind!«

»Wie?« Patricia schaute sich schnell um.

»Wenn die draufkommen, wer ihr System geknackt hat, möchte ich nicht wissen, was passiert!«

Patricia rieb sich die Arme. »Können die das denn?«

»Theoretisch nicht. Aber wenn sie einen Spezialisten haben?!«

»Du meinst so eine Seele wie dich?«

»Denk an den Film *23*, die Hacker waren schon zu unserer Schulzeit international aktiv, da lasen wir noch *Bravo*-Heftchen!« Anna ließ die Namen weiterlaufen. »Das ist alles real hier, die Leute gibt es wirklich. Stell dir mal vor, hochangesehene Persönlichkeiten. Wer weiß, wen wir noch alles finden!«

»Max könnte damit die halbe Stadt erpressen«, warf Patricia ein.

»Es muß bei euch in der Familie liegen!« Anna schüttelte den Kopf. »Hast du einen Schnaps im Haus? Ich glaub, ich brauch jetzt was. Übrigens, merkst du? Es geht alphabetisch.«

Patricia war aufgestanden, blieb aber stehen. »Wart mal, dann kann ich ja gezielt nach meinen Kollegen schauen!«

»Hol mir ruhig erst mal den Schnaps, wenn du ihn findest. Ich klopfe mal die Obrigkeit ab. Bürgermeister, Banker, Pfarrer und so weiter!«

Patricia wühlte gerade in der Küche herum, um eine der Schnapsflaschen aus den Weihnachtsbeständen zu finden, als sie ein Schrei ins Schlafzimmer zurücklaufen ließ.

»Ich sollte es dir vielleicht gar nicht sagen«, wehrte Anna ab. »War töricht von mir, so zu reagieren!«

»Wer?!« Patricia starrte sie an. »Frank?«

»Dein Vater!«

»Papa?«

»Da!« Anna wies mit dem Zeigefinger auf den Bildschirm.

»Tatsächlich! Ich glaub's nicht!« Sie warf Anna einen schrägen Blick zu. »Schau weg! Die Vorlieben meines Vaters gehen dich gar nichts an.« Sie stutzte. »Oder hast du's vielleicht schon gelesen?«

»Ich?« Anna hob die Schwurhand. »I wo!«

Patricia beugte sich näher an den Bildschirm heran.

Liebt Frauen mit adeliger Ausstrahlung, braucht den Kick, uneinnehmbare Festungen zu stürmen, las sie laut vor. *Möchte als vollkommener Sieger das Feld verlassen, nachdem er den vermeintlichen Widerstand des Burgfräuleins oder der Amazone gebrochen hat! Crew: Erbprinzessin Susanna und Herzogin Petrusia!*

Patricia ließ sich auf den Korbsessel sinken. »Ich glaub's nicht. Ich glaub's einfach nicht! Kneif mich mal! Mein Alter braucht ein Burgfräulein! Wenn ich das nächstemal nach Hause komme, stelle ich mich ihm als«, sie hob die Stimme, »Erbprinzessin Susanna vor.«

Anna lachte. »Wer hätte gedacht, was aus diesem Abend wird. Nicht zu glauben! Wo ist der Schnaps?«

»Schnaps? Gleich! Schau mal nach Rainer!«

»Was? Rainer? Du spinnst wohl!« Sie runzelte die Stirn.

»Hä!« triumphierte Patricia. »Du traust dich wohl nicht!«

»Und ob!« Sie spulte bis zu Leicht, fand auch einen Mark Leicht, aber Rainer Leicht fehlte in der Kartei.

»Und Lars?«

»Das wäre ja ein Ding!«

Sie fanden Lars nicht und auch nicht Frank. Ganz am Ende der Namensliste kam eine Rubrik mit Novizen. Sieben Codenamen standen da, als letzten las Anna »Schnuffi« vor.

»Schnuffi braucht eine Domina, weil er zu Hause keine Chance gegen seine Frau hat.« Sie lachte. »Armer Schnuffi! Ist ja wirklich ungeheuerlich!«

»Und weiter?« drängte Patricia. »Was ist weiter mit diesem Schnuffi?«

»He, nicht so gierig!« Anna hob tadelnd den Zeigefinger. »Na, denn!« Sie veränderte ihre Stimme, gab ihr einen schwulen Touch: *Bisher eher weiche Erfahrung, kann aber härter rangenommen werden. Versuchsweise Käfig, Streck-*

bank und an die Wand ketten, Augenbinde und Siebenschwänzige.

»T-t-t-t!« Patricia schüttelte den Kopf. »Steht da auch irgendwo, was die Kerle dafür bezahlen?«

»Nein, nicht direkt. Hat wohl was mit den Kategorien zu tun!«

»Was stand denn bei meinem Vater?«

»Kategorie eins!«

»Der verhurt unser Erbe, der Schuft. Und bei diesem Schnuffi?«

»Nichts. Der übt wohl noch!«

»So einen kannste auch in der Pfeife rauchen.«

»Was machst du, wenn du so einen Mann zu Hause hast?« wollte Anna wissen. »Wenn wir jetzt Frank da drin gefunden hätten?«

»Hätte ich ihn die nächsten Tage und Nächte so rangenommen, daß er nur noch auf allen vieren aus dem Haus gekrochen wäre!« Sie nickte grimmig. »Und du mit deinem Rainer?«

»Hätte ich ihm auf die Schultern geklopft und zu seiner Potenz gratuliert!«

Patricia schüttelte den Kopf. »Das hättest du nicht wirklich getan!«

»Ich muß über so was wirklich nicht nachdenken. Seine Libido ist nicht sonderlich ausgeprägt, ich denke, er ist froh, wenn ich nicht öfter als am Samstag mit ihm will.«

»Und du hast zum Ausgleich ja Lars!«

»Eben!«

»Ich glaube, ich hol uns jetzt den Schnaps!«

Rainer hatte schon, während er auf der Streckbank lag, beschlossen, daß Annette ihr Geld mehr als wert sei und daß er ihr bereits heute den vollen Preis bezahlen würde. Es war ihr recht. Sie nahm es mit stahlblauem Blick und zuckte nicht mit der Wimper, als sie ihm bescheinigte, daß sie ihn hiermit als Kunden akzeptierte. Er fühlte sich geschmeichelt, vor allem deshalb, weil sie ihm klarmachte, wie hoch ihre Maßstäbe und wie groß deshalb diese Auszeichnung sei. Rainer nahm sich vor, sie das nächstemal nach ihren Kriterien zu fragen, aber jetzt erschien ihm eine solche Frage zu eitel.

Sie ging vor ihm die Treppe hoch, und er betrachtete dabei ihren Rücken. Sie sah aus wie ein Panther, ihre Bewegungen waren geschmeidig, ihre Körperformen in dem engen Leder atemberaubend. Sie war tatsächlich eine Traumfrau, die einem herrliche Alpträume bescherte. Er lächelte über diese Wortspielerei, als ihm der Atem wegblieb. Im Spiegel, der gegenüber des Treppenaufgangs im Flur hing, entdeckte er an Annettes Rücken vorbei eine Gestalt, die ihm bekannt vorkam. Er stand seitlich an der Wand, wohl, um von dem Kunden nicht gesehen zu werden, hatte aber ganz offensichtlich den Spiegel vergessen. Rainers erster Impuls war stehenzubleiben, aber hinter Annette fühlte er sich irgendwie sicher, und er ging weiter hinauf.

In dem Moment, als Rainer hinter Annette auftauchte, erkannte Charly ihn auch. Er starrte ihn an. »Du kannst es wohl nicht lassen!« fuhr er Rainer an.

»Hören Sie auf, meine Kunden zu beschimpfen! Dazu sind Sie nicht da!« maßregelte ihn Annette.

»Schnauze!« Charly plusterte sich auf. Er hatte die Haare geschnitten und dunkel gefärbt und steckte in einem dunkelgrauen Anzug, trotzdem hätte ihn Rainer überall auf dieser Welt sofort erkannt. »Es stinkt mir«, fuhr Charly drohend fort, »daß du mich ständig ausfindig machst!«

Rainer zuckte die Achseln und ging vorsichtshalber langsam in die Nähe der Haustür.

»Wie machst du das eigentlich?«

Rainer öffnete die Haustür und drehte sich nochmals nach ihm um. »Meine Frau ist Privatdetektivin«, antwortete er und zog die Tür hinter sich zu.

Charly hatte in seinem Leben schon vieles erlebt, aber nicht, daß ihm eine Frau sein Geld verweigerte.

»Es ist eine bodenlose Frechheit, wie Sie sich hier benehmen«, Annette nahm ihre Augenmaske ab. »Ich werde das melden. Zum Kundenvergraulen habe ich Sie nicht engagiert. Zum Aufpassen, falls einer durchdreht! Das ist Ihr Job!«

»Der Kerl hat mich schon mehrmals beschissen!« rechtfertigte sich Charly.

»Und wenn er Sie vollends in die Jauchegrube geworfen hätte! Solange Sie von mir bezahlt werden, pöbeln Sie meine Kundschaft nicht an, damit es klar ist. Das war Ihr letzter Job bei mir, und Geld bekommen Sie auch keines, damit wir uns gleich verstehen!«

»Was ist denn das?!« Charly nahm Maß. Seine Gesichtshaut verfärbte sich bereits rot, er spürte, wie sich sein Kamm aufstellte.

»Eine Organisation. Und Sie sind das kleinste Rädchen im Getriebe. Und wenn Sie jetzt glauben, hier gegen mich auftrumpfen zu müssen, dann sollten Sie sich das besser gut überlegen!«

Charly trat zurück und ließ seine geballten Fäuste sinken.

»Einer wie Sie ist eine Gefahr, keine Hilfe!« sagte Annette langsam und wies auf die Tür.

Charly kochte vor Wut, aber er ging. Draußen hätte er am liebsten gegen die Tür getreten oder diesem Idioten noch eine geballert. Schnaubend ging Charly den Weg entlang, führte alle zwei Schritte Boxschläge aus.

Langsam senkte sich sein Blutdruck, und er konnte wieder klar denken. Charly, bezähm deinen Jähzorn, sagte er sich. Der Job ist gut, du hattest bisher bei keinem einzigen Auftrag mehr zu tun, als im Anschluß deinen Schein zu kassieren. Laß diese Kuh und diesen Heini. Die Gewißheit, ihm rein körperlich eins draufgeben zu können, wenn er nur wollte, tröstete ihn. Jetzt wollte er nur nicht, das war alles. Er sah auf seine Armbanduhr. Noch ein paar Wochen, und er würde sie wieder gegen eine echte eintauschen, und irgendwann würde er sich auch wieder nach einer neuen Wohnung umsehen können. Er stieg in seinen alten Chevy und fuhr zu seiner Pension. Jetzt würde er sich umziehen und in einem anständigen Kiezdreß noch einen aufs Parkett legen.

Dreißig Minuten später war er verhaftet. Er hatte auf dem Parkplatz vor seiner Pension geparkt, war ausgestiegen und wollte eben seinen Wagen abschließen, als plötzlich drei Männer in Zivil ihn in ihre Mitte nahmen. Der eine hielt ihm die Pistole in den Rücken, der andere seinen Dienstausweis vor die Nase, und der dritte tastete ihn nach einer Waffe ab und ließ die Handschellen zuschnappen.

»Wieso denn?« wollte er wissen, erntete aber nur einen gelangweilten Blick des Polizisten, der neben ihm stand.

»Wie wär's mit schwerer Körperverletzung?« sagte er und schob ihn wie ein gebündeltes Paket auf den Rücksitz des Polizeiwagens.

Charly starrte geradeaus. Das kam nicht von ungefähr, das war ihm klar. Hatte tatsächlich die Kleine von diesem Typen, den er zusammengeschlagen hatte, seine Adresse herausgefunden? Was hatte der Kerl vorhin noch gesagt? Sie sei Privatdetektivin? Wenn er wegen dieser Kuh wieder sitzen mußte, hatte sie einen lebenslangen Feind, das würde er ihr noch beibringen müssen. Oder war es bereits die Reaktion der Organisation auf Annettes Beschwerde? Er konnte es nicht einordnen, da piepte sein Handy zweimal. Eine SMS, er schaute zu dem Beamten an seiner Seite. »Darf ich?« Der zuckte die Schulter. Charly fummelte sich, durch die Handschellen behindert, mühsam sein Handy aus dem Jackett. Eine Kurznachricht war eingegangen. Und keine sehr erfreuliche: »Einen Störenfried in unseren Reihen können wir nicht gebrauchen!«

Rainer erfuhr am nächsten Morgen im Büro von Karl Lönitz' Verhaftung. Das war ihm überhaupt nicht recht, denn wenn er Pech hatte, würde der jede einzelne Begegnung vor Gericht beichten. Bei Gudrun mochte das ja noch angehen. Da war er der Anwalt, der eine Mandantin schützen wollte. Aber bei Lizzy? Und jetzt auch noch bei Annette? Er überlegte, wie er seinen Kopf retten konnte. Nur, wenn er gleichzeitig Karls Kopf retten würde, das bedeutete, er mußte die Anzeige gegen Karl Lönitz zurückziehen. Er überlegte sich, mit welcher Begründung er seine Entscheidung vor Anna vertreten konnte. Aber mußte sie es überhaupt erfahren?

Auf der anderen Seite war ein Karl Lönitz hinter Gittern auch ein tröstlicher Gedanke. Er konnte den Kerl einfach nicht mehr sehen. Und ganz offensichtlich blieb ihm dieser Anblick nicht erspart, solange Lönitz auf freiem Fuß war. Er beschloß, es darauf ankommen zu lassen. Lönitz hinter Gittern, das war schließlich auch ein kleiner Sieg.

Anna und Patricia hatten beschlossen, die Sache zunächst einmal geheimzuhalten. Anna fiel es zwar nicht leicht, weil sie am gestrigen späten Abend mit Rainer noch ein Glas Wein getrunken und über den Tag geplaudert hatte, aber sie beherrschte sich. Es war ein Abenteuer, und sie liebte es, war sich aber auch bewußt, daß es ungeahnte Dimensionen annehmen konnte.

Aber dann erzählte ihr Rainer kurz vorm Zubettgehen, beiläufig beim Zähneputzen im Badezimmer, von Friederike Leuthentals seltsamem Anruf und ihrer Bitte um einen Termin. Anna hielt sich gerade die Munddusche in den Mund und glaubte, sie habe einen elektrischen Schlag bekommen, so durchfuhr sie die Mitteilung. Sie verschluckte sich heftig, ließ sich von Rainer auf den Rücken klopfen. Das war ja der Hammer. Wenn sich Friederike von ihrem Mann trennen wollte, würde ihr die Information über ihren süßen Oberstaatsanwalt Tür und Tor öffnen und Max die Freiheit schenken. Sie mußte sich darüber sofort mit Patricia besprechen. Anna überlegte, wie sie das jetzt noch bewerkstelligen könnte, ohne daß es Rainer mitbekäme. Es fiel ihr aber keine Lösung ein. Wohl oder übel mußte sie, aufgeregt, wie sie war, ins Bett und Müdigkeit vortäuschen. Oder sollte sie Rainer anfallen? Das würde sie ablenken, und danach war sie vielleicht wirklich müde. Aber als sie ins Schlafzimmer kam, hatte er sich auf seiner Seite schon in die Decke eingerollt. Sie betrachtete ihn und zog ihren Schlafanzug an. Sie hatte eine sexuelle Sparflamme geheiratet, aber das hatte sie schließlich schon vor der Hochzeit gewußt.

Anna hauchte ihm einen Gutenachtkuß auf die Wange und legte sich auf ihre Seite.

Patricia überlegte den halben Vormittag, ob sie ihre Mutter über die Neigungen ihres Mannes aufklären sollte. Die Formulierung ließ sie nicht los. *Braucht den Kick, uneinnehmbare Festungen zu stürmen.* Sie sah es bildlich vor sich, wie er den Grandseigneur und falschen Charmeur spielte. Und die Namen der beiden sogenannten Crewmitglieder klangen noch in ihrem Kopf. Erbprinzessin Susanna und Herzogin Petrusia. Völlig idiotisch!

Aber dann sah sie ihre Mutter vor sich. Was hatte sie ihrem Mann schon entgegenzusetzen. Sie hatte es in den letzten dreißig Jahren nie getan, sie würde es auch in Zukunft nicht tun. Es war das alte Lied von der Fassade. Hauptsache, das äußere Bild stimmte.

Sie dachte an ihren Bruder. Was würde Max mit diesen Informationen tun? Sein Leben verspielen, dessen war sie sich sicher. Er war ein zu großer Kindskopf, viel zu hitzig und viel zu unüberlegt, um mit so etwas umgehen zu können.

Als erstes würde er wahrscheinlich seinem Vater vor der gesamten feinen Hamburger Gesellschaft die Meinung stoßen und anschließend dem Herrn Oberstaatsanwalt Steffens Freilassung verordnen. Patricia war sich sicher, daß es da ein ganzes Netz von Herren gab, die es voneinander zwar nicht wußten, aber insgesamt der Sache dienten, wer immer auch dahinterstecken mochte.

Anna saß während dieser Zeit wie auf heißen Kohlen, denn ausgerechnet heute ließ sich Rainer Zeit. Er frühstückte, las die Zeitung und ließ sich auch nicht irritieren, als Anna mehrmals demonstrativ zur Uhr sah.

»Was tust du denn so hektisch?« fragte er sie schließlich, und Anna gab sich einen Ruck.

»Du bist schon spät dran, mußt du nicht los?« versuchte sie ihn diplomatisch zum Aufbruch zu bewegen.

»Ich genieße gerade mein Leben«, erklärte er hinter der Zeitung. »Dazu gehört auch, ganz einfach mal später zu kommen!«

»Ah! Toll!« Anna rutschte auf ihrem Stuhl hin und her. Mußte er gerade jetzt damit anfangen? »Und wenn jetzt schon ein Mandant wartet?«

»Es wartet keiner.«

Als er um zehn endlich ging, stürzte Anna sofort zum Telefon.

Patricia wollte ihr erzählen, worüber sie den halben Vormittag nachgedacht hatte, aber Anna unterbrach sie sofort.

»Du glaubst es nicht«, sprudelte sie los. »Friederike Leuthental hat einen Termin bei Rainer. Morgen. Sie will sich scheiden lassen – oder sich zumindest über Scheidungen informieren, stell dir vor!«

»Ach nein!« Patricia stand in der kleinen Teeküche ihrer Praxis, der nächste Patient würde gleich kommen. »Das ist ja ein Ding!«

Sie kam zum gleichen Schluß wie Anna. Max konnte man solche Dinge nicht anvertrauen, aber Friederike Leuthental würde ihre Information sicher gezielt einsetzen.

»Wie sagen wir es ihr?« fragte sie. »Ich kenne sie ja nicht!«

»Ich habe sie auch nur einmal auf dem Gang im *Ramses* gesehen«, gab Anna zu bedenken.

»Ja, prima«, Patricias Stimme klang erleichtert, »so was verbindet. Ruf du sie an.«

»Und am Telefon soll ich ihr … ist das nicht ein bißchen derb?«

»Lote es aus, wirst schon sehen.«

Friederike hatte sich gerade ausgehfertig gemacht, um sich mit ihrem Mann zum Mittagessen zu treffen, als das Telefon klingelte. Zuerst wollte sie das Gespräch nicht annehmen, weil sie sowieso schon zu spät dran war, aber dann schaffte sie es doch nicht, das Klingeln zu ignorieren. Möglicherweise war es ja wichtig. Sie war schon im Mantel an der Tür, ging aber in die Halle zurück und nahm ab. Es war Anna. Sie stellte sich vor, und Friederike erinnerte sich sofort. »Ich habe morgen bei Ihrem Mann einen Termin«, sagte sie, »sicherlich hat er es Ihnen erzählt …«

»Ja, deshalb rufe ich an. Sie können den Termin streichen. Wenn Sie mir glauben, was ich Ihnen jetzt erzähle, können Sie etwas für sich und auch für Max tun. Und egal, was Sie tun oder von Ihrem Mann fordern, er wird akzeptieren und nichts dagegen unternehmen wollen!«

Friederike schaute auf eine der Plastiken, die in der Eingangshalle standen, ein Adonis aus weißem Marmor, und bedachte, was sie eben gehört hatte. »Das hört sich … unglaubhaft an, um es vorsichtig auszudrücken«, sagte sie und löste ihren Blick von den Bauchmuskeln der kopflosen Figur.

»Es ist eigentlich auch zu delikat, um es am Telefon zu besprechen …« Seit gestern war Anna von dem seltsamen Gedanken erfaßt, sie könnte abgehört werden.

»Wollen wir uns treffen?« fragte Friederike, und ihr interessierter Ton ließ Anna aufhorchen. »Ich fahre eben in die Stadt, um mit meinem Mann zu Mittag zu essen. Wie wär's danach?«

Zwei Stunden später saßen die beiden Frauen am Tresen eines Champagnerstands in einer Einkaufspassage. Friederike war etwas größer als Anna und ein völlig anderer

Typ. Naturblond, in ausgewaschenen Jeans, dunkelblauem Blazer, Seidentuch um den Hals und flachen Mokassins entsprach sie dem Bild sportlicher norddeutscher Frauen. Anna wirkte dagegen fraulicher, sie betonte ihre Rundungen mit einem ausgeschnittenen Pullover und trug enge schwarze Hosen zu Stiefeletten mit hohem Absatz. »Kaffee, oder brauchen wir ein Glas Champagner?« fragte Friederike und hielt Anna die Hand zum Gruß hin.

»Es ist eine schlechte und eine gute Nachricht. Wobei, angesichts Ihrer Situation«, Anna lächelte entschuldigend, »die gute die schlechte überwiegen dürfte. Entscheiden Sie selbst!«

Friederike setzte sich auf den Barhocker. »Hört sich irgendwie nach Champagner an.« Sie lächelte Anna verschmitzt zu. »Zwei fremdgehende Ehefrauen sollten überhaupt nur noch Champagner trinken ...«

Ihr männlicher Nachbar zur Linken warf ihr einen interessierten Blick zu, Anna grinste. »Also dann.« Sie orderte zwei Gläser Taittinger und beugte sich zu Friederike vor. »Aber fallen Sie nicht in Ohnmacht!«

»Mein Nachbar wird mich gern auffangen, habe ich das Gefühl, also keine Sorge.«

Anna nickte und begann leise, Friederike von ihrem gestrigen Abend mit Patricia zu erzählen. Per Zufall, kürzte sie ab, seien sie in diese Seiten geraten und hätten im Mitgliederstamm dieser Organisation unter anderem einige Namen prominenter Männer entdeckt.

Friederike ließ sich den Wortlaut über die Vorlieben ihres Mannes zweimal erzählen. Ihr Gesicht hatte sich versteinert, sie war blaß geworden. Schließlich räusperte sie sich. »Jetzt muß ich tatsächlich erst einmal etwas trinken!«

Anna griff ebenfalls zu ihrem Glas. »Tut mir leid, ich weiß nicht, wie ich es hätte schonender machen können!«

»Schlimm genug, daß eine«, Friederike schaute sie an, »entschuldigen Sie, fremde Person Einblick in das Sexualverhalten meines Mannes bekommt, aber noch schlimmer ist natürlich«, sie trank das Glas in einem Zug leer, »daß dieser verlogene Bock zu Hause so tut, als sei ich an allem schuld, und woanders die Sau rausläßt!« Sie hatte lauter als beabsichtigt gesprochen, und ihr Nachbar musterte sie erneut. »Noch ein Glas, bitte«, rief sie dem Kellner zu, korrigierte sich mit Blick auf Annas Glas aber sofort: »Bitte zwei!«

Anna beobachtete sie. Sie behielt glänzend die Fassung, das mußte sie ihr zugestehen. Sie wußte nicht, wie sie reagiert hätte, wenn eine wildfremde Frau sie am hellichten Nachmittag über die Sexspielchen ihres Mannes aufgeklärt hätte. Wahrscheinlich wäre sie tatsächlich vom Stuhl gefallen. Und dann hätte sie eine Knarre gekauft.

Die neuen Gläser wurden bereits auf den Tresen gestellt, was Anna wunderte, denn so schnell war sie hier noch nie bedient worden. Anscheinend war Friederike hier keine Unbekannte.

»Sorry«, Friederike holte neben ihr tief Luft. »Ich muß das erst einmal verdauen und mich sammeln, bevor ich zurückschlagen kann. Aber Sie haben natürlich recht. Mit so einer Information brauche ich keinen Anwalt mehr, da kann ich ihm diktieren, was ich will. Auch schön«, sie wiegte den Kopf und hob das Glas. Ihr Mund, der noch eben verletzlich weich gewirkt hatte, straffte sich wieder, und sie warf den Kopf zurück. »Nicht zu fassen!« sagte sie laut und hielt Anna ihr Glas hin. »Stoßen wir auf die Unwahrscheinlichkeiten dieses Lebens an!«

Der Trinkspruch gefiel Anna, und sie tranken, bis Friederike absetzte und ihr direkt in die Augen blickte. »Und warum erzählen Sie mir das alles?«

»Weil Ihr Mann anscheinend die Macht hat, Dinge zu bewegen. Sicherlich kann er auch etwas für Max tun, er ist immerhin fast wie ein Bruder für mich. Diese Anzeige wegen Autodiebstahls lähmt ihn. Die muß endlich vom Tisch!«

Friederike fuhr sich mit einer Hand durch ihre nackenlangen Haare. »Dazu bräuchte ich noch nicht einmal meinen Mann, denn die Anzeige stammt ja von mir. Bloß, wenn ich sie zurücknehme, wird die Versicherung aufschreien.«

»Dann muß aus der Anzeige gegen Max Wilkens eben eine Anzeige gegen Unbekannt werden!«

»Hmm!« Friederike überlegte. »Ich habe darüber, ungeachtet der Sexgeschichten meines Mannes, auch schon nachgedacht. Dazu bräuchte Max aber ein Alibi. Und nicht zu vergessen, er ist ja nicht nur mit meinem Wagen verschwunden«, sie schüttelte den Kopf, »sondern hat gleichzeitig auch seine Praktikantenstelle hingeschmissen, ohne ein Wort zu sagen. Das heißt, er gilt seit diesem Zeitpunkt, genau wie mein Auto, als verschollen.«

Anna schaute sich um, während sie nachdachte. Erstaunlich, wer alles am Nachmittag Zeit hatte, sich zu einem Plausch, einem Glas Champagner, einigen Meeresfrüchten oder auch einem Cappuccino zu treffen. Die Tische waren alle besetzt, selbst die Barhocker am Tresen. Von hier aus ließ sich das Treiben in der Passage herrlich beobachten, ein Platz zum Lästern und Genießen. Sie nahm einen Schluck. »Ich hab's«, sagte sie und stellte ihr Glas schwungvoll ab. »Max muß aus dem Fahndungscomputer der Polizei verschwinden. Und die Versicherung wird wohl nicht auf eigene Faust recherchieren, so wichtig kann denen so ein Turbo auch nicht sein, da gibt es sicherlich ganz andere Fälle. Die werden auf die Polizei vertrauen und damit basta!«

Friederike fand die Idee nicht schlecht. Aber ob sie bei ihrem Mann für den Sohn des verhaßten Wilkens etwas erreichen konnte, mochte sie noch bezweifeln. »Er ist einfach sein Erzfeind!«

»Daß er einen zu Kurzen hat, steht schwarz auf weiß in seinen Sexakten«, erklärte Anna. »Was will er dann noch?«

»Es ging nicht um die Länge, es ging um die Behäbigkeit seiner Spermien«, korrigierte Friederike gelassen.

»Um so besser!« Anna zuckte mit den Schultern. »Welche Peinlichkeit für ihn, auf anhimmelnde Blondinen zu stehen, weil er vor seiner eigenen selbstbewußten Frau Angst hat, man stelle sich vor, ein Oberstaa...«

»Psst!« Friederike legte den Finger auf den Mund und rollte mit den Augen.

»Können Sie mir dieses ... Zeugs ... ausdrucken? Dokumentiert macht sich's besser!«

»Bei nächster Gelegenheit, klar doch!«

»Gut, und ich schau, was ich für Max tun kann!«

Anna prostete Friederike zu. »Wunderbar«, sagte sie und nahm noch einen Schluck. »Der seltene Fall, daß ein Ehemann etwas für den Liebhaber tun muß!«

»Blöde Zicken«, sagte ihr Nachbar von der linken Seite laut und deutlich. »Da kann es einem ja schlecht werden!«

Friederike und Anna schauten sich verblüfft an und mußten beide lachen. Friederike drehte sich zu ihm um. »Bei manchen Männern kann es einem auch schlecht werden«, erklärte sie ihm sachlich. »Vor allem, wenn sie lauschen!«

»Sie beschallen ja den ganzen Platz mit Ihrem ordinären Geschwätz«, rechtfertigte er sich.

»Sie sind der erste, der sich beschwert!« Friederike musterte ihn. Ein Mann ohne Erinnerungsmerkmale. Sie würde ihn vergessen haben, sobald sie aus der Passage draußen war.

Er wand ihr demonstrativ den Rücken zu, und Friederike drehte sich kopfschüttelnd wieder zu Anna um.

»Vergessen wir das! Aber Ihre Idee mit Max ist gut. Es dürfte für Siegmund kein Problem sein, einen seiner Rotarierfreunde von der Polizei zu überzeugen. Oder – noch einfacher – durchforsten Sie doch die Liste nach einschlägigen Namen von Gesetzeshütern, dann drücke ich ihm das auch in die Hand, und eins, zwei, drei ist Max frei – reimt sich.« Sie lächelte spitzbübisch. »Oder sagen wir mal, ein unbelasteter Mann.«

Anna hatte Patricia gleich über das Gespräch informiert, und Patricia fand es klasse, daß sich eine Chance für Max auftat. Andererseits gefiel ihr das alles nicht so richtig. Seit gestern nacht war vieles anders geworden. Es hatten sich Dinge in ihr Leben, ja, sogar in ihr Schlafzimmer geschlichen, die sie nie für möglich gehalten hätte. Patricia fuhr früher nach Hause als gewöhnlich, weil sie es in der Praxis nicht mehr aushielt. Kaum war der letzte Patient gegangen, verabschiedete sie sich für diesen Tag von ihren Kollegen. Sie fühlte sich von Kopf bis Fuß von einer seltsamen Unruhe gepackt und fing, gleich, nachdem sie zu Hause angekommen war, gegen ihre innere Überzeugung an, Kisten auszupacken. Sie brauchte irgendeine körperliche Betätigung. Anna hatte ihr versprochen, gegen sechs Uhr bei ihr zu sein, so blieben ihr noch gut vierzig Minuten. Sie ging ins Schlafzimmer und schaltete den Computer schon einmal ein, und weil sie schon dabei war, schaute sie auch nach eingegangenen E-Mails. Eine war da, sie las sie zunächst im Stehen, dann mußte sie sich setzen.

Kleine Warnung an Unbefugte, stand da. *Hat euch vielleicht Spaß gemacht, aber jetzt ist der Spaß zu Ende. Solltet ihr weiter in unserem Programm herumspielen wollen, werden wir recht schnell Ernst machen. Also laßt die Finger weg und vergeßt es!*

Patricia schluckte trocken, las es noch mal und raste ans Telefon.

»Anna«, sagte sie aufgeregt, kaum daß Anna den Hörer am Ohr hatte, »jetzt ist es passiert. Sie haben's gemerkt! Wie konnten sie das merken?«

»Woher weißt du das?«

»Sie haben uns eine E-Mail geschrieben!«

»Eine E-Mail? Das ist seltsam! Der muß ganz schön gut sein.«

»Jetzt hör auf!« Patricia befürchtete, aus dem Häuschen zu geraten. »Hör auf, über das Wie nachzudenken. Sie ist da, das ist Fakt. Sie drohen uns!«

Anna kam frisch von ihrem Massagetermin und war noch nicht so schnell aus der Ruhe zu bringen. »Das ging aber schnell!«

»Ja, verdammt! Es ist wie ein Einbruch in meine Wohnung, ich fühle mich observiert und keine Sekunde mehr sicher. Als nächstes stehen vier maskierte Schläger vor der Tür! Komm sofort her!«

»Du wirst ja hysterisch! So kenne ich dich überhaupt nicht!«

»Ahhh!« Patricia knallte den Hörer hin und ging zum Computer zurück. Sie las den Brief nochmals und drückte auf »Antworten«. Sie schrieb: *Haben nicht die Absicht, Ihre Interessen zu kreuzen. War purer Zufall. Haben's schon vergessen!*

Sie sandte die Message sofort ab und ging in die Küche, um sich ein Bier einzuschenken. Sie brauchte dringend etwas für ihre Nerven. Baldrian wäre noch besser gewesen, aber sie besaß nichts dergleichen, und wenn sie es besessen hätte, hätte sie es auf die Schnelle sicherlich nicht gefunden. Sie verfluchte das Tohuwabohu und nahm sich vor, Frank am Wochenende in der Wohnung einzuschließen. Jetzt war es wirklich an der Zeit, dem Chaos Herr zu werden.

Bis sie zu ihrem Computer zurückkam, war die Antwort da. Ihr wäre vor Schreck fast das Glas aus der Hand gefallen, aber jetzt sah es tatsächlich so aus, als würde sich zwischen ihr und dieser ominösen Organisation ein Briefwechsel entwickeln. Das durfte doch nicht wahr sein, sie betrachtete den Bildschirm, der ihr irgendwie feindlich vorkam, setzte sich dann aber doch davor und las.

Na also, ist doch machbar. Im Gegenzug ein kleines Angebot: Arbeitet mit, für gutes Geld und zu hervorragenden Arbeitsbedingungen. Ihr bestimmt, wen ihr haben wollt und wen nicht. Es gibt auch gute Typen im Angebot – was für den Spaß: groß, breitschultrig, blauäugig!

Patricia kniff die Augen zu, las den Brief erneut und drehte sich blitzartig um. Irgendwie hatte sie den Eindruck, es stünde bereits jemand hinter ihr. Woher, in drei Teufels Namen, wußte diese Organisation, daß sie eine Frau war? Und – noch schlimmer – derer gleich mehrere? Sie hatten »arbeitet mit« geschrieben. Nicht »arbeite mit«. Das war unheimlich.

Patricia stand langsam auf und ging wieder zum Telefon. Diesmal nahm sie es mit. Sie drückte die Wiederholungstaste, aber bei Anna zu Hause meldete sich nur der Anrufbeantworter.

Sie wählte die Handynummer.

»Ja, ich bin gleich bei dir«, sagte Anna ansatzlos. »Kannst schon mal die Tür aufmachen und einen Kaffee aufsetzen. Den brauch ich jetzt nämlich!«

»Du brauchst einen Schnaps!«

»Schon wieder? Wieso?«

»Wir kommunizieren!«

»Wie??«

»Die antworten!«

Anna hatte den Kaffee vergessen, als sie fünf Minuten später an Patricia vorbei ins Schlafzimmer stürmte. Sie schaute sich die drei Briefe an und zog sich einen Stuhl heran.

»Seltsam, seltsam«, murmelte sie, und für Patricia sah es aus, als beschwöre sie den Rechner.

»Was ist seltsam?« fragte sie.

»Sie tun, als würden sie uns kennen! Steht ganz Hamburg unter Beobachtung, oder was?«

»Wie meinst du das?«

»Na ja, hier!« Anna wies zum Bildschirm. »*Was für den Spaß – groß, breitschultrig, blauäugig.* Hört sich doch an, als würde sich jemand süffisant auf mein Verhältnis mit Lars beziehen!«

Patricia schaute sie an und zog eine Augenbraue hoch. »Du spinnst!«

»Ja, danke! Mag sein!«

Patricia holte sich ebenfalls einen Stuhl und setzte sich dicht neben Anna.

»So, dann wollen wir mal«, erklärte Anna und hieb in die Tastatur.

Schön, Sie kennenzulernen, schrieb sie, *wir bedanken uns für Ihr Angebot, das wir nicht annehmen wollen, wundern uns jedoch etwas. Woher wissen Sie, daß wir Frauen sind? Und zudem auch noch mehr als eine?*

Anna brachte die Fragen gleich als Reply auf den Weg. »Jetzt hättest du Zeit, mir einen Kaffee zu machen«, sagte sie zu Patricia.

»Nix da«, Patricia blieb sitzen. »Die antworten gleich, du wirst sehen!«

Tatsächlich, ein einziger Satz kam an: *We are watching you!*

Das klang beängstigend, und Anna schaute Patricia an.

»Ich weiß nicht!« Patricia verschränkte die Arme. »Sollen wir uns da nicht ausklinken? Ich weiß jetzt, daß mein Alter ein Schwein ist und der Oberstaatsanwalt einen Kurzen hat, aber müssen wir unbedingt mehr wissen?«

Was wissen Sie über Harald Eichmann? schrieb Anna und schickte es ab, bevor Patricia reagieren konnte.

»Bist du verrückt? Dieser Computer steht in meiner Wohnung. Wenn die den killen wollen, dem dieser Anschluß gehört, dann kommen die zu mir!«

»Die hätten das Gespräch schon abgebrochen, wenn's so wäre. Wenn es dir zu spannend wird, dann geh doch endlich in die Küche, einen Kaffee machen!«

»Wie redest du denn mit mir?«

Anna zuckte die Achseln. »So halt!«

»Schau!« Aufgeregt deutete Patricia auf den Bildschirm. »Da tut sich was!«

Wir sollten miteinander chatten, das wäre sinnvoller!

»O Gott!«

»Na, da schau her!« Anna nickte langsam mit dem Kopf, dann las sie die neue Botschaft vor: *Es gibt Leute, die wollen zuviel wissen. Und sie glauben, sich gegen mich behaupten zu können. Und sie kämpfen mit den falschen Mitteln und können nicht akzeptieren, daß sie verloren haben. Dann läßt man sie halt zurücktreten. Harald Eichmann ist zurückgetreten!*

Sie lasen es beide und blieben für einen Moment still.

»Druck das aus, Anna. Das ist ein Schuldeingeständnis!«

»Ja, bloß von wem? Und wer verfolgt es? Hast du mal nachgeschaut, ob der der Polizeipräsident nicht auch zufälligerweise in der Liste steht?«

Anna verzog das Gesicht, dann schrieb sie erneut. *Warum erzählen Sie uns das, haben Sie keine Angst vor Folgen?* Sie schaute Patricia an, die nickte, und Anna schickte es ab.

Es dauerte eine Weile, bis die Antwort kam. *Wir müssen keine Angst haben. Wir sind schon zu stark.*

»Warum geben die sich bloß so viel Mühe mit uns?« Patricia wollte den Brief noch ein zweites Mal lesen, aber Anna war schon bei der Antwort: *Steffen Schneider!* schrieb sie.

»Oh, heißes Eisen!« Patricia runzelte die Stirn. »Bin gespannt, ob der Kontakt jetzt abbricht.«

Es schien fast so, denn als nach fünf Minuten noch keine Antwort da war, ging Patricia doch in die Küche, um für beide einen Kaffee aufzusetzen. »Das war's dann wohl«, sagte sie dazu.

Er war eben durchgelaufen, als sie aus dem Schlafzimmer Anna rufen hörte. »Komm schnell, es geht weiter!« Patricia ließ den Kaffee stehen und lief zurück.

Steffen Schneider macht eine unfreiwillige Entziehungs-

kur. Bekommt ihm nicht schlecht. Wenn die Zeit reif ist, kommt er wieder heraus. Reiner Selbstschutz. Und jetzt stelle ich euch mal eine Frage. Was trifft man in einer Singlebar am häufigsten?

»Hä?!?« Patricia kratzte sich am Kopf. »Was soll jetzt das?«

Auch Anna überlegte ergebnislos. Schließlich schrieb sie drei Fragezeichen zurück.

Dieses Mal kam die Antwort schnell. *Verheiratete Männer!*

Anna und Patricia schauten sich an. »Das ist eine Frau!« Patricia nickte ganz langsam vor sich hin. »Klar! Der Kopf dieser Organisation ist eine Frau!«

»Falls wir hier mit dem Kopf reden. Glaubst du, der hat für so was Zeit?« gab Anna zu bedenken.

»Keine Ahnung. Das hier ist jedenfalls eine Frau. Kein Mann reißt einen solchen Witz!«

»Oder es ist ein Mann, der sich als Frau tarnt!«

Patricia holte tief Luft. »Wie auch immer, es ist irre, und ich hole uns jetzt unseren Kaffee!«

Bis sie zurückkam, wollte Anna eben eine neue Frage abschicken. »He! Wartest du nicht auf mich, oder darf ich's nicht lesen?«

»Quatsch. Ich bin mir nur nicht sicher, ob ich nicht völlig auf dem Holzweg bin …«

Patricia stellte die Kaffeetassen auf den Beistelltisch und schaute auf den Bildschirm. *Noch eine Frage von unserer Seite,* stand da. *Sind Sie der Kopf der Organisation?*

Die Antwort kam prompt. *Neugierde zahlt sich nie aus. Manchmal weiß man danach mehr, kann's aber nicht mehr verwenden. Achtet auf euren Kopf.*

Friederike war joggen gegangen. Es war noch kühl, aber der Frühling kündigte sich an. Sie hatte sich nicht die Mühe gemacht, irgendwohin zu fahren, sondern war einfach von zu Hause aus losgetrabt. Auf ihrem Weg sah sie die ersten Blumen in den Vorgärten blühen, Schneeglöckchen und Krokusse und an den geschützten Stellen bereits Osterglocken. Sie versuchte, einen freien Kopf zu kriegen, und als der Punkt kam, an dem ihre Beine bleiern wurden und sie eigentlich aufhören wollte, spürte sie, wie sich etwas in ihr löste. Mit jedem weiteren Schritt wurden die Dinge unwichtiger, und als sie das Gefühl hatte, völlig frei zu laufen und unendlich lang weiterlaufen zu können, war auch Siegmund unwichtig geworden. Was wichtig war, war ihr eigenes Leben. Sie war nicht für ihn geboren worden, sondern für sich selbst, das sagte sie sich mit jedem Schritt. Und genau so würde sie es handhaben. Sie würde den Schmerz über die verlorene Ehe nicht an sich herankommen lassen. Entweder würde er heute abend noch in die Scheidung einwilligen oder nach ihren Konditionen leben. Und Max würde sie ebenfalls freikriegen. Er hatte ihr ihr Lebensgefühl zurückgebracht, was war dagegen schon ein Auto. Im Notfall würde sie das mit der Versicherung auf ihre Art per Scheck lösen. Und dann würde sie schauen, ob sie ihm nicht einen Job besorgen konnte, der ihm Spaß machte. Für einen bloßen Lebemann war er einfach noch zu jung. Und für einen notorischen Dieb und Dealer hatte sie auf Dauer keine Nerven.

Sie kam völlig durchgeschwitzt, aber innerlich aufgeräumt zu Hause an. Es wurde gerade dunkel, im Haus brannte kein Licht. Demnach war ihre Haushaltshilfe schon gegangen, aber Siegmund noch nicht da. Ob er sich bei einer dieser Frauen herumtrieb? Friederike schloß die Tür auf, nahm eine Flasche Mineralwasser und ging die Treppen hinauf zu ihrem Zimmer. Im Badezimmer fiel ihr Blick als erstes auf ihre Schmuckdose. Jedesmal fiel ihr dabei Max ein, und jedesmal mußte sie darüber schmunzeln. Schon seltsam, wie das Schicksal ihr diesen Jungen zugespielt hatte. Mit ihrem Schmuck hinter dem Vorhang. Sie grinste und stellte sich unter die Dusche. Es war herrlich, etwas getan zu haben, sich anschließend heiß und kalt abzustrahlen, kräftig trockenzurubbeln und mit einer duftenden Körperlotion einzureiben. Auch die kleinen Dinge im Leben machten Spaß, manchmal mehr als die großen, sann sie, als sie das Telefon läuten hörte. Sie ging, nackt wie sie war, ins Schlafzimmer und nahm ab. Es war Anna. Sie erzählte ihr, daß sie eben noch bei Patricia sitze und daß die Organisation per E-Mail mit ihnen in Kontakt getreten sei.

»Das ist ja spannend!« Friederike ging mit dem Telefon zurück ins Badezimmer.

»Ja, aber sie drohen auch recht unverhohlen. Wer dahintersteckt, wissen wir nicht, aber sie scheinen sehr gut durchorganisiert und vor allem informiert zu sein.«

Friederike überlegte kurz und schaute sich dabei im großen Spiegel an. »Schielende Zwillinge« nannte er sie, und ein Lächeln glitt über Friederikes Lippen. Sie spürte, daß sie doch eine ganz schöne Schwäche für den Kleinen entwickelt hatte. »Um so besser«, sagte sie. »Keiner wird ein Interesse daran haben, daß die Sache auffliegt. Mein Mann nicht, weil es einen riesigen Skandal gäbe und er wahrscheinlich auch noch Ärger mit diesen Leuten bekäme, und diese dubiose Organisation auch nicht, weil sie wahrscheinlich gern weiterhin im dunkeln arbeitet. Gut zu wissen, Anna, ich melde mich wieder.«

Sie war gerade wieder angezogen und bereitete sich in der Küche einen Toast zu, den sie mit Spargel und Schinken belegen und anschließend überbacken wollte, als sie Siegmunds Wagen die Auffahrt herauffahren hörte. So, jetzt wurde es ernst. Beim Essen stritt es sich besser, deshalb griff sie nach einem zweiten Weißbrot und steckte es in den Toaster. Sie öffnete den Kühlschrank und suchte sich einen Pinot Grigio heraus, öffnete und kostete ihn. Mmmh, das war das Richtige, sie mußte nur aufpassen, daß er ihr nach dem Laufen nicht gleich zu Kopf stieg.

Siegmund kam herein, er trug einen dunkelgrauen Kaschmirpullover über einem hellen Hemd mit roter Krawatte, das zeigte ihr, daß er nach seinem offiziellen Tag noch unterwegs gewesen war. Es war seine »Mach-aus-einem-Bürohengst-einen-Freizeitgigolo-Kleidung«.

»Na, einen anstrengenden Tag gehabt?« fragte er sie zur Begrüßung, und die Art der Frage gab ihr den nötigen Impuls. Diesen Mann konnte sie nicht mehr ertragen, ein Kompromiß war ausgeschlossen.

»Nein, aber sicherlich du. Darf man fragen, ob mit Luise, Gerlinde oder Sabine?«

Siegmund starrte sie so schockiert an, daß Friederike befürchtete, er hätte einen Schlaganfall. Es dauerte eine Weile, bis er seine Gesichtszüge wieder unter Kontrolle hatte.

Dann war ihm anzusehen, daß er überlegte, wie er reagieren sollte.

»Ein Schluck Wein gefällig?« fragte Friederike in demselben Tonfall, mit dem er sie zuvor nach ihrem anstrengenden Tag gefragt hatte.

»Was willst du?« fragte er.

Es war ihr recht, daß er keinen Umweg suchte.

»Die Scheidung von dir nach meinen Bedingungen, und außerdem wird die Anzeige gegen Max Wilkens wegen Autodiebstahls zurückgenommen. Wie du das angehst, welche Connection du dazu bemühen mußt und wie du das mit der Versicherung regelst, ist mir egal. Ich nehme an, du findest einen Weg.«

»Ach, der kleine Drecksack, hast du etwa was mit dem?«

Er versuchte, die Sache umzudrehen, das war ihr klar. Angriff statt Verteidigung.

»Schmier dir das in die Haare«, sagte sie und lehnte sich locker gegen den Küchenschrank. »Wir sind hier nicht vor Gericht. Und merke: Wenn ich mit Max Wilkens etwas hätte, würde das zwei, drei Leute *vielleicht*«, sie betonte das »vielleicht« durch ein künstliches Langziehen des Wortes, »interessieren. Aber ein Oberstaatsanwalt, der dralle, dickbusige Blondinen braucht, die ihn anhimmeln, und der auf Fellatio steht, und dies alles in einer dubiosen Organisation, das dürfte spannend werden.«

Er verschränkte die Arme. »Und woher willst du das alles so genau wissen?«

»Nur für den Fall, daß du dir eben überlegst, ob es aus der Welt geschafft wäre, wenn ich auch aus der Welt wäre, sage ich dir gleich, das nicht. Die Beweise haben ein paar ganz andere Leute in der Hand, die stillhalten, solange du tust, was ich dir sage!«

Sein Gesicht verhärtete sich, die Augen wurden immer kleiner, er sah tatsächlich aus, als denke er über einen Mord nach.

»Und wer garantiert mir, daß diese Leute stillhalten, wenn ich tue, was du willst?«

Es war ihm anzusehen, daß ihm diese Worte schwerfielen. Noch nie während ihrer ganzen Ehe hatte er nur andeutungsweise getan, was sie ihm sagte.

»Wir haben an dieser Information weiter kein Interesse. Weder finanziell noch sonst irgendwie. Rein privat. Wobei«, sie senkte den Ton, »ich mir jetzt verkneife, darüber zu reden, wie es mich trifft, einen Mann zu haben, der mich zur Brustoperation drängt, mich anschließend unbeachtet links liegen läßt und sich dafür dralle Blondinen kauft. Das ist schon harter Tobak!«

»Du hast mich sexuell eben nie richtig angeheizt!«

Friederike nickte. »Die heizt du auch nicht an, lieber Siegmund. Die heizt dein Geld an!«

»Du hast doch keine Ahnung!«

»Ja, eben, weil ich außer dir nie einen anderen Mann hatte, was ein immenser Fehler war, ich sehe es jetzt ein!«

»Weil dieser windige Max da an dir herumfingert? Hat er was, wofür es sich lohnt?«

Friederike schwieg einige Sekunden. Sie spürte, daß etwas zwischen ihnen losbrach, das sie bis vor kurzem nicht für möglich gehalten hätte, was aber unterschwellig schon längst gebrodelt haben mußte – der pure Haß.

»Um das Thema abzurunden, sage ich dir nur noch ganz kurz, was in deiner Datei noch über dich steht. Ich zitiere: ›Spielt gern den großen Maxe, hat aber keinen‹. Können wir damit das Thema beenden? Du weißt, was ich von dir wünsche, und falls du Hunger hast, mache ich dir gern einen Toast. Steht schon bereit.«

Siegmund schluckte, und es war ihm anzusehen, daß er am liebsten auf seine Frau losgegangen wäre. Er deutete mit dem Zeigefinger auf sie: »Okay, du kriegst deine Scheidung, ich kann mit dir sowieso nichts mehr anfangen. Den Jungen kriegst du auch, das kostet mich einen Klacks. Renn in dein Unglück, meinen Segen hast du. Bloß merke dir, so einen wie mich kriegst du nicht mehr, aber das wirst du schon noch feststellen. Was bist du schon ohne mich, eine geschiedene Hausfrau mit schiefem Busen ohne gesellschaftlichen Stellenwert. Kurz: erledigt. Viel Spaß dabei!« Er drehte sich um, ging zur Tür hinaus und knallte sie hinter sich zu.

Friederike holte tief Luft, dann trank sie das Glas Wein auf einen Zug leer. Sie hatte wackelige Knie und setzte sich auf die Anrichte. Das mußte sie erst einmal verarbeiten. Sie hatte alles durchgesetzt, ohne sich groß anstrengen zu müssen, einfach so. Sie spürte das Gefühl des Triumphes noch nicht, eher eine seltsame Leere. Da gingen zehn Jahre dahin, wofür hatte sie die gelebt?

Zehn Minuten später hatte sie sich jedoch soweit gefaßt, daß sie Anna anrufen konnte.

»Er hat alles geschluckt«, sagte sie. »Max bekommt seine Anzeige los, ich bin frei!«

»Na, klasse!« freute sich Anna. »Das ist ja ungeheuerlich. Ging's leicht?«

»Vorhin schon, jetzt nicht mehr!«

»Ja, verstehe. Wollen Sie zu mir kommen? Mein Mann ist auch noch nicht da …«

»Später gern einmal. Im Augenblick muß ich mit mir selbst ins reine kommen, aber danke für das Angebot!«

Patricia und Anna beschlossen, Max nichts von seinem Glück zu sagen. Sollte Friederike ihm das doch selbst beibringen, wenn es soweit war! Sie saßen am Freitag nachmittag wieder vor Patricias PC. Sie hatten sich recht früh getroffen, denn Frank sollte gegen acht Uhr nach Hause kommen, und auch Rainer hatte angekündigt, sich auf einen gemütlichen Abend mit seiner Frau zu freuen. So nahm Patricia zwei Stunden eher frei, und sie richteten sich mit Kaffee und Kuchen auf zwei spannende Stunden ein.

»Ich muß mir diese Liste auf jeden Fall abspeichern«, erklärte Anna. »Blöd, daß ich es vorgestern nicht gleich gemacht habe, hoffentlich komme ich jetzt überhaupt noch mal rein. Friederike braucht ein Beweismittel, und für uns wäre es auch nicht schlecht ...«

»Für uns?« Patricia verteilte eben zwei Käsesahnetorten auf zwei Teller. »Wozu?«

»Falls die uns an den Kragen wollen, haben wir die Liste im Banksafe deponiert.«

»Du siehst tatsächlich zuviel fern!«

»Und du offensichtlich zuwenig!«

»Mist!« Die eine Torte war umgekippt und hing nun halb über den Tellerrand. »Zu weich, das Mistding!« Anna schubste sie mit dem Zeigefinger zurück. »Die nehme ich, kein Problem. Bring du den Kaffee!«

Mit den zwei Tellern ging sie voraus ins Schlafzimmer, rückte den kleinen Beistelltisch heran und startete den Computer.

Anna schaffte es, sich die Liste runterzuladen. Zur Vorsicht druckte sie sie auch gleich aus, dann wechselte sie zu den E-Mails. Es war keine neue eingegangen, aber der gestrige Briefwechsel war noch da, und auch den druckte sie aus. Sie lasen das Geschriebene laut im Dialog. Anschließend schauten sie sich an.

»Noch mal!« sagte Patricia, und sie lasen es noch einmal, Patricia die Mitteilungen der Organisation, Anna ihre eigenen Antworten und Fragen.

Wieder schauten sie sich an.

»Ich weiß nicht«, begann Patricia, »aber ich habe ein

ganz seltsames Gefühl. Fast so wie schwanger, obwohl ich's noch nie war. Gleich platzt etwas, drängt zur Geburt!«

Lars war wie immer am Freitag fröhlich nach Hause gekommen. Bettina empfing ihn gutgelaunt an der Haustür, sie küßte ihn überraschend wild und flüsterte: »Überraschung!« Es elektrisierte ihn bis in die Haarspitzen, denn er liebte Überraschungen, zumal wenn sie von »seinen« Frauen kamen. Während er hinter ihr herging und ihren gutgeformten Hintern in der tigergestreiften Hose, die er noch nicht kannte, bewunderte, überlegte er, welcher Art die Überraschung wohl sein könnte. Würde sie gleich einen Strip hinlegen? Ihm die Kleider vom Leib reißen? Quatsch, sagte er sich, das war nicht Bettina, das war Anna. Bettina würde so etwas nicht tun, das entsprach einfach nicht ihrer Mentalität. Sie hatte ihm sicherlich etwas Tolles gekocht.

Er ging hinter ihr her ins Wohnzimmer. Bettina wies wortlos zu einem großen Bild, das an der Wand hinter dem Eßtisch hing und mit einem weißen Seidentuch verhüllt war. Sie hatte einen Lichtspot darauf gerichtet. Auf dem Tisch standen ein silberner Eiskühler mit einer Champagnerflasche und zwei Gläser, dazu brannten drei Kerzen. Sonst nichts. Also handelte es sich um kein außerirdisch gutes Diner, sondern schlicht um ein Bild. Wie schade. Lars versuchte, sein Lächeln zu bewahren. Hoffentlich nicht auch noch so ein moderner Kleckser, den er von nun an immer anschauen und bei dem er auch noch Begeisterung heucheln mußte.

»Taraa«, sang Bettina, umarmte und küßte ihn. »Du wirst staunen!«

Er staunte jetzt schon, denn Bettinas Gefühlsausbruch ließ darauf schließen, daß es etwas ganz Besonderes sein mußte. Ein früher Picasso? Ein später Renoir? Viel mehr fiel ihm dazu nicht ein, außer daß er Picasso vorgezogen hätte, zumal eine seiner sexistischen Zentaurzeichnungen.

Bettina drehte sich aufgeregt im Kreis, ging zur Musikanlage und ließ »Buena Vista Social Club« laufen. Das war schon mal verheißungsvoll, anders als ihre komischen Jazzmusiker.

»Und jetzt …«, Bettina reichte ihm die Flasche, »bitte öffnen!«

Sie lachte, und er fand sie wieder hinreißend. »Das muß ja etwas ganz Überragendes sein«, sagte er.

»Und ob!« Bettina reckte die Arme zur Musik hoch und machte zwei, drei tänzerische Schlangenbewegungen. Lars schaute ihr erstaunt zu, und obwohl er Bettinas Kunstgeschmack mißtraute, kam ihm doch der verrückte Gedanke, es könnte vielleicht ein Akt sein. Das wäre natürlich auch nicht schlecht. Ein schöner Frauenkörper, und das zu einem guten Essen?

Bettina hielt ihm die beiden Gläser hin. Lars schenkte ein und nickte anschließend anerkennend. »Toll siehst du aus«, lobte er. »Die Hose kenn ich überhaupt noch nicht. Ist sie neu? Sieht teuer aus.«

Bettina verzog das Gesicht. »Secondhand, mein Lieber. Bei Männern sollte man immer die erste Wahl treffen, bei Klamotten tut's auch mal die zweite …«

Lars horchte dem Gesagten nach. »Das spricht für mich, wenn mich nicht alles täuscht!«

Bettina lachte und stieß mit ihm an. »So, und jetzt halt dich fest!«

Sie ging zu dem Tuch und riß es mit einer Handbewegung herunter. Es war die Vergrößerung einer Schwarzweißfotografie. Tatsächlich ein Akt, allerdings nur vom

Hals bis zu den Oberschenkeln. Der Kopf und die Beine vom Knie abwärts fehlten. Es war wirklich gut gemacht, das sah er sofort, der Körper war leicht auf die Seite gedreht, Licht und Schatten zeichneten Konturen, die Brustspitzen hoben sich gegen einen hellen Hintergrund ab, kleine Lichtreflexe lagen auf dem kurzgeschnittenen, weich aussehenden Schamhaar. Er stand und schaute, irgend etwas mißfiel ihm, obwohl es gut aussah, und plötzlich schoß es ihm in den Kopf.

»Das bist ja du!« Er schaute sie entgeistert an.

»Ja, mein Geschenk zu unserem heutigen Hochzeitstag, mein Schatz!«

Lars spürte gleich zwei Hammerschläge nacheinander. Er stellte das Glas ab. »Wer hat das fotografiert? Den Kerl bring ich um!« Er schloß kurz die Augen. »Wilkens! Dieser Oberaffe Wilkens, stimmt's?«

»Er hat es sogar signiert, schau!« Stolz deutete sie auf eine verschlungene Unterschrift im unteren rechten Teil des Fotos. »Damit ist dieses Bild richtig was wert!«

Lars fühlte sich einem Ausraster nah. Signiert. Dieser … Seine Frau zu signieren. Nackt! Das war ungeheuerlich! Er würde ihn killen, jetzt auf der Stelle.

»Du stellst dich nackt vor den hin? Und läßt dich fotografieren? Und was noch?« Er schnaubte. Bettina trank seelenruhig einen Schluck aus ihrem Glas, bevor sie sich von dem Bild abwandte und ihn anschaute.

»Mein Gott, Lars. Jetzt freu dich doch, es ist doch ein gelungenes Foto, oder nicht? Statt daß du dich darüber freust, daß du so einen schönen Körper an deiner Seite …«

Lars schloß die Augen, er versuchte seine Beherrschung wiederzuerlangen. Am liebsten hätte er ihr eine gescheuert und sich direkt auf die Suche nach diesem Idioten gemacht. Zwei seiner Zähne wären das mindeste, was er bräuchte, um seinen Seelenfrieden wiederherzustellen.

»Lars, dieser Mann ist Arzt. Der sieht täglich so viele nackte Menschen in seiner Praxis, daß er sich dabei nichts mehr denkt!«

»Das denkst du! Dieser Arzt ist ein Mann! So herum wird ein Schuh daraus, du Lämmchen. Erzähl mir nichts über Männer, ich bin selber einer!«

»Das läßt ja tief blicken!«

Lars schwieg. Er nahm das Glas wieder vom Tisch und ging einige Meter zurück, um sich das Foto von weitem anzuschauen.

»Gut. Er hat es gemacht, ich werde ihm dazu noch etwas Passendes sagen, jetzt hängt es hier, du siehst toll drauf aus, und in dieses Haus kommt keiner mehr. Zumindest kein männlicher Gast, oder das Bild wird vorher abgehängt, dafür sorge ich!«

»Lars, du bist einfach blöd!«

»Ja, danke!«

Es klingelte an der Haustür.

»Erwarten wir Besuch?« fragte Lars.

»Nein, ich jedenfalls nicht. Und du kannst jetzt schon mal üben«, sagte Bettina und faltete in aller Ruhe das Seidentuch zusammen.

Lars verzog das Gesicht. »Ich laß keinen rein, ganz einfach!«

Als es aber bereits zum drittenmal klingelte, ging er langsam zur Haustür und spähte durch den Spion.

Anna und Patricia standen davor. Lars zögerte zunächst, weil er eigentlich lieber mit Bettina allein sein wollte, öffnete dann aber.

»Was machst denn du für ein Gesicht?« fragte Patricia. »Stören wir?«

»Hmmm«, machte Lars. »Wir haben heute Hochzeitstag!«

»Sieht man dann so aus?« Anna mußte lachen.

»Ha, ha! Kommt rein!«

Bettina kam grinsend auf sie zu. »Na, so eine Überraschung«, sagte sie und begrüßte beide mit einem Wangenkuß. »Fast habe ich mit euch gerechnet!«

»So?« Patricia schaute sie an. »Brauchst du Unterstützung zu eurem Hochzeitstag?«

»Wenn Anna gerade Zeit hat ...?«

Anna warf ihr einen schrägen Blick zu.

»War ein Witz, beruhige dich. Ein Gläschen Champagner? Wir feiern gerade!«

Lars wies auf die Stühle, während Bettina zwei weitere Gläser holte.

»Hey, das sieht ja scharf aus!« Patricia wies auf das Foto.

»Ja«, Lars runzelte die Stirn. »Du sagst es. Es sieht scharf aus, ist auch das Hochzeitsgeschenk meiner Frau!«

»Und wo hängt der Mann?« fragte Anna und sah sich suchend um.

»Mich gibt's nicht als fotografischen Akt«, sagte Lars leise und warf ihr einen vielsagenden Blick zu. »Nur leibhaftig und pur!«

Patricia räusperte sich, und Bettina kehrte mit den Gläsern zurück.

»Dann also!« Lars schenkte ein, und sie stießen an. »Worauf trinken wir eigentlich?« fragte er dazu.

»Auf Frauenpower!« antwortete Bettina wie aus der Pistole geschossen.

»Auf so einen Blödsinn trinke ich nicht. Wenn ich das schon höre, stellen sich mir die Nackenhaare auf! Lauter Schlagworte. Frauenpower, women's lib, Emanzipation, Gleichstellung, Doppelbelastung und Hausfrauenkrieg!«

»Hausfrauenkrieg?« fragte Anna erstaunt. Sie warf Bettina einen Blick zu. Sie gab ihn ruhig zurück und zuckte mit den Schultern.

»Mein Mann fühlt sich eben unterdrückt, ein bißchen Mitleid wäre angebracht, meine Damen!«

Lars verzog das Gesicht. »Ich fühle mich nicht unterdrückt, ich habe Hunger, es ist spät, und auf ein Damenkränzchen war ich nicht eingestellt!«

»Er ist Skorpion, stimmt's?« Patricia lächelte ihm süffisant zu.

»Ja, einen Stachel habe ich auch!«

»Er ist es tatsächlich«, sie wiegte den Kopf hin und her. »Skorpionmänner sind …«

»Habt ihr was dagegen, wenn ich mich an dieser Stelle verabschiede und in genau, sagen wir, dreißig Minuten mit meiner Frau zum Abendessen in irgendein friedliches Restaurant aufbreche? Und zwar allein?«

Die drei Frauen schauten sich an und schüttelten eine nach der anderen den Kopf.

»Nein, haben wir nicht, Liebling«, erklärte Bettina. »Kannst du solange die Garage aufräumen? Sie hätte es nötig!«

Lars warf ihr einen drohenden Blick zu und erhob sich. Kurze Zeit später hörten sie die Haustür zuklappen. »Er läuft ums Viertel, das stabilisiert seinen Hormonhaushalt.«

Anna blickte auf.

»Wobei, Augenblick …«, Bettina stand schnell auf und kehrte kurz danach mit einer neuen Flasche und einigen bedruckten Blättern zurück. Sie gab die Flasche Patricia zum Entkorken und legte Anna die Seiten vor die Nase. »Ich wollte dich sowieso schon engagieren, in deiner Eigenschaft als Privatdetektivin. Mein Mann hat ein Verhältnis, bring doch bitte heraus, mit wem.«

Anna spürte, wie ihr Puls sich beschleunigte, während sie die Seiten hochnahm. Es waren die Telefonabrechnungen von Lars' Handy. Und zwar Einzelgesprächsnachweise. Fein untereinander aufgelistet stand da, wann, wie oft, wie lange und mit wem Lars zu welcher Zeit telefoniert hatte. Es war nicht schwer, Bettinas Auftrag zu erfüllen. Fast immer lautete die angewählte Telefonnummer gleich. Es war Annas Handynummer.

Anna schlug das Herz bis zum Hals. »Warum hast du nie was gesagt?« fragte sie.

Bettina zuckte die Achseln. »Zuerst tat es mir weh, dann überlegte ich mir, was es brächte, wenn ich euch zur Rede stellte, dann fand ich einen Ausgleich, der mir Spaß machte.«

»Und da behaupten die immer, du hättest keine Ahnung von Technik!« Patricia schüttelte den Kopf. »Einzelgesprächsnachweis. Auf so etwas würde ja noch nicht mal ich kommen!«

»Nicht immer stimmen Bild und Wirklichkeit überein«, sagte Bettina langsam.

Anna nickte. »Wir haben uns vorgestern mit dir unterhalten, stimmt's?« fragte sie langsam.

Bettina schenkte aus der neuen Flasche ein und tauschte sie dann gegen die leere im Eiskübel aus. »Ich habe es euch nicht allzu schwer gemacht!«

»Stimmt. Über deinen allerersten Satz bin ich gestolpert. Typen für den Spaß: groß, breitschultrig, blauäugig. Die

Message hast du an mich gerichtet und auf Lars angespielt, war's so?«

Bettina grinste. »Irgendwann mußte ich es ja auch mal loswerden. Glaub nicht, daß ich nicht weiß, daß ihr euch meistens im *Ramses* trefft.«

Anna wurde blaß. »Es ... ich weiß ehrlich nicht, was ich dazu sagen soll, Bettina. Fast wäre mir lieber, du würdest mich anschreien oder mir eine scheuern, aber so?«

»Dein Mann hurt mit einem meiner Mädchen, ist das Schlag genug?«

Anna sagte nichts, Patricia hielt ihr Glas in der Hand, ohne sich zu bewegen. Beide starrten Bettina an.

»Rainer? Nein!«

»Sagt dir Schnuffi was, der Novize?«

Es klirrte, Patricia war das Glas aus der Hand gefallen.

»Entschuldige!« Sie sprang auf, um in der Küche einen Lappen zu holen. »Rainer geht zu einer ... was war das? Domina?« Anna zog die Augenbrauen hoch. »Jetzt verkohlst du mich aber. Ich meine, ich kann's dir nachfühlen, aber das ist einfach nicht zu glauben!«

»Du hast die Liste gelesen, in der Zwischenzeit wart ihr ja nochmals im System drin, wie mir erzählt wurde, also hast du sie wahrscheinlich ausgedruckt zu Hause liegen. Lies nach und frag ihn heute abend im Bett nach seinem früheren Kosenamen. Laß es ihn selbst sagen!«

»Gott im Himmel! Rainer? Zu einer Domina? Da wird's mir ja übel.« Anna griff sich an den Hals. »Das ist ja oberscheußlich! Ich werf ihn raus!«

»Nichts wirst du tun. Er braucht es. Lars braucht dich aus irgendwelchen Gründen ja wohl auch. Und du ihn.«

»Ich kann doch jetzt nicht mehr mit Lars ...«

»Bloß, weil ich's weiß? Ich wußte es von Anfang an. Was ändert das jetzt?«

Anna schluckte. »Du bist gut! Und mit Rainer kann ich auch nicht mehr! Zumindest kann ich's einfach nicht glauben!«

»Tja!« Bettina zuckte mit den Schultern.

Anna schaute sie kopfschüttelnd an. »Ich muß was trinken!« Sie brachte ihr Glas vor Patricia in Sicherheit, die neben ihr die Scherben aufsammelte und den Tisch trokkenrieb. »Ich ersetze dir das Glas natürlich«, sagte sie dazu.

Bettina winkte ab. »Scherben bringen Glück, weißt du doch. Bring dir ein frisches Glas mit, es gibt genug davon.«

Anna holte tief Luft und nahm einen Schluck aus ihrem Glas.

»Wie kamst du dazu?« fragte sie nach einer Weile. Patricia hatte sich wieder dazu gesetzt, und sie schauten sich gegenseitig an. »Ausgerechnet du, die immer so die Kulturmaus gab, die vom realen Leben keine Ahnung hatte.«

»War wohl auch so, bis ich an einem Projekt mitarbeiten konnte. Es ging um Sozialisation. Dabei lernte ich allerhand Brauchbares. Mit Computern umzugehen, das Internet zu nutzen, Menschen einzuschätzen. Im Zuge dieser Arbeit sprach ich mit den unterschiedlichsten Leuten, unter anderem war ich oft auf der Reeperbahn. Ich schaute mir das an und wußte plötzlich, daß das anders ging. Die Frauen dort waren von Männern abhängig, das fand ich nicht nur unwürdig, sondern auch ungerecht. Meine Geschäftsidee war, die Männer von den Frauen abhängig zu machen. Und zwar sauber und anonym über E-Mails. Das schlug ein, schneller als ich dachte. Der Kreis wurde so schnell so groß, daß sich die Konkurrenz regte, deshalb heuerte ich ein paar Männer an, unter anderem übrigens diesen Kerl, der Rainer zusammengeschlagen hat, Karl Lönitz, genannt Charly. Er sitzt jetzt aber, weil er sogar dazu zu blöd war.«

»Und wer ist diese Konkurrenz?« Anna starrte sie fragend an.

»Die gibt's nicht mehr!«

»Wie – die gibt's nicht mehr?!«

»Der Anführer ist tot, Sahit kaltgestellt, und somit ist die Organisation zerschlagen.«

»Der Anführer tot? War das 'ne große Nummer? Ich meine, müßte man den kennen?«

»Groß genug: Harald Eichmann! Zimmer 516!«

Anna und Patricia schauten sich sprachlos an. Anna faßte sich als erste: »Und was hast du damit zu tun?«

»Ich hab ihn umgebracht!« Bettina verschränkte die Arme. »Allerdings war es so nicht geplant. Er hatte eine Hure über den Hausfrauenring gebucht, um etwas über unsere Organisation in Erfahrung zu bringen. Ich bin natürlich selbst hingegangen, um den Spieß umzudrehen. Und als wir gerade dabei waren, klingelte das Telefon. Danach wirkte er so aufgebracht, daß ich Panik bekam. Ich vermutete, es sei ein verabredetes Zeichen, und hab einfach zugestochen!«

Anna war völlig entgeistert. »Das mit dem Telefonanruf war ich! Ich hab die 516 angerufen!«

»Du warst das? Aber wieso? Das verstehe ich nicht!«

»Weil ich mit Lars in Zimmer 416 war und ihr da oben so laut wart!« Sie schüttelte den Kopf. »Das war nur ein Gag!«

Bettina holte tief Luft. »Und dieser Gag hat den Mann das Leben gekostet!«

»Das ist ja nicht zu fassen!« Patricia schnaubte. »Und warum schneidest du dem Kerl dann noch deine Initialen rein?«

»Es hat mich so überkommen. Er hatte genug Frauen auf dem Gewissen!«

Patricia blieb hartnäckig. »Und wegen dir sitzt ein Unschuldiger?«

»Wen von uns beiden meinst du jetzt eigentlich? Mich oder Anna?« Bettinas Gesichtsausdruck bekam etwas Diabolisches.

Anna stand auf. »Ich hab doch den Kerl nicht umgebracht!«

»Indirekt schon, wie sich's jetzt darstellt!« Bettina schaute sie herausfordernd an. »Wir sitzen schlicht in einem Boot!«

»Ja, wunderbar. Wir rudern, und Steffen sitzt, oder was?« Patricia funkelte sie an.

Bettina blieb ungerührt. »Was denkst du denn, weshalb Rainer den Fall übertragen bekommen hat? Gerade schickte er sich an, in mein Spinnennetz zu krabbeln. Wo übrigens schon andere sitzen. Warum sollte der Untersuchungsrichter dem Beweisantrag stattgeben, wenn ihm nicht danach ist? Steffen kommt frei, wenn Gras über die Sache gewachsen ist!«

»Rainer!« Anna schüttelte den Kopf und ließ sich wieder auf ihren Stuhl sinken. »Mir wird richtig schlecht!«

»Ihm würde auch schlecht werden, wenn er wüßte, daß du eine Mörderin bist«, sagte Patricia trocken. »Trotzdem! Bettina als Kopf einer Sexorganisation. Ich glaub's einfach nicht!«

Bettina zuckte mit den Schultern. »Es läßt sich ganz einfach alles am Computer regeln. Zwischendrin muß ich mal ein paar Akten lesen – da platzte mir übrigens mal Lars ganz vor kurzem ganz unpassend dazwischen –, aber im großen und ganzen leite ich das Unternehmen von meinem Arbeitszimmer aus ...« Sie deutete mit einer leichten Kopfbewegung nach oben.

»Da mußt du ja eine unglaubliche Kohle verdienen!« Ein Anflug von Bewunderung klang in Patricias Stimme durch.

»Wenn ihr einsteigen wollt?«

»Du spinnst wohl! Dein sogenanntes Angebot im ersten Brief war schon Frechheit genug!«

Bettina schüttelte grinsend den Kopf. »Nicht an der Front – im Management! Der Laden wird mir sowieso langsam zu groß.«

Anna und Patricia tauschten Blicke aus. »Wäre möglicherweise zu überlegen.«

»Und Lars?« fragte Patricia. »Findest du das nicht ungerecht? Du hast all das Geld, und Lars rackert sich ab?«

»Erstens betrügt er mich seit einem Jahr und hat Strafe verdient, zweitens tut ihm seine Arbeit gut, er braucht das für sein Ego. Drittens werde ich ihm irgendwann mal einen satten Lottogewinn vorspielen. Und schließlich«, sie erhob ihr Glas, »ihr wißt doch, Mädels, jede Frau braucht ihr kleines Geheimnis!«

Nur ein toter Mann ist ein guter Mann

INHALT

ABGANG

Sie lauscht dem Ton nach. Es ist genau das, was sie am Tod am meisten fürchtet – dieses dumpfe Prasseln der Erde auf den Sarg. Sie bückt sich und nimmt noch eine Handvoll.

Dann tritt Ursula zurück. Da liegt er also. Das ist alles, was von ihrem Mann übriggeblieben ist. Ein schwarzer Sargdekkel, darunter eine leblose Hülle. Wo ist seine starke Persönlichkeit hin, sein Wille, seine Durchsetzungskraft?

Ludwig ist der nächste vor dem gähnenden Loch. Er beugt den Kopf, bleibt minutenlang regungslos stehen. Ursula beobachtet ihn durch das schwarze Augennetz ihres kleinen Hütchens und denkt dabei wieder an die Empfindung, die sie gehabt hat, als sie in der Leichenhalle vor dem offenen Sarg stand. Das da drin hat mit ihrem Walter nichts mehr zu tun. Das, was ihn ausgemacht hatte, war weg. Darüber konnte man den Sargdeckel getrost schließen.

Ludwig hat sich zu ihr umgedreht, kommt langsam auf sie zu, reicht ihr die Hand: »Es tut mir so leid, Ursula. Er war ein so außergewöhnlich starker Mensch. Daß er so früh gehen mußte...«, zum Zeichen seiner Freundschaft legt er seine linke Hand auf ihre behandschuhte Rechte, »wenn ich dir irgendwie helfen kann – du weißt, ich bin immer für dich da!«

»Danke, Ludwig«, Ursula nickt ihm zu. Ludwig Fehr war Walters bester Freund und gleichzeitig sein Hausarzt. Die beiden Männer waren gleichaltrig, beide 55 Jahre, und sogar im selben Monat geboren. November. Skorpione durch und durch. Im November war Walter gekommen, und im November mußte er wieder gehen.

Eine schier endlose Menschenschlange zieht an ihr vorbei.

Sie drückt eine Hand nach der anderen. Die meisten Gesichter kennt sie. Viele sind aus der Firma, manche aus der Nachbarschaft, einige aus dem kleinen Freundeskreis. Walter hatte nicht viele Freunde. Er war sich selbst stets genug. Ein Einzelkämpfer, der immer voller Mißtrauen auf andere blickte.

Als alle gegangen sind und auch der Pfarrer sich mit ein paar tröstenden Worten verabschiedet hat, steht Ursula noch eine Weile alleine da. Im Hintergrund wartet ein Friedhofsgärtner mit seinem kleinen Bagger darauf, das Werk zu vollenden.

Ursula schaut auf die Kränze, die Grußschleifen und die unzähligen Blumen. Sie alle mußten jetzt sterben, nur weil Walter gestorben war. Wie ungerecht die Welt war. Was konnten sie dafür. Und dann fiel ihr eine Fabel ein. Ein Skorpion möchte einen Fluß überqueren, weiß aber nicht wie. Da kommt ein Frosch. Er fragt den Frosch, ob er ihn nicht auf seinem Rücken hinüberbringen könnte. Der Frosch lehnt ab, das sei ihm zu gefährlich. Der Skorpion habe schließlich einen Stachel und könnte ihn damit umbringen. Warum sollte ich das tun, fragt der Skorpion, das wäre ja unsinnig. Wenn du untergehst, gehe ich schließlich auch unter. Das leuchtet dem Frosch ein, und er schwimmt mit dem Skorpion auf dem Rükken los. In der Mitte des Flusses sticht der Skorpion zu. Bevor der Frosch untergeht, sagt er zu dem Skorpion, daß dies doch völlig gegen die Vernunft sei. Jetzt müßten sie beide sterben. Der Skorpion antwortet, dies sei keine Frage der Vernunft. Dies sei eben sein Charakter.

Die Schwelle hält sie irgendwie zurück. Ursula steht vor ihrer geöffneten Wohnzimmertür und bringt es nicht fertig, auch nur einen Fuß in den Raum zu setzen. Es kommt ihr vor, als schaue sie in einen geöffneten Sarg. Keine zehn Pferde bringen sie da hinein. Sie weicht einen Schritt zurück. Diese schweren, dunklen Holzmöbel. Diese erdrückende Balkendecke. Die beiden klobigen Couchgarnituren und die Sessel. Für mindestens zwanzig Personen gedacht. Dabei hatten sie nie Besuch. Und die stoffbespannten Stehlampen. Gedrechselt, teuer – und scheußlich. Daß ihr das nie aufgefallen ist?

Ursula dreht sich abrupt um, geht zum Garderobeschränkchen im Flur und nimmt das Telefonbuch heraus. Dabei fällt ihr Blick in den Spiegel. Sie fährt sich mit der Hand ordnend durch das graumelierte, auf Kinnhöhe geschnittene Haar. Für ihre 53 Jahre hat sie sich gut gehalten, auch wenn Walter immer meinte, sie habe sich in den letzten dreißig Jahren gehenlassen. Aber er hatte eben alles an sich selbst gemessen, und er schien unverwundbar. Nicht einmal das Leben konnte Spuren an ihm hinterlassen. Er war immer voller Energie, kannte keine Schwäche, war hart gegen sich selbst. Nur der Tod war stärker.

Wer hätte das gedacht.

Mit dem Telefonbuch läuft sie die Treppe hinauf in ihr Schlafzimmer, schließt die Türe, schaltet alle Lichter an und beginnt sich im angrenzenden Badezimmer auszuziehen. Sie schlüpft in ein bodenlanges Baumwollnachthemd. Das schwarze Kostüm hängt sie sorgfältig an einen Bügel, Unterwäsche und Strümpfe verstaut sie im Wäschekorb. Da liegen noch die weißgerippten Unterhosen von Walter drin. Sie hat sich noch nicht entschließen können, sie herauszunehmen. Was soll sie auch damit anfangen? Waschen? Bügeln? Wozu? Sie schließt den Korbdeckel wieder. Dann nimmt sie einen Haarreif und beginnt sich das Gesicht sorgfältig abzuschminken. Sie entschließt sich für eine vitaminreiche, sahnige Nachtcreme. Walter hat das gehaßt, deshalb hat sie die nur genommen, wenn er verreist war. Also praktisch nie.

Sie trägt sie dick auf, betrachtet ihr glänzendes Gesicht im Spiegel. Die schlaffe Haut unter den Augen könnte sie ja etwas straffen lassen, dadurch kämen ihre stahlblauen Augen wieder besser zur Geltung. Und die Muskelschwäche an der rechten Unterlippe ließe sich sicherlich auch wegoperieren. Sie putzt und duscht die Zähne sorgfältig. Zum Abschluß cremt sie sich ein weiteres Mal reichlich ein.

Auf dem Weg in ihr Schlafzimmer öffnet sie den Wäschekorb, nimmt Walters Unterwäsche heraus und stopft sie in den Abfalleimer. Dann faltet sie die batistene Tagesdecke über ihrem Bett zusammen, holt sich Telefonbuch, Stift und Notizblock und schlüpft unter die Daunendecke. Sie schlägt unter »Einrichtungshaus« nach, anschließend unter »Innenarchitekt« und schließlich unter »Maler«. Gleich morgen wird sie die Dinge in die Hand nehmen. Als sie die vollgeschriebenen Zettel auf ihren Nachttisch legen will, fällt ihr Blick auf Walter in seinem Silberrähmchen. Ursula nickt ihm freundlich zu und schläft dann bei Licht ein.

ENTFALTUNG

Zwei Wochen später ist aus dem düsteren Wohnzimmer ein lichtdurchfluteter Raum geworden. Die teppichbespannten Wände sind einem hellen Anstrich gewichen, die braune Holzdecke hat Ursula kurzerhand weiß übermalen lassen, ein zart rosafarbener Teppichboden liegt über dem dunklen Parkett. Die Innenarchitektin hat ihr eine leinenfarbene Dreiersitzgruppe empfohlen, Couchtisch, Sideboard und Eckregale aus Acryl. Moderne Bodenvasen und Designerlampen bezeichnete sie als Hommage an die Wohnlichkeit. Für Ursula ist es ein ungeheuerliches Gefühl, als sie zum ersten Mal mit einer Tasse Tee auf ihrer neuen Couch im fertig umgestalteten Wohnzimmer sitzt. Fast fühlt sie sich, als sei sie in eine neue Haut geschlüpft – wenn da nicht noch der schwarze Flügel stehen würde. Es ist der Flügel ihres Schwiegervaters. Walter konnte zwar nicht Klavier spielen, aber es wäre für ihn nie in Frage gekommen, sich von diesem Instrument zu trennen. Ursula hätte ihn liebend gern hergegeben, aber selbst die Innenarchitektin war dagegen gewesen: »Sie sollten sich zunächst einmal erkundigen, was der Flügel wert ist. Sonst lacht sich nachher jemand ins Fäustchen!«

»Ist mir egal«, hatte Ursula unwillig geantwortet, »von mir aus können Sie ihn verschenken, Hauptsache, er ist weg!«

Dabei sah sie aus, als wollte sie Mephisto persönlich aus dem Haus jagen. Die Innenarchitektin betrachtete ihre Auftraggeberin kurz: den etwas langweiligen Haarschnitt, das unauffällig geschminkte Gesicht mit dem etwas schiefen Mund.

»Ich werde Ihnen jemanden schicken, der sich damit auskennt«, sagte sie dann in einem geduldigen, fast mütterlichen Tonfall, obwohl sie die Tochter hätte sein können.

Ursula bemüht sich, einfach nicht zu dem schwarzen Monstrum hinzuschauen.

Es gibt ja auch so genug zu sehen.

Sie trinkt genießerisch ihren Tee, streift die Schuhe ab, setzt sich etwas seitlich auf die Couch und legt die Beine hoch. Unbeschreiblich!

Nächsten Montag wird sie wieder in die Firma gehen. Nach drei Wochen ist es allerhöchste Zeit. So lange hat sie sich in ihrem ganzen Leben noch keinen Urlaub gegönnt. Ursula schließt die Augen und denkt 30 Jahre zurück, sieht sich und Walter wieder in den grauen Fabrikhallen, die sie eben gekauft haben, sieht die herausgebrochenen Fenster, die kaputten Leitungen, den beschädigten Betonboden. Sie hatten auf ihre Hochzeitsreise verzichtet, hatten sich die Geschenke bar ausbezahlen lassen, und auf die Fürsprache von Walters Vater hin hatte ihnen eine Bank einen Kredit gewährt. Sie wollten eine Verpackungsfirma aufmachen, das erschien ihnen in den sechziger Jahren als zukunftsträchtig. Der Krieg war lange vorbei, es gab wieder Waren, immer mehr Artikel, die sich gegenseitig Konkurrenz machten, und verkauft wurde offensichtlich das, was im Regal herausstach, schöner, bunter, edler verpackt war. Plastik stand hoch im Kurs. Walter und Ursula kauften sich entsprechende Maschinen, sie schacherten wie die Bürstenbinder um jeden Pfennig, sie schufteten Tag und Nacht, akquirierten, holten Aufträge, kamen kaum noch mit der Produktion nach, brauchten Mitarbeiter, kauften neue Maschinen, bezahlten ihren ersten Bankkredit zurück und nahmen einen neuen, größeren auf. Irgendwann war die Zeit reif für einen Neubau, und dann eröffnete Walter ihr, sie könne jetzt zu Hause bleiben und Kinder bekommen. Aber es kamen keine Kinder, und sie ging wieder in die Firma. Ursula wollte genau wissen, wofür ihr Geld ausgegeben wurde. Sie war bei allen Einstellungen mit dabei. Ohne ihr Okay durfte noch nicht einmal eine Putzfrau ihren Putzlumpen auswringen. Und selbst als Walter sich mehr und mehr aus der Firma zurückzog, um sich seinen Hobbys zu widmen, hat sie die Zügel nie aus der Hand gegeben. Ihr Geschäftsführer, Manfred Kühnen, sollte immer wissen, daß ihm jemand auf die Finger sah. Manchmal tat sie es ganz offen, manchmal mehr im Verborgenen, aber sie war immer präsent.

Einem plötzlichen Impuls folgend steht Ursula auf und geht in das Arbeitszimmer. Ganz oben im Regal stehen in drei Reihen Fotoalben. Sie steigt auf die Trittleiter, zieht wahllos einige heraus und geht zurück zu ihrer Couch. Die Alben hat sie angelegt, weil Walter herumliegende Fotos nicht leiden konnte. Aber sie hatte sie danach nie mehr in die Hand genommen, und Walter auch nicht. Sie nimmt ihre Teetasse und schlägt die Seiten des in Leder gebundenen dunkelgrünen Albums auf.

Walter, typisch, beim Bergsteigen. Schon recht weit entfernt, von hinten und mit einem mächtigen Rucksack. Sie erinnert sich jetzt wieder. Das war vor etwa 15 Jahren in den

Tiroler Alpen an einem Klettersteig. Sie wollte fotografieren, aber Walter wollte nicht warten. Er war nur sauer, weil sie nicht schnell genug nachkam. Diese Touren waren immer der Alptraum für sie. Er war, wie bei allem, was er tat, extrem. Sie dagegen hatte Höhenangst. Auf Klettersteigen bekam sie Schwindelanfälle, war stets in der Angst, abzustürzen. Er ignorierte es mit einem leichten Augenbrauenzucken und war davon überzeugt, alles sei lediglich eine Frage der Gewöhnung und des Willens. Sie war mit Walter dreißig Jahre lang quer durch Österreich geklettert und hatte sich dreißig Jahre lang nicht daran gewöhnt.

Ursula nimmt einen Schluck aus der feinen Porzellantasse. Der Tee ist kalt, sie trinkt ihn trotzdem aus. Dann schaut sie sich den Teesatz an. Er sagt ihr nichts.

Sie blättert weiter. Bergbilder, Bergbilder und nochmals Bergbilder. Gipfel, Blumen, Kühe – und Walter. Mal von nah, mal von fern. Auf keinem einzigen Foto findet sie sich selbst. Das gibt's doch nicht. Sie blättert das Album bis zur letzten Seite durch. Nein, nichts. Es ist, als hätte sie überhaupt nicht existiert.

Sie klappt das Buch zu, greift zum nächsten.

Das hätte sie sich denken können. Dieses verdammte Schiff. Da hat sich Walter doch tatsächlich ein eigenes Album angelegt, von dem sie überhaupt nichts wußte! Sie blättert es durch. Keine Menschen. Nur das Schiff. Von vorn, von hinten, in der Kajüte, vom Ufer aus, der Blick hoch in die Segel und Detailaufnahmen vom Steuerrad, vom Anker, vom Mast, von den Instrumenten, von den Positionslampen. Und dann Konstruktionspläne, sein Schifferpatent als beglaubigte Kopie, ein Prospekt über das Schiff, Seite für Seite säuberlich eingeheftet.

Nicht zu fassen. Sie klappt das Album zu. Dieses Schiff hat sie fünf Jahre lang im Schlaf verfolgt, und nun liegt es mehr oder weniger leibhaftig auch noch auf ihrem Schoß.

Walter war nicht nur ein extremer Bergsteiger, er war dazu auch noch ein extremer Segler. Dreißig Jahre lang nützte er jede freie Minute, wenn er nicht gerade einen Berg bezwang, um an der Ostsee irgendwelche neuen Rekorde aufzustellen. Er zischte mit seinem Soling zwischen Frachtern und Fährschiffen über die Lübecker Bucht hinaus in Richtung Dänemark und wieder zurück, nichts anderes im Sinn als seine Stoppuhr. Und sie fuhr mit. Nicht immer auf dem Schiff, weil sie dort seiner Ansicht nach ja doch alles falsch machte, aber von Frankfurt bis zum Neustädter Hafen. Und es war nie Urlaub, denn für Urlaub hatten sie nie die Zeit. Schon die Autofahrt war ein Wettkampf, ein Rennen von der Haustüre im betulichen Frankfurter Stadtteil Niederrad bis zur Hafeneinfahrt in Neustadt. Im Morgengrauen wollte er immer schon lossegeln, allerdings nur, wenn die Brise steif genug war. Wenn nicht, drehte er auf dem Absatz um, setzte sich ohne weiteren Kommentar wieder in den Wagen und trat mit ihr, möglichst ohne weitere Unterbrechungen, auf schnellstem Weg die Heimreise an. Sie hatte es mitgemacht, wie sie vieles andere auch mitgemacht hatte. Warum auch nicht, sie hatte ihn schließlich geheiratet.

Aber dann hat er vor fünf Jahren dieses verfluchte Schiff gekauft. Von ihrem gemeinsam verdienten Geld. Ohne sie zu fragen. Sie hatte für ihre alten Tage von einem Haus an der Algarve geträumt. Mit einer 15-Meter-Slup an der Ostsee war dies hinfällig. Sie haßt dieses Schiff.

Ursula schlägt das dritte Album eher widerwillig auf. Weihnachten 1983. Sie sieht das Wohnzimmer, wie es früher war, in der Ecke eine riesige, geschmückte Weißtanne. Der Kamerablitz hat nicht ganz ausgereicht, dafür reflektiert er im Fenster. Besonders schön sind die Fotos nicht. Aber wenigstens hat sie überhaupt fotografiert.

Sie blättert weiter. Ah, der festlich gedeckte Tisch für zwei

Personen. Stimmt, Walters Mutter war in diesem Jahr gestorben. Davor war sie an Weihnachten immer zu Gast gewesen. Walters Vater war drei Jahre zuvor, 1980, gestorben, wie ihre eigenen Eltern, die bei einem Autounfall umgekommen waren. 1980 war ein richtiges Todesjahr gewesen.

Der Tannenbaum mit den Geschenken. Und Walter im dunklen Anzug. Er sah gut aus. Markante Gesichtszüge, klare Augen, hochgewachsene, drahtige Figur, braune, dichte Haare. Eigentlich hat er sich über die Jahre überhaupt nicht verändert. Noch nicht einmal graue Schläfen hat er bekommen. Wahrscheinlich ist er schon als Fünfzigjähriger geboren worden, es hat nur keiner bemerkt.

Ursula schaut sich die Bilder genau an. Das gediegene Wohnzimmer, das, seiner Ansicht nach, jederzeit bequeme Sitzgelegenheiten für mindestens zwanzig Besucher bieten mußte. Die dunklen Balken, die schweren Vorhänge, die Tapeten, die unsäglichen Stehlampen. Alles spiegelte seinen Geschmack wider. Ursula hat darüber eigentlich nie nachgedacht – nur von Zeit zu Zeit erschien ihr alles zu eng und zu dunkel.

Und jetzt ist er tot.

Ursula legt das Buch zu den anderen und schaut eine Weile durch das große Frontfenster in den Garten. In einem Monat ist Weihnachten, denkt sie. Und dann denkt sie nichts mehr. Es ist, als wäre die Schublade einer Kommode zugegangen und hielte ihre Gedanken gefangen. Sie schaut hinaus und ist völlig gedankenfrei, leer. Nach einer Weile steht sie auf und geht in die Küche, um sich einen frischen Tee aufzubrühen.

Die Innenarchitektin hält ihr Versprechen. Zwei Tage später klingelt Uwe Schwarzenberg an Ursulas Haustüre. Er hat früher das Stadtorchester einer benachbarten Kleinstadt geleitet, ist aber, nachdem das Kulturbudget der neuen Mehrzweckhalle geopfert worden war, ins Abseits gerutscht. Der Schmerz darüber sitzt tief bei ihm. Muß er sich, der er ein ausgemachter Schöngeist, ein Ästhet, ein begabter Komponist und Musiker ist, mit seinen 47 Jahren noch den Niederungen des Lebens aussetzen?

Er hatte bei einer Frankfurter Kleinkunstbühne vorgespielt, war zwar nicht genommen worden, wurde aber von einer der Laienschauspielerinnen auf seine Erfahrung mit Klavieren angesprochen. Das war nun wirklich sein Element, und die Innenarchitektin hatte ihm Ursulas Adresse gegeben. Er hatte nicht lange gezögert, seine schweren Musikerwellen gekämmt, war sich einige Male mit einer Fusselrolle über seinen schwarzen Pullover und die schwarze Hose gefahren und hatte sich auf den Weg gemacht.

Ursula ist glücklich. Oder zumindest empfindet sie eine Erleichterung. Endlich der erste Gast im Haus. Wenn auch nicht eigentlich ihr Gast, sondern mehr der des Flügels, so doch der erste Mensch in ihren neuen Räumen. Und er ist so kultiviert. Musisch durch und durch, ganz anders als ihr Walter, der sich mit »brotloser Kunst« nie aufhalten mochte.

Während Uwe andächtig vor dem Flügel steht, fährt sich Ursula leicht mit der Handfläche über ihr Haar. Es ist gewachsen, sicherlich sieht es ungepflegt aus. Das Gefühl behagt ihr nicht. Sie muß sich unbedingt einen Friseurtermin zum Nachschneiden geben lassen. Oder soll sie vielleicht eine ganz andere Frisur ausprobieren, wie es ihre Friseuse ihr schon seit langem erfolglos rät?

Mit einem Seufzer dreht sich Uwe zu ihr um. Er sieht interessant aus, findet sie. Groß, hager, ovale Gesichtsform, sinnlich weiche Lippen. Irgendwie wirkt er verwegen, wie ein Mann, der sich um nichts kümmert und sich gleichzeitig alles leisten kann.

»Sie haben hier ein sehr kostbares Stück«, sagt er und streichelt liebevoll mit den Fingern über das Holz. Ursula fährt ein Schauder über den Rücken. Es ist, als hätte er nicht den Flügel, sondern sie berührt.

»Darf ich?« fragt er und nickt in Richtung des Tastaturdeckels.

»Aber bitte«, sagt Ursula leise.

Als er jetzt sachte die Tastatur bloßlegt, fühlt sie fast etwas wie Scham, so als läge sie vor ihm.

»Darf ich?« fragt er wieder.

»Bitte«, flüstert sie.

Dann gleiten seine Finger über die Tasten, erst langsam und leise, dann schnell und laut, und schließlich hetzen sie, als seien sie dem Höhepunkt nahe. Dann der vieltönige Schlußakkord. Ursula erschaudert.

Es hört sich fürchterlich an. Geradezu grauenhaft.

Mit einem leisen Knall klappt der Deckel zu.

»Entsetzlich«, sagt er vorwurfsvoll, und Ursula fühlt ein nur allzu bekanntes Schuldgefühl aufsteigen.

»Wie kann man ein so wunderbares Stück nur so verkommen lassen! Der Flügel ist gut zehn Jahre nicht mehr gestimmt worden!«

»Zwanzig Jahre!« berichtigt Ursula, und der Zauber ist vorbei. Was fällt ihm nur ein, sich in ihrem Haus so aufzuführen. Schließlich ist es ihr Flügel! Selbst wenn er fünfzig Jahre nicht gestimmt worden wäre, wäre dies noch immer ihre Sache!

»Was ist er Ihrer Ansicht nach wert?« fragt sie knapp.

»Das ist ein Liebhaberstück, gut sechzig Jahre alt, vermutlich sogar älter! Das kann ich Ihnen so nicht beantworten!«

Klar, Walter hat recht gehabt. Musiker sind keine Geschäftsleute. Wie soll sich so einer mit Preisen auskennen.

»Ich bin davon ausgegangen, daß Sie das wissen. Wozu hätten Sie sonst den Weg machen sollen?«

Leicht verlegen streicht sich Uwe die weichen Haare zurück. »Ich kann Sie morgen anrufen und Ihnen einen ungefähren Preis nennen...«

Ungefährer Preis, wenn sie so etwas schon hört.

Unwillig kneift Ursula die Augen zusammen. Das hat Walter immer getan, wenn ihm etwas an ihr nicht paßte. Und jetzt zuckt auch noch die Augenbraue. Das war bei Walter die höchste Alarmstufe. Sei nicht so unhöflich, sagt sie sich im gleichen Moment. Schließlich hilft er dir ja nur. »Darf ich Ihnen etwas Heißes zum Trinken anbieten?«

»Ja, gern. Ich war recht lange unterwegs, und es ist wirklich kalt draußen!«

»Setzen Sie sich doch«, sie zeigt auf die Sitzgruppe. »Ist Ihnen ein Schwarztee mit einem Schuß Rum recht? Das ist das richtige Mittel gegen feuchtkalte Novembertage!«

Uwe nickt und setzt sich auf die äußerste Kante des Sofas.

Bis Ursula mit ihrem Servierwagen aus der Küche zurückkommt, hat Uwe die halbe Couch eingenommen.

»Ich bewundere Ihre Einrichtung«, lächelt er ihr zu und entblößt regelmäßige, aber leicht nikotingefärbte Zähne.

Es freut Ursula trotzdem.

»Ja?« fragt sie aufmunternd, begierig darauf, ein paar Komplimente mehr zu erhaschen.

»Ja«, fährt er willig fort, »es steckt eine pure, ja, wenn ich so sagen darf, eine fast sinnliche Leichtigkeit darin, ein Ineinanderüberfließen von Farben und Formen, spielerisch abgestimmt mit einem Schuß Realismus«, er verharrt kurz und beobachtet Ursula, die, leise lächelnd, die feinen Porzellantassen mit der bräunlich dampfenden Flüssigkeit füllt. Dann setzt sie sich und sieht ihn abwartend an.

Mit einer theatralischen Handbewegung weist er in die eine Ecke: »Sehen Sie doch nur diese Regale, die die Ecke bedecken, ohne etwas zu verdecken, verstehen Sie? Diese Verbindung des schwerelosen Acryls mit der gestandenen, stabilen Mauer. Das ist Puritanismus, sehen Sie? Es hat fast etwas Religiöses, es muß erst auf einen wirken, ohne daß es einem in Wirklichkeit jedoch die Chance läßt, es tatsächlich zu begreifen. Und dies in der vollkommenen Harmonie mit den weiß getünchten, harten Wänden und dem hingebungsvolle Weichheit versprechenden rosafarbenen Boden.«

Ursula sitzt und staunt.

Dieser Mann ist begeistert von ihrer Einrichtung. Er findet es schlichtweg gut. Er macht Kunst daraus. Soviel Zustimmung, Übereinstimmung müßte sie freuen. Schließlich hat sie Beifall verdient.

Sie greift nach ihrer Tasse, und ihre Augenbraue zuckt wieder. Sie fühlt einen plötzlichen Ärger in sich aufwallen.

Walter hätte sich mit ihr angelegt. Er hätte ihr gesagt, daß dies die blödsinnigste Wohnung sei, die er je gesehen hat. 60 Quadratmeter Wohnfläche – und nichts drin außer zwei heiklen Couchelementen und einigen durchsichtigen Regalen. Aus Acryl! Zu nichts nütze. Und auch noch in der Ecke. Reine Augenwischerei. Kein Schrank, kein anständiger Tisch, keine stabile Lampe.

War dieser Mensch da drüben eigentlich blind? Konnte er diese Wohnung wirklich gutheißen?

Sie schaut zu ihm hin.

Er nickt ihr nochmals lächelnd zu: »Nein, wirklich sehr geschmackvoll, äußerst geschmackvoll. Ich muß Ihnen gratulieren! Tatsächlich!«

Ursulas schiefer Mund gerät noch eine Spur schiefer. Ein Waschlappen, sonst nichts. Er wagt keine Auseinandersetzung mit mir. Der Kerl hat kein Rückgrat. Sie steht auf.

Er stemmt sich mit beiden Armen aus dem Sitz. Wie ein

Opa, denkt Ursula. Walter war sicherlich fast zehn Jahre älter als dieser Bursche hier, aber so wäre er nie aus dem Sessel gekrochen. Was war das nur für eine jämmerliche Kreatur.

Sie geht ihm voraus zur Türe, im offenen Türrahmen bleibt sie stehen.

»Also, ich rufe Sie dann morgen an und sage Ihnen, was Ihr Schimmel wert ist...«

Er streckt Ursula die Hand hin. Fast widerwillig ergreift sie sie. Sie hätte auf weich und schlabberig getippt, sie ist aber knochig und fest. Das behagt ihr schon wieder besser, und so aus der Nähe sieht er eigentlich ganz nett aus. Obwohl sie ja keinen Mann mehr will, aber mal als Begleitung? Schließlich ist sie von nun an ganz alleine...

»Mein Mann hatte eine Jagdhütte im Odenwald. Dort steht auch noch ein altes Klavier. Würden Sie sich das vielleicht auch noch anschauen, bevor Sie sich nach dem Preis des Flügels erkundigen?« hört sie sich zu ihrem eigenen Erstaunen sagen.

Er hält noch immer ihre Hand. Ihr Stimmungswechsel ist ihm nicht entgangen. Vielleicht hat sie der plötzliche Tod ihres Mannes doch mehr mitgenommen, als sie zugeben will. Er drückt ihre Hand in einem Anflug von Herzlichkeit: »Das ist eine gute Idee. Wann wollten Sie denn fahren?«

»Am kommenden Samstag, übermorgen, würde Ihnen das passen?« Sie entzieht ihm langsam ihre Hand, während sie einen Schritt ins Haus zurücktritt.

»Ich werde hier sein. Um dieselbe Zeit wie heute?«

Ursula nickt, dann schaut sie zu, wie er durch den Vorgarten zum Tor geht. Es sieht aus, als hüpfe ein Storch von Steinplatte zu Steinplatte. Walter hat sie an seinem festen Tritt bereits von weitem gehört. Dieser hier verursacht allenfalls ein leises Kratzen. Sie wartet nicht ab, bis er sich am Gartentor nochmals zum Abschied umdreht. Sie schließt die Türe und lehnt sich von innen dagegen.

Warum bloß hat sie ihn in die einsame Jagdhütte eingeladen?

Sie haßt diese Jagdhütte.

Und sie haßt auch dieses alte Klavier, das dort steht.

Überhaupt sind ihr alle Musikinstrumente unheimlich. Sie entwickeln ein Eigenleben, bringen Menschen zum Weinen, zum Lachen, treiben sie in Hysterie. Sie will sich nicht fremdbestimmen lassen. Durch keinen Mann und erst recht durch kein lumpiges Instrument. Sie geht ins Wohnzimmer zurück und wirft dem Flügel einen giftigen Blick zu: »Und du wirst auch bald nicht mehr da sein!« sagt sie laut.

GEDANKENSPIEL

Alle Blicke richten sich auf sie, als sie Samstagmorgen um neun Uhr den Friseursalon betritt. Herr Zieger, der Chef, eilt auf sie zu, fängt sie noch vor dem Empfangstisch ab. Mit theatralischer Gestik schüttelt er ihre Hand: »Wie bedauerlich, Frau Winkler, wie bedauerlich. Darf ich Ihnen mein tiefstes Beileid zum Tode ihres Mannes ausdrücken?« Etwas leiser fügt er hinzu: »Wir haben Ihnen natürlich ein etwas separates Plätzchen reserviert, damit Sie Ihre Ruhe haben. Meine Frau wird gleich bei Ihnen sein. Kommen Sie bitte«, er geht Ursula voraus in den hinteren Bereich des Salons. Ursula registriert die Reaktionen der Kunden im Vorbeigehen. Manche kennt sie persönlich, andere nur vom Sehen. Aber keiner weiß anscheinend so genau, wie er sich ihr gegenüber verhalten soll. Nur zwei nicken ihr offen zu. Die anderen tun angestrengt so, als hätten sie sie nicht bemerkt, oder sie beobachten sie heimlich durch den Spiegel. Wie muß es erst sein, wenn man plötzlich im Rollstuhl sitzt, denkt Ursula, muß sich dann aber eingestehen, daß sie mit der Krankheit oder der Trauer anderer Leute auch nicht umgehen kann. Trösten und Aufmuntern gehören nicht zu ihrer Stärke. Durchbeißen und kämpfen, das hat sie von Walter gelernt. Da waren mütterliche Eigenschaften nicht gefragt.

»Ist es recht so?« fragt Herr Zieger und weist auf einen Friseursessel, dessen Nachbarplätze rechts und links unbesetzt sind. Wie für eine Aussätzige, denkt Ursula unwillig. Na ja, aber vielleicht ist es ja wirklich besser so. Dann spricht sie wenigstens keiner an.

»Darf ich Ihnen einen Kaffee bringen lassen, Frau Winkler?«

»Ja, bitte!«

Ursula setzt sich, lehnt sich zurück und schließt die Augen.

Sie wird sich entspannen, einstellen auf den Nachmittag mit Uwe Schwarzenberg. Zunächst hat sie sich über ihre Entscheidung geärgert und wollte ihm eigentlich absagen. Doch ein Uwe Schwarzenberg stand nicht im Telefonbuch, und die Innenarchitektin kannte seine Adresse nicht. Also nahm sie sich vor, ihn am Samstagnachmittag wieder nach Hause zu schicken.

Gestern hat sie es sich plötzlich anders überlegt. Was ist schon dabei, wenn sie wieder am Leben teilnimmt. Uwe Schwarzenberg ist ein netter, gutaussehender Mann, mit ganz anderen Interessen und sicherlich auch Gesprächsthemen, als sie sie gewöhnt ist. Das könnte ihr doch eigentlich nur guttun, den Horizont erweitern. Bei Telefonaten mit ihrer Firma verhielten sich alle, als dürfe man ihr jetzt nicht mit Alltäglichem kommen, sie nicht mit Problemen belästigen. Möglicherweise hat aber auch Manfred Kühnen entsprechende Anweisungen gegeben, weil er jetzt seine Chance wittert, das Steuer ganz an sich zu reißen. Der wird sich wundern.

»Guten Tag, Frau Winkler!«

Im Spiegel sieht Ursula die junge, hübsche Frau von Herrn Zieger hinter sich stehen. Sie hat ihr langes, blondes Haar hochgesteckt, nimmt dadurch ihre herausfordernde Attraktivität etwas zurück, wirkt auch durch ihr natürliches Makeup entwaffnend bescheiden.

»Guten Tag, Frau Zieger, schön, daß Sie Zeit für mich haben!«

Ursula reicht ihr die Hand.

»Aber das ist doch keine Frage... es tut mir sehr leid um Ihren Mann, Frau Winkler. Mein herzliches Beileid. Es muß furchtbar sein!«

»Danke!«

Ursula dreht sich in ihrem Drehsessel wieder um, schaut in den Spiegel. Ist es furchtbar? Sie weiß es nicht. Sind dreißig Jahre nicht auch furchtbar?

»Was machen wir? Nachschneiden?«

Soll sie es wagen? Kann sie sich jetzt, da sie eben ihren Mann verloren hat, eine neue Frisur leisten?

»Ja, nachschneiden bitte!«

»Waschen auch? Und vielleicht eine Packung? Und...« Sie zögert. Anscheinend überlegt sie, ob sie so etwas einer frischen Witwe anbieten kann, »vielleicht eine leichte Tönung? Ihr Haar wird in der letzten Zeit sehr grau, wenn ich das mal so sagen darf.«

Diese Friseurfloskeln hat sie wohl von ihrem Mann. Es paßt gar nicht zu ihr. »An welche Art von Tönung dachten Sie?«

»Ich würde die sehr weißen Haare wieder etwas zurücknehmen, mehr ins Dunkelgraue. Schwarz wäre zu hart, aber ein schönes Anthrazit, das könnte ich mir gut vorstellen.«

Anthrazit kennt Ursula bislang nur an Autos. Walter hat seine Mercedes in den letzten Jahren immer in Anthrazitmetallic bestellt.

»Ja, bitte, wenn Sie meinen...«

Daß ihre Haare angeblich so weiß sein sollen, ist ihr noch gar nicht aufgefallen. Aber es ist auch egal. Hauptsache, es geschieht etwas.

Frau Zieger ruft ein Lehrmädchen und beauftragt sie, ihr dies und jenes herzurichten. Herr Zieger persönlich serviert den Kaffee.

»Ich habe Sie bewundert, Frau Winkler«, sagt dann die junge Chefin unvermittelt. »Wie Sie so am Grab Ihres Mannes standen, so alleine und so gefaßt, ich hätte das nicht geschafft!«

War sie denn dabei? Hatte sie ihr auch die Hand gedrückt?

»Es hat mich sehr beeindruckt, wie Sie Ihre Gefühle in der Gewalt hatten!«

Gefühle in der Gewalt haben. Das hat sie auch von Walter gelernt. Walter hatte seine Gefühle stets in der Gewalt. Er konnte sie ganz einfach ausknipsen. Wenn er mit dem Berg oder dem Meer alleine war, wenn er gegen sich und die Natur kämpfte, dann kannte er keine Angst, keine Müdigkeit, keinen Schmerz. Sie weiß nicht einmal, ob er sich richtig gefreut hat, wenn er auf dem Gipfel stand oder wieder heil im Hafen angekommen war. Er hatte immer sofort wieder ein neues Ziel vor Augen.

Manchmal hat er auch vergessen, seine Gefühle wieder anzuknipsen.

Ihr gegenüber, beispielsweise.

Sie denkt an ihre gemeinsamen Nächte mit Walter.

Für ihn war das nur ein zusätzliches Betätigungsfeld zwischen Meer und Berg.

Und sie hat es nicht anders gekannt. Hat sie es sich überhaupt anders gewünscht? Oder hat sie ihre Wünsche nur im Laufe der Jahre vergessen? Oder war er früher anders? Hat er sich während der Ehe verändert?

Sie versucht, sich an die Anfangsjahre zu erinnern. Nein,

überschwengliches Begehren, Liebe und Zärtlichkeit – so, wie man das aus Büchern oder Filmen kennt, so war das nie.

Es gehörte eben dazu, das war alles.

Und sie wußte immer, wann es wieder soweit sein würde.

Sie hörte es an seinen Bewegungen im Bad, daran, wie er den Zahnputzbecher hinstellte, daran, wie lange er duschte, roch es an dem Rasierwasser, das er sich nochmals an die Wange klatschte. Ob er jemals eine Geliebte hatte? Ob er da anders war? Heißblütiger, phantasievoller, einfühlsamer?

Sie kann es sich nicht vorstellen. Wann auch, sie waren ja fast immer gemeinsam unterwegs.

So eine Liebe wäre nur zwischen Chefsessel und dem Schreibtisch der Sekretärin möglich gewesen.

Ob er da?

Walter und Regina Lüdnitz?

Sie kann es sich nicht vorstellen. Der Drei-Minuten-Akt zwischen Zeitungslesen und der Morgenkonferenz.

Fast bringt sie der Gedanke zum Lachen.

Komisch, daß sie so vieles in all den Jahren einfach hingenommen hat, als gottgegebenen, nicht zu verändernden Zustand. Dabei stand sie doch beruflich voll ihren Mann, war respektiert, angesehen, verstand das Verpackungsgeschäft bis in die kleinste Kleinigkeit. Nur, ihren Mann hat sie nicht verstanden. Hat sie überhaupt jemals über ihn nachgedacht?

Hat er über sie nachgedacht? Sich bemüht, sie zu verstehen?

Was hätte er auch verstehen sollen. Hat sie sich jemals zu irgend etwas geäußert, was nicht Geschäft, Politik oder Wirtschaft betraf? Haben sie sich jemals gegenseitig ihre Träume erzählt?

Das hätten sie wohl beide lächerlich gefunden.

Nein, es gab Dinge, die waren zu unwichtig, als daß sie sich deswegen mit Walter angelegt hätte.

Und es gab Dinge, die waren in ihrer Bestimmung so klar,

daß es keinen Sinn gehabt hätte, sich deswegen mit Walter anzulegen.

Kein Mensch hat sich jemals mit Walter angelegt.

Er war ein Skorpion, durch und durch.

Es war gefährlich, ihm zu nahe zu kommen, Frosch spielen zu wollen.

WAIDMANNSDANK

Ursula läßt ihren dunkelblauen Golf vor der Doppelgarage stehen. Gegen 15 Uhr würde Herr Schwarzenberg eintreffen, also noch Zeit genug, um sich an den Schreibtisch zu setzen und den Rest der Kondolenzbriefe zu beantworten, die sich noch immer im Eingangskästchen stapeln. Sie hat sich 200 Danksagungskarten drucken lassen, das erleichtert die Arbeit. Am liebsten hätte sie sowieso alles Frau Lüdnitz übertragen, aber das hätten die in der Firma vielleicht falsch verstanden. Ihr lag nichts an rührseligem Geschreibsel. Walter hätte ebenso gedacht. Er hätte im umgekehrten Fall sicherlich nicht gezögert, Frau Lüdnitz mit den Begleiterscheinungen ihres Ablebens zu belasten.

Ursula setzt Wasser auf und streicht sich dazu ein Butterbrot. Dann holt sie sich fünf der dickeren Briefe und legt sie neben den Teller auf den kleinen Küchentisch. Soll sie das überhaupt alles durchlesen, oder soll sie die Post einfach so beantworten? Unterschrift unter die Vordrucke und basta? Sie nimmt ein scharfes Küchenmesser und schlitzt den ersten Brief auf.

Ausgerechnet den von Manfred Kühnen hat sie erwischt.

Muß sie sich das jetzt antun?

Der Wasserkessel pfeift, sie gießt den Tee auf und beginnt zu lesen.

Ein genialer Lügner, dieser Herr Kühnen.

Was er alles an Walter geschätzt hat. Daß ich nicht lache. Güte und Gerechtigkeit? So ein Blödsinn. Charakterstärke und Durchsetzungsvermögen. Das ja. Rücksichtslosigkeit und Selbstherrlichkeit – das hat er vergessen, der liebe Herr Kühnen. Sie steckt den Brief wieder in den Umschlag zurück.

Sie reißt den nächsten auf.

Es ist der reinste Bettelbrief.

Eine Organisation – für was? Gegen Legebatterien und Tierquälereien bei Tiertransporten – bittet um eine Spende im Andenken an ihren Mann. Was haben Schlachttiere mit Walter zu tun? Eine Unverschämtheit. Was gehen sie die Probleme anderer Leute an? Und wie kommt diese Organisation überhaupt darauf, ihr zu schreiben? Sie schaut nach der Unterschrift. Verena Müller. Ist das nicht die Kleine aus der Buchhaltung? Oder hat da nur jemand zufällig denselben Namen? Sie wird sich gleich am Montag darum kümmern. Der wird sie was erzählen. Am besten sollte sie ihr gleich kündigen.

Die Lust zum dritten Brief ist ihr vergangen.

Sie setzt sich, trinkt ihren Tee, beißt in ihr Brot und öffnet ihn dann doch.

Ihre Nachbarin hat ihr geschrieben.

Nett und unverbindlich.

Na also, geht ja doch!

Sie wird nett zurückschreiben.

Die Nummer vier ist von Bankdirektor Julius Wiedenroth. Klar, daß der sich etwas zusammensülzt, er hat Angst, die Alte könnte die Bank wechseln.

Der letzte ist von Ludwig. Dazu legt sie ihr halb aufgegessenes Brot auf die Seite. Mal gespannt, was der sich hat einfallen lassen. Er schreibt von gemeinsamen Tagen, von gemeinsamen Unternehmungen, von gemeinsam verbrachten Abenden bei auserlesenen Weinen. Seinen. Ja, stimmt, die Stunden gemeinsam mit Ludwig waren immer erfreulich. Irgendwie anders, gelöster, lustiger. Vielleicht lag es aber wirklich an seinem Wein. Er hält viel darauf, gibt ein Vermögen dafür aus. Walter hat nur den Kopf darüber geschüttelt. Und trotzdem hat er sich zu Ludwigs fünfzigstem Geburtstag eigens von Hardy Rodenstock einen Château Cheval Blanc, Premier Grand Cru Classé »A«, Saint Emilion 1947, in der Impériale schicken lassen. Nicht gerade Ludwigs Geburtsdatum, aber dafür die größte Rarität, die bei dem Münchner Weinprofi gerade lagerte. Sechs Liter zu 40000 DM. Und bis die Kostbarkeit fachgerecht an Ort und Stelle lag, war nochmals ein Tausender weg. Ursula wollte damals angesichts des Preises in Ohnmacht fallen, aber Walter freute sich diebisch über sein gelungenes Geburtstagsgeschenk. Womit würde Ludwig zu seinem eigenen Geburtstag, sechs Tage später, noch gleichziehen können? Mit einer goldenen Pinne?

Ursula stellt Tasse und Teller in die Spüle. Das kann morgen früh Frau Paul erledigen. Zweimal in der Woche kümmert sie sich um den Haushalt, die restlichen drei Tage arbeitet sie in der Firma. Ihr Lohn kann so über den Betrieb abgerechnet werden. Das ist billiger. Nur an die Wäsche durfte Frau Paul nie ran. Das wollte Walter nicht. Irgendwie konnte er es wohl nicht haben, wenn eine Fremde seine Unterwäsche, seine Socken und seine verschwitzten Sportsachen wusch. Ursula war das egal, Waschmaschine und Trockner erledigten das schnell, und sie bügelte, wenn sich Walter um den Garten kümmerte. Aber jetzt könnte sie das eigentlich ändern. Frau Paul könnte ihre Wäsche getrost übernehmen, und Herr Paul könnte sich sinnvollerweise um den Garten kümmern.

Ursula setzt sich bis zwei Uhr an den Schreibtisch. Sie liest keine weiteren Briefe, unterschreibt nur die Formkarten, schreibt die Adressen auf die schwarzumrandeten Kuverts, klebt eine Sonderbriefmarke darauf und legt sie ins Ausgangskörbchen. Ordnung muß sein. Sie arbeitet sauber und zügig und ist Punkt zwei Uhr fertig mit ihrer Arbeit. Die Kuverts reihen sich aus dem Körbchen hinaus bis weit über den Schreibtisch. Was das alleine an Briefmarken kostet!

Sie steht auf und geht hinauf in ihr Bad. Zum ersten Mal steht sie nach ihrem Friseurbesuch nun vor einem eigenen Spiegel. Doch, ja, sie sieht anders aus. Sie dreht sich. Die Haare schwingen und fallen dann wieder von selbst in ihre Lage zurück. Frau Zieger hat gut geschnitten. Und der Farbton ist wirklich nicht schlecht. Dezent anders, aber eben anders!

Ursula zieht die Lippen sorgfältig mit einem blaßrosafarbenen Stift nach, gibt dunkelgrauen Kajal auf das untere Augenlid und klopft sich etwas Caviarextrakt unter die Augen.

Kostüm oder Pullover mit Hose? Das dunkelgrüne Tweedkostüm hatte sie manchmal an, wenn sie mit Walter in die Hütte gefahren ist. Aber das kam nicht oft vor, Walter war überhaupt kein leidenschaftlicher Jäger – das heißt, vielleicht war er ja ein leidenschaftlicher Jäger, aber kein leidenschaftlicher Heger. Und da das eine ohne das andere nicht geht, hat er Ludwig das Revier überlassen. Ludwig schleppte im Winter Futter hin und schoß im Herbst wirklich nur das Wild, das zum Abschuß freigegeben war. Bei Walter wäre sie sich da nicht so sicher gewesen. Aber Ludwig war eben Arzt. Er konnte nicht anders.

Sie entscheidet sich für einen dicken, dunkelgrünen Wollpullover und für eine dunkelbraune Stoffhose. Um die Schultern legt sie sich ein gedecktes Seidentuch, steckt es mit einer schlichten Silberbrosche am Pullover fest. So, noch dicke Stiefel, Lederhandschuhe und die wetterfeste Microfaserjacke, dann kann Herr Schwarzenberg von ihr aus kommen. Im selben Moment klingelt es an der Haustüre.

Es ist schwierig, mit einem Fremden über eine Stunde lang in einem kleinen Wagen zu sitzen. Worüber soll sie mit ihm reden? Sie hat gehofft, daß er ihr ein bißchen aus seinem Leben erzählt, aus der Welt der Musik, dem völlig anderen Leben. Aber er ist recht wortkarg. Ist er etwa schüchtern? Damit überhaupt etwas gesprochen wird, erklärt sie ihm, daß er sich dicker hätte anziehen müssen. Die Hütte sei lange nicht geheizt gewesen, es dürfte kalt und klamm dort sein. Bis der Kachelofen endlich Wärme abgebe, hätten sie das Haus schon wieder verlassen. In Wahrheit traut sie Uwe Schwarzenberg nicht zu, den Ofen überhaupt in Gang zu bekommen. Dazu muß man mit Feuer umgehen können. Aber das sagt sie ihm nicht.

Sie erzählt ihm die Geschichte der Hütte. Wie ihr Mann sie vor 15 Jahren entdeckt hat, wie begeistert er war, wie er sie nach seinem Geschmack einrichten ließ, mit einem Schlafzimmer im alpenländischen Stil und sogar mit einem modernen WC. Fließendes Wasser aus dem öffentlichen Netz gäbe es allerdings nicht, dazu läge das Häuschen zu einsam. Und manchmal sei auch der Fahrweg schier unpassierbar, deshalb habe Walter immer darauf bestanden, daß sie einen Wagen mit Allradantrieb fuhr. Und nachdem Walter erst einmal den Golf Synchro entdeckt hatte, stellte sich bei keinem Neukauf mehr die Frage nach dem Fabrikat. Ursula lächelt: »Allerdings ist noch keiner dieser Wagen ernsthaft zum Einsatz gekommen. Dafür haben sie sich dann im Winter bewährt, wenn es in Frankfurt mal schneite.« Dann hat Ursula keine Lust mehr, ihren Beifahrer weiterhin zu unterhalten. Und ihm scheint der Sinn auch nicht danach zu stehen. So bleibt es still.

In Aschaffenburg verläßt Ursula die Autobahn nach Würzburg, fährt zügig über die gut ausgebaute Bundesstraße.

»Wir sind jetzt ein kurzes Stück auf der Nibelungenstraße«, unterbricht sie kurz vor Amorbach die Stille und nutzt die Gelegenheit, um ihn zu mustern. Ihm scheint es nichts auszumachen, fast hautnah und schweigsam neben ihr zu sitzen. Sie hat sich getäuscht. Er wirkt nicht still und verkrampft, sondern still und entspannt, fast genießerisch. Eine seiner schwarzen Locken ist ihm in die Stirn gefallen. Er streicht sie mit einer weichen Handbewegung zurück und schaut Ursula dann mit einem leisen Lächeln an: »Ich war noch nie im Odenwald. Ich war in England, in Frankreich, in Spanien und in Griechenland, aber noch nie im Odenwald.«

Ursula nickt: »Von Niederrad aus ist der Odenwald ja leider auch nicht gerade um die Ecke. Das ist auch der Grund, weshalb wir so selten da waren. Aber jetzt ist es nicht mehr weit. Von Amorbach aus sind es noch höchstens fünfzehn Minuten.«

»Es macht mir nichts aus, ich fahre gern mit Ihnen durch die Landschaft. Sie fahren sehr sicher.«

Ursula wirft ihm einen kurzen Blick zu. Sieh mal einer an. Walter hätte es neben ihr auf dem Beifahrersitz nie ausgehalten. Wenn sie sich recht erinnert, hat er es in all den Jahren nicht einmal versucht. Selbst als er sich bei seinem Felssturz vor sieben Jahren die beiden Rippen angebrochen hatte, fuhr er selbst wieder zurück. Sie hatte auf dem Beifahrersitz abgewartet, bis er aufgeben und sie bitten würde, das Steuer zu übernehmen. Aber er gab nicht auf. Er schaffte es bis zu Ludwig.

Warum beharrte er eigentlich so darauf, am Steuer zu sitzen?

Nein, es stimmt nicht, es war nicht einmal ein Beharren.

Sie haben nie darüber gesprochen.

Es war einfach eine Selbstverständlichkeit.

Er wollte es einfach nicht.

In der Zwischenzeit ist es dunkel geworden. Schade, denn die Landschaft ist wirklich reizvoll.

»Schade, daß man jetzt nichts mehr sieht!« Er schaut sie mit einem bedauernden Blick an.

»Das dachte ich auch gerade.«

»Vielleicht können wir ja einmal früher herfahren und ein bißchen wandern?«

Was bildet er sich ein? Sie hat doch mit keinem Wort gesagt, daß es ihr um etwas anderes geht als um das Klavier. Oder glaubt er das etwa?

»Ich hoffe nicht, daß ich so bald nochmals herfahren muß. Ich möchte die Hütte schnellstmöglich loswerden.«

»Wie schade. Ich beneide Sie um ein solches Kleinod in der Natur.«

»Sie haben sie ja noch gar nicht gesehen.«

Er sagt nichts mehr.

»Sie können sie ja kaufen«, fügt Ursula noch hinzu.

Uwe Schwarzenberg schweigt.

Schweigend erreichen sie zwanzig Minuten später den Weg, der durch den Wald zu der kleinen Lichtung führt, auf der die Jagdhütte steht. Der Weg ist frisch mit Kies aufgeschüttet. Jetzt wäre Walters Allrad-Argument überholt.

Warum kann sie nicht aufhören, ständig an Walter zu denken? Es ist ja fast so, als ob er noch da wäre, sie ständig begleiten würde.

»Das ist wirklich spannend«, Uwe Schwarzenberg schaut angestrengt nach vorn. Die Lichtkegel tasten sich um jede Kurve voran, zeigen Laubbäume, dazwischen hochgewachsene Tannen, einen immer dichter werdenden Mischwald.

»Vorsicht«, ruft er plötzlich.

Ein Hase sitzt mitten auf dem Weg, schaut ihnen entgegen.

»Er wird schon weggehen«, antwortet Ursula, ohne den Fuß vom Gas zu nehmen.

»Bremsen Sie doch, er ist vom Licht geblendet, er kann nicht weg!« Sie hält den Wagen an.

Der Hase sitzt unbeweglich.

Welch schönes Ziel.

Uwe öffnet die Wagentüre: »Husch, husch«, ruft er und klatscht dabei in die Hände.

So eine lächerliche Figur, denkt Ursula.

Der Hase springt auf und läuft davon. Aber mitten auf dem Weg. Ursula fährt wieder an. Im Lichtschein vor ihnen hoppelt das Langohr.

»Er ist einfach dumm«, sagt Ursula. »Er ist selber schuld, wenn er überfahren wird. Das nennt man Selektion.«

»Er kennt keine Autos, er erkennt die Gefahr nicht! Machen Sie einfach mal das Licht aus, dann wird er in den Wald flüchten.«

»Und wir fahren gegen einen Baum!«

Wie verwünscht sie ihren Ausflug mit diesem Vollidioten. Sie muß wirklich von allen guten Geistern verlassen sein. Aber sie bremst und schaltet auf Standlicht.

Tatsächlich, der Hase ändert den Kurs, flüchtet nach rechts ins Gebüsch.

»Woher kennen Sie sich in der Hasenpsyche aus?« fragt sie spöttisch und fährt mit Aufblendlicht wieder los.

»Ich bin selber einer«, antwortet er und lehnt sich wieder in den Sitz zurück.

»Ich bin lieber der Jäger.« Sie wirft ihm einen kurzen Blick zu, er zuckt mit keiner Wimper, schaut stur geradeaus durch die Windschutzscheibe.

Das Haus ist völlig in Ordnung, soweit sie es im Lichtkegel ihres Autos sehen kann. Prima. Keine Vandalen haben versucht, den Gartenzaun auseinanderzureißen, kein Obdachloser ist eingebrochen, kein Grüner hat seine Parolen an die Haustüre geschmiert. Das dunkelbraune Blockhaus steht völlig unbeschädigt da. Ursulas gute Laune kehrt zurück.

»Dann wollen wir mal schauen«, sagt sie, schaltet den Motor aus und greift nach dem Schlüsselbund.

»Ein sehr idyllisches Plätzchen«, Uwe Schwarzenberg streicht seine Locke nach hinten. »Wünschen Sie nicht auch manchmal, malen zu können? So etwas im Bild festzuhalten?«

»Malen?« Ursula ist irritiert. Dazu hat sie nun überhaupt

keinen Bezug. »Wenn ich es schon besitze, wozu soll ich es dann malen wollen? Ich kann doch jederzeit herkommen und es mir anschauen!«

»Ja, ja, da haben Sie natürlich recht«, antwortet er eilfertig, »aber es ist ja doch vielleicht etwas anderes...«

Schau an, jetzt redet er mir wieder nach dem Mund. Seine renitente Hasenphase ist wohl vorbei, denkt Ursula und schließt auf. Sie stehen im Vorraum. Sie greift nach der Taschenlampe, die am Eingang an ihrem Platz hängt, und öffnet gleich rechts eine Türe, die durch einen Abstell- und Vorratsraum zur Toilette führt. Dort steht auch der Generator.

»Warten Sie einen Moment, ich schalte nur schnell den Generator ein, damit wir Strom bekommen.«

Ob er im Dunkeln wohl Angst hat?

Sie öffnet die mit einem Abluftrohr versehene schalldichte Kammer, die Walter extra hatte einbauen lassen, um das Brummen des Generators zu dämmen, und zieht mit einem schnellen, kräftigen Ruck am Seilzug. Ohne Zögern springt der Generator an. Toll. So lange unbenutzt, und trotzdem ist er auf den ersten Impuls da. Dinge und Menschen, die funktionieren und zuverlässig ihre Arbeit tun, gefallen ihr.

Ursula geht zu Uwe Schwarzenberg zurück, betätigt dann im Vorraum den Lichtschalter und öffnet die massive Holztüre in den Wohnraum.

»Kommen Sie, kommen Sie«, sagt sie über die Schulter und tritt dann auf die Seite, um ihn hereinzulassen.

Er sagt zunächst überhaupt nichts, bleibt mitten im Raum stehen.

Ursula kümmert sich nicht um ihn, sie geht zu den beiden Stehlampen, schaltet sie ein.

Dann dreht sie sich nach ihm um.

»Hier steht das Klavier«, sie weist auf das Klavier, das etwas abseits in einer Nische steht.

»Ja, danke«, Uwe Schwarzenberg bewegt sich noch immer nicht.

Ursula schaut ihn ungeduldig an.

»Es ist – es ist unsäglich«, haucht er endlich.

»Was?« fragt sie barsch.

»Das hier«, er macht eine weite Armbewegung, »alles hier.«

Stimmt, Ursula hat den mit ausgestopften Tieren vollgehängten Raum von jeher scheußlich gefunden. Aber das bedeutet noch lange nicht, daß ein Uwe Schwarzenberg das Recht hat, so etwas auch zu tun. Oder versucht er schon wieder, sich bei ihr einzuschmeicheln? So wie in ihrem Wohnzimmer zu Hause? Wie war das noch? *Eine sinnliche Leichtigkeit mit einem Schuß Realismus?*

Sie unterdrückt ihren Ärger, wiederholt nochmals: »Hier steht das Klavier.«

»Ach, ja.« Endlich bequemt er sich, seiner Pflicht nachzukommen.

Ursulas Mundwinkel zuckt wieder verstärkt.

Was soll's, sagt sie sich. Laß ihn. Meine Vorstellung, er könne meinen Horizont erweitern, ich könnte vergnügliche Stunden mit ihm haben, war eben falsch. Er ist ein Musikus, ein dummer Musikus, der keine Ahnung vom Leben hat, sonst nichts.

»Soll ich vielleicht zunächst ein Feuer im Kachelofen machen?« fragt er zu Ursulas großem Erstaunen.

»Ja, können Sie das denn?«

»Ich bin mit einem Kachelofen groß geworden. Ich kann das recht gut!«

Sieh mal einer an.

»Ja, bitte, Holz und Anfeuerzeug sind im Vorraum aufgeschichtet. Ich habe eben gesehen, daß noch genügend da ist. Ich mache uns in der Zwischenzeit einen Tee. Und – haben Sie schon etwas gegessen?«

Uwe schüttelt verneinend den Kopf.

»Mehr als Spaghetti wird es wohl nicht geben. Aber die sind schnell fertig, und eventuell findet sich ja auch noch eine Dose Tomatensauce.«

»Das wäre ja wunderbar!«

Was daran wunderbar ist, weiß Ursula zwar nicht, aber sie geht in die kleine Küche, die nur durch einen Tresen vom Wohnraum abgetrennt ist. Eigentlich hatte sie ja nicht vorgehabt, hier mit Herrn Schwarzenberg zu Abend zu essen, aber wenn es sich jetzt so ergibt, warum nicht? Sie hat schließlich auch nicht gewußt, daß er sich mit dem Kachelofen auskennt. Wer weiß, es könnte ja noch ganz gemütlich werden.

Sie stellt alles, was sie findet, zunächst einmal auf den mit Kacheln geplättelten Tresen. Dabei beobachtet sie Uwe, der vor dem Kachelofen kniet und geschickt mit Holzspänen, Zeitungspapier und Ästchen hantiert. Die gesamte Wand, bis hoch zum Giebel, ist mit Jagdtrophäen geschmückt. Abgeschnittene Tierköpfe, wohin man auch schaut. Ein Zwölfender hängt schräg über dem Kachelofen. Die Stehlampe taucht ihn in gespenstisches Licht, seine Glasaugen glitzern, und sein weitverzweigtes Geweih wirft einen bizarren Schatten über die Tiere neben und über ihm. Viele Hirsch-, aber auch Gems- und Wildschweinköpfe haben hier ihre letzte Ruhe gefunden. Auf kleinen Podesten sind ganze Dachse und Füchse an die Wand genagelt. Auf der gegenüberliegenden Seite hängt der riesige Kopf eines Wasserbüffels über dem dunkelbraunen Ledersofa. Eingerahmt von zwei gewaltigen Gewehren mit dicken, kurzen Läufen links und von zwei schlanken Waffen mit polierten Holzschäften rechts. Auf dem Boden liegen Felle. Zwischen dem Sofa und den Sesseln sogar ein Bärenfell. Dafür hat Walter auf einen Couchtisch aus Holz verzichtet. Ein Glastisch sorgt dafür, daß dem Auge auch kein Zentimeter der Pracht verlorengeht. Walter hat manches davon selbst geschossen, den Großteil aber beim Erwerb der Hütte zusammengekauft, weil er der Ansicht war, daß eine anständige Jagdhütte so auszusehen hat. Der einzige Platz, der von Fellen und Köpfen verschont blieb, war der Eßtisch, der vor dem Tresen steht. In die Holzplatte hatte der Tischler lediglich für teures Geld Jagdmotive geschnitzt.

Ursula läßt Wasser laufen. Die Pumpe springt an, das Wasser aus dem eigenen Brunnen wird angesaugt. Sie läßt es einige Minuten fließen, um sicher zu sein, daß sie kein abgestandenes Leitungswasser in den Kochtopf füllt, dann öffnet sie den Gashahn an der Propanflasche, entzündet eine Gasflamme und stellt das Wasser auf. Wie lange hat sie das hier schon nicht mehr getan. Sie kann sich kaum erinnern. Das Haltbarkeitsdatum der Spaghetti ist noch nicht überschritten. Anscheinend nutzt Ludwig die Hütte zwischendurch doch.

Ein schräger Ton läßt sie herumfahren. Uwe Schwarzenberg hat sein Werk am Kachelofen vollendet und widmet sich jetzt dem Klavier. Er tippt einige Tasten an und spielt dann die Tonleiter. Rauf und runter, rauf und runter.

»Hören Sie auf, das ist ja nicht zum Aushalten!« Ursula hält sich die Ohren zu.

»Ich muß wissen, ob es nur verstimmt ist oder ob die Feuchtigkeit alles verzogen und zerstört hat!«

»Genau so hört es sich an!«

Sie deckt den Tisch.

»Was meinen Sie? Ist das Klavier noch etwas wert?«

»Das kann ich so nicht sagen. Ich muß es aufmachen.«

Typisch für diesen Menschen. Irgendwie kann er nie eine klare Auskunft geben. Walter hätte ein unzweifelhaftes Urteil gefällt. Vermutlich »Weg damit«.

Das Wasser kocht. Salz und Teigwaren hinein und die Tomaten in den kleinen Topf. Außer Salz und Pfeffer finden sich keine weiteren Gewürze. Ein richtiger Männerhaushalt. Was Ludwig hier wohl so treibt? Ob er eine Freundin hat? Ludwig mit Frau, das paßt irgendwie nicht in ihren Kopf. Den interessiert an einer Frau doch höchstens das Nervensystem. Sie kennt ihn nur alleine, als ewigen Junggesellen. Und was will eine Frau auch mit einem so komischen Kauz. Ständig experimentiert er mit Dingen herum, bei denen es normalen Menschen schlecht wird.

Uwe Schwarzenberg rückt das Klavier aus der Nische, öffnet es und fingert darin herum.

Ursula schaut ihm zu, während sie wartet, daß die Spaghetti den richtigen Biß bekommen.

Sie hat kein erotisches Gefühl mehr. Es kommt ihr eher vor, als ob er ein Tier ausnehme, in irgendwelchen Gedärmen herumwühle. So könnte sie sich auch Ludwig vorstellen. In der Pathologie. Es fehlt nur noch die blutverspritzte weiße Gummischürze.

Ihre Augenbraue zuckt.

Sie greift danach.

Reicht denn ihr eigenwilliger Mundwinkel nicht, muß nun auch noch ihre Augenbraue ein Eigenleben beginnen?

Das habe ich wohl von Walter geerbt, sagt sie sich, und ein undamenhaftes Grinsen verzieht ihren Mund. Damit will er mich jetzt wohl durchs Leben begleiten, oder was?

Ich werde die kleinen, süßen Nervenstränge da oben durchschneiden lassen, lieber Walter, dann hast du da ausgespielt!

Zehn Minuten später sitzen sie wie ein trautes Ehepaar am Tisch. Die Tomatensauce schmeckt trotz der wenigen Zutaten gut, Ursula wickelt ihre Spaghetti um die Gabel und entspannt sich zusehends. Im Vorratsraum hat sie einige Flaschen Wein entdeckt, was sehr auf Ludwig schließen läßt, und die beste, einen Bordeaux, herausgegriffen. Er hat einen vollen, runden Geschmack, aber er ist schwer und steigt schnell in den Kopf. Ursula hat sich ein Glas Quellwasser neben das Weinglas gestellt, sie muß schließlich noch heimfahren.

Es verspricht ein recht harmonischer Abend zu werden. Uwe Schwarzenberg hat bestätigt, daß das Klavier noch zu retten ist, und Ursula hat ihn beauftragt, sich nach dem Preis zu erkundigen und einen Käufer zu finden. Sowohl für den Flügel als auch für das Klavier bekäme er eine gute Provision.

Diese Aussicht bringt den ehemaligen Orchesterleiter in Stimmung. Er erzählt von seiner Zeit als Orchesterleiter und welch unglücklichen Weg das Schicksal ihm bereitet hat. Er habe sich jetzt an der Musikschule in Trossingen als Lehrer beworben, habe aber noch keine Antwort erhalten. Eigentlich wisse er auch gar nicht, ob er überhaupt in dieses Trossingen wolle. Aus der Großstadt in die Provinz, das sei ja fast noch schlimmer, als arbeitslos zu sein.

»Ich könnte Ihnen eventuell einen Arbeitsplatz an einer Maschine anbieten. Aber dazu braucht man natürlich auch eine Ausbildung, oder«, sie unterbricht sich kurz, »zumindest eine genaue Anweisung.«

»An einer Maschine?« Er schaut sie an, als habe sie Beethoven mit einer Rosensorte verwechselt.

Dann hebt er das Glas und lacht: »Das war ein ausgezeichneter Scherz, hi hi, darauf müssen wir trinken!«

Ursula weiß zwar nicht, was an ihrem Vorschlag witzig sein soll, aber sie stößt mit ihm an und verteilt dann die restlichen Spaghetti und die Sauce. Es ist spät geworden. Sobald aufgegessen und abgespült ist, möchte sie aufbrechen. Aber Uwe Schwarzenberg scheint es nicht eilig zu haben. Zudem verträgt er offensichtlich keinen Alkohol.

Das erste Glas Rotwein hat er zügig ausgetrunken, jetzt beim zweiten wird er zusehens vertraulicher.

»Es ist so schade, daß das Klavier dermaßen verstimmt ist. Ich hätte Ihnen so gern etwas vorgespielt, etwas, das zu so einem romantischen Abend paßt«, er lächelt sie zutraulich an, seine weiche Locke ist ihm wieder in die Stirn gefallen. Er sieht aus wie ein großer Junge bei seinem ersten Rendez-vous, denkt Ursula. Es fehlen nur noch die geröteten Wangen.

»Darf ich einen Toast ausbringen«, mit einer weiten Gebärde erhebt er das Glas, »einen Toast auf diese – diese unvergleichliche Jagdhütte?« Er nimmt einen tiefen Schluck, schaut über den Rand Ursula an und stellt das Glas mit einem Kichern zurück. Ursula hat ebenfalls einen kleinen Schluck genommen, aber ihre Sinne sind hellwach.

»Wissen Sie«, fährt er fort und kichert wieder, »ich weiß schon, weshalb sich das Klavier so verzogen hat...«, er wartet kurz auf eine Reaktion, dann sagt er in verschwörerischem Ton: »...sicherlich aus lauter Angst vor den gruseligen Tieren!« Er will sich darüber totlachen.

»Finden Sie das auch? Mein Mann war auf diese Jagdtrophäen sehr stolz!«

»Ha ha, das ist wirklich eine ungeheuerliche Geschmacklosigkeit, einfach gräßlich.« Er blickt zu den Wänden. »Schauen Sie sich das an. Überall Leichen, enthauptete, abgeschlachtete Tiere!«

»Das habe ich auch immer gedacht!« Sie hält mit dem Aufwickeln ihrer Nudeln kurz inne. »Ich empfand es hier als zu dunkel, zu eng. Ich hätte die Hütte völlig anders gestaltet. Aber wenn es um die Jagd geht, sind sich die Männer wohl einig... Ich war nie sehr gern hier. Die Anfahrt, der schlammige Weg, diese Einöde. Und dann auch noch die Einrichtung – zudem sammelt sich in diesen ganzen Tierhaaren eine Unmenge an Staub und Ungeziefer. Gräßlich!«

Sie nimmt genießerisch einen Schluck aus ihrem tiefen Rotweinglas.

»Ich verrate Ihnen etwas«, Uwe Schwarzenberg lehnt sich ihr etwas über den Tisch entgegen, »ich würde Alpträume bekommen. Sehen Sie, wie licht und fröhlich ist dagegen die freie Natur mit ihren Tieren, den Blumen, den Gräsern, den

Büschen. Das hier engt ein, beängstigt, zieht einen hinunter in Tod und Vernichtung! Ich hasse den Machtwillen, der sich in diesen Trophäen ausdrückt. An Ihrer Stelle würde ich alles hinauswerfen und den Raum licht und frei machen, so wie Sie sich zu Hause eingerichtet haben!«

Ursula hat ihm lächelnd zugehört.

»Tatsächlich? Aber eigentlich möchte ich die Hütte doch verkaufen! Eine Jagdhütte ist etwas für Männer!«

»Für Männer? Nein, Sie könnten etwas ganz anderes daraus machen. Ich kann mir vorstellen, daß Sie die passenden Möbel und die richtigen Farben finden würden. Weiblich, vielleicht etwas schwedisch – viel blau, viel weiß?«

Sie denkt darüber nach, schaut sich um. Sie kann es sich vorstellen, ja, blau-weiß ist eine gute Idee. Das würde einen ganz anderen Charakter in die Hütte bringen. Weiblich. Natürlich, er hat recht!

Ursula nimmt noch einen tiefen Schluck Rotwein, lehnt sich etwas in ihrem Stuhl zurück, um den guten Tropfen zu kosten. Sie schließt die Augen, genießt den Bordeaux und öffnet sie wieder. Sie blickt genau auf ein großes Foto von Walter, das neben dem Zwölfender an der Wand hängt. Er kniet auf dem erlegten Hirsch, das Gewehr in der Hand, schaut ihr direkt in die Augen. Ursula ist wie gefesselt, kann den Blick von seinem kaum abwenden. Sie spürt, wie ihre Augenbraue zuckt, und Ärger steigt in ihr hoch.

Natürlich. Uwe Schwarzenberg lügt sie an.

Weibliche Einrichtung in einer männlichen Jagdhütte? Das soll er ernst meinen? Sie glaubt es ihm nicht. Alle Männer stehen doch auf so etwas. Einsame Jagdhütte im Wald. Trophäen. Pirsch in der Dämmerung. Anlegen auf einen kapitalen Bock. Abdrücken. Töten. Der Waidmannsdank und der Umtrunk. Prost! Alle Männer, die sie kennt, denken so. Jagd, beherrschen, töten. Damit fühlen sie sich in ihrer Männlichkeit bestätigt. Soll er es doch zugeben! Nein, er will sie umgarnen, einlullen, für dumm verkaufen. Aus irgendeinem Grund lügt er ihr etwas vor, stellt sich keiner Diskussion. Hat er Angst, sein wahres Ich zu zeigen? Oder hat er kein Ich, keine eigene Persönlichkeit?

Ihre Lippe kräuselt sich.

Er ist ein Feigling, ein Angsthase, der nicht zu seiner Meinung steht. Genau wie zu Hause, als er Farben und Formen lobte, wo Acryl doch weder Farbe noch Form hat.

Ursula nimmt noch einen Schluck.

Ihr Gegenüber fehlt, der Stuhl ist leer. Sie schaut sich um. Er kommt auf sie zu, hat eines der Gewehre von der Wand genommen.

»Das ist ein Elefantentöter, nicht? Ich habe ein so scheußliches Tötungsinstrument noch nie in der Hand gehabt!«

»Dann geben Sie es her!« Ein jämmerliches Etwas, dieser Uwe Schwarzenberg. Von wegen Tierchen, die durch die lichte Natur hüpfen. Walter hätte ihr die Weltordnung erklärt, hätte ihr gesagt, daß es in der Natur eben so ist. Einer gewinnt, einer verliert. Der Sieger war er, Walter, mit dem Gewehr in der Hand. Dieser Mensch dort war lebensuntüchtig, ohne festen Willen, ohne eigene Meinung. Gegen Walter null und nichts, überhaupt nicht existent!

Ihre Augenbraue zuckt.

»Geben Sie es her, bevor Sie sich damit noch verletzen!«

»Sagen Sie bloß, Sie können damit umgehen!«

Er reicht ihr die Waffe.

»Natürlich!« Sie legt auf ihn an und drückt ab.

Der Rückschlag wirft sie vom Stuhl.

Dort bleibt sie zunächst liegen, dann richtet sie sich auf, um zu sehen, was passiert ist.

Die Reste von Uwe Schwarzenberg sind unappetitlich über die Sessel und die Couch verteilt.

Ursula schaut sich um. Ansonsten hängt noch alles an seinem Platz. Kein einziger Hirschkopf ist heruntergefallen.

Zwei Stunden später sitzt Ursula wieder in ihrem Auto. Zunächst hatte sie überlegt, Schwarzenbergs Überreste einzusammeln und in die Jauchegrube zu werfen. Aber es wäre zu mühsam gewesen, zu viel zerfetztes Fleisch, zu viel Blut. So hat sie das Geschirr fein säuberlich abgespült, mit dem Geschirrtuch alles abgewischt, was sie angefaßt haben könnte, selbst den Hahn am Propangas und den Seilzug am Generator. Das Gewehr hat sie abgeputzt und liegengelassen und dann mit einem Schraubenschlüssel so im Haustürschloß herumgestochert, daß es nach Einbruch aussah. Zwei Obdachlose, die sich in die Haare bekommen haben – oder zwei Einbrecher. Wer wollte das noch nachvollziehen, zumal Uwe Schwarzenberg ohne Papiere, Arbeit und Telefonnummer war. Schließlich hatte Ursula die Türe hinter sich zugezogen und den Wagen gestartet. Ob Ludwig im Winter jemals in die Hütte gehen würde, war fraglich. Möglicherweise würde die Leiche erst im Frühjahr entdeckt werden. Die Zeit war auf ihrer Seite.

Ursula fährt die Serpentinen mit Standlicht herunter. Eigentlich schade, daß dieser Uwe Schwarzenberg so dumm war. Es hätte doch noch ganz nett werden können mit ihm. Aber gegen Walter war er wirklich nur eine halbe Portion. Nicht der Rede wert. Wenn ihr jetzt wieder ein Hase in den Weg läuft, würde sie jedenfalls nicht »husch, husch« rufen.

Die Bundesstraße ist so gut wie unbefahren, und auch auf der Autobahn kommt sie zügig voran. Ursula fährt mit durchgetretenem Gaspedal auf der Überholspur und weicht nur aus, wenn von hinten ein sichtbar schnelleres Fahrzeug kommt.

Um ein Uhr morgens parkt sie ihren Golf neben dem Mercedes ihres Mannes in der Doppelgarage, und wenig später steht sie bereits unter der Dusche. Sie bearbeitet sich ausgiebig mit einer Körper-Peeling-Lotion und cremt sich anschließend gewissenhaft ein. Dem Gesicht gönnt sie eine Nährmaske für die Nacht, obwohl sie weiß, daß sie das zur Rükkenlage zwingen wird. Sie schlüpft ins Bett und schaut noch eine Weile mit geöffneten Augen zur Decke. Aber sie sieht keine Bilder vor sich, sie hängt überhaupt keinen Gedanken nach, sie hat mit dem Geschehenen abgeschlossen. Bevor sie das Licht löscht, nickt sie Walter in seinem Silberrahmen zu: »Du warst zu stark für mich. Aber gegen dich war er zu schwach! Viel zu schwach.«

DIE CHEFIN

Am Montagmorgen öffnet Ursula das große Garagentor. Der Golf wirkt ängstlich und klein neben dem Mercedes. »So ist es halt«, sagt sie zu ihm, während sie einsteigt, »es gibt Schwache und es gibt Starke. Und es gibt Starke, die gar nicht wissen, daß sie schwach sind. Wir werden Herrn Kühnen einen Besuch abstatten!«

Sie fährt auf ihren Firmenparkplatz neben dem Haupteingang. Das heißt, sie fährt auf den zweiten reservierten Platz, der erste, direkt neben der Treppe, gehört ihrem Mann. Auf dem dritten steht ein neuer BMW der 7er-Reihe in vornehmem Dunkelblau-metallic. Ob sich Manfred Kühnen etwa einen neuen Firmenwagen geschenkt hat? Nein, das müßte sie wissen. Dann kann es nur sein Privatwagen sein. Glaubt er etwa, er würde erben?

Sie geht schwungvoll die Treppen hinauf, durch die Schwingtüre.

»Guten Morgen, Frau Winkler«, Ferdinand Bauer nickt ihr durch die dicke Glasscheibe mit der Aufschrift »Auskunft« hindurch zu. Ferdl, so hat Walter ihn stets genannt. Er war fast schon so etwas wie ein väterlicher Freund für Walter gewesen, seit dreißig Jahren mit dabei und jetzt kurz vor der

Pensionierung. Vor vier Jahren hatte Walter diesen Arbeitsplatz für ihn geschaffen, nachdem er sich bei einem Treppensturz die Hüfte gebrochen hatte. In die Fertigung hätte Ferdinand Bauer nicht mehr zurückgekonnt. So bot Walter ihm hier einen Vorruhestandsplatz. Bei gleichem Gehalt. Soviel Freundlichkeit hatte Ursula ihrem Mann gar nicht zugetraut. Wer weiß, was ihn dazu bewogen hat. Jedenfalls ist Ferdinand Bauer ganz sicher einer, der ehrlich und aus vollem Herzen um Walter trauert. Ludwig wahrscheinlich auch. Viel mehr Leute fallen Ursula nicht ein. Der hier jedenfalls bestimmt nicht. Sie steht vor Manfred Kühnens Tür. Ursula klopft kurz an und tritt ein.

Aha, dafür bezahlt sie ihn also.

Eine Kaffeetasse steht vor ihm, er selbst ist hinter der Zeitung vergraben.

Er hält es noch nicht einmal für nötig, nachzuschauen, wer bei ihm eingetreten ist.

»Leg sie nur einfach auf den Tisch, Regina, danke!«

Donnerwetter, er duzt Frau Lüdnitz. Ob das etwas zu bedeuten hat?

»Ich bin nicht Regina«, sie spricht das Wort Regina betont langsam und säuerlich aus. »Guten Morgen, Herr Kühnen!«

Seine Zeitung zuckt, er ist wohl erschrocken. Gut so. Dann legt er sie schnell auf die Seite, steht auf und geht auf sie zu, um sie mit Handschlag zu begrüßen.

»Frau Lüdnitz wollte mir die Unterschriftenmappe bringen. Ich habe schon auf sie gewartet«, meint er mit einer halb entschuldigenden Bewegung zu Kaffee und Zeitung hin.

»Na, dann kann Frau Lüdnitz die Unterschriftenmappe ja jetzt zu mir bringen. Ich möchte Sie nicht aufhalten, Herr Kühnen.«

Er räuspert sich kurz.

»Ja, natürlich, Frau Winkler. Sind Sie zur Konferenz auch da?«

»Ich werde nicht nur da sein«, sie hat sich schon zum Gehen gewandt, dreht sich aber nochmals halb zu ihm um, »ich werde sie leiten, Herr Kühnen. Bis später!«

Sie hat ihren Geschäftsführer noch nie besonders gemocht. Er ist ihr zu glatt, zu modisch, zu eitel. Ein aufgeblasener Wicht mit Wichtigtuerallüren. Aber er hatte gute Erfolge bei der Konkurrenz, von wo Walter ihn abgeworben hat. Und er ist ehrgeizig, hungrig. Walter fand das gut, Ursula gefällt es weniger, denn es war ihr von Anfang an klar, daß sich dieser Ehrgeiz bei der erstbesten Gelegenheit gegen sie richten würde. Bei Walter hatte er keine Chance, er war der Big Boss, bei ihm waren die Fronten immer abgesteckt. Aber eine Leitwölfin würde einem Herrn Kühnen sicherlich nicht behagen. Jetzt war der Moment für ihn da. Es war wichtig, ihn von Anfang an in seine Schranken zu verweisen, ihm die Reißzähne zu zeigen.

Auf dem Weg zu ihrem eigenen Büro begegnet ihr Regina Lüdnitz, die eilig mit der Unterschriftenmappe den Gang herunterkommt. Sie trägt einen zu kurzen Rock und zu hohe Absätze.

Anscheinend hat sich hier seit Walters Tod einiges verändert.

Auch Regina Lüdnitz stockt kurz, als sie ihre Chefin erkennt. Dann lächelt sie freundlich: »Guten Morgen, Frau Winkler, schön, daß Sie wieder da sind.«

»Danke, Frau Lüdnitz. Und die Unterschriftenmappe können Sie gleich mir geben.«

»Aber... ja, natürlich!«

Ursula nimmt die Mappe an sich und sagt dann betont freundlich: »Sie können Herrn Kühnen ja Bescheid sagen. Und, wenn Sie schon dabei sind, ihm vielleicht auch gleich noch eine zweite Tasse Kaffee servieren.« Damit geht sie weiter. So, der hat sie es jetzt gegeben. Und es dürfte auch klar geworden sein, was sie gemeint hat.

Ursulas Büro liegt am anderen Ende des Ganges, ein geräumiges Eckzimmer mit großen Fenstern. Es hat eine Verbindungstür zu dem Büro von Frau Lüdnitz, das wiederum an Walters Büro grenzt. Es folgt der recht langgestreckte Konferenzraum, im Anschluß ein kleinerer Raum für Besprechungen und dann das Sekretariat von Manfred Kühnen mit einer weiteren Verbindungstür in sein eigenes Büro. Alles durchdacht angelegt, ein moderner Komplex mit funktionellen, klaren Büros und einer technisch hochentwickelten Fertigungshalle. WWV, ursprünglich auf Plastik spezialisiert, war zudem bereits lange vor allen anderen Vorreiter im Recyclingverfahren, hatte Kunden wiederaufbereitete Pappe als Waschmittelkarton empfohlen, als sich andere vor Altpapier noch ekelten. Als abzusehen war, daß der Trend wieder von der Pappe wegführen würde, hatten sie vor knapp zehn Jahren neu gebaut, völlig umstrukturiert, um zweigleisig produzieren zu können. Sie fuhren die Arbeitskräfte von 850 auf 620 herunter und kauften dafür die hochwertigsten computergesteuerten Roboter, die überhaupt auf dem Markt waren. Sie waren nicht die Größten in der Branche, aber die Innovativsten. Sie arbeiteten für viele bekannte Firmen, hatten ein Meinungsforschungsinstitut mit ständigen Umfragen beauftragt, versuchten, der Entwicklung stets einen Schritt voraus zu sein.

Und das soll so bleiben, denkt Ursula grimmig, während sie sich an ihren Schreibtisch setzt. Obwohl der Firmenname »WWV« für »Walter Winklers Verpackungen« nun überholt war. Aber »UWV« daraus zu machen, wäre unklug. Und Manfred Kühnen spekuliert sicherlich auf »MKV«. Es klopft, Regina Lüdnitz fragt nach, ob sie etwas tun könnte.

»Ist die Sekretärin von Herrn Kühnen heute gar nicht im Dienst?«

»Frau Braun-Schmidt? Doch, schon. Aber die Briefe an Herrn Winkler gehen nach wie vor an mich – und wenn Sie nicht da sind...«

»Danke, Frau Lüdnitz. Ab heute bin ich wieder regelmäßig im Büro. Jedenfalls jeden Morgen und ganz sicher auch zu jeder Montagskonferenz. Ich möchte dann bitte sowohl die *wichtige* Eingangspost als auch die Ausgangspost auf meinem Tisch haben. Das bedeutet, daß ich über alle *wichtigen* Vorgänge informiert sein will und daß *wichtige* Dinge ohne meine Beurteilung nicht entschieden werden. Kurz, ich übernehme auch die Aufgabenbereiche meines verstorbenen Mannes.«

»Ist gut, Frau Winkler, das habe ich verstanden.«

»Schön. Wenn ich etwas brauche, rufe ich Sie!«

Regina Lüdnitz, Mitte dreißig, mit glänzendem, dunkelbraunem, schulterlangem Haar und einer hochgewachsenen, sportlichen Figur, ledig und ungebunden, nickt und geht.

Sie hat es verstanden, denkt Ursula und lächelt.

Falls sie tatsächlich etwas mit meinem Mann gehabt haben sollte, weht jetzt ein anderer Wind.

Im Konferenzraum setzt sich Ursula an die Stirnseite, an den Platz ihres Mannes.

Damit hat sie den Vorsitz über zehn Männer übernommen, die sich rechts und links von ihr an dem langgestreckten Tisch verteilen. Es sind drei verantwortliche Ingenieure aus der Produktion sowie die drei Abteilungsleiter aus dem Export, aus der Werbeabteilung und der Buchhaltung, zudem Rainer Witzmann aus der Presseabteilung, der auch für das Protokoll zuständig ist, und natürlich Manfred Kühnen.

Die rechte Hand der Geschäftsleitung hat sich an seinen bisherigen Platz links von der Stirnseite hingesetzt. Ursulas früherer Stuhl, rechts von der Stirnseite, bleibt leer.

»Guten Tag, meine Herren«, eröffnet sie die Konferenz.

Sie fühlt sich wohl in ihrer Rolle, fühlt sich im strengen dunkelgrauen Kostüm den Zweireihern der Herren durchaus gewachsen.

»Wollen Sie nicht aufrücken?« Sie weist zur rechten Seite.

Ein zustimmendes Gemurmel, dann schließt einer nach dem anderen auf. Auf ihrem Stuhl sitzt jetzt Gernod Schaudt aus dem Export, grauhaarig, erfahren und loyal.

»Zunächst einmal möchte ich Ihnen danken, daß Sie mir nach dem Tod meines Mannes die Zeit eingeräumt haben, um über den ersten Schmerz hinwegzukommen«, während sie spricht, schaut sie einen nach dem anderen an. Alle blicken ihr in die Augen, nur Rainer Witzmann schreibt eifrig auf seinen Notizblock, und Manfred Kühnen fixiert einen imaginären Punkt auf dem Tisch. »Aber Arbeit hilft besser als Grübeln, und ich bin der Meinung, es ist wieder an der Zeit, etwas zu tun«, fährt sie fort. »Ich bitte Sie deshalb, mich kurz über alles zu informieren, was in letzter Zeit an Wichtigem vorgefallen ist oder sogar entschieden wurde. Stehen neue Firmen für eine Zusammenarbeit in Aussicht? Haben wir einen Vertragspartner verloren? Ich möchte auch über die neuen Trends, über die Produktionszahlen der Konkurrenz und vor allem über unsere eigene Leistung informiert werden. Herr Kühnen, könnten Sie mich bitte über diesen letztgenannten Bereich instruieren?«

Er hebt den Blick und schaut sie an, und sie ist sich nicht sicher, was sie in seinen Augen liest. Ist es die Angst eines in die Enge getriebenen Wildes, oder ist es der Blick des Mungos, der überlegt, wie er die Klapperschlange töten kann?

Als Ursula an diesem Abend nach Hause kommt, hat sie ein gutes Gefühl. Der Übergang dürfte ohne allzu große Schwierigkeiten vonstatten gehen. Klar, Kühnen würde sie lieber als trauernde Witwe zu Hause sehen und seinen neuen Chefwagen auf den Chefparkplatz stellen. Aber die anderen haben sie voll akzeptiert. Sie wissen schließlich alle, daß sie die Firma mit aufgebaut hat, sich in allen Bereichen auskennt. Der Unterschied ist nur, daß bisher ein Mann am Steuer saß. Jetzt übernimmt eine Frau das Ruder. Aber sollte das einem nicht passen, kann er ja gehen. Sie hat nichts dagegen.

Im Hausgang findet sie eine Notiz von Frau Paul: »Anruf von Hafenmeister Björn Grammlich aus Neustadt: Check-up für das Schiff fällig, erbittet Rückruf.« Ihre gute Laune ist augenblicklich weg. Jetzt hat sie dieses unsägliche Schiff am Hals. Am besten ruft sie morgen Björn Grammlich an und erteilt ihm den Auftrag, dieses Ding so schnell wie möglich zu verkaufen. Gegen eine gute Provision. Bei dem Stichwort fällt ihr Uwe Schwarzenberg ein, sie schüttelt den Gedanken aber ebenso schnell wieder ab. Wozu über irgend etwas nachdenken, das nicht zu ändern ist? Man muß sich über die Dinge Gedanken machen, die noch zu beeinflussen, zu regeln, zu steuern sind. Also, weg mit dem Schiff. Das ist jetzt angesagt.

Worauf hat sie heute abend Appetit? Sie geht in die Küche, öffnet den Kühlschrank und steht unentschlossen davor. Sie hat keine Lust, sich jetzt auch noch Küchenarbeit aufzuhalsen. Schließlich gibt es genug Restaurants. Aber alleine essen? Soll sie Ludwig anrufen? Der Gedanke behagt ihr auch nicht sonderlich. Wen sonst? Sie hat keine Freundin, noch nicht einmal eine gute Bekannte. Walter konnte den »Weiberzirkus« nicht ausstehen. Und sie war eigentlich auch nie scharf darauf. Wo konnte sie also alleine hin? Zum Italiener? Der wird sie mit Beileidsbekundungen überschütten. Dort waren sie regelmäßig, aber immer zu zweit, und sie hat den Besitzer auf der Beerdigung gesehen. Er würde sie nicht in Ruhe lassen. In Walldorf soll es ein ausgezeichnetes italienisches Restaurant geben, *La Fattoria*. Ludwig hat sie beide mehrmals dorthin eingeladen. Aber irgendwie hat es nie geklappt. Sie hätte jetzt zwar Lust auf edle Vorspeisen und einen guten Fisch, aber sie will nicht Gefahr laufen, Ludwig doch noch in die Quere zu kommen. Käfer in Wiesbaden? Alleine wird sie sich dort unwohl fühlen. Und dann die alten Knacker mit ihren jungen Konkubinen. Zuerst laden sie sie zum Essen ein, dann zeigen sie ihnen nebenan im Casino die große, weite Welt, und zum Dessert präsentieren sie ihre knittrigen Altmännerkörper. Alleine der Gedanke würde ihr den Appetit verderben. Wo kann man denn als Frau überhaupt alleine hin? Blöde Frage, schilt sie sich selbst. Wenn du als Frau alleine eine Firma führen kannst, wirst du wohl auch alleine essen gehen können!

Draußen ist es stockdunkel, und es hat zu regnen begonnen. Hoffentlich friert es heute Nacht nicht, sonst kann das heiter werden! Ursula fährt den Golf aus der Garage. An der Alten Oper gibt es ein Mövenpick-Restaurant, dort ist sie eine unter vielen, dort kann sie den Leuten zuschauen, es wird ihr nicht langweilig, und die Speisekarte ist abwechslungsreich. Außerdem kann sie nachher noch die Goethestraße entlangschlendern und sich aussuchen, was sie alles nicht kaufen wird – und wieviel Geld sie damit spart. Es verspricht ein schöner Abend zu werden.

Sie findet überraschenderweise in der Goethestraße vor einer der Nobelboutiquen einen Parkplatz. Es muß am schlechten Wetter liegen, normalerweise ist das die Vorzeigestraße der teuren Autos, und ginge es nach den Ladenbesitzern, hätten Golfs dort Parkverbot. Ursula spannt ihren Regenschirm auf und zieht sich ihren nerzgefütterten Popelinemantel über. Ein schönes Stück Fleisch mit – nein, Nudeln hatte sie erst gestern –, mit einer großen, quarkgefüllten Pellkartoffel und Salat. Danach ist ihr jetzt. Und dazu einen trokkenen, edlen Weißwein.

Bis sie im Restaurant ist, hat sie nasse Füße. Daran hat sie nicht gedacht, sie hat noch die Pumps an. Na, egal, sie ist hart im Nehmen. Ein kleiner Tisch in der Nichtraucherecke ist noch frei. Wie für sie geschaffen. Sie sitzt mit dem Rücken zur Wand und hat alles unter Kontrolle. Auf der Bank neben ihr liegt eine vergessene, zusammengefaltete Tageszeitung. Sie legt zunächst den Mantel darüber, zieht sie, nachdem sie die Bestellung aufgegeben hat, jedoch hervor. Zumindest kann sie damit den Leerlauf bis zum Essen überbrücken. Und allzu aufmerksam hat sie die Zeitung heute morgen auch nicht gelesen. Der Wein wird serviert, der Salat kommt, sie hat sich bis zu den Anzeigen vorgearbeitet. Als der Kellner das Steak bringt, will sie die Zeitung schon weglegen, aber in der Bewegung fällt ihr Blick auf eine Anzeige, die sie nochmals verharren läßt:

> »Segelkameradin gesucht – sportlicher Mitfünfziger wünscht wetterfeste und segeltüchtige Frau (45–55) für Charter kennenzulernen. Telefon 061 05/9086.«

Während sie ihr Fleisch kaut und die Pellkartoffel aushöhlt, denkt Ursula darüber nach. Eigentlich eine blöde Anzeige, Ende November. Aber Walter war ebenfalls heiß aufs Wintersegeln. Es gäbe die steifsten Brisen, und der Kampf sei ganz anders als im Sommer. Witzig, daß es also noch einen gibt, der auf so einen Irrsinn steht. Und – daß so einer auch noch eine Frau mitnehmen will. Das ist ja fast noch eine Steigerung zu Walter. Der wäre nicht auch nur im entferntesten auf einen solchen Gedanken gekommen. Sie faltet die Zeitung zusammen und legt sie weg. Aber nachdem sie bezahlt und den Mantel bereits angezogen hat, geht sie nochmal zurück und reißt die Anzeige kurzerhand aus dem Blatt heraus. Sie kann auch nicht sagen, warum. Ein Reflex, sonst nichts.

Es regnet stärker, und es ist kalt geworden. Sicherlich unter dem Gefrierpunkt. Die Goethestraße ist wie ausgestorben, und Ursula schenkt sich einen erweiterten Spaziergang. Sie dreht im Auto die Heizung voll auf und fährt vorsichtig nach Hause. Eine Stunde später liegt Ursula bereits im Bett. Sie hat sich den Zeitungsausschnitt mit nach oben genommen und liest ihn jetzt, vor dem Einschlafen, nochmals durch. Dann dreht sie sich zu Walter im Silberrähmchen um: »Nochmal so ein Verrückter wie du. Hättest du das für möglich gehalten? Ich nicht! Aber man lernt ja dazu!« Und löscht das Licht.

DER RIVALE

Regina Lüdnitz hat kaum die Türe hinter sich geschlossen, da greift Ursula zum Telefon. Sie hat sich die Anzeige schon vorhin zurechtgelegt, war aber durch ihre Sekretärin, die die Morgenpost brachte, gestört worden. »0-6-1-0-5-9-0-8-6«, sagt sie leise, während sie wählt. Dann lauscht sie dem Freizeichen. Knacks, ein Anrufbeantworter: »Hier ist der Anschluß 9-0-8-6. Ich bin derzeit nicht erreichbar. Bitte hinterlassen Sie mir Ihren Namen, Ihre Telefonnummer und den Grund Ihres Anrufes nach dem Pfeifton, ich werde Sie...« Verflixt, denkt Ursula. Was soll sie ihm jetzt bloß sagen? Oder soll sie einfach auflegen? Da knackst es wieder in der Leitung: »Hallo? Hallo?« Ach, ist er doch da? »Ja, hallo. Mein Name ist Winkler, ich rufe...« Ein grauenhafter Pfeifton läßt sie abbrechen und den Hörer weit vom Ohr weghalten. »Augenblick mal, ich muß nur den Anrufbeantworter ausschalten«, hört sie eine Stimme durch das Pfeifsignal hindurch. Ein Chaot, denkt Ursula und verzieht das Gesicht. »So, hallo, da bin ich!« Seine Stimme klingt tief und männlich. Also, das Ganze nochmals von vorn. Ursula hat eigentlich schon keine rechte Lust mehr. »Na, bestens«, sagt sie. »Also, wie bereits gesagt, mein Name ist Winkler, und ich rufe auf Ihre Anzeige hin an.«

»Oh«, seine Stimme klingt äußerst erfreut. »Wie schön. Und was für ein Glück – ich war nämlich nur rein zufällig hier. Tagsüber arbeite ich nebenan in meinem Büro.«

»So? Was tun Sie denn?«

»Ich bin Ingenieur, habe ein Ingenieurbüro.«

Na, wenigstens kein Hungerleider.

»Ich wollte Ihnen eigentlich nur einen Vorschlag machen, Herr... Herr...«

»Ja, Entschuldigung, ich heiße Ehler, Rainhard Ehler.«

»Gut, Herr Ehler, wie gesagt, nur ein Vorschlag.«

»Ach ja? Und der wäre?«

Es klingt wie eine Mischung aus leichter Enttäuschung und aufkeimender Neugierde.

»Ich gehe gern mit Ihnen segeln, allerdings halte ich nichts vom Chartern. Ich besitze die Dinge lieber selbst.«

»Heißt das, Sie wollen ein Segelschiff kaufen?«

»Nein, absolut nicht!«

»Dann verstehe ich Sie nicht. Ich kann mir jedenfalls keines leisten.«

Das Ingenieurbüro ist wohl nicht der große Renner. Sie holt tief Luft: »Ich *habe* bereits ein Schiff, Herr Ehler. Eine Swan. Sagt Ihnen das etwas?«

Auf der anderen Seite ist es still. Ursula glaubt zu hören, wie sein Herzschlag aussetzt.

»Eine Swan?« kommt es dann ehrfürchtig. Er schluckt. »Und wo? Wo liegt sie?«

»In der Ostsee. Bei Neustadt.«

Es klopft leise, Regina Lüdnitz tritt ein. Sie bleibt abwartend stehen. Das fehlt ihr noch, daß Frau Lüdnitz mitbekommt, wie sie sich mit einem fremden Mann verabredet. Sie gibt ihr ein unwilliges Zeichen. Ihre Sekretärin, heute im Hosenanzug und mit zusammengebundenem Haar, versteht und geht leise wieder hinaus.

»Was haben Sie gesagt, bitte?«

»Daß ich eigentlich an eine Charterreise in der Karibik dachte...«

»Nun, das kann ich nicht bieten.«

Karibik. Also nichts mit Novemberstürmen... Ich und du, Müllers Kuh. Will er was für die Kajüte, oder wie dachte er sich das?

»Ja, aber unabhängig davon, könnten wir mit Ihrer Swan denn einmal hinaussegeln?«

»Wenn Sie segeln können?«

»Ja, natürlich!« Er klingt direkt beleidigt.

»Gut. Dann sollten wir uns darüber unterhalten.«

»Ich wohne in Mörfelden«, Gott, wie scheußlich, denkt Ursula, »kennen Sie in Walldorf zufälligerweise das italienische Restaurant *La Fattoria*?«

»Ich habe schon davon gehört.«

»Paßt es Ihnen heute abend gegen 19 Uhr? Ich werde reservieren.«

Ursula hat nichts weiter vor. »Gut, ich werde da sein.«

»Wie erkenne ich Sie?«

»Ich werde mich vom Ober an Ihren Tisch bringen lassen, Herr Ehler.«

Ursula schenkt sich ein Glas Mineralwasser ein und denkt nach. Eine so mühsame Aktion wegen Walters blödem Segelschiff. Vielleicht sollte sie es mit diesem Herrn Ehler in der Kajüte treiben, das wäre die gerechte Vergeltung für die vergangenen fünf Jahre mit diesem Kahn und für das verlorene Haus an der Algarve. Auf dem Kajüttisch, am Steuerstand, auf Walters heiligem Steuermannsitz – überall dort, wo er sie nicht haben wollte. Aber ob ihr das Genugtuung verschaffen würde? Oder soll sie das Schiff, wie sie es gestern abend vorhatte, einfach über den Hafenmeister verscherbeln? Dann hätte sie es los.

Ursula wird sich darüber nicht schlüssig. Es liegt ihr nicht, Wertgegenstände über Außenstehende zu verkaufen. Sie fühlt sich dann bereits übervorteilt, bevor sie überhaupt einen Betrag gehört hat. Das mag mit einem Flügel noch angehen. Aber mit einer Swan?

Apropos Flügel. Der nervt sie noch immer.

Es klopft. Frau Lüdnitz steht wieder in der Tür. »Verzeihung, Frau Winkler, Herr Waffel hat angerufen. Er sagte, es sei dringend, und er bittet um Rückruf. Soll ich durchstellen?«

Waffel. Der alte Fuchs. Was der wohl will?

»Ja, bitte, Frau Lüdnitz.«

Willi Waffel besitzt ebenfalls eine Verpackungsfirma, die Waffel-Verpackungen. Eine Kartonagenfabrik, die zumindest von den Ausmaßen her größer ist als die WWV, und einen kleinen, kunststoffverarbeitenden Betrieb. Beides altmodisch und »wenig trendy«, wie Rainer Witzmann von der Presseabteilung sich auszudrücken pflegt.

Es klingelt. Das ging schnell. Waffel muß ja förmlich auf den Rückruf gelauert haben.

»Winkler.«

»Ja, Gnädige Frau, hier ist Willy Waffel.« Ursula verzieht das Gesicht. Der Kerl ist und bleibt ein Duisburger Schlotbaron. Sie riecht förmlich die Kohle und sieht das Bier neben ihm stehen. Dabei lebt er schon seit zwanzig Jahren in Frankfurt. Aber der Ruhrpott läßt sich selbst durchs Telefon nicht verleugnen. Der ganze Waffel hat etwas von einem Eierbrikett. Rund und schwarz bis auf den Grund seiner Seele.

»Ich möchte Ihnen mein tiefstes Bedauern über das Ableben Ihres so geschätzten Herrn Gemahl aussprechen – obwohl ich Ihnen dat ja auch schon schriftlich mitgeteilt habe. Aber doppelt hält besser, ist es nicht so?«

Fehlt nur noch das »ha ha«, dann wäre es ein waschechter Grubenwitz, denkt Ursula und spürt Abscheu in sich aufsteigen. Dieser Mensch ist ihr körperlich zuwider.

»Ich bedanke mich, Herr Waffel.«

»Ja, nun, wo Sie alleine dastehen, dachte ich mir, ich greife Ihnen mal ein bißchen unter die Arme.«

Ursula wartet auf ein lautes Schenkelklopfen. Wollen wir dem Mädel mal zeigen, wer wir sind, was, Herr Waffel?

»Ich verstehe Sie nicht ganz.«

»Nun, ich übernehme Ihren Laden. Ich mache Ihnen ein gutes Angebot, dann sind Sie frei, können das Leben genießen – mit so ein paar Milliönchen sieht die Welt doch ganz anders aus – hab ich recht? Da können Sie die Puppen, ähm, die... na ja, eben alle tanzen lassen. Das haben Sie sich doch verdient, nach all den Jahren an der Seite Ihres Gemahls. Nichts gegen Ihren Herrn Gatten, versteht sich. Er war ein echter Kämpfer. Ein Waidmann. Ein ganzer Kerl. Aber Sie jetzt – so alleine – in einer solchen Position. Verstehen Sie mich nicht falsch, Frau Winkler, aber es ist doch abzusehen, daß Sie das nie durchstehen werden. Jeder wird versuchen, Sie übers Ohr zu hauen!«

Und du als erster, denkt Ursula.

»Und das kann ich doch nicht zulassen. Ihr Mann und ich waren schließlich Geschäftsfreunde. Ich möchte Ihnen helfen, bevor es zu spät ist, bevor Ihre Firma durch Mißwirtschaft nichts mehr wert ist und meistbietend versteigert wird. Verstehen Sie mich recht, Frau Winkler, aber eine Frau kann einen solchen Betrieb doch nicht führen. Das ist Männersache. Aber ich nehme an, das wissen Sie selbst am besten. Das kann nicht gutgehen.«

Ursula hat sich auf ihrem Stuhl leicht gedreht, schaut nach draußen in den bleischweren Himmel.

»Frau Winkler? Was sagen Sie dazu?«

Sie betrachtet eingehend ihre Fingernägel.

»Frau Winkler, sind Sie noch dran?«

»Machen Sie ein Angebot, Herr Waffel!«

Auf der anderen Seite wird es kurz still. Ursula hört im Geiste schon die Champagnerkorken knallen. Willy Waffel holt tief Luft: »Also, ich dachte mir...«

»Schriftlich, Herr Waffel«, unterbricht sie ihn. »Schriftlich. Und zwar nicht nur eine Zahl, Herr Waffel. Ausführlich und mit Begründung.«

»Ja, dazu müßte ich aber auch Ihre Bücher einsehen können!«

»Sie wollen mir ein Angebot unterbreiten, Herr Waffel, von einer Betriebsprüfung hat niemand gesprochen. Sie müssen doch wissen, was Ihnen *meine*«, sie betont das »meine« bewußt, »Firma wert ist. Eben wollten Sie doch bereits eine

Zahl nennen. Schreiben Sie mir diese Zahl und begründen Sie sie. Das ist alles, was ich will. Guten Tag, Herr Waffel!« Sie legt langsam auf.

Schau an. Kaum ist die Oberratte tot, verlassen die anderen auch schon ihre Löcher. Bin gespannt, welcher nette »Geschäftsfreund« als nächstes auftaucht.

Sie wählt die 25.

»Kühnen?«

»Ja, Herr Kühnen, Winkler. Ich habe eben einen Anruf von Willy Waffel erhalten.«

»So? Und was wollte er?«

»Die Firma kaufen.«

Kurze Pause.

»Und was haben Sie ihm gesagt?«

»Er soll mir ein Angebot machen.«

»Warum denn das? Sind Sie etwa interessiert...?«

Er klingt atemlos. Würde er es sich wünschen? Denkt er, dann hätte er mich los?

»Ich möchte einfach wissen, wie er uns einstuft. Unseren Marktwert aus der Sicht von Herrn Waffel testen. Das ist alles.«

»Aha«, er lacht. Tatsächlich, Kühnen lacht. »Das ist eine gute Idee. Das gefällt mir, Frau Winkler. Bis wann will er uns das Angebot denn schicken?«

»Ich nehme an, daß er sich sehr damit beeilt. Er will der erste bei dem großen Deal sein.«

Kühnen lacht wieder: »Darauf freue ich mich jetzt schon!«

Nachdenklich legt Ursula auf.

Sie drückt den Knopf der Gegensprechanlage. »Frau Lüdnitz, bringen Sie mir doch bitte mal die Akte über Manfred Kühnen.«

»Manfred Kühnen?«

»Sie haben recht gehört!«

»Da muß ich in die Personalabteilung. Kommt gleich!«

Irgend etwas hat sie stutzig gemacht. Ein Gefühl, das sie selbst nicht begründen kann. Du mit deinem Bauchweh, hätte Walter das abgetan. Ungeduldig nimmt sie einen Schluck Mineralwasser. Dabei fällt ihr das Abendessen in Walldorf ein. Kommt sie also doch noch in dies sagenumwobene *La Fattoria*. Hoffentlich sitzt Ludwig nicht drin. Die Verabredung mit Herrn Ehler würde sicher nicht den besten Eindruck machen – so kurz nach Walters Tod. Es klopft. Na endlich, die Akte.

Hat sie es sich doch gedacht. Deshalb die Pause und dann die offensichtliche Schadenfreude. Das war gar kein Heiterkeitsausbruch, er hat sich nicht plötzlich in einen sympathischen Menschen verwandelt, der Herr Kühnen. Er freut sich darüber, daß ich seinen früheren Arbeitgeber hereinlege. Und der saubere Herr Waffel schwelgt wahrscheinlich schon in der Vorfreude, seinen einstigen Mitarbeiter gleich hochkantig hinauszuwerfen. Was muß das für ein Genuß sein. Das kann sie dem Ruhrpottler sogar nachfühlen. Sie klappt die Akte wieder zu.

RENDEZ-VOUS

Ursula hat das Album mit der Swan neben sich liegen, als sie von der Autobahn kommend nach Walldorf hineinfährt. Irgendwie gelangt sie bis zum Bahnhof, dann beschließt sie zu fragen. Auf der anderen Seite der Geleise, wird ihr gesagt. Gut, das kann ja nicht allzu schwierig sein. Sie fährt geradeaus weiter, aber die Straße führt in einer scharfen Rechtskurve plötzlich von den Schienen weg, anstatt darüber. Das gibt es doch nicht. Irgendwo muß es doch einen Bahnübergang geben. Nach weiteren zehn Minuten ist sie kurz davor, wieder nach Frankfurt zurückzufahren. Sie kurvt kreuz und quer durch die kleine Stadt, ohne einen Weg über die Schienen zu finden. Schließlich beauftragt sie einen Taxifahrer, ihr vorauszufahren. Er fährt den ganzen Weg, den sie hergekommen ist, wieder zurück und biegt schließlich in eine versteckt liegende Unterführung ein. Kurz danach parkt sie vor dem Restaurant. Sie gibt dem Taxifahrer zehn Mark und läßt sich eine Quittung ausstellen. »Den Beleg schicke ich an die Stadtverwaltung«, sagt sie dazu. »Die sollen eine ordentliche Verkehrsplanung betreiben oder zumindest anständige Schilder anbringen!«

»Lassen Sie uns doch unser Geschäft«, grinst der Taxifahrer, steckt den Schein ein und gibt Gas.

Ursula seufzt. Genau so liebt sie es. Zwanzig Minuten Nerven, Benzin und Reifen verbraucht nur für einen Restaurantbesuch. Sie haßt es, zu spät zu kommen.

Von außen sieht dieses *La Fattoria* nicht besonders aus. Aber was ist von so einem Kaff schon anderes zu erwarten, sie geht darauf zu. Bonzenautos stehen davor. Kreditkarten-Publikum. Sie runzelt die Stirn und tritt ein. Ein gepflegter Kellner mit Brille kommt ihr entgegen, begrüßt sie freundlich. Das versöhnt sie wieder etwas.

»Ich bin mit Herrn Ehler verabredet. Wenn Sie mich an seinen Tisch führen könnten?«

»Aber bitte.«

Während sie dem Ober hinterhergeht, läßt sie die Augen schweifen. Nein, soviel sie sehen kann, ist Ludwig nicht da. Das Restaurant ist gut besucht, die Leute sitzen Tisch an Tisch, für ihren Geschmack zu eng. Sie braucht Bewegungsfreiheit, Luft, die Möglichkeit zur Flucht.

Der Ober bringt sie zu einem kleinen Tisch, ganz in der Ecke des Restaurants, am Fenster.

»Ist es so angenehm?« Sie nickt. Ein Herr im dunkelblauen Zweireiher mit Silberknöpfen erhebt sich. Er hat nur noch einen schwachen Kranz Haare um den Kopf, dafür einen graumelierten, kurzgeschnittenen Vollbart.

»Frau Winkler?« Er streckt ihr die Hand entgegen.

»Ja, guten Abend, Herr Ehler.«

Sein Händedruck ist warm und fest, vertrauenerweckend. Der Ober rückt den Tisch ein Stück vor, so daß sie am Fenster Platz nehmen kann.

»Alleine werde ich hier wohl nie mehr herauskommen«, sagt sie, als er den Tisch wieder zurückschiebt.

»Ich helfe Ihnen«, lächelt Rainhard Ehler. »Kannten Sie dieses Restaurant?«

»Ich habe schon davon gehört, daß es gut sein soll. Dafür ist dieses Walldorf gräßlich.«

»Ach, da hinten ist eine recht berühmte Bauhaus-Wohnsiedlung, erbaut von...«

»Und wenn der Eiffelturm um die Ecke stehen würde, das war sicherlich das erste und letzte Mal, daß ich...«

»Warten Sie die Küche ab!«

Lange her, daß ihr jemand ins Wort gefallen ist. Irgendwie imponiert ihr das, hat es etwas von Selbstvertrauen, Stärke, Macht.

»Hätten Sie gern einen Aperitif?« Der Kellner hat abgewartet.

»Ein Glas Champagner zum Aufwärmen?« fragt Rainhard.

»Das kann ich jetzt gebrauchen«, nickt Ursula. »Haben Sie lange gewartet, Herr Ehler? Es ist nicht meine Art, zu spät zu kommen, aber ich habe mich verfahren.«

»Ich dachte mir so etwas, als ich das Taxi gesehen habe.«

Er hat sie also bereits beobachtet, als sie noch nicht einmal wußte, wo er sitzen würde. Unbewußt streicht sie ihr bordeauxfarbenes Kostüm glatt. »Oh, jetzt habe ich das Album mit den Fotos meiner Jacht im Wagen liegenlassen! Wie ärgerlich!«

»Kein Problem, ich werde es nachher holen.«

Mit dem Champagner kommt auch der Herr des Hauses an

den Tisch, der ihnen erklärt, welche Tagesspezialitäten er anbieten kann. Sie einigen sich auf drei unterschiedlich gefüllte Ravioli zur Vorspeise und auf einen Loup de Mer mit Kartoffelgratin und Gemüse zum Hauptgang. Der Kellner, der den Champagner gebracht hat, präsentiert den Fisch und bringt auch die Weinkarte an den Tisch. Ursula nickt Rainhard zu. Der Auftakt gefällt ihr schon einmal.

Rainhard Ehler wählt einen Wein aus und schaut sie dann lächelnd an: »So, nun haben wir Zeit für uns. Jetzt erzählen Sie doch mal, was Sie machen, wenn Sie nicht gerade auf Ihrer Swan und im *La Fattoria* sind?«

Ursula streicht sich durch die Haare. Soll sie ihm alles brühwarm auf die Nase binden? Ihre Firma, ihr Vermögen, ihr Leben? Sie zögert: »Nun, ich bin in der Verpackungsindustrie tätig, und ich lebe alleine.«

»So?« Er schaut sie neugierig an. »Geschieden?«

Auch so einer, der davon ausgeht, daß Ehemänner immer mit Jüngeren durchbrennen müssen. »Verwitwet«, antwortet sie unwillig.

»Oh, das tut mir leid. Ich lebe auch alleine, aber ich bin geschieden.«

»So?«

»Ja, leider. Meine Frau hat einen anderen kennengelernt. Er hat alles das, was ich nicht habe. Er ist erfolgreicher, sieht besser aus und ist zudem noch jünger. Was soll man dagegen machen.« Er seufzt und prostet Ursula zu: »Auf die Liebe!« Dabei schaut er ihr direkt in die Augen.

Ursula greift nach ihrem Glas: »Unter solchen Aspekten? Na, ich weiß nicht.« Sie stößt mit ihm an. »Auf der anderen Seite, was ist schon Liebe. Ein Gefühl, sonst nichts.«

»Ist das nicht schon sehr viel?«

»Gefühle sind trügerisch. Man darf ihnen nicht trauen. Sie sind heute so und morgen so. Der Verstand sagt uns, was richtig ist.«

»Das würde bedeuten, daß wir kein Herz und keine Seele hätten. Wären wir da nicht armselig?«

Der Ober serviert kleine, appetitliche Pizzahappen. Ursula greift danach, sie sind heiß.

»Was heißt das schon, Herz und Seele. Daß wir ein Herz haben, ist bewiesen. Was man von der Seele schließlich nicht sagen kann, oder?«

»Wovon leben Sie denn, wenn Sie alleine sind? Wovon zehren Sie, wenn es Ihnen schlecht geht? Ziehen Sie sich nicht manchmal in Ihr Innerstes zurück, ruhen Sie nicht zuweilen in sich selbst?«

Ursula bleibt still. Es ist ihr nicht klar, wovon er spricht, worauf er hinaus will.

»Wie wäre es denn, wenn wir uns über das unterhalten würden, weswegen wir hier sitzen?« fragt sie statt dessen. Dieser Mensch scheint hochkompliziert zu sein. Ein philosophischer Geist. Das hat ihr gerade noch gefehlt.

Rainhard greift langsam nach seinem Glas. »Gehört das nicht dazu?« fragt er und nimmt einen Schluck, während er sie über den Gläserrand hinweg beobachtet.

»Beides fängt mit S an. Swan und Seele«, antwortet Ursula und nimmt ebenfalls einen Schluck. »Einen größeren Zusammenhang sehe ich da nicht. Außerdem hatten wir doch wohl einen schlichten Segelausflug vor, keine Seelenwanderung.« Kein Wunder, daß ihm die Frau davongelaufen ist. Was will sie bloß mit einem Typen, den sie schwierig findet, auf einem Schiff, das sie nicht leiden kann.

Die Ravioli werden serviert. Große, köstlich gefüllte Teigtaschen. Wenigstens das Essen ist gut.

Sie mustert ihr Gegenüber heimlich.

Schade, daß er so verquer ist. Rein äußerlich gefällt er ihr ganz gut. Er wirkt männlich und in seinem dunkelblauen Blazer sehr seemännisch. Wenn er an Bord lange genug den Mund halten würde, könnte sie sich eine Entweihung von

Walters Heiligtümern sogar ganz gut vorstellen. Sie spürt, wie sich in ihr etwas regt, das sie lange nicht mehr gespürt hat. Ein leichtes Ziehen und Kribbeln in der Bauchgegend. Sie lächelt über ihren Körper, der bereits auf ihre Vorstellungskraft zu reagieren scheint.

»Ist Ihnen etwas Amüsantes eingefallen?« Der Zauber ist vorbei, sie ist wieder auf dem Boden der Tatsachen.

»Ich freue mich, daß die Küche meine Erwartungen erfüllt. Es schmeckt wirklich ausgezeichnet.«

»Das freut mich. Der Wein auch?«

Sie hatte ihn gleichgültig getrunken, kaum daß Rainhard Ehler die Zeremonie des Vorkostens mit einem Nicken beendet hatte.

»Oh, ja, danke. Entschuldigen Sie meine Gedankenlosigkeit.« Sie stößt mit ihm an. »Wenn ich hier herauskäme, würde ich jetzt das Fotoalbum aus dem Wagen holen, damit Sie das Schiff einmal sehen könnten.« Sie versucht aufzustehen.

»Geben Sie mir doch den Schlüssel, ich hole das Album schnell.« Rainhard Ehler steht bereits.

Es kommt, wie Ursula es erwartet hat.

Rainhard ist völlig begeistert. Er vertieft sich in jedes einzelne Foto, als ob es Detailaufnahmen von der letzten Miss-World-Wahl wären, und bei den Konstruktionsplänen flippt er vollends aus. »Oh«, seufzt er, »Sie sind zu beneiden! Was würde ich geben, um solch ein herrliches Schiff zu besitzen! Sie müssen eine sehr, sehr glückliche Frau sein!«

Der Hauptgang erspart Ursula eine Antwort. Es schmeckt köstlich. Der Abend hat sich gelohnt, auch wenn dieses verdammte Schiff wieder einmal wichtiger ist als sie.

Ursula ißt langsam und hängt dabei ihren Gedanken nach.

Sie ist völlig unentschlossen, und dieser Zustand beunruhigt sie. Soll sie nun mit ihm segeln oder nicht? Warum soll sie sich eine solche Aktion überhaupt aufbürden? Schon die Fahrt nach Neustadt ist für sie die reinste Qual. Auf der anderen Seite spricht dieser Hobby-Kapitän sie irgendwie an. Sie weiß nicht warum, aber der Gedanke an ein kleines Segelabenteuer mit ihm reizt sie.

»Haben Sie sich denn jetzt überlegt, ob Sie mitfahren wollen oder ob sie es lieber bleibenlassen?«

Er legt eben eine Gräte säuberlich auf den Tellerrand. »Welche Frage. Lieber heute als morgen. Das heißt, ein bißchen sollte man vielleicht auf das Wetter schauen. Im Schneesturm könnte es ungemütlich werden. Was meinen Sie?« Er lacht verhalten.

Ursula denkt an Walter und ihre Augenbraue zuckt. Für Walter war ein Sturm überhaupt erst der Anlaß, aus dem Hafen zu fahren. Egal ob Sommer oder Winter.

»Wenn ein wärmeres Wochenende angesagt wird, bin ich herzlich gern dabei«, fährt Rainhard fort.

»Ja«, antwortet Ursula gedehnt.

»Haben Sie Kinder«, fragt Rainhard unvermittelt, während der Ober den Wein nachschenkt.

»Nein«, Ursula schüttelt den Kopf.

»Das ist schade«, bedauert Rainhard.

»Finde ich nicht. Und Sie?«

»Leider nicht. Meine Frau wollte nicht. Jetzt hat sie eines. Ein Mädchen. Drei Jahre alt.«

Er nimmt einen tiefen Schluck. »Ich lebe völlig alleine. Wenn ich mein Büro nicht hätte, wäre ich wahrscheinlich schon zu einem richtigen Einsiedler geworden.«

»Daran ist doch nichts Schlechtes!«

»Ich weiß nicht. Ich wäre lieber weniger allein.«

Jetzt fehlt's nur noch, daß er nach meiner Hand greift, denkt Ursula und schiebt den leeren Teller weg.

»Warum ändern Sie das dann nicht?« fragt sie nüchtern.

»Ich versuch's ja...«

Das Gespräch wird Ursula zu intim. Sie wird auf ein Dessert verzichten und schauen, daß sie nach Hause kommt. Spät genug ist es.

»Das kommt gar nicht in Frage«, tritt Rainhard ihrer Absicht entgegen. »Ich habe Sie zu einem Dinner eingeladen, und dazu gehört auch ein Dessert plus Digestif!«

»Wir wollten uns hier treffen. Von einer Einladung war nicht die Rede!«

»Das ist doch selbstverständlich, ich bitte Sie! Ich werde es jedenfalls nicht erlauben, daß Sie mittendrin abbrechen!«

Ursula ist verdutzt. Den Ton kennt sie, solche Gespräche sind ihr vertraut. Vielleicht steckt ja doch ein ganzer Kerl in ihm.

Wortlos greift sie nach der Karte.

Da ist es wieder, das Kribbeln im Bauch. Sie wird mit ihm schlafen, das weiß sie. Und sie weiß auch wo – auf der Swan. Und zwar möglichst bald.

Sie wählt eine Nachspeise aus und stößt mit Rainhard Ehler auf den gemeinsamen Abend an.

Erst zwei Stunden später ist Ursula zu Hause.

»Er hat etwas von dir«, sagt sie, als sie sich endlich ins Bett gleiten läßt, zu dem Silberrähmchen auf ihrem Nachttisch. »Ich werde herausfinden, was es ist!«

KONKURRENZ

Am nächsten Morgen liegt bereits ein Schreiben von Willy Waffel auf Ursulas Schreibtisch. Das ging ja schnell, lächelt sie in sich hinein. Es klopft. »Augenblick«, ruft Ursula und legt eine Zeitung darauf. »Ja, bitte!« Manfred Kühnen tritt ein. Er ist wohl neugierig, denkt Ursula und beschließt, ihm vorerst nichts von dem Brief zu sagen.

»Guten Morgen, Frau Winkler. Ich hätte gern eine dringende Sache mit Ihnen besprochen. Haben Sie Zeit?«

»Ach, worum geht's denn?« Sie bietet ihm mit einer Handbewegung Platz an.

»Auerbach hat seinen Auftrag storniert.«

»Auerbach? Wieso denn das?«

»Es läge ein besseres Angebot vor, stand in dem Begleitschreiben.«

»Die ganze Palette?«

»Zumindest alles, was ausgehandelt war und was sie am Montag unterschrieben hatten. Sämtliche Säfte!«

»Das ist ja ein Ding! Wie hoch war denn das Auftragsvolumen?«

»2,5 Millionen.«

»Hmmm«, Ursula überlegt. »Ist das rechtlich einwandfrei?«

»Er kann innerhalb einer Woche zurücktreten, wenn er das will.«

»Wissen wir denn, wer ihm das bessere Angebot unterbreitet hat?«

»Nein, leider nicht.«

»Haben wir jemanden in der Firma Auerbach, den wir fragen könnten?«

»Leider auch nicht!«

»Können wir nachverhandeln?«

Manfred Kühnen zieht die Stirn kraus. »So etwas macht keinen guten Eindruck.«

»Bei 2,5 Millionen ist mir der Eindruck egal. Ich möchte zunächst mal die Unterlagen sehen. Liegen die bei Ihnen?«

Manfred nickt: »Ich bring sie Ihnen schnell!«

So ein Ärger. Ausgerechnet jetzt, kaum daß sie die Firma übernommen hat. Das paßt Ursula gar nicht. Das Gegenteil hätte eintreten müssen, ein spektakulärer Auftrag, der alle Augen auf die Firma zieht.

Sie holt Willy Waffels Brief unter der Zeitung hervor. Zumindest will sie mal kurz einen Blick auf die Summe werfen, die er für ihre Firma bietet. Es steht aber kein konkretes Angebot darin, nur die Ankündigung, daß ein solches gerade erarbeitet wird. Das hätte sie sich denken können. Waffel, dieser Schwätzer. Viel Wind um nichts.

Es klopft, Manfred Kühnen trägt drei Aktenordner herein. »Die Firma Auerbach ist seit fast zehn Jahren WWV-Kunde«, sagt er dabei.

»Ich weiß«, antwortet Ursula ungeduldig. Sie holt tief Luft. »Die Firma Auerbach hat sehr gute Konditionen bei uns. Ich kann mir nicht vorstellen, wer das noch unterbieten will. Das müßte eine Produktionsfirma aus dem Ausland sein. Hier in Deutschland ist es jedenfalls nicht möglich. Bei unseren Lohnkosten?« Sie wirft Kühnen einen vielsagenden Blick zu. »Und Sozialabgaben? Steuern? Unmöglich!«

Ihr Geschäftsführer setzt die Aktenordner auf dem Tisch ab und legt ihr dann den jüngsten Auftrag vor.

Ursula geht die Zahlen langsam durch. Alles absolut korrekt, und zudem noch ein Treuerabatt von zehn Prozent. Mehr ist wirklich kaum zu machen, es sei denn, man möchte nichts mehr verdienen.

»Unsere Konkurrenz muß ein Wohltätigkeitsverein sein«, sagt sie schließlich und schiebt die Mappe von sich. »Also wirklich, das ist nicht zu verstehen!«

»Und? Was sollen wir jetzt tun?«

Was hätte Walter getan, fragt sich Ursula. Die Sache auf sich beruhen lassen? Gekämpft? Stolz ist die eine Sache, Gewinn die andere.

»Ich werde Herrn Dr. Berger von der Firma Auerbach anrufen. Ich will wissen, was das soll, ganz einfach. Und zuerst frage ich in unserer Rechtsabteilung nach. Das heißt, Sie können mir Herrn Müller eigentlich gleich mal herschicken.«

Ursula hat sich einen Pfefferminztee aufgebrüht und genießt ihn nun in ihrem Wohnzimmer. Sie hat die Beine neben sich auf die Couch gezogen und schaut durch die große Frontscheibe hinaus in den Garten. Obwohl es draußen bereits dunkel ist, kann sie jeden Baum und jeden Strauch erkennen. Es ist eine helle Nacht, und Ursula hat nur eine kleine Lampe eingeschaltet. Sie nippt nachdenklich an ihrer dünnen Porzellantasse. Dr. Berger hat ihr klar und deutlich gesagt, daß sie keine Chance hat. Er bedanke sich für die lange Zusammenarbeit, aber es sei unnötig, in dieser Angelegenheit noch ein Wort zu verschwenden. Seine Firma habe storniert, weil ein Angebot vorläge, das einfach nicht zu unterbieten sei. Ursula versuchte nachzuhaken. Welche Summe, welche Firma. Das spiele hier keine Rolle, bekam sie zur Antwort. Ob damit die Akte Auerbach ganz zu schließen sei? Man sehe weiter. Beim nächsten Auftrag.

Ursula nimmt einen weiteren Schluck. Sie ist ratlos. Wie kann so etwas sein? Ein solches Dumping-Angebot, daß Dr. Berger noch nicht einmal darüber sprechen will? Er hätte doch zumindest versuchen können, bei WWV ähnliche Preise zu erzielen. Aber »ohne Chance«? Sie wird daraus nicht schlau. Ob jemand neu ins Geschäft drängt? Vielleicht tatsächlich aus dem Ausland?

Sie stellt die Teetasse ab. Die morgige Konferenz soll ihr Aufschluß bringen. Es sollen sich alle mal umhören, was sich derzeit Geheimnisvolles auf dem Verpackungsmarkt tut.

Ursula würdigt Walter in seinem Silberrähmchen keines Blickes, als sie zwei Stunden später schlafen geht.

Helle Aufregung empfängt sie am nächsten Morgen. Schon Ferdinand Bauer sieht hinter seiner Glasscheibe aus, als hätte es einen zweiten Todesfall in der Firma gegeben.

»Guten Morgen, Herr Bauer.«

»Guten Morgen, Frau Winkler...«

Ursula bleibt stehen: »Ist was?«

Der alte Portier zögert, kratzt sich verlegen am Kopf: »Ich weiß nicht, ich habe nur so was gehört...«

»So? Was haben Sie denn gehört, Herr Bauer?«

»Ich weiß nicht so recht, Frau Winkler. Wir scheinen zur Zeit Pech zu haben.«

»Na, das wollen wir doch mal sehen!«

Ein ahnungsvolles Gefühl beschleicht sie, als sie Manfred Kühnen bereits vor ihrer Tür stehen sieht, einen dicken Aktenordner unter dem Arm.

»Guten Morgen, Herr Kühnen. So eilig heute?«

»Das ist leider gar kein Ausdruck, Frau Winkler. Guten Morgen. Es brennt. Es ist brandeilig!«

»So? Dann kommen Sie doch erst einmal herein!«

Kaum sind sie im Zimmer, steht auch Regina Lüdnitz schon da. Sie wirkt ebenfalls aufgeregt. »Darf ich Ihnen die Morgenpost bringen, Frau Winkler?«

»Gleich, Frau Lüdnitz. Ich rufe Sie dann.«

Wahrscheinlich hängt sie sowieso mit einem Ohr an der Tür, denkt Ursula dabei. »Bitte«, bietet sie ihrem jungen Geschäftsführer Platz an. Während sie sich selbst setzt, beobachtet sie ihn. Dieser modische Schnickschnack, ein gelbes Sakko zu giftgrüner Krawatte und giftgrüner Hose. Ein schrecklich eitler Fatzke, dieser Manfred Kühnen.

»So, Herr Kühnen, wo brennt's denn?«

Ihr Gegenüber legt einen Brief auf den Schreibtisch.

»Distel hat storniert!« Er klappt den Aktenordner auf. »Einen Auftrag von weiteren 1,7 Millionen!«

»Hmmm«, Ursula muß sich sammeln. Ihre Gedanken schwirren durcheinander. Distel? Jetzt auch Distel? Warum denn auf einmal?

»Welchen Grund führen sie an?«

»Den gleichen wie Auerbach. Auch sie geben ein weitaus besseres Angebot an, und auch sie liegen mit ihrer Stornierung noch innerhalb der Frist. Das ist ein herber Verlust. Ich weiß nicht, wie wir das alles so schnell ausgleichen können!«

»Das sind zusammen bereits über 4,2 Millionen. Und möglicherweise handelt es sich bei der betreffenden Konkurrenz um ein und dieselbe Firma. Ich möchte wissen, wer da dahinter steckt! Haben Sie eine Idee, Herr Kühnen?«

Sie schaut ihn an und dreht dabei den Kuli. Was kann dieses Milchgesicht schon wissen. Ein Mann von Walters Kaliber wäre jetzt vonnöten.

»Ich weiß es leider auch nicht!«

»Nun gut. Wir werden eine Konferenz einberufen und darüber sprechen. Ich möchte Klarheit haben, bevor alle in den Weihnachtsurlaub verschwinden. Lassen Sie mir die Akte mal da!«

Kaum ist Manfred Kühnen aus der Tür, klingelt das Telefon. Regina Lüdnitz verbindet. Rainhard Ehler meldet sich. Das paßt Ursula nun gar nicht, aber jetzt ist es schon zu spät, er ist bereits in der Leitung.

»Ich habe gestern schon versucht, Sie zu erreichen, leider vergebens. Ich wollte mich bei Ihnen für den schönen Abend in Walldorf bedanken!«

»Ach, ich bitte Sie. Ich habe zu danken. Sie haben mich doch schließlich eingeladen...«

»Es geht mir nicht ums Finanzielle, es geht mir um Ihre Gesellschaft. Ich fand es sehr angenehm, mit Ihnen zu speisen, und ich habe – Lust – nach mehr...«

Das hat ihn jetzt Überwindung gekostet. Ursula lächelt spöttisch. »So?«

»Ja, ich weiß ja nicht, wie es Ihnen geht, aber ich würde den Abend gern fortsetzen.«

»Und wie dachten Sie sich das?«

»Daß wir uns einfach wieder treffen. Im Restaurant, bei mir, bei Ihnen – wo Sie wollen.«

»Im Restaurant«, sagt Ursula schnell. Das fehlt noch, daß der Seemann sie in die heimische Koje ziehen will.

»Sehr gern. Heute? Morgen? Und dann dachte ich mir, daß wir vielleicht unseren Segeltörn planen. Für Weihnachten ist mildes Wetter angesagt. Haben Sie da schon etwas vor?«

Weihnachten im Segelboot. Köstlich. Sie hat Weihnachten immer gehaßt. Diese Rührseligkeit, dieses christliche Getue und Kirchengebimmel. Eigentlich hatte sie beschlossen, dieses Weihnachtsfest ganz einfach zu ignorieren. Schlafen gehen, oder ins Kino. Aber ein Weihnachtsfest auf der Swan?

»Bringen Sie einen Tannenbaum mit?«

Er lacht.

»Wenn Sie das wünschen? Weißtanne? Zwei Meter, oder lieber kleiner?«

Unwillkürlich muß Ursula mitlachen. Das ist ein Streich. Ein Weihnachtsbaum auf der heißgeliebten Rennjacht. Walter wird sich im Grabe umdrehen. »Ich sorge für das Lametta und die roten Glaskugeln!«

»Und ich für den Champagner und die Gans!«

Ursula lehnt sich entspannt zurück. »Können Sie die denn zubereiten?«

»Ich kann sie zumindest besorgen und fachgerecht tranchieren!«

»Das hört sich gut an«, nickt Ursula in den Hörer.

»Aber das dauert mir alles noch entschieden zu lang. Kann ich Sie heute abend sehen?«

»Ich schlage das Mövenpick bei der Oper vor. Kennen Sie das?«

»Ja, kenne ich. Gern. Acht Uhr?«

Ursula schaut auf die Uhr. Im Konferenzraum haben sich sicherlich schon alle versammelt. Sie will ihre Mitarbeiter nicht länger warten lassen. Sie verabschiedet sich von Rainhard Ehlers und streicht dann ihr dunkelblaues Mantelkleid glatt. Ein kleiner Handspiegel zeigt ihr, daß die Haare gut liegen und das Gesicht perfekt geschminkt ist, dann geht sie über den Gang zum Konferenzraum. Früher hat sie immer den Weg durch Regina Lüdnitz' Sekretariat und durch das Büro ihres Mannes genommen, aber diesen Raum scheut sie jetzt. Ursula weiß noch nicht, was sie damit anfangen soll.

Wie sie vermutet hatte, sind schon alle da. Sie meint, ganz unterschiedliche Empfindungen in den Gesichtern der Männer zu lesen. Die einen verlassen sich offensichtlich darauf, daß sie einen Weg aus dieser schwierigen Situation findet, die anderen haben einen mißtrauischen Zug um den Mund, der ihr nicht gefällt. Vornweg Manfred Kühnen.

Zwei Stunden lang reden sie sich die Köpfe heiß. Keiner hat bemerkt, daß sich irgendwo eine neue Konkurrenz niedergelassen hat. Alle sind gleichermaßen von den beiden Stornierungen überrascht, und Gernot Schaudt wagt es sogar, eine weitere Stornierung vorauszusagen.

»Wie kommen Sie denn zu einer solchen Prognose«, will Ursula verärgert wissen.

»Nach dem Gesetz der Serie…«, zuckt der Exportchef die Achseln.

»Kann nicht sein«, unterbricht ihn Arnold Müller von der Rechtsabteilung. »Wir haben keine weiteren Verträge, die jetzt noch fristgerecht storniert werden könnten!«

»Gut, dann werden uns die Kunden eben vor unserer Nase weggeworben!«

»Warum sollte dies geschehen?« fragt Ursula.

Gernot Schaudt sitzt rechts der Stirnseite auf Ursulas ehemaligem Platz und schaut seiner Chefin direkt in die Augen: »Bei den Asiaten sind solche Praktiken nicht ungewöhnlich. Damit zwingt man einen Gegner in die Knie. Das System könnte auch andersherum funktionieren. Wir bekommen Aufträge um Aufträge, investieren, vergrößern, modernisieren, stellen mehr Personal ein, und wenn wir dann so richtig groß sind, bleiben die Aufträge weg. Die

Folge ist, daß wir verkaufen müssen. Zu einem Konkurspreis!«

Ursula schluckt. Also will sie jemand in die Knie zwingen. Wer könnte das sein?

Auch die anderen haben still zugehört. Dann geht die Diskussion los. Jeder mit jedem, alle reden quer durcheinander, stellen Mutmaßungen an, um sie gleich darauf wieder zu verwerfen.

»Meine Herren«, ergreift Ursula nach einigen Minuten wieder das Wort. »Meine Herren, so kommen wir nicht weiter. Sollte Herr Schaudt die Lage richtig einschätzen, werden wir das bald merken. Bis zu diesem Zeitpunkt möchte ich aber, daß wir gewappnet sind. Ziehen Sie Erkundigungen ein, ob es neue Konkurrenten gibt. Ob sich vielleicht irgendwo zwei Firmen zusammengeschlossen haben. Und recherchieren Sie auch im Ausland. Dort vor allem. Lassen Sie alles liegen, was warten kann. Schieben Sie es von mir aus bis nach Weihnachten. Aber vor den Feiertagen möchte ich wissen, was Sache ist!«

Alle nicken.

»Und verteilen Sie bitte die Aufgaben nach Möglichkeiten, Kenntnissen und Beziehungen. Vielleicht kennt ja jemand unter Ihnen jemanden, der mehr weiß... Für besondere Informationen wäre ich sogar bereit, ein Honorar zu bezahlen.«

Sie schaut jeden einzeln an. Gernot Schaudt nickt ihr deutlich seine Anerkennung zu. Manfred Kühnen fragt dagegen skeptisch: »Und wenn das alles nichts nützt?«

»Dann werden wir uns die Zusammenarbeit mit einem entsprechenden Detektivbüro überlegen müssen! Ich hoffe aber, es kommt nicht soweit und wir sind fähig genug, die betreffende Firma selbst ausfindig zu machen!«

4,2 Millionen. Da kann sie nicht einfach so tun, als ob das nichts wäre. Ursula sitzt an ihrem Schreibtisch und überlegt.

Unter 20 Millionen darf der Umsatz nicht sinken, dann wird es kritisch. Aber was sind dagegen schon die 800 000 Mark, die sie noch über dieser Grenze hat? Nicht einmal mehr eine Million. Was werden ihre Banken sagen? Sie sollte so schnell wie möglich mit Roger Nordlohne von ihrer Hausbank einen Termin vereinbaren. Sie wird notgedrungen ihr Kreditvolumen erweitern müssen. Aber zuvor muß sie selbst auf dem neuesten Stand sein. Ursula ruft die Buchhaltung an und bittet, alles für ein ausführliches Informationsgespräch vorzubereiten.

Roger Nordlohne läßt Ursula warten. Das ist sie von Besuchen an Walters Seite nicht gewöhnt. Nach zehn Minuten erhebt sie sich aus ihrem Sessel im Vorzimmer und beginnt, hin und her zu wandern. Der Chefsekretärin ist es offensichtlich peinlich. Nach weiteren zehn Minuten bietet sie ihr Kaffee an. Ursula ist sich nicht sicher: Ist es wirklich Zufall, oder verfolgt der Bankdirektor eine bestimmte Strategie? Die hohe Politik der männlichen Wertigkeit? Er ist mehr wert, weil er sie warten lassen kann? Stiller Hierarchiekampf? Zurechtstutzen auf ihr Alter, ihr Geschlecht, ihre Falten? Die Alte hat die Kohle, aber ich die Macht?

Dabei weiß er noch nicht einmal, worum es geht.

Die kleine Demonstration hätte er sich sparen können.

»Bitte sagen Sie Herrn Nordlohne, er kann mich in meinem Büro anrufen. Wir können gern einen neuen Termin vereinbaren, aber diesmal in meiner Firma!«

Ursula geht. Sie muß mit ihren Kreditzinsen nicht unbedingt Herrn Nordlohne das Gehalt zahlen. Die WWV arbeitet noch mit anderen Banken zusammen.

Sie nimmt den Lift. Unten erwartet sie bereits Sina Zimmermann vom Service. »Guten Tag, Frau Winkler, Herr Nordlohne läßt sich entschuldigen, daß er so lange aufgehalten wurde. Er erwartet Sie jetzt.«

»Da kann er lange warten. Ich hab's auch getan, beste Grüße!«

Komisch, denkt sie, während sie in den Wagen steigt. Seit vielen Jahren arbeiten sie jetzt mit Nordlohne zusammen, er hat ihnen die wahnwitzigsten Kredite verschafft, und jetzt hält er es noch nicht einmal mehr für nötig, sie im Vorzimmer zu begrüßen und ihr den Grund für die Verzögerung zu nennen. Bei einer entsprechenden Information wäre sie einfach eine halbe Stunde später wiedergekommen. Aber so?

Sie fährt zu ihrer nächsten Bank.

»Meinen Sie, Herr Wiedenroth hätte eine Minute Zeit für mich – auch ohne Terminabsprache?«

»Für Sie doch immer, Frau Winkler!« Die junge Frau von der Beratung geht ans Telefon. »Herr Wiedenroth erwartet Sie«, nickt sie ihr kurz darauf freundlich zu.

Na also. Julius Wiedenroth steht bereits an der Türe zum Vorzimmer. »Freut mich, Sie zu sehen, Frau Winkler. Wie geht es Ihnen denn?«

»Wollen Sie die Wahrheit hören?«

»Ja doch, bitte!« Erstaunt schaut er sie an, öffnet dann die Türe zu seinem Büro. »Bitte!«

Ursula schildert die finanzielle Situation. Willy Waffel erwähnt sie nicht, wohl aber, daß jemand aus der Branche versucht, mit der Dumping-Methode ihre Firma zu übernehmen.

»Nun, Ihr Mann ist tot, Sie sind eine Frau, das lockt die Haie an.«

»Ich weiß selbst, daß ich eine Frau bin, danke. Ich bin schließlich so geboren. Es gibt aber auch weibliche Tiere unter den Haien, Herr Wiedenroth, sonst wären sie nämlich schon ausgestorben. Und die haben auch Zähne!«

»Ja, ja, ähm, ich wollte Ihnen nicht zu nahe treten.«

»Das beruhigt mich!«

Julius Wiedenroth räuspert sich, dann holt er sich die WWV auf den Computer.

»Tja, also, Ihr Rahmen ist ziemlich ausgeschöpft, um nicht zu sagen, sehr viel mehr ist nicht drin. Tut mir leid.«

»Was? Das haben Sie noch nie gesagt. Als ich das letzte Mal mit meinem Mann da war, haben Sie ein höheres Kreditvolumen angeboten, als wir überhaupt benötigt haben. Und Sie haben uns Sonderkonditionen für unsere Zinsen gewährt. Wie soll ich das denn verstehen?«

»Nun, Frau Winkler, das waren andere Zeiten. Einfach andere Zeiten. Die Wirtschaftslage hat sich verschlechtert, die Konjunktur ist rückläufig, Firmen gehen reihenweise in Konkurs, wir stecken mittendrin. Was sollen wir denn tun?«

»Nicht Ihr Geld an Betrüger verschleudern. Das wäre eine Möglichkeit, was Sie tun könnten. Dann hätten Sie nämlich mehr für rechtschaffene Unternehmer!«

»Ja, gut, Frau Winkler. Das passiert eben mal. Fehlkalkulation eben.«

»Mißwirtschaft nenne ich's.«

Er seufzt, streicht sich durch sein schütteres, braunes Haar.

»Ich werde sehen, was ich für Sie noch tun kann, Frau Winkler. Versprechen kann ich nichts. Und sehen Sie zu, daß es bei den 4,2 Millionen bleibt.«

»Danke für den Rat, Herr Wiedenroth. Sie waren mir eine große Hilfe!«

Er steht auf, begleitet Ursula zur Türe, öffnet sie und streckt ihr die Hand hin. Sie stehen sich gegenüber, und Ursula fallen plötzlich seine Augen auf. Ein seltsamer Ausdruck liegt darin. Freude? Triumph? Er scheint ihre Gedanken zu spüren, eine leichte Röte überzieht sein Gesicht. Wie ein kleines, dickes Schweinchen, denkt Ursula. Sie wendet sich ab.

»Ein Jammer, daß Ihr Mann so früh gestorben ist«, sagt er schnell.

»Peanuts«, antwortet sie im Weggehen.

Ursula sitzt in ihrem Golf und grübelt.

Es bleibt noch eine dritte Bank. Die hat aber nie eine große

Rolle gespielt, ihr Geschäftskonto dort war eher ein Gefälligkeitsdienst gegenüber ihren Kunden. Es kommt ihr blöd vor, jetzt ausgerechnet dort einen Kredit zu beantragen. Die werden den Braten doch sofort riechen. Auf der anderen Seite braucht sie Sicherheit. Es genügt ihr nicht, nur einfach zu hoffen, daß nichts mehr passieren wird. Und sollte sie mit dieser Bank klarkommen, kann sie den anderen eins auswischen. Mit allen Folgegeschäften. Das wäre ihr Preis gewesen.

Ursula befürchtet, daß die Bank schon geschlossen sein könnte, aber sie hat Glück. Zehn Minuten vor Schluß schlüpft sie hinein, und der Direktor hat auch noch Zeit für sie. Er sieht überhaupt kein Problem, ihr einen Kredit einzuräumen. Er möchte zwar noch einige Unterlagen dazu sehen, aber ein Kreditvolumen von vier Millionen Mark könnte er sich schon vorstellen.

Ursula ist völlig überrascht. Damit hat sie nicht gerechnet. Gibt es in diesem Teil der Stadt keine schlechte Wirtschaftslage, keine rückläufige Konjunktur?

Direktor Niemann scheint sich im Gegenteil wirklich zu freuen, ihr ein solches Angebot machen zu können. Und Ursula versteht. Er hat seine Chance erkannt. Er ahnt, daß sie in Zukunft ihre Geschäfte bei ihm abwickeln wird, wenn sie sich gut behandelt fühlt.

Sie schütteln sich die Hände, und Ursula geht. Das Thema ist zunächst einmal vom Tisch. Trotzdem versteht sie nicht ganz, wie sie in eine solche Situation geraten konnte. Sie hatten in den letzten Jahren doch beständig gute Umsätze – und somit war Geld für die Banken nie eine Frage. Ursula setzt sich hinter das Steuer und überlegt. Wo kommt dieser Umschwung her? Gab's da irgendwann eine Unregelmäßigkeit? Unmöglich, Walter hatte alles fest im Griff. Ihn hätte keiner hereingelegt. Oder doch?

Sie wird sich die Zeit für eine Bilanzprüfung nehmen müssen.

VORSPIEL

Ursula hat sich an denselben Tisch gesetzt, an dem sie vor drei Tagen die Segelanzeige entdeckt hat. Sie ist absichtlich zu früh dran, denn diesmal soll der Vorteil, den anderen beobachten zu können, auf ihrer Seite sein. Auf die Minute pünktlich sieht sie ihn zwischen den Tischen auftauchen. Suchend blickt er umher, anscheinend hatte ihm der Kellner nicht weiterhelfen können. Ursula bleibt ruhig sitzen. Rainhard trägt einen dunkelgrauen Zweireiher. Tadelloser Schnitt. Er wirkt sehr elegant, fast zu elegant für die Schnellrestaurant-Atmosphäre. In der Hand eine einzelne, langstielige Rose. Wirklich nicht übel, denkt Ursula. Auch das schüttere Haar beeinträchtigt die Erscheinung nicht. Die Halbglatze wirkt eher männlich, zumal er sie nicht unter Haarsträhnen zu verstekken sucht. Jetzt hat er sie entdeckt, kommt mit schnellen Schritten auf sie zu.

»Ursula, ich bin ja so froh, Sie zu sehen!«

Er führt ihre Hand leicht zu seinen Lippen. Ursula, denkt sie. Nennen wir uns bereits beim Vornamen? Seit wann denn das?

»Guten Abend, Herr Ehler«, sie lächelt ihm zu. »Setzen Sie sich doch. Die Freude ist ganz auf meiner Seite!«

Spinnst du, fragt sie sich im stillen, du flirtest ja mit dem Kerl. Walter würde ausflippen. Auf der Stelle. Aber Walter liegt zwei Meter tief, und dieser hier sitzt ihr genau gegenüber.

Sie bestellen beide ein großes Steak vom Angusrind.

»Ich weiß, in der heutigen Zeit sollte man sich damit zurückhalten«, sagt Rainhard entschuldigend.

»Man kann aber auch dazu stehen«, erwidert Ursula. »Ich zumindest brauche Fleisch. Ich habe manchmal geradezu eine Fleischgier. Als Kind habe ich es sogar heimlich roh gegessen!«

»Donnerwetter«, staunt ihr Gegenüber und hebt das Glas zum Anstoßen. »Muß ich mich jetzt fürchten? Trinken Sie auch Blut?«

Ursula verzieht leicht den schiefen Mundwinkel: »Wein ist mir lieber, Herr Ehler. Vor allem, wenn er so gut schmeckt wie dieser hier!«

Während des Essens denkt Ursula an die beiden stornierten Aufträge und an Gernod Schaudts Theorie. Sie ist sich nicht sicher, ob sie Rainhard davon erzählen kann. Wenn er Rechtsanwalt wäre, könnte sie das Abendessen gleich sinnvoll nutzen, aber ein Ingenieur?

»Sie grübeln doch nicht über unser Weihnachtsfest nach?«

»Nein, das hat schließlich noch zwei Wochen Zeit.« Sie schaut ihn prüfend an. »Ich habe da ein ganz anderes Problem...« In wenigen Sätzen schildert sie ihre Situation und den Verdacht ihres Exportchefs.

»Hmm«, Rainhard kaut nachdenklich an seinem letzten Bissen Fleisch, »ich würde mich mal in der Branche umhören, ob das anderen Verpackungsfirmen auch passiert oder ob nur Ihre betroffen ist!«

Ursula lehnt sich leicht über den Tisch: »Das ist ein neuer Aspekt. Ja, Sie haben recht! So kann ich herausfinden, ob es jemand speziell auf uns abgesehen hat oder ob es gegen uns alle geht. In diesem Fall könnte ich mich vielleicht sogar mit meiner Konkurrenz gegen diese obskure Firma zusammenschließen.« Sie legt eine kleine Denkpause ein. »Das ist genial! Ich muß mit Ihnen anstoßen!« Beide greifen nach ihren Gläsern. »Sie sind selbstverständlich eingeladen«, sagt Ursula dazu.

»Kommt gar nicht in Frage«, schüttelt Rainhard Ehler den Kopf, und Ursula fühlt das altbekannte Prickeln aufsteigen.

Weihnachten rückt näher. Seit fast zwei Wochen läuft der Betrieb auf Hochtouren. Jeder fühlt sich als Detektiv, aber handfeste Erkenntnisse liegen noch keine vor. Nur, daß andere Firmen aus der Verpackungsindustrie diese Schwierigkeiten anscheinend nicht haben. Mit Sorge beobachtet Ursula die Angebote, die hinausgehen, und die Aufträge, die hereinkommen. Es gelingen kaum noch Abschlüsse. Sie sieht keinen Weg, wie der Verlust aufgefangen werden könnte.

»Es trifft genau das ein, was ich verhindern wollte. Alle werden in die Weihnachtsferien gehen, und erreicht ist nichts!« beklagt sie sich bei einem Telefonat mit Rainhard Ehler. Ihn hat sie in der Zwischenzeit nur zweimal gesehen, dafür ruft er sie aber nahezu täglich an. Das ist ihr schon fast zuviel. Ganz so vertraulich möchte sie ihre Beziehung zu Ehler eigentlich nicht gestalten.

»Wir gehen doch auch«, antwortet er fast kindlich-trotzig, was Ursula nervt. Ihre Augenbraue zuckt. »Das löst in keinster Weise meine Probleme«, antwortet sie barsch. »Ich habe keine Ruhe, durch die Ostsee zu segeln, wenn hier meine Firma zusammenbricht!«

»Nun, so schlimm wird's schon nicht sein!«

»Was verstehen Sie denn davon!«

Auf der anderen Seite bleibt es für einen Moment still.

»Ich wollte nicht... es war nicht so gemeint«, hört sie ihn leise sagen.

Memme, denkt sie. Elende Memme. Zieht den Schwanz ein, wenn es darauf ankäme, Stärke zu beweisen! Auch wieder so einer!

Zum ersten Mal seit langem nimmt sie abends das Silberrähmchen vom Nachttisch in die Hand. »Seltsam«, sagt sie zu Walter. »Manchmal habe ich fast das Gefühl, ein Teil von dir ist plötzlich in mir. Ich sehe dann irgendwie alles mit deinen Augen. Wieso habe ich Schwarzenberg erschossen? War das ich? Warst das du? War er ein Konkurrent für dich? Habe ich ihn in deinem Auftrag aus dem Weg geräumt? Es wäre nicht nötig gewesen, er war schwach. Ein jämmerlicher Schwächling. Wie Ehler wohl auch.«

Sie stellt den Rahmen mit einem Ruck ab. »Eines kannst du dir merken, auch wenn du immer oben warst. Ich komme auch ohne dich klar – denn letztendlich blieb ich stärker. Ich lebe und du bist tot!«

Drei Tage vor Weihnachten sagt Ursula den Segeltörn ab, am 23. überlegt sie es sich wieder anders. Was ist schon gewonnen, wenn sie als einzige zu Hause sitzt und sich Gedanken über den Werdegang von WWV macht? Der Verlust der beiden Aufträge hat sie hart getroffen, aber er bringt sie noch nicht um. Im neuen Jahr wird sie einen Weg finden, um den Schaden auszugleichen und den Verursacher zu finden. Nachdem ihre eigenen Leute über Theorien nicht hinauskamen, hat sie sich nach einer guten Detektei erkundigt und mit dem Chef ein Treffen für den 28. Dezember vereinbart. Dieser Mensch ist ihr schon deshalb sympathisch, weil er mit diesem Termin ganz offensichtlich beweist, daß er über der allgemeinen Weihnachts-Silvester-Hysterie steht.

Sie wählt Rainhards Nummer. Sein Anrufbeantworter springt an. Ursula hat keine Lust, ihm ihren Stimmungswechsel auf Band zu erklären. Sie legt wieder auf. Selbst schuld, denkt sie dabei. Jetzt steht sie unentschlossen in ihrem Arbeitszimmer und überlegt. Morgen ist Weihnachten. Soll sie dableiben? Wegfahren? Alleine? Sie könnte den Ausflug nutzen, um den Hafenmeister über ihre Verkaufsabsichten zu informieren. Aber ob Björn Grammlich an Weihnachten gerade auf sie wartet?

Was ist mit ihr los? Sie muß zugeben, daß sie sich auf das kleine Segel-Weihnachtsfest irgendwie doch gefreut hat. Und jetzt? Sie fühlt sich wie abgeschnitten. Automatisch stellt sie Teewasser auf. Da klingelt das Telefon.

Erwartungsvoll nimmt sie ab. Es ist die Innenarchitektin. Sie erkundigt sich nach dem Flügel.

»Mein Schwager sucht noch ein Geschenk für meine

Schwester. Ihm ist dieses Jahr nichts eingefallen, und jetzt hat er Panik. Und ich dachte gleich an Ihren Flügel. Ist er denn noch da?«

»Ja«, antwortet Ursula einsilbig und geht mit dem Telefonhörer ins Wohnzimmer. Dort steht er. Breit, schwer, schwarz. Ein wahrer Seelenverkäufer.

»Störe ich Sie gerade bei irgend etwas?«

»Nein.« Der Teekessel pfeift, Ursula läuft in die Küche.

»Wissen Sie denn jetzt, was der Schimmel kosten soll? Und ist er denn noch zu haben?«

»Zu haben wäre er schon noch, aber ich weiß noch immer nicht, was er wert ist.«

»Ja, hat sich Herr Schwarzenberg denn nicht bei Ihnen gemeldet?«

»Doch, das eine Mal schon. Er hat ihn sich angeschaut und wollte sich erkundigen. Das war's dann.« Sie sieht sich wieder, wie sie in der Jagdhütte versucht hat, seine Überreste beiseite zu räumen und wie Walters Blicke sie dabei verfolgten. Sie hätte das Foto mit ihm und seinem erlegten Zwölfender von der Wand schießen sollen. Das wäre gescheiter gewesen.

»Hmm, seltsam sind die Leute manchmal. Dabei hatte er es doch so wichtig. Na ja, die Jahreszahl steht ja drauf, mein Schwager schätzte ihn so auf 20000 DM.«

»Soviel würde er ausgeben? Für ein Weihnachtsgeschenk?« Sie überlegt, wann Walter ihr jemals ein so teures Weihnachtsgeschenk gemacht hätte. Der Nerz hat keine 20000 Mark gekostet, und der Wein für 40000 Mark war für Ludwig bestimmt. Ganz schön kurios.

»Seine Frau spielt recht gut Klavier, und da wäre ein so edles Stück schon ein tolles Geschenk.«

»Ich verstehe. Nur leider kann ich den Flügel nicht auf Verdachtsummen hin hergeben. Vielleicht ist er ja das Doppelte wert, wer weiß das schon?«

»Ich kenne einen Auktionator, einen seriösen. Wenn ich

mit dem heute nachmittag vorbeikommen würde, dürfte er ihn schätzen?«

Die Innenarchitektin kommt nicht nur mit ihrem Schwager und dem Auktionator, sie bringt auch gleich einen Umzugswagen mit. »Ich bewundere Ihr Organisationstalent«, nickt ihr Ursula zu. »Und das alles einen Tag vor Weihnachten...«

25 000 DM schätzt der Spezialist. Ursula willigt unter der Bedingung ein, daß sie mit einem weiteren Fachmann den Flügel nochmals im Hause des Schwagers schätzen läßt, um Irrtümer auszuschließen. Das Mittel zwischen beiden Summen soll dann der tatsächliche Kaufpreis sein.

Während die beiden Männer die großen Terrassenfenster öffnen und gemeinsam mit der Innenarchitektin versuchen, den Flügel in diese Richtung zu bugsieren, klingelt das Telefon.

Ursula, um ihre neuen Möbel besorgt, nimmt erst nach mehrmaligem Läuten ab.

»Ich wollte nur sichergehen, daß Sie zu Hause sind und ich Ihnen morgen ein Frohes Fest wünschen kann.«

Rainhard Ehler. Im größten Tumult.

»Vorsicht, die Bodenvase«, ruft Ursula, und dann, etwas leiser, in die Muschel: »Wo stecken Sie denn?«

»An der Ostsee. Sind Sie nicht alleine?«

»Nein, aber das ist nicht von Bedeutung. Was heißt, an der Ostsee?«

»Ich habe mich hier in einer Pension eingemietet. Ganz einfach. Ich werde Weihnachten an der Ostsee verbringen. Vielleicht in Neustadt, vielleicht in Timmendorf, vielleicht am Strand. Mal sehen.«

»Ist das nicht reichlich sentimental?«

»Mir war danach!«

»Hmmm.« Aus dem Augenwinkel heraus beobachtet Ursula den Möbeltransport. Hoffentlich hält der helle Teppichboden das aus.

»Hören Sie zu, rufen Sie mich doch einfach in einer Stunde nochmal an, ja? Im Moment geht es hier etwas hektisch zu. Ich würde gern in Ruhe mit Ihnen reden...«

Zwei Stunden später sitzt Ursula bereits im Auto. Sie hat sich warme Segelkleidung eingepackt, einige Flaschen Wein und Champagner aus dem Keller geholt, den Hafenmeister informiert und ein Hotelzimmer für die kommende Nacht gebucht. Jetzt steht sie in Richtung Kassel im ersten Stau. Es ist früher Nachmittag, und es fängt, ganz entgegen der Wettervorhersage, an zu schneien. Im Schrittempo kriecht die Kolonne vorwärts. Walter hat genau gewußt, warum du Synchro fahren mußt, sagt Ursula laut zu ihrem Lenkrad. Es reimt sich, darüber muß sie lachen.

WEIHNACHTEN

Es ist längst dunkel, und sie ist erschöpft, als sie in Neustadt ankommt. Ursula muß sich zu ihrem Hotel durchfragen, denn sie kennt sich in der kleinen Stadt, trotz all der Jahre, überhaupt nicht aus. Sie hat sich ein Doppelzimmer genommen, holt eine Flasche Mineralwasser aus der Minibar und greift zum Telefon. Nach dem ersten Läuten nimmt Rainhard ab.

»Wie schön, daß Sie da sind. Haben Sie denn noch Lust auf ein gemeinsames Gläschen Wein?«

»Wissen Sie, wie spät es ist?«

»Nun, hier um die Ecke ist eine Weinstube. Sie hat noch Licht.«

»Nein, danke. Die Fahrt war nicht gerade amüsant. Ich werde schlafen und mich morgen früh um das Schiff kümmern. Ich bitte Sie, nicht zum Liegeplatz, am besten überhaupt nicht an den Hafen zu kommen. Ich möchte dort keinen von unseren Bekannten irritieren, wenn Sie verstehen, was ich meine!«

Er zögert: »Ja, natürlich. Ich werde mich diskret verhalten. Wo liegt denn Ihr Schiff?«

»Im Ancora Yachthafen in der Neustädter Bucht.«

»Wie sollen wir uns dann treffen?«

»Ich werde Sie an einer geeigneten Stelle aufpicken. Am besten am städtischen Sportboothafen. Das ist an der Ostseite der Bucht. Sie werden es schon finden. Sagen wir, zehn Uhr?«

»Ich werde pünktlich sein – und, Frau Winkler –, ich freue mich.«

Ursula hat sich früh wecken lassen, schnell gefrühstückt und fährt jetzt durch die geöffnete Schranke hinunter zu den 1400 Liegeplätzen. Die Swan ist fast das einzige Boot im Wasser. Sie liegt am Steg Nr. 3, nahe am Kai, nur wenige Schritte vom nächsten Parkplatz entfernt. So hat Walter nie unnötig Zeit verloren. Ursula überfällt das Bedürfnis, möglichst schnell wieder umzukehren. Sie starrt die Swan an. Diesen schönen Schwan mit dem hochtrabenden Namen: »Winner«. Alles war bei Walter auf Sieg ausgerichtet. Warum er wohl ausgerechnet sie heiraten wollte? Ob er in ihr eine Wegbereiterin für seinen Erfolg gesehen hat?

Das Schiff sieht startklar aus. Die Persenning wurde bereits entfernt, die Fender auf zwei, die Festmacherleinen auf vier reduziert. Ganz wie früher. Sie parkt, wo auch Walter jahrelang geparkt hat. Ein junger Mann kommt aus der Kajüte heraus. Was hat der da zu suchen?

Ursula steigt aus und geht schnell auf den Holzsteg.

»Wer sind Sie denn?«

»Oh, Frau Winkler?« Behende springt er vom Schiff herunter neben sie auf den Steg. »Guten Tag. Herr Grammlich ist auf einer Weihnachtsfeier, er läßt sich entschuldigen. Ich habe Ihr Schiff klargemacht, es ist alles in Ordnung.«

Zumindest das hat sich geändert. Ursula verzieht ärgerlich das Gesicht, ihre Augenbraue zuckt. Das hätte sich Grammlich früher nicht erlaubt.

»Segeln Sie alleine?«

»Geht Sie das etwas an?«

»Nein, Entschuldigung. Es ist nur schwere See zu erwarten!«

»Damit werde ich fertig.«

Er schaut sie an, als ob er noch etwas sagen wolle, geht an ihr vorbei den Steg herunter, dreht sich dann aber nochmals um. »Es ist nur so, daß heute alle Weihnachten feiern. Ich meine, für den Ernstfall ist es vielleicht kein geeigneter Zeitpunkt...«

»Es gibt keinen Ernstfall, und außerdem ist das meine Sache. Guten Tag – ach, halt –, sagen Sie Herrn Grammlich, ich werde die Swan wahrscheinlich verkaufen!« Und er wird keinen Pfennig daran verdienen, fügt sie im stillen an. Aber der Junge hat recht. Der Himmel hängt tief und ist bleigrau. Wie das Wasser. Es herrscht die Ruhe vor dem Sturm. Walter-Wetter.

Gut, allzuweit will sie ja nicht hinausfahren. Sie wird Rainhard abholen und dieses Schiff zu *ihrem* Schiff machen. Ein einziges Mal. Ein letztes Mal!

Sie holt ihre große Sporttasche aus dem Wagen und die Getränke. Bei ihrem ersten Schritt auf Deck spürt sie es fast körperlich: Das Schiff mag sie nicht. Die »Siegerin« will mit der Ehefrau des Siegers nichts zu tun haben.

»Walter ist tot!« sagt sie zu dem Boot, und mit tiefer Genugtuung fügt sie an: »Er kann dich nicht vor mir beschützen!« Sie grinst, während sie die Flaschen in den Kühlschrank stellt, Gummistiefel, Öljacke und wärmende Segelkleidung auspackt und zurechtlegt. »Wir werden schon miteinander auskommen müssen!« Damit geht sie hoch, startet den Motor, löst die Leinen und fährt langsam aus ihrem Liegeplatz heraus. Der Hafen ist das reinste Labyrinth. Aber Ursula hat Walter oft genug beim Auslaufen beobachtet, sie kennt den Weg. Am Steg Nr. 3 entlang, dann links auf das Hafenrestaurant zu, rechts weg bis zur Hafenausfahrt. Und von dort aus war Walter, ohne sich je nach ihr umzusehen, mit voller Kraft auf die offene See hinausgefahren.

Sie nicht. Sie fährt um die Neustädter Landzunge herum tiefer in die Bucht hinein. Der Motor tuckert leise, und die Swan läßt sich leicht steuern. Es ist frostig, aber Ursula hat sich eine dicke Daunenjacke und warme Handschuhe angezogen. Die Kälte kann ihr nichts anhaben. Zunächst gleitet sie an einer kleinen Hafenmole vorbei. Die ist ihr noch nie aufgefallen. Hoffentlich hat sie Rainhard keine falsche Angabe gemacht. Sie meinte eigentlich den parallel zum Uferweg verlaufenden Steg. Dort sind einige Schiffe festgemacht, aber einen Menschen kann sie nicht entdecken. Auch der Uferweg ist wie ausgestorben. Wahrscheinlich sitzen schon alle um den Adventskranz und stimmen sich für den Abend ein. Wie romantisch, denkt sie spöttisch, da sieht sie ihn. Er hat sich, wie ausgemacht, diskret versteckt. Jetzt geht er schnell den Steg entlang, stellt sich abwartend an das Ende. Ursula spürt ihren Herzschlag. Nicht so sehr wegen Rainhard, sondern wegen des Manövers. Wie schafft sie es, ihn an Bord zu nehmen, ohne die Dalben zu rammen? Sie läßt die Swan vorsichtig darauf zugleiten. Rainhard hat Geschick, er ergreift den Bugkorb, stemmt sich mit voller Kraft gegen das Schiff und schwingt sich darauf. Ursula atmet auf und nickt ihm lächelnd zu.

»Das hat ja gut geklappt!«

Er turnt geschickt über das Vordeck und steht dann neben ihr in der Plicht. Über das ganze Gesicht strahlend schüttelt er Ursulas Hand. »Und ich freue mich, daß es überhaupt geklappt hat. Das gibt ein wahrlich außergewöhnliches Weihnachtsfest!« Er greift in die Innenseite seiner Seglerjacke und zieht eine Flasche Champagner heraus. »Fein«, sagt Ursula, während sie den Kurs ändert, »ich habe auch etwas dabei. Am besten legen Sie sie zu meinen Flaschen in den Kühlschrank.«

»Oh, nein, ich werde sie gleich öffnen. Darf ich hinein?« Er nickt in Richtung Kajüte. Das ist Ursula recht, somit ist er für die Augen eventueller Beobachter verschwunden. »Sie werden sich selbst umschauen müssen. Ich weiß auch nicht, wo die passenden Gläser verstaut sind.«

Indessen steuert sie am leeren Strandbad vorbei in Richtung Insel Fehmarn, Kurs Nord-Ost. Mit zwei gefüllten Bechern taucht Rainhard wieder auf. Er sieht gut aus, der kalte Wind hat Farbe in sein Gesicht gebracht, der kurze Vollbart gibt ihm etwas von einem verwegenen Seebären, die dunkelblaue Schildmütze und die warme Seglerjacke passen dazu.

»Ich habe nur diese beiden Plastikbecher gefunden, leider keine Gläser...«

Das sieht Walter ähnlich, denkt Ursula. »Wir wollten es ja zünftig«, sagt sie und lächelt ihn an.

»Wissen Sie, daß Sie eine sehr interessante Frau sind?« Rainhard setzt sich neben sie, streckt ihr beide Becher entgegen. »Rot oder blau?«

»Rot.«

»Wie die Liebe«, er nickt ihr wohlwollend zu und reicht ihr den Sekt.

»Wie Blut.«

»Na!« Rainhard lacht. »Hatten wir das Thema nicht bereits? Dabei sehen Sie überhaupt nicht so blutrünstig aus!«

»Bin ich auch nicht. Ich dachte eben auch nicht an Fleisch, sondern nur an mein Lieblingsmärchen aus Kindertagen. Rot wie Blut, weiß wie Schnee und schwarz wie Ebenholz.«

Sie streicht sich durch ihr Haar.

»Schneewittchen«, er nickt, »ich erinnere mich.«

»Ein Spiel zwischen Macht, Liebe und Tod.«

»Aber die Liebe siegt«, er hebt den Becher.

»Ja, die Liebe siegt!«

Sie stößt mit ihm an.

»Wann wollen wir die Segel setzen?« Er schaut zum Ufer hin und dann nach oben zum Himmel. »Es sieht nach schlechtem Wetter aus. Wir sind anscheinend auch die einzigen, die sich heute hinaustrauen.«

»Angst?« Sie mustert ihn.

»Bestimmt nicht.« Er lacht, und sie atmet auf. »Ich finde es herrlich. Ein Abenteuer mit Ihnen auf hoher See. Das hätte ich mir noch nicht einmal in meinen kühnsten Träumen erhofft.«

Seine Augen sprühen, sie spürt es kribbeln.

»Wir setzen sie *jetzt*«, bestimmt Ursula.

»Bleiben Sie am Steuer. Ich mach' das schon.« Rainhard springt auf, sie stellt das Schiff in den Wind. Dabei beobachtet sie, wie er mit Winsch und Kurbel das Fall holt. Er stellt sich geschickt an, das gefällt ihr.

Genua und Großsegel stehen, sie nehmen schnell Fahrt auf. Sie holt den Baum dicht, versucht, die richtige Stellung des Vorsegels zu finden, um optimal am Wind zu bleiben. Das verlangt hohe Konzentration, denn ihre letzte Segeltour liegt lange zurück.

Rainhard hat sich ihr gegenüber hingesetzt. Er reicht ihr den roten Becher. »Sie machen das ausgezeichnet.«

Ursula nickt ihm zu und schaut dabei zur Küste. Die Sicht ist schlechter geworden, aber sie kann die Sturmwarnung trotzdem gut erkennen. Ihr Kurs führt östlich vom Ufer weg. Sie überlegt, ob sie ihn korrigieren soll. Aber nichts deutet auf den vorhergesagten Sturm hin. Der Wind ist gleichbleibend, aber nicht besonders stark. Die Swan liegt gut und läuft schnell geradeaus. Sie wird sie zur gegebenen Zeit wenden. Fast beginnt sie, Walter zu verstehen.

Ursula lehnt sich entspannt zurück. Eine Weile segeln sie

still. Jeder hängt seinen eigenen Gedanken nach, die Küste ist nur noch als dünner Strich zu ahnen.

»Wollten Sie nicht ursprünglich einen Tannenbaum mitbringen?« fragt Ursula plötzlich.

»Und Sie Lametta und rote Glaskugeln?« grinst Rainhard.

»Ich habe gewußt, daß ich etwas vergessen habe!«

Rainhard greift in seine Innentasche und zieht einen jungen Tannenzweig mit einer kleinen, silbernen Kugel heraus.

»Fröhliche Weihnachten«, sagt er dazu.

Ursula schüttelt den Kopf: »Wo haben Sie das denn her?«

»Heute morgen im Frühstückszimmer geklaut...«

»Das ist nicht wahr...« Ursula lacht. Rainhard setzt sich. Sie riecht ihn. Seinen feuchten Bart, sein After Shave, seine Männlichkeit. Ihr Herz pocht. Er legt seine Hand auf ihren Oberschenkel. In ihren Ohren rauscht es. Dann bewegt sich sein Gesicht wie in Zeitlupe auf sie zu. Sie kommt ihm entgegen, saugt sich an ihm fest. Sie will ihn spüren. Jetzt gleich. Warum kann man das verdammte Schiff nicht anhalten.

Rainhard greift in das Ruder und belegt es. Dabei gleitet seine linke Hand unter ihre Daunenjacke. Sie spürt sie durch ihren dicken Pullover auf ihrer Brust. Alles in ihr streckt sich ihm entgegen. Sie fühlt sich wie angeknipst. Der Kuß ist heftig und tief und setzt sich durch ihren ganzen Körper fort. Sie fühlt ihn an einer völlig anderen Stelle. Wie ist es möglich, wie ist es nur möglich, fragt sie sich, aber es ist ihr egal. Ihr Körper will ihn, und sie gibt nach.

»Geh' runter«, sagt er heiser. »Ich fiere alle Schoten.«

Ursula hört kaum zu. Und wenn er die Swan auf Grund gelegt hätte, es wäre ihr egal gewesen. Sie steigt schnell die Stufen zur Kajüte hinab, zieht sich die dicken Kleider aus, zerrt ungeduldig an den Lederriemen ihrer Segelschuhe. Als er nachkommt, hat sie nur noch ein leichtes Unterhemd an. Er wirft seine offene Jacke in die Ecke, umarmt sie leidenschaftlich und drängt sie zum breiten Bett im Vorschiff. Dort fallen sie übereinander her. Ursula öffnet ihm den Reißverschluß, die Hose fliegt zu den Schuhen, die Unterhose hinterher. Er versucht, zu verzögern, will sie zärtlich stimulieren, aber Ursula ist stimuliert genug. Den Gelehrten kann er woanders spielen, sie will den ganzen Kerl. Sie zieht ihn auf sich. Das Schiff schaukelt stark. Die Swan wehrt sich, denkt sie, während sie spürt, wie er heftig eindringt. »Mach, komm, mach«, schreit sie ihn an. Um sie herum geht die Welt unter, er stößt sie der Holzwand am Kopfende entgegen, dort stützt sie sich ab, ihr Körper bestimmt den Rhythmus, peitscht gegen seinen, immer schneller, immer härter, sie hat jegliche Gewalt über sich verloren. Als sie schließlich beide aufschreien, ist es Ursula, als hätte sie vorher noch nie geliebt, als sei dies die Offenbarung ihres Lebens gewesen.

Das Schiff schlägt unruhig hin und her. Ursula richtet sich auf, schaut auf Rainhard hinunter. Sie ist schweißnaß, alles an ihr fühlt sich feucht und klebrig an. Sie mag das Gefühl nicht.

»Fröhliche Weihnachten«, sagt sie, während sie in die kleine Naßzelle geht und die Ecke eines Handtuches anfeuchtet, um sich wenigstens notdürftig zu reinigen.

Sie hört, wie er ebenfalls aufsteht. »Sie können gleich herein«, sagt sie, dann schießt ihr in den Kopf, daß jetzt eigentlich ein »Du« angebracht wäre. Es liegt ihr aber nicht auf der Zunge. Sie beschließt, es zu umgehen, und geht hinaus. Er steht halbnackt vor ihr: »Es war schön, Ursula, sehr schön.« Sie nickt und drängt sich schnell an ihm vorbei. »Das Schiff schwankt bedrohlich. Wir müssen schauen, was los ist!«

Ursula sucht ihre Kleidungsstücke zusammen, und während sie sich anzieht, spürt sie, wie er sie betrachtet. Sie dreht sich zu ihm um. »Ist es dir jetzt nicht mehr recht?« fragt er leise. Sie hat keine Antwort darauf. Es war unglaublich. Aber es hat sie erschreckt. Sie hatte ja mit dem Gedanken gespielt, mit Rainhard zu schlafen. Aber sie hatte es als kontrollierte

Entweihung des Heiligtums ihres Mannes gesehen. Was allerdings daraus geworden ist, war der Sieg ihres Körpers über ihren Verstand. Das kann sie sich selbst nicht erklären, und das würde sie ihm auch ganz sicherlich nicht erklären wollen.

»Es ist alles in Ordnung«, wehrt sie ab.

»Du bist wie ein Vulkan. Ich hatte noch nie eine Frau wie dich«, er bückt sich nach seiner Wäsche.

»Ich... ich bin selbst überrascht.«

Rainhard schaut sie nachdenklich an: »Ist das ein gutes Zeichen für uns? Ich meine...«

Mit einem Ruck legt sich die Swan schief. Ursula knallt gegen die Pantry, dann stürzt sie in Pullover und Strümpfen den Niedergang hinauf. Der Wind kommt in Böen, und mit ihm sprüht die Gischt über das Deck. Die Wellen rollen in kurzen Abständen heran, das Schiff schlägt von rechts nach links, die Segel flattern hilflos im Wind. Vom Land ist nichts zu sehen. Um sie herum sind das Wasser und der Himmel zu einer dunkelgrauen Masse zusammengewachsen.

»Rainhard!« schreit sie, der schwere Baum saust knapp an ihr vorbei in die andere Richtung, die Swan legt sich bedrohlich schräg. Sie wird jetzt zum Dank mit uns untergehen, flucht Ursula leise, während sie in die Kajüte zurücksteigt, in Gummistiefel und Öljacke schlüpft. »Schnell rauf«, sagt sie dabei zu Rainhard, der sich ebenfalls hastig anzieht.

»Das nennt man Seglerromantik«, versucht er schwach zu scherzen, aber Ursula ist schon wieder oben.

Noch ist der Sturm nicht losgebrochen. Aber sie könnten knapp davor sein. Ein Gedanke reizt sie plötzlich: Es ist der richtige Wind, um die »Winner« herauszufordern.

Eben kommt Rainhard herauf. »Au, das sieht nicht gut aus«, ruft er ihr zu und steigt auf das Kajütdach zum Mast.

»Was hast du vor?« Ursula hat das Ruder wieder in der Hand.

»Na, die Segel reffen.« Er zeigt zum Großsegel. »So werden wir nicht weit kommen!«

»Es ist doch noch nichts passiert – zu zweit sind wir stark genug, ihr den vollen Wind zu gönnen! Wir werden die Segel jetzt dicht holen, und sie soll uns zeigen, was sie kann!«

»Zunächst werden wir die Segel aber etwas reffen. Wir schieben zuviel Lage!«

Ärgerlich schließt Ursula für einen Moment die Augen.

»Wir können den Wind genausogut in einer anderen Segelstellung abreiten. Und – außerdem – das Schiff ist für Wind gemacht!«

»Aber nicht für Sturm mit vollen Segeln! Weißt du überhaupt, wo wir hinsegeln müssen? Hast du das schon bedacht?«

»Nun, in Richtung Westen. Da, wo wir hergekommen sind!«

»Wir sollten aber nicht nur die Küste, sondern vielleicht auch deinen Hafen finden. Und das möglichst schnell!«

Bei einem solchen Wetter ist Walter überhaupt erst aus dem Hafen losgesegelt, rebelliert Ursulas Innerstes.

»Wir werden, wenn es Zeit ist, einen Hafen finden. Es dürfte ja wohl egal sein, welcher! Okay, wir reffen. Wenn es unbedingt sein muß. Aber laß uns das dann auch jetzt tun!«

Die Wellen haben sich völlig verändert. Aus den kleinen, züngelnden Wogen, die sie beim Heraussegeln begleitet haben, sind rollende Wasserformationen geworden. Fortwährend peitscht das Wasser über das Deck. Das Schiff fällt erbarmungslos von einem Wellental ins nächste. Ursula hat das Kajütluk geschlossen, während Rainhard das Großsegel gerefft hat. Jetzt hilft sie ihm, die Genua zu bergen. Es ist schwierig, denn das Kajütdach ist glitschig. »Wir sollten das Großsegel auch bergen!«

»Wir sollten endlich lossegeln«, Ursula kämpft mit der Rollfock.

Der Himmel hängt direkt über ihr im Masttopp. Wenn er noch ein bißchen tiefer kommt, wird er sie verschlucken. Die Swan schießt los, kaum daß sie am Wind steht. Kurs Süd-West, Ursula luvt leicht an und versucht, irgend etwas im dunkelgrauen Einerlei vor ihr zu erkennen. Rainhard steigt vom Kajütdach zu ihr in die Plicht hinunter. Er ist weiß im Gesicht. »Das ist erst der Anfang, der Vorläufer des Sturmes«, versucht er gegen den Wind anzuschreien. »Es wird noch schlimmer werden!«

»Und wenn schon«, erwidert Ursula. Sie hat keine Angst. Sie wird das hier meistern, wie sie bisher alles in ihrem Leben gemeistert hat. Daran hat sie keinen Zweifel.

Aber Rainhard hat recht. Der Sturm wird schlimmer.

»Er wird dir das Segel zerfetzen!«

Stimmt, darüber hat sie auch gerade nachgedacht. Und außerdem ist die Krängung bereits sehr stark. Ab wann wird es wirklich brenzlig? Aber gleichzeitig hofft sie, bei dem Tempo, das sie jetzt machen, recht bald wieder in Küstennähe zu sein.

»Ursula, laß uns das Großsegel bergen!«

»Es ist doch schon gerefft!«

»Bergen, bergen! Nicht reffen! Wir schaffen es sonst nicht!«

Womit hat sie solche Männer verdient. Winselndes, lebensuntüchtiges Pack. Da hat sie geglaubt, es sei einer aufgestanden, der Walter ersetzen könnte, und jetzt zeigt sich, daß er sich vor Angst in die Hosen macht.

»Wir bergen nicht!« brüllt Ursula zurück.

»Doch, wir bergen!«

Mit einer Handbewegung reißt er das Fall aus der Klemme, das sofort unerreichbar in den Mast hochrauscht. Gleichzeitig rast das Großsegel herunter. Ein gewaltiger Ruck bremst das Schiff ab, es stellt sich augenblicklich quer, wird von der nächsten Wasserwoge überrollt und seitlich heruntergedrückt. Ursula sieht sich plötzlich auf Höhe des Wasserspiegels und kann sich gerade noch festhalten, sonst wäre sie in Sekundenschnelle über die Bordkante gegangen. »Idiot«, schreit sie, außer sich vor Zorn, »willst du uns umbringen?« Schon schießt der nächste Brecher über die Längsseite der Swan hinweg. Sie reißt das Ruder herum. Ohne Unterlaß schlagen die Wassermassen über ihr zusammen. Ursula bekommt kaum noch Luft, sie sind knapp vorm Kentern. Dann dreht sich das Schiff leicht in den Wind. Der nächste Wellenberg bricht sich über dem Bug. Das Schiff pendelt gewaltig, findet aber langsam ins Gleichgewicht zurück. Die »Winner« hat sich gefangen. Ursula atmet auf, wischt sich das Wasser aus dem Gesicht. Dann schaut sie nach Rainhard. Der Platz ihr gegenüber ist leer. Sie steht auf, blickt über das gesamte Schiff. Niemand zu sehen. Eine Weile schaut sie aufs Meer hinaus, dann öffnet sie die Backskiste und greift sich eine der Schwimmwesten heraus, die sie noch im Hafen für sich und Rainhard zurechtgelegt hatte.

Warum hatten sie sie nicht rechtzeitig angelegt? Wie konnte Rainhard so schnell über Bord gehen? Wie lange kann ein Mensch bei solchen Wassertemperaturen schwimmen?

Sie schaut nochmals genau in alle Richtungen, aber es ist aussichtslos. Die Wellen sind zu hoch, die Sicht ist zu schlecht.

Von Rainhard ist nichts mehr zu sehen, das Meer hat ihn verschluckt.

Ursula seufzt.

Wäre er ein Mann für sie gewesen?

Vielleicht schon.

Im Bett sicherlich.

Mußte er deshalb sterben?

Sie schaut zum Himmel, die Wolken hängen tief, sie ist naß bis auf die Knochen, und sie friert.

Sie war's nicht.

Wer dann?

Drei Stunden später steht Ursula im Rotkreuz-Zimmer der Küstenwache. Der junge Angestellte des Ancora-Yachthafens hatte sie alarmiert, nachdem die Swan nach Ausbruch des Sturms noch nicht zurück war. Sie hatten Ursula aufgespürt, als sie selbst nicht mehr wußte, ob sie den morgigen Tag noch erleben würde. Das nasse Großsegel war zu schwer für sie, sie bekam es nicht aus dem Wasser, somit war das Schiff manövrierunfähig. Sie sah kein Land mehr und hoffte schlicht auf ein Wunder. Es kam in Form eines Seenotrettungskreuzers. Die erste Frage, ob sie alleine gewesen sei, beantwortete sie mit einem klaren »Ja«. Sie war ganz offensichtlich alleine gestartet, was hätte es für einen Sinn gemacht, jetzt von Rainhard zu erzählen. Toten kann man nicht helfen.

In Decken gehüllt, trinkt sie einen heißen Tee und hört sich still an, was ihre Retter ihr zu sagen haben.

»Das wird ein teures Weihnachtsfest für Sie!« bekommt sie zu hören, aber auch die leise Frage, ob sie vielleicht über den Tod ihres Mannes nicht hinweggekommen sei? Darüber muß Ursula fast lachen.

»Im Gegenteil«, sagt sie, »wissen Sie, ein Teil meines Mannes ist wohl immer dabei – möglicherweise sogar in mir. Deshalb habe ich auch überlebt.« Sie schaut lächelnd in das verständnislose Gesicht eines der Beamten. »Aber das werden Sie in Ihrem Alter natürlich noch nicht verstehen. Sie müssen wissen, mein Mann war ein starker Mann, aber auch ein absoluter Herrscher. Er hätte keinen anderen Mann neben sich geduldet – noch nicht einmal den mit der Sense!«

Am zweiten Weihnachtsfeiertag sitzt sie allein in ihrem Frankfurter Büro. In der Firma ist es still. Außer ihr und dem Wachdienst ist niemand hier. Sie hat ihren Schreibtischsessel in die Ruhestellung gekippt und schaut durch das Fenster in den grauen Winterhimmel. Ursula denkt an Rainhard Ehler. Wie seltsam das Leben doch spielt. Als er noch da war, waren ihr seine täglichen Anrufe zuviel. Und jetzt fehlen sie ihr. Daß er sich aber auch einfach so davongemacht hat! Sie reibt sich die Augen. Es hat keinen Sinn, darüber nachzudenken. Die Schuld lag eindeutig bei ihm selbst. Er war dem Leben nicht gewachsen, das hat sich eindeutig gezeigt. Wahrscheinlich hat er ganz schlicht nur den leichteren Weg genommen. Wie fast alle Männer!

Die Verantwortung für die arg gebeutelte Swan hat Ursula nun doch Björn Grammlich, dem Hafenmeister, übergeben. Das Schiff muß zunächst in die Werft gebracht und dort zum Verkauf hergerichtet werden. Ursula will damit nichts mehr zu tun haben, soll Grammlich schauen, wie er mit Madame »Winner« klarkommt. Ihr Bedarf ist fürs erste gedeckt.

Sie zieht die aufgeschlagene Akte ein Stückchen näher. Lutz Wolff scheint ihr ein ganz schlaues Kerlchen zu sein. Sie hat Erkundigungen über ihn einziehen lassen, und was sie da so sieht, gefällt ihr. Allerdings ist er noch verdammt jung – und das behagt ihr an dieser Geschichte nicht so sehr. Einem knapp Dreißigjährigen traut sie einfach nicht zu, ein Detektivbüro mit immerhin sechs Leuten leiten zu können. In diesem Alter hat man noch viel zu viel mit sich selbst zu tun. Sie versucht, zwanzig Jahre zurückzudenken. Aber in ihrer Erinnerung war sie schon immer fünfzig. Stets verantwortungsvoll, überlegen, einfach weiter als andere. Sie wußte schon immer, wie die Welt funktioniert. Wahrscheinlich schon bei ihrer Geburt.

Gut, sie wird es mit Lutz Wolff versuchen. Dazu soll ihr Arnold Müller von der Rechtsabteilung einen entsprechenden Vertrag entwerfen. Einen, aus dem sie ohne große Probleme aussteigen kann, sollte der Junior-Detektiv ihre Erwartungen nicht erfüllen. Sie schreibt sich eine entsprechende Notiz in ihren Terminkalender. Dabei fällt ihr auf, daß es sicherlich zehn Tage dauern wird, bis alle einigermaßen ansprechbar wieder in der Firma versammelt sind. Weihnachten, Silvester, die endlosen Feiertage. Wie schrecklich. Sie hätte jetzt gern einen Tee getrunken, aber es ist keiner da, der ihr einen hätte machen können. Und in der kleinen Kaffeeküche von Regina Lüdnitz will sie nicht herumhantieren. Sie überlegt. Walter hatte in seinem Schrank stets einige Flaschen Cognac, Whisky und Champagner bereitstehen. Das wäre zumindest eine Alternative. Ob sie wohl noch da sind? Auf der anderen Seite: Wer hätte sie wegnehmen sollen?

Sie geht den alten Weg durch das Sekretariat in Walters Büro. Wie selbstverständlich dieser Gang all die Jahre war, und jetzt kommt es ihr vor, als läge es Ewigkeiten zurück. An der Tür bleibt sie stehen. Es ist noch alles wie früher. Das Zimmer strahlt eine Autorität aus, die einen sofort klein macht. Wie hat er das nur geschafft!

Sie geht schnell hinein, zu dem großen Wandschrank. Er ist nicht verschlossen. Hinter einer kleinen Tür versteckt sich die Mini-Bar. Ursula öffnet sie, dann dreht sie sich erschrocken um. Sie hat das deutliche Gefühl, daß jemand hinter ihr steht. Aber sie ist alleine. Außer ihr ist kein Mensch im Zimmer. Sie nimmt schnell eine Flasche Cognac heraus und einen Schwenker. Dann setzt sie sich an seinen Schreibtisch. Das hat sie noch nie getan, und sonst hat es auch niemand gewagt. Langsam schenkt sie sich das Glas halb voll. Ursula nimmt einen Schluck und starrt auf das Foto, das auf seiner blankpolierten Schreibtischplatte im Silberrahmen steht. Es zeigt sie, kurz nach ihrer Hochzeit. Kunstvolle Locken zieren ihren Kopf, ganz im Stil der Sechziger. Sie hat sich einen breiten Katzen-Lidstrich gemalt, ganz wie es Sophia Loren und Brigit Bardot vorgemacht haben, und sie lächelt. Tatsächlich, sie lächelt. Ursula nimmt einen weiteren Schluck. Ihre Ehe. Was war das schon. Ein Foto von vor dreißig Jahren. Wahrscheinlich hat Walter nicht einmal gemerkt, daß sie das hier gar nicht mehr war. Wäre es anders geworden, wenn sie die Kinder bekommen hätte, die er ihr verordnet hatte?

Sie nimmt einen tiefen Schluck. Das Glas ist schon fast leer. Ihr Blick fällt auf die Schreibtischschubladen. Sie hat seine Privatsphäre nie berührt, seine persönlichen Sachen waren für sie und seine Mitarbeiter tabu. Nie hätte jemand gewagt, ohne seine ausdrückliche Erlaubnis eines seiner Schubfächer aufzuziehen. Es wäre einem Todesurteil gleichgekommen.

Sie trinkt in einem Zug den Rest, dann schaut sie sich um. Keiner da. Warum will sie es einfach nicht glauben? Dann zieht sie vorsichtig an dem Messingknopf der obersten Schublade. Ohne Widerstand gleitet sie langsam heraus. Mit einer schnellen Handbewegung stößt Ursula sie wieder zurück. Hat sie richtig gesehen? Vorne, in der Mitte, liegt ein Revolver. Jetzt zieht sie die Schublade ganz heraus. Tatsächlich. Wozu, um alles in der Welt, benötigte ihr Mann einen Revolver? Als Spielzeug? Er spielte nie. Was er tat, mußte einen Zweck erfüllen. Sinn haben. Hatte er etwa Angst? *Er?* Sie greift nach der Cognacflasche. Vor wem? Sie schenkt nach, dann legt sie zaghaft ihre Fingerspitzen auf die Waffe. Das glaube ich nicht, denkt sie, und doch liegt sie da. Das Metall fühlt sich kühl an. Sie nimmt den Revolver heraus. Hat er sich den für sich selbst gekauft? War er etwa krank? Unheilbar?

Sie muß lachen, und es steigert sich zu einem Lachkrampf. Mein Gott! Wie blöd! Sie versucht sich zu beruhigen, aber sie glaubt kaum, was sie da sieht. War ihr Walter im innersten Herzen etwa ein erbärmlicher Feigling? Versuchte er zeitlebens, mit seinen halsbrecherischen Aktionen dagegen anzukämpfen?

Sie legt die Waffe zurück, dann steht sie langsam auf. »Ich werde deinen Zauber brechen, Walter Winkler«, sagt sie laut. »Ich werde hier einziehen!«

Lutz Wolff ist ein Beau, und das bestärkt Ursula in ihrer Meinung, daß er trotz der guten Auskünfte über ihn nichts taugen kann. Eigentlich wundert es sie, daß er um diese Jahreszeit bei tristem Großstadtwetter in Frankfurt ausharrt und nicht die Glitzerwelt in St. Moritz unsicher macht.

Sie hat darauf bestanden, ihn in seiner Detektei aufzusuchen. Sie will wissen, in welcher Klitsche er haust. Aber sie muß zugeben, daß alles sehr professionell aussieht. Es ist ein modernes, großes Bürohaus, mitten in Frankfurt. Die »Detektei Wolff« umfaßt eine ganze Etage, ist in großzügig geschnittene, offene Zimmer aufgeteilt. Moderne Kunst hängt an den Wänden, die Schreibtische sind aus Glas und Stahl, Designerlampen bündeln das Licht. Ursula geht über den hellen Teppichboden zu einem der wandgroßen Fenster.

»Sie überraschen mich«, meint sie nach der Begrüßung. »Die Aufmachung hier dürfte eine Stange Geld kosten. Ich nehme an, das schlägt sich auf Ihre Tarife nieder.«

Er lacht. »Die Wohnung gehört meiner Mutter. Das zieht sie mir vom Erbe ab!«

»Mit dem Geld der Eltern läßt sich gut wirtschaften«, meint sie frostig. Hat sie also doch recht gehabt.

»Oh, nein. Bis auf die familiäre Miete gibt es hier keine mütterlichen Schenkungen. Sonst könnte sie ja eines Tages kommen und alles wieder ausräumen. Das Risiko will ich nicht eingehen!« Er wirkt noch immer ausgesprochen fröhlich.

»Ah, gibt's denn da eine Gefahrenquelle?«

»Sie ist blond!«

»Ach, da kann ich Ihre Mutter gut verstehen. Blonde Frauen fließen den Männern wie Gift durch die Adern!«

Lutz lacht herzhaft: »Ich werde Sie gegebenenfalls einmal miteinander bekannt machen... aber wollen wir jetzt zum Geschäft kommen?« Er deutet auf einen großen Schreibtisch, der chromglänzend neben einer Palme steht: »Darf ich Ihnen etwas anbieten? Kaffee? Tee? Einen Schluck Wein? Meine Leute sind alle im Urlaub, so bin ich heute der Self-made-man.«

Ursula schildert ihm ausführlich die Situation. Die betreffenden Unterlagen hat sie mitgebracht. Lutz Wolff hört aufmerksam zu, macht sich fortwährend Notizen.

»Und – was halten Sie davon?« will Ursula zum Schluß wissen.

»Na, eigentlich kann ich mir schon einen Reim darauf machen. Aber das ist nur eine Vermutung, und deshalb möchte ich sie auch noch nicht äußern. Lassen Sie mir Zeit, dann werde ich es genau herausfinden.«

»Wie lange?«

»Kann ich so nicht sagen. Vor dem 6. Januar gibt es erfahrungsgemäß keine Ansprechpartner. Und ich muß ja gründlich und vor allem heimlich recherchieren. Es nützt also nichts, irgendwelche voreiligen Versprechungen zu machen.«

»Hmmm. Mag sein. Aber mir wäre eine exakte Terminabsprache lieber. Sagen wir, zumindest ein Termin zum neuesten Stand. Was würden Sie vom 14. Januar halten? Das ist ein Montag!«

»Nun, gut. Warum nicht. Also, 14. Januar um zehn Uhr hier in meinem Büro.«

»Wie wollen Sie abrechnen? Wollen wir auf Erfolgshonorarbasis eine Pauschale vereinbaren?«

Er schüttelt bestimmt den Kopf. »Oh, nein. Ich gebe Ihnen unsere Tarife mit. Wir arbeiten mit Stunden- und Tageshonorar, zuzüglich der Spesen. Anders ist das nicht zu machen!«

»Meine Rechtsabteilung wird einen Vertrag ausfertigen.«

»Wollen Sie, daß ich für Sie arbeite oder nicht?«

Ursula zögert. Dann nickt sie: »Ja!«

»Dann akzeptieren Sie bitte auch meine Geschäftsbedingungen!«

Seine linke Augenbraue zuckt. Ursula starrt ihn an.

»Stimmt etwas nicht?«

»Es ist... nein, es ist nichts. Ein Zufall, sonst nichts. Gut, wir sehen uns am 14. Januar um vierzehn Uhr zu Ihren Geschäftsbedingungen!«

»Um zehn Uhr!«

»Ja, um zehn Uhr. Um zehn Uhr!«

Im Fahrstuhl schaut sie sich in der Spiegelwand frontal ins Gesicht. Was ist los mit dir, fragt sie sich. Walter ist tot. Und wenn tausend Augenbrauen zucken, seine und meine und die der ganzen Belegschaft, dann hat das nichts zu sagen. Er liegt in seinem Sarg und verrottet, und seine linke Augenbraue dazu!

IM SCHNEE

Silvestermorgen und Ursula ist unruhig. Was soll sie mit diesem Tag anfangen. Um Mitternacht Sektkorken knallen lassen? Sich um zehn Uhr schlafen legen? Essen gehen?

Sie kocht sich einen Pfefferminztee und setzt sich damit ins Wohnzimmer. Das Wetter weiß nicht, was es will. Es graupelt, halb Schnee, halb Regen. Sie steht auf und tritt ans Fenster. In den Bergen müßte es jetzt schön sein. Da wird es richtig schneien, große, saftige Schneeflocken. Wann war sie zuletzt im Winter in den Bergen?

Sie denkt nach. Walter war kein Skifahrer. Sie waren immer nur in den Bergen, wenn man über Klettersteige kraxeln konnte. Meistens im Spätsommer, kurz bevor die Herbststürme kamen. Die brauchte Walter dann wieder zum Segeln.

Ludwig hatte oft vom Winter in den Alpen erzählt. Er verbrachte manchmal die ganzen Feiertage oben. Ursula versucht sich zu erinnern. Aber sie kommt nicht auf den Ort und schon gar nicht auf das Hotel.

Kurz entschlossen greift sie zum Telefon und wählt seine Nummer. Zum ersten Mal seit Walters Tod. Falls er da ist, kann er ihr vielleicht einen Tip geben. Sie schaut auf die Uhr. Kurz nach neun. Die Zeit würde locker reichen. Warme Kleidung für drei Tage, das wäre keine Affäre.

»Fehr.«

Donnerwetter, er ist zu Hause.

»Winkler. Guten Morgen, Ludwig!«

»Oh, das ist aber eine Überraschung. Dich wollte ich auch gerade eben anrufen!«

»So? Weshalb denn?«

»Nun, ich gebe heute abend eine kleine Silvesterparty, und ich wollte dich fragen, ob du vielleicht Lust und Zeit hättest...«

Das fällt dir wahrlich früh ein, denkt Ursula.

»Das ist nett von dir. Aber ich staune, daß du überhaupt da bist. Warst du nicht alle Jahre zu Silvester in den Alpen?«

»Da hast du recht. Aber die haben momentan keinen rechten Schnee da oben, und wenn sich dann die Massen auf den paar Kunstschneepisten drängen, ist das nichts für mich!«

Aber für mich.

»Da werden wohl viele abgesagt haben!«

»Könnte möglich sein. Warum?«

»Ich habe mir vorhin überlegt, ob ich in die Alpen fahren soll. Ich weiß bloß nicht wohin, weil ich mich nicht auskenne. Wo warst du denn immer?«

»In Zürs am Arlberg. Das Hotel heißt Edelweiß. Sehr individuell eingerichtete Zimmer und eine schöne Badelandschaft. Und meistens gute Leute. Ich glaube nur nicht, daß die noch etwas frei haben. Aber probieren kannst du es natürlich. Warte einen Augenblick, ich suche dir die Nummer heraus.«

Die Stimme am Telefon klingt jung und freundlich, aber bestimmt: »Tut mir leid, wir sind schon seit Wochen ausgebucht.«

»Wie schade. Wüßten Sie eine andere Möglichkeit?«

»Bedauere, da kann ich Ihnen nicht helfen. Da müßten Sie den Verkehrsverein anrufen. Aber ob da heute...«

»Darf ich Ihnen meine Nummer hinterlassen? Vielleicht gibt's ja noch eine Änderung.«

»Bitte sehr«, hört sie von der anderen Seite, aber in einem Tonfall, der die ausgebildete Irrenwärterin oder die sechsfache Mutter ausweist. Ursula gibt ihre Nummer trotzdem an und brüht sich dann zum zweiten Mal einen Pfefferminztee auf.

Die Zeremonie soll sie beruhigen, tut es aber nicht.

Wie ein Tiger läuft sie hin und her.

Zu Ludwig wird sie heute abend nicht gehen, das steht fest. Was will sie dort. Überhaupt, die Frechheit, so zu tun, als hätte er sie einladen wollen. Wahrscheinlich hat er sie schlicht vergessen. Oder aber eine Frau Winkler ist ohne Herrn Winkler nicht gesellschaftsfähig. Sprich: unerwünscht. Oder auch: überflüssig!

Noch nie hat sie ihre neue Situation so empfunden.

Ist eine Frau ohne ihren Mann nichts wert?

Was ist denn das für eine Einstellung.

Sie steht ihren Mann mindestens wie ein Mann.

Wenn nicht noch mehr!

Sie geht in die Küche zurück.

Gut, ursprünglich wollte sie ja auch Weihnachten einfach verschlafen. Dieses sentimentale Kitschfest. Aber Silvester bedeutet den Aufbruch in ein neues Jahr.

Das kann man nicht vergleichen.

Und nicht so ohne weiteres übergehen. Schon gar nicht in ihrer Situation.

Das muß sie hellwach erleben.

Nomen est omen.

Wenn ihr gar nichts anderes einfällt, wird sie einfach durch die Stadt gehen und dem Geld nachschauen, das andere Leute in den Himmel jagen.

Vielleicht kommt ihr dabei eine Idee, wie sie ihre 4,2-Millionen-Mark-Stornos ausgleichen kann.

Willy Waffel fällt ihr dabei ein.

Zuerst eine große Klappe, und dann hört sie nichts mehr von ihm. Bei der Ankündigung ist es geblieben. Sie hätte ihn damals am Telefon nicht gleich unterbrechen sollen. Da lag ihm eine Summe auf der Zunge. Sollte er zwischenzeitlich von den Stornos erfahren haben, könnte er versuchen, sie im Preis zu drücken.

Belanglos.

Sie wandert mit ihrer Teetasse ins Wohnzimmer.

Sie wird sowieso nicht verkaufen. Dann kann ihr auch Willy Waffel egal sein.

Das Telefon klingelt.

Ein bedauerlicher Skiunfall läßt im Hotel Edelweiß ein Zimmer frei werden.

»Welch ein Glück«, sagt Ursula. Sie wird sofort packen und losfahren.

Bis zum Amberg-Tunnel bei Feldkirch sind die Straßen relativ trocken. Als sie auf der anderen Seite aus dem Berg hinausfährt, empfängt sie eine völlig andere Welt. Auf der Autobahn liegt Schnee, der Wagen vor ihr kommt ins Schleudern und dreht sich.

Das fehlt ihr noch, daß der durch seine Ungeschicklichkeit die Fahrbahn vor ihr blockiert.

Ihr Vordermann driftet rotierend nach rechts weg, saust

gegen die Leitplanken und bleibt in der Gegenrichtung dort liegen.

Wenigstens ist er aus dem Weg.

Ursula fährt vorsichtig weiter.

Sie hat länger gebraucht, als sie einkalkuliert hat. Es ist bereits dunkel, vor sechs Uhr wird sie wohl nicht oben sein. Obwohl, auf der Landkarte ist es wirklich nur noch ein Katzensprung.

Der Schneefall wird dichter und dichter, Ursula sieht ein einziges Schneeräumfahrzeug, es fährt auf der Gegenspur.

Sie ist keine geübte Winterfahrerin und hat, trotz des Allradantriebs, ein unsicheres Gefühl in ihrem Auto. Wie auf Eiern fühlt sie sich. Jeden Moment kann etwas passieren, kann der Wagen ausbrechen.

Sie schafft es bis nach Klösterle. Nach diesem Tunnel stehen schon die ersten und montieren Ketten. Daran hat sie überhaupt nicht gedacht, und außerdem besitzt sie gar keine.

In Langen fallen ihr die Schilder auf: Kettenpflicht für den Arlberg.

Eine Pflicht, die sie nicht erfüllen kann, ist für sie keine. Irgendwie wird es schon gehen.

Nach Stuben scheinen die Lichterkegel vereinzelter Autos vor ihr eine senkrechte Wand hinaufzusteigen. Sieht verdammt steil aus. Wird sie das schaffen? Ursula kennt den Weg nach Zürs nicht, war noch nie da. Aber es kann sich nur noch um wenige Kilometer handeln. So kurz vor dem Ziel aufzugeben entspricht nicht ihrer Art. Sie fährt weiter.

An einigen Stellen drehen die Räder bedenklich durch. Auf der langen Gerade nach den Serpentinen kommt ihr ein Wagen im Schneckentempo entgegen. Bergab scheint es noch schlimmer zu sein.

»Zeig, was du kannst«, sagt Ursula zu ihrem Auto, denn sie hat keine Lust, hier im Schneegestöber auf einer schmalen Straße steckenzubleiben. Sie schafft es bis zur Abzweigung. Arlbergpaß geradeaus, Zürs und Lech nach links.

»Geschafft«, sagt sie, biegt schwungvoll ab und gibt für den Endspurt Gas, da stellt sich der Wagen quer. Das kurze, steile Stück nach der Abzweigung ist pures Eis. Sie schlittert zurück, auf die Verkehrsinsel zu.

»Schitt«, schreit sie. Der Aufprall ist nicht hart, ein kleiner Schneewall fängt sie auf. Aber sie steckt fest. Die Räder drehen durch, der Wagen bewegt sich keinen Zentimeter nach vorn und auch nicht zurück. Sie flucht. Verdammt noch mal, der nächste knallt ihr sicherlich hintendrauf! Soll sie aussteigen? Und was dann? Sie sucht nach dem Schalter für die Warnblinkanlage. Die hat sie noch nie gebraucht. Welch peinliche Situation, so hilflos im Schnee festzusitzen. Welch idiotische Idee, nach Zürs zu fahren. Sie schlägt mit der Faust auf das Lenkrad, aber das nützt auch nichts.

Sie wird sich retten lassen müssen.

Sie!

Ursula Winkler, Chefin über 124 Männer und Frauen. Herrscherin über Millionenwerte. Gebieterin über Karrieren und Arbeitsplätze.

Sie steckt simpel im Schnee.

Festgeklebt an einer Verkehrsinsel.

Nicht zu fassen!

Am liebsten hätte sie sich in Luft aufgelöst und sich erst in ihrem Wohnzimmer wieder materialisiert.

Eine Weile sitzt sie brütend auf ihrem Sitz. Der Wagen kühlt schnell aus. Aber da die halbe Hinterfront, und damit auch der Auspuff, im Schnee begraben ist, traut sie sich nicht, den Wagen wieder anzumachen. Fehlt noch, daß die ganzen Abgase in den Innenraum umgeleitet werden und sie sich dann morgen Walter gegenüber sieht.

Zu den Stornos hätte er sicherlich etwas zu sagen.

Und erst zu dem lädierten Großsegel!

Walter!

Was hätte Walter in einer solchen Situation gemacht? Er hätte versucht, den Wagen irgendwie freizukriegen. Ursula greift nach ihrer Daunenjacke. Sie muß sich an der Türe festhalten, es ist wirklich höllisch glatt. Und stockdunkel.

Ursula versucht, mit bloßen Händen den Schnee wegzuschaufeln. Aber es ist sinnlos. Sie bläst sich Atemluft in die hohle Faust. Alleine wird sie es nie schaffen.

Da nähern sich von hinten zwei Autolichter. Sie dreht sich danach um. Kurz darauf hält ein Jeep neben ihr.

»Na? Schwierigkeiten?«

Ein rundes Männergesicht schaut zum Fenster hinaus.

»Wie kommen Sie denn darauf?« antwortet Ursula.

»Ich hätte es mal vermutet!« Der Mann zieht seinen Kopf zurück, schaltet und fährt davon.

Ursula sieht die Rücklichter, die langsam aber sicher in Richtung Zürs verschwinden.

»Idiot«, schimpft sie. »Schnösel! Depp! Was bildest du dir ein!« Sie setzt sich wieder in den kalten Wagen.

Frankfurter Nummer. Auch das noch! Sie hat sie sich genau gemerkt. F-W-666.

Es schneit leise vor sich hin, ansonsten ist die Umgebung wie ausgestorben.

Vielleicht wurde die Straße ja auch gesperrt, überlegt sich Ursula. Wegen Lawinengefahr, könnte ja immerhin möglich sein. Dann kann sie sich auf eine lange Nacht einrichten. Wenn sie nur wüßte, wie weit Zürs entfernt ist. Eventuell könnte sie sogar laufen.

Zwei Scheinwerfer durchpflügen die Dunkelheit. Es ist der VW-Bus eines Hotels, der neben ihr hält.

»Freimacha kann i de Wagen net«, brummt der Fahrer, »abr i künnt Sie mitnehmen. Dann künnent Sie ean morgen holen lassen.«

Das gefällt Ursula ausgezeichnet.

So braucht sie sich um das liegengebliebene Teil nicht weiter zu kümmern.

Sie holt schnell ihr Gepäck und steigt ein.

Zwei Paare in ihrem Alter sitzen schon im Bus. Sie machen ihr Platz.

»Wo fahren Sie denn hin?«

»Zur *Post*, nach Lech«, antwortet der Fahrer. »Wo müssen S' denn hin?«

»Nach Zürs, Hotel Edelweiß!«

»Des ischt am Weg, i lasse Sie dort hinaus!«

»Vielen Dank!« Ursula atmet tief durch.

»Glück gehabt«, bemerkt der Herr neben ihr.

»Tja, wie man's nimmt...«

»Wir kommen aus dem Grund in jedem Jahr mit dem Zug, lassen uns am Bahnhof in Langen abholen und haben mit glatten Straßen nichts zu tun!«

»Gute Idee«, antwortet Ursula. Sie ist keine Zugfahrerin, aber was soll sie sich auf eine solche Diskussion einlassen.

»Eine einzige Mieterin im Haus, und mit der hat man nur Ärger«, hört sie die eine Frau hinter sich sagen. »Blockiert wirklich alles. Es sind ja alles nur Zweit- und Drittwohnungen, aber wenn man als Eigentümer einmal im Jahr kommt, will man doch nicht ständig über etwas stolpern. Jetzt hat sie sich auch noch eine Kinderschaukel für den Garten angeschafft. Unseren gemeinsamen Garten, wohlgemerkt! Ich habe mich fürchterlich aufgeregt, was sich diese Person so herausnimmt. In der Eigentümerversammlung waren Gott sei Dank alle meiner Meinung. Sie steht jetzt auf den Schotterresten hinter dem Haus. Alleinerziehende Mutter. Wenn ich das schon höre!«

»Ich finde auch, daß man Kinder am besten in einen Schrank sperrt«, mischt sich Ursula ein. Die Leute sind nach ihrem Geschmack. Schade, daß sie nicht in der *Post* gebucht hat. Das wäre sicherlich amüsant geworden.

Es ist kurz still im Bus.

Sie sieht die Augen des Busfahrers im Rückspiegel.

Am liebsten hätte er sie wohl wieder hinausgeworfen.

Da sagt die wohlgenährte Frau neben ihr: »Alles kann man sich wirklich nicht gefallen lassen.«

»Gut, gut«, beschwichtigt einer der Männer, »sie hat die kleinste Wohnung von allen. Zwei Zimmer! Und sie ist die einzige von uns, die wirklich dort wohnt. Sie wird nicht alles, Sprudelkisten, Kinderroller und Fahrräder, im Kinderzimmer stapeln können! Dann hat ja die Kleine keinen Platz mehr!«

»Männe!« empört sich die erste wieder. »Was geht uns das an! Das ist doch wahrlich ihr Problem. Hätte sie eben kein Kind gekriegt, dann hätte sie Platz genug!«

»Mieter sind wahrlich eine Plage«, stimmt Ursula ihr zu. »Am besten wäre es, Sie würden ihre Miete bezahlen und ansonsten unsichtbar sein. Das hat mein Mann schon...«

»Das Edelweiß, bitte!« unterbricht sie der Fahrer.

»Oh, danke. Schade, ja dann...« Ursula steigt aus, der Fahrer reicht ihr das Gepäck nach. Sie streckt ihm einen Zwanzig-Mark-Schein hin. Ein Vermögen für einen Alpenmenschen, findet sie.

Er schaut sie an und schüttelt langsam den Kopf. »So nötig hab ich es net, als i von Ihnen eppes nehmen müßt.«

Ursula versteht kein Wort, aber sie steckt den Schein wieder ein. Hat sie gespart, auch gut!

Er läßt sie mit ihrem großen Hartschalenkoffer mitten auf der Straße stehen und gibt Gas.

Ungehobelter Klotz, schimpft Ursula und versucht, den Koffer auf seinen Rollen bis zur anderen Straßenseite zu ziehen. Aber die Schneedecke ist zu zerfurcht, er kippt ständig um. Schließlich schleppt sie ihn. Der Schweiß bricht ihr aus unter ihrer Daunenjacke, kurz vor dem Eingang muß sie ihr Gepäck absetzen. Sie beschließt, hineinzugehen und jemanden von der Rezeption zu holen. Da fällt ihr Blick auf einen

Wagen, der platzheischend quer vor dem Eingang parkt. Es ist ein Mercedes-Jeep mit Frankfurter Nummer. F-W-666. Ursula verzieht das Gesicht.

So ist's recht.

Jetzt kann sie ihm gleich Bescheid stoßen!

An der Rezeption stehen einige Leute. Manche bereits festlich gekleidet, andere noch in Skianzügen.

»Ich habe reserviert«, sagt sie. »Auf Winkler, Ursula Winkler!«

»Winkler?« sagt eine Männerstimme ungläubig.

Sie dreht sich überrascht um.

Hinter ihr steht Willy Waffel.

»Sie??!!«

Er schaut sie nur groß an.

»Gehört Ihnen etwa auch der Jeep, der vor dem Eingang?«

Ein schlankes, blondes Mädchen sagt keck: »Warum? Stehen wir im Weg?«

Ach, so ist das, denkt Ursula. Die Kleine ist für dich aber eine Nummer zu flott. Überhaupt – ist der Knabe nicht verheiratet?

»Sind Sie die Tochter?« fragt sie unschuldig.

Sie wird rot, er räuspert sich.

Touché, denkt Ursula und grinst.

»Interessant«, nickt sie ihm zu.

Das kann ja heiter werden.

Dann füllt sie ihren Anmeldebogen aus, während ein junger Mann ihren Koffer holt.

Ganz offensichtlich hat sie Willy Waffel die Silvesterparty verdorben. Er versucht, möglichst aus ihrem Sichtfeld zu bleiben, was nicht einfach ist, da sie zum Silvesterdinner alle im selben Raum sitzen. Willys Flamme hat ein kurzes, sehr eng geschnittenes schwarzes Paillettenkleid an. Es verrät mehr, als es ahnen läßt. Willy bildet dazu den perfekten Kontrast. Das einzig Glänzende an ihm sind seine polierten Schuhe. Der

Rest dürfte den Schneider zur Verzweiflung gebracht haben. Aber Geld macht ja bekanntlich schön.

Ursula genießt es, Willy Waffel in die Quere gekommen zu sein. Wer weiß, auf welche Karibikinsel er seine Frau verbannt hat, damit er freie Fahrt hat. Und dann taucht ausgerechnet sie auf. Er muß vor Wut zerplatzen.

Eben wird der Vorspeisenteller gereicht. Der Maître de Salle hat für Ursula einen Platz an einer langen Tafel eindekken lassen. Das ist ihr recht, so sitzt sie nicht völlig alleine. Es sind erstaunlich viele junge Leute da, und sie wundert sich, wie die sich ein solch teures Hotel leisten können. Wie sagte Lutz Wolff so schön? Wird vom Erbe abgezogen.

Sie hat keinem etwas zu vererben. Sie will auch nichts vererben. Sie hat zu hart dafür geschuftet. Und bezahlt. Vor allem das!

Ursula wählt sich einen alten, edlen Wein aus. Es ist der teuerste, den die Weinkarte zu bieten hat. Nur noch wenige Stunden, dann fängt ihr Leben neu an. Der zwölfte Glockenschlag ist ihrer.

Ihre Tischnachbarn versuchen, sie zu integrieren. Über Pisten und übers Skifahren kann sie nicht mitreden, da geben sie ihr allerlei Tips, wie sie die nächsten Tage als Nichtskifahrerin verbringen kann. Unbedingt muß sie mit dem Pferdeschlitten von Lech aus nach Zug fahren. Dort, im urigen Gasthof Auerhahn, würden sie sich morgen alle treffen. Sie soll doch einfach dazukommen.

Soviel Freundlichkeit liegt Ursula nicht. Es läßt sie mißtrauisch werden. Was wollen die wohl von ihr? Sie beschließt, nicht dorthin zu fahren. Sie wird sich etwas anderes ausdenken. Ganz für sich alleine.

Kurz vor zwölf sieht sie, wie Willy mit seiner Goldmarie an der Hand verschwindet. Nach und nach versammeln sich alle Gäste vor dem Haus. Ursula hat sich ihren Nerz übergelegt und stellt sich dazu. Willy Waffel kann sie nirgends entdekken. Sein Jeep steht anständig in Reih und Glied auf dem Hotelparkplatz. Schade, daß sie sich nie für Autos interessiert hat, sonst wüßte sie jetzt, wo man an einem solchen Gefährt die Bremsleitungen kappen kann. Die Beleidigung, sie einfach auf der Straße stehenzulassen, wird sie ihm nicht vergessen. »Nicht ärgern, sondern heimzahlen«, das sollen sich schon die Kennedys auf die Familienstandarte geschrieben haben.

Punkt zwölf, großes Händeschütteln ringsumher, jeder hat jemanden, mit dem er anstoßen kann. Sie nicht. Wie war das all die Jahre vorher? Hat sie jemals um Mitternacht mit Walter angestoßen und ihm tief in die Augen geblickt? Hat er ihr für das vergangene Jahr gedankt und ihr Versprechungen für das neue gemacht? Sie kann sich nicht erinnern. Sie kann es sich aber auch nicht vorstellen. Eher nein.

Sie geht hinein, an die Bar. Ein Angesteller läuft mit einer riesigen Champagnerflasche umher und schenkt die Gläser voll.

»Woher kommt das?« will Ursula wissen.

»Die ersten werden vom Haus ausgegeben, die nächsten von den Gästen.«

Diese Art von Sozialismus behagt Ursula nun überhaupt nicht. Sie will schon selbst bestimmen, wem sie etwas ausgibt und von wem sie etwas annimmt. Sie nimmt ihr Glas und geht ins Bett.

AHNUNG

In Oberlech, im *Goldenen Berg*, das hat ihr der Chef des Hauses empfohlen, soll immer etwas »los« sein. Vielleicht meint er, daß alleinstehende und spätreife Damen wie ich dort auch noch einen abkriegen, vermutet Ursula, befolgt jedoch seinen

Rat. Besser in der anonymen Masse zu stehen, als vertrauliche Tête-à-têtes in engen Bauernkneipen ertragen zu müssen.

Nach einem späten Frühstück bricht sie auf. Ihr Wagen steht bereits vor der Tür, die Wagenschlüssel hat sie gestern abend noch zur Bergung an der Rezeption abgegeben, die Rechnung geht aufs Zimmer. Sie läßt ihn stehen und nimmt ein Taxi bis nach Lech. Die Sonne wagt sich hervor, der Schnee glitzert, und das grelle Licht schmerzt ihr in den Augen. Sie macht einen Abstecher in das nächste Bekleidungshaus, um sich eine Sonnenbrille zu kaufen, und traut kaum ihren Augen. Ein gläserner Aufzug fährt durch die Stockwerke, die alle in hellem Holz gehalten sind. Sie schlendert langsam durch. Vom Spitzenbody bis zu geschäumten Skistiefeln ist alles zu haben – aber zu welchen Preisen! Sie staunt. Dagegen herrscht auf Frankfurts Goethestraße ja permanenter Ausverkauf.

Im obersten Stockwerk, in der Kinderabteilung, schaut sie zu, wie eine Mutter ihre vierjährige Göre gegen deren Widerstand mit Markenartikeln ausstattet, dann geht sie den Weg langsam wieder zurück. An der kleinen, offenen Getränketheke überlegt sie gerade, ob sie einen Tee trinken soll, da hört sie eine laute Frauenstimme.

»Au ja, Schatz, das ist toll! Einfach spitze! Gigantisch! Wie für mich gemacht! Findest du nicht auch?«

Beeindruckt von der Penetranz dieser Stimme sucht Ursula die gegenüberliegende Frauenabteilung mit den Augen nach der Urheberin ab.

Willy Waffels Gazelle ist es.

Sie steht, in einen über und über silber glitzernden Skianzug verpackt, vor ihm, reckt sich auf die Zehenspitzen, dreht sich vor dem Spiegel, wiegt sich in den Hüften, tanzt um den alternden Gockel herum, daß er nicht mehr anders kann. Er nickt.

Die Verkäuferin bringt die unentbehrlichen Accessoires. Den passenden Unterziehpullover, die passenden Handschuhe, das passende Stirnband, die passende Sonnenbrille. Dann fällt ihr nichts mehr ein.

Die Gazelle jauchzt »Oh, ich laß alles gleich an« und macht sich dann, ermutigt, an ein zweites Stück heran. Sie hält ein schwarz glänzendes Teil vor sich hin und dreht sich zu Willy um, der in einem konservativen, dunkelblauen Skianzug steckt.

Jetzt bekommt er es wohl mit der Angst zu tun.

Die Verkäuferin händigt ihm die Rechnung aus, er schnappt seine Blondy an der Hand und zieht sie mit sich hinunter, zur Kasse.

Ursula hat alles genau beobachtet. Jetzt ist sie neugierig geworden. Stück für Stück sucht sie heraus und addiert die Zahlen. Am Schluß ist sie bei umgerechnet knapp über 4000 Mark.

Kein Wunder, daß Willy es so eilig hatte, grinst sie in sich hinein.

Der Alte scheint ganz schön Kohle zu machen.

Ob seine Firma tatsächlich so gut läuft?

Mit einer neuen Sonnenbrille und einer dezenten Wollmütze mit Angoraanteil verläßt sie den Laden.

Sie stellt sich die Szene von eben mit Walter vor.

Ihn hätte vermutlich der Schlag getroffen.

Wenn es sonst kein Argument dafür gegeben hätte, warum er seine farblose Frau einer Blondy vorziehen sollte, das wäre eines gewesen.

Ursula bleibt kurz stehen und schaut dem Menschengewusel auf der breiten Piste zu, dann fährt sie mit der Bahn nach Oberlech. So nah hatte sie noch nie mit Skifahrern zu tun, überlegt sie, während sie das letzte Stück durch den Schnee nach oben stapft. Es ist eine ganz eigene Welt. Eine Mischung aus Sport und Spaß, aus Sehen und Gesehenwerden, aus Kontaktfreude und Partnersuche. Eine wogende Menschenmenge empfängt sie auf der großen Terrasse des *Goldenen Bergs*, eine Band heizt die Stimmung an, und reichlich Alkohol tut ein übriges. Ursula quetscht sich durch. Jetzt ist sie da, jetzt will sie es auch wissen. Sie schafft es dank ihrer Zähigkeit, an der Holztheke einen Barhocker zu ergattern. Aufatmend setzt sie sich und schaut sich um. Lachende Gesichter, wilde Gestikulationen, heiße Flirts. Die einzige Art, sich in diesem Tumult verständlich zu machen – schreiend bestellt sie einen Glühwein, bekommt zwei, reklamiert aber nicht. Ursula entdeckt eine neue Seite an sich.

Sie trinkt in kleinen Schlucken, immer darauf bedacht, keinen Ellenbogen oder sonst ein Körperteil gegen ihren Arm geschmettert zu bekommen. Nicht leicht, denn hinter ihr, gewissermaßen auf Tuchfühlung, tanzen gerade etwa hundert Après-Läufer Rock'n Roll. Sie dreht sich um, betrachtet das Gewühl, die wogenden Leiber, ist zwischen Abscheu und Amüsement hin- und hergerissen. Einige geben sich wahrhaftig unglaubliche Mühe, auf irgendeine Art herauszustechen. Silberne Arme fallen ihr auf, die sich aus der Masse heraus im Takt himmelwärts recken. Sie schaut genauer hin. Für einen Moment teilt sich die Pärchenmauer vor ihr, Ursula sieht, was sie schon vermutet hat, Blondy läßt ihre Reize spielen. Bloß mit oder gegen wen ist von Ursulas Barhocker aus nicht zu erkennen. Die Band fetzt nochmals ordentlich los, dann ist Pause.

Blondy steuert auf Ursula zu, und die wendet sich erschrokken ab, dann erkennt sie den Grund. Nur drei Barhocker weiter steht Willy, unscheinbar, klein und dick im illustren Getümmel. Mit großer Gestik stürzt sie sich auf ihn. Er verzieht säuerlich das Gesicht, Ursula vermutet eine ganz profane Eifersucht und macht sich hinter ihren Vordermännern klein. Gesehen werden will sie nicht. Blondy küßt ihren mißmutigen Gönner ab, und er redet auf sie ein. Wäre doch interessant, zu wissen, was er ihr so zu sagen hat, denkt Ursula und überlegt, wie sie näher an die beiden herankommen könnte. Der Barhocker neben ihr wird überraschend frei, sie zieht sich die Mütze etwas tiefer in die Stirn und rutscht hinüber. Dann schielt sie vorsichtig über ihre Schulter nach den beiden. Willy Waffel steht jetzt schräg hinter ihr, nimmt sein Kätzchen im 4000-Mark-Dress in den Arm. Sie schaut ihn mit tiefrotem Schmollmund an.

»Nein, Mäuschen, du mußt noch warten. Meine Frau darf es noch nicht erfahren...«

Aha, denkt Ursula, dachte ich mir's doch. Sie bringt ihr Gesicht mit einer leichten Rechtsdrehung aus dem Gefahrenbereich und spitzt die Ohren.

»Du hast es mir aber versprochen!« Das Kinderstimmchen klingt betont trotzig.

»Die Zeit ist noch nicht reif. Du weißt, daß ich dich liebe...«

»Dann schenk mir wenigstens das Appartement! Du weißt genau, daß du mich sonst nicht mehr besuchen kannst. Meine Eltern fragen schon immer...«

So, so, ein kleines Appartement, Ursula grinst in sich hinein. Na, Willy, alter Schwätzer, jetzt streng dich mal an!

»Ich werde dich heiraten, das habe ich dir doch versprochen! Aber du mußt noch warten...«

Klar doch, klar doch, nickt Ursula still.

»Das sagst du schon seit einem halben Jahr. Wie lange soll ich denn noch warten!!!«

»Mäuschen, pssst, ich mache gerade den Schnitt meines Lebens. Wenn ich das geregelt habe, ist alles okay. Dann lasse ich mich sofort scheiden, und wir haben das Geld für uns. Meine Frau weiß davon nichts. Aber ich muß das erst einfädeln, versteh doch. Das geht nicht von heute auf morgen!« Seine Stimme wird einschmeichelnd weich: »Schau, ich kauf dir doch alles, was du haben willst...«

»Ja, ich weiß ja, mein kleiner Schnucki-Putzi-Bär«, flötet

sie, und Ursula verdreht die Augen. »Ich schenke dir dafür ja auch ein süßes, kleines Bärchen. Habe ich dich nicht verwöhnt, heute nacht? War dein Schwänzchen nicht ganz geil nach mir? Bin ich nicht in Straps und hohen Hacken auf dir geritten? Habe ich deine Eier nicht ganz hart gemacht? Habe ich dich nicht ganz toll gefickt?«

Ursula traut kaum ihren Ohren. Das aus dem kleinen roten Kindermündchen? Kleinmädchen-Geplapper für den großen Onkel? Sie schaut heimlich wieder nach hinten. Willy Waffels Pupillen sind länglich geworden, und Blondys Patschhändchen sitzt frank und frei auf seiner Hose. Mittig.

Willy sagt nichts mehr.

Und wenn doch, dann kann Ursula es nicht mehr hören.

Leider.

Es hat Spaß gemacht.

»An a Wunder hab i glaubt«, singt die Band vierstimmig, und Ursula verrenkt sich vorsichtig den Hals nach den beiden. In enger Umklammerung bringt Blondy ihrem Schnucki-Putzi-Bär den Rhythmus bei. Bis die wieder zu Hause sind, wird er ihr nicht nur ein Appartement, sondern gleich seine ganze Firma geschenkt haben. Ursula lacht schadenfroh in sich hinein. Ein solch berechnendes Luder gönnt sie dem alten Sack. Mit seiner Heldentat am Paß wollte er wohl auch nur dieser Göre imponieren. Sie greift nach dem zweiten Glas, dann stellt sie es mit einem Ruck wieder ab. Der Glühwein schwappt über den Rand, läuft heiß über ihre Finger, tropft auf das Holz. Sie merkt es nicht.

Ein plötzlicher Gedanke versteinert sie völlig.

Dann sammelt sie sich wieder, ihre Augen sind zu kleinen Schlitzen geworden.

Sie dreht sich nach Willy Waffel um.

Er ist nicht mehr da.

Die sich wiegenden Menschenleiber haben die Lücke geschlossen.

Ursula steht auf.

Sie muß so schnell wie möglich an ein Telefon.

Bei der Fahrt nach unten fällt ihr auf, daß sie nicht bezahlt hat. Sie hat es schlichtweg vergessen.

Ich kann's ja schlecht überweisen, sagt sie sich, und außerdem hat die Bedienung sowieso einen Fehler gemacht. Bestellt hatte sie nur *einen* Glühwein. Strafe muß sein.

VERDACHT

Lutz Wolff ist von Österreich aus nicht so einfach ausfindig zu machen. Im Büro ist er nicht, da läuft ein Anrufbeantworter. Sie hinterläßt ihre momentane Adresse, Datum und Uhrzeit. Dann versucht sie es über die Auskunft. Er hat einen Geheimanschluß. Sie will sich die Nummern sämtlicher Wolffs in Frankfurt geben lassen. Es sind knapp 80. Nicht gerechnet die Doppel-Namen. Die schließt Ursula für Lutz Wolffs Mutter allerdings aus. Das Fräulein vom Amt ist langsam und müde und darf ihr außerdem nur jeweils drei Nummern geben, dann legt sie wieder auf. Ursula sitzt in ihrem schön ausgestatteten Zimmer und schwört sich, daß sie nie mehr in Skiurlaub fährt. Zumindest nicht ohne Frankfurter Telefonbuch.

Mit 21 Telefonnummern geht sie an den Start. Möglicherweise ist ihr das Glück ja hold, und Frau Wolff ist darunter.

Unter den ersten drei Nummern meldet sich schon mal niemand. Die vierte wird von einem Anrufbeantworter bewacht. Die fünfte zieht eine alte Dame hinter dem Ofen hervor, die sich freut, daß sie von ihrer Familie zu Silvester nicht vergessen worden ist, und enttäuscht wieder einhängt. Die sechste gehört einem Herrn Wolff, der dahinter einen schlechten Scherz seiner Ex-Frau vermutet und »Du hast doch schon alles, was willst du noch mehr!« ins Telefon brüllt. Die nächsten zwei sind wieder Leerläufer. Ursula zweifelt, ob die Aktion überhaupt einen Sinn hat. Wahrscheinlich feiern Mama und Sohn Wolff irgendwo den Untergang der Blondinen. Und Mama Wolff verspricht ihrem Sohn dafür einen weiteren Erbvorschuß.

Ursula holt sich in der Minibar ein Mineralwasser.

Es ist wirklich vertane Zeit, denkt sie dabei. Bis ich alle durchtelefoniert habe, ist es Abend, und dann weiß ich auch noch nicht, ob Frau Wolff darunter war oder nicht. Trotzdem kann sie, aus Gründlichkeitsliebe, nicht so einfach aufgeben. Die restlichen dreizehn Nummern wird sie noch anwählen und dann in die Sauna gehen. Morgen ist sie wieder in Frankfurt, was soll's also.

Eher unlustig telefoniert sie die Nummernreihe durch.

Einige zeigen sich leutselig, die meisten sind jedoch kurz angebunden. Sie wittern wohl eine Falle. Telefonsex, Telefonverkauf, Ausschnüffeln einer Einbruchmöglichkeit. Ursula kommt sich schon selbst vor wie eine Hausiererin und mag nicht mehr. Noch zwei, dann hat sie es endgültig hinter sich. Eine männliche Stimme läßt sich alles genau erklären. Zweimal fragt er nach. Ursula ist kurz davor, wieder einzuhängen, zur Gesellschafterin fühlt sie sich nicht berufen, da sagt die Stimme plötzlich: »Ich weiß schon, wen Sie meinen. Sie sprechen von meiner Schwägerin, Margarete Wolff. Sie hat eine Geheimnummer. Und ich weiß nicht, ob ich die Ihnen so ohne weiteres geben kann.« Innerlich seufzt Ursula auf. Alle 80 Nummern hätten ihr also nichts gebracht. Außer einer ordentlichen Rechnung.

»Darf ich Ihnen einen Vorschlag machen?«

»Ja, bitte?«

»Könnten Sie Ihre Schwägerin nicht ganz einfach anrufen und ihr für ihren Sohn meine Nummer hinterlassen? Er kann ja dann selbst entscheiden, ob er anrufen will oder nicht.«

»Ja, aber Lutz ist mit seiner Freundin für ein paar Tage zum Skilaufen gefahren. Das hatte er zumindest vor, wenn mich nicht alles täuscht.«

»Wunderbar!« entfährt es Ursula. »Wohin denn?«

»An den Arlberg. Wie immer.«

»Na, das trifft sich ja prächtig. Da bin ich auch gerade. Könnten Sie mir genauer sagen, wohin?«

»Ich überlasse das jetzt mal meiner Schwägerin. Ich bin sicher, sie ruft zurück.«

Ursula sitzt in ihrem Zimmer und ist unschlüssig. Wie lange soll sie warten? Soll sie an der Rezeption eine entsprechende Nachricht hinterlassen und in die Sauna gehen?

Sie zieht ihren Badeanzug an und legt sich im Hotelbademantel auf das Bett. Dann studiert sie die bemalte Zimmerwand gegenüber in allen Einzelheiten. Schließlich könnte sie das Motiv mit geschlossenen Augen nachzeichnen, aber das Telefon hat noch immer nicht geklingelt.

Sie schaut auf die Uhr.

Seit geschlagenen zwei Stunden sitzt sie jetzt schon hier. Gebracht hat es so gut wie nichts. Sie steht auf und will gehen, da läutet es. Schnell nimmt Ursula ab.

»Winkler?«

»Lutz Wolff, guten Tag, Frau Winkler, Sie wollten mich sprechen?«

»Ja! Wo stecken Sie denn?«

»In Frankfurt, bei mir zu Hause.«

»Ach so. Ihr Onkel meinte, Sie seien mit Ihrer Freundin vielleicht...«

»Ja, das hatten wir auch vor. Aber es hat sich etwas geändert.«

Ob das kleine, blonde Gift seinen Beschützer gewechselt hat? Ursula verwirft den Gedanken schnell wieder. Eine Blondy wie die Waffel-Braut traut sie Lutz nicht zu. Sonst müßte sie schnell die Detektei wechseln.

»Gut. Ich bin hier zufälligerweise auf etwas gestoßen, das mir schwer zu denken gibt. Ich weiß noch nicht, ob es in die richtige Richtung geht, aber ich befürchte es.«

»Ich habe auch eine Neuigkeit. Aber erzählen erst Sie einmal!«

»Sagt Ihnen der Name Willy Waffel etwas?«

»Verpackung-Waffel. Ja, natürlich.«

»Herr Waffel ist zufälligerweise im gleichen Hotel wie ich. Und er hat ein äußerst teures Mädchen dabei, die aufs Ganze will. Herr Waffel wird in absehbarer Zeit viel Geld brauchen, und ich habe ihn heute dabei belauscht, wie er lauthals erklärte, er würde demnächst – ich zitiere – den Schnitt seines Lebens machen.« Sie schweigt kurz und fügt dann an: »Die Vermutung liegt nahe, daß ich der Schnitt bin.«

Sie hört ein kurzes, trockenes Räuspern. Dann erklärt ihr Chefdetektiv: »Ich würde das bestätigen.«

Ursula zögert einen Moment.

»Wie?!« fragt sie dann, denn überzeugt war sie von ihrem eigenen Verdacht eigentlich noch nicht.

»Willy Waffel verursacht in der Branche Unruhe, indem er Ihre Kunden anruft und abzuwerben versucht. Mit idiotisch tiefen Angeboten. Mehr als nur Dumping-Preise.«

Ursula schluckt.

»Was bezweckt er damit?«

»Er will sie austrocknen und anschließend billig kaufen. Dann hat er ihre Firma und ihre Kundschaft, und das alles zu einem Schleuderpreis!«

»Das ist teuflisch«, sagt Ursula. »Der ist ja schlimmer als ich! Ungeheuerlich! Stellen Sie sich das mal vor! Mich, mich will er ruinieren. Die Firma meines Mannes! Dreißig Jahre aufgebaut! Nicht zu fassen! Ich bringe ihn um!« Sie läßt sich auf das Bett sinken. »Ich glaube, ich brauch einen Schnaps!« Ursula holt tief Luft: »Wie haben Sie das denn herausbekommen? Ich meine, sind Sie sicher?«

»Frau Winkler! Wenn ich Ihnen so etwas sage, können Sie hundertprozentig davon ausgehen, daß es stimmt. Ich habe schließlich auch meine Ehre! Und wir haben einen guten Ruf, wie Sie wohl wissen!«

»Ja, ja, schon! Ich bin nur fassungslos. Und erstaunt über Ihren schnellen Erfolg!«

»Tja, wenn ich etwas anpacke, kommt meist auch etwas heraus dabei!« Seine Stimme klingt stolz, er legt eine Kunstpause ein: »Übrigens kann ich Ihnen meine Quellen natürlich nicht verraten. Ich habe so meine Leute.« Auch diese Information läßt er wirken, bevor seine Stimme wieder sachlich wird. Ursulas Gedanken überstürzen sich derweil. »Was noch wichtig für Sie ist, Frau Winkler, Willy Waffel muß in Ihrer Firma einen Mitwisser haben. Sie können sich schon einmal überlegen, wer das sein könnte...«

»Einen Mitwisser? Sie meinen, ich habe einen Verräter in den eigenen Reihen?«

Ursula faßt sich an den Kopf. »Das wird ja immer besser!« Sie geht kurz die Namen der Leute durch, die in Betracht kommen könnten. »Wissen Sie es bereits?« fragt sie dann.

»Nein. Ich habe eine Vermutung, die möchte ich aber nicht aussprechen, solange sie nicht fundiert ist.«

»Eine Vermutung habe ich auch«, erklärt Ursula. »Vielleicht sollten Sie mir sagen, was Sie denken, dann sage ich Ihnen, was ich denke. Eventuell denken wir ja das gleiche«, versucht sie, ihm einen Namen zu entlocken.

»Mag möglich sein, daß wir das gleiche denken. Es ist dann aber noch nicht gesagt, daß das auch stimmt!«

Donnerwetter. Das ist zwar nicht das, was sie will, aber der Junge hat Stil. Das gefällt ihr.

»Sie haben recht. Morgen abend bin ich wieder in Frankfurt, könnten wir uns übermorgen treffen?«

»Am Sonntag?«

»Es muß schnell gehen. Wenn Willy Waffel mir meine

Kunden abwirbt, zählt jeder Tag. Da könnte der vereinbarte 14. Januar schon zu spät sein. Egal ob zehn oder vierzehn Uhr!«

»Gut. Wir müssen uns eine Strategie zurechtlegen. Sagen Sie Waffel gegenüber aber noch nichts. Wir brauchen erst noch Beweise. Die haben wir noch nicht. Bisher läßt sich nur nachvollziehen, daß zwei ihrer Kunden wegen eines besseren Angebotes storniert haben. Das reicht noch nicht aus.«

»Das ist mir auch klar. Wofür halten Sie mich. Ich werde Schnucki-Putzi-Bär bei Laune halten.«

»Bitte?«

»Ist schon gut. Wir sehen uns am Sonntag um zehn. Wollen Sie zu mir nach Hause kommen? Ich werde ein Frühstück richten. Dann fällt uns eventuell ein geeigneter Weg ein.«

»Das klingt verlockend. Also gut, um zehn.«

»Und, Herr Wolff – Sie haben gute Arbeit geleistet!«

»Danke, Sie auch!«

Ursula hat zwei Saunagänge hinter sich gebracht und liegt jetzt zur Entspannung auf einem der Liegestühle. Nach und nach füllt sich der Badebereich, ihre Tischnachbarn erkundigen sich, wo sie heute mittag abgeblieben sei, und sie erzählt etwas von einem unendlich schönen, weiten Spaziergang. Dann kommt, was sie erhofft hat. Das ungleiche Pärchen Waffel gibt sich in voller Schönheit dem erbarmungslosen Neonlicht preis. Dreißig Jahre Unterschied sind es mindestens, schätzt Ursula. Wenn nicht mehr. Willy zuckt zusammen, als er sie in ihrem Liegestuhl entdeckt. Ursula nickt ihm freundlich zu. Er versucht krampfhaft, neben seiner wohlgeformten Begleitung eine gute Figur zu machen. Es kann ihm nicht gelingen. Zu sehr hat er die letzten dreißig Jahre gelebt, und zu wenig hat ihm die Natur mitgegeben.

Seine Freundin stolziert aufreizend vorbei. »Kommst du mit in die Sauna, Schätzchen?« sagt sie überlaut zu ihm, obwohl er dicht neben ihr geht.

Ein junger Mann in einem Liegestuhl auf der anderen Seite erhebt sich.

Anscheinend verwechselt er etwas.

Oder Willy verwechselt etwas.

Fünf Minuten später steht Willy Waffel plötzlich vor Ursula. Er hat sich ein Badetuch um den ausgeprägten Bauch gebunden und schaut verlegen auf sie herab.

»Ist etwas?« fragt sie, setzt sich auf und zupft ihren Bademantel zurecht.

»Ja«, antwortet er gedehnt und zögerlich. »Darf ich?« Er zeigt auf den Liegestuhl neben Ursula.

»Bitte«, Ursula macht eine entsprechende Handbewegung und überlegt sich gleichzeitig, was das jetzt soll. Dunkel beginnt sie es zu ahnen.

Willy läßt sich deutlich widerwillig auf das Gestell sinken.

Dann holt er Luft. Augenscheinlich fällt ihm dieser Moment schwer. Er öffnet den Mund, verhält nochmals zögernd, um es dann endlich herauszulassen: »Es ist... meine Frau weiß von nichts. Sie könnten mir schwer schaden, wenn sie es erfahren würde.«

Ach, sieh mal an, denkt Ursula. Am liebsten hätte sie ihm ins Gesicht geschleudert, daß sie das einen Dreck interessiert in Anbetracht der Tatsache, daß er sie ruinieren will.

Aber sie lächelt ihm beruhigend zu.

»Ach, Gott, ich habe doch Verständnis. Sie ist ja nun wirklich ein junges, hübsches Ding. Und Ihre Frau ist nun doch auch schon in den Jahren...«

Wahrscheinlich so alt wie ich, denkt sie dabei.

»Ja, ja, genau«, bestätigt er eifrig, glücklich über ihre Einsichtigkeit. »Da haben Sie recht!«

»Das dachte ich mir«, nickt Ursula ihm zu. »Und sie beide passen so gut zusammen«, setzt sie noch eins drauf.

»Ja, finden Sie wirklich?« Jetzt strahlt er bereits. »Wissen Sie, ich finde das auch. Ich habe auch vor, Bianca zu...«, er bricht abrupt ab. Offensichtlich ist ihm in der letzten Sekunde eingefallen, daß er Ursula schlecht erläutern kann, wie er an ihr Geld zu kommen gedenkt. »Ja, ich«, versucht er sich zu retten, »ich finde das auch, aber ich weiß natürlich, daß die Geschichte mit Bianca keine Zukunft hat. Überhaupt keine. Ich will ja auch meine Frau nicht verletzen. Sie war mir all die Jahre eine gute Ehefrau. Das würde ich nie über mich bringen.«

Er schaut Ursula eingehend an. So, als ob er überprüfen wolle, ob er sie damit überzeugt hat. Anscheinend ist er mit dem Ergebnis noch nicht ganz zufrieden. »Ich würde meine Frau nie verlassen! Nie!« beteuert er nochmals. Ursula überlegt, ob sie ihm eine in seine wohlgefällige Visage scheuern soll. »Das würde ja an Verrat grenzen«, fügt er hinzu und bekräftigt dieses fiktive, abscheuliche Vergehen mit einem resoluten Kopfnicken.

»Tatsächlich, ja!« Ursula schaut ihm direkt in die Augen. »Ich verstehe Sie gut. Alte Bande zerschneidet man nicht!«

»Ja, ja, genau, genau! Ein Abenteuer, sonst nichts. Wissen Sie«, er lacht und macht Anstalten, sich wieder zu erheben, »ein bißchen was Frisches, Knuspriges – das schadet doch keinem. Was?«

Ursula schaut auf seine welkende Haut und auf seinen Bauch, der leicht über das Badetuch lappt.

»Ja«, sagt sie ernsthaft. »Das haben Männer uns eben voraus. Sie bleiben attraktiv bis ins hohe Alter.«

»Stimmt!« bestätigt er von oben herab. »Das ist eben die Natur, Frau Winkler.« Er lächelt selbstgefällig und bückt sich nochmals etwas zu ihr herunter: »Ganz im Vertrauen, bei uns war das auch so. Bianca hat sich auf der Stelle in mich verliebt. So einen Mann wie mich hatte sie noch nie, hat sie mir gesagt. Das ist doch was. Was?«

»Ja, tatsächlich, das ist was. Was ist denn mit dem Angebot, das Sie mir machen wollten?«

»Ach«, er zögert, »das ist in Arbeit. Die Feiertage – Sie verstehen. Ich werde meinen Leuten Dampf machen, wenn ich wieder zurück bin. Darauf können Sie sich verlassen!« Er zieht den Bauch ein und wendet sich zum Gehen, dreht sich aber nochmals um: »Haben Sie denn wirklich Interesse?«

»Vielleicht«, sagt sie leichthin.

Er grinst sie an: »Ja, ja. Ein Mann hat eben die Führungsnatur. Das ist gottgegeben. Sie werden schon sehen, Frau Winkler, Ihre Firma wäre in guten Händen. Sie bekommen von mir ein Top-Angebot!«

Er macht einen Schritt, verharrt, kommt zurück und bückt sich nochmals zu ihr hinunter: »Und, äh, Frau Winkler, das mit meinem Angebot – meine Frau darf davon nichts wissen. Erst, wenn wir wirklich abschließen. Es soll eine Überraschung für sie werden...«

»Oh«, Ursula macht große Augen, »das ist aber ein wahrlich großzügiges Geschenk! Eine ganze Firma! Wie originell!«

»Ja, nicht wahr?« Damit geht er davon zu seiner Bianca, die die Zeit ohne ihn wahrscheinlich gut ausgenützt hat, denn kurz darauf ist der junge Mann von gegenüber wieder da.

»Es liegt wirklich in der Natur«, sagt Ursula leise, und zum ersten Mal seit langem ist ihr danach, herzhaft zu lachen.

Am Samstagmorgen bestellt sie von ihrem Hotelzimmer aus telefonisch eine Frühstücksplatte bei Plöger, ihrem Lieblingsfeinkostgeschäft in der Frankfurter Freßgasse, denn es war ihr jäh eingefallen, daß sie überhaupt nichts zu Hause hat, was sie ihrem Besuch hätte anbieten können. So läßt sie eine Auswahl an kleinen Köstlichkeiten zusammenstellen, und zusätzlich so profane Dinge wie Eier, Butter und Brötchen. Vorsichtshalber auch noch Kaffee. Draußen scheint die Sonne, es verspricht ein herrlicher Tag zu werden. Sie setzt sich noch ein bißchen ins Freie und bestellt dann die Rechnung. Die schlägt ihr so auf den Magen, daß sie einen Pfefferminztee braucht. Die Telefonate waren teurer als der Wein! Was haben die in Österreich denn für Tarife! Dafür telefoniert sie zu Hause einen ganzen Monat! Nicht ärgern, sagt sie sich, heimzahlen! An den Arlberg fährt sie nie wieder.

DER PLAN

Lutz Wolff ist pünktlich. Das gefällt ihr. Auf Disziplin legt Ursula wert. Er fährt einen Porsche. Das gefällt ihr weniger, denn für sie ist das ein ausgesprochenes Aufschneiderauto. Außerdem läßt das Rückschlüsse auf seine Preise ziehen. Er hält eine Flasche Champagner im Arm.

»Oh«, begrüßt sie ihn, »Ihnen scheint es ja wirklich gut zu gehen...«

»Der ist aus unserem Keller«, grinst er sie an und hält den Champagner hoch, »und der«, damit deutet er mit dem Daumen über seine Schulter zum Porsche,« ist von meiner Freundin.«

Sodom und Gomorrha, denkt Ursula, dagegen ist Willy Waffel ja ein Täufling.

»Na, dann kommen Sie doch erst einmal herein«, sie hält ihm die Tür auf.

Er schaut sich um und nickt ihr dann zu. »Gratuliere. Sie besitzen einen ausgesprochen guten Geschmack.«

Uwe Schwarzenberg fällt ihr ein. Aber komischerweise geht es ihr diesmal ganz anders. Der hier ist keiner, der ihr nach dem Mund redet. Er hat eine völlig andere Ausstrahlung. Einfach ein Mann, der sagt, was er denkt. Und seine Meinung vertritt. Sonst hätte er seinen Wagen um die Ecke gestellt. Er konnte sich ja ausmalen, was sie darüber denken würde.

Aus seinem Munde freut sie das kleine Lob sogar.

»Bitte, nehmen Sie doch Platz.«

Sie hat den niedrigen Acryltisch stilvoll gedeckt und deutet auf das leinenfarbene Dreisitzersofa. Sie selbst hat sich einen Sessel dazu geschoben.

»Es ist zum Frühstücken nicht ganz so praktisch wie am Küchentisch, aber ich denke, es geht schon.«

Er stellt seine Flasche mitten zwischen die verschiedenen Krabbensalate auf den Tisch.

»Ich habe eine gekühlt im Eisschrank«, beeilt sich Ursula zu sagen.

»Sie *ist* gekühlt«, sein scharfer Unterton läßt sie aufblikken.

Er erinnert sie zunehmend an Walter.

Nicht nur, wie er seine Sätze formuliert, sondern auch wie er dasitzt. Stocksteif wie auf einem Konferenzstuhl. Er bildet den perfekten Kontrast zu der weichen, tiefen Couch.

»Bitte, bedienen Sie sich.« Ursula beobachtet, wie er ein Brötchen aufschneidet und es mit Matjes belegt. Das hat sie bei Walter schon nie verstanden.

Merkwürdig.

Ob Walter mit Margarete fremdgegangen ist?

Blödsinn.

Sie schüttelt über sich selbst den Kopf.

Jetzt sieht sie schon Gespenster.

Lutz Wolff ist gut vorbereitet. Er zieht die Kopien zweier Briefe heraus. Der eine an die Firma Distel adressiert, der andere an die Firma Auerbach. Absender Verpackung-Waffel.

Ursula schaut Lutz überrascht an. Das hat sie nicht erwartet. »Sie haben Ihre Spione wohl überall sitzen«, sagt sie, und er lächelt geschmeichelt. Hier steht es schwarz auf weiß. Willy Waffel bietet auf den von WWV offerierten Preis, egal in welcher Höhe, zehn Prozent Nachlaß. Voraussetzung ist der schriftliche Nachweis des letzten WWV-Angebotes. Die

Briefe sind von Mitte November datiert. Keine vierzehn Tage nach Walters Tod.

»Also haben beide Firmen schon mit dem Vorsatz gehandelt, ihren Vertrag mit uns wieder zu stornieren. Sie brauchten ihn nur als Beweisstück zur Vorlage.« Ursula schluckt. »Das ist ein herber Schlag. Gut, daß ich das gestern noch nicht in allen Einzelheiten gewußt habe!« Sie sieht Willy Waffel wieder vor ihrem Liegestuhl stehen und hat das spontane Bedürfnis, seine Frau anzurufen.

Nein, das wäre feige.

Sie wird es ihm anders zurückzahlen.

Lutz schaut sie kurz an, dann zieht er seinen Trumpf aus der feinen Lederaktentasche, Marke Porsche-Design.

»Es sind noch weitere Briefe verschickt worden.«

Ursula flimmert es vor den Augen. Ihr gesamter Kundenstamm ist angeschrieben worden. Sowohl Firmen, mit denen sie schon seit Jahren zusammenarbeitet, als auch ganz neue.

Keiner hat ihr einen Tip gegeben, hat sich über diese Art von Kundenabwerbung aufgeregt.

Keiner war anständig genug, ihr einen solchen Waffel-Brief zu schicken. Noch nicht einmal vertraulich oder anonym.

»Das sitzt!« Ursula holt tief Luft. »Das muß ich erst einmal verdauen.«

Sie läuft in die Küche und brüht sich einen frischen Tee auf. Es ist eine sinnlose Verrichtung, aber sie beruhigt.

Es sind alle gegen sie.

Das ist nichts Neues, aber noch nie war es so offensichtlich.

Sie steht völlig alleine da.

Mit einem Verräter in der eigenen Firma.

Was würde Walter tun?

Sie geht ins Wohnzimmer zurück.

Lutz ist aufgestanden und hat zwei Champagnergläser aus dem gläsernen Sidebord geholt. Eben öffnet er seine Flasche.

»Ich denke, das ist der geeignete Moment!«

»So? Denken Sie?« Ursula setzt sich auf ihren Sessel. »Mir ist es eigentlich nicht nach Feiern zumute!«

»Warum nicht? Den Feind zu kennen, ist schon viel wert. Zumal er nicht weiß, was wir wissen. Wir haben die Asse in der Hand. Und jetzt werden wir überlegen, wie wir sie ausspielen!«

Er hat recht.

Er hat ja so verdammt recht.

Ihre gute Laune kehrt schlagartig zurück.

»Das gefällt mir. Ja, das ist ein Spiel nach meinem Sinn!« Sie stößt mit ihm an, die Gläser klingen hell.

Dann blättert Ursula die Papiere nochmals durch.

»Haben Sie Willy Waffels Sekretärin bestochen?« fragt sie dann plötzlich.

Lutz zuckt die Achseln: »So ähnlich.«

»Wir hatten bei unserem Gespräch vorgestern doch beide einen Verdacht. Gibt es inzwischen auch irgendwelche schriftlichen Hinweise darauf, wer in meiner Firma falsch spielt?«

»Eben nicht. Noch nicht. Ich meine auch, daß wir uns zunächst einmal von jeder puren Vermutung frei machen sollten. Das schränkt den Blick zu sehr ein. Die Informationen waren wohl auf einer Diskette. Also muß es jemand sein, der mit Datenträgern zu tun hat. Diesen Kreis können wir sicherlich schon einmal eingrenzen.«

Ursula überlegt.

»Das könnte fast jeder sein. Die meisten haben Zugang zu unserer Kundenkartei. Die einen, weil sie Angebote schreiben, die andern, weil sie die Abwicklung betreuen, und schließlich noch die, die abrechnen.«

»Könnten Sie mir die Namen Ihrer Führungscrew und der Büromitarbeiter geben und auch, falls möglich, ein bißchen Hintergrundmaterial?«

»Die Namen sind leicht. Das könnten wir gleich jetzt machen. Aber um den Hintergrund habe ich mich nie gekümmert. Ich bin schließlich nicht Mutter Teresa!«

»Nein, tatsächlich!« Er lacht herzhaft. Dann greift er nach Notizblock und Füllfederhalter. »Nun gut, machen wir eine Liste.«

Zwei Stunden später verabschiedet sie ihn. Er steigt in seinen Wagen und winkt ihr nochmals lächelnd zu. Der Motor klingt tief und zuverlässig.

Sie bleibt stehen, bis er um die nächste Kurve gebogen ist.

Der Porsche paßt zu ihm, denkt sie, während sie ins Haus zurückgeht.

»So, mein Lieber«, sagt sie zu dem Silberrahmen, als sie abends abgeschminkt im Bett liegt, »hast du dir einen neuen Wirkungskreis gesucht und läßt mich jetzt in Ruhe? Soll mir recht sein – Gute Nacht!«

DAS ANGEBOT

Ihr erster Weg in der Firma führt sie am nächsten Morgen in das Arbeitszimmer ihres Mannes.

Sie hat es sich anders überlegt.

Sie wird die Zimmer nicht tauschen.

Wozu soll sie sich ständig mit ihm auseinandersetzen.

Er hatte seine Welt, sie hat ihre.

Und zudem hat sie das schönere Büro.

Sie geht durch das Sekretariat und setzt sich an ihren Schreibtisch. Die Morgenpost liegt schon bereit, Regina Lüdnitz ist wirklich eine tüchtige und umsichtige Frau, denkt Ursula. Ob sie…?

Ursula ist auf alles gefaßt. Ihr Wunschkandidat wäre Manfred Kühnen. Aber Kühnen hat sich damals mit einem Eklat von Waffel getrennt. Kaum vorzustellen, daß er freiwillig wieder – obwohl, hat er nicht auch Waffels Geheimnisse an die WWV verraten? Möglicherweise glaubt er, auf diese Weise ihren Platz zu bekommen. Wer weiß das schon?

Und wie wäre es mit seiner Sekretärin Braun-Schmidt? Genausogut könnte es dann aber auch Verena Müller von der Buchhaltung sein. Arnold Müller von der Rechtsabteilung fällt ihr ein. Vielleicht braucht er Geld für sein Eigenheim – falls er eines hat. Das muß Lutz Wolff jetzt eben alles herausfinden. Pressechef Rainer Witzmann ist gleichfalls über alles informiert. Der tut immer so bedeckt. Stille Wasser sind tief. Das trifft auch auf Gernot Schaudt, ihren loyalen Exportleiter zu. Nein, das ist nun wirklich lächerlich. Oder etwa nicht?

Es ist ein seltsames Gefühl, in fast jedem Angestellten einen potentiellen Verräter zu sehen. Ursula hat Mühe mit ihrer Konzentration. Bei jedem Gespräch, das sie an diesem Tag führt, hat sie die quälende Frage im Hinterkopf: Ist er's oder ist er's nicht? Die Konferenz erinnert sie an alte Schulzeiten. Keiner bemüht sich, ernsthaft etwas zu tun, alle schwadronieren nur wild durcheinander. Natürlich: noch fühlt sich jeder als Detektiv, und Ursula kann sie nicht beruhigen. Sie will nicht verraten, daß Lutz Wolff sich der Sache angenommen hat. Ihr ungetreuer Angestellter soll sich sicher fühlen. Wie sie schon vorausgesehen hat, sind keine neuen Aufträge eingegangen. Sie denkt an die neue Maschine, die Walter vor einem halben Jahr noch angeschafft hat. Knapp vier Millionen Mark hat er dafür investiert, und es war klar, daß sie sich nur refinanzieren kann, wenn die kalkulierten 750000 Stück pro Tag durchlaufen, wenn sie also Tag und Nacht in Betrieb ist. Und es sah damals nicht so aus, als ob diese Vorgabe in absehbarer Zeit zu einem Problem werden könnte.

»Wir müssen unsere 25 Millionen Umsatz im Jahr halten«, wirft sie plötzlich in die Diskussion. Alle schauen zu ihr her. »Ja, meine Herren. Es geht uns alle an, es ist unsere gemeinsame Zukunft, was mit dieser Firma geschieht. Strengen Sie sich an, lassen Sie sich etwas einfallen. Wir brauchen Aufträge, wir brauchen Geld. Wir haben Stornierungen von 4,2 Millionen Mark. Wenn wir mit unseren Umsätzen unter die 20-Millionen-Mark-Grenze rutschen, wird es kritisch. Für uns alle!« Sie schlägt ihren Ordner zu, steht auf und geht hinaus. Als sie die Tür schließt, hört sie, wie der Tumult ausbricht. Wider Willen muß sie grinsen. Alle werden jetzt die Panik bekommen, und ihr kleiner, widerlicher Freund wird sich die Hände reiben und glauben, er habe es bald geschafft.

Zwei Tage später liegt ein Einschreiben auf ihrem Schreibtisch. Obwohl sie sich darüber erhaben fühlt, spürt sie, wie ihr der Schweiß ausbricht. Also, jetzt! Willy Waffel hat den Dolch gezückt.

Sie nimmt den Brieföffner, sticht hinein und fährt langsam und fast genüßlich am Falz entlang. Dann zieht sie den Brief heraus. Anrede, Geschmuse, blah, blah, blah, sie sucht nur nach der ausgedruckten Summe. Dann hat sie sie. Erbost schlägt sie mit der Faust darauf. 15 Millionen Mark hat er ihr geboten, das Schwein, und erdreistet sich auch noch, ihr zu schreiben, daß dies, angesichts der schwierigen Lage, in der sich ihre Firma nach Auskünften von Branchenkennern wohl befände, ein absolut faires Angebot sei. Er bietet gut zehn Millionen unter Wert! Ursula muß sich sehr beherrschen. Am liebsten hätte sie ihn direkt angerufen und zur Rede gestellt. Aber sie will ihn dingfest machen. Mitsamt seinem feinen Komplizen. Sie ruft Lutz Wolff an. Der lacht: »Prima, das ist ja schneller gegangen, als ich befürchtet hatte. Dem brennt der Kittel wohl wirklich, sonst hätte er, um auch wirklich sicher zu gehen, noch vierzehn Tage abgewartet. Wenn nicht sogar einen Monat!«

»So lange wollten Sie zuwarten? Sind Sie wahnsinnig? Das hätte wirklich meinen Ruin bedeuten können!«

»Wir hätten uns natürlich früher etwas überlegen müssen. Aber so ist es jetzt doch viel besser. Geradezu phantastisch!«

Ursula verzieht das Gesicht.

»Einen Preis von 15 Millionen nenne ich nicht gerade phantastisch. Das nenne ich eine Frechheit!«

»Mag sein. Aber er liefert uns einen wunderbaren, letzten Beweis. Jetzt können wir ihn anzeigen.«

»Oh nein. Dann finde ich seinen Hintermann oder seine Hinterfrau nie heraus. Ich will, daß der sich verrät!«

»Wie wollen Sie das denn anstellen?«

Ursulas stahlblaue Augen werden eisig.

»Ich finde einen Weg. Ich werde darüber nachdenken und Ihnen rechtzeitig Bescheid geben! Vorher unternehmen Sie bitte nichts!«

Sie nimmt den Brief, greift zum Hörer und ruft Willy Waffel an.

Die Vermittlung verbindet sie zunächst in eine falsche Abteilung, und Waffels Sekretärin fragt zweimal nach, wer sie nun eigentlich sei. Bis sie Waffel in der Leitung hat, ist Ursula bereits an ihrem nervlichen Limit.

»Herr Waffel«, beginnt sie, ohne sich noch mit irgendeiner Begrüßung aufzuhalten, »sollten Sie einmal an einen Laden wie den meinigen kommen, müßten Sie sich eigentlich *von* schreiben!«

»Wie bitte?«

»Ihre Leute sind unfähig, schwer von Begriff. Ich verstehe jetzt, warum Sie meine Mannschaft wollen! Damit Sie Ihre hinauswerfen können!«

Waffel überlegt kurz, dann wird sein Ton verbindlich: »Ah, ich sehe, Frau Winkler, Sie haben mein Angebot erhalten und wollen mir nun zusagen!«

Ursulas Mundwinkel zuckt.

»Ich sehe, Sie passen zu Ihren Leuten!«

»Wie?«

»Das, was ich sagte!«

»Aha... und was sagen Sie zu meinem Angebot...«

»Es ist, äh, überdenkungswürdig...«

»Ja, ja, das denke ich auch!«

»Von Ihrer Seite aus überdenkungswürdig, Herr Waffel. Von Ihrer Seite!«

»Wie soll ich das verstehen?«

»Ich denke, daß Ihr Hauptgebiet Kartonage ist, meines aber Kunststoff. Wir stellen zwar auch Kartonagen her, im Recyclingverfahren wie Sie wissen, aber vor allem besitze ich eine moderne, große kunststoffverarbeitende Verpackungsfirma. Mag sein, daß Ihnen da manches fremd vorkommt. Wir fahren höhere Umsätze als Sie, weil die herkömmliche Kartonage, wie Sie sie herstellen, auf dem absteigenden Ast ist. Es ist vorstellbar, daß Ihre Firma mit 15 Millionen Mark überbezahlt ist. Meine ist damit weit unterbezahlt. Das ist der Unterschied zwischen uns beiden!« Sie macht eine kurze Pause. »Unter anderem!« setzt sie nach.

Sie hört, wie er Luft holt.

»Tut mir leid, wenn ich Sie enttäuschen muß, Frau Winkler. Ihre Firma ist nichts mehr wert. In der Branche wird gemunkelt, daß Sie keine Aufträge mehr einfahren. Keiner traut Ihnen ein sachkundiges Management zu. Kunden, die früher bei Ihnen waren, sind plötzlich wieder auf dem Markt – sie schauen sich nach neuen Partnern um.«

»Was Sie nicht sagen!«

»Und noch etwas, Frau Winkler, Sie wissen genau, daß wir ebenfalls im kunststoffverarbeitenden Gewerbe sind. Nicht so groß wie Sie, das gebe ich zu, aber immerhin. Deshalb haben wir ja auch Erfahrung genug, Ihre Firma wieder aufzubauen. Wir wissen genau, warum Ihre Firma unweigerlich dem Konkurs entgegensteuert.«

»Und Sie werden es mir auch sicherlich gern verraten?«

»Mißmanagement in seiner schönsten Form, Frau Winkler. Ich habe nichts gegen Sie als Frau – aber im Geschäft... Sie sehen ja jetzt selbst, wo's hinführt.«

Ursula spürt, wie ihr Kiefer knackst. Gleich beißt sie sich vor unterdrücktem Zorn noch einen Zahn aus. Sie zwingt sich zu einem verbindlichen Ton. Dann sagt sie langsam: »Ich möchte Ihnen einen Vorschlag machen, Herr Waffel. Lassen Sie sich durch meine Firma führen, dann reden wir nochmal.«

Er überlegt kurz.

»Das wird an meinem Angebot nichts ändern.«

»Nun, vielleicht doch. Sie dürfen sich auch die Bilanzen anschauen.«

»Ja, ja, gern!«

»Und Sie können sich sogar aussuchen, wer Sie begleiten und informieren soll.«

Ursula hält die Luft an.

Jetzt kommt's.

Sie wartet gespannt.

»Ich kenne doch niemanden in Ihrer Firma!«

»Wie wär's denn mit Manfred Kühnen?«

Kurze Pause.

»Kühnen?« fragt Waffel.

Verdammt, jetzt ist er mißtrauisch geworden, ärgert sich Ursula.

»Nur über meine Leiche!«

Also Kühnen ist es nicht, denkt Ursula. Falsch getippt. Sie streicht ihn in Gedanken von ihrer Liste ab.

»Führen Sie mich doch«, schlägt er vor.

Mist! Es hätte so einfach sein können!

»Wann wollen Sie denn kommen, Herr Waffel?«

Kurze Pause.

»Die Terminplanung obliegt meiner Sekretärin. Ich lasse Ihnen Bescheid geben!«

Angeber, denkt sie. Dann schießt sie zurück: »Kommen Sie alleine?«

Er räuspert sich. Die Stimme senkt sich: »Sie wissen doch, es soll eine Überraschung sein…«

»Ich dachte eigentlich nicht an Ihre Frau!«

»Ach, das – das ist – das hat sich längst erledigt, das war Urlaub. Aus und vorbei. Ich hab' s schon wieder vergessen. Am besten ist, Sie vergessen's auch !«

Ursula denkt den ganzen Abend darüber nach. Wenn Kühnen ausscheidet, wer ist es dann? Sie kann an den anderen nichts Verdächtiges finden. Oder aber, es sind alle verdächtig.

Sie geht essen, um sich auf andere Gedanken zu bringen. *La Fattoria* hat ihr recht gut gefallen. Und vor allem kann man dort auch ganz gut alleine hin.

Sie hat reserviert, aber als sie ankommt, stellt sie fest, daß es nicht nötig gewesen wäre. Ludwig sitzt bereits da, ebenfalls alleine.

»Na, das ist ja eine Überraschung!« strahlt er sie an.

Ursula ist nicht ganz so begeistert. Seit seiner Silvesterlüge bohrt ein kleiner Stachel in ihr. Hätte sie seinen Wagen draußen entdeckt, wäre sie bestimmt wieder weggefahren.

Jetzt ist es zu spät.

»Erwartest du noch jemanden?« fragt sie hoffnungsfroh.

»Nein, wir können uns ganz mit uns beschäftigen. Bitte setz dich doch!«

Sie mustert ihn kurz, aber er lächelt offen und rückt ihr einen Stuhl zurecht.

Vielleicht hat sie sich den etwas anzüglichen Unterton auch nur eingebildet.

»Wie geht's dir denn so?« Er greift nach ihrer Hand. »Ich habe oft an dich gedacht. Und ich denke auch oft an Walter. Ich dachte, ich lasse dich ein bißchen in Ruhe, damit du über den Schmerz hinwegkommst.«

»Ist es nicht eher so, daß dir deine Forschung keine Zeit für andere Dinge läßt?«

Sie zieht die Hand wieder zurück.

Er lacht: »Ich sollte eigentlich wissen, daß du mich einfach zu gut kennst. Gut, ich geb's zu, ich bin ein gutes Stück weitergekommen.«

»Ich werde nie verstehen, was dich daran so fasziniert. Tot ist tot. Wodurch, ist doch eigentlich egal.«

»Das ist es eben nicht, liebe Ursula.«

Der Kellner kommt, beide bestellen sie Fisch.

»Du mußt dir den menschlichen Körper einfach nur mal plastisch vorstellen. Klar kann man den mit allen möglichen Mitteln ausschalten. Aber denke doch einmal subtiler. Denke dich in den Körper *hinein*. Welches Zusammenspiel nötig ist, welche unglaublichen Mechanismen ablaufen müssen, nur damit du beispielsweise einen Finger bewegen kannst. Dazu noch deine ganzen Organe, die pausenlos Schwerstarbeit verrichten. Und jetzt stell dir mal das menschliche Nervensystem vor. Ein Gewirr von Hauptsträngen und Verbindungsstellen, das dichteste Eisenbahnnetz der Welt ist lächerlich dagegen. Und nun die Sabotage: einige Weichen werden vom Netz abgetrennt, stillgelegt. Die Züge bleiben stecken. Welches Chaos, welche Katastrophe, alles bricht zusammen.«

Ursula hat ihm kühl zugehört.

»Ich nehme an, du sprichst von Curare oder so etwas. Und deine Eisenbahnweichen sollen Synapsen sein.«

»Ja, eben. Welches Schicksal. Wenn diese klitzekleine Verbindungsstelle zwischen den Fortsätzen zweier Nervenzellen oder zwischen der Nervenfaser und der Muskelfaser lahmgelegt wird, geht nichts mehr. Das ganze Gerüst Mensch bricht zusammen. Exitus. Tot. Sag jetzt bloß nicht, daß das nicht faszinierend ist!«

»Könnten wir trotzdem mal anstoßen?«

Der Kellner hat Ursula aus Ludwigs Flasche eingeschenkt.

Sie läßt den Wein auf der Zunge zergehen, dann nickt sie Ludwig zu.

»Mit Weinen kennst du dich aus, das muß man dir lassen! Hast du die Geburtstagsflasche von Walter noch?«

Ludwig strahlt.

»Ich warte noch auf die besondere Gelegenheit. Einen 47iger Saint Emilion Impériale öffnet man nicht einfach so. Das muß schon etwas ganz Großes sein.«

Ursula lächelt: »Hoffst du etwa auf eine Hochzeit?«

»Ach, du lieber Himmel. Ich bin alleine auf die Welt gekommen und werde alleine sterben. Und die Frauen, mit denen ich zusammen war, haben nach einer Weile immer klar erkannt, daß es auch dabei bleiben sollte!«

Ursula nickt.

»Worauf wartest du denn dann? Auf den nächsten runden Geburtstag? Oder willst du ihn mit ins Grab nehmen?«

Ludwig schüttelt den Kopf: »Ich werde ihn schon noch trinken. Und zwar bald – darauf kannst du Gift nehmen!« Er lehnt sich etwas zu Ursula über den Tisch: »Ich bin ganz kurz davor, mit meinen Forschungsergebnissen an die Öffentlichkeit zu gehen. Was ich im Bereich der Toxine im Speichel von Insektenfressern herausgefunden habe, ist bahnbrechend, das garantiere ich dir. Keine Experimente mehr bei mir zu Hause, in meinem kleinen Labor. Meine Arbeit wird für Furore sorgen, Ludwig Fehr wird in die Wissenschaftsgeschichte eingehen. Und wenn ich meinen Namen zum ersten Mal in den Nachrichten höre, dann werde ich den Château Cheval Blanc öffnen, ganz still, ganz für mich alleine.«

Ursula hat interessiert zugehört.

»Soweit bist du schon?«

Ludwig lehnt sich wieder zurück. Sein Gesicht ist vor Aufregung ganz rot geworden, jetzt normalisiert sich sein Blutdruck langsam wieder.

»Nun, gut.«

Eine Weile schweigen beide.

»Wo Walter jetzt wohl ist?« fragt er dann plötzlich.

»Das kann ich dir genau sagen.« Ursulas Mundwinkel zuckt leicht. »Er hat mich noch nicht losgelassen.«

»Du meinst, er ist hier?«

Ursula zuckt die Achseln.

»Von Zeit zu Zeit spüre ich ihn. Jetzt zum Beispiel.«

Ludwig hebt das Glas: »Dann wollen wir mal mit ihm anstoßen!«

BEGEGNUNG

Es ist nachts um ein Uhr, als sie von *La Fattoria* losfährt. Ohne sich darüber voll bewußt zu sein, macht sie einen kleinen Umweg und fährt an der Firma vorbei. Sie ist schon ein gutes Stück vorbei, da tritt sie auf die Bremse. War da nicht ein Licht in einem der Fenster? Ob die Putzfrauen noch? – Nein, dazu ist es zu spät. Eine Spiegelung? Vielleicht der Mond? Sie schaut nach oben. Welcher Mond – der Himmel ist bedeckt.

Sie dreht um, fährt zurück.

Wenn sie unbemerkt in Walters Büro gelangen könnte. Jetzt hätte die Waffe in seiner Schublade wenigstens einen Sinn.

Sie fährt langsam auf die Firma zu. Alles ist dunkel.

Wo war das vorhin?

In welchem Fenster hat sie das Licht gesehen?

Sie stellt den Wagen auf der Straße ab, bleibt sitzen.

Oder hat sie sich getäuscht?

Was sollte jemand schon nachts in der Firma wollen? Sie denkt an Willy Waffel. Ob sein Agent gerade an der Arbeit ist?

Und was ist, wenn er die Firma genau jetzt verläßt und davonfährt, ohne daß sie erkennt, um wen es sich handelt?

Davonfährt – natürlich! Daß sie darauf nicht gleich gekommen ist! Auf dem Parkplatz muß das betreffende Auto stehen!

Sie greift nach ihrer dicken Jacke auf dem Nebensitz und steigt leise aus.

Den Schlüssel läßt sie in die Manteltasche gleiten, dann läuft sie schnell an der hohen Mauer entlang zur Pforte.

Der Parkplatz liegt vor ihr, sie bleibt kurz stehen.

Drei Autos stehen darauf.

Keines steht direkt am Eingang.

Sie weiß nicht, wem sie gehören.

Wie ärgerlich, daß sie sich nie um die Belange ihrer Mitarbeiter gekümmert hat. Der einzige Wagen, den sie erkennen könnte, ist Manfreds Kühnens neuer BMW. Aber Kühnen ist ja bereits aus der Reihe der Verdächtigen ausgeschieden, und es steht auch kein BMW auf dem Platz.

Eigentlich bräuchte sie jetzt nur hier stehenzubleiben. Der Firmeneingang ist gut zu sehen, es ist nur eine Frage der Geduld.

Ursula hat aber keine Geduld.

Nie gehabt, und in dieser Situation schon gar nicht.

Außerdem befürchtet sie, sich doch getäuscht zu haben.

Wie lächerlich. Frau Direktorin wacht nachts vor verlassenem Fabrikgebäude.

Womöglich entdeckt sie noch die Wach- und Schließgesellschaft.

Ursula versucht die Leuchtziffern ihrer Armbanduhr zu deuten.

Halb zwei. Der Schutzdienst kommt turnusmäßig alle zwei Stunden. Also in dreißig Minuten.

Sie geht schnell über den Hof, schließt leise auf, schleicht an der verlassenen Pförtnerloge vorbei in die Empfangshalle. Um sie herum ist es stockdunkel. Und still. Sie hört ihr eigenes Blut rauschen.

Vorsichtig tastet sie sich zur breiten Steintreppe, die zum ersten Stock hinaufführt.

Sie sieht kaum, wo sie hintritt.

Sie versucht, immer gleich große Schritte zu machen, um die dunklen Stufen etwa in der Mitte zu treffen.

Schon fast oben rutscht sie mit ihrer glatten Ledersohle ab, stürzt mit ihrem rechten Knie auf die nächste Treppenkante.

Es hallt durch das leere Haus, und der jähe Schmerz treibt ihr die Tränen in die Augen.

Sie hält die Luft an und verharrt regungslos.

Hat sie jemand gehört?

Dann richtet sie sich langsam wieder auf, versucht in der Dunkelkeit etwas zu erkennen.

Zwecklos.

An der Wand entlang nimmt sie die restlichen Stufen.

Auf dem Treppenabsatz bleibt sie stehen.

Hier sind die Büros von Kühnen, Walter und ihr.

Die Buchhaltung liegt eine Etage höher, ziemlich genau über Walters Zimmer. Aus dieser Richtung kam ihrer Einschätzung nach auch der Lichtschein. Also weiter. In den nächsten Stock.

Worauf muß sie gefaßt sein?

Auf einen Gewaltverbrecher mit schwarzer Maske? Auf einen flinken Agenten mit Minikamera? Vielleicht auf Willy Waffel selbst??

Hätte der zu so etwas wirklich den Mumm?

Soll sie zuerst den Revolver holen?

Während sie noch überlegt, hört sie ein metallisches Klirren.

Sie zuckt zusammen.

Wo kam das her?

Es klang wie ein Schlüsselbund.

Sie starrt die Treppe hoch.

Es ist nichts zu erkennen.

Aber es kam von oben, sie ist sich sicher.

Leise geht sie Stufe für Stufe höher. Schon hat sie die Mitte hinter sich gelassen. Gleich wird sie wissen, was da gespielt wird.

Ein dumpfer Knall läßt sie herumfahren.

Das war eine Türe.

Irgendwo ist eine Türe zugefallen.

Sie steht stocksteif.

Was hat das zu bedeuten?!

Sie horcht.

Nichts rührt sich mehr. Absolute Stille.

Ursula beschließt, den Revolver aus Walters Büro zu holen.

Sie schlüpft aus ihren Schuhen.

So kann sie sich schneller bewegen und muß nicht immer auf die Geräusche ihrer Absätze achten. Dann läuft sie die Treppe wieder hinunter. Doch obwohl sie in Strümpfen geht, hört sie in der Stille ihre eigenen Schritte und befürchtet, daß ein anderer sie ebenfalls hören kann.

Ursula geht schnell den Gang entlang. Vor ihr ist es stockdunkel, aber sie ist sich bewußt, daß sie sich als Silhouette gegen das große Fenster in ihrem Rücken abzeichnet. Ein schlürfendes Geräusch erschreckt sie. Sie drückt sich gegen die Wand, strengt ihre Augen an.

Was könnte das gewesen sein?

Eine Türe, die leise zugezogen wurde?

Wo?

Sie geht mit dem Rücken an der Wand einige Schritte weiter, da stößt sie mit der Schulter an etwas Leichtes, das hell klirrend auf dem Boden zerspringt.

Eine der eingerahmten Landschaftsfotografien.

Ursula erstarrt.

Wie ungeschickt.

Ein lauter Knall läßt sie herumfahren.

Das war ein Schuß!

Sie hält den Atem an.

Sie muß möglichst schnell die Polizei anrufen.

Und an den Revolver kommen.

Wer weiß, was noch alles passiert.

Ihr Herz pocht, und sie zwingt sich, vorsichtig an der Wand entlang weiterzugehen. Gleichzeitig hofft sie, daß Regina Lüdnitz das Sekretariat nicht abgeschlossen hat. Es könnte gefährlich werden, im Dunkeln lange nach dem richtigen Schlüssel suchen zu müssen.

Leise drückt sie die Klinke herunter.

Gut, offen!

Schlecht! Was denkt sich diese Person eigentlich? Morgen wird sie sie zur Rede stellen.

Keine Jalousien und keine Vorhänge verdunkeln die großen Fenster, trotzdem fällt kaum Licht herein. Die Nacht ist wirklich schwarz. Ursulas Augen haben sich zwar schon an die Dunkelheit gewöhnt, trotzdem kann sie kaum etwas erkennen. Sie bleibt kurz stehen, um sich zu orientieren. Dann geht sie langsam aber zielsicher zur gepolsterten Verbindungstüre. Die Klinke fühlt sich glatt und kalt an, sie läßt sich leicht hinunterdrücken. Geräuschlos öffnet sich die Türe zu Walters Zimmer. Auch nicht abgeschlossen! Ursula ärgert sich über die Nachlässigkeit ihrer Angestellten. Oder waren es die Putzfrauen? Sie wird der Sache jedenfalls nachgehen!

Es riecht merkwürdig. Abgestandene Luft, denkt sie. Es traut sich wohl keiner, hier zu lüften. Die denken wohl, Walters Seele könnte hinausfliegen. Oder befürchten sie eher, sie könnte wieder zurückkommen?

Ein leichtes Lächeln legt sich auf Ursulas Lippen, während sie um den mächtigen Schreibtisch herumgeht. Wenn es wenigstens ein bißchen heller wäre! Vor der rechten Seite des Schreibtisches geht sie in die Hocke und tastet nach der obersten Schublade. Ein unbestimmtes Gefühl läßt sie innehalten. Ursula fühlt sich beobachtet, sie spürt eine Eiseskälte in ihrem

Nacken. Wie in Zeitlupe dreht sie den Kopf nach links. Schräg über ihr schwebt ein Gesicht. Walter! Entsetzt springt sie auf, knallt schmerzhaft gegen die spitze Ecke des Schreibtisches, stürzt zur Tür. Fiebernd sucht sie den Lichtschalter, bereit zur Flucht. Die Neonröhre flackert kurz, dann wirft sie ein grelles, kaltes Licht auf Walters schwarzen Scheibtischsessel, der vom Schreibtisch weg in Richtung Fenster gedreht ist. Eine Gestalt hängt darin, der Kopf baumelt nach unten, durch die breite Lehne fast verdeckt. Walter kann's nicht sein, versucht sich Ursula zu beruhigen. Ein anderer. Aber wer?

Sie schaut sich um. Außer ihr und dieser Leiche ist niemand zu sehen.

Leiche? Tot? Wirklich tot? Und das in Walters Ledersessel?

Zögernd nähert sie sich, bleibt vor dem Schreibtisch stehen. Jetzt erkennt sie ihn, obwohl der Tod seine Gesichtszüge entstellt hat. Es ist Gernot Schaudt. Er hat ein gräßliches Loch in der Stirn, seine Augen sind hervorgequollen, das Kinn hängt herab, überall klebt frisches Blut. Auf dem Boden liegt Walters Revolver. Das war also der Schuß. Gernot Schaudt hat sich umgebracht. Oder war's Mord? Was hatte der Exportleiter dann in Walters Büro zu suchen? Und wenn es Mord war – wo ist der Mörder? Etwa noch im Haus? Hinter ihr?

Ursula dreht sich schnell um, schaut zur Tür. Niemand da. Sie ist vollkommen alleine. Mit einem Toten.

Was soll sie tun? Die Polizei rufen? Sie blickt zum Telefon und entdeckt einen Brief auf dem Schreibtisch.

Sie will danach greifen, überlegt es sich in der Bewegung aber anders.

Es steht kein Name darauf, nichts, der Umschlag ist blütenweiß.

Aber daß er hier, auf Walters Schreibtisch liegt, sagt alles!

Ursula holt tief Luft.

Also war's er! Gernot Schaudt, ihr loyaler Exportleiter, immer zuverlässig, voraussehend, geschniegelt und gebügelt – und jetzt das! Wahrscheinlich hat ihm sein schlechtes Gewissen keine Ruhe mehr gelassen. Oder Willy Waffel hat ihm erklärt, daß er ihm nach der Übernahme als Dank für die Spionage kündigen wird. Das sähe Waffel ähnlich!

In dem Brief wird Schaudt alles erklärt haben. Seinen Verrat, seinen Selbstmord.

Sie wirft nochmals einen Blick auf ihn. Soll sie jetzt die Polizei anrufen? Sie sieht Blaulicht, Polizisten, Fragen nach ihrem nächtlichen Aufenthalt in der Firma und Schlagzeilen vor sich. Irgend jemand wird Gernot Schaudt morgen schon entdecken. Dann läßt sich die Angelegenheit schonend bereinigen. Die Dinge gehen ihren Lauf.

Ursula schaut auf die Uhr. Kurz vor zwei. Gleich wird die Wach- und Schließgesellschaft vorbeikommen. Besser, sie löscht das Licht.

Sie spürt eine sanfte Erleichterung, als sie die Türe hinter sich zuzieht.

Der Fall ist abgeschlossen.

Willy Waffel wird sich wundern.

Ihre Augenbraue zuckt, und ein diebisches Lächeln stiehlt sich auf ihre Mundwinkel.

EINE LEICHE IM SESSEL

Der Donnerstag vergeht, ohne daß Gernot Schaudt entdeckt worden wäre. Ursula wundert sich. Keiner scheint ihn zu vermissen. Wenigstens seine Frau hätte doch einmal anrufen können. Aber auch seine Kollegen erwähnen ihn nicht. Wahrscheinlich glauben alle, er sei krank. Soll sie jemanden in Walters Büro schicken? Das hat sie noch nie getan, das würde auffallen. Ihn selbst entdecken? Der Gedanke behagt ihr auch nicht.

Sie wird auf ihrem Nachhauseweg bei Lutz Wolff vorbeifahren. Zumindest ihn sollte sie ja über die neue Entwicklung aufklären. Dann kann er den Fall abschließen und muß keine weiteren Stunden mehr auf die Rechnung setzen. Also drängt die Zeit. Sie blickt schnell auf ihre Armbanduhr. 16 Uhr. Ob eine Detektei um 16 Uhr noch besetzt ist? Vorsichtshalber ruft sie ihn an. Eine Sekretärin klärt sie auf, daß sie erst um 18 Uhr Feierabend hätten und daß Lutz Wolff bis etwa 17 Uhr bei einem Termin sei.

»Das paßt«, nickt Ursula und macht sich auf den Weg.

Wenn Gernot Schaudt morgen auch nicht entdeckt wird, muß sie sich etwas überlegen. Über das Wochenende kann sie ihn auf keinen Fall da drinnen sitzen lassen. Ein verwesender Exportchef in Walters Sessel!

Ursula quält sich in einer riesigen Autoschlange durch Frankfurt. Es ist bereits dunkel und naßkalt. Die Seitenscheiben ihres Golfs sind beschlagen, und der Scheibenwischer verteilt eine schmierige Schicht über die Frontscheibe. Ein leichter Nieselregen setzt ein. Ursula sieht kaum noch etwas, sie orientiert sich an ihrem Vordermann. Im Schrittempo nähert sie sich dem Messeturm.

Punkt 17 Uhr steht sie in Wolffs Detektei. Alles wirkt sehr beschäftigt, fast jeder hängt an einem Telefon, sie kommt sich vor wie in der Börse. Eine junge Frau erspäht sie, fragt sie, ob sie angemeldet sei. Nein, aber Lutz Wolff wird sie schon empfangen, gibt sie kühl zur Antwort. Sie erntet einen zweifelnden Blick, aber sie gelangt in Wolffs Büro. Er müßte jeden Augenblick kommen. Das ist Ursula recht, so kann sie sich noch etwas umschauen.

Kurz darauf steht ihr Chefdetektiv im Türrahmen. Er wirkt überrascht, fängt sich aber schnell: »Schönen guten Abend,

Frau Winkler, mit Ihnen habe ich nun überhaupt nicht gerechnet. Ist etwas passiert?«

Ursula nickt nur, und Lutz schließt die Türe, bevor er ihr die Hand reicht und Platz anbietet. Er setzt sich hinter seinen chromglänzenden Schreibtisch, springt aber gleich wieder auf: »Darf ich Ihnen etwas zum Trinken anbieten?«

»Stimmt etwas nicht?« fragt sie ihn statt einer Antwort.

»Warum?«

»Sie wirken so... so verfahren. Gar nicht Ihre Art!«

Er läßt sich in seinen Sessel zurücksinken. »Ich habe einen recht anstrengenden Tag hinter mir. Das ist alles. Eine Geschichte läuft quer, und das gefällt mir nicht!«

»Unsere?«

»Nein, nein! Überhaupt nicht«, winkt er ab. Kurze Zeit ist es völlig still im Raum. Dann ändert sich sein Gesichtsausdruck, er betrachtet Ursula aufmerksam. »Was gibt's denn?«

Ursula läßt sich den Satz auf der Zunge zergehen: »Wir sind am Ende!«

»Bitte?« Er runzelt die Stirn, beugt sich nach vorn: »Ich verstehe Sie nicht!«

»Der Fall ist gelöst!« Ursula betont jedes Wort. »Durch Selbstjustiz!«

»Sie wollen sagen... wer!?«

»Unser Exportleiter, Gernot Schaudt!« Ursula erzählt kurz, was sich in der vergangenen Nacht zugetragen hat. Lutz sitzt kerzengerade, unbeweglich. Schließlich sagt er: »Und er sitzt noch immer im Sessel ihres Mannes? Tot? Mit einer Kugel im Kopf?«

Ursula nickt.

»Sie können ihn da doch nicht sitzen lassen!«

»Ich kann ihn aber auch schlecht hinaustragen!«

»Die Heizungen laufen. Er wird verwesen. Bald riecht man ihn durch die ganze Firma!«

»Soweit will ich es natürlich nicht kommen lassen. Was würden Sie denn tun?«

Lutz fixiert mit zusammengekniffenen Augen die Zimmerpalme, dann läßt er sich in seinem Lehnstuhl zurücksinken. »Heute nacht wird er entdeckt werden!«

»Ach ja? Wer soll ihn entdecken?«

»Ganz automatisch. Die Putzfrauen!«

Daran hat Ursula noch überhaupt nicht gedacht. Natürlich. Das klingt logisch. Auf der anderen Seite ist es fraglich, ob ein unbenütztes Zimmer jede Nacht gereinigt wird. Eher unwahrscheinlich. Und dazu Zeit- und Geldverschwendung.

»Wir werden sehen«, Ursula zuckt die Achseln. »Was machen wir jetzt mit Herrn Waffel?«

»Wenn der Brief gefunden wird, ist er vermutlich ein weiteres Beweisstück gegen Willy Waffel. Damit sitzt er in der Falle!«

»Hoffentlich entwendet keiner den Brief!«

»Sie können ja immer noch in die Firma zurück und es der Polizei melden. An Ihrer Stelle hätte ich das gleich getan!«

»Nein, nein! Blaulicht und Tütata nachts vor meiner Firma. Glauben Sie, ich will das in allen Zeitungen lesen? Dann springen uns womöglich auch noch die letzten Kunden ab. Nein, nein, Herr Schaudt soll ganz unauffällig durch einen Krankenwagen entsorgt werden. Von mir aus auch noch durch einen Leichenwagen. Aber damit hat sich's dann auch. Soll er in Frieden ruhen. Aber ich halte mich da raus!«

Lutz nickt langsam. »Gut, ich verstehe. Warten wir ab, was bis morgen passiert!«

Ursula steht auf. »Ich werde Sie auf dem Laufenden halten.«

Lutz geht voraus zu seiner Bürotüre, öffnet sie für Ursula. Sie nickt ihm zu und will an ihm vorbei. Mit einem Ruck bleibt sie im Türrahmen stehen, geht blitzartig zurück und zischt: »Machen Sie die Türe zu!«

Lutz schaut sie verständnislos an.

»Sie sollen die Türe zumachen! Da ist sie!«

»Wer ist wo?« Er drückt die Türe zu.

»Die Freundin von Willy Waffel spaziert in Ihrem Büro herum. Wie kommt sie hierher? Was tut sie da?«

»Wer?«

»Na, Blondy. Ich habe Ihnen doch von ihr erzählt!«

»Zeigen Sie sie mir!«

Langsam zieht Lutz die Türe wieder auf. Aber Ursula kann das Mädchen nicht mehr entdecken. Zu viele Trennwände versperren die Sicht.

»Da!« In einem der großen Fenster spiegelt sich gegen die Dunkelheit etwas Rotes. »Sie hatte eine rote Bluse an, das muß sie sein!«

»Das ist Bianca Kleiner. Sie hilft im Sekretariat. Macht Ablagen, Kopien, Botengänge und solche Dinge. *Das* soll Willy Waffels Freundin sein?«

»Tausende von jungen Frauen leben in Frankfurt. Und Sie haben ausgerechnet Willy Waffels Freundin eingestellt? Das kann doch nicht wahr sein! Wenn die etwas in die Finger bekommt?«

Lutz verdreht die Augen: »Ich hab's doch nicht gewußt. Woher sollte ich das denn ahnen?!«

»Ist es nicht zufällig auch Ihre Freundin?«

»Meine? Wollen Sie mich beleidigen?«

»Sie sagten doch, ihre sei auch blond!«

»Das ist überhaupt kein Vergleich!«

Ursula schaut ihn kurz an.

»Na, schön. Sorgen Sie dafür, daß ich hier herauskomme, ohne daß sie mich sieht. Und daß sie nicht eine einzige meiner Akten in die Finger bekommt! Am besten nehme ich sie gleich mit!«

»Der Fall ist noch nicht abgeschlossen.«

»Für mich schon!«

»Ich werde die Akte einschließen!«

»Mitnehmen. Zu sich nach Hause! Nicht einschließen!«

»Nun gut. Bianca bekommt nichts von unseren Erkenntnissen in die Finger. Das verspreche ich!«

»Bianca???«

DIE ABSTEIGE

Zehn Minuten später versucht Ursula, ihren Wagen auszuparken. Sie wurde Stoßstange auf Stoßstange eingekeilt. Auch das noch. Entweder muß sie jetzt auf einen der Besitzer warten oder den Wagen stehenlassen. Sie wartet zehn Minuten, dann winkt sie einem vorbeifahrenden Taxi. Sie hat Glück, es hält. Während sie ihre Adresse angibt, sieht sie einen Jeep vor das große Geschäftshaus fahren. Er stellt sich quer auf den Gehweg. Ursula dreht sich nach ihm um, dann beugt sie sich hastig zu dem Taxifahrer vor: »Warten Sie einen Moment.«

»Ich blockiere hier den Verkehr!«

»Ich gebe Ihnen 50 Mark extra. Ich muß sehen, was dort passiert!«

Willy Waffel steigt aus. Hinter dem Taxi hupen die Autos. Der Fahrer schaltet die Warnblinkanlage ein. Kurz darauf kehrt Willy zurück. Im Arm Blondy, das Büromädchen von Lutz Wolff.

»Fahren Sie den beiden nach!«

»Spielen wir hier Rockford oder so was?«

»Ich erhöhe die Prämie auf 100 Mark, wenn Sie mich nicht mit Fragen belästigen!«

Wo war Willy Waffel? Etwa in der Detektei? Kennen sich die beiden feinen Herren? Heißt der wahre Feind möglicherweise Wolff und nicht Waffel? Was ergibt das für einen Sinn?

Der Jeep holpert den Gehsteig herunter, das Taxi fährt an.

»Machen Sie doch die Warnblinkanlage aus! Oder erwarten Sie von den beiden Hilfe?«

Der Taxifahrer wirft ihr im Spiegel einen mißmutigen Blick zu, dann drückt er auf den rotblinkenden Schalter und reiht sich hinter dem Jeep ein.

»Verlieren Sie ihn bloß nicht!«

»Wollen Sie nicht vielleicht selber fahren?«

Unter normalen Umständen wäre Ursula wütend ausgestiegen. Aber jetzt schweigt sie verbissen. Sie ärgert sich tödlich. Und ausgerechnet diesem Wolff hat sie alles erzählt. Was hat er vorhin noch gesagt? Hoffentlich verschwindet der Brief als Beweisstück nicht. Ha! Und wenn er ihn jetzt selbst verschwinden läßt? Oder war's vielleicht doch Mord, und der Brief ist fingiert, um den wahren Täter zu schützen? Stand einer von den beiden letzte Nacht hinter der Tür, als sie Schaudt entdeckte?

Ihre Gedanken drehen sich im Kreis. Was soll sie tun? Zur Firma fahren? Den beiden nachfahren?

Ihre Augenbraue zuckt unbeherrscht.

»Gut, daß du da bist, Walter! Ich brauch' dich jetzt!«

»Was ist?«

»Nichts ist. Fahren Sie weiter!«

Der Jeep vor ihnen hat es eilig. Willy Waffel wechselt häufig die Spur, zweimal muß der Taxifahrer bei Rot über die Ampel, um ihn nicht zu verlieren.

»Das kann mich den Führerschein kosten«, schimpft er.

»Ich kaufe Ihnen einen neuen!« entgegnet Ursula.

Über eine halbe Stunde kurven sie bereits hinter dem Jeep her, durch die Frankfurter Außenbezirke sind sie schon fast durch. Anscheinend will Willy mit Blondy aufs Land. Ursula kommt eben zum Entschluß, doch besser zur Firma zurückzufahren, als der Geländewagen verlangsamt, in ein eng bebautes Vorortviertel abbiegt und der Fahrer in einer der vollgeparkten Straßen ganz offensichtlich nach einem Parkplatz sucht.

»Und jetzt?« fragt der Taxifahrer.

»Abwarten. Aber so, daß er uns nicht unbedingt sieht!«

Willy Waffel stellt sich quer vor eine Hofeinfahrt und steigt aus. Blondy möchte sich über seine Dreistigkeit offensichtlich kaputtlachen. Er geleitet sie mit großspurigen Gesten in ein schwach erleuchtetes Lokal.

»War's das jetzt?«

»Fahren Sie näher ran, und dann suchen wir eine Telefonzelle.«

»Wohl Ihr Mann, was? Bei solchen Spielchen sollte ich überhaupt nicht mitmachen!«

»Fremdgeher aller Länder vereinigt Euch, was? Daß ich nicht lache!«

»Ist dann die Fahrt beendet?«

»Nein, Sie verdienen noch ein bißchen an mir. Wir fahren noch woanders hin!«

In eine Pizzeria hat sich Herr Waffel mit seiner Geliebten zurückgezogen. Wie praktisch, denkt Ursula, denn zu dem Restaurant gehört ein kleines Hotel. Blondy wird auf ihr Appartement hinarbeiten, und Willy wird sich gebauchpinselt fühlen. Sie merkt sich den Namen des Etablissements. Zwei Straßen weiter finden sie eine Telefonzelle. Dort schlägt sie im Telefonbuch nach und ruft dann in der Pizzeria an.

»Guten Abend, ich hätte gern Herrn Waffel gesprochen.«

»Herrn Waffel? Kenne ich nicht.«

»Er hat mir aber gesagt, daß ich ihn heute abend bei Ihnen erreichen kann. Er muß da sein!«

»Wie soll er denn aussehen?«

»Um die Fünfzig, mit einer blonden jungen Begleiterin.«

»Aha. Herrn Weber meinen Sie?«

»Habe ich das nicht gesagt?«

»Ja, der ist Stammgast bei uns. Augenblick bitte!«

Durch die Geräuschkulisse hindurch hört sie eine erregte Diskussion. Ursula grinst. So, das Spiel habe ich dir jetzt vermasselt, was? Sie wartet noch, bis Willy Waffel sich mit einem zögernden »Hallo?« meldet, dann legt sie auf.

Sie gibt dem Taxifahrer ihre Firmenadresse und lehnt sich zurück. Winterliches Schneetreiben hat den leichten Nieselregen abgelöst. Dicke, schwere Flocken kleben an den Scheiben und an den Mänteln und Jacken der Menschen, die die Gehwege entlangeilen. Nur auf den Straßen bleibt der Schnee noch nicht liegen. Schade, denkt Ursula. Ein weicher, frischer Schneeteppich vor dem Firmeneingang hätte ihr einige Geheimnisse erzählt. So bleibt ihr nichts übrig, als selbst nachzuschauen.

Die Zeiger von Ursulas Armbanduhr stehen auf acht, als der Taxifahrer vor dem Firmeneingang hält. Die Fenster sind noch hell erleuchtet. Wahrscheinlich sind die Putzfrauen mitten in ihrer Arbeit.

»Da ist keiner mehr«, sagt er und deutet auf die leere Pförtnerloge.

»Das ist gut so«, antwortet sie.

Es ist noch zu früh. Es hat keinen Sinn, jetzt da oben herumzumarschieren. Ob Lutz Wolff schon da war? Oder erst noch kommt? Oder bereits wartet? Dann müßte sein Wagen irgendwo stehen. »Warten Sie einen Augenblick«, Ursula will aussteigen.

»Oh, nein! Nicht, bevor Sie bezahlt haben. Nachher verschwinden Sie hier, und ich habe die kurzen Hosen an!«

»Das wird nicht passieren!«

»Weiß ich's?«

198,30 DM rechnet der Taxifahrer aus. Inklusive seines 100-Mark-Bonus. Ursula blättert ihm einen 200-Mark-Schein hin und wartet mit ausgestreckter Hand auf ihr Rückgeld. Kaum ist sie ausgestiegen, gibt er Gas und fährt davon.

»Idiot!« brüllt sie ihm hinterher, »wer hat denn gesagt, daß die Fahrt beendet ist?«

Sie schaut an der Firma hoch. Klar, sie könnte hineingehen und nach einem anderen Taxi telefonieren. Aber wie würde das aussehen? Die Chefin mitten in der Nacht – und möglicherweise auch noch in der Nacht, in der Gernot Schaudts Leiche entdeckt wird? Putzfrauen sind die schlimmeren Boulevardzeitungen. Sie wird sich nach dem Porsche von Lutz Wolff umsehen und dann zur nächsten Telefonzelle gehen.

Der Schnee klebt bereits in ihren Haaren, die Pumps werden naß, und ihr leichter Kaschmir-Mantel ist auch nicht für winterliche Gewaltmärsche bei Minustemperaturen gedacht. Ursula klappt den Mantelkragen hoch. Ein ekelhaftes Wetter! Aber nun gut. Jetzt ist es so, und sie wird damit fertigwerden.

Ein leichter Lichtschein fällt aus den erleuchteten Fenstern auf den Parkplatz. Ganz einsehen kann sie ihn trotzdem nicht. Sie muß ihn ablaufen. Noch nie ist ihr aufgefallen, welche Ausmaße er hat. Zunächst ärgert sie sich darüber, dann denkt sie plötzlich: »Alles meins!« Der Gedanke gefällt ihr. Jeder Quadratmeter unter ihrer Schuhsohle ist ihr Grund und Boden. Und Willy Waffel kann gern hineinbeißen, wenn er das will. Kriegen wird er ihn nicht! Sie bekommt fast gute Laune. Auch, weil sie keinen Porsche 928 entdecken kann. Aber das heißt noch nichts. Vielleicht kommt er später.

Dicht am Straßenrand entlang geht sie in Richtung Niederrad. Die Gegend ist einsam, die Straße breit, aber kaum beleuchtet und in schlechtem Zustand. Immer wieder tritt sie in wassergefüllte Schlaglöcher. Autos sind ihr eher unangenehm. Sie fühlt sich dem hellen Lichtkegel preisgegeben. Ein Gefühl, das sie verabscheut. Ihre Hoffnung, es könnte vielleicht ein Taxi kommen, sinkt. Es kommt aber auch keine Telefonzelle. In einem Gewerbegebiet setzt Telekom wohl voraus, daß jeder ein Handy hat. Ursula nicht. Und sie will auch keines. Lieber läuft sie. Da hat sie Zeit, sich alles in Ruhe durch den Kopf gehen zu lassen, klare Gedanken zu fassen.

Wie soll Lutz Wolff in die Firma kommen?

Mit Nachschlüssel.

Von wem?

Von seinem Spion.

Gernot Schaudt?

Wenn der's war. Vielleicht hat er aber auch nur den Spion in dem Brief entlarvt und wollte das Dokument anonym auf Walters Schreibtisch deponieren. Dabei hat ihn der Mörder überrascht.

Warum hat der Mörder den belastenden Brief dann nicht mitgenommen?

Wurde er dabei gestört – etwa durch sie?

Ein großer Wagen rast auf sie zu, mit voll aufgeblendeten Scheinwerfern. Erschrocken macht Ursula einen Schritt zur Seite, versinkt mit den Schuhen in der aufgeweichten Rasennarbe. Eine Wasserfontäne schießt auf sie zu. Ganz offensichtlich hat der Fahrer sie nicht gesehen. Oder doch? Sie steht und schaut den Rücklichtern nach. Sie ist sich nicht sicher. War es ein Porsche?

Welchen Grund hätte Lutz Wolff überhaupt für sein falsches Spiel? Welchen schon – Geld! Gemeinsame Sache mit Willy Waffel. Vorschuß aufs Erbe. Vielleicht hat er schlicht *sie* gemeint. Genauso wie Waffel mit seinem »Schnitt«.

Ihre Füße sind eiskalt. Zu Hause wird sie zunächst einmal ein Erkältungsbad nehmen. Bis Mitternacht ist noch lang.

DER BRIEF

Um 0.30 Uhr steht Ursula vor der offenen Doppelgarage. Sie hat sich entschlossen, den Golf in der Innenstadt stehenzulassen. Das Risiko, ihn nach einer weiteren Taxifahrt unverändert zugeparkt vorzufinden, ist ihr zu groß. In der Hand hält sie Walters Wagenschlüssel.

Ein seltsames Gefühl.

So, als würde sie seinen Sarg öffnen, sich neben ihn legen.

Sie steht und schaut den Wagen an.

Irgendwelche feindlichen Anzeichen? Der anthrazitfarbene Lack schimmert metallisch, die Fenster sind dunkel getönt. Sie streicht mit den Fingerspitzen über das Schlüsselloch, schließt dann langsam auf. Noch nie hat sie auf dem Fahrersitz gesessen. Sie läßt sich hineingleiten. Es riecht nach Walter. Eine unbestimmte Mischung aus Düften, die ihn ausgemacht haben. So nah ist sie ihm schon lange nicht mehr gewesen. Fast erwartet sie, ihn im Rückspiegel auftauchen zu sehen. Wie in einem Schwarz-Weiß-Film, den sie vor Jahren gesehen hat. Da rutschte beim Bremsen plötzlich eine Leiche vom Rücksitz nach vorn. Schnell dreht sie sich um. Der Rücksitz ist leer. Bis auf seine Aktentasche. Die hat sie bis heute nicht vermißt. Seltsam.

Reiß dich zusammen, Ursula, es geht um die Firma. Um deine Existenz!

Sie startet den Wagen, der Motor springt sofort an. Dann zirkelt sie den Mercedes aus der Einfahrt. Im gegenüberliegenden Haus sind bereits alle Lichter aus. Gut so. Ihre alte Nachbarin würde in Ohnmacht fallen. Sie würde glauben, er sei tatsächlich auferstanden.

Es hat aufgehört zu schneien. Der Wagen läuft gut. Breit, leise und sicher. Trotzdem ist Ursula froh, als sie ihn in einer Nebenstraße in der Nähe der Firma abstellt. Sie steigt aus und versucht, die Wagentüre möglichst leise zuzudrücken. Jetzt ist sie besser ausgerüstet als gestern. Ursula hat sich dunkle Hosen und einen dunkelblauen, warmen Blouson angezogen. Außerdem Schuhe mit Kreppsohlen. In der Hand hält sie die Schlüssel und eine Taschenlampe.

Ihre Gedanken kreisen pausenlos um den Brief. Wenn er weg ist, ist alles klar. Dann strickt Lutz Wolff an einer Geschichte mit, deren Dimensionen ihr noch nicht ganz klar sind. Wenn der Brief aber noch da ist – was dann? Ihn liegenlassen? Aufmachen und zumindest kopieren?

Wie gestern liegt das Firmengebäude in völliger Dunkelheit da. Somit ist zumindest sicher, daß Gernot Schaudt noch nicht entdeckt wurde. Ursula läuft schnell einmal quer über den Parkplatz. Es stehen erneut einige Autos da, von denen sie nicht weiß, wem sie gehören. Ein Porsche ist nicht dabei. Auch kein Jeep. Dann geht sie zurück und schließt die große, gläserne Eingangstüre auf, schaut sich um und drückt sich hinein. Wieder kann sie sich nur tastend vorwärtsbewegen. Mehrmals ist sie versucht, die Taschenlampe einzuschalten. Aber dann denkt sie, daß sie damit alles verderben könnte, und geht langsam, Schritt für Schritt weiter. Ursula hat die erste Treppenstufe erreicht. Sie bleibt stehen und schließt für einen Moment die Augen. Vielleicht adaptieren sich ihre Pupillen noch stärker, paßt sich ihr Auge besser an. Es nützt nichts. Oder doch? Steht vor ihr nicht etwas? Ursula starrt in die Finsternis. Sie ist sich nicht sicher. Es kann ebensogut eine Täuschung sein. Ein Schatten. Nein, schwärzer als schwarz geht nicht. Sie entschließt sich weiterzugehen. Es ist nichts. Trotzdem schlägt ihr Herz so laut, daß sie es hören kann. Wovor soll sie schon Angst haben – in ihrer eigenen Firma? Stufe für Stufe geht sie höher. Oben bleibt sie kurz stehen. Sie sieht nichts, und sie hört nichts. Sie ist völlig alleine. Und jetzt wird sie es schnell hinter sich bringen.

Eine Hand zur Orientierung an der rechten Wand läuft sie rasch den Gang entlang. Eben will Ursula die Flurseite wechseln, da stößt ihr Fuß gegen etwas Großes, Weiches. Vor Schreck verliert sie das Gleichgewicht, stürzt darüber und verliert dabei ihre Taschenlampe. Noch im Fallen erwartet sie einen Schlag auf den Kopf. Sie reißt die Augen auf, kann aber nichts sehen. Regungslos bleibt sie liegen. Aber nichts passiert. Im Zeitlupentempo richtet sich Ursula etwas auf. Was war das? Vorsichtig tastet sie nach ihrer Taschenlampe. Erschrocken zieht sie die Hand zurück. Sie hat Stoff berührt. Was liegt hier neben ihr? Noch eine Leiche? Gernot? Langsam schiebt sie sich über den glatten Fußboden nach hinten weg. Noch immer ist sie auf einen Angriff gefaßt. Sie weiß nur nicht, von welcher Seite er kommen könnte. Und womit. Ihr Fuß stößt an etwas. Es klirrt leise. Die Taschenlampe! Sie verharrt kurz, dann greift sie schnell danach, sucht hastig den Schalter, schiebt ihn nach vorn. Im Scheinwerferlicht liegt ein umgefallener Wäschesack, schräg vor der Tür zur Damentoilette. Vergessen. Von der Putzfrau einfach vergessen! Ursula ist versucht, zu lachen. Zu blöd! Einfach zu blöd! Nachts entdeckt sie eine Schlamperei nach der anderen. Sie sollte öfter mal nach Mitternacht durch ihre Firma gehen und Mängelberichte erstellen. Ursula leuchtet den Flur einmal kurz in jede Richtung ab. Leer. Kein Mensch zu sehen. Dann schirmt sie die Lampe mit der Hand ab. Das Risiko geht sie jetzt ein. Einen zweiten Schock in dieser Nacht will sie ihrem Herz nicht zumuten. Das würde Willy Waffel so passen!

Ursula drückt die Türklinke zum Sekretariat. Abgeschlossen. Na also, geht doch! Recht so. Sie schließt auf, zieht die Türe hinter sich zu. Sie durchquert schnell den Raum. Die gepolsterte Türe zu Walters Büro ist ebenfalls abgeschlossen. Jetzt haben sie's aber genau genommen. Oder ist er etwa schon entdeckt, und ich habe davon nichts mitbekommen, weil ich ständig unterwegs war? Sie kontrolliert die Türe. Kein polizeiliches Siegel, nichts. Also gut. Der Schlüssel dreht sich leicht. Sie drückt die Klinke. Gleich werden Scheinwerfer aufflammen, und sie wandert wegen Mordverdacht ins Gefängnis. Willy Waffel wird sich freuen. Ursula drückt die Türe auf. Der Raum ist dunkel. Sie kann nichts erkennen. Am liebsten würde sie das Deckenlicht einschalten oder den Lichtstrahl ihrer Taschenlampe auf den Schreibtisch richten. Aber das große Fenster geht auf die Straße hinaus. Und das erscheint ihr zu gefährlich. Also geht sie langsam in das Zimmer hinein. Es ist warm, und es riecht süßlich. Also ist er noch da. Wo soll er auch sonst sein. Der Schreibtisch zeichnet sich als dunkler Schatten ab, dahinter der breite Ledersessel. Er wirkt leer. Wo ist Gernot? Erschrocken hält Ursula inne. Dann sieht sie ihn. Er ist völlig in sich zusammengesunken. Sie richtet das gedämpfte Licht auf ihn. Besonders gut schaut er nicht mehr aus. Ursula hält die Luft an und leuchtet kurz auf den Schreibtisch. Da liegt der Brief. Sie atmet auf.

Und jetzt? Ursula greift in ihre Blousontasche und zieht ein Paar Einmal-Handschuhe heraus. Jetzt muß es schnell gehen. Sie nimmt den Brief und geht damit in den Kopierraum. Der ist fensterlos, da kann sie endlich Licht machen. Das Kuvert ist offen. Eine leichte Übung. Ursula zieht einen eng beschriebenen Brief heraus.

Liebe Frau Winkler,
ich weiß, ich habe Sie enttäuscht. Sie haben mich für einen loyalen Mitarbeiter gehalten. Sie werden sicher schon herausgefunden haben, daß ich das nicht war. Es war Ihr Mann, der mich gezwungen hat, diese hohen Summen an der Steuer vorbei ins Ausland zu transferieren. Ich hab's getan, und mein Traum von einem idyllischen Häuschen wurde dadurch wahr. Doch der

überraschende Tod Ihres Mannes hat alles geändert.
Es ist eine Frage der Zeit, bis alles auffliegt. Nicht nur, daß Walter und ich das Finanzamt betrogen haben, sondern daß ich selbst auch Walter betrogen habe. Den Konsequenzen kann ich mich nicht stellen.

Gernot Schaudt

Ursula läßt den Brief sinken.

Was hat das zu bedeuten? Wovon spricht dieser Schaudt bloß?

Walter soll ihn zum Betrug angestiftet haben?

Das hatte doch Walter überhaupt nicht nötig.

Schaudt hat die Firma hintergangen.

Aber wie?

Was blüht ihr da, wenn das Finanzamt zur Steuerprüfung kommt?

Und wo liegt das Geld? Im Ausland?

Ursula steckt den Brief ein.

Das Ausland ist groß.

Und sie kann keinen von beiden mehr fragen.

ORGASMUS

Freitagmorgen. Ursula ruft nach dem Frühstück ein Taxi, das sie in die Innenstadt bringen soll. Das ist der erste Schritt für heute. Und dann muß dieser Selbstmörder irgendwie entfernt werden. Ursula hat die ganze Nacht darüber gerätselt, was Schaudt gemeint haben könnte. Aber sie kann es sich einfach nicht erklären.

Fest steht nur, daß er mit den Dumping-Preisen nichts zu tun hatte.

Damit nicht! Womit dann?

Also fängt das Ganze wieder von vorn an.

Ursula ist übermüdet und gereizt. Die halbe Nacht hindurch hat Walter sie in seinem Silberrahmen spöttisch angegrinst, bis sie ihn zur Wand gedreht hat. Das hat auch nichts genützt. Sie war versucht gewesen, ihn anzuschreien, das Foto mit aller Kraft gegen die Wand zu schleudern. Aber sie traute sich nicht. Wer weiß, was dann passiert wäre. So hat sie die Nacht damit zugebracht, sich über ihre Unwissenheit zu ärgern.

Während sie in einen warmen Steppmantel gehüllt im Flur auf ihr Taxi wartet, klingelt das Telefon.

Um diese Uhrzeit?

Mißtrauisch geht sie hin, nimmt ab.

Es ist Lutz Wolff: »Schönen guten Morgen, Frau Winkler. Ich wollte nur kurz wissen, ob es eine neue Entwicklung gibt?«

Ursula sagt zunächst nichts. Dann räuspert sie sich. Gut, Gernot Schaudt hat nichts mit der Dumping-Aktion zu tun. Was bedeutet das für Lutz Wolff? Wenn er wirklich mit Waffel gemeinsame Sache macht, dann hat er gewußt, daß Schaudt der falsche Mann war. Und deshalb hat ihn der Brief auch nicht interessiert. Sie beschließt, die Karten verdeckt zu halten.

»Es gibt leider noch nichts Neues.«

»Gut. Ich werde Bianca heute mal etwas aushorchen. Vielleicht gibt sie ja eine ganz gute Quelle ab.«

»Ja, möglich. Wer weiß.«

Es klingelt an der Haustüre.

»Das ist mein Taxi, Herr Wolff, wir sprechen uns später.«

Ruhelos geht Ursula in ihrem Büro auf und ab. Lauter Betrüger um sie herum und keine Aufträge. Was soll sie tun?

Hake Schaudt ab und konzentriere dich auf die Kunden, sagt sie sich.

Aber wie? Sie kann sie schließlich nicht an den Haaren herbeiziehen. Sie muß eine Kampagne starten. Oder sie muß ihren Plan aufgeben, den Handlanger Waffels in ihren Reihen zu überführen. Die Kopien, die sie von Wolff hat, reichen für eine Anzeige. Wegen unlauteren Wettbewerbs. Aber dann? Den Verräter hat sie weiterhin auf dem Hals, und Waffel wird nur lachen. Was kann ihm denn schon geschehen? Eine Geldstrafe, wenn überhaupt.

Recht bedeutet nicht Gerechtigkeit.

Sie sagt Regina Lüdnitz Bescheid, läßt sich ihren weißen Arbeitsmantel und eine weiße Hygienemütze bringen und geht in die Fertigungshallen. Noch ist die Katastrophe nicht perfekt. Viele Kunden haben mehrjährige Rahmenverträge. So schnell kommen die da nicht heraus. Die Maschinen laufen alle. Ursula geht zu dem neuen Extruder. Zwei bis drei Stunden braucht er nach dem Anlaufen, bis er in Betrieb gehen kann. Ein Wahnsinn, was in dieser Zeit für Ausschuß produziert wird. Eigentlich dürfte man ihn überhaupt nie ausschalten. Wenn es nach Ursula ginge, müßte er 24 Stunden am Tag durchlaufen. Am Wochenende auch. Sie würde ein völlig neues Arbeitsmodell einführen. Drei Wochen durcharbeiten, acht Tage frei. Aber die Gewerkschaft will ja nicht auf sie hören. Auf die Arbeiter übrigens auch nicht, denn als ihr Mann dieses Modell einmal anregte, stimmten etliche sofort dafür. Nun gut. Sie beobachtet, wie das Kunststoffgranulat vom Extruder erhitzt und verflüssigt wird. Eine Düse preßt das Material durch einen breiten Schlitz, aus der Masse wird eine glatte, endlose Folie. Ästhetisch schön, findet Ursula. Und sie muß über die sogenannten bewußten Verbraucher lachen. Kaufen den Käse, weil er in Pappe verpackt ist. Daß darunter aus Hygiene- und Haltbarkeitsgründen längst wieder Kunststoff ist, interessiert keinen. Hauptsache, es sieht außen nach Öko aus. Lug und Trug, wie alles im Leben. Sie beobachtet einen der Arbeiter, wie er mehrere bereits extrudierte Folienrollen auf einen Gabelstapler lädt. Hunderte von kleinen Bechern hängen in der Folie nebeneinander. Nur noch nicht ausgestanzt. Werden sie auch nicht werden, denn das ist Ausschuß. Ursula weiß, wo er damit hinfährt. Sie folgt ihm, zwischen weiteren Maschinen hindurch. Hunderte von tiefgezogenen Bechern, Joghurtbecher, werden eben an ihr vorbeigefahren. Sie sind billiger als die spritzgegossenen Becher, werden in größeren Stückzahlen angefertigt. Die Mitarbeiter nicken ihr zu. Manche lächeln sogar. Klar, die wissen noch nicht, daß 4,2 Millionen Mark in der Kasse fehlen und in Walters Sessel ein Toter sitzt.

Ursula hat den Arbeiter mit dem Ausschußmaterial eingeholt. Er steht an der Häckselmaschine.

Fasziniert beobachtet sie, wie er eine der langen Kunststoffrollen über den Boden zu dem gähnenden Loch im Boden schleift, über dem ein großes Totenkopfzeichen angebracht ist. Er gibt der Maschine den Anfang der Folie zu fressen, und sofort beginnt sie, wie das Ungeheuer aus der Sage, den meterlangen Rest rasend schnell in sich hineinzuschlingen. Wer mit dem Fuß daran hängenbleibt, hat keine Chance. In einer Papierfabrik würde man zu so einem Unfall sagen: Der Aschegehalt hat sich erhöht. Was schlicht bedeutet, daß der Anteil von Nichtpapier höher ist als normal üblich.

Mit gierigen Augen schaut Ursula zu, wie die Maschine eine Kunststoffplatte nach der anderen verschlingt und zu winzigen Kunststoffgranulaten verhäckselt. Genau zu den Granulaten, die später wieder als Ausgangsmaterial für die Plastikbecher in die Maschinen gefüllt werden. Der perfekte Kreislauf. Vielleicht sollte sie Willy Waffel in seiner Papierfabrik einmal einen Besuch abstatten? Sich die Firma, ihre zukünftige *Mutter*-Firma, einmal zeigen lassen? Ein Schritt zu nah zu seiner häckselnden Papiermühle hin, und er würde in seinen Produkten weiterleben. Das muß doch für jeden wahren Fabrikanten wie ein Orgasmus sein – vereint mit seinem Lebenswerk. Sie grinst, und ihre Augenbraue zuckt. Es ist zu schön, um wahr zu sein. Es hat nur einen Haken. Von alleine wird er nicht hineinspringen, und stoßen kann sie ihn nicht. Das wäre Mord. Klar nachzuweisen. Ob er ausrutschen könnte? In Begleitung anderer Augenzeugen?

Ein Mitarbeiter kommt auf sie zu, spricht sie schüchtern an. »Entschuldigen Sie, Frau Winkler, Herr Kühnen sucht Sie.«

»Ach ja? Wo?«

»Am Haustelefon, dort drüben bitte!«

Gott sei Dank, jetzt haben sie Schaudt gefunden. Welch Lichtblick am Freitagmittag!

Der Hausapparat hängt an der Wand, der Hörer liegt darauf. Erwartungsvoll greift sie danach, doch Kühnen verkündet ihr nur, daß Willy Waffel in der Leitung wartet. Er hat einen verächtlichen Tonfall.

Ein süffisantes »Ach, der Herr Weber«, liegt ihr auf den Lippen, als sie das Gespräch annimmt. »Was verschafft mir das freudige Ereignis Ihres Anrufes?« sagt sie statt dessen.

Willy Waffel schweigt verdutzt, dann räuspert er sich. »Es ging um Ihr Angebot, die WWV zu besichtigen. Darauf wollte ich zurückkommen.«

»Jetzt gleich?«

»Äh, wie meinen Sie?«

»Ob Sie die Firma jetzt gleich besichtigen wollen, oder ob es bis Montag Zeit hat.«

»Ja, ich dachte, vielleicht zunächst einmal ein Blick in die Bilanz...«

»Zuerst die Firma, dann die Bilanz.«

»Hier oben haben Sie es zumindest schon mal recht nett!«

»Wo oben?«

»Na, hier. In Ihrem Büro!«

Ein Adrenalinstoß jagt durch Ursulas Körper. Sie glaubt, auf der Stelle abzuheben oder umzufallen. Er besitzt die Frechheit, sich ohne Termin in Ihrem Büro breitzumachen? Ja, ist Regina Lüdnitz denn von allen guten Geistern verlassen?

Ihre Stimme bebt: »Wer hat Sie da hineingelassen?«

»Ein paar Mitarbeiter haben Sie gesucht, und ich wollte nicht länger im Flur oder im Sekretariat stehen!«

»Ich komme!«

Hinauswerfen wird sie ihn. Hochkant. Ein Sturz aus dem Fenster dürfte in dieser Höhe einer Bekanntschaft mit der Häckselmaschine gleichkommen. Ursula geht, so schnell sie es im engen Kostüm vermag, durch die Fertigungshalle zurück. Es dauert trotzdem fast zehn Minuten, bis sie endlich im Bürotrakt ankommt. Während Ursula die Treppe zum ersten Stock hinaufläuft, nimmt sie ihre Mütze ab und knöpft den weißen Mantel auf. Der Lärm bremst sie, bevor sie noch ganz oben ist. Der Flur ist voller Menschen. Die halbe Belegschaft steht da, debattiert aufgeregt durcheinander. Was ist los, hat Willy Waffel etwa erzählt, daß er WWV übernehmen will?

Die ersten haben Ursula entdeckt, brechen das Gespräch ab. Schließlich drehen sich alle nach ihr um. Schweigen. Ursula bleibt kurz stehen, dann geht sie auf die vordersten Mitarbeiter zu: »Was ist los? Was ist denn los?« Sie sagen nichts, weichen nur zurück, eine Gasse bildet sich. Sie führt direkt zu Regina Lüdnitz' Büro. Ursula stürmt hinein. Regina Lüdnitz liegt auf dem Boden, offensichtlich bewußtlos. Verena Müller und Arnold Müller kümmern sich um sie. Willy Waffel sitzt kreidebleich am Schreibtisch. Ursula schaut auf ihre Sekretärin hinunter. »Was ist denn passiert? Ist sie gestürzt? Krank? Oder was?«

Verena Müller deutet wortlos zu Walters Büro. Die Türe steht sperrangelweit offen. »Was ist da?« will Ursula wissen.

»Gehen Sie nicht hinein«, Arnold Müller richtet sich auf. »Gernot Schaudt hat sich augenscheinlich im Büro Ihres Mannes umgebracht. Herr Waffel hat ihn entdeckt. Wir wissen nicht, wie lange er da schon... äh... sitzt.«

Jetzt halte deine Sinne beisammen, denkt Ursula.

»Wie, wie kann das passieren, ich meine, ich verstehe nicht. Und was ist mit Frau Lüdnitz? Hat schon jemand den Arzt gerufen?« Ursula schaut sich um. Willy Waffel sieht aus, als ob er sich jeden Augenblick übergeben müßte. Geschieht ihm gerade recht, diesem Schnüffler. Nur blöd, daß nun ausgerechnet er von der Geschichte weiß.

»Der Krankenwagen ist unterwegs.«

»Für Gernot Schaudt?«

»Der ist tot!«

»Tatsächlich?« Sie geht an die Türe, schaut in Walters Büro, dann geht sie langsam hinein. Bei Tageslicht sieht Gernot Schaudt wirklich zum Fürchten aus. Die Verwesung hat bereits eingesetzt, sein entstelltes Gesicht hat dunkle und okkerfarbene Flecken, mit dem eingetrockneten Blut und den herausgequollenen Augen gleicht es einem Klumpen Fleisch aus einer Horrorszene. Kein Wunder, daß Frau Lüdnitz umgekippt ist. Sie geht ins Sekretariat zurück. »Ich glaube, wir schließen die Türe«, sagt sie leise.

Regina Lüdnitz schlägt die Augen auf. Verena Müller stützt ihren Kopf, Arnold Müller schraubt das Fläschchen zu, das er ihr unter die Nase gehalten hat.

»Das ist doch nicht wahr«, ist ihr erster Satz.

»Doch, leider ja!« Ursula nickt ihr zu. »Es ist ein Schock für uns alle!« Damit geht sie hinaus, auf den Gang.

Mittlerweile haben sich gut fünfzig Personen versammelt, und es werden immer mehr. Eine Weile schweigt Ursula mit gesenktem Kopf, dann schaut sie auf: »Es ist ein schreckliches Unglück geschehen. Gernot Schaudt, unser geschätzter und fähiger Exportleiter, ist tot. Wie es passieren konnte, wissen wir noch nicht. Auch nicht, warum es ausgerechnet im Arbeitszimmer meines Mannes geschah. Wer noch von ihm Abschied nehmen will, kann das tun. Doch ich möchte Sie warnen, es ist kein schöner Anblick. Und ich möchte Sie bitten, nichts zu verändern. Ich werde jetzt die Polizei verständigen.«

Die Beamten verhalten sich diskret, Willy Waffel weniger. Kaum daß er sich wieder einigermaßen gefangen hat, sagt er in arrogantem Ton: »Eine Firma, in der sich die Mitarbeiter schon umbringen, ist nicht einmal mehr 15 Millionen wert. Wenn sich das herumspricht, können Sie froh sein, wenn ich mein Angebot überhaupt noch aufrechterhalte!«

Betroffen starren die im Sekretariat versammelten Mitarbeiter zunächst Willy Waffel an, dann Ursula. Ursula will eben scharf antworten, da wird Gernot Schaudt in einem geschlossenen Blechsarg herausgetragen. Einige schlagen das Kreuzzeichen, alle weichen unwillkürlich zurück.

Der Arzt und die Polizeibeamten begleiten ihn, bleiben bei Ursula stehen. »Ein schwerer Schlag für Sie alle«, sagt der Arzt freundlich. »Todesursache war ein Schuß in den Kopf, aber es deutet alles auf Selbstmord hin. Selbstverständlich müssen wir die Obduktion abwarten.«

Also zunächst einmal keine unangenehmen Ermittlungen, atmet Ursula auf und verabschiedet die Männer erleichtert. Der Zug setzt sich in Bewegung. Hinter dem Sarg spaziert Willy Waffel hinaus. Der Raum leert sich. Einer nach dem anderen geht, schweigend begleiten die Mitarbeiter Gernot Schaudt bei seinem letzten Gang durch die Firma. Ursula bleibt zurück. Sie sieht durch das Fenster, daß der Hof bereits voller Menschen ist. Alle nehmen sie Abschied von ihrem Kollegen.

Ein schwerer Schlag, hat der Doktor gesagt. Es ist tatsächlich ein schwerer Schlag, daß ausgerechnet Willy Waffel die Leiche gefunden hat. Sie konnte aus Pietätsgründen noch nicht einmal fragen, was er überhaupt in Walters Büro wollte. Aber sie wird ihn anrufen, bevor er sein Klatschmaul aufreißt und einen Skandal daraus macht. Brütend sitzt Ursula an ihrem Schreibtisch.

Wie ist Willy Waffel, das rasende Klatschmaul, aufzuhalten?

Wie ist herauszufinden, was Schaudt eigentlich gemeint hat?

Ihr Telefon klingelt.

Das Display zeigt eine Außenleitung an.

Ist Regina Lüdnitz nicht da?

Sie nimmt ab.

»Prima, daß ich Sie direkt erreiche, Frau Winkler. Lutz Wolff, guten Tag!«

»Ich muß Ihnen ehrlich sagen, Herr Wolff, so prima finde ich das jetzt nicht. Gernot Schaudt ist eben hinausgetragen worden.«

»Na, Gott sei Dank. Wer hat ihn denn entdeckt?«

»Willy Waffel.«

»Nein!«

»Doch! Und die Sache mit Ihrer Bianca finde ich auch nicht so prima, wenn wir schon dabei sind!«

»Nun, Sie ist nicht *meine* Bianca, aber ich kann Sie in gewissem Sinne verstehen. Trotzdem geht von ihr keine Gefahr aus. Oder denken Sie das?«

»Sie können mir ja einmal erklären, was ich denke...«

»Glauben Sie etwa, ich mache mit Waffel gemeinsame Sache?«

»Er hat sie bei Ihnen abgeholt.«

»Er geht sicherlich nicht freiwillig in ein Detektivbüro. Er wird unten auf sie gewartet haben. Aber wenn Sie kein Vertrauen mehr zu mir haben, müssen Sie den Vertrag lösen. Das hat sonst keinen Sinn mehr.«

Ursula kritzelt mit einem Kugelschreiber kleine Kreuze auf ihren Notizblock. Einen Moment lang schweigen beide.

Es knackst in der Leitung. Ursula schaut schnell auf ihr Display. Sie kann nicht erkennen, ob jemand mithört.

»Augenblick mal bitte«, sie legt ihren Hörer auf den Tisch und läuft ins Sekretariat. Regina Lüdnitz hält den Hörer noch in der Hand. Sie schaut erschrocken auf, als Ursula hereinstürmt.

»Was tun Sie da?«

»Ich wollte eben meinen Freund anrufen, damit er mich abholt. Ich fühle mich nicht gut, Frau Winkler, ich möchte nach Hause.« Dabei blickt sie völlig ins Leere, durch Ursula hindurch.

»Ach so, ja. Ich verstehe.« Wenn sie einen Freund hat, war sie wohl kaum Walters Geliebte. Ursula will die Türe wieder hinter sich zuziehen, dreht sich aber nochmals kurz nach ihr um: »Ich wünsche Ihnen gute Besserung. Aber wieso haben Sie Herrn Waffel überhaupt ohne meine Erlaubnis in Walters Büro geführt?«

»Er sagte zu mir, eine Besichtigung sei sowieso mit Ihnen ausgemacht und er wolle sein zukünftiges Chefzimmer mal anschauen. Etwas, was ich überhaupt nicht verstanden habe. Fusionieren wir denn?« Ihre Augen zeigen wieder etwas Leben.

»Willy Waffel hofft, daß uns die Stornos, von denen Sie ja auch wissen, den Hals brechen. Aber da kann er lange warten. Er ist ein unverschämter Mensch, sonst nichts!«

Regina Lüdnitz nickt langsam.

Ursula schließt die Türe.

»Ich weiß nicht, ob mitgehört wurde oder nicht. Jedenfalls

ist es mir unangenehm, solche Dinge am Telefon zu besprechen.«

»Gut, ich würde mich freuen, wenn Sie zu mir kommen würden.«

»Nein, kommen Sie zu mir. Heute abend um acht. Paßt Ihnen das?«

Lutz Wolff zögert kurz. Sicherlich hat er ein Date, denkt Ursula zynisch, seine Freundin ein bißchen mit *ihrem* Porsche ausfahren.

»Gut. Ja, gut, ich komme!«

Ursula greift nochmals zum Hörer: »Herr Witzmann, bitte sorgen Sie dafür, daß die Firma WWV gebührend von ihrem Mitarbeiter Abschied nimmt. Melden Sie schon mal für die morgige Samstagausgabe Platz an, und zwar in der FAZ und in der Frankfurter Rundschau je dreispaltig. Trauervorlage – Sie wissen schon. Den Text schieben wir dann nach. Sobald Sie einen Vorschlag haben, kommen Sie bitte zu mir in mein Büro!«

Ursula fährt zügig nach Hause. Wenn ich schon Anzeigen aufgebe, könnte ich den Mercedes auch gleich anbieten, denkt sie, und während sie das denkt, hat sie plötzlich das Bild der Aktentasche wieder vor Augen. Daß Walter sie so einfach auf dem Rücksitz liegengelassen hat, ist eigentlich gar nicht seine Art. So penibel, wie er mit allem war. Aber Ursula hat seit seinem Tod auch noch nie in den Kofferraum hineingeschaut. Vielleicht sollte sie das zu Hause gleich einmal tun.

Der Kofferraum ist völlig leer. Typisch Walter. Die Aktentasche nimmt sie mit. Sie fühlt sich schwer an. Im ersten Moment denkt sie an ihre Arbeiter, die in der Pause Stullen und Thermosflaschen auspacken. Die Vorstellung, Walter hätte eine Thermosflasche mit sich herumgeschleppt, fällt ihr allerdings schwer. Fast muß sie darüber lachen.

Es ist kurz vor acht Uhr. Viel Zeit bleibt ihr nicht mehr.

Ursula stellt schnell Wasser für Tee auf, legt die Aktentasche dabei auf den Küchentisch. Dann geht sie nach oben, um sich frischzumachen. »Bei Willy Waffel könntest du mir mal helfen. Dann hättest du wenigstens eine Aufgabe«, sagt sie im Vorbeigehen zu Walter im Silberrähmchen. Könnte ihn heute nacht nicht einfach der Schlag treffen?

Es klingelt.

Ursula mustert sich kurz im Spiegel. Sie muß dringend zum Friseur. Vielleicht bekommt sie ja morgen einen Termin bei Zieger. Sie legt noch schnell etwas Lippenstift auf und geht dann hinunter.

Lutz Wolff hat seine Lederaktentasche unter dem einen Arm, im anderen trägt er eine Flasche Wein.

»Kommen Sie, bleiben wir in der Küche. Ich habe eben einen Tee aufgestellt.« Ursula nimmt Walters Aktentasche vom Tisch, dann schaut sie in den Kühlschrank. Frau Paul hat für sie eingekauft. Wieder Marke billig statt Marke Qualität. Daß sie ihr das aber auch nicht beibringen kann. Sie legt Wurst und Käse auf eine Platte und stellt Brötchen dazu. Soll Lutz Wolff das Zeug essen. Sie gießt ihren Pfefferminztee auf und setzt sich dann. »Oder hätten Sie lieber Wein? Bier?«

»Ich schließe mich Ihnen an.«

»Gut so!«

Sie erzählt Lutz, was tagsüber geschehen ist. Bis hin zu Reginas Antwort, wie es überhaupt soweit kommen konnte.

»Dieser Herr Waffel ist ja ganz schön unverschämt!«

»Der Name wächst sich für mich zum Reizwort aus! Aber ich muß ihn stoppen, bevor er in der Branche Lügen verbreitet. Wie kann ich das?«

Lutz fährt sich durch sein kurzes, schwarzes Haar.

»Wir müssen ihn mundtot machen.«

»Ganz tot wäre er mir lieber!« Ursula stellt die Teekanne unsanft auf den Tisch.

Lutz lacht. »Ja, das kann ich mir vorstellen. Aber den Gefallen wird er uns nicht tun. Wir können ihn anzeigen, aber das wird seine Energie nicht unbedingt bremsen. Vielleicht vorübergehend, und dann wird er um so mehr versuchen, Sie zu vernichten.«

»Verlockende Aussichten!« Ursula nimmt einen Schluck Tee. In jungen Jahren hätte ihr Lutz Wolff gefallen können. Nur sein Beruf wäre ihr zu windig gewesen. Detektiv. Wie seine Freundin das wohl findet?

»Der Schlüssel zu Willys Mundwerk könnte Bianca heißen. Ein paar eindeutige Fotos könnten ihn vermutlich bremsen. Was meinen Sie?«

Ursula lächelt leise. »Ja, gefällt mir.« Dann wiegt sie bedenklich den Kopf: »Wer sagt uns denn, daß ihn die Meinung seiner Frau überhaupt noch interessiert? Vielleicht will er sich ja wirklich scheiden lassen?«

»Ja. Aber erst mit Ihrer Kohle. An seiner Frau vorbei, wie Sie ja selbst gehört haben. Vermutlich kann er sich gar nicht scheiden lassen, ohne in Konkurs zu gehen. Das müßte man sich mal genauer ansehen.«

»Schade, daß ich in Oberlech keine Videokamera dabei hatte. Das wäre ein perfekter Beweis gewesen!« Ursula zögert, dann schaut sie Lutz schräg an. »Ich hätte noch eine Adresse. Aber die habe ich mir nun wahrscheinlich selbst verdorben.« Sie erzählt Lutz kurz von ihrer Detektivarbeit im Auto, von der Pizzeria und dem Anruf.

Er lacht. »Nun gut. Ich kann mir schon vorstellen, daß dieser Anruf für Sie reizvoll war. Somit wissen wir zumindest, daß er sich, wenn er mit Bianca unterwegs ist, in der Frankfurter Öffentlichkeit einen anderen Namen gibt. Also muß ihm etwas daran liegen, daß die Geschichte geheim bleibt. Ich schau mir diese Pizzeria mal an.«

Ursula nimmt einen Schluck giftgrünen Tee. Dann stellt sie die Porzellantasse langsam ab, blickt Lutz Wolff direkt in die

Augen. »Wenn Sie mich hinters Licht führen, wäre ich wahrscheinlich zu einem Mord fähig!«

Ihr Gegenüber stutzt, dann schüttelt er leicht den Kopf. »Bianca ist kein Indiz dafür, daß ich falschspiele, sondern ein Glücksfall. Sie liefert uns die Munition gegen Waffel.«

Ursula betrachtet ihn regungslos. Dann greift sie nach seiner Weinflasche. »Gut, darauf wollen wir trinken!«

DIE AKTE

Frau Zieger kann ihr noch kurzfristig einen Termin einräumen. Die wissen auch, daß es noch andere Friseure gibt, denkt Ursula am Samstagmorgen um acht Uhr und macht sich eine Stunde später auf den Weg.

»Ist das nicht schrecklich?« begrüßt sie Herr Zieger sensationslüstern.

»Was?« fragt Ursula ahnungslos.

Er fuchtelt ihr mit der FAZ vor dem Gesicht herum. »Na, das. Ihre Todesanzeige. Ihr Mitarbeiter!«

O Gott, das hat sie völlig vergessen.

»Ein wirklich tragischer Fall. Ja. Geben Sie mal her.« Sie setzt sich hin und blättert die Anzeigenseiten durch, während der Friseurmeister ungeduldig hinter ihr steht. »Ich habe die Ecke umgeknickt. Darf ich Ihnen das einmal zeigen?« Er greift nach vorn, deutet auf die betreffende Seite.

»Ah, sehr scharfsinnig«, nickt Ursula.

Oben rechts plaziert. Sehr auffallend. Sehr gut. WWV tut etwas für ihre Mitarbeiter.

»Woran ist er denn verschieden, der selige Herr Schaudt?« Herr Zieger beugt sich neugierig vor.

»An einer Kugel im Kopf«, entgegnet Ursula, aber kaum hat sie es gesagt, tut es ihr leid.

Walter-Winkler-Verpackungen

Wir trauern um unseren Exportleiter

Gernot Schaudt

Sein Tod kam für uns alle überraschend und viel zu früh. Wir haben einen treuen, loyalen und beliebten Kollegen verloren. Mit Dank für die vergangenen Jahre und in wacher Erinnerung

WWV –
Geschäftsführung und Belegschaft

Sie wirft einen Blick in den Spiegel. Sein Gesichtsausdruck verrät ihr, was ihr die nächste halbe Stunde blüht. Er wird alles wissen wollen. Die kleinste Kleinigkeit.

»Wollte nicht Ihre Frau meine Haare…«

»Meine Frau mußte schnell zur Post. Tut mir leid. Dreißig Minuten wird sie dazu schon benötigen. Wenn ich solange…?«

Er wird sie verdonnert haben, 30 Minuten hinter dem Vorhang zu stehen, bis er alles weiß. Seufzend ergibt sich Ursula ihrem Schicksal.

Ein ganzes Wochenende liegt vor ihr, Zeit genug, sich über alles ausführlich Gedanken zu machen. Ursula steht vor ihrem Badezimmerspiegel, betrachtet sich. Er ist zwar eine fürchterliche Schwatznatter, aber schneiden und färben kann er. Das muß sie Herrn Zieger lassen.

Ursula zieht sich um. Das Kostüm hängt sie zum Lüften auf den Balkon, sie sucht sich einen warmen, weiten Pullover und eine alte, bequeme Hose heraus. Jetzt wird sie zunächst einmal in aller Ruhe frühstücken. Sie richtet sich Pfefferminztee, Brötchen, Butter und Honig auf ein Tablett und trägt es ins Wohnzimmer.

Eigentlich geht es ihr ja gut.

Wenn nicht dieser Stachel namens Waffel in ihrem Fleisch herumbohren würde, ginge es ihr sogar sehr gut.

Sie trinkt langsam ihren Tee und schaut durch das große Fenster in den Garten. Es liegen noch Schneereste da, aber es ist wärmer geworden. Die Sonne wagt sich sogar etwas hervor.

Wie herrlich.

Sie kann ganz alleine entscheiden, was sie heute tun will.

Sie kann spazierengehen, sitzenbleiben, arbeiten, lesen.

Kein Mensch jagt sie durch die Gegend, treibt sie auf einen Berg oder verdammt sie zum Warten in kalten Häfen.

Sie schenkt sich noch eine Tasse nach.

Walter war stark. Selbst wenn ein Schwächling wie Schaudt ihn schlechtmacht. Er hatte keine Konkurrenz. Und es gibt auch keinen, der ihm gleichkommt. Das ist ihr jetzt klar.

Aber sie ist froh, daß sie ihn loshat.

Trotz allem.

Die Aktentasche fällt ihr ein.

Mal schauen, welche Goldbarren er da mit sich herumschleppte. Eine Akte ist drin, das hat sie sich gleich gedacht. Entweder hatte er immer Schiffsprospekte und Messeneuheiten dabei, oder stapelweise Akten.

Sie zieht sie heraus. Sie ist ziemlich dick. Mehrere Trennkartons ordnen den Inhalt. Allerdings ohne Beschriftung.

Ursula schlägt den Deckel auf, fängt vorne an.

Bankverträge. Gut, die kennt sie alle, damit hat sie sich erst kürzlich auseinandergesetzt. Was wollte er mit den Kopien?

Sie blättert sie durch. Die verschiedenen Abschlüsse reichen ziemlich weit zurück. Bis 1986.

Soweit zurück ist sie bei ihren Recherchen natürlich nicht gegangen. Sie hatte sich nur die neuesten Verträge angeschaut.

Ursula beginnt die Unterlagen zu vergleichen.

Interessanterweise werden die Konditionen im Laufe der Zeit auffallend besser, obwohl sich doch die allgemeine Zinssituation gerade in den letzten Jahren ganz deutlich verschlechtert hat. Vor zwei Jahren hat vor allem Herr Wiedenroth nochmals kräftig nachgebessert. Gut, sie hat gewußt, daß er ihnen gute Konditionen eingeräumt hat. Aber so deutlich wie bei der chronologischen Auflistung ist ihr das noch nie aufgefallen. Da hat Julius Wiedenroth ja fast gegen seine eigene Bank gearbeitet. Und jetzt stellt er sich plötzlich so seltsam an, angeblich wegen schlechter Konjunktur und mieser Wirtschaftslage?

Auch Herr Nordlohne hat die WWV ganz offensichtlich bevorzugt behandelt. Wieso hat er Walter von heute auf morgen ein fast zinsloses Darlehen über 250 000 Mark gewährt? Sie schaut sich das Datum an, versucht sich zu erinnern. Wozu hätten sie in der Firma 250 000 Mark zusätzlich gebraucht?

Der Teekessel pfeift. Sie schüttet die grünen Pfefferminzblätter direkt auf den Kannenboden, gießt dann langsam das heiße Wasser darauf.

250 000 Mark? Das Auto kostete keine 250 000 Mark – aber die Swan! Aber warum? Was hat er dann mit den 250 000 Mark gemacht, die er vom Privatkonto für die Swan abgehoben hatte?

Sie läßt alles stehen und läuft in ihr Arbeitszimmer. Wo

sind die Bankauszüge von vor fünf Jahren? Ordentlich nebeneinander in einer großen Schublade verstaut. Sie zieht einige heraus, dann hat sie das betreffende Jahr. Schnell geht sie zu Walters Akte zurück. Tatsächlich. Das gleiche Datum. Bedeutet das, daß dieses ekelhafte Schiff etwa 500 000 Mark gekostet hat, statt der von ihm angegebenen 250 000 Mark? Hat er sich etwa nicht getraut, ihr das zu sagen? Den Kaufvertrag auf eine andere Summe ändern lassen – wegen ihr?

Fast muß sie lachen.

Wie er sie wohl gesehen hat?

Wohl völlig anders als sie sich selbst.

Nicht zu fassen!

Sie blättert weiter.

Wieder ein Vertrag mit einer Bank. In Luxemburg. Warum in aller Welt in Luxemburg? Sie hatten dort doch überhaupt kein Konto!

Ursula verzieht das Gesicht.

Wir nicht.

Er schon!

Das Ausland?

Kontoeröffnung, erste Einzahlung: 250 000 Mark. Das Datum fällt mit dem des Darlehens fast zusammen. Nur zwei Tage später. Was hat das zu bedeuten?

Wozu hast du ein Geheimkonto gebraucht, Walter?

Was hast du vor mir verborgen?

Wozu hast du Gernot Schaudt alles benutzt?

Regelmäßige Abbuchungen, stets über dieselbe Summe: 8000 Mark. Sie vergleicht die Zeitabstände. Mal vier Wochen, mal sechs oder auch acht. Aber stets exakt 8000 Mark. Jedesmal bar abgeholt, keine Überweisungen. Es gibt keine weiteren Hinweise, sie stößt auf den nächsten Trennkarton.

Wieder Verträge. Diesmal mit der Stadt. Es geht ums Abwasser. Das hat Ursula auch noch in Erinnerung. Es hat endlose Gespräche um das Abwasser der Verpackungsfirma gegeben. Vor zwei Jahren verlangte eine städtische Abwasserkommission den Einbau einer völlig neuen Technik. Ihre Abwasserwerte seien nicht mehr umweltverträglich. Walter hatte geschäumt. In mühsamen Gesprächen hat er es dann geschafft, daß alles beim alten blieb. Zum Schluß hatte sich Ursula aus den Verhandlungen ausgeklinkt, sie konnte es sich einfach nicht mehr anhören.

Hier hatte Walter nun sämtliche Protokolle zu sämtlichen Verhandlungen schön säuberlich abgeheftet.

Sie blättert weiter.

Alles hat er aufbewahrt. Sie stößt auf die Baugenehmigung für die neuen Lagerhallen, auf die Leasingverträge über ihren Fuhrpark und auf einen ausführlichen Briefwechsel mit dem Finanzamt. Überall hängen Protokolle dabei. Wie die ursprünglichen Forderungen ausgesehen hatten und wie die Sache schließlich ausging. Meistens überraschend gut für die WWV.

Sie hatte Walters Verhandlungsgeschick immer bewundert. Aber jetzt fällt ihr zum ersten Mal auf, wie oft er es geschafft hat, seine Vorstellungen durchzusetzen. Oder auch seinen Hals zu retten, was das Abwasser anging, das Finanzamt oder auch die Baugenehmigung, die zunächst unwahrscheinlich schien und dann doch erteilt wurde. Mit weniger Auflagen als ursprünglich angedroht.

Er war wirklich ein ganz besonderer Mann. Trotz allem.

Sie holt die Teekanne aus der Küche, schenkt sich vorsichtig ein. Gut, die Pfefferminze hat sich bereits gesetzt.

So heiß trinkt sie den Tee am liebsten.

Sie nimmt einen vorsichtigen Schluck aus der dünnen Porzellantasse.

Das nächste Trennblatt.

Ursula blättert weiter.

»Autsch!« Der heiße Tee schwappt über ihre Finger auf ihre Hose, als sie die Tasse hastig absetzt.

Was ist das?

Das Farbfoto eines Paares in eindeutiger Pose. Eine Frau mit langem, schwarzem Haar reitet, nur mit Strapsen, schwarzen Strümpfen und hochhackigen Schuhen bekleidet, auf einem Mann, der den Mund weit aufreißt. Walter? Schwer zu erkennen. Ursula läuft los, eine Lupe zu suchen.

Sie zieht wahllos Schubladen auf, sie kann keinen klaren Gedanken fassen. Was bedeutet das? Walter bei einer Prostituierten?

Walters Lesebrille kommt zum Vorschein. Besser als nichts.

Sie läuft zurück.

Nein, es ist nicht Walter. Wer dann?

Fiebrig blättert sie weiter.

Wieder ein Foto. Das gleiche Paar. Nur hat sich der Mann diesmal aufgerichtet, wohl, damit er besser zusehen kann, wie sie ihm einen bläst.

Ursula lehnt sich zurück, holt tief Luft. Das ist unglaublich. Es ist Julius Wiedenroth. Der Bankdirektor als geiler Vogel im Bett einer Hure. Ursula kennt seine Frau. Ein zurückhaltendes, graues Wesen. Unförmig und traurig. Kein Wunder.

Sie blättert weiter.

Dritter Akt. Julius' hochrotes Gesicht ist gut zu erkennen, während er die Frau von hinten stößt. Frontal zur Kamera. Man sollte sich mit Bluthochdruck nicht so anstrengen, denkt Ursula. Das Gesicht der Frau ist auf keinem der Bilder zu sehen. Auch jetzt sind wieder die schwarzen Haare davor. Wer ist sie?

Es steht nichts dabei. Keine Zeile.

Ursula blättert weiter.

Vierter Akt. Sie liegt zwischen seinen Beinen. So ähnlich hatten wir das doch schon mal, denkt Ursula. Nächste Seite. Aber halt – sie schlägt das Blatt nochmals zurück.

Es ist ein anderer Mann.

Ursula greift nach ihrer Tasse, trinkt einen Schluck, dann schaut sie eine Weile regungslos in den Garten, ohne etwas zu registrieren.

Erpressung.

Walters Erfolgsgeheimnis war Erpressung.

Ganz ordinär, simpel und einfach.

Seine Überzeugungskunst beruhte auf keinem brillanten Genius, auch nicht auf einer unschlagbaren Verhandlungsstrategie, sondern höchst unspektakulär auf einem einfachen Foto.

Welche Überraschung!

Sie blättert schnell weiter.

Sex in allen Posen. Immer die gleiche Kamerastellung, immer die gleiche Frau, immer andere Männer. Manche kennt sie, andere nicht. Aber sie ahnt, wer sich da alles an der großen Schwarzen austobt. Die Namen der Unterzeichnenden auf den verschiedenen Verträgen dürften das Unterleibsrätsel entschlüsseln. Das letzte Foto – es überrascht sie nicht – zeigt Gernot Schaudt. Und dahinter eine Aufstellung mit erheblichen Zahlungen zwischen 30000 und 60000 Mark.

»Walter, du verdammter Hund!« sagt sie laut. »Tricks! Nichts als Tricks! Hattest du das nötig?« Ihre Augenbraue zuckt. Sie läuft in ihr Schlafzimmer. Das Foto von Walter liegt auf dem Glas. Hat sie es heute morgen aus Versehen umgestoßen? Sie weiß es nicht. »Hast du dich selbst entthront?« Sie läßt ihn liegen, greift in ihren Schrank. Sie muß dringend an die frische Luft. Laufen. Und nachdenken. Wenn Walter bei jedem seiner Fälle dieselbe Frau genommen hat, muß er sie natürlich gut gekannt haben. Über Jahre. Hat er sie vielleicht selbst...? Ursula greift ihre Daunenjacke heraus. Sie muß dieses Weibsstück ausfindig machen. Aber wie? Anhand der schwarzen Haare? Des Zimmers? Woher kann sie Hinweise bekommen?

Sie läuft mit der Jacke hinunter. Das Puzzle ergibt langsam

einen Sinn. Dazu brauchte er also das Konto in Luxemburg. Sie muß dorthin!

Und diese Frau ist die Schlüsselfigur.

Irgendwo hat er vielleicht die entsprechende Korrespondenz versteckt. Mit diesen Knaben. Und dieser Schlampe!

Aber wo?

Ursula, sagt sie sich, beruhige dich. Denke klar darüber nach. Geh an die frische Luft, und ordne deine Gedanken.

Und dann fängst du an zu suchen!

DIE UNBEKANNTE

Ursula sucht den ganzen Samstag und den halben Sonntag. Systematisch geht sie das Büro durch, räumt jede Schublade aus, durchblättert jeden Aktenordner, schaut im ganzen Haus hinter jedes Bild, wühlt im Abstellraum und schaut selbst im Heizungsraum und in der Garage nach. Nichts.

Am Sonntagnachmittag greift sie wieder nach ihrer Daunenjacke. Die erfolglose Suche nervt sie. Sie braucht Auslauf.

Und während sie über die weiten Felder läuft, weiß sie plötzlich, wie sie sich Willy Waffel wirklich vom Hals schaffen könnte. Eindeutige Fotos mit Bianca, wie Lutz es vorgeschlagen hat, sind ihr zu unsicher. Möglicherweise sind sie kein wirksames Druckmittel mehr, wer weiß schon, welche Macht Biancas Unterleib inzwischen über ihn hat. Vielleicht ist ihm die Reaktion seiner Frau ja längst egal. Auch wenn Lutz anders denkt. Außerdem sind solche Bilder schwer zu bekommen. Will sich Wolff mit der Kamera in die Bettritze legen? Und wenn ja, in welche? Einfacher und vermutlich auch effektiver wäre ein Foto von Waffel mit der Schwarzen in den bewährten Posen. Dort scheint der Fotoapparat ein fester Bestandteil des Mobiliars zu sein. Und sie hätte Waffel zweifach in der Hand. Sie könnte das Foto sowohl gegen seine Frau als auch gegen seine Geliebte einsetzen.

Ursula kickt einen großen Stein vor sich her, sie grinst.

Gut, zu Hause hat sie nichts über die große Unbekannte gefunden. Aber sie wird sie aufspüren. Und wenn die Schwarze für Walter gearbeitet hat, kann sie das auch für sie tun. 8000 Mark sind 8000 Mark. Sie wird morgen früh einen Termin in Luxemburg vereinbaren und so schnell wie möglich hinfahren. Womöglich findet sie dort ein paar Anhaltspunkte. Und vor allem dürften dort ein paar herrenlose Millionen herumdümpeln. Nur gut, daß sie die Unterlagen gefunden hat – und, sie grinst, wie ärgerlich für die Bank.

Der Wertpapierberater in Luxemburg erklärt Ursula am Montag morgen in ihrem Büro telefonisch, daß eine Übergabe in ihrem Fall problemlos sei. Sie benötige nur einen Erbschein, der sie als Alleinerbin ausweise. Ursula vereinbart einen Termin für den nächsten Tag und überläßt es ihrem Anwalt, alle erforderlichen Unterlagen für sie zusammenzustellen. Dann ruft sie ihren Pressechef an. Er soll sie und die Mitarbeiter rechtzeitig über den Beerdigungstermin von Gernot Schaudt informieren. Diesen Wunsch hätten heute morgen schon gut zwanzig Firmenangehörige geäußert, und auch von außerhalb würde er mit Anrufen überhäuft, erklärt ihr Rainer Witzmann.

»Sagen Sie den Leuten, daß Sie dafür nicht bezahlt werden. Sie sollen sich an seine Frau wenden«, entgegnet Ursula ärgerlich. »Setzen Sie einen von unseren Azubis ans Telefon. Und tun Sie Ihre Arbeit!«

Ursula legt auf und wählt die Nummer der Detektei Wolff.

»Na, was gibt es Neues?«

»Ich habe in der besagten Pension für diese Woche ein Zimmer gemietet und werde heute abend dort einziehen. Ich habe mich als Vertreter ausgegeben. Wenn Waffel in diesem

Etablissement wirklich Stammgast ist, wird er mir zwangsläufig über den Weg laufen.«

»Aber Bianca auch! Und die wird sie erkennen!«

»Da pass' ich schon auf!«

»Mit Perücke und falschem Bart, oder wie?«

»Das lassen Sie meine Sorge sein!«

»Ich hoffe, Sie haben nicht das teuerste Zimmer genommen!«

»Es wird sich in der Gesamtrechnung kaum auswirken.«

Ursula schweigt. Diese Aussicht beruhigt sie nicht. Ganz im Gegenteil. »Nun, ich hoffe, Sie haben Erfolg.«

Sie legt auf. Regina Lüdnitz kommt mit der Morgenpost. Sie ist schwarz gekleidet und sieht blaß aus. Völlig übernächtigt. Keine Nerven mehr, die jungen Leute. Wenn die Lüdnitz jetzt eine Kur beantragt, kostet sie das unnötig Geld. Und sie müßte für vier oder sechs Wochen für Ersatz sorgen. »Bleiben Sie drei Tage zu Hause, Frau Lüdnitz. Erholen Sie sich von dem Schreck. Frau Braun-Schmidt wird diese drei Tage für Sie einspringen können.«

Ein dankbarer Blick trifft Ursula. Tatsächlich, sie nimmt das Angebot an, stellt Ursula fest. Spricht nicht gerade für großes Pflichtbewußtsein. Auch gut. Das kann sie anführen, wenn es um die nächste Gehaltserhöhung geht.

Aber nach der Montagskonferenz hält auch Ursula nichts mehr in der Firma. Sie fährt zu ihrem Rechtsanwalt, holt die für sie vorbereitete Mappe ab und überprüft alles zu Hause. Auch die beste Fahrstrecke nach Luxemburg. Autobahn über Koblenz oder über Mannheim, das dürfte sich gleich bleiben.

Kurz nach dreizehn Uhr trifft sie am nächsten Tag in der Hauptstadt des Großherzogtums ein. Sie fährt in die Innenstadt und läßt sich dort von einem Taxifahrer den Weg erklären. Die Bank hat eine Tiefgarage. Wie praktisch. So hat sie keine Parkplatzprobleme, und die Diskretion bleibt gewahrt. Sie parkt ihren Golf zwischen zwei Limousinen. Neugierig schaut sie beim Aussteigen auf die Nummernschilder. Aus Deutschland, natürlich. Andere Nationalitäten haben es schließlich auch nicht nötig, ihr Geld ins Ausland zu baggern. Könnte interessant sein, hier mal einige Tage eine Kamera aufzustellen...

Auf der anderen Seite, denkt sie, während sie ihre Tasche aus dem Kofferraum nimmt, könnte sie sich ja auch einmal erkundigen, wie Walter das so gedeichselt hat. Warum soll ausgerechnet sie für die dicken Bäuche der Politiker sorgen? Und im Anschluß dann auch noch die Abmagerungskuren bezahlen?

Harald Fuchs, der Wertpapierberater, mit dem sie gestern telefoniert hat, erwartet sie schon. Die Türe zu seinem Büro steht weit offen. Ursula zögert kurz an der Schwelle, aber er steht sofort auf, kommt ihr mit ausgestreckter Hand entgegen und spricht ihr sein Beileid aus. Dann bietet er ihr Platz an. Anschließend setzt er sich selbst, faltet abwartend die Hände.

Ursula beugt sich auf ihrem Stuhl etwas vor und streckt ihm den Erbschein entgegen: »Wieviel Geld ist auf diesem Konto, Herr Fuchs?«

Er wirkt äußerst verbindlich, betrachtet das Dokument ausgiebig: »Alles in Ordnung, Frau Winkler. Das können wir schnell abwickeln.«

»Wieviel?«

Harald Fuchs legt die Fingerspitzen aneinander, akribisch genau.

»Fünf Millionen.«

»Wieviel??«

»5,36 Millionen.«

»Das ist unglaublich!«

Er lächelt ihr freundlich zu: »Jeder Mann hat eben sein kleines Geheimnis!«

Ursula nickt grimmig und denkt an die Unbekannte.

Elisabeth Stein war der einzige Name, der ihr in den Unterlagen unbekannt war. Sie startet den Wagen in der Tiefgarage.

Das muß sie sein!

Gleich nach der Grenze steuert Ursula die nächste Telefonzelle an und fragt die Auskunft nach der Nummer von Elisabeth Stein in Frankfurt. Wenn die Stein im Telefonbuch steht, womöglich noch mit Straßenangabe, gibt es heute noch eine spannende Nacht. Am meisten interessiert Ursula doch die Frage, ob Walter mit ihr ein Verhältnis hatte.

Aber die Dame hat keinen Anschluß oder eine Geheimnummer, oder sie wohnt in einer anderen Stadt. Jedenfalls kann die Auskunft über Elisabeth Stein keine Auskunft geben.

Wäre ja auch zu schön gewesen.

Ursula setzt sich hinters Steuer und fährt weiter. Möglicherweise benutzt sie einen Zweitnamen. Lisa? Lisbeth? Betty? Bei Betty muß Ursula unwillkürlich lächeln. Betty wäre der geeignete Künstlername für eine Prostituierte. Vielleicht sollte sie sich mal im Rotlichtmilieu umtun? Andererseits könnte Elisabeth auch einen absolut bürgerlichen Beruf haben und sich bei Walter nur ein Zubrot verdient haben. Möglicherweise ist sie sogar Hausfrau und hat zwei süße Kinderlein.

Ursula überlegt hin und her und beschließt, zunächst einmal in aller Ruhe das Frankfurter Telefonbuch zu studieren. Und zwar am besten ein altes aus der Zeit, als Geheimnummern noch nicht für jedermann erhältlich waren.

Am Mittwochmorgen beauftragt Ursula gleich Rainer Witzmann damit, ihr ein altes Telefonbuch aufzutreiben. Zu Hause hat sie keines gefunden. Telefonbücher gehören nicht zu den Dingen, die Walter oder sie aufgehoben hätten. Aber ihrer Presse- und Informationsstelle sollte das keine Schwierigkeiten bereiten. Nach einer halben Stunde klopft es an ihrer Türe, aber statt ihres Pressechefs steht Manfred Kühnen vor ihr. Ohne Chefsekretärin ist es hier das reinste Tollhaus, denkt Ursula und bietet Kühnen Platz an. Sein Gesichtsausdruck ist unbeweglich, sein Sakko kornblumenblau mit stechend gelber Krawatte.

»Hoffentlich keine weitere Stornierung.«

»Wir hatten leider in der letzten Zeit keine Aufträge, die man hätte stornieren können. Das macht mir Sorgen. Und wir haben keine neuen Kunden, mit denen wir das 4,2-Millionen-Loch stopfen könnten, das macht mir auch Sorgen. Und wir wissen auch noch immer nicht, wer uns dieses faule Ei legt. Ich meine, wir müßten etwas tun!« Sie denkt an Luxemburg und würde gerne grinsen.

»So? Und was schwebt Ihnen da vor, Herr Kühnen?«

Jetzt wird er ihr gleich eine Detektei vorschlagen.

»Entweder ein professionelles Detektivbüro, oder Sie stellen einen von uns für diese Aufgabe frei!«

»Ach, und an wen dachten Sie da?«

Manfred Kühnen reibt sich die Nase, dann zuckt er die Achseln: »Beispielsweise an mich. Ich kenne die Szene recht gut. Nur müßte ich mich da eben richtig hineinknien. Dafür braucht man Zeit. So nebenher, neben der eigentlichen Arbeit, geht das eben nicht!«

Ursula nickt. »Ja, das sehe ich ein. Wer soll Sie in dieser Zeit vertreten? Und an welchen Zeitraum dachten Sie?«

»Zunächst einmal eine Woche. Für diesen Zeitraum braucht mich auch niemand zu vertreten.«

»Gut, ich werde es mir durch den Kopf gehen lassen.«

Kühnen steht auf, dreht sich dann nochmals zu Ursula um.

»Es ist noch etwas. Kirschning GmbH möchte ein Angebot haben. Zu besonders guten Konditionen, sagte der Geschäftsführer, als er mich vorhin angerufen hat. Ich befürchte, da liegt schon wieder etwas in der Luft.«

Ursula verzieht das Gesicht und holt tief Luft.

»Sie haben recht, es wird Zeit, daß wir dem Spuk ein Ende bereiten. Machen Sie ihm ein Angebot zum Selbstkostenpreis. Und schreiben Sie das dazu. Auch, daß es sich um ein einmaliges Entgegenkommen für einen langjährigen Kunden handelt. Eine Art Dankeschön. Nicht, daß er sich später auf diesen Preis berufen kann. Und dann werden wir sehen. Wenn er trotzdem zur Konkurrenz geht, dann macht sich unser Konkurrent über kurz oder lang auch selbst fertig. Denn zu lange unter dem Selbstkostenpreis zu arbeiten bekommt niemandem.«

Kühnen geht zur Türe: »Fragt sich nur, wer schneller fertig ist. Der oder wir...«

Kühnen hat recht, denkt Ursula. Es muß etwas passieren. Sie muß diese Elisabeth schnell finden und sie auf Waffel ansetzen.

Es klopft wieder. Ein Mitarbeiter aus dem Pressebüro bringt ihr drei Frankfurter Telefonbücher aus den vergangenen drei Jahren. Ursula schließt kurz die Augen, dann blättert sie. Jetzt gilt's!

Schon im ersten wird sie fündig. Eine Telefonnummer ist angegeben, keine Adresse. Immerhin! Erleichtert wählt sie die Nummer. Tü – tü – tü – kein Anschluß unter dieser Nummer.

Enttäuscht legt Ursula auf. Sie blättert die beiden anderen durch, dieselbe Nummer, keine Adresse. Also nichts, Fehlanzeige. Ursula trommelt mit den Fingern auf dem Buch, schaut in den Himmel hinaus. Zwischen den grauen Wolken zeigt sich ein leichtes Blau.

Ein leichtes Blau an ihrem persönlichen Horizont würde ihr auch guttun, denkt Ursula. Dann hält sie inne. Ihr ist eine Idee gekommen, schnell sucht sie die Telefonnummer der Frankfurter Rundschau.

Dreispaltig und mit doppeltem Rahmen prangt ihre Anzeige am nächsten Tag oben rechts. Ursula nimmt die Seite heraus und legt sie neben sich auf den Küchentisch. Sollte Elisabeth Stein die Frankfurter Rundschau lesen, dann muß sie wissen, was gemeint ist.

8000 Mark für E.S. Bitte dringend melden bei U.W.

Ursula überlegt, ob Elisabeth eher bei ihr privat oder in der Firma anrufen wird. Mit Walter lief es sicherlich über die Firma. Aber für ein solches Gespräch ist Ursula der häusliche Rahmen lieber. Wer weiß, wer in der Firma alles in der Leitung hängt. Da Regina Lüdnitz heute wieder da ist, kann sie alle eingehenden Anrufe zu ihr nach Hause umleiten.

Ursula geht eben zum Telefon, um ihre Sekretärin zu benachrichtigen, als es klingelt. Das ging aber schnell, denkt Ursula erfreut und hebt ab.

»Gut, daß ich Sie erreiche«, es ist Lutz Wolff.

»Gibt's Neuigkeiten?« Ursula nimmt das Telefon mit in die Küche.

»Das kann man wohl sagen. Kann ich Sie sehen?«

»Können Sie es mir nicht am Telefon...«

»Nein, wirklich nicht. Könnten Sie heute vorbeikommen?«

Ursula zieht mit zwei Fingern ihre Anzeige zu sich. »Unmöglich. Ich erwarte einen dringenden Anruf. Und zwar hier.«

»Hmm, Augenblick mal«, Ursula hört gedämpft, wie sich Lutz mit jemandem unterhält, dann ist er wieder dran.

»Gut. Meinen Vormittagstermin kann mir ein Mitarbeiter abnehmen, aber meine Besprechung heute nachmittag muß ich wahrnehmen. Wenn es Ihnen recht ist, komme ich gleich!«

Eine Stunde später sitzen sie im Wohnzimmer. Ursula hat

für Lutz Wolff einen Kaffee gemacht, sich selbst hat sie einen Tee aufgebrüht.

Lutz sitzt tief versunken im Sessel. Er trägt Jeans und einen naturfarbenen Rollkragenpullover. Für Ursula fast etwas zu salopp, aber na gut, es ist ja ein Hausbesuch. Er fährt sich mit allen fünf Fingern durch die Haare, dann schüttelt er den Kopf: »So etwas erlebt man sonst nur im Kino!« Er lacht, und seine ebenmäßigen Zähne blitzen.

»Also, bitte!« dämpft ihn Ursula kühl.

Lutz beugt sich etwas vor. »Sie müssen sich das so vorstellen. Ich habe die beiden im Restaurant sitzen sehen – übrigens ißt man dort wirklich nicht schlecht. Das Hotel ist schmuddelig, eine richtige Absteige, aber das Restaurant ist nicht übel – also, ich beobachte sie so und kann mir ausmalen, was folgt. Ich richte Utensilien wie Fotoapparat und Tonband, und dann höre ich sie auch schon die Treppe heraufkommen. Das Hotel hat nur einen Gang, ich konnte also bequem zuschauen, wie sie in die Nummer 7 gingen. Ich lief schnell an die Rezeption, wie üblich war sie nicht besetzt, schnappte mir den Zimmerschlüssel von 5, 9 war nicht da, und sauste damit wieder hoch, schaute mich in dem Zimmer um. Vom Balkon aus hatte ich eine ganz gute Sicht, die Deckenlampe war noch an, und die beiden hatten in der Eile die Vorhänge nicht ganz zugezogen. Jedenfalls waren sie schon schwer zugange«, er grinst, »die sind von der schnellen Truppe. Es war ideal. Ich ging also in Schußposition.« Er lacht laut los.

»Jetzt hören Sie aber auf!« Ursula schlägt unwillig drei Finger auf die Tischplatte. »Was ist denn so witzig daran, wenn zwei miteinander im Bett sind?«

Lutz lacht unvermindert weiter.

»Das da!« Er legt einige Schwarz-Weiß-Fotos auf den Tisch. »Es ist einfach nicht zu fassen!«

Ursula schaut sich das oberste Bild an. Willy Waffel hat sich in Unterhemd und Socken schwer auf Bianca geworfen, von der auf dem Bett nur Beine und blonde Locken zu sehen sind. »Äußerst erotisch«, nickt Ursula. »Nur kann man die Dame so schlecht erkennen!«

»Sie kommt gleich besser«, lacht Lutz.

»Jetzt ist es aber gut!« weist ihn Ursula ohne Erfolg zurecht. Auf dem zweiten Foto sind plötzlich drei Personen im Bild. Die eine durch die lange Brennweite etwas verwischt, aber offensichtlich mit Hut und Mantel. Bianca schaut mit großen Augen unter Willy hervor.

»Was ist denn das?« Ursula mustert das Bild. »Wer ist das?« Sie schaut Lutz an, der sich eine Träne aus den Augenwinkeln wischt. Ursula schüttelt den Kopf und blättert ein Foto weiter.

Die Person im Mantel wird offensichtlich handgreiflich gegen Willy. Willy hat sich aufgerichtet, kniet auf dem Bett, versucht sich zu wehren. Sein Penis baumelt hilflos unter dem Unterhemd hervor. Bianca versucht, sich unter der Decke zu verstecken.

Auf dem nächsten Foto steht die Frau mit Hut still. Sie hat den ausgestreckten Zeigefinger auf Willy gerichtet. Willy hat sich zurücksinken lassen, ist offensichtlich sprachlos. Von Bianca ist nur noch ein Hügel unter der Bettdecke zu sehen.

Letzter Akt, die Frau hat alle Kleidungsstücke auf das Bett geworfen. Bianca ist wieder aufgetaucht, zieht sich ein Hemd über den Kopf. Willy schlüpft in die Unterhose. Die Frau ist jetzt klar zu erkennen.

»Frau Waffel! Mein Gott, seine Frau!« Ursula schaut Lutz aufgebracht an. »Wieso lachen Sie denn so blöd? Damit ist unser Plan futsch. Bianca hat ausgespielt!« Und mein Plan ist auch dahin, denkt sie wütend. Ausgerechnet jetzt muß diese Kuh ihren Mann stellen.

»Tut mir leid«, Lutz zieht die Stirn hoch, »die Situation war einfach einmalig. Ich lauere in Zimmer 5 und Frau Waffel in Zimmer 9. Das muß man sich mal vorstellen. Sie hatte übrigens auch einen Detektiv auf ihn angesetzt. Mit dem hatte sie den In-flagranti-Coup geplant!«

Ursula überlegt. Soll sie ihm von Elisabeth Stein berichten? Aber hat er sie dann nicht wegen Erpressung in der Hand? Es ist ihr zu gefährlich. Walter hatte sicherlich auch keine Mitwisser. Höchstens noch Ludwig. Aber selbst das glaubt sie nicht.

»Und weshalb finden Sie das alles zum Lachen?«

»Weil sich Willy Waffel nun sicherlich nicht mehr trauen wird, seine Trennungsabsichten weiterzubetreiben. Somit fällt auch der Schnitt seines Lebens flach, den er für ein Leben mit Bianca machen wollte.«

»Hoffentlich täuschen Sie sich nicht. Warum sollte er seine Pläne so schnell aufgeben?«

»Hmm«, Lutz blättert die Fotos nochmals durch. »Ich glaube, er hat jetzt genug damit zu tun, seine Ehe und seinen Besitz zu retten. Ich glaube, das Schicksal war uns gnädig.« Seine Augenbraue zuckt.

Ursula starrt ihn an. »Daß uns das nicht selbst eingefallen ist!«

Er nimmt einen Schluck Kaffee, schaut sie über den Tassenrand an. »Ist was?«

»Es ist nur so seltsam. Sie haben einige Dinge an sich, die mich stark an meinen Mann erinnern.«

Lutz stellt die Tasse ab. »Ach, ja? Was, beispielsweise?«

»Ihre Art zu essen, das, was Sie essen, und auch ihre zukkende Augenbraue.«

Lutz überlegt. Dann lacht er. »Ich kann ja mal meine Mutter fragen, ob wir einen Winkler in der Linie haben. Zum guten Schluß sind wir auch noch verwandt!« Lutz schaut sie an, dann lacht er wieder laut. »Das wäre ja fürchterlich!«

Irritiert kneift Ursula die Augen zusammen. »Was wäre daran so fürchterlich?«

Lutz lacht noch immer: »Dann müßte ich Ihnen einen Verwandtschaftspreis machen!«

Das findet Ursula nun überhaupt nicht komisch. Sie will ihn gerade auf eine Zwischenrechnung ansprechen, da klingelt das Telefon. »Sie haben heute ausgesprochen gute Laune!« sagt sie böse, während sie aufsteht. Das Telefon liegt noch in der Küche. Ursula schließt die Türe hinter sich.

DAS TELEFONAT

»Ja«, meldet Ursula sich.

»Mit Ja telefoniere ich nicht«, sagt eine weibliche Stimme kratzig.

»Frau Stein?« fragt Ursula vorsichtig.

»Frau Winkler?« Der Tonfall ist nicht besser geworden.

»Ja«, antwortet Ursula.

Es ist kurz still in der Leitung. Sie wird doch nicht aufhängen, befürchtet Ursula.

»Ich nehme an, diese Anzeige heute in der Frankfurter Rundschau war an mich gerichtet.«

»Ich wußte nicht, wie ich Sie sonst hätte erreichen können.«

Es ist wieder still.

Das Schweigen macht Ursula nervös.

»Ich stehe in seinem Adreßbuch«, kommt es nüchtern durch die Leitung.

Ursula schnappt nach Luft. Dann setzt sie sich. Das darf nicht wahr sein! »Ich stöbere nicht in seinen Sachen«, versucht sie, sich zu retten.

»Sehr ehrenhaft«, der Spott ist unüberhörbar.

»Kann ich Sie sehen, Frau Stein?«

»Was hätte das für einen Sinn?«

»Möglicherweise können Sie mir helfen.«

»Sie haben die Fotos entdeckt!«

»Richtig!«

Elisabeth zögert: »Und wie haben Sie meinen Namen herausgefunden?«

»Ich war in Luxemburg. Ganz legal.«

Es ist wieder still.

Ursula sucht den Tisch mit den Augen nach einem Stift ab.

»Ich nehme an, Sie wollen mir einen Job anbieten?« Die Stimme ist leise, so, als wäre Elisabeth nicht alleine.

Ursula überlegt. Hat sie noch einen Job? Was, wenn Lutz recht behält, und sich die Sache durch Frau Waffels Eingreifen erledigt hat?

»Vielleicht. Auf jeden Fall möchte ich mit Ihnen sprechen.«

»Für Gespräche habe ich keine Zeit. Ich muß arbeiten!«

Ursula zieht unter der Zeitung einen Kuli hervor.

»Das Gespräch ist mir 8000 Mark wert.«

Ruhe.

Verdammt, was ist los? Warum sagt sie nichts?

»Es ist keine 8000 Mark wert!«

Ursula schweigt verblüfft. Das ist ihr noch nie passiert.

»Mir schon!«

»Das ist Ihre Sache!«

Ursula möchte endlich Klarheit haben. Lutz könnte ja auch längst mit einem Ohr an der Küchentüre kleben.

»Soll ich Ihnen das Geld vorab zukommen lassen«, Risiko, Risiko, alle Gehirnzellen blinken rot, »oder kann ich es mitbringen?«

»Ich rufe Sie wieder an, ciao!«

Klick, aufgelegt. Ursula läßt ihren Kuli sinken. Mist! Jetzt ist sie soweit wie vorher.

Dann springt sie auf. Das Adreßbuch! Sie muß Walters Adreßbuch finden, dann ist das Rätsel gelöst. Aber zunächst einmal muß sie Lutz Wolff loswerden.

Ursula geht ins Wohnzimmer zurück, Lutz steht am Fenster, schaut in den Garten.

»Tolles Grundstück«, sagt er, »wie geschaffen für rauschende Sommernachtsfeste. Hier haben Sie sicherlich schon viel gefeiert, stimmt's?«

Sommernachtsfeste? Wie kommt er jetzt darauf?

»Kein einziges Fest«, sie stellt sich neben ihn. »Auf diese Idee sind wir überhaupt nicht gekommen!«

»Nein?« Erstaunt schaut er sie an. »Also, ich möchte ja nichts sagen, aber Ihr Mann muß schon ein seltsamer Heiliger gewesen sein. Ein sehr fröhlicher Mensch war er wohl nicht gerade?«

Was geht das diesen jungen Lümmel an!

Soll sie ihm darauf überhaupt antworten?

Er lacht sie an: »Jetzt zuckt Ihre Augenbraue. Dabei haben Sie doch vorhin noch gesagt, es sei ein Merkmal Ihres Mannes gewesen!«

»War es auch«, sagt Ursula unwillig und dreht sich weg. Noch gar nicht richtig auf der Welt und wagt es, ihren Mann zu kritisieren, denkt sie wütend. »Sie sind wirklich auffallend fröhlich«, sagt sie über die Schulter, während sie beginnt, den Tisch abzuräumen. Hoffentlich versteht er den Wink.

»Es gibt Szenen im Leben, die belustigen mich einfach. Nachhaltig. Und wenn das Problem damit aus der Welt wäre, wäre es schließlich die eleganteste Lösung. Bianca hat sich übrigens für drei Tage krank gemeldet.« Lutz lacht schon wieder.

Ursula dreht sich mit den Tassen in der Hand nach ihm um: »Somit hätte sich der Fall dann automatisch gelöst. Von ganz alleine. Ohne unser – respektive ohne *Ihr* – Zutun!«

Das Lächeln auf seinem Gesicht erlischt. »Wollen Sie damit etwas Bestimmtes sagen?«

»Ich sage selten etwas Unbestimmtes.«

»Es ist nicht einfach, mit Ihnen zu arbeiten, Frau Winkler.«

»Wenn es einfach wäre, wäre ich nicht da, wo ich heute bin.«

»Wo sind Sie, Frau Winkler, wo?«

Er geht an ihr vorbei, greift nach seinem Mantel.

»Schönen Tag noch«, damit ist er draußen.

Ursula steht wie angewurzelt. Sie hört den Motor anspringen und sich entfernen. Dann schüttelt sie den Kopf und geht in die Küche. So hat noch keiner mit ihr gesprochen, denkt sie, während sie die Geschirrspülmaschine einräumt. Dann macht sie sich an die Suche. Walters Adreßbuch muß schließlich irgendwo sein. Sie geht den Inhalt einer Schublade durch, schließt sie, öffnet sie wieder, denn sie hat nicht registriert, was sie gesehen hat. Was ist denn los, schilt sie sich. Wo ist deine Konzentration?

Das Telefon klingelt.

Rainer Witzmann teilt Ursula mit, daß die Beerdigung von Gernot Schaudt auf Freitag, 14 Uhr, angesetzt worden ist.

»Gut«, Ursula steht vor einer geöffneten Schranktür, durchforstet sie mit einer Hand, »gut! Veranlassen Sie bitte einen entsprechenden Anschlag am Schwarzen Brett. Die Stunden können gegen Überstunden verrechnet werden.« Sie klappt die Schranktüre zu. »Das schreiben Sie natürlich nicht. Das richten Sie bitte der Verwaltung aus.«

Dann sucht Ursula weiter. Es war ein in rötliches Leder gebundenes Buch. Es kann sich schließlich nicht aufgelöst haben. Nach einer Stunde gibt es Ursula auf. Es kann höchstens noch in seinem Schreibtisch im Büro liegen. Da, wo der Revolver lag. Sie sieht wieder Schaudts zerschossenes Gesicht vor sich. Das hätte sich Walter auch nicht träumen lassen. Dabei fällt ihr der Waffenschein ein, den sie der Polizei noch vorlegen muß. Wo er den wohl aufbewahrt hat?

Jetzt geht die Sucherei wieder los. Aber wahrscheinlich liegt er ebenfalls in einer der Schubladen. Morgen wird sie sich endlich einmal um den Inhalt seines Schreibtisches kümmern müssen.

Ursula stellt Wasser auf. Und während sie zuschaut, wie das Wasser zu kochen beginnt, steigt der Ärger über Lutz Wolff mächtig in ihr auf. Was bildet der sich eigentlich ein, so mit ihr umzuspringen? Er wird seine Lektion lernen müssen, wenn die Rechnung kommt. Grimmig schüttet sie Pfefferminze aus dem Beutel in die Teekanne. Und das wird schätzungsweise schon morgen sein.

Wieder klingelt das Telefon.

Vielleicht hat es sich Elisabeth Stein ja anders überlegt.

Es ist Manfred Kühnen.

»Entschuldigen Sie, wenn ich Sie störe, Frau Winkler, aber Herr Waffel hat es plötzlich sehr eilig. Er will morgen die Firma mit Ihnen besichtigen.«

Ha, denkt Ursula, Lutz Wolff, du neunmalkluges Bürschchen – was sagst du jetzt? »Haben Sie mit ihm selbst gesprochen?«

»Er spricht nicht mit mir. Frau Lüdnitz hat mich benachrichtigt.«

»Morgen sind wir auf Herrn Schaudts Beerdigung. Hat sie ihm das gesagt?«

»Er sagte ihr, er könne den angebotenen Preis nur halten, wenn es schnell ginge. Ansonsten sei die Firma nicht mehr zu retten.« Manfred Kühnen räuspert sich. Dann senkt er seine Stimme: »Frau Winkler, ich glaube, wir müssen uns einmal unterhalten. Frau Lüdnitz war durch die Mitteilung ziemlich verstört, die Leute bekommen langsam den Eindruck, daß ihre Arbeitsplätze gefährdet sind, daß Sie tatsächlich verkaufen wollen. Sollten Sie nicht einmal für Klarheit sorgen?«

»Die Klarheit ist, daß sich Herr Waffel die Firma ruhig ansehen soll. Er führt uns vielleicht auf die Spur desjenigen, der uns mit Dumpingpreisen in die Knie zwingen will. Er kann sich Angebote überlegen, wie er will, ich werde nicht verkaufen.«

Ursula setzt sich an den Küchentisch.

So, jetzt mal ganz langsam.

Willy Waffel will sein Schäfchen ins Trockene bringen, bevor um ihn herum die Fetzen fliegen. Möglicherweise hat er schon jemanden, dem er meine Firma zu einem höheren Preis versprochen hat. Mit der Differenz setzt er sich dann ab. Sie überlegt. Das könnten etwa zehn Millionen sein. Nun gut, ob er Bianca mitnehmen will?

Oder er würde ihre Firma tatsächlich behalten. Ohne daß es seine Frau erfährt? Aus der Zugewinngemeinschaft schön heraushalten? Ob sie so blöd ist? Waffel wird das Geschäft höchstwahrscheinlich streng von Kinderkircheküche getrennt halten. So hätte sie zunächst einmal keinen Einblick. Bis zur Scheidung. Und dann?

Garantiert hat er sich einen schönen Plan zurechtgelegt, der alte Fuchs. Sie, Ursula, will er betrügen, seine Frau betrügt er, und Bianca wird er betrügen, sobald Elisabeth Stein ihre Reize spielen läßt. Dessen ist sie sich sicher.

Ein Schmarotzer, ein widerlicher Geschäftemacher.

Ursula gießt grünen Tee in die dünne Porzellantasse, dabei grinst sie grimmig. Was würde wohl der Herr Chefdetektiv sagen, wenn er wüßte, daß Willy wieder auferstanden ist?

DIE BEERDIGUNG

Ursula steht hinter Schaudts schwarzgekleideter Familie und schaut auf den Sarg, der eben versenkt wird. Wie sich alles wiederholt. Sie tritt vor, wirft eine Handvoll Erde auf den Sarg. Es prasselt, und der Ton fährt ihr durch Mark und Bein. Nicht vorzustellen, daß ihr das eines Tages auch blüht. Ein

Rendezvous mit den Würmern. Aus Staub bist du gekommen, zu Staub sollst du werden. Ich bin nicht aus Staub gekommen, ärgert sich Ursula, bei mir waren es Ei und Samenfaden. Sie schüttelt der Witwe die Hand und beugt sich zu den beiden Kindern hinunter. Alle drei viel zu teuer gekleidet. Dann geht sie wieder an ihren Platz zurück.

Ursula fühlt sich unwohl. Feuchter Lehm klebt an ihren Schuhen, nasse Kälte kriecht unter ihren Mantel. Sie stellt den Kragen auf. Eigentlich wäre sie jetzt gern gegangen. Aber sie will sehen, wer aus ihrer Firma da ist. Schon aus verwaltungstechnischen Gründen. Und da hat sie hier, direkt am Grab, den besten Überblick.

Erstaunlich viele Menschen begleiten Gernot Schaudt zur letzten Ruhe, findet Ursula. Nicht so viele wie bei Walter, aber bei Walter war die Masse auf formelle Gründe zurückzuführen. Die hier kommen aus Freundschaft. Er muß ein beliebter Mensch gewesen sein.

Ursula blickt auf die vielen schwarzgekleideten Männer und Frauen neben ihr. Es schaudert sie wieder, da entdeckt sie jemanden, der sie sofort alle anderen Überlegungen vergessen läßt. Willy Waffel besitzt die Frechheit, den Trauernden zu spielen.

Er nickt ihr zu. Als er so am offenen Grab steht, hat Ursula den starken Impuls, zwei Schritte vorzutreten. Ein kleiner Schubs, und alles wäre erledigt.

Walter würde sich im Grab umdrehen, wenn er wüßte, wie schändlich sie dieser Kerl betrügen will. Ihr gemeinsames Lebenswerk. Und dann so ein Schmiersack!

Los, wirf ihn rein! Die Stimme hört sie deutlich. Ursula dreht sich um. Keiner hinter ihr. Was war das??

Willy Waffel kondoliert mit theatralischer Mimik. Schweinebacke, denkt Ursula und betrachtet sein feistes, rötlich angelaufenes Gesicht und den teuren, dunkelblauen Mantel, der ihn wohl als seriösen Geschäftsmann ausweisen soll.

Er blickt auf und ihr direkt in die Augen. Ursula senkt schnell den Blick. Er soll nicht erraten können, was sie denkt.

Als sie wieder hochschaut, ist er weg.

Ursula vergräbt die Hände im Mantel. Lange bleibt sie auch nicht mehr. Sie hat gesehen, was sie sehen wollte. Sie wartet nur noch auf eine passende Gelegenheit, sich von der Familie zu verabschieden. Auf den Leichenschmaus ist sie nicht scharf. Schon bei dem Wort wird ihr übel. Da streckt ihr plötzlich eine hochgewachsene, schlanke Frau mit einem eleganten Hütchen und schwarzem Netz vor den Augen die Hand hin.

»Danke, aber ich gehöre nicht zur Familie«, sagt Ursula abwehrend.

»Frau Winkler? Ich bin Elisabeth Stein.«

Vor Überraschung ist Ursula sprachlos.

»Wie – was tun Sie hier?« fragt sie schließlich leise.

»Ich habe Gernot Schaudt gekannt.« Sie macht eine Pause. »Und ich habe Sie beobachtet.«

Ursula räuspert sich. Sie fühlt sich in der falschen Rolle.

»Können wir miteinander reden?« Der volle, dunkelrote Mund unter dem Netz deutet ein leichtes Lächeln an.

Ursula schaut sich schnell um. Fallen sie wie zwei Verschwörerinnen auf?

Nein, niemand beachtet sie.

»Ja, natürlich. Gern. Wo?«

»Gehen wir doch zum Leichenschmaus in die *Traube*.«

»Wäre ein anderes Restaurant nicht, ähm, gemütlicher?« In die schwarze Masse wollte sie sich eigentlich nicht gerade setzen.

»In der Masse lebt sich's anonym.«

Ursula nickt Frau Schaudt zu. »Bis später«, dann geht sie den matschigen Pfad voraus bis zum breiten, mit Kies bestreuten Friedhofsweg. Elisabeth Stein folgt ihr, eine Weile gehen sie schweigsam nebeneinander. An der Seite von Elisabeth Stein kommt sich Ursula klein und gedrungen vor. Sie hat Klasse, diese Frau, gesteht sich Ursula neidvoll ein. Kaum vorstellbar, daß sie mit der Foto-Hure identisch sein soll.

»Wollen wir noch Ihren Mann besuchen? Wenn wir schon einmal da sind?«

»Bitte?« Ursula schaut sie ungläubig an. Auf diese Idee wäre sie nie gekommen. Strenggenommen hatte sie diesen Gedanken nicht ein einziges Mal seit seiner Beerdigung. Und folglich war sie auch nie hier gewesen. Wozu auch. Sie hat eine Marmorplatte über das Grab legen lassen, um sich jeglichen Ärger mit einer Gärtnerei und jede weitere Rechnung zu ersparen. Eine einfache, saubere Sache.

Ursula zuckt die Achseln.

»Ja, wenn Sie wollen?« Sie überlegt noch, welcher der vielen Seitenpfade der Weg zu Walters Grab sein könnte, da hat ihn Elisabeth Stein schon zielsicher eingeschlagen. Nun ist Ursula doch massiv erstaunt. Und beunruhigt.

Auf Walters Grabplatte steht eine kleine Vase mit drei erfrorenen Rosen darin. Nicht rot, sondern gelb.

»Waren Sie das?« Ursula bohrt ihre Hände in die Manteltaschen. Was hat das zu bedeuten?

Elisabeth nickt leicht, sagt nichts.

»Wollen Sie mir damit etwas sagen?«

Mein Gott, war sie etwa doch seine Geliebte? Hatte er eine Zweitfrau? »Er hat mir geholfen, als ich keinen Weg mehr sah. Das ist alles!«

Walter? Als edler Samariter?

»Und Sie haben dafür mit ihm geschlafen!?« Ursula schaut ihr ins Gesicht, versucht durch das feinmaschige Netz die Augen zu erkennen.

»Nur einmal. Ich sah es als Möglichkeit, ihm zu zeigen, was ich kann. Und als Dankeschön. Für ihn war's wahrscheinlich eher das Besetzen eines Territoriums. So, wie ein Kater seine Marke setzt.«

Ursula ballt in ihrer Manteltasche die Hände zu Fäusten. Das sagt sie ihr so einfach? Einfach so? Hier, vor Walter?

Elisabeth schaut sie lächelnd an: »Er hat mich danach nie mehr angerührt. Wahrscheinlich schon, weil die ganzen anderen...«, sie bricht ab, schaut auf die Rosen, bevor sie wieder aufblickt. »Ich will Ihnen das erklären, Frau Winkler. Es geht hier nicht um 8000 Mark. Heute nicht mehr. Es geht darum, daß Sie verstehen!«

»Ja«, Ursula holt tief Luft, »dann erklären Sie mir das mal. Ich bin...«, ja, was ist sie? Verletzt? Gespannt? Ursula horcht in sich hinein. Wütend?

Sie geht neben Elisabeth den Weg zurück.

Sie ist leer. Völlig leer.

AUFBRUCH

In der *Traube* setzen die beiden Frauen sich etwas abseits, an einen kleinen Tisch.

Der Nebenraum mit der langen Tafel war von der Familie offensichtlich zu spät gebucht worden, und er reicht längst nicht aus. Hektisch versucht das Personal, die Situation zu retten. Im Gastraum werden unaufhörlich Tische zusammengeschoben, es wird aufgedeckt, dem Buffett gehen Torten und Kuchen aus, bevor alle Trauergäste da sind. Der Wirt ist schon losgefahren, um für Nachschub zu sorgen.

Ursula ist der Wirbel recht. So sitzen sie unbehelligt in ihrer Ecke.

Die Bedienung kommt. Elisabeth bestellt einen Kaffee, Ursula einen Tee. Und einen Obstler. »Den brauche ich jetzt«, sagt sie zu Elisabeth. Elisabeth nimmt ihr Hütchen ab. Sie hat tiefe, braune Augen, ihr schwarzes Haar trägt sie hochgesteckt. Feine, fast aristokratische Gesichtszüge, eine edle, schmale Nase. Eigentlich eine Schönheit. Was kann sie bewogen haben, diese Jobs zu machen? Liebe zu Walter?

Elisabeth streicht sich kurz über die Frisur, dann legt sie die langfingrige, schmale Hand ruhig auf den Tisch. Gepflegte Fingernägel, aber kein Nagellack. Und keine Ringe. Nicht ein einziger.

»Walter hat Sie als harte Frau beschrieben. Hart im Nehmen.«

»So? Hat er das? Walter hat über mich gesprochen? Das erstaunt mich!«

»Doch, sicher. Er hatte Hochachtung vor Ihnen.«

»Ich habe immer gedacht, er hätte mich überhaupt nicht registriert.«

»Vielleicht konnte er seine Gefühle nicht so ausdrücken.«

Nicht zu fassen, jetzt läßt sie sich von einer Fremden erklären, wie ihr Mann war. Und sie hört auch noch zu!

»Ähm, Frau Stein, wie sind Sie denn zu diesen... Jobs gekommen? Haben Sie das früher schon... getan? Oder war das exclusiv für Walter?«

Elisabeth lacht. Ein warmes, aber auch ein frisches Lachen. Nur einmal? denkt Ursula. Wirklich nur ein einziges Mal?

»Ich möchte Ihnen etwas über das Wesen einer Hure erzählen. Über Sinn und Unsinn bürgerlicher Normen. Es kostet Sie nichts. Hören Sie zu?«

Mehr kann der Freitag nicht bringen. Warum also nicht. Ursula nickt.

»Sie waren mit Walter verheiratet. Haben Sie gern mit ihm geschlafen?«

»Ich wüßte nicht, was Sie das anginge!« Ursula zieht die Stirn unwillig kraus.

»Ich frage das nicht aus Neugierde. Mir ist es völlig egal. Ich frage das für Sie. Damit Sie sich über manche Dinge klar werden können.«

Ursula schweigt. Die Getränke werden gebracht, Ursula

trinkt den Schnaps in einem Zug. »Wollen Sie auch einen«, fragt sie Elisabeth, während sie das leere Glas abstellt.

»Wenn es Ihnen hilft?«

Die Frau ist unverschämt! Langsam findet Ursula Gefallen an ihr. Sie entspannt sich. »Es hilft mir. Zwei Doppelte«, ruft sie der Bedienung nach.

»So, also. Gut, klären Sie mich auf. Ich erzähle Ihnen, was Sie vermutlich sowieso schon wissen. Anfangs hat es Spaß gemacht, ja. Später war es, nun ja, ich habe mir keine großen Gedanken darüber gemacht. Walter hat es eben gebraucht!«

»Walter hat mir darüber nichts erzählt. Nicht, daß Sie das denken. Aber sehen Sie, das, was Sie da sagen, ist in Tausenden von Schlafzimmern der Ehealltag. Oder besser, die Allnacht. Die Männer brauchens, glauben die Frauen, und die Frauen langweilen sich dabei. Manche nervt's, einige fühlen sich benutzt, andere ekelt es an. Für Geld ist es ein Job wie jeder andere. Ein Job, den man gut macht und für den man anschließend kassiert. Verstehen Sie? Wenn's die Herren angeblich brauchen und mit diesem Argument ihre Frauen zu etwas zwingen wollen, dann sollen sie eben dafür bezahlen. Dann braucht die Frau dabei nicht über die Vesperbrote für morgen nachzudenken, sondern kann sich auf ihren Job konzentrieren. Kommt's ihm, ist kein Stöhner fällig, sondern Kohle. Das ist höchst motivierend. Glauben Sie's mir!«

»Und Sie glauben, ich hätte mich von meinem eigenen Mann bezahlen lassen sollen? Ich brauchte doch überhaupt kein Geld.«

»Vielleicht brauchten Sie etwas anderes. Was haben Sie sich denn gewünscht?«

»Ein Haus an der Algarve!«

»Na also. Hätten Sie ein Puzzle daraus gemacht. Sich die Freude am Spiel erhalten, das ist doch alles.«

»Ein Puzzle? Wie?«

»Nun, Ihr Traumhaus an der Algarve fotografieren, auf Pappe vergrößern lassen und zum Puzzle zerschneiden lassen. Und bei jedem Mal kommt ein Puzzleteil dazu, bis das Bild fertig ist. Was meinen Sie, wie oft Sie ihn ins Bett gezogen hätten. Sie hätten Spaß daran gehabt, und er auch!«

Ursula lehnt sich zurück. »Auf so etwas wäre ich nie gekommen. Und Walter auch nicht. Wahrscheinlich hätte er es albern gefunden.«

»Er hätte es nicht mehr albern gefunden, wenn Sie nicht mehr mit ihm geschlafen hätten!«

Die Schnäpse werden serviert, Ursula stößt mit Elisabeth an. »So eine Frau wie Sie ist mir noch nie begegnet!«

»Haben Sie überhaupt Frauenfreundschaften?«

Beide trinken in einem Zug.

»Ich pflege überhaupt keine Freundschaften. Ich war mir immer selbst genug.«

»Haben Sie Tiere?«

»Wozu?«

Elisabeth stellt ihr Glas langsam ab. »Meinen Sie nicht, daß Sie eines Tages eine verbitterte, alte Frau sein könnten? Die von niemandem geliebt wird? Einsam und gemieden?«

Ursula spürt den Alkohol. Sie trinkt sonst nie etwas.

»Ich habe nie um etwas gebeten. Nie um etwas gebettelt. Ich brauche keine Liebe.«

»Jedes Lebewesen braucht Liebe. Ob Mensch, Tier oder Pflanze. Wie wir die Sonne zum Leben brauchen. Ohne Liebe gehen wir zugrunde!«

»Sie vielleicht!« Ursula lacht, denn ihr sind eben die Fotos wieder eingefallen.

»Oh nein, Frau Winkler. Sex ist etwas Natürliches. Aber ständig mit dem gleichen Partner kann es auf Dauer keinen Spaß machen. Da fehlt der Funke, das Feuer. Ein Mann kann an seiner Frau vielleicht noch seine Bedürfnisse befriedigen.

Eine Frau kann das nicht. Da muß es im Bauch kribbeln, sie muß ihn haben wollen, jetzt und gleich. Machen Sie das mal nach vier Jahren Ehe!«

»Ich war dreißig Jahre verheiratet!«

»Und?«

»Ja, stimmt. Sie haben recht.« Ursula denkt an Rainhard. Sie kann sich genau an dieses Gefühl erinnern. Ziehen, stechen, brennen, alles schrie nach ihm. Sie könnte jetzt auftrumpfen, daß sie diese Erfahrung auch hat. Nein, besser nicht.

»Wissen Sie, die meisten Männer drohen ihren Frauen damit, daß sie sich eine andere suchen. Nach dem Motto: Auf der Straße will jede. Das Witzige dabei ist, daß diese Frau auf der Straße nur deshalb will, weil sie zu Hause genau so einen Langweiler hat wie den, der nun glaubt, sie aufzureißen. Dabei ist es meist andersherum. Er ist der Frau in die Falle gelaufen und fühlt sich dabei auch noch als toller Hecht. Und sie wischt mit diesem Seitensprung ihrem Alten daheim eins aus. Eigentlich muß eher der tolle Hecht aufpassen, daß er auf diese Art keine Hörner abbekommt!«

Ursula denkt nach. Klingt logisch.

»Schaffen wir noch einen?« fragt sie, bereits leicht unartikuliert.

»Wenn wir uns nachher ein Taxi nehmen!«

»Zu dir oder zu mir?« Sie lacht über ihren eigenen Witz. Wie lange hat sie nicht mehr gelacht?

Elisabeth lacht auch. Sie winkt der Bedienung.

»Sie scheinen einiges zu vertragen«, nickt Ursula.

»In welcher Beziehung?«

Ursula lacht wieder. Sie schiebt den kalten Tee an die Tischkante.

»Den können Sie mitnehmen«, grinst sie die Bedienung an und nimmt die beiden Schnapsgläser in Empfang. »Ich vertrage überhaupt keinen Schnaps«, sie reicht Elisabeth ein

Glas, »morgen bin ich tot. Nur gut, daß Wochenende ist! Prost!«

Ursula schlüpft unter dem Tisch aus ihren eiskalten Schuhen und streckt ihre Füße an den alten, großen Heizkörper neben sich. Das hat sie in ihrem Leben noch nie gemacht. Sie fühlt sich, als hätte sie einen Panzer gesprengt.

»Wahrscheinlich bin ich gleich zum ersten Mal in meinem Leben richtig blau, aber vorher sagen Sie mir noch bitte, wo Sie Ihre Weisheiten herhaben!«

»Wer dem Leben zuhört, erfährt einiges, Frau Winkler. Und ich habe ihm nicht nur zugehört und zugeschaut, sondern ich steckte mittendrin. Und als ich auf dem Seil tanzen wollte, wurde daraus ein Strick. Ich habe gekämpft, aber ich sah gleichzeitig keinen Weg, mich zu befreien. Dann kam Ihr Mann. Und er klärte mich über den Rest auf. Heute weiß ich, daß fast alles im Leben Fassade ist. Die ehrbaren Familienväter, die sich heimlich Kinderpornos anschauen, die hohen Herren, die sich im Puff bepieseln lassen, die Machthaber, die Vergewaltigungslager einrichten, und der Mann von nebenan, der seiner Frau mit einer Straßenbekanntschaft droht. Sie alle halten sich für zivilisiert, und sie sind in Wahrheit doch nur die Untertanen ihrer Schwänze. Wie hat Heiner Geißler gesagt? Wären in Jugoslawien die Frauen an der Macht gewesen – sie hätten ihre Söhne nicht in einen so zersetzenden, entmenschlichten Krieg geschickt. Ein Mann, der es erkannt hat. Respekt!«

Ursula zwängt ihre Zehen zwischen die Heizungsrippen.

»Sie sagen Dinge, über die ich noch nie nachgedacht habe. Für mich gab es in meinem Leben nur einen Mann. Über andere habe ich mir keine Gedanken gemacht. Walter war stark und ließ sich von niemandem beeinflussen!«

»Sie meinen, er war stur und rücksichtslos.«

Ursula schaut Elisabeth groß an. Die zuckt leicht mit den Schultern. »Oder nicht?«

»Sie hätten mir früher von dem Puzzle erzählen sollen. Dann hätte ich jetzt ein Haus an der Algarve!«

»Sie können es sich doch immer noch kaufen?«

»Kann ich das?« Elisabeth lächelt und winkt der Bedienung. »Ich glaube, wir gehen. Es wird hier zu voll, und wir wollen doch keine Mithörer haben. Sonst werden Sie am Ende noch zum Thema in Ihrer Firma!«

»Da haben wir im Moment andere Sorgen«, winkt Ursula ab, bestellt zum Abschied noch zwei schnelle Doppelte und angelt nach ihren Schuhen. Gleichzeitig fällt ihr ein, daß sie mit Elisabeth Stein über das eigentliche Thema, über Willy Waffel, noch überhaupt nicht gesprochen hat.

KLEINE KREUZE

Der Kopf dröhnt Ursula, als sie am nächsten Morgen aufwacht. Sie hat, nachdem sie trotz der Schnäpse nicht einschlafen konnte, in der Nacht noch zwei Schlaftabletten genommen und sie, betrunken wie sie war, mit einem Glas Whisky hinuntergespült. Ursula tastet benebelt nach ihrem Wecker. 10.15 Uhr. Sie kann sich nicht entsinnen, jemals so lange geschlafen zu haben.

»Feine Freundin hast du«, nickt sie Walter in seinem Silberrahmen zu, »wollt ihr beide mich umbringen?«

Sie stöhnt und läßt sich wieder zurücksinken. Draußen strahlt die Sonne, auch das noch. Aber Ursula fehlt die Energie, aufzustehen, um die Jalousien herunterzulassen. Sie dreht sich mit dem Rücken gegen die Sonnenstrahlen und versucht, nochmals einzuschlummern. Gerade spürt sie, wie sie in die Tiefe des Schlafes abgleitet, als das Telefon klingelt. Ursula schlägt die Augen auf, schlagartig setzt der Brummton im Kopf wieder ein.

Sie angelt nach dem Telefonhörer: »Hallo?«

»Hier auch Hallo!« Die frische Stimme von Elisabeth Stein ist kaum zu ertragen. »Wie geht's denn, alles in Ordnung?«

»Oh, Gott!«

»Das hört sich aber nicht gut an. Was ist denn?« Ursula will schon bissig antworten, aber sie bremst sich. Die Stimme hört sich tatsächlich besorgt an, kein bißchen sarkastisch.

»Mein Kopf ist kurz vorm Explodieren«, sagt sie mühsam. »Das war kein Schnaps, das war Nitroglyzerin!«

Elisabeth lacht. Hell und glockenklar.

Ursula hält den Hörer vom Kopf weg.

»Haben Sie jemanden, der Sie pflegt?«

Der mich pflegt? Kurioser Gedanke, Ursula weiß im Moment nicht, was sie antworten soll. »Ich brauche niemanden«, wehrt sie ab. Aber sie spürt selbst, daß es nicht sehr überzeugend klingt.

»Alles klar, wir kommen!«

»Wie bitte?«

»Sind Sie fit genug, uns die Türe aufzumachen? Ich bringe Sie wieder auf Vordermann, Sie werden sehen. Schließlich habe ich Ihnen die Suppe eingebrockt...«

»Oh, reden Sie nicht von Suppe. Mir wird's gleich übel.« Ursula spürt, wie ihr Magen rebelliert. Sie schafft es gerade noch zur Toilette. In ihr dreht sich alles, und auch ihr Kopf ist ein einziges Karussell. In Schüben übergibt sie sich, bis ihr Kreislauf versagt und sie vor der Schüssel in die Knie geht. Schweiß bricht ihr aus, die Stirn ist feucht, gleichzeitig friert sie. Als nichts mehr kommt, tastet sich Ursula ins Bad, putzt die Zähne und wäscht sich das Gesicht. Zu mehr ist sie nicht fähig. Dann sinkt sie völlig ermattet wieder ins Bett. Der Hörer liegt neben dem Telefon. Es kostet sie Kraft, ihn aufzulegen, erschöpft schließt sie die Augen. Walter, ich komme, ist der einzige Gedanke, den sie noch fassen kann.

Ein stetes, schrilles Geräusch kriecht langsam in Ursulas

Bewußtsein. Schließlich nimmt ihr Verstand es wahr. Es ist die Türglocke. Jemand ist an der Haustüre. Wer könnte es sein? Dann fällt ihr Elisabeth ein. Ob sie wirklich...? Wir kommen, hat sie gesagt. Wer ist wir?

Ursula setzt sich auf. Sofort wird ihr schwindelig. Sie braucht eine Weile, bis sie am Türöffner ist.

»Ja?« haucht sie, und schon bricht ihr wieder der Schweiß aus.

»Elisabeth!«

Also doch! Ursula drückt und hält sich erst gar nicht damit auf, den Besuch zu begrüßen. Mit wenigen Schritten ist sie wieder im Bett. Dabei kommt ihr noch nicht einmal in den Sinn, daß Elisabeth jetzt ihre Wohnung ausräumen oder zumindest durchstöbern könnte. Ursula ist zu überhaupt keinem Gedanken mehr fähig.

Kurz danach klopft es an der Schlafzimmertüre.

Ursula hat die Augen schon wieder geschlossen, die Türe wird leise geöffnet.

»Nicht erschrecken, wir sind's«, Elisabeths Stimme dringt von fern an ihr Ohr. Eine kühle Hand legt sich auf Ursulas Stirn. Sie hört im Hintergrund ein feines Kinderstimmchen, aber sie traut ihren Sinnen nicht.

Elisabeth legt den Zeigefinger auf den Mund. Ihre kleine Tochter lächelt und nickt. Gemeinsam ziehen sie die Vorhänge zu, dann gehen sie miteinander in die Küche. Die Vierjährige räumt den Korb aus, den Elisabeth mitgebracht hat. Rindfleisch und Gemüse für eine kräftige Bouillon, Fencheltee, Honig. Elisabeth stellt Wasser auf, dann sucht sie nach einem Schnellkochtopf.

»Ist die Frau arg krank?« fragt ihre Tochter. Elisabeth gibt ihr einen Kuß. »Sie hat Kopfweh. Da muß man ganz leise sein!«

»Ich bin ganz leise, Mami!«

»Du bist ja auch meine Supermaus!«

Dann gibt sie zwei Aspirin-Brausetabletten in ein Wasserglas und reicht es ihrer Tochter. »Trägst du das bitte zu Frau Winkler und sagst ihr, es sei Aspirin? Ja, kannst du dir das merken? Aspirin, Aspirin.«

Die Vierjährige betrachtet fasziniert die sprudelnden Tabletten, nickt und balanciert das Glas die Treppe hinauf.

Ursula öffnet ein Auge, als die Schlafzimmertüre aufschwingt. Sie hat einen fürchterlichen Durst. Aber jetzt traut sie ihren Augen kaum. Halluziniert sie schon?

»Die Mutti sagt, das sollst du trinken. Es heißt Astien.«

Ursula schluckt trocken: »Wer bist denn du?«

»Ich.«

Ursula stützt sich auf ihrem Ellbogen ab. »Und wie heißt du?«

»Jill.« Sie reicht Ursula das Glas. »Das ist Astien, das tut dir gut!«

»Aspirin. Ja, danke. Das ist eine gute Idee.« Sie trinkt das Glas in einem Zug leer, dann läßt sie sich wieder zurücksinken. »Wo ist deine Mutti jetzt?«

»Sie kocht dir eine Suppe. Damit dein Kopf wieder gesund wird.«

Jill nimmt Ursula das Glas ab, betrachtet sie noch kurz und geht hinaus.

Das Aspirin tut Ursula gut. Sie spürt, wie ihre Lebensgeister wieder erwachen. Ein hübsches Mädchen, denkt sie. Trotzdem ist sie erstaunt, Elisabeth hat die Kleine mit keinem Wort erwähnt. Und sie sieht, mit den langen, blonden Haaren, ihrer Mutter auch überhaupt nicht ähnlich.

Die Türe geht schon wieder auf. Elisabeth kommt herein, mit einer Thermoskanne Tee und einem großen Becher auf einem Tablett.

»Fencheltee, Frau Winkler. Sie brauchen jetzt viel Flüssigkeit, und am besten legen Sie die Beine etwas hoch. Haben Sie irgendwo ein geeignetes Kissen?«

»Das ist ja... Sie bringen mich in Verlegenheit, Frau Stein. Ich bin so etwas nicht gewöhnt...«

Elisabeth stellt das Tablett auf das Nachttischchen und räumt dazu Walters Foto weg. »Na, da haben wir ihn ja, unseren Freund«, meint sie dazu. Dann schüttelt sie Ursulas Kissen im Rücken auf und legt ihr das von Walter unter die Beine. »Am besten trinken Sie noch eine Tasse und schlafen dann eine Runde. Die Fleischbrühe braucht ihre Zeit. Wenn wir Ihnen noch etwas besorgen können?«

»Nein, vielen Dank. Aber müssen Sie denn nicht – haben Sie keine Verpflichtungen?«

»Meine Verpflichtung habe ich mitgebracht. Sie bewacht unten gerade den Schnellkochtopf. Um uns machen Sie sich mal keine Sorgen. Wir machen nachher einen Spaziergang bei dem strahlenden Wetter, und heute nachmittag geht es Ihnen schon besser!«

Ursula nimmt vorsichtig einen Schluck Fencheltee.

»Dann nehmen Sie den Schlüssel mit. Er hängt an der Garderobe!«

Sie hört es sich sagen und glaubt es nicht. Was ist in sie gefahren? Einer wildfremden Person vertraut sie ihren Generalschlüssel an? Ursula horcht in sich hinein, aber sie empfindet keine negativen Gefühle, kein Mißtrauen. Wahrscheinlich liegt es daran, daß ihre gesamte Körperabwehr gegen die Kopfschmerzen kämpft und alles andere außer acht läßt.

Ursula trinkt den Becher aus, dann schläft sie ein.

Gut dreißig Minuten wird es dauern, bis die Fleischbrühe im Schnellkochtopf fertig ist. Elisabeth geht mit Jill ins Wohnzimmer. Die Sonne flutet herein. Elisabeth öffnet die Türe zum Garten und setzt sich auf die Stufen. Sie hat nur Jeans und ein Jeanshemd an, aber es ist windstill und warm genug. Elisabeth streckt sich genüßlich, lehnt ihren Kopf an die Scheibe und hält ihr Gesicht der Sonne entgegen. Jill springt im Garten hin und her.

»Spielst du mit mir, Mutti?«

Elisabeth gähnt verhalten. »Was willst du denn spielen, Jill?«

»Verstecken. Der Garten ist so schön. Suchst du mich, ja? Ich verstecke mich dort unter der Tanne, du darfst mich aber nicht gleich finden, okay?«

»Gut, ich suche dich!«

Im Schlaf hört Ursula das glockenhelle Kinderlachen. Sie baut es in ihren Traum ein, in dem sie über ein unendlich großes Stoppelfeld geht. Die abgeschnittenen, trockenen Ähren knacken unter ihren Füßen, sie hat kein Ziel, keine Eile, sie läuft einfach. Der Himmel ist hoch, weiße Wolken ziehen vorbei, Vögel zwitschern, und Kinder lachen. Da tut sich vor ihr plötzlich ein Spalt in der Erde auf. Er wird größer und größer, erschrocken bleibt Ursula stehen, weicht dann zurück. Ein Schatten läßt sie nach oben blicken. Die weißen Wolken sind schwarz geworden, verdecken die Sonne, werden zu einer gigantischen Front, die immer tiefer herabsinkt und Ursula zu zerquetschen droht. Ursula schaut sich nach einem Fluchtweg um. Die Ähren sind tiefschwarz verfärbt, stehen wie Tausende von kleinen Kreuzen in Reih und Glied dicht nebeneinander. Die schwarze Wolkendecke hängt bereits bedrohlich nah über ihr, greift nach ihr. Ursula bleibt nur noch der Sprung in die Erdspalte, ins Ungewisse. Sie springt – und wacht auf.

AUSTAUSCH

Ursula ist naßgeschwitzt, und ihr Herz schlägt rasend schnell. Nur ein Traum, sagt sie sich und will darüber lachen. Aber es gelingt ihr nicht. Sie sieht ihn in jeder Einzelheit vor sich. Wieso hat sie ihn nicht gleich wieder vergessen? Sie kann sich doch sonst nie an einen Traum erinnern?

Ursula zieht ein frisches Nachthemd an und versucht, ihre Gedanken abzuschütteln. Unten ist alles still. Die beiden werden unterwegs sein, denkt Ursula. Sie trinkt noch einen Becher Tee und legt sich dann wieder hin.

Elisabeth hat die fertige Bouillon vom Herd genommen und ist mit Jill losgegangen. Als sie gegen zwei Uhr zurückkehren, treffen sie Ursula unten im Wohnzimmer an. Sie hat sich einen Morgenmantel angezogen und liegt mit einer Kamelhaardecke auf der Couch.

»Schön, daß Sie da sind«, begrüßt Ursula die beiden. Und sie meint es ehrlich. »Ich habe es oben nicht mehr ausgehalten. Ich weiß nicht warum, aber ich hatte lauter schreckliche Träume.«

»Vielleicht arbeitet Ihr Unterbewußtsein irgend etwas auf. Eine Suppe wird Ihnen jetzt guttun. Und uns auch, was Jill?«

Elisabeth deckt schnell den Couchtisch, während sie die Bouillon nochmals aufkocht. Jill setzt sich völlig ungezwungen zu Ursula auf die Couch.

»Tut's noch weh?« fragt sie und tippt Ursula auf die Stirn.

»Es ist viel besser geworden, danke«, sagt Ursula und fühlt sich befangen. Sie hat keine Ahnung, wie man mit Kindern umgeht. Elisabeth kommt mit dem Topf und einem großen Schöpflöffel. »So, die ist sehr kräftig, mit reichlich Rindfleisch und Gemüse!«

Ursula schüttelt den Kopf. »Ich weiß überhaupt nicht, was ich sagen soll. Eigentlich wollte ich *Ihnen* Geld geben, und jetzt bewirten Sie *mich* in meinem eigenen Haus. So etwas ist mir noch nie passiert. Sie müssen mir aber sagen, was Sie ausgelegt haben!«

Elisabeth lacht herzhaft: »Einen Teufel werde ich tun!«

»Mutti, das sagt man nicht!« Jill ist eifrig dabei, alle Lauch- und Karottenstückchen einzeln an den Tellerrand zu legen.

»Sie ist im katholischen Kindergarten«, zwinkert Elisabeth Ursula zu.

Gemeinsam essen sie fast den ganzen Topf leer. Ursula löffelt bedächtig und nutzt dabei die Gelegenheit, Elisabeth heimlich zu beobachten. Sie wirkt in ihrem Jeanshemd und der Jeans jung und unbeschwert, ihre Art ist unkompliziert. Sie hat irgend etwas an sich, das einen in ihren Bann zieht.

Ursula überlegt, was es sein könnte.

Als sie nach ihrer Serviette greift, ist es ihr plötzlich klar. Wärme, schießt ihr in den Kopf. Herzenswärme. Und sie denkt darüber nach, erstaunt, daß es ihr überhaupt aufgefallen ist.

Jill möchte noch ein bißchen in den Garten, und Elisabeth stellt für Ursula einen Tee und für sich selbst einen Kaffee auf. Dann setzt sie sich zu ihr.

»Fühlen Sie sich jetzt wieder besser?«

»Sie haben mir das Leben gerettet«, seufzt Ursula. »Hoffentlich bekommen Sie dafür einen Platz im Himmel.«

»Damit habe ich es noch nicht so eilig«, sie lacht. »Aber Ihnen liegt doch sicherlich etwas auf dem Herzen, wobei ich Ihnen helfen kann?«

Willy Waffel, denkt Ursula, aber irgendwie widerstrebt es ihr, jetzt über ihn zu reden.

»Beruflich?« hakt Elisabeth nach, »privat?«

Ursula seufzt. »Ich weiß nicht, wo ich anfangen soll.« Und sie ist sich auch noch nicht schlüssig, wieviel sie erzählen kann. Schließlich beginnt sie bei dem Moment, als ihr klar wurde, daß jemand die Firma ruinieren will. Sie erzählt von Lutz Wolff und von ihren Erkenntnissen in Oberlech und von ihrer Reise nach Luxemburg, nachdem sie Walters Geheimakte gefunden hatte. Ursula schildert ihre Idee, Walters Album in der bewährten Weise fortzusetzen, dann von der Fotosession mit Frau Waffel, dem explosiven Zusammentreffen des Ehepaars, das zunächst alles zu ändern schien. Als Ursula schließlich mit dem jüngsten Anruf von Willy Waffel in ihrer Firma den Schlußpunkt setzt, ist es draußen dunkel geworden. Jill hat sich zu ihrer Mutter gekuschelt, Ursula hält ihre leere Teetasse in den Händen.

»Nun gut«, sagt Elisabeth nach einer kurzen Pause. »Ich kenne Willy Waffel. Was Sie vielleicht nicht wissen, ist, daß er einen sehr guten Freund hat, der ihm immer ein bißchen geholfen hat, wenn's hart auf hart ging. Dafür hat Willy dann mal wieder ein Treffen für ihn arrangiert.«

»Treffen arrangiert? Mit wem – wozu?«

»Willy hat immer Mädchen gekauft, bis er an Bianca kam. Die Kleine weiß noch nicht einmal genau, was sie da tut, aber sie hat Macht über ihn. Witzig, was?«

»Hmmm«, Ursula stellt die Tasse auf den Tisch. »Und, wer ist – dieser – Freund? Sagen Sie mir das auch?«

»Wenn Sie das wissen, wird Ihnen einiges klar werden.«

»Dann bitte!«

Elisabeth streichelt ihrer Tochter liebevoll über den Kopf. Jill räkelt sich und brummt zufrieden.

»Julius Wiedenroth!«

Elisabeth spielt mit Jills Haaren und beobachtet Ursula.

»Nein!« Ursula schlägt mit der Faust auf die Couch. »Das ist ein Ding. Und ihm habe ich noch lang und breit erklärt, daß uns jemand mit Dumpingpreisen zu ruinieren versucht – das ist ja – nicht zu fassen! Deshalb dieser Gesichtsausdruck – der hat sich über mich totgelacht!«

»Nun, Willy hat schon einmal ein ähnliches Ding versucht, nur hatte Walter ihn über Wiedenroth in der Hand!«

»Wie denn das?«

»Wenn es um Wiedenroth einen Skandal gegeben hätte und er hätte seinen Stuhl räumen müssen, wäre auch Willy Waffel mit seinen Good-will-Krediten nicht mehr gedeckt gewesen. Ganz einfach!«

Ursula läßt sich zurücksinken.

»Ganz einfach,« sie schüttelt den Kopf. »War ich ein Pflänzchen. Von nichts habe ich etwas gewußt. Ich dachte immer, Walter richte das so… so mit links. Weshalb hat er mich da ausgegrenzt?«

Elisabeth schließt kurz die Augen, dann runzelt sie die Stirn: »Ich würde meinen, er wollte für Sie einfach der große Zampano sein.«

»Er wollte kein Risiko eingehen, daß ich mich auf die gleiche Stufe stellen könnte.«

Elisabeth zuckt die Achseln.

Ursula senkt die Stimme: »Er versucht immer noch, mich zu beherrschen. Können Sie das verstehen, Frau Stein? Manchmal kann ich ihn riechen, ihn spüren. Ich meine, ich tue Dinge, da habe ich das deutliche Gefühl, das bin nicht ich!«

»Vielleicht haben Sie nur das eine oder andere von ihm übernommen, Frau Winkler. Unbewußt – und jetzt fällt es Ihnen auf.«

Ursula kneift die Augen zusammen. Ihre Augenbraue zuckt, sie greift danach: »Kann er in mir drin sein? Ein Teil von ihm? Seine Psyche? Irgendwas?«

»Daß er nach seinem Tod in sie gefahren ist? Wer weiß das schon so genau. Möglicherweise haben sie ihm den geeigneten Nährboden geboten.« Elisabeth deutet auf Ursulas Augenbraue. »Das kenne ich von ihm auch. Immer wenn er zornig oder aufgeregt war, fing das an. Haben Sie es schon lange?«

Ursula schüttelt vehement den Kopf: »Eben nicht! Das kam – jetzt ist es weg. Oder ist er jetzt bei Ihnen?«

Elisabeth lacht auf: »Bei mir war er nie. Ich bin für solche Dinge nicht empfänglich. Kein Opfer für Esoteriker, Hexenmeister und sonstwelche Gurus und Propheten. Sie müssen einfach einmal herzhaft, aus tiefster Seele, über ihn lachen, dann sind Sie ihn los!«

Ursula seufzt. »Das konnte ich noch nicht einmal zu seinen Lebzeiten…«

»Gehen wir jetzt heim? Ich habe Hunger!« Jill richtet sich auf, rutscht von Elisabeths Schoß. »Mir ist langweilig. Hast du Kassetten da?«

»Kassetten?« fragt Ursula verdutzt. »Was denn für Kassetten?«

»Na, Kinderkassetten natürlich!« Ursula erntet von Jill einen Blick, als sei sie eben vom Mond gefallen. *»König der Löwen, Die Schöne und das Biest, Susi und Strolchi* – irgend etwas halt!«

Ursula schaut hilflos zu ihrem Fernseher.

»Ich habe noch nicht einmal einen Videorecorder ...«

»Bist du so arm?«

Ursula schaut Jill verblüfft an und bricht dann in lautes Lachen aus. »Ja, tatsächlich! Ich bin... ich weiß auch nicht, was ich bin. Wahrscheinlich nicht ganz up-to-date!«

»Ist das ansteckend, was du da hast?« Jill mustert sie neugierig, bleibt aber vorsichtshalber dicht bei ihrer Mutter stehen.

»Nein, nein!« wehrt Ursula ab. »Was hältst du denn jetzt von einer Pizzeria? Ist das so gut wie eine Kassette oder so etwas?«

»Eine Pizza ist doch keine Kassette!« Jill verzieht das Gesicht. »Das weiß doch jedes Kind!«

»Sei nicht so naseweis, mein Fräulein«, Elisabeth gibt ihr einen Stupser, dann streckt sie sich: »Fühlen Sie sich denn schon wieder so gut?«

»Ich lasse es auf einen Versuch ankommen!«

BESUCH

Sonntag morgen. Zeit zum Ausschlafen. In diesem Bewußtsein dreht sich Ursula nochmal um, zieht sich die Decke zurecht, drückt das Kopfkissen passend. Doch der ersehnte Schlaf will sich nicht mehr einstellen, erste Gedanken schleichen durch ihr Bewußtsein. Sie versucht abzuschalten, aber es will nicht mehr gelingen. Sie öffnet ihre Augen, um nach der Uhr zu schauen. Ihr Blick fällt auf Walter. »Na«, sagt sie laut, »das hättest du auch nicht gedacht, was?« Und einem plötzlichen Impuls folgend nimmt sie das Bild und drückt einen Kuß darauf. »Walter, alter Despot. Tot wirst du mir fast sympathisch. Warum hast du denn so lange damit gewartet?« Ursula stellt den Silberrahmen zurück und deckt sich wieder zu, schließt die Augen. Wenige Sekunden später reißt sie sie wieder auf. Sie spürt etwas kommen, ein Gefühl, eine Gewißheit wie eine Flutwelle, die weit draußen beginnt, aber die Atmosphäre verdichtet und unweigerlich eintreffen wird. Ursula liegt zum Zerreißen angespannt in ihrem Bett, hält die Luft an und bewegt sich nicht. In ihrem Kopf schwirrt es, und sie fühlt Eiseskälte. Der Schweiß bricht ihr am ganzen Körper aus. Sie starrt auf die gegenüberliegende Wand. Gleich wird sich die Luft spalten, wie in ihrem Traum die Erde, und er wird heraustreten. Mit einem Ruck richtet sie sich auf, brüllt »Geh weg! Hau ab!«, greift nach dem Foto, schmettert es durchs Zimmer gegen den Schrank und läuft hinaus. Erst im Wohnzimmer bleibt sie stehen, stellt sich zitternd an die Verandatüre. Die Sonne fällt auf die Stufen, wo gestern noch Elisabeth gesessen hat. Ursula fährt sich über die Stirn. Du bist noch krank, sagt sie sich dann. Das sind Nachwirkungen von gestern, Alpträume am frühen Vormittag. Wahrscheinlich war es wirklich eine Alkoholvergiftung.

Ursula beschließt, wieder nach oben zu gehen. Sie öffnet in ihrem Schlafzimmer die Jalousien, läßt die Sonne herein und bückt sich dann nach Walters Foto. Das Glas über seinem Bild ist heil geblieben. Seine Augen blicken spöttisch. Was hat Elisabeth gesagt? Lachen soll ich. Herzhaft, aus voller Seele lachen. Ursula stellt die Fotografie unsanft auf ihren Platz zurück. »Ich gehe heute zu Elisabeth, mein Lieber. Sie hat mich eingeladen. Das ist doch was zum Lachen, wie? Lach doch mal!« Ursula geht zur Badezimmertür und dreht sich nochmals zu Walter in seinem Silberrahmen um. »Du kannst ja mitkommen«, grinst sie zynisch, bevor sie die Türe hinter sich zuschmettert, »dann haben wir beide was zu lachen!«

Mit dem Finger auf dem Stadtplan fährt Ursula langsam durch Bornheim. Sie findet, daß jede Straße gleich aussieht. Wohnblöcke um Wohnblöcke, dazwischen Einkaufszentren mit Kindergärten und Schulen. Ein richtiges Trabantenviertel, denkt Ursula, und es schaudert sie bei dem Gedanken, hier leben zu müssen. Wie kann sich ein Kind wie Jill in so einer Umgebung überhaupt entwickeln? Jeder Block ist gleich, jede Wohnung hat den gleichen Grundriß, hundertfach, tausendfach, wie mag es da in den Gehirnen aussehen? Konformismus, Sozialismus, Kommunismus – die Brutstätten der Gleichmacherei, des Sozialneids, der Kriminalität. Ganz so, wie Walter das schon gesehen hat. Am liebsten wäre Ursula gleich wieder zurückgefahren. Aber sie hat die Straße gefunden. Jetzt fehlt nur noch der Block. Ob sie ihr Auto hier überhaupt abstellen kann?

Sie parkt auf einem riesigen Parkplatz, schaut mißtrauisch in die Runde und überprüft zweimal, ob das Lenkrad eingerastet und der Wagen richtig abgeschlossen ist. Dann klemmt sie ihre Handtasche im Sicherheitsgriff unter ihren Arm und geht an endlos scheinenden Waschbetonwänden vorbei zum Block 8 A. Grafittis und Parolen wechseln sich ab, sie werden dichter, je näher sie dem Eingang kommt. Vor der zweiflügeligen, gläsernen Außentüre bleibt Ursula kurz stehen. Ein tiefer Riß teilt die dicke Glasplatte in zwei Hälften. Als hätten wir hier Krieg, denkt Ursula und drückt die schwere Schwingtüre zum Vorraum auf. An der rauh verputzten Wand ist eine Tafel mit unendlich vielen Klingeln angebracht. Ungeduldig beginnt Ursula zu lesen. Es ist mühsam, und es sind viele ausländische Namen dazwischen. Sie ist mit ihrem Zeigefinger knapp bei der Hälfte, da hört sie die Lifttüre aufgehen. Ursula, um ihre Sicherheit besorgt, dreht sich schnell um. Jill kommt ihr fröhlich entgegengesprungen, dahinter steht Elisabeth in einer dunkelbraunen Lederhose und einem naturfarbenen Pulli. Sie sieht gut aus, der vollkommene Kontrast zu ihrer Umgebung.

»Schön, daß Sie da sind«, Elisabeth bleibt mit einem Bein in der Lifttüre stehen, »kommen Sie, solange er da ist. Man muß immer so endlos warten. Es gibt nur den einen.« Dabei wirkt sie so fröhlich, als hätte sie eben den gläsernen Aufzug zu ihrem Penthouse präsentiert. Ursula gibt ihr die Hand, hinter Jill schließt sich die Türe, und mit einem asthmatischen Stöhnen bewegt sich der Verschlag nach oben. »Es ist ein etwas alter Herr, aber er tut seinen Dienst«, lächelt Elisabeth.

»Noch!« antwortet Ursula trocken, denn sie beobachtet die Etagenanzeige und rechnet bereits aus, mit welcher Fallgeschwindigkeit sie vom 8. Stock aus hinuntersausen würden. Zu einer Wiedervereinigung mit Walter dürfte es reichen.

»Wie können Sie hier leben?« fragt Ursula und betrachtet sich die bekritzelten Wände angewidert.

»Och, eine ganze Menge von Ihren Arbeitern wohnt auch hier«, erwidert Elisabeth leichthin.

»Was? Wieso denn das? Haben die alle keinen Geschmack?«

Elisabeth dreht sich nach Ursula um. »Wenn Sie im Monat 2800 Mark brutto verdienen und dazu eine Familie ernähren müssen, sind die Mieten hier mit 1200 Mark reichlich genug. Da bleiben einer Normalfamilie für den Rest des Monats, für

Auto, Essen und Kleidung nämlich nur noch etwa 1000 Mark. Damit erledigt sich die Frage des Geschmacks mit ziemlicher Gewißheit von selbst!«

Ursula schweigt. Auch, weil der Lift eben mit einem Ruck hält und seine Fahrgäste mit einem lauten Quietschen verabschiedet.

Jill springt den langen Gang voraus und bleibt vor einer der abgestoßenen, braunen Türen stehen. »Da wohnen wir!« ruft sie Ursula stolz zu und zeigt auf die große, bunte Holzente, die die Türe über die halbe Länge ziert. »Die habe ich mal gebastelt, damit Jill weiß, welches unsere Wohnung ist«, erklärt Elisabeth und schließt auf. »So, bitte!«

Ursula ist überrascht. Ein heller Flur, mit Spiegeln optisch vergrößert, führt in einen offenen Wohnbereich. Ein cremefarbener Teppichboden veredelt den großen Raum, eine gemütliche Sitzgruppe mit warmen Laura-Ashley-Stoffen macht ihn gemütlich. Um die Ecke schließt sich der Eßbereich mit einem hellen, ovalen Tisch und langen, schmalen Stühlen an. Über eine Theke sieht man in die teilweise mit Edelstahl verkleidete Küche. Überall hängen große Drucke zeitgenössischer Künstler.

»Das hätte ich nicht erwartet«, gibt Ursula zu.

»Wie sollten Sie auch«, Elisabeth weist zur Couch. »Bitte, machen Sie es sich gemütlich, ich habe Teewasser aufgestellt. Ich nehme an, das ist Ihnen recht?«

»Gern«, Ursula nickt, da spürt sie, wie sich ein kleine Hand in ihre schiebt. »Ich zeige dir jetzt mal, wie Videokassetten aussehen«, bestimmt Jill und zieht Ursula mit sich fort.

Elisabeth schaut ihnen nach, ein Lächeln in den Augen.

Der Tisch ist gedeckt, der Tee fertig, kleine Biskuits sind arrangiert, nur von Ursula und Jill keine Spur. Elisabeth schaut um die Ecke zur Couch. Im Fernseher läuft ein Zeichentrickfilm, doch niemand sitzt davor. Leise geht Elisabeth zum Kinderzimmer. Auf dem Boden lagern Ursula und Jill und spielen *Als die Tiere den Wald verließen*. Jill klärt Ursula gerade über die Problematik der gejagten Hasen im Wald auf, als sie Elisabeth entdeckt. »Mutti, wir können jetzt noch nicht kommen. Das Spiel ist noch nicht fertig!«

»Ihre Tochter gewinnt«, Ursula verlagert ihr Gewicht auf die andere Seite und würfelt.

»Vier«, sagt Jill spontan. »Du kannst mich jetzt werfen. Du brauchst aber nicht, wenn du nicht willst!«

Elisabeth grinst und geht ins Wohnzimmer. Sie packt die beiden Teetassen und die Kanne auf ein Tablett, geht wieder zurück und kniet sich zwischen den beiden nieder.

»Eigentlich ist es ein simples Mensch-ärgere-dich-nicht«, sagt sie, während sie Ursula eine Tasse Tee einschenkt. »Der Rote hier«, sie deutet auf eines der Hütchen, »ist Willy Waffel. Er glaubt, daß er kurz vor seinem Ziel ist, aber er weiß nicht, daß sich alle Gelben gegen ihn verschworen haben.«

Ursula horcht auf, Jill protestiert: »Das ist kein Willy Waffel, sondern das ist der Fuchs!«

»Ist Ihnen was eingefallen?«

»Fünf!« triumphiert Jill. »Ich bin gleich drin! Du bist dran!«

»Ach, das brauchte mir nicht einzufallen. Es ist ein As, das ich nicht gern verspiele.«

Ursula würfelt und überlegt. Geht's jetzt um Geld? Sie würfelt eine Eins. »Mein Angebot steht noch«, sagt sie zögernd. Ihre Hand schwebt über dem Spielbrett. Mit einer Eins könnte sie jetzt Jill kurz vor ihrer Höhle werfen, dann wäre sie mit der Figur wieder am Ausgangspunkt. Sie schaut Jill an, die zieht das kleine Näschen kraus und pustet sich dann den Pony aus der Stirn. »Erwachsene sollten Kinder immer gewinnen lassen«, läßt Jill Ursula wissen und schaut sie groß an.

»Warum eigentlich?« fragt Ursula.

»Weil ihr größer seid!«

»Aha. Das ist natürlich ein Argument.« Ursula streckt das

eine Bein etwas. Hilfesuchend dreht sie sich nach Elisabeth um. Die zuckt lächelnd die Achseln.

»Aber ein bißchen was will ich auch dafür, wenn ich dich jetzt gewinnen lasse. In Ordnung?«

Jill schaut sich schnell in ihrem Zimmer um: »Den Papagei dort kannst du haben, oder das Bilderbuch, das ich zum Geburtstag bekommen habe. Das gefällt mir sowieso nicht. Okay?«

Ursula schüttelt den Kopf. »Ich will etwas, das man nicht kaufen kann.«

»Soll ich dir was malen?«

»Das wäre auch eine schöne Idee, aber eigentlich dachte ich an einen kleinen Kuß.«

»Okay«, Jill würfelt bereits und hält mit einer Zwei triumphierend Einzug in ihre Höhle, »bekommst du beides! Gewonnen!«

Sie springt auf und drückt Ursula einen Kuß auf. In ihrem ganzen Leben hat Ursula noch keine Kinderlippen gefühlt, noch nicht einmal in ihrer eigenen Kindheit. Sie war bei den anderen Kindern nicht sehr beliebt, von den kindlichen Zärtlichkeiten untereinander blieb sie stets ausgeschlossen. Sie holt tief Luft und blickt Jill nach, die laut lachend aus dem Zimmer stürmt. Dann schaut sie Elisabeth an: »Langsam fange ich an, Sie zu beneiden.« Ursula beginnt, die Spielfiguren aufzuräumen. »Muß ich jetzt, mit 53, mein Leben in Frage stellen?«

»Oh nein!« widerspricht Elisabeth schnell. »Das müssen Sie nicht. Bestimmt nicht. Sehen Sie, ich habe gekämpft. Jills Vater hätte es gern gesehen, wenn ich vor ihm auf die Knie gegangen wäre. Sie müssen wissen, vor Jill arbeitete ich für eine Kosmetikfirma als freie Vertreterin. Ich war immer unterwegs, verdiente recht viel Geld, hatte Spaß an der Arbeit. Ich hatte ein hübsches Appartement in Sachsenhausen. Jills Vater sah ich sporadisch, wir verstanden uns gut – bis das

Kind kam. Die Entstehung fand er noch toll und auch die erste Zeit nach der Geburt. Dann sah er plötzlich, daß ich nicht mehr arbeiten konnte. Plötzlich war das Geld ein Problem, das sorglose Leben ohne Verantwortung war vorbei. Er setzte sich mit seiner Kohle ins Ausland ab. Ich hatte keine Chance – mit dem Baby konnte ich nicht mehr tagelang reisen, meine Firma fand einen Ersatz. Ich nicht, ich sah keinen Weg. Das Geld ging mir aus. Jills Vater bezahlte über eine Briefkastenadresse in Deutschland die Mindestalimente. Er, der für eine Nacht im Hotel locker mal 1000 Mark ausgab, sich von Champagner und Hummer ernährte und ausschließlich große Autos fuhr, er brachte für das Wohl und das Leben seiner Tochter gerade mal den Satz für Arbeitslose auf. Ich ging vor Gericht. Dort spielte er den mißverstandenen, verarmten Mann. Der Richter fragte ihn mitleidsvoll, ob er die 256 Mark im Monat denn überhaupt aufbringen könne. Wo ich den Rest herholen sollte, die Differenz zu den 1000 Mark, die ein Kind inclusive Einrichtung, Kleidung, Ernährung und Babysitting laut Statistik in Wahrheit kostet, wollte niemand wissen. Das Hohe Gericht ging offensichtlich davon aus, daß Frauen das schon irgendwie schaffen. Sie haben zwar kein Einkommen und keine Chance, mit einem Baby unterm Arm zu arbeiten, aber das tut nichts zur Sache. Mich hat zumindest keiner gefragt, wie ich es eigentlich hinkriegen will, mich und das Baby am Leben zu erhalten. Jills Vater hat mir dann noch gnädig gesagt, daß er vielleicht einmal einen halben Nachmittag auf die Kleine aufpassen könnte. Mehr sei nicht drin, schließlich könne er seine Geschäfte nicht vernachlässigen. Das war der Moment, als ich ihn hätte erschießen können – oder besser noch kastrieren. Sozusagen als nachträglicher Liebesdienst, damit der Arme für seinen wertvollen Samen nicht noch einmal so gewaltig zur Kasse gebeten werden kann. Trotzdem wäre ich nie in die Knie gegangen. Schließlich blieb mir nur noch der Weg zum Sozialamt. Das zögerte ich hinaus, weil ich zu stolz war. Als die Banken nicht mehr mitspielen wollten, kam ihr Mann. Für ihn habe ich zwar meinen Körper verkauft, aber meinen Stolz und meine Seele behalten. Verstehen Sie das?«

Ursula steht langsam auf, streckt ihren Rücken. »Hätten Sie den Typen doch erschossen!« sagt sie dann. »Was hat Sie gehindert?«

»Er ist es nicht wert, daß ich mir an ihm die Finger schmutzig mache!«

Elisabeth steht ebenfalls auf.

Ursula nickt. »Und Sie haben Jill!«

»Ja, ich habe Jill!«

»Können Sie wieder arbeiten?«

»Seitdem Jill im Kindergarten ist, bin ich wieder bei meiner Kosmetikfirma. Allerdings im Innendienst.«

»Gut. Zeigen Sie mir mal Ihren Arbeitsplatz?«

Elisabeth überlegt kurz, dann grinst sie. »Sie meinen, für meine Übergangsbeschäftigung?«

Ursula nickt. »Und dann erklären Sie mir mal bitte, wie wir Willy Waffel schachmatt setzen können.«

Das Schlafzimmer ist groß und lichtdurchflutet, und es fällt Ursula schwer, einen Zusammenhang zwischen diesem Raum und den Fotos herzustellen. Elisabeth setzt sich auf das Bett und streicht mit beiden Händen über die in warmen Blumenfarben bezogene Daunendecke, die sich rechts und links neben ihr aufwirft. »Laura Ashley im Puff«, sagt sie dabei, »hätten Sie das vermutet?«

Ursula antwortet nicht. Hinter Elisabeth hat sie auf einem kleinen Beistelltisch ein Foto von Walter entdeckt. Es zeigt ihn lachend. Ein kleines schwarzes Band ist in der Ecke des Holzrahmens befestigt.

»Sprechen Sie auch jeden Abend mit ihm?« will Ursula wissen.

»Nein. Ich bedanke mich manchmal bei ihm.« Elisabeth

steht auf und geht an Ursula vorbei zur Tür. Sie weist auf einen großen, gerahmten Druck von Spitzweg. Es zeigt eine Familie beim Sonntagsspaziergang. Ganz hinten das schirmbehütete, ergebene Weib, dann die kleine, vorwitzige Tochter unter einem riesigen Hut und schließlich der Patriarch, der wohlgefällig und mit dickem Bauch vor den beiden herstolziert.

»Mein Lieblingsbild«, sagt Elisabeth dazu. »Es erinnert mich jeden Morgen daran, daß ich gern so lebe, wie ich lebe!«

Dann hängt sie es ab.

In der Wand ist ein rundes Loch, groß genug für ein Objektiv.

»Walter stand auf der anderen Seite im Flur, er arbeitete mit einem sehr lichtempfindlichen Film. Wir hatten vorher durchgesprochen, was er haben wollte, und ich ließ dann unter einem Vorwand das Licht an.«

»Walter selbst?« Irgendwie war Ursula stillschweigend davon ausgegangen, daß ein anderer den Auslöser betätigt hatte. Aber Walter? Einen Moment lang fühlt sie sich benommen.

Elisabeth wirft ihr einen kurzen Blick zu, dann hängt sie das Bild wieder auf. »Er wollte keine Mitwisser haben. Und er war Perfektionist. Er hat ein Bild anfertigen lassen, in dem sich das Objektiv perfekt verspielte. Auch bei genauem Hinsehen konnte kein Verdacht aufkommen.«

»Haben Sie das Bild noch?«

Elisabeth schüttelt den Kopf. »Ich brauche es nicht mehr. Es war ein Abschnitt in meinem Leben. Ich war eine Hure, ich habe es bewußt getan, und ich bin heute noch stolz darauf, denn ich habe vieles dabei gelernt. Aber es ist vorbei!«

»Haben Sie mich am Telefon nicht gefragt, ob es sich um einen Job handele? War das nicht so gedacht?«

»Ich wollte nur wissen, was Sie wollen. Mir ein Bild machen. Schließlich hatten Sie die Geheimakte in den Händen. Das hätte auch eine Gefahr für mich bedeuten können.«

»Haben Sie geglaubt, ich zeige meinen eigenen Mann an?«

»Die Tatsache, daß Sie mir einen Job anbieten wollten, war mir jedenfalls lieber. Das hat mir gezeigt, wo Sie stehen.«

»Wo bleibt ihr denn?« Jill steht in der Türe. »Was macht ihr denn da?«

Elisabeth zupft spielerisch an ihrem Haar: »Ursula wollte sehen, wo ich schlafe.«

»Wieso – bleibt sie hier? Sie kann auch bei mir schlafen!«

Ursula dreht sich nochmals zu dem Spitzweg um. »Er erinnert mich an Willy Waffel!«

»Schläft der auch bei uns?« Jill zerrt ungeduldig an der Hand ihrer Mutter. »Komm jetzt endlich!«

Elisabeth gibt lachend nach. »Willy Waffel wird nicht bei uns schlafen«, sagt sie dabei zu ihrer Tochter und wartet, bis Ursula an ihr vorbei ist. »Der schläft in Zukunft auf einer Parkbank!« Damit schließt sie die Türe und zwinkert Ursula zu. Hoppla, denkt Ursula, jetzt wird's spannend!

ZUVERSICHT

Während der Montagskonferenz strahlt Ursula eine Zuversicht aus, die auffallend ist. Sie gehen die einzelnen Abteilungen durch, die üblichen Fragen nach Abläufen, Besonderheiten, Zahlen. Als es nichts Nennenswertes mehr zu besprechen gibt, meint Ursula, ihre gute Laune erklären zu müssen.

»Es ist fast noch zu früh, überhaupt etwas zu sagen, aber ich glaube, unsere Probleme sind bald gelöst«, sagt sie in die Runde.

»Nur schade, daß Gernot Schaudts Probleme nicht gelöst werden konnten«, erwidert Rainer Witzmann leise.

Ursula stockt. Dann schaut sie auf den leeren Platz, rechts neben sich.

»Wir wissen ja noch nicht einmal, um welches Problem es ging.« Sie schaut jeden einzelnen an. »Oder wissen Sie Näheres?« Keiner antwortet. »Vielleicht hat er zu früh aufgegeben«, fährt sie fort. »Er war ein guter Mann. Er hätte kämpfen müssen!«

Alle schweigen.

Ursula überlegt.

»Wie hätten wir ihm denn helfen können?« hört sie sich dann fragen und schüttelt gleichzeitig innerlich den Kopf über sich. Ursula, was ist denn in dich gefahren?

»Seine Frau sagte mir, daß er Krebs hatte, Magenkrebs!« Arnold Müller von der Rechtsabteilung rollt seinen Kugelschreiber hin und her.

»Krebs?« Ursula horcht erstaunt auf.

»Und den hatte er wohl wegen seiner Familie. Sie muß ihm bös zugesetzt haben«, fügt Stefan Peters, ein Ingenieur aus der Produktion, hinzu.

»Ja, so etwas kann auf den Magen schlagen«, nickt sein Kollege.

Ursula ist gerade gewillt, die Sitzung für beendet zu erklären, da fügt Rainer Witzmann an: »Die kleine Verena Müller scheint ja auch massive Magenprobleme zu haben. Hoffentlich greift das nicht um sich!«

In Ursulas Kopf klickt es. »Krebs ist nicht ansteckend«, sagt sie automatisch, aber sie denkt schon eine Stufe weiter. »Wieso kommen Sie darauf?« hakt sie schnell nach.

»Nun, so oft wie sie fehlt, so dünn wie sie ist und all die Mittel, die sie schluckt, das ist doch alles typisch Magen. Sie wird ja immer nervöser davon. Vielleicht sollte man sie mal in Kur schicken – bevor es endet wie bei Gernot«, sagt Witzmann, korrigiert sich aber schnell: »Ich meine den Krebs, nicht den Selbstmord.«

Ursula ordnet ihre Papiere, legt ihren Füller obenauf. »Ich danke Ihnen für den Tip, Herr Witzmann. Ich werde mich um Frau Müller kümmern.« Dann steht sie auf: »Ich danke Ihnen, meine Herren!«

In ihrem Büro fährt sie mit dem Finger nachdenklich die Kante ihres Schreibtisches entlang. Verena Müller. Die Kleine aus der Buchhaltung. Sie muß blind gewesen sein. Sie hatte ihr doch zur Beerdigung ihres Mannes diesen seltsamen Brief geschickt. Eine Spende für irgendeinen grünen Blödsinn wollte sie haben. Und sie hatte Verena kommen lassen und ihr klipp und klar erklärt, was sie von Bettelbriefen dieser Art hält. Und Verena hatte noch versucht, sie in eine Diskussion zu verwickeln. Ob sie denn kein Herz für Tiere hätte und ähnlichen Unsinn. Ursula hatte ihr mit Kündigung gedroht, falls sie hier im Haus radikale Ideen entwickeln würde. Fanatismus, egal welcher Couleur, dulde sie in ihrer Firma nicht, hatte sie getobt, und Verena war mit trotzigen Augen gegangen.

Ursula läßt sich Verenas Akte aus dem Personalbüro kommen. Stimmt, sie hat in letzter Zeit ziemlich häufig gefehlt. Magenbeschwerden, bescheinigen die Atteste. Ob sie mit Drogen zu tun hat? Ursula greift nach dem Telefon. Der Vertrauensarzt soll klären, welcher Art Verenas Beschwerden sind.

Ein Anruf kommt ihr zuvor. Sie schaut auf das Display, interne Leitung, Regina Lüdnitz. »Ja, bitte«, meldet sie sich.

»Willy Waffel möchte Sie sprechen, Frau Winkler. Ist es Ihnen recht?« Ihrem säuerlichen Tonfall nach hätte sie Waffel wohl am liebsten die Leitung gekappt.

»Ich übernehme ihn, Frau Lüdnitz«, Ursula zögert kurz. »Und anschließend können Sie mich mit Frau Waffel verbinden.«

Sie hört, wie es im Gehirn ihrer Sekretärin arbeitet. »Privat?« fragt sie dann.

»Privat!« bestätigt Ursula.

Willy Waffel drängt auf einen Termin.

»Soll ich Ihnen ein bißchen was von der Firma zeigen?« fragt Ursula unschuldig. »Die Fertigung? Die Lagerung? Unsere geniale Häckselmaschine? Die kriegt alles klein!«

Willy Waffel scheint der Sarkasmus in ihrer Stimme nicht aufzufallen. »Ich stehe zu meinem Angebot von 15 Millionen, Frau Winkler. Auch wenn es zu hoch gegriffen ist – aber, na ja. Sie müssen ja auch leben, nicht wahr? Es muß nur bald zu einem Abschluß kommen, es gibt da sonst noch ein anderes Projekt..., wie gesagt, die Bücher müßte ich natürlich schon noch sehen, aber trotzdem, ein Mann, ein Wort!«

Julius Wiedenroth macht wohl Druck, denkt Ursula.

»Hat Ihre Frau denn bald Geburtstag?« fragt sie süffisant. Sie dreht ihren Schreibtischsessel und schaut nach draußen. Blauer Himmel, es riecht nach Frühling.

»Was hat meine Frau... Wieso?« Er klingt völlig daneben.

»Nun, weil Sie es mit der Überraschung für Ihre Frau plötzlich so eilig haben, die Zeit so drängt.« Sie lächelt.

»Ja, ja, nun, ja. So ist es... ähm, die Zeit drängt eben. Wann haben Sie Zeit?«

Ursula überlegt. »Es gibt noch ein paar wichtige Dinge, die ich vorbereiten muß, Gespräche mit meinen Anwälten, Steuerberatern, mit der Bank – Sie und ich müssen für eine Übernahme ja einige Voraussetzungen erfüllen, nicht wahr?«

»Meine Voraussetzungen sind schnell erfüllt!«

»Das könnte möglich sein«, Ursula dreht sich an den Schreibtisch zurück. »Wie dem auch sei, Herr Waffel, ich melde mich bei Ihnen. Wenn alles reibungslos geht, schon morgen!«

»Ich verlaß mich drauf!«

»Verlassen Sie sich drauf!« Ihr Ton klingt fast drohend, und Ursula legt schnell auf, bevor ihre Fassade zusammenbricht. Dreckskerl, denkt sie und beißt sich auf die Lippen.

Wenn ihre Rechnung aufgeht, dann kommt die Übernahme schneller, als er sich vorstellen kann. Ursula streicht sich durch die Haare. Der Gedanke an das bevorstehende Gespräch macht sie nervös. Davon hängt alles ab. Sie steht auf, geht einige Schritte hin und her. Das Telefon klingelt. Sie nimmt im Stehen ab.

»Ich habe Frau Waffel erreicht, Frau Winkler, darf ich verbinden?«

»Bitte sehr!«

Lena Waffel hört schweigsam zu, was Ursula ihr zu sagen hat. Ihre Einsilbigkeit macht Ursula noch nervöser, sie spricht schneller, zwingt sich dann aber selbst zu einer Pause.

Lena Waffel schweigt mit.

»Sind Sie noch dran?« fragt Ursula und wippt auf den Absätzen.

»Es ist ein... ungewöhnlicher Vorschlag – aber es ist... überlegenswert.«

Ursula schließt die Augen.

»Gut. Wann?«

»Von Frau zu Frau?«

»Wir werden völlig alleine sein.«

»Von mir aus so schnell wie möglich.« Lena Waffel überlegt. »Heute noch. Am Nachmittag.«

Ursula ballt die Hand zur Faust. »Gut. Und wo?«

»Meine Tochter hat Springstunden. Draußen im Verein. Wir können uns ins *Reiterstübchen* setzen. Ich sehe Isabelle zu, und Sie können mir erzählen, was Sie auf dem Herzen haben.«

Wenn das der richtige Rahmen ist, denkt Ursula skeptisch, aber sie sagt zu und läßt sich die genaue Adresse des Reitstalls geben. Schließlich legt sie auf.

Eine Weile steht sie einfach da. Ursula, Ursula, Ursula, sagt sie sich und freut sich diebisch. Dann ruft sie Elisabeth an und erzählt ihrem Anrufbeantworter von ihrem Treffen mit Lena

Waffel. Sie endet mit einem Gruß an Jill und zieht die Stirn darüber kraus. Hat sie jemals Kinder auf Anrufbeantwortern gegrüßt? Verena Müller und die Vertrauensarztfrage übergibt sie an Regina Lüdnitz. Auch auf die Gefahr hin, daß diese vielleicht zunächst Verena selbst anruft. Dann greift Ursula nach dem Mantel. Sie hält es in der Firma nicht mehr aus, sie braucht frische Luft. Und sie muß nachdenken, denn noch ist nichts gewonnen. Dieses Treffen erfordert Fingerspitzengefühl.

Ursula fährt in die Innenstadt. Die Sonne scheint, sie hat Lust zum Bummeln. Sie schaut sich in der Goethestraße in einer Boutique um, aber das herablassende Desinteresse der Verkäuferin verjagt sie. Im Schuhgeschäft an der Ecke ist es anders. Dort herrscht eine nette Atmosphäre, und es macht ihr Spaß, sich einige Modelle zeigen zu lassen. Eigentlich hatte sie es nicht vor, schließlich kauft sie aber doch ein Paar dunkelblaue Pumps. Mit der Tüte in der Hand schlendert sie in die Freßgasse. Am Feinkostgeschäft Plöger kommt sie nicht vorbei. Gleichzeitig merkt sie, wie ihr Magen knurrt. Vor der Tiefkühltruhe mit vakuumverpackten Schlemmermenüs bleibt sie stehen. Wann hat sie zuletzt frisch gekocht? Seitdem Walter tot ist, erscheint es ihr als zu großer Aufwand. Tiefgekühltes mitzunehmen ist unsinnig. Sie wird vor heute abend nicht zu Hause sein, dann ist es aufgetaut. Vor dem Salatbüffett mit Schüsseln voller Krabbensalate, Nudelvariationen und anderen Delikatessen kann sie sich nicht entscheiden. Jetzt ist sie bereits so hungrig, daß sie alles nehmen würde. Ursula entschließt sich, einiges zusammenzustellen und für heute abend nach Hause schicken zu lassen. Hundertfünfzig Meter weiter läßt sie sich in einem italienischen Restaurant aufseufzend an einen freien Tisch am Fenster sinken. Sie bestellt Spaghetti all' Arrabbiata und hofft, daß es schnell geht. Bei einem Glas Rotwein beobachtet Ursula die Passanten. Kaum zu glauben, daß es der Wirtschaft schlecht gehen soll. Die meisten haben Tüten in der Hand, viele sogar gleich mehrere. Ursula schaut auf die Uhr. Noch zwei Stunden Zeit bis zu ihrem Treffen mit Lena Waffel.

Dreißig Minuten später ist sie bereits wieder draußen. Sie wird noch bis zur Zeil gehen und dann zum Auto zurück. Bei der Zeilgalerie muß sie an Deutschlands größten Baulöwen denken und grinst. Irgendwann stolpern die Knaben alle über sich selbst. Egal ob Honecker, Schneider oder Waffel. Ohne Macht sind sie kleine Würstchen. Wie das, was sie am Leibe tragen. Ihr Blick fällt schräg auf ein Geschäft auf der gegenüberliegenden Straßenseite, das ihr noch nie aufgefallen ist. *Walt Disney* steht in großen Buchstaben zu lesen. Zeit zum Umkehren, denkt Ursula, geht dann aber wie magisch angezogen auf den bunten Eingang zu. Was will ich denn da, verweigert sie sich noch, aber dann ist sie schon drin. Alles, was bunt, unsinnig und teuer ist, erwartet sie. Der rechte Platz für ihren beißenden Zynismus, aber er meldet sich nicht zu Wort. Statt dessen kauft sie einen Kinderbecher aus doppeltem Plexiglas, in dem kleine Löwen auf und ab tanzen, und die Videokassette *Die Schöne und das Biest*. Ich bin das Biest, sagt sie sich dabei, und als sie wieder auf der Straße ist, greift sie sich an den Kopf. Ursula, du hast Fieber, oder du tickst nicht mehr richtig. Vermutlich aber beides!

SIEG

Pferde waren Ursula schon immer suspekt. Zu groß, zu unberechenbar, zu lebendig.

Hoffentlich läuft ihr keines dieser Untiere über den Weg. Ursula steht zögernd an der hölzernen Schwingtüre, hinter der es kein Zurück mehr gibt. Sie hört vielfältige Geräusche,

Lachen, Scharren, Klirren, Schnauben, und das alles ist nicht dazu angetan, sie über die Schwelle in den Reitstall zu locken. Der Geruch nach feuchtem Leder, schwitzenden Leibern und Pferdeäpfeln kommt noch dazu. Sie schaut sich um. Kein Mensch zu sehen. Zahlreiche Fahrräder, Mofas und an der Straße die Autos der pferdebegeisterten Mütter. Keiner, den sie fragen könnte, wie sie unter Umgehung des Stalles in das *Reiterstübchen* gelangen könnte.

Ein Blick auf die Uhr. Zwei Minuten vor drei. Das gibt den Ausschlag. Pünktlichkeit vor Pferdangst! Sie stößt entschlossen die quietschende Türe auf und bleibt erschrocken stehen. Kurz vor drei, die Kinder führen ihre Pferde in einer langen Schlange an ihr vorbei in die Reitbahn. In der Hauptsache sind es Mädchen, die lässig neben ihren übergroßen Vierbeinern daherschreiten. Ursula wartet, bis sie den letzten Schweif nur noch aus der Entfernung sieht, dann schaut sie sich um. Ein Mann um die fünfzig tritt aus einem Büro heraus. Er hat Reithosen an, wahrscheinlich der Reitlehrer. Sie fragt ihn nach dem *Reiterstübchen*, er betrachtet sie aufmerksam, zeigt ihr dann den Weg. Seine graublauen Augen, die fest auf sie geheftet sind, verwirren Ursula. Sein Blick erzeugt ein merkwürdiges Gefühl in ihr. Er wirkt so intensiv, so authentisch. Sein Pferd wird herangeführt, und Ursula beeilt sich, aus der Gefahrenzone zu kommen. Sie geht in die Richtung, die er ihr gewiesen hat. Eine dunkle, abgetretene Treppe führt nach oben. Es riecht nach Sägemehl, dichter Staub liegt in der Luft. Hätten wir uns nicht einfach in irgendeinem Café treffen können, denkt sie ärgerlich, dann ist sie oben. Es ist eine offene Tribüne, vor der sie steht. Kalt ist es und ungemütlich. Dann erkennt sie die schmale Türe links neben sich. Und sie sieht, daß die Schmalseite der Halle im ersten Stock verglast ist. Sie schaut genau hin. Die Fensterscheiben spiegeln, aber es läßt sich doch erkennen, daß jemand dahinter sitzt. Ursula drückt die Türe auf. Ein enger Gang und dann die

Türe in die Gaststube. Die hat offensichtlich schon bessere Zeiten gesehen. Das dunkle Holz an den Wänden wirkt alt und spröde, der Fußboden ist aus einfachen Bretterbohlen. Der Raum ist muffig und überheizt, Reitutensilien hängen an den Wänden, jede Menge Pferdebilder, Schleifen und Pokale. Die eine Seite wird von einer Theke eingenommen, an der anderen sitzen einige Frauen am Fenster. Eine hat sich etwas abgesondert, Ursula erkennt Lena Waffel. Alle haben sich nach ihr umgedreht. Solche Auftritte schätzt Ursula überhaupt nicht, aber sie grüßt freundlich und geht dann zu Frau Waffel, die ihr entgegenlächelt: »Bitte, nehmen Sie doch Platz.«

Irgendwie erscheint Ursula die Situation absurd. Lena Waffel benimmt sich formvollendet, als säße sie an einem Tisch im Grand Hotel. Ursula bedankt sich höflich und setzt sich ihr gegenüber hin.

»Eigentlich ist heute ja Ruhetag für die Pferde. Aber die Kinder bereiten ein Frühlingsfest vor und üben ausnahmsweise am heiligen Montag«, klärt Lena Waffel sie auf. Ursula findet das nur komisch. Ein Ruhetag für Pferde klingt für sie wie die 36-Stunden-Woche für Arbeiter. Ob Pferde eine Gewerkschaft haben? Überstunden abfeiern können?

»Das ist meine Tocher. Die auf dem Falben, hinten, mit dem braunen Zopf.«

Aha. Für Ursula sind alles Falben, weil sie keine Ahnung hat, was das ist, und alle Mädchen tragen mehr oder weniger Zöpfe.

Der Reitlehrer, der eben in ihr Blickfeld reitet, interessiert sie um so mehr. Er wirkt auf seinem Pferd wie maßgeschneidert.

»Ein guter Mann?« fragt sie mit einem Kopfnicken zu ihm.

»Eigentlich zu gut für uns. Ich befürchte, daß wir ihn nicht allzu lange halten können. Er hat hier zu wenig Möglichkeiten. Er müßte sich mehr entfalten können, bräuchte bessere Pferde. Einen Sponsor.«

»Sponsern Sie ihn doch!?«

»Ich??« Lena Waffel schaut sie überrascht an. »Dazu habe ich keine Möglichkeit, kein Geld.«

»Ich könnte Ihnen helfen.«

»Sie wollen ihn sponsern?« rutscht es Lena Waffel vor lauter Überraschung laut heraus. Die Blicke richten sich auf sie, Lena senkt den Kopf. Ursula verzieht den Mund. Warum sollte sie ihn sponsern? Weil er blaugraue Augen hat und nach Mann riecht? Eine Frau in einem angegrauten Arbeitsmantel kommt an den Tisch, fragt, was sie Ursula bringen soll. Ursula ist die Unterbrechung recht. Sie bestellt sich einen Kaffee und einen Kuchen.

»Wir haben selbstgebackenen Marmorkuchen«, wird sie nicht ohne Stolz unterrichtet.

»Sehr schön«, antwortet Ursula. Sie hätte auch Sandkuchen aus der Halle gegessen, wenn sie ihrem Ziel damit näher gekommen wäre.

Lena beugt sich zum Fenster, sucht nach ihrer Tochter.

Alle reiten im Schritt quer durcheinander.

»Sie reiten sich warm«, erklärt Lena, was nun Ursula überhaupt nicht interessiert. »Lieben Sie Pferde auch?« hängt sie unvermittelt an.

»Ja, doch, schon«, Ursula schaut blicklos in die Bahn.

»Sind Sie schon mal geritten?«

»Leider noch nie...« Ich muß das Gespräch wieder in den Griff bekommen, denkt Ursula dabei.

Lena wendet sich ihr tröstend zu: »Ich werde Sie nachher mit unserem Fixus bekanntmachen. Es ist ein Prachtpferd, er wird Ihnen gefallen. Schauen Sie nur, welchen Gang er hat, wie stolz er seinen Kopf, seinen Schweif trägt!«

Ursula sitzt stocksteif. Oh, Horrorgedanke. Wo ein Schweif sitzt, sind auch Beine, genauer Hinterbeine, und die können ausschlagen. Und wo der Kopf ist, ist das Maul nicht fern. Sie sieht große, gelbe Pferdezähne vor sich. Sie wird

Fixus keinen Meter zu nahe kommen, eher küßt sie Willy Waffel.

»Lieben Sie Ihren Mann?« Die Frage reißt Lena vom Fenster weg.

»Ich... wie kommen Sie darauf?« Lena schweigt kurz, dann schüttelt sie den Kopf: »Nein!«

»Entschuldigen Sie, daß ich so direkt frage, aber wir wollen hier ja etwas Wichtiges besprechen«, entschärft Ursula ihre Indiskretion.

»Sie haben mich am Telefon neugierig gemacht...« Lena senkt die Stimme, die Bedienung serviert Ursula Kaffee und Kuchen.

»Darf ich fragen, warum Sie ihn nicht lieben?«

Lena rührt in ihrem Kaffee, der kalt vor ihr steht. Dann schaut sie aus dem Fenster hinaus, während sie spricht: »Es war keine Liebesheirat. Mein Vater wollte die Firma sichern, sie sollte ihm und meiner Mutter im Alter noch ein gutes Leben ermöglichen, und er wollte für mich ein vernünftiges Auskommen. Er fand, Willy sei der Richtige.« Sie dreht langsam den Kopf zu Ursula. »Wenig romantisch, wie?«

Touché, denkt Ursula und bemüht sich, ihren Triumph zu verbergen. Hat Elisabeth doch recht gehabt! »Und«, fragt sie weiter, »war er denn der Richtige?«

Lena überlegt, sie streicht sich vorsichtig über ihren Dauerwellenkopf.

»Für die Firma wohl schon. Das kann ich nicht beurteilen. Willy wollte von Anfang an nicht, daß ich da mitmische. Mein Vater wäre auch dagegen gewesen. Eine Frau in der Firma bringt Unfrieden, hat er immer gesagt«, sie sieht Ursula unsicher an, »war wohl auch besser so. Für die Kinder...«

Ursula schüttelt den Kopf. »Die Kinder sind das Alibi der Männer, sich die Frauen vom Hals zu halten!«

Lena schweigt, ihr Blick sucht ihre Tochter. »Ich bin froh, daß ich sie habe. Ohne sie wäre alles noch unerträglicher!«

Ursula überlegt. »Wer hat die Verträge gemacht? Ist Ihr Mann beteiligt? Hält er Prozente? Haben Sie einen Ehevertrag?«

»Mein Vater hat darauf geachtet, daß ich die Eigentümerin bleibe. Daraufhin ist auch unser Ehevertrag ausgerichtet. Willy ist als Geschäftsführer bei mir angestellt. Er bekommt ein Gehalt!«

»Und der Verkauf von Geschäftsanteilen ist laut Gesellschaftsvertrag auch nicht an besondere Voraussetzungen geknüpft?«

»Natürlich nicht. In einer Ehe verstößt keiner gegen die Interessen des anderen!« Ein verlegenes Lächeln huscht über Lenas Züge.

Ursula atmet tief durch. »Mein Gott, und da haben Sie ihn noch nicht hinausgeschmissen?«

»Ich bin doch mit ihm verheiratet! Wir sind eine Familie!«

»Von Gottes Gnaden«, schlüpft es Ursula heraus.

Lena nimmt einen Schluck aus ihrer Tasse. Sie verzieht noch nicht einmal das Gesicht. »Was hätte ich tun sollen. Ich kenne mich in dem Geschäft nicht aus. Jeder kann mich übers Ohr hauen. Und Kartonagen sind heute auch nicht mehr so problemlos wie noch vor Jahren. Ich bin machtlos!«

»Ihr Mann betrügt Sie!« sagt Ursula sachlich.

Lena verzieht das Gesicht zu einem bitteren Lächeln. »Das tat er vom ersten Tage an. Bis heute demütigt er mich, wo immer sich eine Gelegenheit findet. Am liebsten vor andern Leuten! Trotzdem erstaunt mich, daß Sie das wissen!«

»Das weiß jeder«, winkt Ursula mit einer Handbewegung leichthin ab, dann beugt sie sich zu ihr vor, schaut sie durchdringend an: »Schlagen Sie zurück!«

Lena antwortet nicht. Sie starrt in ihren Kaffee.

»Was hindert Sie? Wie alt sind Ihre Kinder?«

»Isabelle ist vierzehn und Oliver neunzehn. Er macht gerade sein Abitur und will später Informatik studieren. Tag und Nacht hängt er vor dem Computer.«

»Hat er Ambitionen, die Firma zu übernehmen?«

Lena schüttelt langsam den Kopf: »Überhaupt nicht. Er sagt, er ist froh, wenn er nichts mehr davon sieht. Damit schließt er Willy wohl ein. Er hat sich mit seinem Vater nie richtig verstanden. Er ist ein sehr introvertierter Junge. Willy hat ihn immer als Stubenhocker beschimpft, bloß weil er nicht boxen wollte wie Willy in seiner Jugend.«

»Und Isabelle?«

»Will Tierärztin werden.«

»Leben Ihre Eltern noch?«

Lena verneint.

»Wo ist dann das Problem?«

»Ach«, seufzt Lena aus tiefstem Inneren. »Sie sagen das so einfach. Aber was soll ich jetzt mit der Firma am Hals? Ich bin fünfzig. Ich kann nicht mehr von vorn anfangen.«

Ursula lehnt sich zurück, und ein diebisches Lächeln überzieht ihr Gesicht. »Sie verkaufen sie mir! Ich mache Ihnen ein faires Angebot – ein wirklich faires. Von Frau zu Frau. Und Sie schicken Ihren Willy auf die Parkbank, auf die er gehört, und leben ein sorgenfreies Leben. Wenn Sie Lust haben, sponsern Sie unseren Freund hier«, sie macht eine Handbewegung zur Bahn hin, »und wenn nicht, kaufen Sie ihrer Tochter ein richtiges... Superpferd.«

»Einen Kracher«, korrigiert Lena automatisch.

»Von mir aus auch einen Kracher.«

»Wissen Sie, was Sie mir da vorschlagen?« Lenas Wangen sind von einem zarten Rot überzogen. »Das wäre der härteste Kampf in meinem Leben!«

»Lohnt es sich nicht, für sein Leben zu kämpfen?« Ursula rückt näher an den Tisch. »Sie sprechen mit Ihren Kindern darüber, Sie informieren Ihren Scheidungsanwalt, und wir setzen einen Vertrag auf. Und Sie nehmen sich endlich den Mann, der Ihnen gefällt!«

»Mit fünfzig?«

»Wollen Sie damit warten, bis Sie achtzig sind?«

»Ich bin... ich weiß nicht. Ich weiß nicht, ob ich das schaffe!« Sie dreht sich wieder zur Bahn. »Jetzt baut er die Cavalettis auf. Das ist Gymnastik für die Pferde.«

Paradox, denkt Ursula. Gymnastik für die Pferde. Pferdeballett oder was? Sie schaut auch hinunter. Der Reitlehrer verteilt mit ein paar Helfern wadenhohe Hindernisse in gleichmäßigen Abständen an der Bande. Sein Pferd hat er einem Mädchen in die Hand gedrückt. Die Kleine tätschelt es hingebungsvoll. Ursula verzieht das Gesicht und wendet sich wieder Lena zu.

»Ich werde Ihnen jetzt einmal haarklein erzählen, was Ihr Göttergatte in der letzten Zeit so angestellt hat. Und ich glaube, danach schlagen Sie liebend gern in meine Hand ein! Das ist doch so beim Pferdehandel, oder?« Das Witzchen kommt nicht ganz echt über ihre Lippen, sie merkt es selbst.

Aber Lena nickt ihr zu. »Eigentlich will ich es nicht hören. Ich hatte erst kürzlich wieder ein höchst unliebsames Erlebnis mit ihm. Aber vielleicht haben Sie ja recht. Vielleicht ist die Zeit gekommen, daß ich alles wissen, mich dem allem stellen muß. Also, erzählen Sie!«

Ursula läßt nichts aus. Sie klärt Lena bis ins Detail über den »großen Schnitt« auf, den er zu ihrer beider Schaden ausgetüftelt hat. Als sie in Oberlech angekommen ist, unterbricht Lena sie aufgeregt.

Isabelle geht jetzt über den Parcours. Dann mach voran, Mädchen, denkt Ursula, beherrscht sich aber. Sie kann nichts Tolles daran finden, aber Lena strahlt: »Sie ist ein richtig kleines Talent«, um im selben Augenblick mit verdüsterter Miene hinzuzufügen: »Und Willy ist eine richtig große Drecksau!« Da erzählt ihr Ursula auch noch den Rest.

Lena ist in die Bahn gesprungen, um ihrer Tochter, die den Parcours mit abbauen muß, das Pferd trocken zu führen, und Ursula hat sich zum Büro geflüchtet. Hier wird sie drin bleiben, bis alle diese Biester sicherheitsverwahrt sind, schwört sie sich. Es ist abgeschlossen. Sie steht unentschlossen vor der Türe herum, aber es ist das einzige Telefon im Reitstall, hat ihr Lena gesagt. Eines hängt für Notfälle noch mitten in der Stallgasse, aber so groß kann ihr Notfall gar nicht sein. Sie wartet lieber.

Der Reitlehrer kommt um die Ecke. »Warten Sie auf mich?« fragt er, und Ursulas Herz macht einen Hüpfer. Was ist denn das jetzt, fragt sie ihr Innenleben, aber sie kann es nicht verleugnen, dieser Mensch spricht sie an. Trotz Pferdegeruch. Oder vielleicht gerade deshalb? Ist sie auf dem sicheren Weg, pervers zu werden? Er steht dicht neben ihr, als er die Türe aufschließt. Sie kann ihn spüren. Eine starke Energie geht von ihm aus. Sportsponsering könnte der Firma WWV eigentlich auch ganz gut anstehen, überlegt Ursula und beobachtet seine Bewegungen.

Er läßt die Türe aufschwingen und lädt sie mit einem herzlichen: »Bitte sehr« zum Eintreten ein. Dann reicht er ihr die Hand: »Ich bin Michael Fürst.« Sein Händedruck ist fest und warm, seine Augen blicken sie forschend an, sein Gesicht ist kantig, ein kleines Grübchen kerbt das Kinn ein.

Ursula erwidert den Händedruck und stellt sich ebenfalls vor.

»Was kann ich für Sie tun?« fragt er, und Ursula betrachtet seine abgeschabte Wildlederweste. Normalerweise müßte sie bei einem solchen Anblick das Grausen kriegen, aber es graust sie nicht. »Dürfte ich telefonieren?« fragt sie artig.

»Bitte«, er schiebt ihr ein altes, ziemlich ramponiertes Telefon hin.

»Nach Frankfurt«, präzisiert Ursula. »Haben Sie einen Zähler?«

Er grinst sie an: »Wir zählen es nachher zusammen.«

Ursula beginnt, an der Wählscheibe zu drehen. »Soll ich dem Verein mal ein neues Telefon stiften?« fragt sie beiläufig.

»Dann dürfen Sie auch kostenlos telefonieren«, nickt er. »Heute zumindest.«

Michael Fürst setzt sich, zieht die Schreibtischschublade auf und holt ein großes Buch und eine alte Kasse heraus.

Elisabeth meldet sich.

»Elisabeth, ich möchte Ihnen die 8000 Mark überweisen!«

Der Reitlehrer horcht auf.

»Ich möchte kein Geld!« Elisabeths Stimme klingt bestimmt.

»Ich überweise es trotzdem!«

»Sie sind stur!«

»Ja, danke!« Ursula betrachtet den geöffneten Inhalt der Geldkassette. Einige Zwanziger, ein Fünfziger, Kleingeld. Lukrativ scheint das Pferdegeschäft wahrhaftig nicht zu sein.

»Ich sage nein! Und wenn Sie nicht aufhören, lege ich jetzt auf!« hört Ursula. »Im übrigen freut es mich, wenn es geklappt hat.« Elisabeth hat ein Lächeln in der Stimme.

»Einigen wir uns auf Ihre Tochter!« Ursula zeichnet mit dem Zeigefinger die Wählscheibe nach.

»Jill? Was? Wieso?«

»Auf ihr Ausbildungskonto!«

»Jill hat eine Ausbildungsversicherung!«

Herrgott, ist das Weib störrisch.

»Dann eben für eine zweite Ausbildung. Oder einen zweiten Studiengang. Oder für ein Semester im Ausland.«

Es ist ruhig auf der anderen Seite. Ursula fällt ein, daß sie in ihrem dunklen Kostüm auf Pferdeleute ziemlich seltsam wirken muß.

»Einverstanden!«

Kurz und knapp.

»Das freut mich!« Ursula legt auf. »So, das wär's«, sagt sie zu dem Reitlehrer, der sie aufmerksam betrachtet.

»Verschenken Sie Ihr Geld immer so bereitwillig an andere Leute? Hier ein Telefon, dort eine Ausbildung?«

Fast muß Ursula lachen. Ausgerechnet sie. Sie hat ihr Geld stets zusammengehalten, stand jeder Verlockung immun gegenüber. Und jetzt steht sie hier als die große Wohltäterin. »Der Schein trügt«, sagt sie ehrlich. Hinter ihr klopft es, die Kinder der Übungsstunde stürmen herein, wollen den nächsten Termin wissen.

»Nun, dann gehe ich besser«, Ursula streckt ihm die Hand hin.

»Lassen Sie sich mal wieder sehen, mit oder ohne Telefon«, er lächelt ihr zu, und sie schilt sich selbst. Bild dir bloß nichts darauf ein, Ursula Winkler. Er hat jede Menge schwärmerischer Mädels in petto, und zu Hause wahrscheinlich drei plärrende Blagen. Trotzdem dreht sie sich beim Hinausgehen nochmal nach ihm um. Er schaut ihr tatsächlich nach.

Sie hat Glück, Lena stapft gerade aus der Bahn, solo. Isabelle hat Fixus wieder übernommen. Sie bleiben beieinander stehen.

»Ich werde es also so einrichten, daß wir übermorgen, am Mittwoch, um 14 Uhr in Ihrer Firma sind, Frau Waffel, wie abgemacht. Ich lotse Ihren Mann zur selben Zeit in meinen Betrieb. Ich bringe Fachleute mit, die Ihnen nachher ganz genau sagen, was Sie erwarten können. Sie könnten aber auch selbst ein bißchen recherchieren. Zur eigenen Sicherheit, meine ich.«

»Wie denn?« Lena reibt ihre vom Pferdemaul vollgesabberten Hände ausgiebig an ihrer Hose ab.

»Fragen Sie doch einfach Ihren Mann. Ganz unschuldig, ganz dumm.«

Lena zwinkert ihr zu: »Ja, das kann ich tun!«

Ursula geht ein Stück auf den Ausgang zu, sie sieht von weitem Pferde kommen. Lena läuft mit.

»Und denken Sie dran«, sagt Ursula beschwörend und bleibt vor der Schwingtüre stehen, »Sie sind auch wer!«

»Waren Sie wer?« fragt Lena zurück. »Ich meine, als Ihr Mann noch lebte?«

»Nein!« Nur ein toter Mann ist ein guter Mann, denkt sie. Oder hat sie es laut gesagt?

Wie zwei Verschwörerinnen drücken sich die beiden Frauen die Hände, dann geht Ursula durch die Schwingtüre ins Freie. Sieg, Sieg! Eigentlich müßte sie jetzt feiern, jauchzen, Hurra schreien. Aber es ist ihr nicht danach. Sie wird heute abend ein Glas Champagner trinken. Nicht auf Willy Waffels Untergang, sondern auf Lena Waffels neues Leben. Ursula schließt den Wagen auf. Du redest schon wie Elisabeth, denkt sie plötzlich. Laß das schnellstens wieder sein, das paßt nicht zu dir. Du warst nie ein Samariter, und du wirst nie einer werden. Da kannst du dich also auch ruhig an Willy Waffels Untergang ergötzen! Mit einem zweiten Glas Champagner!

INTRIGE

Ludwig ist auf dem Anrufbeantworter und bittet um Rückruf, und zwischen der Post liegt ein dicker Brief von Lutz Wolff. Aha, die Rechnung. Sie fischt den Brief heraus, legt ihn auf den Küchentisch. Dann stellt sie Wasser auf, schaut auf die Uhr. Erst sechs, der Abend ist noch jung. Sie öffnet den Kühlschrank, da klingelt es. Unwillig geht sie an die Türe. Unangemeldete Besuche sind ihr ein Greuel. Es ist der Feinkost-Service. Das hat sie ganz vergessen. Welch ein Fest. Der junge Mann trägt Tüte um Tüte in die Küche, Ursula begleicht die Rechnung.

Das Teewasser pfeift. Sie verstaut die Tiefkühlkost und überlegt. Wen soll sie einladen? Ludwig fällt ihr ein. Was der wohl von ihr will? Sie brüht den Tee auf und holt dann ihr Telefon. Er meldet sich beim zweiten Klingelzeichen.

»Ursula, meine Liebe«, tönt es höchst erfreut aus dem Hörer.

Ursula kneift die Augen zusammen. Seit wann ist sie denn »seine Liebe«?

»Du hast um einen Rückruf gebeten«, sagt sie förmlich und greift mit der freien Hand nach einer Tasse im Schrank.

»Ich dachte, ich muß dich endlich einmal einladen. Es ist schon so lange her, daß wir gemeinsam zu Abend gegessen haben.«

In Walldorf, denkt Ursula und rechnet nach, wann das in etwa war. Es ist noch nicht allzu lang her. Und es war auch nicht verabredet, sondern purer Zufall. Verwechselt er das?

»Ja, Ludwig, wolltest du denn heute abend ausgehen?« fragt sie und überlegt gleichzeitig, welche Ausrede sie bringen könnte.

»Nein, das nicht. Ich dachte an einen gemütlichen Abend bei mir, wie in alten Zeiten.«

In alten Zeiten, Ursula zieht spöttisch die Augenbraue hoch. Walter ist tot, es gibt keine alten Zeiten mehr.

»Wann hättest du denn gedacht, Ludwig?«

»Nun, vielleicht dieses Wochenende? Oder das nächste? Ich habe herrliche Weine zum Degustieren da.«

»Was meinst du mit Wochenende, Ludwig?«

»Na, den Sonntag. Wie eh und je.«

Stimmt. Am Samstag mußte Walter ja immer noch mal schnell zum Boot, auf die Berge oder sonstwohin.

Aber schöne Weine hat Ludwig. Das muß man ihm lassen. Und vielleicht wird's ja auch ganz nett... »Nette Idee, Ludwig, ich komme gern. Möglicherweise schon an diesem Sonntag. Laß uns nochmal telefonieren.«

Nachdem sie aufgelegt hat, schlitzt sie den Brief von Lutz Wolff auf. Sie hätte Ludwig auch leicht selbst einladen können. Genug wäre schließlich da. Aber sie hat keine Lust auf Ludwig. Dann schon eher auf Elisabeth und das Kind. Bloß, für die beiden dürfte es schon zu spät sein. Die Walt-Disney-Tüte mit ihren Geschenken fällt ihr ein. Sie grinst. Liegt noch im Kofferraum – zusammen mit ihren neuen Schuhen. Michael Fürst hat wohl doch recht, sie ist dem Konsum- und Schenkrausch verfallen.

Lutz Wolff hat seine Leistungen säuberlich auf zwölf Seiten aufgelistet. Ursula blättert schnell durch. Sie interessiert nur die Endsumme. Knapp 25 000 Mark. Dafür kauft man heutzutage einen Kleinwagen, denkt sie. Lutz Wolff spinnt. Sie schenkt sich einen Tee ein und geht die Seiten durch. Er hat wirklich jede Kleinigkeit berechnet. Jedes Telefonat und auch ihr Besuch bei ihm im Büro. Und selbst sein sonntägliches Frühstück bei ihr. Auf die Minute.

Sie blickt auf. Soll sie sich darüber ärgern? Weil sie die Brötchen gekauft hat? Sei nicht dumm, Ursula, er ist Geschäftsmann. Er hat nur das getan, was du auch getan hättest.

Ursula packt die Tüten aus und drapiert anschließend einige der leckeren Salate auf eine Platte. Sie wird ihm 17 000 überweisen, und über den Rest soll er sich mit ihr streiten. Es ist der Erfolgsbonus, den sie ihm abzieht. Den bekommt Jill.

»Na, da staunst du, Walter«, sagt sie und steckt sich eine Krabbe in den Mund, »aber ich bin auch nicht ohne. Das hast du nur nicht erkannt!« Sie stellt die Platte auf den Tisch. »Und ich auch nicht!«

Ihr erster Weg führt Ursula am nächsten Tag zur Bank. Direktor Niemann hat ihr ausreichend Zeit für ein Gespräch eingeräumt. Sie setzt ihm alles genau auseinander, erzählt, warum sie um die vier Millionen nachgefragt hat, die bisher aber nicht benötigt worden seien, und erklärt ihm die Gründe für den angestrebten Kauf der Verpackung Waffel. Sowohl wirtschaftlich als auch finanziell. Arthur Niemann möchte einen seiner Sachverständigen mitschicken. Ursula ist es recht, sie verabreden sich auf morgen, 14 Uhr, bei den Waffel-Werken.

Im Büro läßt sie Manfred Kühnen rufen. Während Ursula auf ihn wartet, gibt sie schnell bei Telekom ein Telefon mit Gebührendisplay für den Reitstall in Auftrag. Kühnen klopft bereits, als sie noch überlegt, wie sie die Ausgabe verbuchen könnte. Sie begrüßt ihren Geschäftsführer und denkt dabei, daß ihr der Verein wohl oder übel eine Spende bescheinigen muß. Das Baujahr der Schreibmaschine, die er dafür vermutlich aus seinem alten Schreibtisch hervorkramen wird, möchte sie sich lieber nicht vorstellen.

»Es ist eine delikate Situation, und Sie sind mein Verbündeter«, beginnt sie feierlich, kaum daß sich Kühnen in seinem Sessel installiert hat. Kühnen, solche Töne von seiner Chefin nicht gewöhnt, reagiert vorsichtig. Er sitzt regungslos und sagt zunächst nichts.

»Auf welchen Kaufpreis schätzen Sie Waffel-Verpackungen?«

Kühnen überlegt. »Höchstens 20 Millionen. Eher weniger. In der Zwischenzeit vielleicht sogar nur noch 15.«

»Also 10«, sagt Ursula und setzt ein schiefes Grinsen auf. Sie denkt an Lena Waffel. »Oder sagen wir mal 12.«

Dann richtet sie sich auf, schaut Kühnen direkt in die Augen. »Glauben Sie, Sie könnten die Kartonage wieder auf Vordermann bringen? In Zusammenarbeit mit WWV natürlich?«

»Wie? Ich verstehe nicht. Ich soll zurück zu Waffel? Das geht nicht...«

»Als Direktor, Herr Kühnen. Falls es klappt.«

Manfred Kühnen streicht sich über sein knitterfreies hellgrünes Jackett. »Sie wollen Waffel-Verpackungen kaufen!« dämmert es ihm plötzlich.

»Sehen Sie in einem solchen Schritt eine Bereicherung für WWV – oder eher eine Belastung?«

»Wir brauchen ja Pappe. Fast alle unsere Käsebehälter tragen heute Pappe über dem Plastik. Und andere Märkte sind auch immer noch da. Ja, das wäre ideal!«

Er schaut sie an.

»Das finde ich auch, Herr Kühnen. Dazu müssen Sie aber morgen ab 14 Uhr Herrn Waffel aufs Gewissenhafteste durch unsere Räume führen. Lassen Sie nichts aus, hören Sie? Dienern Sie sich ihm an, so daß er den Eindruck bekommt, Sie seien dafür, daß er WWV übernimmt. Lästern Sie ruhig ein bißchen über mich – wenn es sonst keiner hört. Das dürfte Ihnen nicht schwerfallen – und, geben Sie ihm Tips, falsche, versteht sich – zeigen Sie ihm alles. Jeden Schreibtisch, jede Abrechnung, jede Maschine und von mir aus auch jede hübsche Sekretärin. Lassen Sie ihn unter keinen Umständen vor 17 Uhr hier aus dem Haus. Und wenn Sie ihm Frau Lüdnitz persönlich auf den Schoß binden müßten. Oder besser noch, Verena Müller. Die kennt er ja wohl schon!«

Manfred Kühnen staunt jetzt ganz offen.

»Er wird nicht mit mir gehen wollen!«

»Er muß. Sie sind die einzige Chance, die er hat!«

Kühnen räuspert sich. »Und – und wo sind Sie?«

»Mit unseren Fachleuten und seiner Frau in seiner Firma.«

Er überlegt.

»Ich fürchte, ich verstehe immer noch nicht ganz. Warum mit seiner Frau?«

»Weil sie die alleinige Eigentümerin der Waffel-Verpakkung ist. Wußten Sie das nicht?«

Er schüttelt langsam den Kopf. »Das hätte sein Ego nicht verkraftet, wenn das jemand gewußt hätte.«

»Sehen Sie«, lächelt Ursula ihn an, »deshalb hat er den Firmennamen geändert, als er nach seiner Hochzeit Geschäftsführer wurde. Aber gehört hat ihm der Betrieb nie!«

Er steht langsam auf. »Hut ab, Frau Winkler, Hut ab. Sie können sich auf mich verlassen!«

ÜBERFALL

Ursula spürt, daß sie Ähnlichkeit mit einem Überfallkommando haben, wie sie so unangemeldet durch die Räume und Hallen der Waffel-Verpackungen gehen. Aber Lena macht ihre Sache gut, tut so, als sei eine solche Besichtigung das Natürlichste auf der Welt. Und als sei auch nichts daran auszusetzen, daß der Chef, ihr Mann, an der Spitze der Delegation fehlt. Lena gibt sich harmlos. Sie zeigt ihrer Freundin, Ursula Winkler, die Firma. Das ist schlichtweg alles. Die fünf Männer im Schlepptau übergeht sie. Aber Ursula sieht trotzdem, wie die Unsicherheit und die Neugierde unter den Betriebsangehörigen wächst. Sie ist in der Branche schließlich keine Unbekannte.

Ursula spielt den Freundinnen-Part mit, so stimmt zumindest das äußere Bild. Auf dem ganzen Weg durch die Firma unterhält sie sich angeregt mit Lena, täuscht eine leichte Konversation vor.

»Julius Wiedenroth war gestern abend noch bei uns«, sagt Lena gerade und grüßt lächelnd nach links und rechts.

»Ach, interessant. Er wollte wohl mit Ihrem Mann die heutige Taktik festlegen. Wie sie mich am besten übers Ohr hauen können.«

»Ich habe versucht, etwas mitzuhören, aber sobald ich in die Nähe kam, wurden sie einsilbig.«

»Hätten Sie doch mal nach den Mädchen gefragt, die Ihr

Mann Julius Wiedenroth diskret und zuverlässig besorgt hat. Vielleicht wäre den beiden dazu etwas eingefallen.«

Lena schweigt kurz, dann sagt sie: »Das ist mir neu!«

Ursula zuckt gleichmütig die Achseln. »Aber es vervollständigt das Bild.« Sie geht einige Schritte weiter.

»Haben die Kerle außer ihrem Gehänge denn nichts im Kopf?« fährt Lena Ursula an.

»Fragen Sie doch den da«, grinst Ursula, denn ein Arbeiter in ihrer Nähe hat sich nach ihnen umgedreht.

»Sehen Sie was, wenn Sie so durch Ihre Firma gehen?« will Ursula kurze Zeit später von ihr wissen.

»Wie meinen Sie das?«

»Nun, hat sich was verändert, seitdem Sie zuletzt hier waren?«

Lena schaut sich um. »Ist schon eine Weile her.«

»Und?«

»Mir fällt nichts auf.«

»Das denke ich auch«, nickt Ursula.

Sie bleiben an einer Maschine stehen. Ursula mustert sie eingehend.

»Sie sind alle gut gewartet, aber mit Investitionen scheint sich Ihr Mann nicht gerade hervorgetan zu haben.« Sie schaut wieder zu Lena hinüber. »Haben Sie ihn gefragt, wie er den Wert der Firma einschätzen würde?«

»Er ist gleich wütend geworden und hat mich angeschrien, ob ich ihm denn jetzt überall nachspionieren wollte.«

Ursula ist klar, was gemeint ist. »Soviel ich weiß, haben *Sie* ihn doch beim Fremdgehen erwischt und nicht umgekehrt!« Lena nickt.

»Weshalb schreit er dann Sie an?«

»Das weiß ich auch nicht.«

»Na, eine große Hilfe ist uns Ihr Mann jedenfalls nicht!«

Nach zweieinhalb Stunden haben sich Ursulas Fachberater ein Bild gemacht. Die beiden Ingenieure haben sich die Maschinen und die Fertigung angesehen, Wolfgang Hagen, der Chef der Buchhaltung, und ein Spezialist von der Bank die Bücher und Bilanzen. Ursula bespricht sich mit ihrem Anwalt, Werner Karloff.

»Hmmm«, macht sie.

»Das wollte ich auch gerade sagen«, er wiegt den Kopf. »Als Schnäppchen würde ich sagen, okay. Ansonsten wird das Abenteuer wohl zu teuer.«

»Hören wir, was die anderen sagen!«

Sie gehen alle in Willy Waffels Büro, Lena schließt wie selbstverständlich die Türe hinter ihnen. Ursula lehnt sich gegen den alten, schwarzen Schreibtisch, der wie ein Symbol für die stehengebliebenen Jahre in dieser Fabrik den Raum beherrscht.

Sie schaut von einem zum anderen. »Die Zeit drängt, wir müssen schnell zu einer Entscheidung kommen. Bloß – dieser Ort ist für längere Beratungen unpassend, in unserer Firma weilt zur Zeit der Herr dieses Hauses, in einem Restaurant sind wir zu gestört, und morgen ist es zu spät!«

Sie denkt kurz nach, und dann tut sie etwas, was es bei Winklers in dreißig Jahren noch nicht gegeben hat. Sie lädt alle zur Besprechung zu sich nach Hause ein, einschließlich Lena Waffel. »Wir spielen mit offenen Karten«, sagt sie zu ihr.

Und weil sie schon einmal dabei ist, ruft sie an Ort und Stelle auch gleich noch Elisabeth an.

»Es könnte dann aber sein, daß Jill bei Ihnen einschläft«, gibt Elisabeth zu bedenken.

»Ich habe ein Gästezimmer«, setzt Ursula dem entgegen, »groß genug für Sie beide.« Und noch nie benutzt, ergänzt sie im stillen.

Alle einigen sich auf 18 Uhr, Ursula will zuvor nochmal

kurz in ihre Firma fahren. Sie hofft, Willy Waffel noch anzutreffen.

Ursula kommt gerade noch rechtzeitig an. Willy Waffel verläßt eben das Hauptgebäude, begleitet von Manfred Kühnen, der ihr einen erleichterten Blick zuwirft.

»Wo waren Sie denn, meine Teuerste?« begrüßt Willy sie großspurig. Sie bleiben zu dritt auf der Treppe stehen.

»Dringende Geschäfte, Herr Waffel. Tut mir leid.«

»Jetzt noch?« grinst er anzüglich.

»Haben Sie sich denn entschieden? Wurden Sie mit allem vertraut gemacht?«

»Herr Kühnen hat sich sehr bemüht«, die Zweideutigkeit ist nicht zu überhören.

Ursula nickt Kühnen zu. »Das freut mich.« Der Geschäftsführer verzieht leicht den Mund.

»Wir können gleich nach oben gehen, Sie brauchen nur noch zu unterschreiben!« dröhnt Waffel und klopft vielsagend auf seine Aktentasche.

Deshalb saß Julius Wiedenroth gestern abend also bei ihm. Sie haben nach ihrem Anruf schnell den passenden Vertrag aufgesetzt. Ob sie die Firma wirklich umgehend weiterverkaufen wollen? Der schnellste Reibach wäre es. Und an wen? Schade, das läßt sich nach Waffels Entmachtung wohl nicht mehr herausfinden.

»An welche Summe haben Sie gedacht?« fragt sie kühl.

»Mit 15 sind Sie gut bedient!«

»Sie schon, aber ich nicht.« Ihre Stimme ist scharf.

Willy Waffel scheint die Veränderung zu spüren. »Ich verstehe Sie nicht.«

»Für Ihre Firma wären 15 Millionen zuviel. Für meine ist es zuwenig! Habe ich Ihnen das nicht schon einmal auseinandergesetzt?«

Er schaut sie groß an. Mach dir dein schönes Spiel nicht

kaputt, halte dich zurück, sagt sich Ursula und setzt eine freundliche Miene auf.

»Was ich damit sagen möchte, denken Sie noch über ein Milliönchen nach, Herr Waffel.« Sie dreht sich zur Tür. »Ich muß jetzt noch schnell in mein Büro. Mein Anwalt wird die Sache morgen mit Ihnen regeln, Herr Waffel.«

Von wegen Anwalt, grinst sie in sich hinein. Das Blatt gönne ich mir selbst. Im Flur bleibt sie stehen und wartet. Wie sie gedacht hat, folgt Manfred Kühnen ihr schnell nach.

»Und, wie war's?«

Er grinst säuerlich: »Grauenhaft. Die ganze Firma denkt jetzt wohl, ich kollaboriere.«

Ursula lacht. »Wir werden das Bild morgen zurechtrükken.«

Manfred Kühnen verzieht die Mundwinkel: »Ich fand das gar nicht so witzig. Aber er ist natürlich voll mitgegangen – obwohl«, er schaut ihr direkt in die Augen, »mir heute auch klar geworden ist, welches Spiel Sie treiben.«

»Ich? Ein Spiel?« tut Ursula überrascht.

»Er ist der Kerl, der hinter dieser Dumpingsauerei steckt!«

»Freut mich, daß Sie doch noch drauf gekommen sind, Herr Kühnen«, antwortet Ursula mit einem leichten Anflug von Spott in der Stimme. Sie hat den Türgriff schon wieder in der Hand, um zu ihrem Wagen zu gehen, dreht sich aber nochmal kurz zu ihm um und informiert ihn über das Treffen bei ihr. Er schaut kurz auf die Uhr und sagt dann zu.

VERSCHWÖRUNG

Viertel vor sechs ist Ursula zu Hause. Elisabeth und Jill kommen als erste, was Ursula sehr recht ist.

Als Elisabeth erfährt, worum es heute abend geht, will sie

gleich wieder gehen. »Damit habe ich doch überhaupt nichts zu tun. Da stören wir doch nur!« Sie knöpft Jills Jacke kurz entschlossen wieder zu.

»Ich will aber nicht gehen, Mami«, wehrt sich Jill.

»Und ich finde, Jill hat recht!« stellt sich Ursula dazwischen. »Sie sind doch die Ursache, daß jetzt alles ins Rollen gerät. Ohne Ihre Information hätte ich doch nie herausbekommen, was für ein besitzloser Hanswurst unser aufgeblasener Freund ist!«

»Für die Information haben Sie ja auch reichlich bezahlt!«

»Es war ja auch Ihr As!«

Sie funkeln sich an, und dann müssen sie beide lachen. »Nur, wenn ich Ihnen irgendwie helfen kann. Brote belegen oder so.«

»Dafür sollten Sie eben gerade nicht herkommen!«

»Müßt ihr euch denn streiten?« Jill hat ihre Jacke wieder aufgeknöpft und drückt sie Ursula in die Hand. Ursula steht mit der Jacke da und schaut die Kleine an.

»Jill hat recht«, nickt sie. »Wenigstens ein vernünftiges Wesen hier!«

»Gut, dann gehe ich jetzt in die Küche!« Elisabeth geht an ihr vorbei.

»Bist du auch so dickköpfig wie deine Mutti?« Ursula beugt sich zu Jill hinunter.

»Weiß nicht«, sagt Jill und faßt sich an den Kopf.

Es klingelt. Jill springt zur Türe, Ursula drückt den Türöffner.

»Na, wer bist du denn?« Manfred Kühnen reicht Jill die Hand. Jill zögert.

Ursula geht ihm entgegen. Manfred Kühnen hat sich umgezogen, trägt einen dunkelgrauen Wollpullover zu schwarzen Jeans. Er sieht direkt wie ein Mensch aus, denkt Ursula. Sie bittet ihn herein, aber er bleibt im Flur bei Jill hocken.

»Was meinst du denn, was ich da habe?« fragt er und hält

Jill, die ihre Hände auf dem Rücken versteckt hat, eine Faust hin.

Ursula schaut den beiden kurz zu, dann geht sie zu Elisabeth in die Küche. Die richtet bereits Platten mit den restlichen Delikatessen aus dem Feinkostgeschäft. Ursula wirft einen Blick darauf. »Viel ist es ja gerade nicht mehr«, sie öffnet den Gefrierschrank und wühlt darin herum. »Darf ich mal?« Elisabeth steht ungeduldig hinter ihr, es klingelt wieder. »Ihr Job!« Elisabeth macht eine Kopfbewegung zur Türe.

Es ist ihr Anwalt, und eben steigt auch Stefan Peters, ihr Ingenieur, aus dem Wagen. Ursula geht mit beiden ins Wohnzimmer. Dort liegen schon Manfred Kühnen und Jill vor einem Puzzle auf dem Bauch. Jill hat einen ganzen Koffer mit Spielsachen mitgebracht, das meiste liegt schon wild verstreut auf dem Boden. Ursula fallen ihre Geschenke ein. Später, denkt sie und wundert sich über Manfred Kühnen. Nie hätte sie einen Kinderfreund in ihm vermutet. In mir auch nicht, sagt sie sich und geht wieder in die Küche.

»Zeigen Sie mir noch, wie Ihr Backofen funktioniert, und dann nichts wie raus hier!« droht ihr Elisabeth mit einem Kochhandschuh.

»Es fehlen aber noch Getränke«, Ursula öffnet den Kühlschrank. »Das erledige ich«, sagt ihr Anwalt und wendet sich an Elisabeth: »Sie müssen mir nur sagen, wo ich alles finde.«

Elisabeth grinst, und es klingelt wieder. Arnold Müller steht in der Türe. Er hat einen Strauß Blumen dabei, rosafarbene Fresien und gelbe Rosen. Ursula ist völlig verdutzt. Sie bedankt sich artig und sucht eine Vase. Der Sachverständige von der Bank kommt, und mit ihm Wolfgang Hagen und ihr zweiter Ingenieur. Jetzt sind bis auf Lena Waffel alle da. Aus der Küche duftet es durchs Haus, und Elisabeth trägt die ersten beiden Platten herein.

Jill dreht sich nach ihr um: »Das ist meine Mami«, sagt sie laut zu ihrem Spielkameraden, »sieht sie nicht toll aus?«

Alle lachen, und Manfred Kühnen bestätigt: »Ja, stimmt. Du hast eine tolle Mami!«

Dabei fällt es nicht nur Ursula auf, daß sein Blick tatsächlich interessiert wirkt. Elisabeth lächelt beiden zu und geht wieder hinaus.

Ursula schaut sich um. Leben. Zum ersten Mal ist richtig Leben in ihrem Haus. Fast schon eine Party. Sie grinst über sich selbst. »Greifen Sie zu«, fordert sie auf, »sicherlich haben Sie alle noch nichts gegessen. Wir warten noch auf Frau Waffel, ich meine, das sind wir ihr schuldig.«

Hoffentlich weiß Willy Waffel noch nichts von ihrem nachmittäglichen Überfall, denkt Ursula und greift nach einer der heißen Bouletten, die Elisabeth gezaubert hat. Nicht, daß er ihr vor lauter Wut etwas antut. Sie wird langsam unruhig. Auch die anderen haben ihren Smalltalk beendet und warten darauf, was nun geschehen soll. Ursula legt die Kopien der Waffel-Briefe an die Konkurrenz auf den Tisch. Damit liefert sie Zündstoff für die nächste halbe Stunde. Manfred Kühnen hat sich die Blätter wortlos angesehen und sich dann wieder zu Jill gesetzt. Mittlerweile, sie warten nun schon seit über einer Stunde, haben die beiden das vierte Puzzle beendet, und Jill hat keine Lust mehr. Kühnen steht auf und klopft sich die Hose ab. »Ich habe auch so eine Kleine«, sagt er fast entschuldigend in die Runde.

»Ich wußte gar nicht, daß Sie verheiratet sind«, Arnold Müller wirft ihm einen erstaunten Blick zu.

»Bin ich ja auch nicht. Und war ich auch nicht. Das ist ja das Dilemma!«

»Verstehe ich nicht«, mischt sich Stefan Peters ein und setzt das Bierglas ab. »Wieso ist denn das ein Dilemma? Heutzutage sind doch viele unverheiratet und haben Kinder!«

Manfred Kühnen steht unentschlossen mitten im Raum.

»Wir sind aber getrennt, und ich habe keine Rechte an meinem Kind!«

Alles schweigt, Jill zupft ihn fröhlich am Hosenbein: »Du, ich habe auch keinen Papi!« Und, als wollte sie ihn trösten: »Das ist nicht so schlimm!«

Es klingelt. Alle atmen auf.

Lena Waffel kommt mit ihrem Anwalt. Sie entschuldigt sich für die Verspätung. »Ich weiß, ich hätte anrufen sollen, aber es war alles so hektisch...«

»Wir hatten schon Angst, Ihr Mann wäre aus der Firma unterrichtet worden und hätte Ihnen etwas angetan!«

Sie lacht abwehrend, aber es klingt nicht ganz echt. »Er ist nach Hause gekommen, hat sich pfeifend umgezogen und ist wieder weg. Ich nehme an, er feiert mit seiner Freundin seinen Triumph!«

Ursula ist über ihre Offenheit erstaunt. Sie sieht den Männern an, daß sie sich auch ihre Gedanken machen.

»Ich möchte Sie mal aufklären«, beginnt Ursula, »aber zunächst brauchen wir mehr Sitzgelegenheiten.« Wenn Walter das hören könnte, würde er mich auslachen, denkt sie dabei. »Draußen auf der Veranda stehen noch einige Gartenmöbel unter einer Plane. Ich glaube, die müßten uns genügen.« Während die Männer die zusätzlichen Klappsessel holen, sagt Ursula zu Elisabeth: »Und Sie setzen sich jetzt dazu!«

»Jill und ich gehen jetzt nach Hause!«

»Ich bring Sie um!«

»Das würde Ihnen ähnlich sehen!« Aber die beiden Ingenieure machen für Elisabeth das Sofa frei, auf dem sich Jill sofort an ihre Mutter kuschelt, und Ursula beginnt, nachdem endlich jeder einen Sitzplatz gefunden hat, die Aktion Willy Waffel zu durchleuchten.

Am Schluß sind sie sich alle einig, daß 12 Millionen ein faires Angebot wären. Lena berät sich mit ihrem Anwalt und stimmt dann zu. »Ich muß ehrlicherweise sagen, daß wir mit weniger gerechnet haben«, sagt sie zu Ursula. »Mehr als 10 hätte ich nicht erwartet.«

Ursula blickt zu dem Sachverständigen ihrer Bank, Ralf Liesen. Er zögert. Die Versuchung ist groß, aus Lenas Ehrlichkeit Nutzen zu ziehen.

Ursula überlegt. »Wie wär's mit einem Kompromiß? 11?« Sie schaut Lena an. »Dann liegen Sie höher als erhofft, und ich niedriger als befürchtet.«

Lenas Anwalt runzelt die Stirn. Klar, denkt Ursula, seine Kohle. Lena schaut ihn kurz an, es ist ihm deutlich anzusehen, was sich in seinem Gehirn abspielt. Eine Million durch einen Satz verschenkt. Sie nickt. Ralf Liesen nickt auch.

Lena reicht Ursula die Hand. »Pferdehandel«, sagt sie dabei.

Jill, längst im Arm ihrer Mutter eingeschlafen, öffnet ein Auge: »Mami, wo sind Pferde?« und schläft direkt weiter.

Ursula schlägt vergnügt ein. Pferde bleiben ihr wohl nicht mehr erspart. Dann steht sie auf und holt zwei Flaschen Champagner. »Meine Bank sagt ja, meine Ingenieure sagen ja, meine Buchhaltung sagt ja, und mein Geschäftsführer wird Direktor der Waffel-Verpackungen, was sage ich da, der Walter-Winkler-Verpackungen, kurz WWV. Das heißt, das müssen wir uns noch überlegen, wie das Kind zu nennen ist. Aber Hauptsache, er ist schon mal da!« Und sollten alle Stricke reißen, habe ich immer noch fünf Millionen cash, denkt Ursula, lacht übermütig und läßt den ersten Korken knallen.

Ihr Anwalt springt auf. »Wo sind die Gläser?«

Elisabeth weist mit einer lässigen Handbewegung hinter sich: »Im Sideboard, dort in der Ecke«, und Manfred Kühnen läßt keinen Blick mehr von ihr.

Ursula reicht Lena das erste Glas und drückt die nächsten beiden Elisabeth und Manfred in die Hände. »Und im übrigen säßen wir ohne Elisabeth heute nicht hier«, sagt sie und prostet ihr zu, bevor sie die übrigen Gläser verteilt.

Es ist Mitternacht vorbei, als alle gehen. Die beiden Anwälte haben die Zeit für einen Vertragsentwurf genutzt, den sie auch gleich am Laptop realisiert und über den mitgebrachten Mini-Drucker ausgedruckt haben. Die anderen haben die ersten Schritte für die praktische Zusammenarbeit und Verschmelzung der beiden Firmen diskutiert. Elisabeth steht kurz nach zwölf Uhr als erste auf und gibt damit den Anstoß.

Ursula hätte die beiden gern dabehalten und bietet ihnen erneut das Gästezimmer an, doch Elisabeth hat sich fürs Heimfahren entschieden. »Es wird morgen zu kompliziert«, erklärt sie. »Ich muß früh zur Arbeit, Jill in den Kindergarten, das kriegen wir von hier aus so unorganisiert nicht in den Griff!«

Ursula bedauert und nickt. »Ich sollte mit Ihnen trotzdem noch etwas unter vier Ohren klären«, sagt sie leise.

»Kommen Sie mit ans Auto«, Elisabeth trägt ihre schlafende Tochter schon im Arm. »Dann können Sie mir auch gleich aufschließen.«

Ursula dreht sich nach ihren übrigen Gästen um. Sie stehen und unterhalten sich noch, Manfred Kühnen sammelt das Spielzeug zusammen. Dieser Mann erscheint ihr als das größte Wunder des heutigen Abends. War das noch Manfred Kühnen? Der blasierte, konkurrenzgeile, farbenprächtige Gockel?

Als Ursula wieder zurückkommt, ziehen sich die Männer gerade ihre Jacken und Mäntel an, Kühnen hält den Kinderkoffer in der Hand. Nur Lena Waffel steht noch etwas zögernd im Hintergrund. Ursula verabschiedet alle und geht dann zu ihr: »Wollen wir noch ein Gläschen auf die Zukunft trinken?«

Lena holt tief Luft.

»Oder ist etwas?«

»Ich... ich glaube, ich habe Angst vor meiner eigenen Courage.« Lena greift sich an die Stirn. »Ich weiß nicht, was passiert, wenn er das herausfindet!«

»Kann das denn heute nacht schon passieren?«

Lena zuckt die Achseln. »Es waren schon jede Menge Anrufe für ihn auf unserem Anrufbeantworter. Leute aus der Firma, die wollten, daß er zurückruft. Ich habe sie alle gelöscht. Und mein Sohn achtet darauf, daß auch die Neuzugänge gelöscht werden. Er ist ganz auf meiner Seite. Isabelle übrigens auch. Vor allem, nachdem ich ihr von unserem Sponsoring erzählt habe...« Sie lächelt leise.

»Wie kann er sonst erreicht werden?«

»Wenn er mit diesem Mädchen unterwegs ist, schaltet er das Autotelefon immer aus. Das Handy auch, das ist mein Glück. Bliebe noch die Mailbox...«

»Und wenn Sie jetzt nach Hause gehen und ihn gar nicht mehr erst hereinlassen?«

Lena schaut sie unsicher an. »Das kann ich nicht, das ist nicht meine Art.«

»Wieso? Sie wollen doch nur sein Glück – er kann sich postwendend mit seiner Grazie absetzen. Das wollte er doch sowieso!«

Lena denkt kurz nach. Es ist still, Ursula wartet.

»Wann möchten Sie es ihm denn sagen?« fragt sie dann.

»Morgen, wenn ich die gültigen Verträge habe.«

»Die liegen doch schon da!« Ursula weist auf den kleinen Tisch, wo die Vorverträge liegen.

»Die sind noch nicht rechtsgültig!«

»Aber es ist schon klar, worum es geht. Die Summe steht drin, und wir können beide unterschreiben. Der Preis geht Ihren Mann nichts an. Machen Sie nicht den Fehler, ihm...« Ursula schaut ihr in die Augen. »Sie wollen, daß wir es heute nacht noch hinter uns bringen? Sie wollen nicht alleine nach Hause gehen?«

Lena nickt zaghaft: »Ich glaube, ich brauche Begleitschutz. Ich bin nicht so stark.«

»Und ich glaube, das bin ich Ihnen schuldig!«

Lena holt die Verträge, Ursula greift nach ihrem Mantel. »Lassen Sie Ihren Wagen stehen. Wir nehmen meinen!«

Sie greift nach ihrem Schlüssel, legt ihn aber gleich wieder in die Schublade zurück und nimmt den anderen, den Mercedesschlüssel. Dieser Coup ist mehr wert als alle Pornoerpressungen dieser Welt. Sie hat gesiegt.

TODESSTOSS

Lena dirigiert sie in die Auffahrt einer alten Backsteinvilla.

»Das Haus meiner Eltern, hier bin ich aufgewachsen«, erklärt Lena fast entschuldigend, »wir haben es nach ihrem Tod übernommen.«

Die Auffahrt ist breit, feudalistisch, so wie es sich für einen Fabrikanten alten Stils gehört. Auf Ursula wirkt alles eine Spur zu protzig, aber sie sagt nichts. Sie parkt auf der rechten Seite vor der Garage und steigt mit Lena aus.

Das Haus wirkt nicht nur von außen düster, auch innen ist Ursula alles zu dunkel. Sie steht im Wohnzimmer, während Lena ihre Mäntel versorgt. Schwere Eichenmöbel, schwere Teppiche, schwere Ölbilder.

»Machen Sie es sich doch gemütlich«, sagt sie, als sie zurückkommt, und weist zu der klobigen Sesselgarnitur. Gemütlich kann man es sich hier wirklich nicht machen, denkt Ursula und setzt sich.

»Hätten Sie gern einen Kaffee?« Lena wirkt rastlos. Vermutlich hat sie tatsächlich einfach Angst.

Ursula stimmt zu. »Kann ich Ihnen helfen?«

»Bitte, nein!« Ursula steht trotzdem auf und folgt ihr in die Küche. In dem Moment schwebt eine Gestalt im weißen Nachthemd die breite Holztreppe herunter. Es ist Isabelle, die sich wie eine Schlafwandlerin an ihre Mutter drückt.

»Warum schläfst du denn nicht, mein Schatz?«

»Was ist dann, wenn Vati uns verläßt?« Ihr Gesicht sieht mit den langen, verwuschelten Haaren viel kindlicher aus als noch im Reitstall.

»Vati hat uns doch eigentlich schon lange verlassen, mein Mäuschen. Das hast du doch selbst am Nachmittag gesagt.«

Das blasse Gesicht kämpft mit den Tränen. »Ja, ich weiß schon. Ich bin aber trotzdem traurig«, sie schluckt, »wenn ich keinen Vati mehr habe.« Kleine Tropfen stehlen sich aus ihren Augenwinkeln, laufen wie verirrt über die Wangen.

Lena nimmt sie in den Arm, küßt ihr Gesicht und schaut dann auf die bloßen Füße ihrer Tochter. »Komm, mein Herzstück, ins Wohnzimmer. Der Steinboden ist zu kalt.«

»Ich versuche mich mal an einem Kaffee«, sagt Ursula und stiehlt sich in die Richtung, in der sie die Küche vermutet, davon. Finster rustikal, auch hier. Sie findet den Kaffee, Zukker und Sahne und schließlich einige Becher, sicherlich nicht das Sonntagsgeschirr, aber brauchbar. Sie wartet, bis der Kaffee durchgelaufen ist. Das gibt Lena Zeit, mit ihrer Tochter zu sprechen, und sie steht nicht so als Anstifterin dazwischen.

Ursula packt alles auf ein Tablett und geht vorsichtig ins Wohnzimmer zurück. Isabelle liegt zugedeckt auf der Couch, den Kopf im Schoß ihrer Mutter. Soviel Ursula verstehen kann, erzählt Isabelle von Fixus. Lena streicht ihr die Haare aus der Stirn, lächelt Ursula zu. »Er ist der einzige im ganzen Stall, der wiehert, wenn ich komme. Stell dir mal vor, Mutti, so freut er sich!« Sie schaut ihre Mutter an. »Nein, ehrlich Mutti, noch nicht einmal Nico tut das, wenn Susi kommt, dabei hat sie ihn schon viel länger als ich Fixus!«

»Das ist wirklich schön für dich!«

Ursula stellt das Tablett ab, reicht Lena eine Tasse. Fixus scheint letztlich höher im Kurs zu stehen als Willy, denkt sie dabei, so einfach ist das also.

»Wie wäre es, wenn du jetzt wieder ins Bett gehst? Es ist schon nach ein Uhr, du bist morgen früh sonst nicht ausgeschlafen.«

Isabelle murrt zwar, läßt sich von ihrer Mutter aber nach oben bringen. Ursula schenkt den Kaffee ein und wartet.

Lena ist schnell wieder zurück. »Sie schläft bereits«, sagt sie und setzt sich. »Ein Glück, daß sie nicht mit Wlliy konfrontiert wurde. Die Szene nachher möchte ich ihr wirklich ersparen.« Sie häuft hektisch Zucker in ihren Kaffee.

»Er hätte sich vielleicht früher mal ein Beispiel an dem Pferd nehmen sollen«, sinniert Ursula.

»Wie meinen Sie das?«

»Das, was Ihre Tochter eben gesagt hat. Ihr Pferd freut sich ganz einfach, wenn sie kommt.«

Lena nickt bitter: »Er hat sie ja nie zur Kenntnis genommen. Uns alle nicht. Er hat *eingeheiratet*, das hat er mir bis heute nicht verziehen.«

»Andere freuen sich, wenn sie auf diese unverdiente Art zu Ansehen und Reichtum kommen.«

»Er nicht. Er empfand das als Makel für seine eigene Tüchtigkeit.«

»Das zeugt von Minderwertigkeitskomplexen.«

Lena hält in ihrer Bewegung inne. »So habe ich das noch nie gesehen...«

»Und, überhaupt, war er denn so tüchtig?« Ursula runzelt die Stirn. »Die Firma sieht nicht unbedingt danach aus. Ich glaube, er setzt mehr auf eine gewisse Art von Bauernschläue als auf wirklich harte Arbeit.«

Über zwei Stunden hinweg versuchen sie, ein Gespräch aufrechtzuerhalten. Lena schüttet ihr Herz aus, Ursula hört teilweise hin und hängt dann wieder eigenen Gedanken nach. Dann schaut sie auf die Uhr. Drei Uhr morgens, und Willy ist immer noch nicht da. Lena gähnt verhalten, beide sind müde, daran kann auch der Kaffee nichts mehr ändern.

»Um die Zeit ist er sonst immer da«, entschuldigt Lena Willys Verspätung.

»Vielleicht fährt er diese Nacht ja überhaupt nicht heim – er hat ja keinen Grund mehr. Ab morgen ist er ein gemachter Mann, steht auf eigenen Füßen. Denkt er!« Ursula steht auf, um sich durch Bewegung etwas zu entspannen. Lena hatte die Beine auf die Couch gelegt, jetzt setzt sie sich wieder hin und schaut Ursula zu. »Die ganze Nacht können wir so nicht auf ihn warten«, Ursula geht zum Fenster.

»Wollen Sie sich vielleicht etwas hinlegen? Wir haben ein Gästezimmer«, schlägt Lena vor.

»Im Nachthemd würde ich ihn wohl kaum beeindrucken, nein, wir müssen uns etwas anderes überlegen.« Ursula kommt wieder an den Tisch zurück. »Richten Sie ihm sein Bett hier auf der Couch, und schließen Sie sich oben ein. Und stöpseln Sie Telefon, Fax und Anrufbeantworter aus, dann geht er morgen nichtsahnend in seine Firma, und dort erwarte ich ihn dann. In seinem Sessel.«

»Sie haben Mut«, gähnt Lena.

»Ich denke, es ist zumindest sinnvoller, als wenn wir uns hier die Nacht um die Ohren schlagen.« Ursula geht nochmal zum Fenster. Dort dreht sie sich zu Lena um: »Und ich gebe Ihnen noch einen Rat. Werfen Sie das hier alles raus.« Mit einer weiten Armbewegung umfaßt sie das ganze Zimmer. »Oder ist das Ihr Geschmack?«

Lena schaut sich um, dann schüttelt sie den Kopf. »Ich habe nie darüber nachgedacht. Das ist... ein Teil stammt sogar noch von meinen Eltern. Und meinen Großeltern. Das andere hat Willy ausgesucht.«

»Trennen Sie sich davon. Es erdrückt, nimmt einem die Luft zum Atmen. Spüren Sie das nicht? Am besten veräußern Sie gleich das ganze Haus. Zu düster, zu dunkel. Oder Sie renovieren es von Grund auf, bauen um. Dann müssen Sie aber auch den Geist hier drin totschlagen!«

Lena entgegnet nichts. »Geist totschlagen«, wiederholt sie nach einer Weile leise. Sie sitzt da wie ein Häufchen Elend.

Ursula betrachtet sie. Schwache Leute waren ihr immer ein Graus. Sie wartet, daß sich das Gefühl des Abscheus einstellt, das sie nur zu gut kennt. Aber sie spürt nichts. Ihre Betrachtungsweise bleibt weiterhin nüchtern und objektiv. Lena Waffel hat ihr Leben an einen Blindgänger verschenkt.

Scheinwerfer streifen kurz die Wohnzimmerwand, ein Wagen fährt vor.

»Er kommt!« Wie elektrisiert springt Lena hoch.

»Na, endlich«, sagt Ursula. »Setzen wir uns.«

Sie hören das elektrische Garagentor und kurz danach das Zuschlagen einer Türe.

»Um diese Zeit noch Besuch?« dröhnt eine Stimme unartikuliert durch den Flur, und dann steht Willy Waffel etwas schwankend im Türrahmen. Das Hemd nicht vollständig zugeknöpft, das Jackett offen und zerknittert über dem hervorgewölbten Bauch, die Krawatte hat er sich einfach über die Schulter gelegt. Sein glücklicher Gesichtsausdruck schlägt in einfältige Ratlosigkeit um, als er Ursula erkennt. »Frau Winkler?« sagt er schwerfällig, bleibt aber in der Tür stehen. »Wieso?« Und dann wie ein Geistesblitz: »Warten Sie auf mich? Wollten Sie schon heute unterschreiben?« Er macht zwei Schritte auf sie zu.

»Guten Morgen, Herr Waffel«, sagt Ursula kühl, »ich habe schon unterschrieben.«

»Ohh, das ist ja... woher hatten Sie... wo ist der Vertrag?« Drei weitere Schritte.

Ursula bewegt sich keinen Zentimeter aus ihrem Sessel. Sie nimmt den Vertrag vom Tisch und streckt ihn Willy Waffel entgegen.

»Es ist ein Vorvertrag«, erklärt sie dazu. Jetzt kommt er bis an den Tisch, streckt die Hand danach aus. »Ihre Kündigung erhalten Sie morgen.«

Zunächst scheint er den Sinn ihrer Worte nicht zu verstehen, auch nicht, was er da liest. Dann ändert sich plötzlich sein Gesichtsausdruck. »Was ist denn das für eine Schweinerei?« schreit er, läuft rot an und knallt den Vertrag auf den Tisch. »Das laß ich mir nicht bieten. Von Ihnen schon gar nicht!« Er zeigt mit dem Finger auf Ursula. »Und von dir dreimal nicht!« Haßerfüllt starrt er seine Frau an. »Ihr habt keine Chance gegen mich. Mit so einem Wisch! Lächerlich!« Willy ballt die Hände zu Fäusten und stützt sich damit auf dem Tisch auf. Damit ist er auf Augenhöhe mit seiner Frau. »Du kriegst mich nicht raus. Und dafür mache ich dich fertig, fertig, fertig, du alte Fotze du, schau dich doch mal an. Was bist du schon außer einer Melkmaschine...«

»Das dürfte Sie vielleicht auch noch interessieren.« Ursula legt ruhig die Kopien seiner Dumpingangebote auf den Tisch. »Die Gerichte lieben solche Spielchen, ein schönes Fressen auch für die Presse.«

Willy reißt die Seiten hoch, zerfetzt sie voller schäumendem Zorn. »Du hast tatsächlich verkauft?« schreit er seine Frau an. »An die da? Ich – ich war am Zug, verdammt nochmal. Ich! Ich! Ich! Du hast mir alles kaputt gemacht! Das wirst du mir büßen – du und deine Brut! Du bist so saublöd, so...«

»Wir dachten, so hätten Sie mehr Zeit für Bianca«, unterbricht ihn Ursula, ohne mit der Wimper zu zucken. »Das heißt, wenn die einen arbeitslosen Fabrikanten noch begehrenswert findet...«

Willy stürzt auf sie zu: »Raus, raus, sonst werd' ich handgreiflich! Fünf Ausgänge hat das Haus, einen können Sie sich aussuchen. Augenblicklich verschwinden Sie, sonst vergeß ich mich!« Sein Speichel sprüht Ursula entgegen, sie riecht seine Alkoholfahne. Aber sie schaut ihn unbeweglich an.

»Das ist mein Haus, Willy«, meldet sich da Lena erstaunlich gelassen zu Wort. »*Du* kannst gehen, nicht Frau Winkler.

Die Scheidung habe ich heute eingereicht. Über den Rest kannst du mit meinem Anwalt sprechen!«

Außer sich vor Wut greift Willy nach dem nächstbesten Gegenstand und wirft ihn mit voller Wucht nach seiner Frau, es ist die Kaffeekanne. Lena kann dem harten Geschoß gerade noch ausweichen, die Kanne knallt gegen die Rükkenlehne, Splitter und Kaffee spritzen quer über die Couch, Lena hält die Unterarme schützend vors Gesicht. Außer Kaffee bekommt sie nichts ab, und der ist schon kalt. Sie besieht sich ihr verschmutztes Kleid, die braun besprenkelte Haut und klopft mit der Hand leicht auf den riesigen dunklen Fleck im Polster. »Ich wollte sowieso eine neue kaufen«, sagt sie kühl.

Willy stiert sie an, dann stürmt er zur Tür.

»Und liefere bitte den Jeep morgen ab«, ruft Lena ihm nach, »es ist ein Firmenwagen. Er gehört jetzt Frau Winkler!«

Sie hören das Garagentor aufgehen, den Motor aufheulen, dann durchdrehende Reifen und kurz darauf einen knirschenden, berstenden Knall. Wütende Schaltaktionen, ein knirschendes Getriebe und einen erneuten Knall, und nochmals und nochmals.

»Er fährt den Mercedes zusammen!« Lena schlägt sich erschrocken auf den Mund.

»Blech!« antwortet Ursula lakonisch. »Ich wußte sowieso nicht, was ich mit ihm anfangen sollte!«

Lena schaut sie unsicher an, aber Ursula grinst achselzukkend. Für eine Sekunde lächelt Lena auch, was aber sofort in ein haltloses Schluchzen umschlägt. Von Weinkrämpfen geschüttelt, vergräbt sie ihr Gesicht in den Händen. Schließlich schlägt sie mit der Faust gegen das Sofa. »O Gott, zittern mir die Knie!« Sie wischt sich mit dem Handrücken über die Augen, während Ursula abwartend auf ihrem Sessel sitzt. »Was müssen Sie von mir denken, entschuldigen Sie bitte.«

»Ich hoffe, es waren die letzten Tränen für die nächsten fünfzig Jahre«, nickt Ursula, »und jetzt rufen Sie mir bitte ein Taxi.«

ÜBERNAHME

Obwohl sie wenig geschlafen hat, fühlt sich Ursula am nächsten Tag völlig fit. Sie verabredet sich mit ihrem Anwalt und fährt zeitig in ihre neue Firma, um endlich Klarheit zu schaffen. Der Jeep steht vor dem Eingang. Ursula geht darum herum. Der chromfarbene Rammschutz vor dem Kühler ist kräftig verbogen und trägt dunkle Lackspuren, ansonsten sieht man dem Wagen das nächtliche Intermezzo nicht an. So ändern sich die Zeiten, sagt sie still zu ihm, am Arlberg hast du mich noch verächtlich stehenlassen, und jetzt gehörst du mir. Strafe muß ein. Sie betrachtet das Nummernschild. F-W-666. Dämliche Nummer. Paßt zu einem Willy Waffel. Ihr Anwalt fährt vor.

»Na dann«, sagt er zu ihr, und sie weiß, was er vermutet, daß da drin nämlich bereits die Hölle los ist.

»Nur Mut«, entgegnet sie und geht voraus. Tatsächlich scheint niemand zu arbeiten, überall stehen heftig diskutierende Menschengruppen, die sich bei ihrem Eintritt nach ihnen umschauen. Ursula grüßt, aber der erwartete Tumult bricht nicht los. Die beiden gehen nach oben zum Chefbüro. Die Sekretärin im Vorzimmer schaut sie mit großen Augen an, sie steht rückwärts an ihren Schreibtisch gelehnt, sagt kein Wort. In Willy Waffels Büro rumort es gewaltig, eine Stimme flucht unentwegt.

Ursula nickt der völlig verängstigten Sekretärin freundlich zu, dann schiebt sie die angelehnte Tür auf. »Na, Herr Waffel, sind Sie mit dem Schnitt Ihres Lebens nicht zufrieden?«

Mit einem Ruck fährt er herum. Er sieht nicht viel besser aus als in der Nacht. Das Hemd hat er zugeknöpft, dafür ist er unrasiert. Die Krawatte fehlt ganz. Mit dunklen Augen starrt er sie an.

»Sie wirken nicht gerade, als ob Bianca Sie getröstet hätte, das tut mir aber leid. Lassen Sie sich nur Zeit, Sie können Ihren Schreibtisch in aller Ruhe räumen.«

»Noch ist nichts rechtskräftig, nichts rechtskräftig«, schäumt er. »Sie können nicht so einfach daherkommen und... da machen meine Leute nicht mit!«

»Sie sind aber doch davon ausgegangen, daß meine Leute das mitmachen würden, oder nicht? Wollten nicht *Sie* mich ruinieren? War das nicht Ihre ureigene Idee? Ich habe die Lanze nur umgedreht, ganz einfach!«

Er schleudert die Papiere, die er in den Händen hält, auf den Schreibtisch zurück, so daß sie rechts und links über die Kante schießen und sich wild über den Fußboden verteilen.

Ursula schüttelt mißbilligend den Kopf, Willy stürzt an ihr vorbei. »Wollen Sie mich umbringen?« schreit er sie an und stößt auf seinem Weg hinaus den Anwalt zur Seite. Werner Kalthoff runzelt die Stirn. »Wozu denn noch?« fragt Ursula.

Ursula spricht mit dem Betriebsrat. Sie entschuldigt sich für die unkonventionelle und überstürzte Vorgehensweise, erklärt in Kürze die Gründe hierfür, versichert, daß keine Arbeitsplätze in Gefahr sind, und schlägt für den Nachmittag eine Betriebsversammlung mit dem neuen Direktor, Manfred Kühnen, vor. Sie erfährt, daß keiner über die Veränderung traurig sein wird, da sie alle schon den Ruin der Firma unter Willy Waffel befürchtet hätten. Auch gegen Manfred Kühnen hat der Betriebsrat nichts, im Gegenteil, er kennt die Firma, die Branche, und er versteht sein Handwerk – bis auf, na ja, den damaligen Vorgang, den Verrat. Aber das sei aus heutiger Sicht betrachtet ja nun eher von Vorteil.

Der Mercedes-Jeep ist weg, als Ursula wieder auf den Hof tritt. Sie wüßte zu gern, was er nun anstellt. Schade, daß sie Lutz Wolff nicht fragen kann, ob Bianca Trauer trägt. Oder schon den Nerz vom nächsten.

Sie blickt in den Himmel. Hinter grauen Wolkenfetzen schaut der blaue Himmel hindurch. Gegen Mittag könnte es aufreißen. Das ist mein Tag, sagt sich Ursula und atmet die Luft tief ein. Worauf sie sich schon seit langem gefreut hat – jetzt ist es soweit. Ursula fährt in die Innenstadt. Ein Kundenparkplatz wird eben vor ihrer Bank frei. Sie wirft einen kurzen, überprüfenden Blick in den Schminkspiegel der Sonnenblende, dann steigt sie aus.

Roger Nordlohne hat wieder einmal keine Zeit für sie. Seine Sekretärin schaut sie entschuldigend an: »Tut mir wirklich leid, Frau Winkler, aber Herr Nordlohne ist in einer Besprechung. Sie hätten sich anmelden müssen.«

»Ist es nicht seltsam, daß wir uns früher nie anmelden mußten, solange mein Mann noch lebte? Da fand Herr Nordlohne immer ein paar Minuten Zeit.«

Der jungen Frau ist es sichtlich unangenehm. Sie macht eine hilflose Handbewegung zum Telefon. »Wenn ich nochmal nachfrage, wird es nichts nützen. Er wird dann höchstens ärgerlich.«

»So, so, der Herr Nordlohne wird ärgerlich«, lächelt Ursula. So hat sie sich das gewünscht. »Ich hätte ihm das ja gern persönlich abgegeben, weil es noch ein Geschenk meines Mannes an ihn ist, aber so vertraue ich darauf, daß Sie es an die richtige Stelle weiterleiten.«

Sie zieht das Foto von Roger Nordlohne und Elisabeth aus der Handtasche. »Sie können ihm auch sagen, daß ich in den nächsten Tagen meine Konten hier aufkündige – denn mit so einem Mann kann man schließlich nicht zusammenarbeiten, finden Sie nicht auch?« Sie legt die Vergrößerung mitten auf den gestylten Schreibtisch.

»Ja, danke«, sagt die Sekretärin und blickt darauf. Dann schaut sie nochmal und wird rot. »Aber das ist, das ist doch...«, stottert sie und traut sich nicht, das Foto anzufassen.

»Eine Sauerei, nicht wahr?« hilft ihr Ursula weiter und winkt ihr zu: »Grüßen Sie Herrn Nordlohne ganz herzlich von mir!«

In der Bank von Julius Wiedenroth macht sie sich erst gar nicht mehr die Mühe, in die Direktion zu gehen. Sie pinnt das Foto zwischen Bauspartips und Aktienkurse an das Schwarze Brett der stark frequentierten Vorhalle. Es wird seinen Weg zum Herrn Direktor schon finden.

Dann ruft sie vom nächsten Telefonhäuschen aus Herrn Niemann an und erklärt ihm, daß ihre gesamten Geldgeschäfte in der nächsten Zeit auf seine Bank umverlagert würden. Er freut sich über das Vertrauen, aber Ursula denkt schon darüber nach, daß sich ein Monopol auch negativ entwickeln könnte. Vielleicht sollte sie sich doch besser noch eine Zweitbank suchen.

Ursula wählt Elisabeths Nummer. »Es ist vollbracht«, spricht sie auf ihren Anrufbeantworter. »Danke für das Okay, dieser Tag entschädigt mich für Jahre!«

Kaum hat sie aufgelegt, wählt sie nochmal dieselbe Nummer: »Ich würde Sie beide gern einladen. Zum Abendessen oder ins Kino, oder auch beides. Geben Sie mir bitte Bescheid?« Was du so daherredest, schimpft sie sich, während sie auflegt. War die Zunge wieder schneller als das Gehirn. Wie komme ich bloß auf Kino. Genausogut hätte ich Zirkus – oder, noch schlimmer, Reitstall sagen können.

Sie fährt in ihre Firma zurück. Dort wird sie auch schnellstens eine Betriebsversammlung einberufen müssen. Im Vorzimmer glühen schon die Telefone, Regina Lüdnitz reicht ihr eine Liste der Anrufer. Ursula überfliegt sie, an Michael Fürst bleibt ihr Auge hängen.

»Wir haben übrigens nicht verkauft, sondern dazugekauft, Frau Lüdnitz. Nur zu Ihrer Beruhigung«, sagt Ursula auf dem Weg in ihr Büro. Unter der Türe bleibt sie kurz stehen. »Bitte rufen Sie mir Herrn Kühnen, und anschließend starten Sie die Rückrufe.« Sie dreht sich nochmal um: »Das heißt, bis auf einen. Michael Fürst übernehme ich selbst.«

Sie wählt die Nummer des Reitstalls. Es dauert eine Weile, und sie will schon auflegen, da meldet sich eine männliche Stimme. »Ich dachte schon, Sie seien nicht im Büro«, sagt Ursula.

»Bin ich auch nicht«, entgegnet Fürst, »wir haben in der Halle auch ein Telefon. Ich sitze auf meinem Pferd.«

Ursula kann sich das schlecht vorstellen, aber sie hält sich damit nicht auf. »Sie baten um Rückruf?«

»Heute morgen hatte ich eine Auftragsbestätigung der Telekom in der Post, was mich natürlich sehr freut und wofür ich mich im Namen unseres Vereins auch herzlich bedanke. Trotzdem hat es mich ein wenig enttäuscht...«, der Rest seines Satzes hängt in der Luft. »Enttäuscht?« fragt Ursula nach. »Ist es das falsche Modell?«

»Ich dachte, Sie kämen persönlich.«

»Ich bin schließlich nicht der Nikolaus!«

Er lacht, im Hintergrund hört sie ein grelles Wiehern. Gleich wird das Pferd ihn abwerfen. »Nein, sicherlich nicht, dazu sind Sie viel zu hübsch!«

Hübsch. Hat er hübsch gesagt? In ihrem ganzen Leben hat noch keiner so etwas gesagt. Sie war stark, eisern, sie war da – aber hübsch?

»Danke«, sagt Ursula, weil ihr beim besten Willen nichts darauf einfällt.

»Kommen Sie wenigstens zu unserem Frühlingsfest?«

O Schreck, denkt Ursula. »Mal sehen, vielleicht. Kommt darauf an...« ob Pferde da sind, beendet sie den Satz im stillen.

»Ich würde mich freuen.«

»Gut, ich werde es versuchen.« Nachdenklich legt sie den Hörer auf. Hat das etwas zu bedeuten? Sie sieht seine graublauen Augen vor sich, sein Grübchen im Kinn, die honigfarbenen, kurzen Naturlocken. Sie würde ihn auch ganz gern wiedersehen. Aber zum Preis einer ganzen Pferdeherde?

Es klopft. Manfred Kühnen öffnet, er strahlt.

»Heute ist Ihr großer Tag«, begrüßt ihn Ursula.

»Ja wirklich, tatsächlich«, freut er sich und reicht ihr die Hand. Das hat er noch nie getan. Irgendwie scheint sich alles zu ändern.

Der Tag wird stressig, aber es läuft alles besser als vermutet. Alle sehen den Zusammenschluß als Bereicherung, und Ursula kommt abends zerschlagen, aber zufrieden nach Hause. Die Spuren der gestrigen Zusammenkunft sind beseitigt, Frau Paul wird sich kräftig gewundert haben. Alles blitzt und ist aufgeräumt. Ursula hört den Anrufbeantworter ab. Elisabeth hat eine Nachricht hinterlassen. Heute abend seien sie beide schon zu einem Ausflug verabredet, und übers Wochenende hätten sie ihrer Mutter einen Besuch versprochen. Aber sie hätten eine dicke Überraschung für Ursula. Würde aber nicht verraten. Ursula verspürt ein Gefühl der Leere in sich aufkommen. Sie geht in die Küche und stellt sich Teewasser auf. Dann steht sie mitten im Wohnzimmer. Was soll sie tun? Ihr Haushalt erledigt sich von selbst, zum Einkaufen ist es zu spät, und eigentlich wollte sie ja mit jemandem feiern. Es ist schließlich ihr Tag. Sie ruft Lena Waffel an. Die klingt sehr aufgeräumt. Sie sei eben mit ihrer Tochter auf dem Weg in den Reitstall. Heute würde die Quadrille geübt. Ja, es ginge ihr blendend. Vielen Dank für alles. Ursula wandert durch das Wohnzimmer. Alle haben irgendwo eine Mutter, ein Pferd oder sonstwas. Wenn das so weitergeht, wird sie sich noch einen Hund anschaffen. Entsetzlicher Gedanke. Ursula setzt sich hin, steht wieder auf, der Wasserkessel pfeift. Sie brüht sich einen Pfefferminztee auf und betrachtet die aufgeräumte Küche. Nichts steht herum, steril wie in einem Krankenhaus. Keine Spur von Leben. Ihr fallen Jills Geschenke ein. Schade, sie hätte sie der Kleinen heute abend gern gegeben. Mit ihrer Teetasse geht sie ins Wohnzimmer zurück. Vor dem Fenster bleibt sie stehen. Und wenn sie einfach noch schnell hinfährt? Sie braucht ihren Anrufbeantworter ja noch nicht abgehört zu haben. Vielleicht disponiert Elisabeth dann um?

Ursula schaut in den dunklen Garten hinaus. Meine Liebe, du wirst neurotisch. Sie nimmt das Telefon, ruft Ludwig an und sagt ihm für den kommenden Sonntag zu. Dann geht sie hinauf, um sich ein Bad einlaufen zu lassen.

Auf dem Weg durch ihr Schlafzimmer nickt sie Walter in seinem Silberrahmen zu: »Und du hast auch schon lange nichts mehr gesagt!«

GESCHÄFTSSINN

Das Telefon läutet am nächsten Morgen, als sie eben das Haus verlassen will. Sie läuft zurück und erwischt es gerade noch, bevor der Anrufbeantworter anspringt. Es ist Elisabeth. Sie möchte sich für das Wochenende verabschieden. Gleich nach dem Kindergarten wollen sie nach Hannover fahren.

»Ich wußte gar nicht, daß Sie aus Hannover stammen«, sagt Ursula so dahin.

»Wir wissen eben noch nicht allzuviel voneinander«, antwortet Elisabeth.

»Jill bräuchte einen Garten«, gibt Ursula völlig zusammenhanglos von sich.

»Ja, ich weiß.« Elisabeth seufzt. »Alles zu realisieren ist eben schwierig.«

»Ich könnte eine Kinderschaukel in meinen Garten bauen lassen, würde Sie das freuen?« Kinderschaukel, Kinderschaukel, woran erinnert sie das? Hat sie sich nicht schon einmal irgendwann über eine Kinderschaukel ausgelassen? Irgend etwas in ihrem Kopf schaltet auf Rot.

»Sie sollen kein Geld für uns ausgeben.«

»Ich möchte aber.« Sie denkt an ihr Luxemburger Konto. Was zählt da so eine Schaukel. »War's schön gestern abend?« Warum will sie das wissen?

Elisabeth lacht. »Für Jill war's aufregend. Manfred Kühnen hat uns in den Zirkus eingeladen. Und sie durfte auf einem Pony reiten, das fand sie natürlich toll!« Zirkus und Pferde, sie hat es ja geahnt. Und jetzt auch noch Kühnen. Ob er wohl eines seiner Manta-Jacketts anhatte? Was Elisabeth dazu wohl sagt? »Na, das freut mich aber! Mögen Sie ihn?«

Elisabeth zögert. »Ach, er ist ganz nett, und Jill findet es natürlich Klasse, daß er sich so mit ihr abgibt.«

Über die Tochter an die Mutter, denkt Ursula.

»Aber ich, na ja, ich bin mit so etwas eben vorsichtig«, setzt Elisabeth nach.

»Mit *so etwas* meinen Sie wohl Männer? Ja, das kann ich verstehen.«

Elisabeth lacht wieder. »Mit Ihnen haben wir etwas ganz anderes vor. Ich bin neugierig, was Sie sagen werden!«

Ursulas Gesichtszüge lockern sich. »Da bin ich aber gespannt!«

»Dürfen Sie auch – so, aber jetzt müssen wir los, sonst komme ich endgültig zu spät!«

Als Ursula den Hörer auflegt, fühlt sie sich besser. Sie ist noch nicht an der Haustüre, da klingelt es schon wieder.

»Sorry, aber Jill hat sich beschwert, daß ich Sie nicht von ihr gegrüßt hätte. Das war natürlich ein schwerer Fehler...«, sagt Elisabeth völlig ernsthaft.

»Besten Dank, richten Sie Jill aus, ich habe hier ebenfalls

eine kleine Überraschung für sie. Und ich wünsche ihr viel Spaß bei der Omi.«

Viel Spaß bei der Omi. Ihr eigener Satz klingt ihr in den Ohren, als sie in den Golf steigt. Es wäre ihr lieber gewesen, die beiden hätten das Wochenende bei ihr verbracht.

Manfred Kühnen erwartet sie schon mit einem Schwung Zeitungen unter dem Arm. Allen war es eine Meldung wert, den lokalen Zeitungen sogar eine Schlagzeile. In einigen Berichten findet sich Ursula mit ihren Begründungen und ihrer Zukunftsanalyse zitiert, gleichzeitig liest sie aber auch, daß von Willy Waffel keine Stellungnahme zu bekommen war.

»Na dann ans Werk«, sagt sie zu Kühnen und mustert sein hellblaues Jackett. »War' s schön, gestern abend, mit Jill und Elisabeth?« kann sich Ursula dann doch nicht zu sagen verkneifen.

Er strahlt. Wahrscheinlich war dieses Treffen der Anlaß für seine gestrige große Freude, und nicht sein Antritt als Direktor, wie sie schlichten Geistes vermutet hat. »Es ist ein süßer Fratz!« schmunzelt er und läßt offen, wen er damit meint. »Tja«, nickt Ursula, »dann wollen wir mal den heutigen Tag besprechen.«

Als Kühnen nach einer Stunde in die neue Firma gehen will, hält Ursula ihn kurz zurück. »Und, übrigens, Sie sollten sich neue Büromöbel aussuchen, ich nehme an, Willy Waffels schwarzer Schreibtisch wird Sie kaum zu Überstunden animieren.«

Kühnen bedankt sich und drückt die Türklinke.

»Aber bleiben Sie auf dem Teppich!« ruft Ursula ihm nach.

Er dreht sich zu ihr um und grinst. Wie ein Gymnasiast.

»Und von den Prozenten, die Sie aushandeln, kaufen Sie sich einen neuen Anzug. Dezent lautet die Mode. Ich nehme an, damit gefallen Sie auch Elisabeth besser!«

Sein Grinsen wird noch um eine Nuance unverschämter.

»Und dann rufen Sie gleich mal die Firmen Auerbach und

Distel an und beglückwünschen die beiden zu Ihrem Entschluß, bei uns produzieren zu lassen!«

Er lacht: »Die fallen aus allen Wolken!«

»Hoffentlich schmerzhaft!« Sie nickt ihm zu, Kühnen schließt mit einem fröhlichen Knall die Türe hinter sich. Ursula bittet ihre Sekretärin, Verena Müller zu rufen. Damit wäre der Fall Waffel dann endgültig erledigt.

Mausgrau und dünn steht Verena kurz danach vor ihrem Schreibtisch. Ursula bietet ihr Platz an, dann beginnt sie: »Ich weiß, die Arbeit in der Buchhaltung verleitet zu so manchem. Sekten nisten sich da gern ein und Spione – aber Sie? Ich denke, Sie brauchen mir jetzt keine großen Geschichten zu erzählen, erklären Sie mir einfach, warum.«

Und Verena erzählt. Von ihrem Engagement als Tierschützerin. Von Aktionen, Tiere aus dem Ausland nach Deutschland zu retten, von Versuchen, den Schmuggel von Hundewelpen zu unterbinden, von Demonstrationen gegen brutale Tiertransporte, von ihrem persönlichen Einsatz zu Hause, wo sie permanent versucht, Katzen und ausgesetzten oder mißhandelten Hunden eine neue Heimat zu vermitteln. »Fast mein ganzes Gehalt geht dafür drauf«, schließt sie.

»Und deshalb haben Sie von Herrn Waffel Geld genommen?«

»Das waren 10000 Mark. Damit unterstütze ich die Protestaktion gegen die Robbenschlächterei, die jetzt wieder erlaubt ist. Und ich finanziere drei ehemaligen Hochleistungspferden ihren Lebensabend auf einer Koppel. Sonst wären sie nämlich nach ihrem letzten Parcours im Schlachthaus gelandet.«

»Essen Sie denn zwischendurch auch mal was?«

Verena Müller schaut an sich hinunter. »Ich, ich hab's mit dem Magen. Ich weiß auch nicht, warum.«

»Ich nehme an, Sie wissen, daß Sie sich strafbar gemacht haben?«

Ein trotziger Blick aus braunen Augen. »Das habe ich nach Ihrer letzten Strafpredigt hier auf mich genommen. Willy Waffel hat mir für das Gelingen der Aktion weitere 10000 Mark versprochen. Unser Tierheim muß dringend renoviert werden. Dafür habe ich es riskiert.«

Ursula atmet tief ein. Verena Müller wartet auf ihre Kündigung.

»Sie sind ein Schäfchen«, sagt Ursula dann.

»Bitte?« Verenas kampfbereite Miene bekommt einen ungläubigen Ausdruck.

»Sie haben sich viel zu billig verkauft! 20000 Mark! Für die Firma hier. Willy Waffel hätte sie sofort weiterverkauft und 10 Millionen dabei verdient. 10 Millionen, mein Kind! Sie sitzen in der Buchhaltung und haben so wenig Geschäftssinn. Das ist bedauerlich!«

Verena Müller ist sprachlos. »Aber«, widerspricht sie nach einigen Sekunden, »ich habe Ihre Firma verraten!«

»Ja«, antwortet Ursula. »Ich habe das schon richtig verstanden. Ihre Untergrundaktivitäten haben mich 11 Millionen Mark gekostet.« Sie bricht ab und dreht sich zum Fenster. Es ist still. Verena sitzt regungslos auf ihrem Stuhl. »Aber ich habe dafür eine Firma bekommen. WWV expandiert auf Ihre Initiative hin, was nicht heißt, daß dies Ihr Verdienst ist, verstehen Sie mich richtig?« Ursula gibt ihrem Drehsessel einen kleinen Stoß. Sie schaut Verena direkt in die Augen. Verena gibt den Blick zurück: »Ich habe nicht an so eine Veränderung gedacht. Mir war es egal, was mit Ihrer Firma passiert.«

»Ihre Wahrheitsliebe ist wohl nicht zu erschlagen!«

Verena sagt nichts. Ursula lehnt sich leicht über den Schreibtisch.

»Was soll ich denn jetzt mit Ihnen anstellen? Machen Sie mir doch mal einen Vorschlag.« Sie wartet ab.

»Sie werden mir kündigen – und mich vielleicht anzeigen.«

»Wollen Sie das denn?«

Verena blickt auf. »Nein, natürlich nicht!«

»Warum schlagen Sie es mir dann vor?«

»Ich«, sie dreht einen schmalen Ring an ihrer linken Hand, »weiß auch nicht. Es gibt zuviel Unheil in der Welt. Das ist alles, was ich weiß.«

»Ja, und das bringt uns jetzt auch nicht weiter.«

Eine Weile ist es wieder still. Es muß zu einem Ende kommen, ich habe noch anderes zu tun, denkt Ursula.

»Ich habe nichts gegen Ihr privates Engagement als Tierschützerin. Wohl habe ich aber etwas dagegen, daß Sie dafür meine Firma kaputtmachen wollten und daß Sie sich, so ganz nebenbei, offensichtlich auch selbst kaputt machen. Für ersteres könnte ich Sie jetzt entlassen. Damit fallen Sie dem Staat auf die Tasche, sprich, auch mir, Ihre Tiere verhungern, und mir fehlt eine Buchhalterin. Ich könnte Sie zur Strafe zu einem sozialen Dienst verdonnern, da Sie das aber bereits freiwillig tun, entbehrte dies jeder Logik. Also beende ich dieses Gespräch jetzt mit einer Empfehlung an Frau Waffel. Die Dame scheint ebenfalls ein Herz für Tiere zu haben, und außerdem verfügt sie ja nun über einen großen finanziellen Spielraum. Vielleicht sucht sie eine sinnvolle Aufgabe. Melden Sie sich also bei ihr, und erzählen Sie die ganze Geschichte nochmal. Was das zweite betrifft, Ihren angegriffenen Magen, so möchte ich, daß Sie umgehend zu einem Spezialisten gehen. Und ansonsten bleibt diese Unterredung unter uns.«

Noch nie war ihr ein Wochenende so lange vorgekommen. Ihre Haushaltshilfe schaut am Samstag schnell vorbei, bringt die frische Wäsche und geht mit dem Staubtuch schnell durch das Wohnzimmer. »Bei all dem Plexiglas«, sagt sie vorwurfsvoll.

»Es liegt doch nirgends auch nur ein Staubkorn«, rechtfertigt Ursula ihre Einrichtung.

»Jeden Fingerabdruck sieht man.«

»Also, Frau Paul, welche Fingerabdrücke denn. Kein Mensch faßt hier was an.«

»Ich will mich ja auch nicht beklagen...« Sie ist etwa in Ursulas Alter, aber kleiner und rundlicher und trägt zu ihrem dunkelgrauen Faltenrock stets eine weiße Bluse. Jetzt stemmt sie ihre Hände in die wiegenden Hüften und dreht sich einmal um ihre Achse, um alles auf seine Ordnung hin zu kontrollieren. Dann will sie hinausgehen.

»Die Blumen haben Sie vergessen, Frau Paul«, ruft ihr Ursula nach. Emma Paul, als diplomierte Haushälterin Kritik nicht gewohnt, schaut sie mißbilligend an. Ursula schwächt etwas ab: »Ich dachte, wenn Sie schon hinausgehen, könnten Sie vielleicht die Blumen gleich mitnehmen. Für die Biotonne.«

»Die Blumen?« Emma Paul geht zu Arnold Müllers Blumenstrauß. »Aber wieso denn, die sind doch noch gut?«

»Gut?« Ursula zeigt mit dem Finger darauf. »Die Rosen lassen ja schon die Köpfe hängen!«

»Aber es ist doch noch Leben drin. Und solange sie nicht vertrocknet sind, wirft man keine Blumen weg!«

Ursula schaut sie verständnislos an: »Die sind doch schon tot!« sagt sie. »Sie sind doch abgeschnitten!«

Emma Paul schweigt und prüft mit dem Finger den Wasserstand in der Vase. Dann seufzt sie. »Daran erkennt man, wie trügerisch das Leben ist!«

Die Blumen stehen noch auf dem Tisch, Emma Paul ist gegangen, aber der Satz will Ursula nicht aus dem Kopf. Da sieht man, wie trügerisch das Leben ist. Sie sind abgeschnitten und dem Tode geweiht, und trotzdem entfalten sie noch ihre Pracht. Wie paradox.

Ursula öffnet ihre Terrassentüre. Es riecht nach Frühling, die Sonne wärmt bereits. Sie holt ihre Jacke und zieht sich feste Schuhe an. Frische Luft wird ihr guttun. Abends schaut sie sich einen Fernsehfilm an, und am Sonntag nachmittag erledigt sie ihre Privatpost. Sie ist froh, als es endlich Abend wird und sie sich für Ludwigs Einladung richten kann.

Ursula zieht ein lachsfarbenes Mantelkleid an, passende Strümpfe und Schuhe und legt sich ein Seidentuch für die Schultern zurecht. Vor dem Spiegel studiert sie ihr Gesicht und findet, daß sie sich wirklich etwas verändert hat. Ist sie tatsächlich hübscher geworden? Mit über fünfzig? Gut, der eine Mundwinkel hängt etwas, aber ihre Haut ist besser. Mit zwei Fingern fährt sie leicht über ihre Augenfalten. Nein, die sind noch da. Es ist eher der Ausdruck, die Ausstrahlung. Sie tritt einen Schritt zurück. Tatsächlich. Ursula lächelt sich zu, dann legt sie ein leichtes Make-up auf und betrachtet sich abschließend nochmal im großen Spiegel. Die Figur ist auch nicht schlecht. Nicht superschlank, aber gut proportioniert, ihre Taille ist relativ schlank. Die Aufregungen der letzten Zeit haben sie gut zwei Kilo gekostet. Ob sie so Michael Fürst tatsächlich gefallen könnte? Oder ob er nur ein Sprüchemacher ist, der sich dadurch ein bißchen was erhofft? Vielleicht braucht er ja noch ein zweites Telefon? Für die Halle?

GRAND CRU CLASSÉ

Wie verabredet klingelt sie um acht Uhr bei Ludwig. Er hat sich mit einem dunklen Anzug und einer gelb-grau gemusterten Krawatte ebenfalls in Schale geworfen, stellt Ursula amüsiert fest.

»Ich habe dich gar nicht vorfahren hören«, empfängt er sie und küßt sie links und rechts auf die Wange, »sonst hätte ich dich direkt mit einem Gläschen Champagner an der Haustüre begrüßt. So ist die Flasche noch zu.«

»Keine Sorge, wir kriegen sie schon auf«, lächelt Ursula

und reicht ihm als Gastgeschenk eine Dose Kaviar. »Ich habe das Auto um die Ecke abgestellt, weil die Straße zugeparkt ist.«

»Meine neuen Nachbarn!« schüttelt er ärgerlich den Kopf und nimmt Ursula den Mantel ab. »Diese idiotischen Erben von Fröhlichs, die sich nicht einigen konnten und die herrliche alte Villa abgerissen haben. Hast du gesehen? Dort steht jetzt so ein scheußliches Mehrfamilienhaus. Seitdem macht man hier kein Auge mehr zu!«

»Ja, die Menschheit ist etwas Fürchterliches. Besser wäre es ohne sie.«

»Hmmm?« Ludwig wirft ihr einen schiefen Blick zu. Dann bietet er ihr seinen Arm an. »Komm, meine Teuerste, laß dich überraschen.«

Er hat in seinem Eßzimmer den Tisch festlich gedeckt, der Champagner steht im Eiskübel, auf einem silbernen Leuchter brennen sechs rote Kerzen.

»Donnerwetter«, Ursula bleibt stehen. »Da hast du dich aber mächtig ins Zeug gelegt.«

»Noch zu wenig, wenn ich dich so betrachte. Du siehst hinreißend aus. War das früher auch schon so?« Ludwig rückt Ursula einen Stuhl zurecht. »Oder ist an dem alten Witz was dran, daß Frauen erst zu leben beginnen, wenn sie Witwen sind?«

»Du wirst das nie herausfinden, Ludwig.«

Er greift nach der Champagnerflasche und einer weißen Stoffserviette. »Und warum nicht?«

»Weil du nicht verheiratet bist!« Ursula lacht.

Plopp, mit einem satten Geräusch entweicht der Naturkorken, der Champagner perlt in die Gläser. »Veuve Cliquot, ist dir' s recht?«

»Passend zu der Witwe?«

»Eher zu Wilhelm Busch: Wie lieb und luftig perlt die Blase der Witwe Klicko in dem Glase.«

Ursula lacht und stößt mit Ludwig an. »Na denn, zum Wohl, und danke für die Einladung.«

»Ich habe zu danken!«

Der Schluck Champagner tut gut, und Ursula fühlt sich wohl. Ludwig serviert den ersten Gang, einen Crevettencocktail.

»Oh, fein. Selbst gemacht?« fragt sie.

»Selbst geholt!« antwortet er.

»An der Ostsee?«

Ludwig grinst, geht aber nicht darauf ein. »Das ist nur die Garnitur zu meiner ersten Perle.« Er hält ihr mit einer fast zärtlichen Bewegung eine Weißweinflasche hin. »Voilà, ein 67er Château d'Yquem. Das ist eigentlich der Clou jeder Degustation, und ein Pinot Grigio tät's für den Auftakt auch, aber ich dachte, wir starten direkt in die Vollen!«

Ludwig entkorkt die Flasche andächtig, schnuppert am Korken und kostet vor. »Mhhh«, lobt er und schenkt die beiden dünnglasigen, langstieligen Gläser behutsam halb voll.

»Auf dein Wohl«, Ursula stößt mit ihm an. Auch sie, obwohl sie sich nicht als große Weinkennerin bezeichnen würde, erkennt die besondere Klasse des Weines. Sie lobt den Tropfen und foppt: »Der ist nun aber noch nicht von Christie's, oder?«

»Aber nahe dran«, Ludwig nimmt noch einen genießerischen Schluck, dann setzt er sich wieder hin.

»Ich weiß, Gäste sollten so etwas nicht fragen, aber mich interessiert's trotzdem. Was kostet so ein Wein? Über 300 Mark?«

Er wiegt den Kopf. »Frau Winkler kann das Geld nicht lassen.«

»Weit über 300?«

Ludwig seufzt. »Beharrlichkeit war schon immer deine Stärke. Knapp das Doppelte. Apropos Geld, ich habe gelesen, du hast deine Firma aufgestockt, den ollen Waffel abgeschossen. Meine Hochachtung! Der ist dem Walter wohl auch mal in die Quere gekommen, aber das hat er nicht geschafft.«

Was er wohl überhaupt von Walters Geschäftspraktiken weiß, fragt sich Ursula. Ob er gelegentlich partizipiert hat? Sie hat Elisabeth zu fragen vergessen. Auf der anderen Seite, immer die alten Geschichten aufzuwärmen...

»Und du willst jetzt von mir wissen, wie ich es angestellt habe, oder?«

Ludwig nickt.

»Das dauert aber seine Zeit«, wehrt sie ab.

»Wir haben Zeit«, sagt er lächelnd, und irgend etwas in seinen Augen gefällt Ursula dabei nicht. »Der Yquem ist erst der Anfang. Nachher werde ich dir meine preisgekrönten Bordeaux kredenzen. Ein Festival der Sinne, meine Liebe, mach dich auf was gefaßt.« Er hält ihr sein Glas zum Anstoßen hin. »Die Nacht fängt überhaupt erst an.«

Ursula muß zugeben, daß sich Ludwig viel Mühe gemacht hat. Die Rotweine hat er dekantiert, sie warten in Reih und Glied in gläsernen Karaffen auf ihren Auftritt. Während Ludwig in der Küche hantiert, steht Ursula auf und geht an den schmalen Teetisch, auf dem Ludwig seine Bordeaux-Weine angeordnet hat. Ein weißes Tischtuch unterstreicht die Feierlichkeit, eine Kerze im silbernen Kerzenhalter signalisiert, daß Ludwig fachgerecht auf den Bodensatz geachtet hat. Die jeweiligen Flaschen stehen wie Zinnsoldaten hinter den Gefäßen. Ursula liest: »Château Ducru Beaucaillou Deuxième Cru Classé, Jahrgang 1982«, »Château Figeac, Premier Grand Cru Classé, Jahrgang 1985« und »Château L'Eglise Clinet, Jahrgang 1990«.

Ludwig kommt herein, er trägt eine große Platte mit Lammrücken, grünen Bohnen und dampfenden Kartoffeln zum Eßtisch und legt auf. »Hast du auch die Flasche ganz rechts außen gesehen? Ein kleines Château aus dem Pomerol, Le Pin, ein 1982er. Habe ich in der Subskription noch für

80 Mark pro Flasche erstanden, heute ist er unter 2500 nicht mehr zu bekommen!« Sein Stolz darüber ist ihm ins Gesicht geschrieben.

»Alle Achtung«, sagt Ursula anerkennend, »da hast du ja richtige Schätze in deinem Keller.«

Ludwig tritt zu ihr und nimmt eine der Karaffen. »Damit fangen wir an.« Vorsichtig füllt er zwei dickbauchige Gläser, Ursula setzt sich an den Tisch und betrachtet ihren Teller.

»Ich weiß ja nicht, wie du das machst. Hast du in der Küche eine Köchin versteckt?«

Ludwig lacht geschmeichelt und reicht ihr ein Glas. »Riech mal«, dann stoßen sie an. »Getrickst habe ich schon ein bißchen, das gebe ich zu, aber laß mir doch mein kleines Geheimnis.« Wieder trifft sie dieser seltsame Blick. »Frauen lieben doch Geheimnisse.«

Sie ist versucht, ihn zu fragen, seit wann er sich denn mit Frauen auskennt, aber sie weicht lieber auf ein harmloses Thema aus. »Was sagst du eigentlich zu den ganzen Erfolgen der Genforscher? Ist das nicht abenteuerlich?«

Ludwig reicht Ursula ein Schälchen mit frischer, duftender Pfefferminze. »Guten Appetit«, wünscht er und spießt sich ein Stück Lammfleisch auf die Gabel. »Tja, spannend. Der Gedanke, die DNS längst Verstorbener könnte in menschlichen Eizellen wieder zum Leben erweckt werden, ist schon faszinierend. Ein Versuch mit Ötzi würde mich reizen. Der war schließlich tiefgefroren. Müßte funktionieren!«

Ursula legt sich ihre Serviette auf den Schoß. »Ob da eine Frau mitmachen würde?«

»Für Geld tun alle alles!« Er lächelt sie an. »Auf diese Weise ließe sich sogar dein Walter wieder zurückholen. Nicht ganz, natürlich, aber zumindest als genetischer Bauplan.«

»Grandioser Gedanke«, spöttelt Ursula und schiebt sich ein Stück Fleisch in den Mund, »ich denke mal darüber nach.«

Die Weine sind phantastisch, aber Ursula hat bald mit ihrer Kondition zu kämpfen. Sie trinkt in Gesellschaft zwar ganz gern einmal ein gutes Gläschen, aber im Regelfall beschränkt sie sich auf Tee. Und in diesen Mengen setzt ihr der Alkohol zu, egal ob als Kalterer See oder Premier Grand Cru Classé. Ludwig dagegen scheint mit jedem Glas mehr aufzutauen. Nach dem Essen bittet er Ursula ins Wohnzimmer, seinen Degustierwagen zieht er auf Rollen hinter sich her. Auf dem Couchtisch hat er mehrere Gläser drapiert, in der Mitte steht ein üppiger Käseteller, durch eine Glasglocke geschützt, und im offenen Kamin hat Ludwig einige Scheite bereitgelegt, die er jetzt anzündet. Dann füllt er die Gläser mit den verschiedenen Weinen.

»Du mußt dich in die Weine hineindenken, dann kannst du sie verstehen«, weist er Ursula an, setzt sich neben sie auf die Couch und taucht in eines seiner Gläser ab.

Ursula schaut auf die Gläser vor sich und versucht, nicht daran zu denken, wie sie sich fühlen wird, wenn sie die auch noch alle getrunken hat.

»Kannst du sie unterscheiden?« fragt Ludwig, der eben nach dem nächsten greift.

»Ich habe leider keine solche Weinnase wie du«, gibt sie zu und trinkt artig.

»Das haben Frauen sowieso nicht«, kommt es aus der Tiefe seines Glases.

Für Ursula ist das ein glatter Angriff, und sie überlegt sich eben, wie sie den Satz widerlegen könnte, da fährt er fort: »Und Parfum dürftest du bei einer richtigen Weinprobe auch nicht tragen. Die Profis würden dich hinauswerfen.«

Ursula läßt sich nicht hinauswerfen. Weder von einem Willy Waffel noch sonst von einem, und schon gar nicht von so einer porösen Weinnase. Sie nimmt noch einen tiefen Schluck und mustert Ludwigs Profil. Seine Nase ist tatsächlich klassisch römisch und überaus großporig. Wahrscheinlich atmet er durch seine Poren den Wein ein und braucht ihn zum Schluß überhaupt nicht mehr zu trinken.

»Was sagst du zu dem Pomerol?«

Ursula stellt ihr halbleeres Glas ab und greift nach einem anderen.

»Das ist doch das falsche, Schätzchen, du hattest den richtigen eben in der Hand!«

Ursula sieht sich herausgefordert. Daß er sich herausnimmt, sie zurechtzuweisen, ist schon übel genug, aber *Schätzchen*?

»Hast du etwas dagegen, wenn Frauen Wein trinken?« fragt sie ruppig.

»Nur, wenn sie nichts davon verstehen!«

Ursula ist versucht, ihm ihr mundgeblasenes Weinglas auf den Schädel zu donnern. Meint er etwa sie? Weshalb hat er sie dann überhaupt eingeladen?

»Weißt du eigentlich, daß du viel besser aussiehst als früher, Ursel?«

Wie zufällig landet seine Hand auf ihrem Schenkel.

»Hast du etwas mit dir gemacht? Warst du beim Schönheitschirurgen?«

Ursula schiebt seine Hand weg. »Ich heiße nicht Ursel«, sagt sie und nimmt einen kräftigen Zug aus dem Glas, das er ihr gereicht hat. »Ist das nicht schon wieder der Pomerol?« fragt sie und ist verwirrt.

»Koste ihn«, sagt er leise, und sie tut es automatisch. Das beruhigt sie, trotzdem ist da noch was. Was hat er gesagt? Schönheitschirurgie? Sie fühlt sich so verzögert.

Ludwig nimmt aus ihrem Sortiment ein weiteres Glas, hält es ihr hin. »Damit mußt du jetzt mit mir anstoßen. Es ist der L' Eglise Clinet. Edel bis ins Blut.«

Sie trinkt mit ihm. Stimmt, schmeckt auch wie Blut. Sie sieht Schlachthausszenen vor sich, Männer mit blutverspritzten Schürzen und großen Messern in der Hand, aufgehängte Tiere. Ursula stellt das Glas ab.

»Walter war mein einziger Freund. Und trotzdem hat er mich betrogen. Richtige Freunde teilen alles miteinander. Alles!«

Was erzählt er da für wirres Zeug? Ursula kann ihm nicht mehr richtig folgen, aber sie fühlt eine Hand an ihrem Busen. Sie schiebt sie weg. Sie richtet sich auf, setzt sich kerzengerade hin, sieht Ludwigs Gesicht auf sich zukommen. Die Nase teilt sich, es werden zwei Nasen, die langsam wieder zusammenfinden, um sich gleich darauf wieder zu teilen. Die großen Poren sind schwarz gefüllt, die Punkte ziehen wie Kometen über die Hautoberfläche, um in einem anderen Krater zu verschwinden. Alle wirbeln sie in einem atemberaubenden Tempo durcheinander.

Sie spürt, wie er ihr das Glas abnimmt und ihr ein anderes in die Hand drückt. »Und jetzt der Unterschied zum Ducru Beaucaillou, beiß drauf, laß ihn dir auf der Zunge zergehen, durch den Gaumen rinnen«, sie spürt undeutlich, wie seine Finger an ihren Schenkeln das Kleid aufknöpfen, »laß ihn dich ausfüllen, spür' seinen Atem, seine Leidenschaft«, Ursula drückt mit ihrer Linken gegen seine Hand, die sich gegen ihre Abwehr aber unbeirrt bis zum Schritt vortastet, »fühl' ihn in dir, ganz tief, bis er dir das Denken nimmt«, ihr Glas in der Rechten kippt, sie nimmt schwach die Nässe auf ihrer Haut wahr, »und jeden Widerstand erstickt, bis du dich ihm unterwirfst, dich aufgibst, hingibst«, Ursula rutscht seitlich ab, alles verschwimmt, sie spürt seinen heißen Atem über sich und etwas in ihr, »bis er dich völlig ausfüllt.«

Dann spürt sie nichts mehr.

Als Ursula aufwacht, erkennt sie zunächst überhaupt nichts. Ihr Kopf dröhnt, es ist dunkel, sie ist zugedeckt. Sie weiß nicht, wo sie ist. Erst ganz langsam kommt ihr Erinnerungsvermögen zurück. Sie war bei Ludwig. Und ist umgekippt. Warum? Sie fühlt mit der Hand nach der Decke, es ist eine Wolldecke. Dann befühlt sie sachte ihren Körper. Sie ist angezogen, das Kleid ordentlich zugeknöpft, was hat sie da nur geträumt? Sie hebt den Kopf. Das Feuer ist niedergebrannt. Sie erkennt eine Gestalt, die auf der anderen Seite der Couch in einem Sessel sitzt. Es ist Ludwig. Er beobachtet sie. Jetzt steht er auf.

»Ach, na Gott sei Dank, hast du mir einen Schrecken eingejagt.« Er schaltet eine Stehlampe an, dreht den Dimmer herunter. »Ich habe mir schon Beistand aus meiner Arzttasche geholt, für den Notfall.« Er weist auf den Couchtisch.

Ursula richtet sich auf. Die Gläser sind abgeräumt, Ampullen liegen da und eine Spritze.

»Nein, danke, mir geht's gut«, sagt Ursula mühsam, die Zunge ist schwer und will nicht so richtig.

»Hast du das öfters? Du solltest dich mal gründlich untersuchen lassen«, Ludwig steht vor ihr und wiegt bedenklich den Kopf. »Das war eine richtige Kreislaufdysregulation, dabei haben wir nicht übermäßig viel getrunken. Aber für dich war es offensichtlich schon zu viel.«

Ursula nickt noch leicht benommen und schaut dann an sich hinunter. Ein großer Weinfleck hat sich auf ihrem Kleid ausgebreitet.

»Das Glas ist dir einfach aus den Fingern gekippt«, sagt Ludwig vorwurfsvoll. »Schade um den schönen Wein!«

Er räumt die Medikamente wieder in seine Tasche und bringt sie zurück in sein kleines Labor, das er sich neben dem Wohnzimmer eingerichtet hat. Ursula beobachtet ihn. Seltsam, daß sie der Wein so umgehauen hat. Sie angelt nach ihren Schuhen. Ob hochwertiger Wein hochprozentiger ist als anderer? Sie kann noch keinen klaren Gedanken fassen, deshalb gibt sie es auf, darüber nachzudenken. Nur diese Träume, diese verzerrten Träume.

Ludwig kommt an den Tisch zurück. Trotz ihres benebelten Zustandes spürt Ursula deutlich, daß es ihm jetzt recht wäre, wenn sie ginge. Er steht abwartend am Tisch.

»Du hast dich umgezogen«, bemerkt Ursula langsam. »Ja, ich wollte nicht die ganze Nacht in einem Armani im Sessel verbringen. Das mögen die nicht so gern.«

Was faselt er da? Mit Armi im Sessel? Ursula stützt ihre Ellbogen auf ihre Knie und vergräbt ihr Gesicht in den Händen. Sie schließt die Augen und hofft, bald wieder klar zu sein.

Vielleicht würde ein Aspirin helfen? Sie fragt Ludwig danach. Er schaut demonstrativ auf die Uhr, dann geht er in die Küche, sie hört ihn, durch das Eßzimmer hindurch, genervt im Küchenschrank kramen. Ursula versucht aufzustehen, fällt aber ungeschickt auf die harte, abgesteppte Kante der Couch zurück. Sie zuckt zusammen, ihr weiblichstes Teil schmerzt. Für eine Sekunde verharrt sie regungslos, dann öffnet sie schnell einen Knopf und betastet sich. Die Schamlippen sind deutlich geschwollen, die Haut reagiert gereizt auf die Berührung, und alles fühlt sich klebrig an.

In ihrem Kopf explodiert eine Bombe. Sie hört Ludwig zurückkommen. Schnell knöpft sie sich zu, legt beide Hände neben sich auf die Couch.

Ludwig stellt das Glas unsanft auf den Tisch. »Hier, bitte.« Es klingt wie »Und jetzt mach, daß du rauskommst«.

Sie schaut ihn an, wie er so vor ihr steht. In Pulli und Hose, die Hände in den Hosentaschen vergraben. Seine Haare sind noch dunkel, aber schon bedrohlich im Rückzug. Dafür trägt er sie nach Künstlerart etwas länger. Eben wischt er eine

Haarsträhne, die ihm über die Stirn gefallen ist, ungeduldig zurück. Seine Nase ist tatsächlich überproportional groß. Das ist ihr früher nie aufgefallen. Und die Augen tiefliegend.

»Du siehst müde aus«, sagt sie zu ihm, während sie nach dem Wasserglas greift, »trinken wir noch einen Kaffee zusammen? Dann gehe ich.«

Er steht unentschlossen vor ihr. Aber die Aussicht, sie dann endgültig los zu sein, siegt. »Gut, ich mache uns noch einen Espresso. Zum Abschluß«, setzt er drohend hinzu und geht in Richtung Küche.

Ursula streift die Schuhe ab, steht rasch auf, muß sich nochmal kurz am Tisch abstützen und läuft, nachdem sie ihr Gleichgewicht wiedergefunden hat, leise hinüber zu seinem Labor. An der Türe bleibt sie kurz stehen und lauscht. Deutlich sind Geräusche aus der Küche zu hören, er füllt die Kaffeemaschine. Ursula öffnet sachte die Tür, huscht hinein, zieht sie hinter sich leicht zu und sucht den Lichtschalter. Mit drei Schritten ist sie an einem Stahltresor an der Wand. Ihre Hände zittern, als sie die Nummerkombination eingibt. 13.11. und das gleiche Geburtsjahr wie Walter. Es knackst. Der Kasten öffnet sich langsam. Gott sei Dank, das hat Ludwig nicht geändert, seitdem er ihr und Walter seinen *Heiligen Schrein* gezeigt hat. Zahlreiche Dokumente liegen darin, mitten darauf steht ein kleines Fläschchen. Sie nimmt es, hastet zur Tür, löscht das Licht und gleitet hinaus. Im gleichen Moment hört sie Ludwig kommen. Ursula schiebt sich schnell das Glasfläschen in den linken Ärmel und hält den Stoff mit dem linken Finger zu. Dann geht sie ihm einen Schritt entgegen, gerade als Ludwig mit einem Tablett um die Ecke biegt.

Er schaut sie mißtrauisch an: »Wo wolltest du denn hin?«

»Eigentlich zur Toilette«, sagt Ursula.

»Kann das nicht warten, eben wolltest du noch Kaffee!«

»Ich dachte, das würde länger dauern.«

»Nein, tut es nicht«, sagt er und geht voraus zur Couch.

Ursula setzt sich wieder auf ihren Platz.

Ludwig häuft Zucker in seinen Espresso.

Ursula schaut ihm zu.

»Ist noch was?«

Sie greift mit der rechten Hand nach ihrer Tasse. »Hast du keine Milch mitgebracht?« fragt sie unschuldig.

»Kein kultivierter Mensch trinkt Espresso mit Milch! Hier steht Zucker!«

»Aber ich kann ihn ohne Milch nicht trinken, tut mir leid!« Sie schaut ihn entschuldigend an. »Konnte ich noch nie!«

Ludwig zögert, dann steht er auf. »Es ist verdammt spät«, knurrt er.

»Du kannst gleich schlafen«, versichert ihm Ursula. »Ich bin gleich weg!«

»Hmm«, Ludwig geht in die Küche. In Windeseile öffnet Ursula die Flasche, schüttet ein Viertel des Inhalts in Ludwigs Kaffee, häuft zwei weitere Löffel Zucker darauf und rührt gründlich um. Dann schiebt sie die Glasflasche unter das Sofa, lehnt sich zurück. Ludwig naht mit Riesenschritten. Mit ungebremstem Schwung stellt er einen Becher mit Sahne vor sie hin.

»So, ist das jetzt recht?«

Sie nickt und färbt ihren Espresso hell, während er sich vor seinen setzt.

Dann hebt sie die Tasse an den Mund. »Danke für deine Mühe, Ludwig, sicherlich geht es mir gleich besser.«

Sie trinkt, er schaut ihr zu. Sie setzt ab, er zieht die Stirn kraus. Sie prostet ihm zu, er nickt ungeduldig. Dann trinkt sie aus und stellt ihre Tasse ab. Darauf hat Ludwig nur gewartet, augenblicklich erhebt er sich. Ursula schlüpft langsam in ihre Schuhe und steht auf. Er wendet sich aufatmend zum Gehen, bückt sich aber nochmal überraschend zum Tisch, trinkt die Tasse in einem Zug leer, stellt sie unsanft ab und geht Ursula voraus zur Garderobe. Ursula läßt sich Zeit, sie streift ihr Kleid glatt, richtet das Schultertuch neu und dreht sich schließlich nach ihrem Mantel um, den ihr Ludwig hinstreckt. Sie schaut ihn forschend an. Er erwidert den Blick, dann quellen plötzlich seine Augen hervor, sein Kinn klappt nach unten, und die Hände sinken. Ursula nimmt ihm den Mantel ab. Er steht und faßt sich an das Herz, an den Hals, zerrt am Pullover.

»Du trinkst überhaupt keinen Kaffee«, speichelt er und geht in die Knie.

»Nein, nie!« antwortet Ursula.

Ludwig versucht, nach ihren Beinen zu greifen, aber sie weicht ihm aus, dann fällt er auf das Gesicht. Er krampft und krümmt sich und schnappt nach Luft.

Ursula beobachtet ihn. »Alle richtigen Wissenschaftler haben Selbstversuche gemacht. Schon der Entwickler von Aspirin«, sagt sie nüchtern. Und als seine Schultern zurückfallen: »Ich hoffe, es hat wenigstens Spaß gemacht!«

In Ludwigs Arztkoffer findet Ursula Einmal-Handschuhe, die sie sich überstreift, dann räumt sie die wissenschaftlichen Dokumente aus dem Safe, verstaut sie mit der Glasflasche und Ludwigs Tasse in einer Plastiktüte. Ihre Tasse spült sie gründlich aus, und auch die Espressomaschine reinigt sie. Sie schaut sich um. Während ihres Dämmerschlafes hat er das Geschirr gespült. Die Gläser sind im Schrank, die Geschirrspülmaschine ist schon wieder ausgeräumt, alles an seinem Platz. In einem kleinen Bio-Abfalleimer findet sie die Essensreste, Ursula tauscht die Plastiktüten aus. Besser, wenn nichts auf ein Fest hinweist. Auch die Dose Kaviar steckt sie wieder ein. Danach wischt sie über sämtliche Türklinken, über Tische, Sessel und Sofa, untersucht die Polster akribisch nach einzelnen Haaren. Zum Abschluß dreht sie sich nochmal um ihre eigene Achse. Nein, nichts vergessen. Alles sauber. Emma Paul wäre stolz auf sie.

Ursula zieht ihren Mantel an, nimmt die beiden Plastiktüten und betrachtet Ludwigs Rücken. »Das wäre nicht nötig gewesen«, sagt sie zu ihm, steigt über seinen leblosen Körper hinweg und löscht das Innenlicht. Leise öffnet sie die Haustüre und gleitet hinaus.

Für einige hat der Arbeitstag bereits begonnen, der erste helle Streifen zeigt sich am Himmel. Im Mehrfamilienhaus gegenüber gehen vereinzelt die Lichter an. Ursula bleibt am Garteneingang stehen, schaut die Straße hinauf und hinunter. Nichts rührt sich. Sie geht dicht an der Hecke entlang in die Seitenstraße hinein. Ein heller Zettel blinkt ihr von der Windschutzscheibe ihres Golfes entgegen. Ein Strafzettel! Der Schreck fährt Ursula in die Glieder. Die öffentliche Bekanntmachung, wo sie zu welcher Stunde war! Aber es ist nur die Einladung in ein Body-Studio. Das brauch ich nicht, sagt sie sich und atmet auf, für heute habe ich meinen Body genug trainiert.

MORD

Ursula wacht zwar wie gewohnt um sieben Uhr auf, aber sie dreht sich nochmal um, gönnt sich noch zwei Stunden Muße. Sie denkt über die verrückte Zeit nach, seitdem Walter sie verlassen hat. Uwe Schwarzenberg, der irgend etwas in ihr herausgefordert hat, von dem sie nicht weiß, was es eigentlich war, Rainhard Ehler, mit dem es eigentlich hätte schön werden können, der es aber vorgezogen hat, über Bord zu gehen, Gernot Schaudt, der sich ihr nicht stellen wollte und sich vor Angst davongemacht hat, und Willy Waffel, den sie entmannen mußte, um ihn schachmatt zu setzen. Sie grinst. Ob er durch den Schock impotent wird?

Dann beginnt sie ihren Tag langsam und gemütlich im Morgenmantel. Sie ruft Regina Lüdnitz an, Manfred Kühnen solle die heutige Montagskonferenz leiten, sie käme später ins Büro. Dann geht sie in die Küche, stellt Wasser auf, heizt den Backofen an und legt die tiefgefrorenen Croissants aus dem Eisfach zum Auftauen in die Mikrowelle. Sie gähnt herzhaft und streckt sich. So ein Idiot, dieser Ludwig. Wenn sie mit einem Mann schlafen will, bestimmt sie das schon selbst. Vor ihr blitzen kurz die blau-grauen Augen von Michael Fürst auf. Vielleicht sind Pferde ja doch nicht so schlimm, wie sie immer gedacht hat. Käme möglicherweise auf einen Versuch an. Ursula fährt sich mit allen zehn Fingern durch die Haare und grinst. Sie ist frei und ungebunden, und es ist ein tolles Gefühl, mit den Möglichkeiten des Lebens zu spielen.

Es klingelt. Ursula schaut auf die Uhr. Halb zehn, wer kann das sein? Sie geht in den Flur und wirft einen Blick in den Spiegel. Ein umwerfendes Bild gibt sie nicht gerade ab. Ungeduscht, ungekämmt, im Morgenmantel. Es klingelt wieder. Lang und fordernd. Ursula greift nach dem Haustelefon.

»Die Post! Ein Eilbrief für Sie!«

Die Post wird ihr Aussehen nicht interessieren, sie interessiert aber der Eilbrief. Ursula drückt auf den Türöffner. Eine junge Frau streckt ihr ein braunes Kuvert entgegen, sagt: »Ich habe schon befürchtet, es wäre keiner da«, und ist auch schon wieder weg. Ursula geht langsam hinein und betrachtet den Stempel auf der Briefmarke. Frankfurt. Wer schickt ihr aus Frankfurt ein Kuvert im DIN-A-5-Format? Der Anwalt von Lutz Wolff? Sie dreht den Brief um. *Die beiden Mäuse* steht da in Schreibschrift. In der Küche pfeift der Wasserkessel. Ursula legt den Brief hin, häuft Pfefferminzblätter in die Teekanne und gießt ganz langsam und im kleinen Strahl heißes Wasser darüber. Danach schiebt sie die Croissants in den Backofen, deckt den Tisch und stellt Honig und Butter dazu. So, jetzt hat sie ihre Neugierde lange genug strapaziert. Mit einem scharfen Messer schlitzt sie den Brief auf und greift mit zwei Fingern hinein. Sie ertastet drei schmale, längliche Heftchen und zieht sie heraus. Drei Flugtickets. Ursula läßt sich auf den nächsten Stuhl sinken. Nach Faro an der Algarve, Portugal. Hinflug am Samstag in einer Woche, Rückflug nach acht Tagen. Ausgestellt auf Jill und Elisabeth Stein und Ursula Winkler. Ursula bekommt eine Gänsehaut. Auf ihrem Ticket klebt ein gelber Zettel: »Länderkunde gehört auch zu Jills Ausbildungsprogramm!!!« Mit dreifachem Ausrufezeichen. Sonst nichts. Portugal, Ursula schließt die Augen. Ihr Traum vom Glück. Es klingelt wieder. Das werden sie sein, die beiden Mäuschen. Ursula nimmt die drei Tickets und springt auf. Auf dem Weg zur Haustüre denkt sie, daß sie unbedingt nach dem Verkauf der Swan fragen muß. Das Geld kann sie vielleicht bald besser anlegen. In ihr Haus an der Algarve! Ein unbeschreiblicher Gedanke! Sie lacht freudig und öffnet schwungvoll die Türe. Zwei Herren stehen vor ihr. Einer groß und hager im Mantel, der andere ein Pykniker in einer braunen Lederjacke. Beide hat Ursula noch nie gesehen. Sekten oder Vertreter, analysiert ihr Großhirn und befiehlt ihrer Hand »Türe zu!« Ursula will das Kommando eben in die Tat umsetzen, da streckt ihr einer der Männer einen Ausweis entgegen.

»Kriminalpolizei, sind Sie Frau Winkler?«

Ursula läßt die Türe offen. Sie betrachtet den Ausweis, ohne ihn zu lesen, und nickt: »Ja, das bin ich.« Dann schaut sie dem Großen direkt in die Augen: »Was kann ich für Sie tun?«

»Dürfen wir hereinkommen?«

»Aber bitte!« Sie geht voraus, ihre Gedanken jagen durcheinander. In der Küche bleibt Ursula stehen, legt die Flugtikkets langsam auf den Tisch.

Die Beamten stellen sich mit ihren Namen vor, dann fragt der eine übergangslos: »Sie wollen verreisen?« Er mustert die Tickets. Es ist ihm anzusehen, daß er gern nach den Namen geschaut hätte.

»Ich bin eingeladen worden, ja, von einer Freundin.« Freundin, wiederholt sie erstaunt im stillen. Welch ein gewichtiges, einmaliges Wort!

»Daraus wird wahrscheinlich zunächst einmal nichts.«

»Ach! Und warum nicht, wenn ich fragen darf?« Ursula lehnt sich gegen den Kühlschrank, verschränkt die Arme. Jetzt kommt's, denkt sie. Aber was kommt? »Wollen Sie sich nicht setzen?« fügt sie noch hinzu.

Beide schütteln synchron den Kopf, der Pykniker betrachtet angelegentlich das scharfe Messer auf dem Tisch, mit dem Ursula eben noch Elisabeths Brief geöffnet hat. Dann hebt er den Blick: »Wir müssen Sie bitten, mit uns zu kommen.«

»Was soll denn das bedeuten!« Sie runzelt die Stirn. »Worum geht es denn überhaupt?«

Der Beamte im Mantel räuspert sich. »Es wurde Anzeige gegen Sie erhoben. Sie stehen unter Mordverdacht.«

Ursula schweigt. Dann wiederholt sie: »Mordverdacht?« Sie schüttelt den Kopf. »Was ist denn das für ein Blödsinn? Wen soll ich denn umgebracht haben? Und wer hat mich angezeigt?«

Der Beamte schnuppert. »In Ihrem Backofen verbrennt etwas!«

»Oh, Gott!« Ursula greift nach zwei Topflappen und zieht die Croissants heraus. Sie sind leicht schwarz, aber noch genießbar. »Haben Sie Appetit darauf?« Ursula greift hinter sich nach Tellern.

»Danke, nein!« Beide schütteln den Kopf.

»Die Anzeige kommt von einem Arzt, Dr. Ludwig Fehr.«

Ludwig!

»Er forscht maßgeblich auf dem Gebiet noch unbekannter Gifte in der Tiermedizin, es handelt sich wohl um den Speichel von Insektenfressern, und er ist momentan weltweit angeblich der einzige Wissenschaftler, der den medizinischen

Nachweis erbringen kann, wenn ein Mensch aufgrund eines solchen Tiergiftes gestorben ist.«

Ursula winkt ab. »Ich weiß, daß Ludwig mit irgendwelchen Giften herumexperimentiert. Aber was hat das mit mir zu tun? Ich verstehe immer noch kein Wort!«

»Herr Doktor Fehr behauptet, daß Ihr Mann keines natürlichen Todes gestorben sei. Also nicht an Herzversagen, wie im Totenschein angegeben. Herr Fehr glaubt nachweisen zu können, daß Ihr Mann mit einem dieser seltenen Tiergifte ermordet wurde. Von Ihnen!«

Ursula schweigt. Ludwig Fehr, da schau mal einer an. Du falscher Fünfziger, du hinterhältiges Miststück! Saukerl!

»Ich bin schockiert!« sagt sie schließlich und stützt sich links und rechts mit ihren Händen auf die marmorne Arbeitsplatte.

»Ihr Mann, Walter Winkler, wird deswegen morgen exhumiert und anschließend obduziert werden, damit Herr Fehr die entsprechenden Gewebeproben entnehmen kann. Und Sie sollen dabei sein. Hier ist der Haftbefehl.« Er legt ihn neben die Flugtickets.

»Haftbefehl?? Ach, du je«, Ursula muß lachen. »Das ist ja eine wilde Geschichte! Das hat Ihnen Ludwig erzählt? Der soll nicht soviel trinken, dann sieht er nicht so viele Gespenster!«

»Die Sache erscheint uns ernst!« Der hagere Beamte tippt mit dem Finger bedeutsam auf das Dokument.

»Ich bin bereit!« grinst Ursula. »Ich hoffe, Ludwig ist es auch.«

»Was soll das heißen?«

»Nun, er ist ein etwas unzuverlässiger Zeitgenosse – und«, sie greift nach der Teekanne, »im übrigen, wie soll ich meinen Mann seiner Meinung nach denn umgebracht haben? Mit einer Spritze: Liebling, halt mal den Po her, oder wie?«

Der Größere von beiden zieht seine buschigen Augenbrauen zusammen, beobachtet Ursula, wie sie den Pfefferminztee langsam und feierlich in ihre Porzellantasse fließen läßt.

»Ganz einfach. In einer Flüssigkeit. Saft, Wein, Kaffee – oder«, er legt eine Kunstpause ein, bis Ursula, die Kanne in der Hand, zu ihm hinblickt, »auch Tee!«

»Soso«, sagt Ursula und lächelt ihm zu: »Darf ich Ihnen eine Tasse anbieten?«

Gaby Hauptmann

Fünf-Sterne-Kerle inklusive

Roman. 317 Seiten. Serie Piper

Katrin kann es nicht fassen: Sie hat das große Los gezogen – und eine Woche Skiurlaub im Fünf-Sterne-Hotel gewonnen. Unverhofft findet sich die Supermarktkassiererin in einem Kreis von reichen und attraktiven Hotelgästen wieder. Ihr kleines Geheimnis behält sie für sich und wird für die Männer nur um so interessanter. Das Leben ist süß – bis Katrin merkt, daß da noch andere Kräfte am Werk sind. Als das Hotel eingeschneit wird, verdichten sich die Turbulenzen ... Mit einer erfrischenden Portion schwarzem Humor schaut Gaby Hauptmann auf die Welt der Reichen und Schönen. So amüsant und kurzweilig wie eine Woche Skiurlaub in den österreichischen Bergen!

05/1001/01/L

Gaby Hauptmann

Die Meute der Erben

Roman. 318 Seiten. Serie Piper

Wie die Geier fallen Anno Adelmanns geldgierige Töchter in die Villa des alten Herrn ein. Es ist sein 85. Geburtstag, Grund genug, die treue Familie zu spielen. Doch die Sympathien des liebenswürdigen und galanten Anno, einst Großindustrieller, gelten der attraktiven Ina und ihrer kleinen Tochter Caroline. Eine Heirat bahnt sich an – und der Krieg mit der Meute der Erben wird fürchterlich. Doch Ina hat die stärkeren Waffen …

05/1004/01/R

SERIE PIPER

SERIE PIPER

Gaby Hauptmann

Hengstparade

Roman. 315 Seiten. Serie Piper

Karin befürchtet das Schlimmste, als sich ihr frischgebackener Lover Harry für eine Woche auf einen idyllischen Reiterhof verabschiedet. Harry, der schwarzgelockte Charmeur. Da gibt es nur eins: Hella, ihre Mutter, muß ein Auge auf ihn haben. Aber das einladende Ambiente und der Duft nach Leder und würzigem Heu scheinen auch bei Hella nicht ohne Wirkung zu bleiben: Als sie sich gerade Hals über Kopf verliebt hat, geschieht auf dem Hof aus heiterem Himmel ein merkwürdiger Unfall. Grund genug für Karin, dort endlich nach dem Rechten zu sehen …
Mit großartigem Humor und einer Prise Erotik entführt Gaby Hauptmann uns in ein ganz besonderes Ferienidyll. Und nichts ist anregender als eine bewegte Woche im Grünen!

05/1625/01/L

Gaby Hauptmann

Suche impotenten Mann fürs Leben

Roman. 315 Seiten. Serie Piper

Wer seinen Augen nicht traut, hat richtig gelesen: Carmen Legg meint wörtlich, was sie in ihrer Annonce schreibt. Sie sucht den Traummann zum Kuscheln und Lieben – der (nicht nur) im Bett seine Hände da läßt, wo sie hingehören. Die Anzeige entpuppt sich als Knüller, und als sie schließlich in einem ihrer Bewerber tatsächlich den Mann ihres Lebens entdeckt, wünscht sie, das mit der Impotenz wäre wie mit einem Schnupfen, der von alleine vergeht.
Gaby Hauptmann ist das Kunststück gelungen, das Thema »Frau sucht Mann« von einer gänzlich anderen Seite aufzuziehen und daraus eine fetzige und frivole Frauenkommödie zu machen, die kinoreif ist.

»Mit Charme und Sprachwitz wird der Kampf der Geschlechter in eine sinnliche Komödie verwandelt.«
Schweizer Illustrierte

05/1005/01/R

KABEL

Gaby Hauptmann
Mehr davon

Vom Leben und der Lust am Leben. 180 Seiten. Mit über 100 Farbfotos. Gebunden

Die attraktive und erfolgsverwöhnte Bestsellerautorin, die mit ihren Büchern Frauen auf der ganzen Welt begeistert, der hinreißende blonde Vamp, der die Männer nur so um den Finger wickelt ... Von wegen: Auch Gaby Hauptmanns Alltag ist nicht immer rosarot, auch ihr fliegt nicht alles einfach nur zu. Sie hat gelernt, mit Traumprinzen und Fröschen umzugehen. Und sie kennt ihre ganz persönlichen kleinen Tricks und Wohlfühltips, die garantiert immer helfen – auch dann, wenn es das Leben einmal nicht so gut mit einem meint.
Natürlich und mit sympathischer Offenheit schreibt Gaby Hauptmann über ihre Familie, die sie geprägt hat, über ihre Erfahrungen als alleinerziehende Mutter und über die Männer, die ihr wirklich wichtig sind. Sie ermutigt, die täglichen Ziele nicht allzu hoch zu stecken und sich auch an kleinen Dingen freuen zu können. Und sich selbst öfter zu belohnen: von den Streicheleinheiten zu zweit über das gemütliche Essen mit Freunden bis hin zum spontanen Glas Sekt – einfach so, aus purer Lust am Leben.

03/1010/01/R